KB060790

New moon

New Moon : 초승달.

New moon
뉴문

스테프니 메이어 장편소설 | 변용란 옮김

B 북폴리오

뉴문

초판 1쇄 발행 2008년 7월 5일 | 초판 39쇄 발행 2024년 12월 20일

지은이 스테프니 메이어 | 옮긴이 변용란

펴낸이 신광수
CS본부장 강윤구 | 출판개발실장 위귀영 | 디자인실장 손현지
단행본팀 김혜연, 조기준, 조문채, 정혜리
출판디자인팀 최진아, 당승근 | 저작권 김마아, 이아람
출판사업팀 이용복, 민현기, 우광일, 김선영, 이강원, 신지애, 허성배, 정유, 정슬기, 박세화, 정재욱,
    김종민, 정영묵, 전지현
CS지원팀 봉대중, 이주연, 이형배, 이우성, 전효정, 장현우, 정보길
영업관리파트 홍주희, 이은비, 정은정

펴낸곳 (주)미래엔 | 등록 1950년 11월 1일(제16-67호)
주소 137-905 서울특별시 서초구 신반포로 321
미래엔 고객센터 1800-8890
팩스 (02)541-8248 | 이메일 bookfolio@mirae-n.com

ISBN 978-89-378-3221-5 03840

북폴리오는 참신한 시각, 독창적인 아이디어를 환영합니다.
기획 취지와 개요, 연락처를 bookfolio@mirae-n.com으로 보내주십시오.
북폴리오와 함께 새로운 문화를 창조할 여러분의 많은 투고를 기다립니다.

나의 아버지 스티븐 모건 씨께 이 책을 바친다.
지금껏 아버지보다 더 큰 사랑과 무조건적인 지원을
내게 선사한 이는 없었다. 사랑해요, 아버지.

차례

이렇듯 격렬한 기쁨은 격렬한 종말을 맞게 되는 법.

마치 불과 화약이 닿아 소멸해 버리듯이.

<로미오와 줄리엣> 2막 6장

프롤로그

무서운 악몽에 시달리고 있는 기분. 금방이라도 폐가 터질 것처럼 숨이 차도 달려야만 하는 상황에서, 몸이 굳어 제대로 움직이지 못하는 악몽을 꾸고 있는 듯했다. 냉담한 표정의 군중을 뚫고 지나가며 내 다리는 점점 더 느려졌지만, 거대한 시계탑의 바늘이 덩달아 느려질 리는 없었다. 내 조바심 따위는 전혀 아랑곳하지 않는 듯, 시계바늘은 거침없이 끝을 향해, 모든 것의 파멸을 향해 움직이고 있었다.

하지만 이건 꿈이 아니었고, 악몽과 달리 지금 나는 '나의' 목숨을 위해 달리는 게 아니었다. 나는 내 목숨보다도 더없이 소중한 것을 구하기 위해 달려가고 있었다. 지금 나의 목숨 따위는 아무런 의미도 없다.

앨리스는 우리 둘 다 여기에서 죽을 확률이 높다고 했다. 만일 그녀가 눈부신 햇빛 때문에 꼼짝도 할 수 없는 상황이 아니라면, 어쩌면 결과가 달라질지도 모른다. 하지만 지금 이렇게 환한 대낮에 사람들로 북적이는 광장을 자유로이 가로질러 달려갈 수 있는 사람은 나뿐이었다.

결국 나는 때맞춰 도착하지 못했다.

우리가 특별히 위험한 적들에게 포위되어 있다는 사실은 조금도 걱정되지 않았다. 지칠 대로 지친 내 발바닥에 진동이 느껴지며 광장 시계탑이 정해진 시간을 가리키는 종을 울리기 시작하자, 나는 너무 늦었다는 걸 깨달았다. 피에 굶주린 어떤 것이 건물 어딘가에서 나를 기다리고 있다는 사실이 차라리 반가웠다. 이 일에 실패했으니, 나는 더 살고 싶은 욕심이 없다.

시계가 또 한 번 종을 울렸고, 태양은 정확히 하늘 한가운데서 빛을 뿜었다.

/

파티

나는 꿈을 꾸고 있다는 걸 99.9퍼센트 확신했다.

꿈인 게 확실한 이유는 이렇다. 첫째, 내 새로운 고향이 된 워싱턴 주 포크스에선 절대 볼 수 없는 눈부신 태양이 내리쬐고 있었고, 둘째로는 마리 할머니가 눈앞에 서 계셨기 때문이다. 돌아가신 지 벌써 6년이나 된 외할머니는 내가 꿈을 꾸고 있음에 틀림없다는 주장을 뒷받침해 주는 확실한 증인이었다.

할머니는 그다지 변한 게 없었고, 얼굴도 내가 기억하고 있는 그대로였다. 부드러운 피부가 늘어져 수없이 생겨난 미세한 주름들이 할머니의 깡마른 얼굴을 감싸고 있었다. 잘 말린 살구에 구름처럼 새하얀 숱 많은 머리칼을 얹어 놓은 듯했다.

할머니는 쪼글쪼글 주름진 입을 움직여 나와 동시에 깜짝 놀란 듯한 미소를 지었다. 할머니 역시 손녀딸을 만나게 될 것을 예상하지 못하신 듯했다.

나는 할머니에게 질문을 하고 싶었다. 물어볼 것이 너무도 많았으므로.

내 꿈속엔 웬일로 나타나셨는지, 지난 6년간 어떻게 지내셨는지, 할아버지도 안녕하신지, 그리고 두 분이 서로 만나셨는지, 어디에서 살고 계신지……. 하지만 할머니도 나와 동시에 입을 열었으므로 나는 할머니가 먼저 말씀하시도록 양보했다. 할머니 역시 멈칫하셨기 때문에, 우리는 둘 다 조금 어색한 미소를 지었다.

"벨라?"

내 이름을 부른 사람은 할머니가 아니었다. 우리는 할머니와 손녀딸의 반가운 상봉 자리에 나타난 제삼자가 누군지 확인하느라 동시에 돌아보았다. 사실 나는 굳이 돌아보지 않아도 알고 있었다. 어디서든 내가 알아차릴 수 있는 목소리였기 때문이다. 깨어 있든, 자고 있든, 심지어 죽어서도 나는 그의 목소리를 알아들을 수 있을 거라고 장담할 수 있었다. 그 목소리를 늘 들을 수만 있다면 나는 불속이라도 뛰어들 수 있다. 아니 좀 더 현실적으로 접근한다면, 혹독하게 춥고 끊임없이 비가 오는 날씨도 참아낼 수 있었다.

에드워드였다.

그를 만나는 건 언제나 신나는 일이지만, 그리고 내가 꿈을 꾸고 있음이 거의 확실하긴 하지만, 에드워드가 눈부신 햇빛을 받으며 우리를 향해 걸어오는 모습을 보며 나는 낭패감에 사로잡혔다.

경악할 수밖에 없었던 이유는, 내가 뱀파이어와 사랑에 빠진 걸 할머니는 당연히 모르시기 때문이다. 돌아가신 할머니는 고사하고 에드워드가 뱀파이어란 걸 아는 사람이 아무도 없는데, 햇살을 받은 에드워드가 수정이나 다이아몬드로 만들어진 것처럼 영롱한 피부를 빛내며 눈부신 무지개를 반사시키는 모습을 어떻게 설명한단 말인가?

'할머니, 제 남자친구의 온몸이 반짝이는 걸 눈치 채셨을 거예요. 햇빛 속에선 그렇게 보인답니다. 그리 걱정하실 일은 아니에요…….'

에드워드가 어떻게 된 걸까? 그가 지구상에서 가장 비가 많이 오는 장소인 포크스에 사는 이유는 가족의 비밀을 노출시키지 않고도 대낮에 돌아다닐 수 있기 때문이다. 그런데 지금 그가 햇빛 찬란한 대낮에, 천사 같은 얼굴에 아름다운 미소를 띤 채 눈에 나밖에 보이지 않는다는 듯 우아하게 걸어오고 있었다.

그 순간엔 문득, 신비로운 그의 재능이 유일하게 미치지 않는 인물이 바로 나라는 사실이 안타까웠다. 평소엔 다른 사람들의 생각을 또렷하게 읽어낼 수 있는 에드워드의 능력이 나에게만은 적용되지 않는다는 걸 감사하게 여겼다. 하지만 지금은 에드워드가 내 생각도 읽을 수 있어서, 내가 하려는 경고의 말을 들을 수 있었으면 좋겠다고 생각했다. 나는 마음속으로 비명을 지르고 있었다.

겁에 질려 할머니를 흘끔 돌아본 나는 너무 늦었다는 것을 깨달았다. 때마침 할머니는 나처럼 두려움 가득한 눈빛으로 손녀를 돌아보고 계셨다.

에드워드는 내 가슴을 터지게 하려는 듯한 황홀한 미소를 띤 채로, 내 어깨에 팔을 얹고 할머니를 향해 돌려 세웠다.

할머니의 표정은 뜻밖이었다. 완전히 공포에 질려 있을 줄 알았던 할머니는 꾸짖음을 기다리는 사람처럼 수줍게 나를 응시하고 있었다. 그런데 할머니의 자세가 아주 이상했다. 한 팔을 어색하게 뻗은 채, 허공을 껴안은 듯 둥글게 팔을 굽히고 있었기 때문이다. 마치 누군가 내가 볼 수 없는 사람에게 팔을 두른 것 같았다…….

그제서야 나는 더 큰 그림을, 그러니까 할머니뿐 아니라 옆에 있는 사람의 모습까지 볼 수 있었다. 그 번쩍이는 황금빛 형체를. 나는 이해가 가질 않아 에드워드의 허리에 감았던 팔을 풀어 할머니를 향해 뻗었다. 할머니는 거울처럼 내 동작을 똑같이 따라했다. 그러나 우리의 손가락이 서로 만나야 할 곳엔 차가운 유리밖에 만져지지 않았다…….

아득한 현기증과 소스라치는 전율에 이어, 꿈은 갑자기 악몽으로 돌변했다.

할머니는 없었다.

그건 바로 '나'였다. 내가 본 건 거울에 비친 내 모습이었다. 몹시 나이가 들어, 쪼글쪼글 주름이 진 나였다.

견딜 수 없을 만큼 사랑스러운, 영원히 열일곱 살의 에드워드가 내 옆에 다가와 섰지만 거울엔 모습이 비치지 않았다.

그가 얼음처럼 차갑고 완벽한 입술로 나의 홀쭉한 뺨에 입을 맞추며 속삭였다.

"생일 축하해."

나는 소스라치게 놀라 눈을 번쩍 뜨고, 숨을 헐떡였다. 꿈속의 눈부신 햇살 대신 우중충하게 흐린 낯익은 잿빛 새벽이 나를 반겼다.

'꿈이었어.'

나는 마음속으로 혼잣말을 했다.

'그냥 꿈일 뿐이야.'

나는 심호흡을 하다가, 자명종이 울리는 바람에 또 다시 펄쩍 뛰며 놀랐다. 탁상시계 한쪽 구석에 표시되는 작은 달력은 오늘이 9월 13일임을 알려주었다.

꿈이긴 했지만, 충분히 예측할 수 있는 미래이기도 하다. 오늘은 내 생일이었다. 공식적으로 나는 이제 열여덟 살이 됐다.

몇 달째 나는 오늘이 오는 걸 두려워하고 있었다.

올림픽 페닌술라 역사상 가장 많은 비가 내렸지만 내가 지금껏 살면서 겪은 가장 행복한, 아니 지구상 그 누구의 여름보다도 행복한 완벽한 여름 방학이었다. 그러나 그 동안에도 이 끔찍한 날짜는 매복을 하듯 숨어서 튀어나올 날만 기다리고 있었다.

그리고 이제 결국 그날이 찾아오자, 내가 두려워했던 것보다 훨씬 더 마음이 괴로웠다. 나는 내가 나이든 것을 온몸으로 느낄 수 있었다. 물론 매일매일 조금씩 나이를 먹고 있었지만 그와는 다른, 훨씬 더 의미 있는 나이듦이었다. 이제 나는 공식적으로 열여덟 살이니까.

에드워드는 절대로 경험하지 않을 나이.

양치질을 하러 화장실에 간 나는 거울 속의 내 얼굴이 변하지 않았다는 사실에 오히려 깜짝 놀랄 지경이었다. 거울 속 내 모습을 바라보며 하얀 피부에 주름살의 징후라도 있는지 면밀히 살폈다. 하지만 유일한 주름살은 이마에만 생겨 있었고, 그건 내가 긴장을 풀면 없어질 것이었다. 그럼에도 긴장을 풀 수 없었다. 걱정스런 갈색 눈동자 위로 찡그려 올라붙은 눈썹은 좀처럼 내려올 기미를 보이지 않았다.

'그냥 꿈일 뿐이야.'

나는 다시 한 번 자신을 달랬다. 꿈이라고는 해도, 너무 끔찍한 악몽이었다.

나는 최대한 빨리 서둘러 집을 빠져나가느라 아침을 걸렀다. 아빠를 완전히 피할 순 없었으므로, 몇 분간은 쾌활한 척 연기를 해야 했다. 아무 선물도 필요 없다고 누누이 말했는데도 굳이 안겨주는 선물에 애써 흥분한 체하긴 했지만, 억지 미소를 지어야할 때마다 왈칵 울어버릴 것만 같았다.

나는 학교를 향해 트럭을 몰며 마음을 진정시키려 무던히 애를 썼다. 꿈에 본 할머니의 모습이 뇌리에서 지워지지 않았다. 나는 그게 늙어버린 내 모습이라고 생각하지 않기로 했다. 하지만 포크스 고등학교 건물 뒤쪽 주차장에 언제나처럼 차를 세우고 눈부시게 빛나는 은색 볼보자동차에 그림처럼 꼼짝 않고 기대 서 있는 에드워드를 발견하기까지, 내가 줄곧 느낀 건 절망감뿐이었다. 그는 마치 어느 이교도 신의 아름다움을 재현해놓은 대리석 조각 같았다. 꿈속의 에드워드는 실물에 미치지 못했다. 그리고 그는 다른 날과 똑같이 여기에서 나를 기다리고 있었다.

순간적으로 절망감이 사라지고 놀라움이 대신 그 자리를 채웠다. 그와 반년을 지내고 난 지금도, 내가 이토록 엄청난 행운을 누릴 자격이 있는지를 믿을 수 없었다.

그의 누나 앨리스도 나란히 서서 나를 기다리고 있었다.

물론 에드워드와 앨리스는 진짜 남매는 아니지만, 창백한 피부색은 완전히 똑같았고 눈동자에 신기한 금빛 기운이 도는 것이나 눈 밑에 멍이 든 것처럼 다크서클이 짙은 것도 꼭 닮았다. 포크스 주민들은 칼라일 컬렌 박사와 그의 부인 에스미가 아이들을 모두 입양한 것으로 알고 있었다. 물론 두 사람은 십대의 자식들을 두기엔 너무 젊었다. 에드워드처럼 앨리스의 얼굴도 눈이 부시도록 아름다웠다. 그들을 잘 아는, 그러니까 나 같은 사람은 두 사람의 닮은 모습이 그들의 정체 때문임을 알고 있었다.

앨리스가 꽤나 흥분한 듯 반짝반짝 눈을 빛내며, 은색으로 포장된 작은 상자를 들고 기다리는 모습을 본 나는 이맛살을 찌푸렸다. 이미 앨리스에게 내 생일을 빌미로 선물이든 관심이든 '그 어떤 것' 도 받고 싶지 않다고 신신당부를 해 두었었는데도, 내 소망은 깡그리 무시된 듯했다.

나는 53년형 시보레 트럭의 문을 시뻘건 녹 가루가 사방으로 퍼질 만큼 세게 닫은 뒤 천천히 두 사람이 기다리고 있는 곳으로 걸어갔다. 짧게 자른 검은 머리, 요정 같은 얼굴을 환히 빛내며 앨리스가 나를 향해 달려왔다.

"생일 축하해, 벨라!"

"쉿!"

혹시 다른 사람들이 앨리스의 말을 들었을까 봐 얼른 주변을 둘러보았다. 이렇게 암울한 날을 단체로 축하 받아야 하다니, 정말이지 피하고 싶은 일이 아닐 수 없었으므로.

하지만 앨리스는 무시했다.

"선물 지금 풀어 볼래, 아님 나중에 풀어 볼래?"

나와 함께 에드워드가 기다리고 있는 곳으로 걸어가며 앨리스가 신이 나서 물었다.

"선물 싫다고 했잖아요."

내가 낮게 투덜거렸다.

그제야 앨리스도 내 기분을 알아차린 듯했다.

"알았어……. 그럼 나중에 열어 봐. 너희 엄마가 보내주신 앨범은 마음에 들었니? 찰리한테 받은 카메라도?"

한숨이 나왔다. 앨리스는 물론 내가 받은 생일 선물이 무엇인지 미리 알고 있었겠지. 컬렌 가족 가운데 비범한 능력을 가진 사람은 비단 에드워드만이 아니었다. 앨리스는 우리 부모님이 나에게 무슨 선물을 할 건지 마음을 정하자마자 똑똑히 '눈으로' 보았으리라.

"네. 마음에 들어요."

"내가 보기에도 참 좋은 생각 같아. 고등학교 졸업반이란 건 평생 단 한 번뿐이잖니. 그 경험을 기록으로 남기면 멋질 거야."

"앨리스는 졸업반이었던 적이 몇 번이나 되는데요?"

"나야 다르지."

우린 이내 에드워드 앞에 당도했고 그는 나를 향해 손을 뻗었다. 나는 우울한 기분을 한순간에 잊고 손을 맞잡았다. 그의 살갗은 언제나 그렇듯 매끈하고 단단하고 아주 차가웠다. 그는 내 손가락을 부드럽게 꼭 쥐었다. 투명한 토파즈 빛깔의 눈동자를 응시하고 있으니 내 심장은 그다지 부드럽지 않은 경련을 일으켰다. 불규칙해진 내 심장 박동소리를 들은 그가 다시 미소를 지었다.

에드워드는 다른 손을 들어 서늘한 손끝으로 내 입술 윤곽을 쓰다듬으며 말했다.

"그러니까 난 미리 얘기한 대로, 너한테 생일 축하 인사도 건네면 안 되는 거지?"

"응, 그래."

나는 아무리 애를 써도 그의 완벽하고 정확한 발음과 억양을 흉내 낼 수가 없다. 그런 능력은 세기가 다른 과거에 태어난 사람들만 갖출 수 있는 건지도 모르겠다.

"혹시 몰라서 확인해 봤어. 그간 네 마음이 변했을지도 모르잖아. 사람들은 대부분 생일이나 선물 같은 거 좋아하던데."

그가 헝클어진 갈색 머리를 손가락으로 빗어 넘겼다.

앨리스가 웃음을 터뜨리자, 마치 순은으로 만든 풍경이 바람에 흔들리는 듯한 청명한 소리가 났다.

"당연히 너도 좋아하게 될 거야. 원래 오늘 같은 날은 다들 너한테 잘해주면서 다 네 마음대로 하게 놔두잖아. 최악이라고 해봤자 무슨 나쁜 일이 있겠어?"

굳이 대답을 들으려고 한 질문은 아니었을 것이다. 하지만……

"공식적으로 나이를 먹잖아요."

어쨌거나 나는 대답을 했는데, 뜻하지 않게 목소리가 떨려 나왔다.

터져 나오려는 웃음을 참듯 미소 짓고 있던 에드워드의 얼굴이 일그러졌다.

"열여덟 살이 뭐 어때서. 여자들이 생일이 돌아온다고 화를 내는 건 스물아홉 살쯤 먹고 난 후의 일 아니니?"

앨리스가 말했다.

"내 나이가 에드워드보다 많아지잖아요."

내가 중얼거리자 에드워드는 한숨을 쉬었다.

"그래 봤자 겨우 한 살 많은 건데 뭐."

앨리스의 목소리는 시종일관 밝았다.

만일 내가 원하는 미래를 '확실하게' 누릴 수 있다면, 에드워드를 비롯해 앨리스나 다른 컬렌 가족들과도 영원히 함께 보낼 수 있는 길이 보장되기만 한다면(물론 쪼글쪼글 늙은 할머니로서가 아니라) 한 살이나 두 살 정도 더 나이를 먹는 건 큰 문제가 아닐 수도 있다고 나 역시 생각했다. 하지만 에드워드는 내 인생을 바꾸는 일에 대해 결사반대의 입장을 고수했다. 내가 자신과 같은 불멸의 존재가 되는 그런 미래는, 있을 수 없고 있어서도 안 된다고 생각하고 있었다.

그는 그걸 막다른 골목이라고 불렀다.

솔직히 나는 에드워드의 입장을 이해할 수가 없었다. 언젠가 죽어야 하는 인간으로 사는 게 뭐 그리 대단하다고? 뱀파이어가 되는 게 그렇게 끔찍한 일은 아닌 것 같았다. 어쨌거나 컬렌 가족들처럼만 살 수 있다면 말이지.

"우리 집에 몇 시까지 올 거니?"

앨리스가 화제를 바꾸었다. 표정으로 보아 그녀는 내가 가장 회피하고 싶은 일들을 꾸미고 있는 게 분명했다.

"거기 가야 할 계획이 있는지도 몰랐는데요."

"그만 좀 해 둬, 벨라! 설마 우리 식구들의 즐거움을 모두 망치려는 건 아니겠지?"

"생일엔 내 마음대로 해도 되는 거라면서요."

"학교 끝나면 벨라 집에 들렀다가 내가 데려갈게."

에드워드가 나를 완전히 무시하고 앨리스에게 말했다.

"나 일해야 해."

내가 반항했다.

"오늘은 일 안해도 돼. 내가 벌써 뉴튼 부인한테 다 얘기해 놨거든. 아르바이트 시간을 바꿔주신댔어. 그리고 생일 축하한다고도 전해달라셨지."

앨리스가 다정하게 말했다.

"그, 그래도 못가요. 음, 저기, 영어 수업 때문에 〈로미오와 줄리엣〉 영화를 봐야 하거든요."

핑계거리를 생각해내느라 말이 더듬더듬 나왔다.

앨리스가 코웃음을 쳤다.

"넌 〈로미오와 줄리엣〉 대사까지 다 외우잖아."

"그래도 선생님이, 작품을 제대로 이해하려면 공연물을 봐야 한다고 했단 말예요. 그래야 셰익스피어의 의도대로 작품을 파악할 수 있대요."

에드워드는 옆에서 장난스레 눈동자를 굴렸다.

"영화도 이미 봤으면서 그러네."

앨리스가 핀잔을 주듯 말했다.

"1960년도에 제작한 건 못 봤어요. 버티 선생님 말씀으론 그게 최고라던데요."

마침내 앨리스가 다정한 미소를 거두고 나를 노려보았다.

"쉽게 넘어갈 수도 있고 일을 더 어렵게 만들 수도 있겠지만, 네가 어느 쪽을 선택하든 나는……."

"진정해, 앨리스. 벨라가 영화를 꼭 봐야겠다면 보라고 해야지. 생일이 잖아."

앨리스의 협박을 에드워드가 중단시켰다.

"당연한 말씀."

내가 덧붙였다.

"7시쯤 데리고 갈게. 그럼 준비할 시간이 더 많아지니 좋잖아."

에드워드의 말에 풍경소리 같은 앨리스의 웃음이 다시 한 번 울려 퍼졌다.

"좋아. 이따 보자, 벨라! 재미있을 거야, 두고 봐."

앨리스는 새하얗게 빛나는 완벽한 치아를 모두 드러낼 만큼 환하게 미소를 지었다. 그리고 얼른 내 뺨에 입을 맞추고는 내가 대꾸할 새도 없이 첫 수업을 들으러 춤을 추듯 멀어져갔다.

"에드워드, 제발……."

내 목소리는 간절했지만, 그는 차가운 손가락으로 내 입술을 눌렀다.

"나중에 얘기하자. 이러다 수업에 늦겠어."

우리는 늘 앉는 교실 맨 뒷자리를 차지했지만 아무도 신경 쓰지 않았다. 우린 거의 모든 수업을 같이 들었다. 에드워드가 여자 교직원들을 탁월한 솜씨로 구워삶은 덕분이었다. 이젠 에드워드와 내가 사귄지도 너무 오래 되어, 더는 아이들 입에 오르내리지도 않았다. 시무룩한 시선으로 언제나 살짝 죄책감을 느끼게 하던 마이크 뉴튼마저도 그 사실을 인정하는 듯했다. 이제 그는 나에게 미소를 보낼 정도였으므로, 나와는 친구 사이밖에 될 수 없음을 결국 받아들이는 것 같아 반가웠다. 마이크는 여름 사이 외모가 변해 있었다. 통통한 볼살이 내려 동그스름한 얼굴 느낌이 사라지고 광대뼈는 더 두드러져 보였다. 또 머리 모양도 전과 달라졌다. 예전엔 옅은 금발머리를 짧게 잘라 쭈뼛쭈뼛 세우고 다녔는데, 지금은 머리를 좀 더 길러 자연스럽게 헝클어진 것처럼 젤로 정교하게 손질을 했다. 그가 누굴 따라 하려는 것인지 짐작하기는 어렵지 않았지만, 에드워드의 외모는 따라한다고 될 수 있는 경지가 아니었다.

그날 내내 나는 에드워드의 집에 가지 않을 방도를 생각하느라 고심했다. 생일을 차라리 애도하고 싶은 마음인데 억지로 축하를 받아야 하는 것만으로도 충분히 괴로운 일 아닌가. 그런데 그 정도가 아니라 아예 모든 이들의 관심 속에 요란하게 선물까지 받아야 한다니, 고역이 될 게 뻔하다.

걸핏하면 사고를 당하는 멍청이라면 누구든 선선히 내 의견에 동의하겠지만, 관심의 대상이 되는 건 결코 좋은 일이 아니다. 안 그래도 툭하면 코를 박고 넘어지는 사람이 스포트라이트가 쏟아지는 일 따윌 반길 리 없지 않은가.

올해는 누구에게도 선물을 받지 않겠다는 확고한 요청, 아니 거의 명령에 가까운 부탁을 이미 모든 이들에게 애원하다시피 전했다. 그런데 내 의견을 무시하기로 작심한 건 부모님뿐이 아닌 모양이었다.

나는 돈을 넉넉하게 가져본 적이 없지만 그래서 속상했던 적도 없었다. 엄마는 얼마 안 되는 유치원 교사 월급으로 나를 키웠다. 또 포크스 같은 소도시의 경찰서장인 찰리가 부자가 될 만큼 돈을 벌 리도 없었다. 유일한 내 수입원은, 근처 등산용품점에서 일주일에 사흘을 일하며 버는 돈이다. 이렇게 작은 도시에서 그나마 아르바이트 자리를 얻을 수 있었던 게 행운이었다. 일을 해서 번 푼돈은 고스란히 대학 입학자금으로 저축하는 중이었다. (대학 진학은 2단계 계획이었다. 아직도 나는 1단계 계획을 바라고 있지만, 에드워드는 나를 인간으로 살게 하겠다며 완고하게 고집을 부리고 있었다.)

에드워드는 '대단히' 부자였다. 그에게 돈이 얼마나 많은지 사실 생각조차 하고 싶지 않았다. 에드워드나 그의 가족들에게 돈은 아무런 의미도 없었다. 무한한 시간을 누리며, 주식시장의 동향을 비상하게 예측할 수 있는 능력을 지닌 누이를 둔 사람에게 돈이란 그저 쌓여가는 것에 불과했다. 에드워드는 나를 위해 돈을 쓰는 걸 내가 못마땅하게 여기는 이유를 이해하지 못하는 듯했다. 시애틀의 비싼 음식점에 데려갔을 때 왜 내가 불편해하는지, 시속 80킬로미터 이상 속력을 낼 수 있는 차를 사주겠다는 걸 왜 극구 마다하는지, 대학 등록금을 대신 내주겠다는 생각은 왜 꿈도 못 꾸게 하는지(에드워드는 2단계 계획에 우스울 정도로 열광했다) 그는 영문을 몰라했다. 그리고 내가 필요 이상으로 까다롭게 군다고 생각했다.

하지만 전혀 갚을 방법이 없는데 어떻게 무작정 받기만 한단 말인가? 나로선 이유를 통 모르겠지만, 어쨌든 그는 나와 함께 있고 싶어 했다. 이런 상황에서 그에게 뭔가를 더 받는다면 우리 관계는 균형을 잃고 더욱 불안정해질 뿐이다.

오후가 되자 에드워드도, 앨리스도 다시는 내 생일 얘기를 꺼내지 않았으므로 나는 약간 긴장을 풀기 시작했다.

우리는 늘 앉던 자리에 앉아 점심을 먹었다.

우리가 앉은 테이블엔 기이한 평화 협정 같은 게 있었다. 우리 셋, 그러니까 에드워드와 앨리스, 나는 식당 남쪽 끝의 맨 가장자리에 앉았다. '연장자'이자 좀 더 무서운 축에 속했던(에밋의 경우엔 '좀'이 아니라 '확실히') 컬렌 형제들은 이미 졸업한 상태였다. 앨리스와 에드워드는 그들에 비해 그리 무시무시한 느낌이 아닌 듯, 이제 식당 구석 테이블에는 우리만 앉는 게 아니었다. 나의 다른 친구들, 즉 마이크와 제시카(둘은 사귀다 헤어진 후 어색한 친구 단계에 접어들고 있었다), 앤젤라와 벤(둘은 여름방학을 무사히 넘기고 계속 사귀는 중이었다), 에릭, 코너, 타일러, 로렌(마지막에 언급한 이 애는 사실 친구라는 범주에는 속하지 않는다)도 모두 같은 자리에 앉았는데, 보이지 않는 선을 그어놓은 듯 그들은 우리와 반대쪽에만 자리를 잡았다. 햇볕이 나는 바람에 에드워드와 앨리스가 결석을 하는 날이면 그 선도 사라져, 친구들의 대화도 나를 포함해 스스럼없이 이어졌다.

에드워드와 앨리스는 그런 식으로 은근히 배척하는 친구들의 분위기를 나만큼 어색하게 여기거나 속상해 하지 않았다. 사람들은 컬렌 집안 사람들과 가까이 있으면 불편해지고, 거의 겁에 질리게까지 되는 이유를 스스로도 설명하지 못했다. 나만 그런 느낌에서 예외였다. 가끔 에드워드는 내가 자기와 아주 가까이 있어도 편안해 하는 것 때문에 걱정을 했다. 자신이 내게 해로운 인물이라고 여기고 있었으므로. 그가 그런 얘기를 할 때마다 나는 격렬히 반박했지만 소용이 없었다.

오후 시간은 빠르게 지나갔다. 수업이 끝나자 에드워드는 평소처럼 내 트럭이 있는 곳까지 데려다 주었다. 하지만 이번엔 나를 위해 조수석 문을 열어 주었다. 내가 도망치지 못하도록 자기 차는 앨리스가 몰고 가도록 한 모양이었다.

나는 팔짱을 긴 채 내리는 빗속에서 꼼짝도 하지 않았다.

"내 생일인데 마음대로 운전도 못해?"

"나는 네가 바라는 대로 네 생일이 아닌 척하고 있는 거야."

"그래? 그렇담 이따 너희 집에 가지 않아도 되겠네."

"알았어."

그는 조수석 문을 닫고 내 옆을 지나 다시 운전석 문을 열어 주었다.

"생일 축하해."

"조용히 해."

나는 시큰둥한 태도로 에드워드의 말문을 막았다. 운전석에 오르며 다시 한 번, 에드워드가 내 생일을 그냥 넘어가 주길 빌었다.

내가 운전을 하는 사이 라디오를 갖고 씨름하던 에드워드는 못마땅한 듯 고개를 설레설레 저었다.

"이 라디오, 정말 끔찍이도 주파수를 못 잡는군."

나는 이맛살을 찌푸렸다. 누구든 내 트럭을 비난하는 건 속상한 일이므로. 내가 보기에 트럭은 아주 훌륭했다. 개성이 넘치는 차니까.

"멋진 스테레오 음악을 듣고 싶어? 그럼 네 차를 운전하면 되잖아."

이미 침울한 기분이었던 데다 앨리스가 무슨 꿍꿍이를 꾸미고 있을지에만 신경이 쓰여, 생각보다 말이 험하게 튀어나왔다. 에드워드한테 성질을 부려 본 적이 거의 없었기 때문인지, 그는 재미있다는 듯 입술을 꾹 깨물고 웃음을 참았다.

내가 집 앞에 트럭을 세우자 에드워드가 내 얼굴로 손을 뻗었다. 그는 손끝으로 내 관자놀이와 광대뼈, 턱을 살며시 스치며 조심스럽게 얼굴을 감쌌다. 내가 금세 부서지기라도 할 것처럼 그의 손길은 신중했다.

"다른 날은 몰라도 오늘은 기분이 좋아야지."

에드워드가 속삭이자 그의 달콤한 숨결이 내 얼굴에 퍼졌다.

"내가 기분 좋아지기 싫다면?"

고르지 못한 숨소리를 내며 내가 물었다.

그의 황금빛 눈동자가 강렬하게 불타올랐다.

"그럼 하는 수 없지."

에드워드가 고개를 숙여 내 입술에 얼음처럼 차가운 입술을 댔을 무렵 내 머리는 이미 어질어질했다. 분명 그가 의도한 것이겠지만, 나는 역시 모든 걱정을 잊고 숨을 들이쉬고 내쉬는 방법에만 정신을 집중해야 했다.

그의 차가운 입술은 부드럽고 달콤하게 내 입술에 오래 머물렀고, 급기야 나는 그의 목에 팔을 두르고 약간은 지나친 열정을 담아 입맞춤을 시도했다. 그의 입술이 살짝 위로 굽는 것이 느껴지더니, 그가 내 얼굴에서 손을 떼고 자기 목에 두른 내 팔을 풀었다.

에드워드는 내 목숨을 지키기 위해 우리의 육체적인 관계에 여러 가지 조심스러운 선을 그어 놓았다. 면도날처럼 예리하고 독성까지 있는 그의 이빨과 내 피부 사이에 안전 거리를 유지할 필요가 있다는 건 나도 인정한다. 하지만 그와 입맞춤을 나눌 때면 그런 사소한 것들을 깜박 잊는 경향이 있었다.

"착하게 굴라니까 그러네."

내 뺨에 그의 숨결이 훅 끼쳐왔다. 그는 내 입술에 한 번 더 가볍게 입을 맞춘 뒤 뒤로 물러나 내 팔을 원래 자리로 되돌려 놓았다.

맥박이 뛰는 소리가 귓가에서 천둥처럼 들려왔다. 나는 한 손을 심장에 올려놓았다. 손바닥 밑에서 미친 듯 뛰는 심장이 느껴졌다.

"앞으로 괜찮아지는 날이 오기는 할까? 네가 나를 만질 때마다 심장이 가슴 밖으로 뛰쳐나올 것처럼 뛰지 않게 되는 날이 과연 올까?"

혼잣말을 하듯 내가 물었다.

"난 그런 날이 오지 않으면 좋겠는데."

잘난 체하는 그의 말에 내가 그를 흘겨보았다.

"캐퓰릿 가문과 몬테규 가문이 지겹게 싸워대는 거나 보자."

"그대가 원하신다면 나야 언제든 찬성."

내가 영화를 틀고 오프닝 크레딧 부분을 빨리감기하는 동안 에드워드는 소파에 편히 자리를 잡았다. 내가 소파 끝에 걸터앉자 그는 내 허리를 안고 자기 가슴으로 끌어당겼다. 그의 가슴은 완벽한 얼음조각처럼 단단하고 차가워 소파 쿠션에 기대는 것만큼 편하지는 않다. 그래도 나로선 당연히 쿠션보다 훨씬 좋았다. 에드워드는 소파 등받이에 걸쳐 있던 낡은 담요를 잡아당겨 나에게 덮어주었다. 싸늘한 그의 체온 때문에 내가 감기에라도 걸릴까 염려한 모양이다.

"정말 못봐 주겠어. 로미오란 놈."

영화가 시작되자 그가 말했다.

"로미오가 어때서?"

나는 조금 화가 났다. 로미오는 내가 가장 좋아하는 가상의 인물이었다. 에드워드를 만나기 전까지 나는 로미오를 거의 애인처럼 생각해 왔다.

"일단 보자, 놈은 원래 로잘린이라는 여자에게 빠져 있었잖아. 그것만 봐도 지조라곤 없는 셈이지. 그러더니 줄리엣하고 결혼한 지 겨우 몇 분 뒤에 줄리엣의 사촌을 죽여버려. 그걸 잘한 짓이라고 볼 순 없잖아. 실수에 실수를 거듭하다니, 자기에게 주어진 행복을 철저하게 파괴하려고 몸부림을 치는 것 같지 않아?"

내 입에서 저절로 한숨이 나왔다.

"그럼 영화는 나 혼자 볼까?"

"아니야, 어차피 난 널 지켜볼 거니까. 또 울 거니?"

그는 소름이 돋은 내 팔을 쓰다듬었다.

"아마 그럴걸. 정신을 집중해서 본다면 말이야."

"그럼 방해하지 않을게."

하지만 머리칼에 와 닿는 그의 입술이 느껴졌고, 몰입에 대단히 방해가 되었다.

영화는 결국 나의 관심을 사로잡았다. 에드워드가 내 귓가에 로미오의 대사를 읊어 준 덕분이었다. 벨벳처럼 부드럽고 매력적인 그의 목소리에 비하면 배우의 목소리는 나약하고 거칠게 느껴졌다. 줄리엣이 깨어나 남편이 죽었다는 사실을 깨달았을 때 역시 나는 울음을 터뜨렸고, 에드워드는 그런 내 모습을 재미있어 했다.

"솔직히 여기서는 놈이 약간 부럽다는 걸 인정할게."

에드워드가 내 눈물을 닦아주며 말했다.

"줄리엣 정말 예쁘지."

그는 어처구니없다는 듯 코웃음을 쳤다.

"여자 때문에 놈이 부럽다는 게 아니라, 저렇게 쉽게 자살을 할 수 있다는 게 부러운 거야. 너희 인간들은 얼마나 쉽게들 죽는지! 식물에서 추출한 독약을 몇 방울만 삼키면 끝나잖아."

"뭐라고?"

나는 숨을 헐떡였다.

"나도 한번쯤 생각해 본 일이야. 하지만 칼라일의 경험으로 봤을 때 그리 쉽지 않다는 것도 잘 알지. 칼라일이 자살을 하려고 얼마나 많은 방법을 동원했는지는 나도 알 수 없는 일이지만……. 칼라일이 자기의 새로운 정체를 알게 되었을 때 얘기야."

농담조로 시작했다가 어느새 진지해졌던 그의 말투는 다시 밝게 바뀌었다.

"어쨌든 칼라일은 아직도 너무나 건강하니까."

나는 몸을 틀어 에드워드의 얼굴을 쳐다보았다.

"그게 무슨 말이야? 한번쯤 생각해 본 일이라니?"

"지난 봄에 네가…… 거의 죽을 뻔 했을 때……."

그는 말을 멈추고 심호흡을 한 뒤 애써 농담조의 말투를 유지했다.

"물론 널 산 채로 꼭 찾아낼 거라고 마음을 다잡긴 했지만, 마음 한구석으론 비상사태를 대비한 계획을 세우고 있었어. 이미 얘기했듯이 인간들처럼 쉬운 일은 아니겠지만."

순간적으로 피닉스에 마지막으로 갔을 때의 기억이 밀려들면서 현기증이 났다. 모든 것이 똑똑히 눈에 보이는 것 같았다. 죽을 때까지 나를 고문하려 했던 악마 같은 뱀파이어를 만나기 위해, 나는 눈부신 태양 아래 콘크리트를 녹일 듯한 숨 막히는 열기 속을 미친 듯 달려갔다. 제임스는 엄마를 인질로 잡고 사방이 거울인 방에서 기다리고 있었다. 아니, 그런 줄만 알았다. 모든 게 속임수라는 건 짐작도 하지 못했다. 제임스 또한 에드워드가 나를 구하려고 달려오고 있다는 걸 모르고 있었다. 에드워드는 너무 늦지 않게 나타났지만 거의 간발의 차였다. 무의식적으로 나는 손등에 생긴 초승달 모양의 흉터를 어루만졌다. 흉터 부분은 다른 살갗보다 언제나 체온이 몇 도쯤 낮았다.

나쁜 기억을 털어버리기라도 하듯 나는 머리를 흔들며 에드워드가 한 말의 의미를 파악하려 노력했다. 뱃속에 경련이 일어나는 듯했다.

"비상사태를 대비한 계획이라니?"

내 물음에 에드워드는 어린아이도 다 알 만한 이야기를 왜 묻느냐는 듯 눈을 굴렸다.

"너 없인 나도 살지 않을 작정이었으니까. 하지만 방법을 확신할 수가 없더군. 에밋이나 재스퍼는 절대 도와주지 않을 테고……. 그래서 이탈리아로 가서 볼투리 일가와 한판 붙어야겠다고 생각했지."

에드워드가 정말로 심각하게 하는 말이라고 믿고 싶진 않았지만, 그의 황금빛 눈동자는 깊은 생각에 젖어 먼 곳을 바라보는 듯했다. 목숨을 끊을 방법을 고민하던 그때를 떠올리는 모양이었다. 갑자기 화가 치밀었다.

"볼투리……. 그게 뭔데?"

"볼투리 가문이라는 게 있어. 우리와 같은 존재인데 매우 유서 깊고 권력도 대단한 가문이지. 우리 세계에도 왕족이 있다고 가정한다면 왕족에 해당한다고나 할까. 칼라일은 초기에 이탈리아에서 그들과 잠시 살기도 했어. 미국에 정착하기 이전 일이지. 내가 해 준 이야기 기억 나?"

"당연히 기억 나지."

처음 그의 집에 갔던 날을 나는 결코 잊을 수 없을 것이다. 강가 숲속 깊이 자리 잡은 거대한 하얀 저택도, 여러 가지 면에서 에드워드에겐 진짜 아버지나 다름없는 칼라일이 자신의 개인사를 담은 그림들을 걸어놓은 방의 모습도 잊을 수 없기는 마찬가지였다. 그 방에서 가장 선명하고 색감이 화려하며 크기도 가장 큰 그림들은 칼라일이 이탈리아에서 지내던 시절을 담고 있었다. 그중에서도 요란한 색채로 표현된 폭도들을 제일 높은 발코니에서 내려다보는 천사처럼 아름다운 네 사람의 얼굴 모습을 나는 똑똑히 기억하고 있다. 수백 년도 더 된 그림이었지만 금발의 천사로 표현되어 있던 칼라일은 지금과 똑같은 모습이었다. 칼라일이 초창기에 함께 지냈다는 지인들 셋도 물론 또렷이 기억하고 있다. 에드워드는 잘 생긴 흑발 남자 둘과 백발 남자를 가리키며 '볼투리'라는 이름을 언급한 적이 없었다. 그는 그들을 아로, 카이우스, 마르쿠스라고 부르며 밤에만 활동하는 예술계의 후원자라고 설명했었다…….

"어쨌든 볼투리 일가는 함부로 자극해선 안 될 거물들이야."

에드워드가 나의 상념을 깨며 설명을 이어갔다.

"죽고 싶다거나, 우리처럼 사는 이런 존재에서 탈피하고 싶을 때가 아니고선 말이지."

그의 목소리는 너무도 차분해서, 그런 생각을 품는 게 지극히 자연스러운 나머지 거의 따분한 일이라는 것처럼 들렸다.

나의 분노는 공포로 돌변했다. 나는 대리석 조각 같은 그의 얼굴을 양손으로 힘주어 감쌌다.

"두 번 다시 그런 생각은 절대로, 절대로 해선 안 돼! 나한테 무슨 일이 일어나든, 네가 스스로 너를 해치는 일은 용납할 수 없어!"

"내가 다시는 너를 위험에 빠뜨리지 않을 테니까, 그건 여기서 결정 낼 문제가 아니지."

"네가 나를 위험에 빠뜨린다고? 지금껏 내가 겪은 불운은 다 내 잘못이었다고 확실히 못 박아둔 걸로 아는데. 네가 감히 어떻게 그런 생각을 할 수가 있어?"

나는 점점 더 화가 났다. 내가 죽은 뒤에라도 에드워드가 존재하지 않는다고 생각하니 참을 수 없을 만큼 고통스러웠다.

"너와 내 상황이 바뀌었다면 넌 어떻게 했을 것 같아?"

에드워드가 물었다.

"그건 얘기가 다르지."

그는 차이를 이해할 수 없다는 듯 웃음을 터뜨렸다.

"만일 너한테 무슨 일이 생긴다면, 넌 내가 자살하는 게 좋겠어?"

나는 생각만으로도 얼굴에서 핏기가 가시는 것 같았다.

그의 조각 같은 얼굴에 약간 고통의 기운이 스쳤다.

"네 말의 요지가 뭔지…… 약간은 알 것 같아. 하지만 네가 없는데 내가 뭘 하며 살겠어?"

"내가 나타나 네 인생을 복잡하게 만들기 이전처럼 사는 거지."

에드워드가 한숨을 쉬었다.

"말은 참 쉽게 하는군."

"그게 당연하니까. 사실 난 그렇게 흥미로운 사람도 아니잖아."

그는 반박을 하려는 듯하더니 이내 꼬리를 내렸다.

"여기서 결정 낼 일이 아니라고 했잖아."

그가 다시 한 번 같은 말을 되풀이했다. 그러고는 갑자기 좀 더 경직된 자세로 소파에 앉더니, 서로 몸이 닿지 않도록 나를 옆으로 밀어놓았다.

"찰리가 오는구나?"

내 짐작이 맞았는지 에드워드가 미소를 지었다. 곧이어 진입로로 들어서는 순찰차 소리가 들렸다. 나는 손을 뻗어 그의 손을 꼭 잡았다. 아빠도 그 정도는 감당할 수 있을 테니까.

찰리가 손에 피자 상자를 들고 들어섰다.

"다녀왔다. 명색이 생일인데 직접 요리하고 설거지하는 노동에선 해방되고 싶을 것 같아서 사왔단다. 배 안 고프니?"

"배고파요. 고마워요, 아빠."

찰리는 에드워드가 전혀 식욕을 보이지 않아도 아무 말 하지 않았다. 저녁을 거르는 에드워드의 습관에 대해선 이미 아버지도 익숙해져 있었다.

"저녁에 제가 벨라 좀 빌려가도 될까요?"

찰리와 내가 식사를 마치자 에드워드가 물었다.

나는 간절한 눈빛으로 찰리를 바라보았다. 아버지가 모처럼 가족끼리 집에서 보내는 조촐한 생일을 계획했을지도 모르니까. 게다가 오늘은 나와 아버지가 단둘이 맞는 첫 생일이고, 엄마가 재혼해 플로리다에서 살게 된 뒤로 처음 맞는 생일이기도 했기 때문에 아버지가 어떻게 나올지 예상할 수 없었다.

"난 상관없다. 오늘 마리너스가 삭스랑 한 판 붙는 날이거든."

찰리의 대답에 내 희망은 산산조각이 났다.

"그러니까 난 있어 봤자 말동무도 못 해줄 거야. 이거나 잊지 말고 가져가라."

그는 엄마의 조언에 따라 내 생일 선물로 산 카메라를 집더니(앨범을 채우려면 사진이 필요할 거라는 것이 엄마 생각이었다) 나에게 던졌다.

딸이 손발을 놀리는 데 늘 문제가 있다는 걸 알면서 그런 행동을 하다니 무모한 짓이다. 카메라는 내 손끝에 부딪쳤다가 바닥을 향해 굴러 떨어졌다. 다행히 박살이 나기 직전에 에드워드가 낚아채 주었다.

"큰일 날 뻔했네. 고맙다. 에드워드 집에서 뭐든 재미있는 일이 있거든 사진을 꼭 찍어오너라. 너희 엄마가 어떻게 나올지 알지? 사진 찍기도 전에 빨리 보자고 할 거다."

"좋은 생각이에요."

에드워드가 나에게 카메라를 건네며 말했다.

나는 카메라를 에드워드에게 들이밀고 첫 사진을 찍었다.

"작동은 잘 되는데요."

"다행이구나. 아, 그리고 앨리스한테 나 대신 꼭 인사 전해. 요샌 통 못 봤잖니."

찰리의 입 꼬리가 살짝 아래로 쳐졌다.

"겨우 사흘밖에 안 됐어요, 아빠. 암튼 인사 전할게요."

찰리는 앨리스한테 홀딱 빠져 있었다. 앨리스는 작년 봄, 내가 회복할 때까지 많은 도움을 주었었다. 그러는 사이 찰리는 앨리스와 몹시 친해졌다. 성인이 다 된 딸의 목욕을 돕는 것 따위의 공포스런 일에서 놓여난 것 때문에라도 찰리는 영원히 앨리스에게 고마워할 것이다.

"그래. 재미있게 놀다 와라."

그의 대꾸는 명백히, 이제 나가보란 뜻이었다. 찰리는 벌써 TV가 있는 거실 쪽으로 몸을 틀고 있었다.

에드워드는 승리의 미소를 지으며 내 손을 잡고 부엌을 빠져나왔다.

트럭 앞에서 그는 또 다시 나를 위해 조수석 문을 열어 주었는데, 이번에는 나도 반발하지 않았다. 깜깜한 어둠 속에서 그의 집으로 빠지는 길을 잘 찾아낼 자신이 없었으니까.

시내를 통과해 북쪽으로 차를 몰며 에드워드는 선사시대 유물 같은 내 트럭의 제한속도를 자꾸만 넘으려고 했다. 시속 80킬로미터 이상으로 가속 페달을 밟자 평소보다 엔진 소음이 더욱 요란해졌다.

"살살 좀 다뤄."

내가 그를 나무랐다.

"네 마음에 꼭 들 것 같은 차를 봐 뒀어. 소형 아우디 쿠페야. 아주 조용하면서 힘은 꽤 세거든……."

"내 트럭은 아무 문제없어. 필요도 없는데 비싸기만 한 물건 얘기가 나왔으니 말인데, 너 무사하고 싶으면 내 생일 선물에는 단 한 푼도 쓰지 않았어야 할걸."

"정말 한 푼도 안 썼어."

순순히 그가 대꾸했다.

"다행이다."

"부탁 하나만 들어 줄래, 벨라?"

"무슨 부탁이냐에 달렸겠지."

그는 잘생긴 얼굴을 굳히며 한숨을 쉬었다.

"벨라, 우리들이 생일다운 생일을 보낸 건 1935년 에밋의 생일이 마지막이었어. 그러니까 우릴 좀 봐준다는 생각으로 오늘 너무 까탈스럽게 굴지 말아 줘. 다들 굉장히 들떠 있으니까."

에드워드가 그런 이야기를 불쑥 꺼낼 때마다 언제나 나는 살짝 놀라곤 했다.

"알았어, 얌전히 굴게."

"아무래도 미리 경고해 두는 게 좋을 것 같은데……."

"어서 해보셔."

"다들 들떠 있다는 말은…… '가족 모두'라는 뜻이야."

숨이 턱 막혔다.

"모두라고? 에밋이랑 로잘리는 아프리카에 있다고 했잖아."

포크스 주민들은 컬렌 집안의 큰 아이들이 올해 대학에 진학해 다트머스에 있는 것으로 생각했지만, 나는 진실을 알고 있었다.

"에밋이 오고 싶어 했거든."

"하지만…… 로잘리는?"

"걱정하는 거 알지만, 염려 마. 로잘리도 오늘은 얌전하게 굴 테니."

나는 대꾸하지 않았다. 이런 상황에서 염려하지 않는다는 게 나로선 쉬운 일이 아니었다. 앨리스와 달리 에드워드의 또다른 '수양' 누이인 금발 미녀 로잘리는 나를 별로 좋아하지 않았다. 좀 더 엄밀히 말하면 그녀의 감정은 혐오보다 좀 더 강한 것인 듯했다. 로잘리가 보기에 나는 비밀스러운 그들 가족의 삶에 뛰어든 불청객 침입자였다.

당분간 로잘리를 대면하지 않아도 된다는 사실이 내심 기쁘긴 했지만, 로잘리와 에밋이 오래도록 집을 비운 이유가 나 때문임을 짐작할 수 있었기에 나는 현재 상황에 깊은 죄책감을 느끼고 있었다. 장난꾸러기 곰돌이 같은 에드워드의 형 에밋은 사실 나도 무척이나 보고 싶었다. 에밋은 여러모로 내가 늘 갖고 싶던 큰오빠 같은 느낌이었다. 그보다 훨씬 더 무섭긴 하지만.

에드워드가 얼른 화제를 바꾸었다.

"아우디는 싫다고 했지, 그럼 생일 선물로 달리 받고 싶은 건 없어?"

"내가 원하는 게 뭔지 너도 알잖아."

나도 모르게 속삭이듯 말했다.

대리석 같은 그의 이마에 깊은 주름이 패였다. 차라리 로잘리 얘기를 계속할 걸 그랬다고 후회하는 얼굴이었다. 어쩐지 우린 오늘 비슷한 종류의 말다툼을 종일 하고 있는 듯한 느낌이었다.

"오늘은 그만 하자, 벨라. 부탁이야."

"글쎄, 어쩌면 앨리스가 내가 원하는 걸 선물할지도 모르겠네."

에드워드가 야수의 으르렁거림처럼 무시무시한 소리를 냈다.

"오늘이 너의 마지막 생일이 되는 일은 절대로 없을 거야, 벨라."

"이건 불공평해!"

에드워드가 이를 으드득 가는 소리가 들렸다.

우린 이제 집 앞에 차를 대려는 참이었다. 1, 2층의 모든 창문에서 밝은 빛이 새어나왔다. 처마 밑으로 길게 연결된 전선에 일본식 등불이 매달려 집 주변에 병풍처럼 서 있는 삼나무를 은은하게 비추었다. 현관문까지 이어지는 넓은 계단에는 분홍 장미를 띄운 커다란 유리 수반이 층층이 놓여 있었다.

내 입에서 신음소리가 절로 나왔다.

에드워드는 스스로 진정하려는 듯 몇 번 심호흡을 했다.

"파티잖아. 즐겁게 지내도록 노력 좀 해 봐."

"알았어."

내가 중얼중얼 대꾸했다.

그는 조수석 문을 열고 손을 내밀었다.

"물어볼 게 있어."

조바심을 내며 에드워드가 내 질문을 기다렸다. 나는 카메라를 만지작거렸다.

"이 필름을 현상하면 사진에 네 모습이 나올까?"

에드워드가 큰 소리로 웃음을 터뜨렸다. 차에서 내려 내 손을 잡고 계단을 올라가 현관문을 열 때까지도 에드워드는 줄곧 웃고 있었다.

그들은 널찍한, 온통 하얀 거실에 모두 모여 우리를 기다리고 있었다. 내가 문을 들어서자마자 그들이 큰 소리로 합창을 하듯 "생일 축하해, 벨라!"라고 외쳤으므로 나는 얼굴을 붉히며 눈길을 피했다. 아마도 앨리스의 짓인 듯, 평평한 바닥에는 어디든 분홍색 양초와 장미를 띄워놓은 유리수반이 놓여 있었다. 에드워드의 그랜드피아노 옆, 하얀 테이블보가 드리워진 탁자엔 분홍색 생일 케이크와 탐스러운 장미꽃이 담긴 화병, 층층이 쌓인 유리 접시와, 은색 포장지로 싼 선물 꾸러미가 쌓여 있었다.

내가 상상한 것보다 백배는 더 심했다.

내 착잡함을 감지한 에드워드는 용기를 북돋아주려는 듯 내 허리에 팔을 감고 정수리에 입을 맞추었다.

에드워드의 부모님인 칼라일과 에스미가 현관에 제일 가까이 서 있었다. 언제나 그렇듯 믿어지지 않을 만큼 젊고 멋진 모습이었다. 에스미가 조심스레 나를 껴안자 캐러멜 빛깔의 부드러운 머리칼이 내 뺨을 스쳤다. 그녀가 내 이마에 입을 맞추고 나자 칼라일도 다정히 어깨를 안아 주었다.

"이렇게까지 하게 돼서 미안하구나. 앨리스가 통 말을 듣질 않지 뭐니."

무대에서 방백을 하는 배우처럼 칼라일이 말했다.

에스미와 칼라일 뒤엔 로잘리와 에밋이 서 있었다. 로잘리는 미소조차 보여주지 않았지만 최소한 나를 노려보진 않았으니 다행이었다. 에밋은 헤벌쭉 웃고 있었다. 두 사람을 마지막으로 본 게 벌써 여러 달 전이었다.

그동안 로잘리가 얼마나 눈부시게 아름다운 사람인지 잊고 있었던 듯, 쳐다보고 있으려니 새삼 눈이 시릴 지경이었다. 에밋도 왠지 달라 보였다. 원래 이렇게 덩치가 컸던가?

"넌 조금도 안 변했구나. 어디든 조금은 달라져 있을 줄 알았더니. 어휴, 얼굴 빨개지는 것까지 예전이랑 똑같군."

에밋이 장난스럽게 실망했다는 말투로 빈정거렸다.

"그렇게 봐 줘서 고마워요, 에밋."

나는 얼굴을 더욱 붉히며 대꾸했다.

그는 껄껄 웃어대더니 앨리스에게 의미심장한 윙크를 보냈다.

"난 잠깐 나갔다 올게. 내가 나간 사이에 재미있는 일 벌이지 마라!"

"알았어."

앨리스가 재스퍼의 손을 놓고 앞으로 성큼 나서며 치아가 온통 드러날 정도로 환하게 웃음 지었다. 재스퍼도 미소를 지었지만 자리에서 움직이진 않았다. 그는 큰 키를 구부정하게 굽히고 계단 아래쪽 기둥에 기대어 서 있었다. 피닉스 호텔에서 함께 갇혀 지내는 동안 나에 대한 그의 반감이 사라졌다고 생각했다. 그러나 재스퍼는 나를 보호해야 한다는 임시 임무에서 자유로워지자 예전과 똑같은 행동을 보이며 가능한 한 나를 피했다. 개인 감정 때문이 아니라 조심하는 것뿐임을 알기에, 나도 지나치게 민감한 반응을 보이지 않으려고 애쓰는 중이었다. 재스퍼는 컬렌 집안에서 흡혈 욕구 때문에 가장 큰 어려움을 겪고 있었다. 그는 다른 가족들에 비해 인간의 피 냄새를 훨씬 더 견디기 어려워했다. 절제한 기간이 그리 길지 않기 때문이다.

"선물을 풀어 볼 시간이야."

앨리스가 선언했다. 그녀는 서늘한 손으로 내 팔을 잡고 케이크와 반짝이는 선물들이 놓인 탁자로 끌고 갔다.

나는 처형을 앞둔 순교자 같은 표정을 지었다.

"앨리스, 선물은 절대 사절이라고 분명히 얘기했……."

"난 못 들었거든. 어서 열어봐."

앨리스는 내 말허리를 자르고는 뿌듯한 표정을 지었다. 그녀는 내 손에서 카메라를 빼앗은 뒤 커다랗고 네모난 상자를 안겼다.

상자는 너무 가벼워서 안이 텅 빈 것 같았다. 상자 꼬리표에는 에밋과 로잘리, 재스퍼의 이름이 적혀 있었다. 민망한 마음으로 포장지를 찢은 나는 안에 든 상자 표면을 쳐다보았다.

암호처럼 이름에 숫자가 많이 들어가는 전자제품인 듯했다. 좀 더 확인할 요량으로 상자를 열었지만 역시나 안은 비어 있었다.

"음…… 고마워요."

웬일인지 로잘리가 미소를 지었다. 재스퍼는 아예 마구 웃어댔다.

"네 트럭에 달 오디오야. 네가 환불하지 못하게 하느라고 지금 에밋이 설치하고 있어."

재스퍼가 설명했다.

앨리스는 언제나 나보다 한 발 앞서는 데 선수다.

"고마워요, 재스퍼, 로잘리."

아까 오후에 에드워드가 라디오 때문에 불평했던 것을 떠올리자 나도 싱긋 웃음이 났다. 모든 게 다 미리 짜여진 각본이었군.

"고마워요, 에밋!"

좀 더 큰 소리로 내가 외쳤다.

집 앞 트럭에서 쩌렁쩌렁 울리는 그의 웃음소리를 들은 나도 함께 웃지 않을 수 없었다.

"내 선물 먼저 풀어 보고 그 다음에 에드워드 선물을 보도록 해."

앨리스는 너무 흥분한 나머지 목소리 톤이 최대로 높아져 있었다. 그녀는 작고 납작한 상자 하나를 들고 있었다.

나는 에드워드를 돌아보며 무섭게 눈을 흘겼다.

"너 약속했었잖아."

그가 대답도 하기 전에 에밋이 쿵쿵 소리를 내며 뛰어 들어왔다.

"딱 맞춰 왔군!"

그는 환호하듯 외치며 재스퍼를 밀치고 앞으로 나왔다. 재스퍼 역시 선물이 공개되는 순간을 좀 더 잘 지켜보려고 평소보다 가까이까지 접근했던 터였다.

"난 한 푼도 안 썼어."

에드워드가 나를 안심시켰다. 그는 간지럼을 태우듯 내 얼굴에 흘러내린 머리칼 한 가닥을 넘겨주었다.

나는 심호흡을 한 뒤 앨리스를 향하며 한숨을 쉬었다.

"주세요."

에밋이 몹시 즐거워하며 킥킥거렸다.

작은 상자를 받아든 나는 에드워드를 흘겨보며, 테이프가 붙어 있는 부분 아래쪽의 포장지 밑으로 손가락을 넣었다.

"이런."

종이에 손가락을 베인 내가 중얼거렸다. 손가락을 들어 상처를 확인했다. 살짝 벤 자리에서 피 한 방울이 배어나왔다.

모든 일이 눈 깜짝할 사이에 벌어졌다.

"안 돼!"

에드워드가 고함을 질렀다.

그는 거의 몸을 날리듯 다가와 나를 탁자 건너편으로 내던졌다. 그러자 탁자가 쓰러지면서 케이크와 선물과 꽃병과 접시가 사방으로 흩어졌다. 나는 산산조각 난 크리스털 접시 위로 넘어졌다.

재스퍼와 에드워드의 몸이 부딪치자 암석 절벽에서 거대한 바위가 떨어지는 듯한 소리가 들렸다.

재스퍼의 가슴 속 깊은 곳에서 울려 나오는 것 같은 소름끼치는 으르렁거림도 들려왔다. 재스퍼는 에드워드를 밀치고 빠져나오려고 몸부림치며, 에드워드의 얼굴 바로 옆에서 무서운 송곳니를 부딪쳐 딱딱 소리를 냈다.

바로 다음 순간 에밋이 등 뒤에서 재스퍼를 붙잡고 꼼짝 못하도록 제압했지만, 재스퍼는 무섭고 공허한 시선을 나에게 고정시킨 채 계속 몸부림을 쳤다.

충격의 순간이 지나가자 아픔이 느껴졌다. 피아노 옆 바닥을 뒹굴며 나는 본능적으로 팔꿈치로 바닥을 짚었고, 그 결과 팔에 온통 유리조각이 박히고 말았다. 그제야 손목부터 팔꿈치까지 불에 덴 듯 따끔거리는 통증이 느껴졌다.

현기증과 혼란스러움을 느끼며 선홍색의 피가 뿜어져 나오는 팔에서 시선을 드니, 별안간 탐욕스러운 표정으로 눈에서 불을 뿜는 여섯 명의 뱀파이어가 나를 노려보고 있었다.

2

흉터

침착함을 유지하고 있는 사람은 칼라일뿐이었다. 차분하고 권위적인 그의 목소리에선 응급실에서 수백 년을 보낸 노련함이 묻어났다.

"에밋, 로잘리, 재스퍼를 밖으로 데리고 나가라."

그날 저녁 처음으로 미소를 잃은 에밋이 고개를 끄덕였다.

"나가자, 재스퍼."

재스퍼는 에밋한테 붙들려 꼼짝 못하면서도 계속 몸을 뒤챘고, 여전히 이성을 잃은 눈빛으로 무서운 이빨을 형에게 휘둘렀다.

나를 보호하는 듯한 자세로 옆에 웅크린 에드워드의 얼굴은 백짓장보다도 창백했다. 이를 악문 그의 입에서 낮은 으르렁거림이 흘러나왔다. 그는 분명 호흡을 멈추고 있었다.

이상스레 흐뭇한 표정을 짓던 로잘리는, 재스퍼의 이빨을 조심스레 피하며 에밋을 도와 재스퍼를 밖으로 데리고 나갔다. 에스미는 한 손으로 입과 코를 막은 채 유리로 된 현관문을 붙잡아 주고 있었다. 그녀는 자괴감에 휩싸인 표정을 지었다.

"정말 미안하구나, 벨라."

다른 이들을 따라 마당으로 나가며 에스미가 외쳤다.

"좀 비켜라, 에드워드."

칼라일의 중얼거림에도 꼼짝 않던 에드워드가 천천히 고개를 끄덕이며 긴장을 풀었다.

칼라일이 내 옆에 무릎을 꿇고 팔의 상처를 살폈다. 내가 느끼기에도 얼굴이 충격으로 일그러져 있는 것 같았으므로 나는 애써 표정을 풀었다.

"이거 받으세요."

앨리스가 수건을 칼라일에게 내밀었다.

그는 고개를 저었다.

"유리조각이 너무 많이 박혔어."

그는 팔을 뻗어 하얀 테이블보 끝자락을 길고 얇게 찢어낸 뒤, 내 팔꿈치 위쪽에서 지혈을 했다. 피 냄새 때문에 나도 현기증이 일었으므로 몹시 멍했다.

"벨라. 내가 병원으로 태워다주는 게 좋겠니, 아니면 여기에서 치료하는 게 좋겠니?"

"여기서 해 주세요."

병원으로 가게 되면 찰리한테 사고를 숨길 방법이 없어진다.

"가방 가져올게요."

앨리스가 말했다.

"벨라를 식탁으로 데려가자."

칼라일이 에드워드에게 말했다.

칼라일이 내 팔을 지그시 누르고 있는 사이 에드워드가 나를 가뿐히 안아 올렸다.

"좀 어떠니, 벨라?"

칼라일이 물었다.

"전 괜찮아요."

다행스럽게도 내 목소리는 꽤 침착했다.

에드워드의 얼굴은 돌처럼 굳어 있었다.

부엌엔 벌써 앨리스가 기다리고 있었다. 칼라일의 검은 가죽가방과, 작지만 밝은 독서등이 불을 밝힌 채 식탁에 놓여 있었다. 에드워드는 나를 조심스레 의자에 앉혔고, 칼라일도 바로 옆 의자에 자리를 잡았다. 그는 곧 치료를 시작했다.

에드워드는 나를 보호하듯 옆에 지키고 서서, 여전히 숨을 멈추고 있었다.

"그냥 나가 있어, 에드워드."

"난 괜찮아."

고집을 부리긴 했지만 그의 턱은 굳게 경직되어 있었다. 격렬한 갈증과 싸우느라 그의 눈동자는 이글이글 불타고 있었다. 아마 그는 다른 이들보다 갈증을 참기가 훨씬 더 어려울 것이다.

"굳이 영웅이 될 필요 없잖아. 네 도움 없이도 칼라일이 잘 치료해주실 거야. 넌 나가서 바람 좀 쐬고 와."

칼라일이 뭘 했는지 몰라도 팔이 심하게 따끔했으므로, 나는 움찔 놀랐다.

"나도 같이 있을 거야."

"왜 그렇게 자학을 하는 거야?"

칼라일이 중재에 나섰다.

"에드워드, 너도 재스퍼가 더 무슨 일 벌이기 전에 나가서 말려 보렴. 아마 자책이 심할 거다. 지금 재스퍼는 네 얘기밖에 안 들으려고 할 거야."

"그래. 나가서 재스퍼를 찾아 봐."

내가 열심히 거들자, 앨리스도 한마디 했다.

"차라리 밖에 나가면 좀 더 쓸모 있는 일을 할 수 있을지도 모르잖아."

우리가 힘을 합쳐 몰아세우자 못마땅한 듯 에드워드는 눈을 가늘게 뜨더니, 마침내 고개를 한 번 끄덕인 뒤 부엌 뒷문으로 달려 나갔다. 그는 내가 손가락을 베던 순간부터 그때까지 한 번도 숨을 쉬지 않고 있었다.

뻐근하고 묵직한 느낌이 팔 전체로 퍼져갔다. 그때문에 따끔거림은 사라졌지만 마취를 할 정도로 상처가 꽤 깊다는 사실을 새삼 실감하게 되었다. 나는 칼라일의 손놀림을 쳐다보지 않으려고 조심스레 그의 얼굴을 관찰했다. 내 팔 쪽으로 고개를 숙인 그의 금발이 환한 빛을 반사시켰다. 속이 약간 메슥거렸지만, 나는 평소처럼 나약하게 뱃속을 게워낼 순 없다고 최대한 마음을 다잡는 중이었다. 이제 통증은 없었고 피부가 약간씩 당기는 듯한 느낌뿐이었으므로 나는 그것도 무시하려고 애를 썼다. 아기처럼 놀라 볼썽사납게 토할 이유가 없잖아.

다른 곳을 쳐다보고 있었거나 눈을 감았다면 앨리스마저 포기하고 남몰래 빠져나가는 모습을 보지 못했겠지만, 그녀는 줄곧 내 시야에 들어와 있었다. 사과하듯 살짝 미소를 지어 보인 뒤 앨리스가 부엌문으로 사라졌다.

"이렇게 다 나가버렸네요. 방을 비우고 싶을 땐 언제든 제가 사고만 치면 되겠어요."

한숨이 나왔다.

"네 잘못이 아니잖니. 누구한테나 일어날 수 있는 일이야."

칼라일이 낮게 웃으며 나를 위로했다.

"남들은 '가능성'에 그치지만 전 언제나 겪는 일이니 문제죠."

칼라일이 다시 한 번 허허 웃었다.

다른 사람들의 반응과는 정반대인 그의 느긋함과 침착함이 더욱 놀라울 뿐이었다. 그의 얼굴엔 일말의 동요도 없었다. 대신 빠르고 정확한 동작으로 치료에 임했다. 작은 내 숨소리 외에 들리는 소리라곤 유리조각이 식탁 위에 놓일 때마다 희미하게 나는 쨍그랑, 쨍그랑 소리뿐이었다.

"어떻게 이런 일을 하실 수 있죠? 앨리스와 에스미조차도……."

나는 경이로움에 고개만 설레설레 저을 뿐 말을 잇지 못했다. 다른 가족들도 칼라일처럼 전통적인 뱀파이어의 식습관을 포기했다지만, 지금 강렬한 유혹 없이 내 피 냄새를 의연하게 견딜 수 있는 사람은 칼라일뿐이었다. 그는 아무렇지 않은 듯 행동하고 있지만 실제로는 대단히 어려운 일임에 틀림없다.

"오랜 세월 훈련을 거친 덕분이지. 이제 나는 피 냄새도 거의 알아차리지 못할 정도란다."

"병원 일을 오래 쉬고 휴가를 다녀 온다면요? 피 냄새를 오래 멀리한 다음엔 아무래도 더 힘드시겠죠?"

"아마 그렇겠지."

그가 어깨를 으쓱했지만 손놀림은 여전히 침착했다.

"하지만 난 긴 휴가를 떠날 필요를 느껴본 적이 없어. 일이 너무 좋아서 탈인걸."

칼라일이 나를 보며 환한 미소를 지었다.

쨍그랑, 쨍그랑, 쨍그랑. 내 팔에 도대체 얼마나 많은 유리조각이 박혀 있었던 건가. 놀라울 따름이었다. 수북이 쌓여 있을 유리조각 더미를 쳐다보고 싶은 충동을 느꼈지만, 그러면 절대 토하지 않겠다는 결심이 차질을 빚게 될 것 같았다.

"의사 일의 어떤 점이 그렇게 좋으신데요?"

이처럼 의연하게 피 냄새를 감당할 수 있게 되기까지 얼마나 오랜 세월이 필요했을까. 그가 얼마나 혹독한 갈등과 자기부정을 겪었을지, 나로선 도저히 상상도 되지 않았다. 사실 궁금하기도 했지만, 나는 계속 칼라일에게 말을 걸고 싶었다. 대화를 하면 뱃속의 메스꺼움을 잠시나마 잊을 수 있기 때문이다.

칼라일은 침착하고 사려 깊은 눈빛으로 대답했다.

"흠. 의사 일의 가장 좋은 점은 숙련된 내 솜씨 덕분에 목숨을 잃을 뻔했던 환자를 살릴 수 있다는 거지. 내가 이 세상에 존재하기 때문에, 그리고 내 솜씨로 인해 누군가의 삶이 나아진다고 생각하면 기분이 좋아지거든. 간혹 민감한 후각이 아주 쓸 만한 진단 도구로 이용되기도 하지."

그가 한쪽 입 꼬리만 슬쩍 올리고 미소를 지었다.

유리 파편을 모두 제거한 듯 그가 내 팔을 구석구석 눌러보는 사이, 나는 그의 말을 곱씹었다. 이어 그가 가방에서 다른 도구를 찾자, 나는 수술 바늘과 실을 상상하지 않기 위해 열심히 노력했다.

살갗이 또다시 묘하게 당겨지는 느낌이 시작되었다. 나는 대화를 이어 나갔다.

"하지만 칼라일 잘못이 아닌걸요. 그런데도 만회하려고 너무 열심히 노력하시는 것 같은데요. 이런 삶을 본인이 직접 선택한 것도 아닌데, 착하게 살려고 갖은 노력을 기울이고 계시잖아요."

"나는 뭔가를 만회하겠다는 생각은 해본 적이 없다. 다른 모든 인생이 그렇듯, 그저 나에게 주어진 상황에 어떻게 대처할지 결정했을 뿐이란다."

"그게 대단히 쉬운 일이라는 것처럼 말씀하시네요."

칼라일은 또 다시 내 팔을 면밀히 살폈다.

"다 됐다."

이렇게 말하며 그는 실을 끊어 냈다.

그는 시럽 같은 갈색 용액에 커다란 거즈를 담갔다 꺼내어 꿰맨 부위를 꼼꼼히 닦았다. 기묘한 냄새 때문에 다시 현기증이 일었다. 약물이 닿은 피부가 따끔거리고 얼얼했다.

칼라일이 기다란 거즈를 꺼내 꿰맨 자리를 꼼꼼히 덮고 반창고를 붙이는 사이 내가 다시 물었다.

"편한 삶을 마다하고 다른 방식으로 살아야겠다는 생각을 처음 하시게 된 이유는 뭐예요?"

그는 혼자만 알 듯한 미소를 지었다.

"에드워드한테 얘기 못 들었니?"

"들었어요. 그런데 그때 무슨 생각을 하셨는지 알고 싶어져서……."

칼라일의 표정이 별안간 진지해졌다. 문득 그가 내 생각을 눈치 챈 건 아닌지 궁금해졌다. 같은 상황에서 나라면 어떤 생각을 했을지 상상하고 있었으니까. '만약'이라는 가정은 일부러 젖혀 두었다.

"이미 들었겠지만 우리 아버지는 목사셨단다."

그는 젖은 거즈로 꼼꼼히 식탁을 닦고 나서 또 한 번 새 거즈로 닦아냈다. 알코올 냄새가 코를 찔렀다.

"워낙 엄격한 세계관을 지닌 분이었는데, 변화를 겪기 전부터 나는 이미 의문을 품기 시작했지."

칼라일은 더러운 거즈와 유리조각을 모두 빈 유리그릇에 담았다. 성냥을 켰을 때까지도 나는 그가 무슨 일을 하려는지 짐작하지 못했다. 알코올이 묻은 거즈에 불붙인 성냥개비를 던지자 확 불이 붙는 바람에 나는 펄쩍 뛰며 놀랐다.

"미안하구나. 완전히 없애야 하기 때문에……. 아무튼 나는 아버지가 신앙이라고 여기던 그 유별난 관념에 동의할 수가 없었어. 하지만 4백년 가까이 살아오면서 어떤 형태로든 신의 존재를 의심해본 적은 단 한 번도 없었다."

나는 대화가 엉뚱한 방향으로 흘러가는 데 당황한 것을 감추기 위해 팔에 덮인 거즈를 살피는 체했다. 나름대로 여러 가능성을 떠올렸지만 종교 문제가 거론될 줄은 짐작도 하지 못했다. 나는 신앙을 회피하며 살고 있었다. 찰리는 부모님이 루터 교회에 다니셨으므로 자기도 루터 교인이라고 여겼지만, 일요일엔 교회 대신 강가에서 낚싯대를 숭배하는 사람이었다. 엄마도 이따금씩 교회에 나가긴 했지만, 테니스나 도예, 요가, 프랑스어를 잠깐씩 배우러 다녔듯 교회도 금세 싫증 내는 취미생활이나 다름없었다.

"뱀파이어 입에서 이런 이야기가 나오니 약간 이상하게 들리겠지."

그들이 스스럼없이 '뱀파이어'라는 말을 입에 올릴 때마다 내가 어김없이 놀란다는 걸 잘 알고 있는 칼라일이 씩 웃었다.

"하지만 나는 우리 같은 삶에도 의미는 있다고 믿고 싶다. 물론 터무니없는 비약이라는 건 인정해야겠지. 어차피 우린 저주 받은 존재들이니까. 하지만 바보 같은 짓인지 몰라도 나는, 우리도 노력을 기울이면 어느 정도 신에게 인정받을지 모른다고 바라고 있어."

"바보 같은 짓이라고는 생각되지 않는데요."

내가 웅얼웅얼 대꾸했다. 신을 포함해 그 누구도 칼라일에게 감명받지 않는 사람은 없을 테니까. 게다가 내가 받아들일 수 있는 유일한 천국은 에드워드가 속해 있는 곳이어야 했다.

"그리고 아무나 할 수 없는 일이기도 하고요."

"솔직히, 이런 생각에 맞장구쳐 준 사람은 네가 처음이란다."

"다른 분들은 생각이 다른가요?"

특히 한 사람을 떠올리며, 놀란 내가 되물었다.

칼라일은 이번에도 내 생각의 방향을 짐작한 듯했다.

"에드워드도 어느 부분까지는 나와 생각이 같아. 신과 천국은 존재하고…… 지옥도 있다고 생각하지. 하지만 우릴 위한 사후세계가 있다는 건 믿지 못한다. 갠 우리가 영혼을 잃어버렸다고 생각하거든."

칼라일의 목소리는 아주 낮았다. 그는 싱크대 위쪽으로 난 커다란 창문

밖의 어둠을 응시했다.

오늘 오후에 에드워드가 했던 말이 퍼뜩 생각났다. '죽고 싶다거나, 우리처럼 사는 이런 존재에서 탈피하고 싶을 때가 아니고선 말이지.' 머릿속에 불 하나가 딸각 켜지는 것 같았다.

"그건 정말 문제네요. 에드워드가 저에 대해 그렇게 힘들어 하는 것도 그때문이었어요."

"내…… 아들을 바라보면 말이다……. 그 애의 힘과 착한 마음씨, 총명함이 늘 후광처럼 뿜어져 나오는 것 같아. 그래서 내 희망과 믿음은 전보다 더 힘을 얻게 되지. 에드워드 같은 아이를 위해서라면 더더욱, 사후세계가 없다는 건 말이 안 되지 않니?"

내가 열심히 고개를 끄덕여 동감을 표했다.

"하지만 만일 나도 에드워드와 생각이 같다면……."

칼라일이 나를 헤아릴 길 없는 심오한 눈빛으로 쳐다보았다.

"만일 네가 그 애처럼 믿고 있다면 말이야. 그 아이의 영혼을 빼앗을 수 있겠니?"

그 교묘한 질문에 나는 아무 대답도 할 수 없었다. 에드워드를 위해 내 영혼을 내놓을 수 있겠느냐고 물었다면 내 대답은 확실했다. 하지만 나더러 에드워드의 영혼을 위험에 빠뜨릴 수 있겠냐고? 속이 상한 나는 입을 꾹 다물었다. 전혀 공정하지 않은 질문이었다.

"뭐가 문제인지 이젠 너도 알겠구나."

나는 고집스레 이를 악물고 고개를 저었다.

칼라일은 한숨을 쉬었다.

"어디까지나 제 결정에 달린 일이에요."

"에드워드의 결정에 달린 것이기도 하지."

내가 반박하려 하는 걸 눈치 챈 칼라일이 먼저 한 손을 들어올렸다.

"너에게 한 행동의 책임이 그 애에게 있다면 말이다."

"그걸 할 수 있는 사람이 에드워드뿐은 아니잖아요."

나는 칼라일을 조심스레 살폈다.

그가 웃음을 터뜨리는 바람에 별안간 분위기가 밝아졌다.

"안 될 말이지! 이 문제는 반드시 네가 '그 녀석'과 해결해야 해."

그러나 곧이어 그가 한숨을 쉬었다.

"게다가 나로서도 이것만큼은 확신하기가 어렵구나. 다른 대부분의 경우에는 주어진 상황에서 최선을 다했다고 '생각'하지. 하지만 다른 이들에게까지 이런 운명을 안겨주는 게 과연 옳을까? 나도 그건 모르겠구나."

나도 대답할 수가 없었다. 칼라일이 고독한 존재로서의 삶을 바꿔보겠다는 결심을 하지 않았더라면 내 인생이 어떻게 되었을지 상상하니 몸이 부르르 떨렸다.

"내가 결심을 하게 된 건 에드워드의 어머니 때문이었다."

칼라일의 목소리는 이제 속삭임에 가까웠다. 깜깜한 창문을 내다보는 그의 시선은 공허했다.

"에드워드의 어머니요?"

에드워드에게 부모님 이야기를 물을 때마다 오래전에 돌아가셔서 기억이 희미하다는 대답만 들을 수 있었을 뿐이다. 칼라일이 그의 부모님을 만난 건 짧은 시간에 불과하겠지만, 그 기억은 선명하게 남아 있을 거라는 사실이 그제야 떠올랐다.

"그래. 이름은 엘리자베스였지. 엘리자베스 메이슨. 아버지는 에드워드와 이름이 같았는데 병원에 온 뒤로 다시 의식을 회복하지 못했다. 병에 전염되자마자 목숨을 잃은 셈이지. 하지만 엘리자베스는 거의 마지막까지 의식이 또렷했어. 에드워드는 어머니를 많이 닮았단다. 묘한 황동빛 머리색도 초록색 눈동자도 아주 똑같았어."

"원래 에드워드 눈이 초록색이었군요?"

머릿속으로 그의 과거 모습을 그려보며 내가 중얼거렸다.

"그래……."

칼라일의 황토색 눈동자는 백여 년의 세월을 거슬러 올라가고 있었다.

"엘리자베스는 지나칠 정도로 아들 걱정을 많이 했단다. 환자의 몸으로 아들을 간호하느라 본인이 살아날 수 있는 기회를 놓치고 말았지. 에드워드의 상태가 훨씬 더 나빴기 때문에, 나는 그 애가 어머니보다 먼저 세상을 떠날 줄 알았어. 어쨌든 엘리자베스의 마지막 순간은 아주 짧았단다. 막 해가 진 뒤라 나는 온종일 근무한 의사들과 교대하려고 병원에 갓 도착한 참이었다. 해야 할 일은 산더미인데 쉴 필요도 없는 내가 굳이 휴식을 취해야 하는 게 견디기 힘들었어. 수많은 사람들이 죽어가고 있는데, 집에 돌아가 어둠 속에 숨어 자는 체하는 게 어찌나 싫던지. 먼저 엘리자베스와 에드워드의 병세를 확인하러 갔어. 그 둘에 대한 애착이 컸거든. 인간이란 존재가 얼마나 연약한지 생각한다면, 위험천만한 일이지. 엘리자베스를 보자마자 나는 가망이 없다는 걸 알 수 있었다. 열이 걷잡을 수 없이 치솟고 있었는데, 이미 너무 쇠약해져 버려 내기 힘든 상태였거든. 그런데도 환자답지 않게 결의에 찬 표정으로 날 올려다보더구나. '우리 애를 살려 주세요!' 쉰 목소리로 간신히 그분이 나에게 말했다. 나는 그 손을 잡으며 '제 힘이 닿는 데까지 최선을 다하겠습니다.' 라고 약속했지. 열이 너무 높아서, 아마도 내 손이 이상할 정도로 차갑다는 걸 느끼지 못했을 거야. 고열 때문에 손에 닿는 건 상대적으로 뭐든 차가웠을 테니까. 엘리자베스는 내 손을 꼭 잡고 '꼭 그래 주셔야 해요.' 라고 말했어. 손아귀 힘이 하도 세서 어쩌면 고비를 잘 넘길 수 있을지 모른다고 생각할 정도였지. 눈빛은 마치 돌처럼, 에메랄드처럼 단호했다. '도와 주세요. 뭐든 해 주세요.' '당신' 의 능력으로 할 수 있는 일은 뭐든지. 다른 사람은 할 수 없겠지만, 선생님은 다를 거예요. 에드워드를 꼭 살려 주셔야 합니다.' 그 말을 들으니 겁이 더럭 나더구나. 나를 꿰뚫 듯 바라보는 눈빛을 마주하며, 내 비밀을 알고 있다는 걸 확실히 느낄 수 있었어. 곧이어 다시 열이 올랐고 그분은 두 번 다시 의식을 회복하지 못했다. 나에게 그런 부탁을 남긴 지 한 시간 만에 눈을 감았지. 사실 나와 같은 동지를 만들어야겠다는 건 수십 년째 해오던 생각이었단다. 거짓으로 연기한 모습이 아니라 진짜 실체를 알아줄 존재가 딱 한 사람만 더 있으면 좋겠다고 생각했어. 하지만 나 같은 경험을 또 다른 이에게 겪게 해도 되는 건지 스스로도 확신할 수가 없었다. 하지만 에드워드가 침대에 누워, 내 눈앞에서 죽어가고 있었어. 앞으로 채 몇 시간도 남지 않은 게 거의 확실해 보였다. 바로 옆 침대에서 그의 어머니는 숨이 끊어진 뒤에도 평화로운 표정이 되지 못한 채 누워 있었지."

칼라일은 백여 년의 세월이 흐른 지금도 그날의 일을 다시 한 번 눈앞에서 보듯이 기억하고 있었다. 그의 설명을 들으며 나 역시 병원에 감도는 절망감과 압도적인 죽음의 기운을 뼈저리게 실감할 수 있었다. 에드워드가 고열에 시달리며 시시각각 생명을 잃어가고 있다……. 나는 다시 한 번 전율하며 머릿속에 떠오른 광경을 얼른 지워버렸다.

"엘리자베스의 말이 메아리처럼 머릿속에서 울렸다. 내가 그 애를 살릴 수도 있다는 걸 어떻게 알았을까? 자식에게 그런 삶이 주어지길 정말로 원했던 것일까? 에드워드를 쳐다보니, 사경을 헤매는 중에도 너무나 아름다웠다. 그 애 얼굴엔 순수하고 선한 기운이 어려 있었어. 나도 저런 아들을 갖고 싶다고 생각하게 하는 그런 얼굴이었다. 오랜 세월 마음을 못 정하고 갈팡질팡하던 나는 즉흥적으로 행동에 돌입했단다. 먼저 그의 어머니를 시신 안치소로 옮긴 뒤 에드워드를 데리러 병실로 돌아갔어. 그 애가 아직 숨을 쉬고 있다는 걸 아무도 알아차리지 못했지. 워낙 일손이 부족해서 환자들의 요구를 절반도 들어주지 못하는 형편이라 우리를 눈여겨볼 사람은 없었어. 안치소는 비어 있었어. 전부 시체들뿐, 살아 있는 사람은 아무도 없었지. 우선 뒷문으로 몰래 그 애를 데리고 나갔다가 지붕을 통해 우리 집으로 옮겼단다. 어떻게 해야 하는지는 나도 잘 몰랐어. 그래서 수백 년 전 런던에서 내가 입었던 상처와 똑같은 상처를 입히기로 결정했지. 그때문에 나중에 참 많이 후회했단다. 필요 이상으로 심한 고통이 지속되게 만들었거든. 하지만 후회는 하지 않았다. 에드워드를 살린 걸 후회한 적은 단 한 번도 없어."

머리를 가볍게 흔들어 현재로 돌아온 칼라일이, 나를 보며 미소 지었다.

"이젠 널 집에 데려다줘야겠구나."

"제가 할게요."

에드워드였다. 그는 어둑어둑한 식당 쪽에서 아주 천천히 걸어 들어왔다. 그의 얼굴은 침착하고 무표정했지만, 눈빛이 심상치 않았다. 무언가를 숨기는 데 골몰한 듯한 그런 느낌. 나는 돌연 뱃속이 뒤틀리는 걸 느꼈다.

"칼라일이 데려다주셔도 돼."

나는 셔츠를 내려다보았다. 하늘색 면 셔츠엔 군데군데 내 피가 묻어 있고, 오른쪽 어깨는 분홍색 케이크 크림으로 뒤덮여 있었다.

"괜찮아. 어쨌든 옷부터 갈아입어야겠다. 찰리가 지금 네 모습을 보면 심장마비로 쓰러질걸. 앨리스한테 입을 옷 좀 챙겨보라고 할게."

에드워드는 다시 부엌 문으로 사라졌다.

나는 걱정으로 가득 찬 칼라일을 쳐다보았다.

"화가 아주 많이 났나 봐요."

"그래. 오늘 일어난 사고는 저 녀석이 가장 두려워하던 거였거든. 우리라는 존재 때문에 네가 위험에 빠지는 일 말이다."

"에드워드 잘못이 아니잖아요."

"네 잘못도 아니지."

나는 지혜롭고 아름다운 그의 눈을 차마 바라보지 못하고 눈길을 피했다. 그 점은 내가 동의할 수 없는 부분이었으니까.

칼라일은 내가 식탁에서 일어날 수 있도록 부축해 주었다. 그를 따라 거실로 나가니 에스미가 돌아와 있었다. 그녀는 내가 넘어졌던 곳의 바닥을 걸레로 닦고 있었다. 표백제 원액을 그대로 쓴 듯 냄새가 지독했다.

"에스미, 제가 할게요."

내 얼굴은 또다시 새빨갛게 변했다.

"이미 다 했어. 기분은 어떠니?"

에스미가 나를 올려다보며 미소를 지었다.

"전 괜찮아요. 칼라일이 다른 어떤 의사보다 빨리, 정말 순식간에 꿰매 주셨거든요."

우리는 동시에 후후 웃었다.

앨리스와 에드워드가 나란히 뒷문으로 들어섰다. 앨리스는 서둘러 내 옆으로 다가왔지만 에드워드는 무표정한 얼굴로 멀찌감치 거리를 유지했다.

"같이 올라가자. 덜 흉측해 보이는 옷으로 갈아입어야지."

앨리스는 내가 입었던 셔츠와 비슷한 색깔의 에스미 옷을 찾아냈다. 찰리는 옷이 달라진 걸 분명 알아차리지 못하겠지. 얼룩덜룩 피가 묻은 옷을 벗으니 팔에 길게 감긴 붕대도 그리 심각해 보이진 않았다. 찰리는 내가 붕대를 감고 있는 모습을 봐도 절대 놀라지 않을 사람이었다.

"앨리스."

문 쪽으로 향하던 그녀를 속삭이듯 내가 불러 세웠다.

"응?"

앨리스도 목소리를 낮춘 채, 무슨 일이냐는 듯 고개를 갸우뚱했다.

"상황이 얼마나 나빠요?"

속삭이는 게 쓸데없는 짓은 아닌지 나도 확신이 없었다. 우린 이층 방에 있고 문도 닫혀 있었지만, 그래도 에드워드에겐 내 말이 들릴지도 모르니까.

앨리스의 표정이 굳어졌다.

"아직은 나도 몰라."

"재스퍼는 어때요?"

앨리스가 한숨을 쉬었다.

"심한 자괴감에 빠져 있어. 재스퍼에겐 더 심각한 문제일지도. 원래 나약한 걸 싫어하거든."

"재스퍼 잘못이 아니잖아요. 저는 전혀 화나지 않았다고 꼭 좀 전해주세요."

"물론 그럴게."

에드워드는 현관에서 나를 기다리고 있었다. 내가 계단을 내려가자 그가 말없이 현관문을 열었다.

"선물 가져가야지!"

내가 에드워드 쪽으로 힘없이 걸어가자 앨리스가 외쳤다. 그녀는 포장을 풀다 만 상자 하나와 나머지 꾸러미를 집어 들고 피아노 아래에서 카메라도 꺼낸 다음 내 성한 팔에 들려주었다.

"고맙다는 인사는 나중에 열어보고 해도 돼."

에스미와 칼라일이 나직이 작별인사를 건넸다. 나처럼 두 사람도 무표정한 아들의 얼굴을 재빨리 훔쳐보았다.

밖에 나가자 안심이 되었다. 이제는 달갑지 않은 기억을 부추기는 물건으로 전락한 등불과 장미 수반들을 나는 얼른 지나쳤다. 에드워드는 묵묵히 나와 보조를 맞추었다. 그가 트럭 조수석 문을 열어 주자 나는 아무 불평 없이 차에 올랐다.

계기판 위엔 새로운 오디오 장치에 연결된 커다란 빨간 리본이 놓여 있었다. 나는 얼른 리본을 잡아당겨 바닥에 내던졌다. 그리고 에드워드가 운전석으로 오르는 사이 발로 리본을 좌석 밑으로 밀어 넣었다.

그는 나도, 오디오 장치도 쳐다보지 않았다. 우리 둘 다 라디오를 켜지 않았으므로, 갑작스레 천둥처럼 시작된 엔진 소리만이 더욱 정적을 두드러지게 했다. 어둡고 구불구불한 비포장도로에서 에드워드는 지나치게 빨리 차를 몰았다.

정적 때문에 나는 미칠 것만 같았다.

"뭐라고 말 좀 해."

차가 고속도로로 접어들자 마침내 내가 간청했다.

"무슨 말을 해 주길 바라는데?"

무심한 목소리로 그가 물었다.

그런 그가 너무 멀게 느껴져서, 몸이 움츠러드는 것 같았다.

"날 용서한다고 말해 줘."

내 말에 그의 얼굴에 희미하게나마 생기가, 엄밀히 말해 노여움의 기미가 피어올랐다.

"'너'를 용서해? 뭐에 대해서?"

"내가 좀 더 조심했더라면 아무 일도 없었을 테니까."

"벨라, 넌 그냥 종이에 베었을 뿐이야. 죽음으로 갚아야 할 죄는 절대 아니지."

"그래도 내 잘못인 건 변함없어."

내 말에 그는 봇물이 터진 듯 말들을 쏟아냈다.

"네 잘못이라고? 네가 제시카나 앤젤라 같은 평범한 친구들하고 마이크 뉴튼의 집에서 손을 벴다면, 최악의 상황이 뭐였을 것 같아? 일회용 반창고가 집에 없는 정도겠지. 누군가 세게 밀치지 않고, 어쩌다 그냥 너 혼자 넘어져서 유리그릇 더미를 쓰러뜨렸다고 치자. 최악의 사태라고 해봤자 뭐였을까? 응급실로 데려가느라 자동차 시트에 피가 좀 묻는 거? 마이크 뉴튼이라면 네가 응급실에서 상처 치료를 받는 동안 네 손을 잡아 줄 수도 있었을 거야. 곁에 있는 내내 널 죽이고 싶은 충동과 싸워야 할 필요는 전혀 없었겠지. 모든 걸 네 탓으로 돌리려고 하지 마, 벨라. 그래봐야 나 자신에 대한 역겨움만 더할 뿐이니까."

"우리 얘기에 왜 갑자기 마이크 뉴튼을 끌어들이지?"

"그건 네가 그 자식이랑 어울리는 게 네 안전에 훨씬 더 도움이 되기 때문이야."

"마이크 뉴튼이랑 사귀느니 차라리 죽는 게 나아. 네가 아니면 그 누구와 엮이더라도 죽는 게 낫단 말이야."

"제발 신파처럼 굴지 마."

"그래. 대신 너도 바보 같은 소리 좀 집어치워 줄래?"

그는 대꾸하지 않았다. 어두운 표정으로 앞만 노려볼 뿐이었다.

나는 엉망이 되어버린 저녁을 어떻게든 만회해 볼 방법을 찾느라 머리를 쥐어짰다. 하지만 집 앞에 차가 멈출 때까지 어떤 묘안도 떠오르지 않았다.

에드워드는 시동을 끄고 나서도 운전대를 계속 잡고 있었다.

"오늘밤에도 같이 있어줄 거지?"

"집에 가야 해."

그가 혼자 회한 속에 뒹굴도록 내버려둘 순 없었다.

"내 생일이잖아."

"이랬다 저랬다 하지 말고 태도를 정해. 생일을 무시해 주길 바라든지 축하를 받든지, 하나만 선택하란 말이야."

그의 목소리는 단호했지만, 좀 전처럼 심각하진 않았다. 나는 소리 없이 안도의 한숨을 내쉬었다.

"알았어. 너한테는 제대로 생일을 축하받아야겠다고 지금 막 결심했거든. 그러니까 2층에서 만나."

나는 차에서 뛰어내려 의자에 둔 물건들을 집으려고 손을 뻗었다. 에드워드가 이맛살을 찌푸렸다.

"굳이 안 가져가도 돼."

"내가 갖고 싶어."

자동적으로 대답이 튀어나왔다. 문득 그가 속마음과는 다른 말을 내뱉고 있는 건 아닌지 궁금해졌다.

"그럴 리 없어. 칼라일하고 에스미까지 너 때문에 돈을 썼는걸."

"아, 그것도 상관없어."

나는 선물들을 성한 팔 밑에 어색하게 긴 채 차문을 닫았다. 1초도 안 돼 에드워드가 트럭에서 내려 내 옆에 서 있었다.

"그럼 내가 들고 가지. 네 방에서 만나."

"고마워."

나는 미소를 지었다.

"생일 축하한다."

그는 한숨을 쉬고는 고개를 숙여 내게 입을 맞추었다.

그가 고개를 들려는 순간 나는 발꿈치를 들어 입맞춤을 좀 더 이어갔다. 그는 내가 가장 사랑하는 삐딱한 미소를 지어보인 뒤 이내 어둠 속으로 사라졌다.

야구경기는 아직 진행 중이었다. 현관문으로 들어서자 시끄러운 경기장의 소음 속에서 아나운서가 바삐 중계방송을 하는 소리가 들려왔다.

"벨라 왔니?"

찰리가 소리쳤다.

"다녀왔습니다."

현관 모퉁이를 돌아 거실로 들어서며 내가 말했다. 다친 팔은 얌전히 몸에 붙인 채로였다. 스치듯 눌리는 것만으로도 불에 덴 듯 아팠으므로 나는 콧등을 찌푸렸다. 진통제 효력이 다 떨어진 모양이었다.

"파티는 어땠니?"

찰리는 소파 팔걸이에 맨발을 올려놓고 편한 자세로 누워 있었다. 얼마 안 남은 갈색 곱슬머리가 한쪽으로 납작하게 눌려 있었다.

"앨리스가 도를 넘어섰어요. 꽃에, 케이크에, 촛불에, 선물에…… 없는 게 없더라고요."

"선물은 뭘 받았니?"

"트럭에 달 새 오디오요."

그리고 아직 개봉 전이라 내용물을 알 수 없는, 다양한 선물도 있어요.

"그거 대단하구나."

"그러게요. 전 그만 올라가볼게요."

"아침에 보자."

나는 손을 흔들었다.

"내일 뵈어요."

"팔은 또 왜 그러니?"

나는 얼굴을 붉히며 속으로 욕설을 중얼댔다.

"넘어졌어요. 별 거 아니에요."

"벨라."

아버지는 한숨을 쉬며 고개를 설레설레 저었다.

"안녕히 주무세요, 아빠."

나는 이런 날을 위해 늘 잠옷을 보관해 두는 화장실로 급히 올라갔다. 원래 입고 자던 구멍 난 트레이닝복 대신 준비한 고무줄 면바지와 같은 색의 민소매 티셔츠로 갈아입으며, 꿰맨 자리가 당겨 몇 번이나 몸을 움찔거렸다. 한 손으로 세수를 하고 이를 닦은 뒤 서둘러 방으로 향했다.

에드워드는 은색 상자 하나를 만지작거리며 침대 한 가운데 앉아 있었다.

"왔구나."

목소리가 서글펐다. 혼자 자책하고 있었던 모양이었다.

나는 침대로 걸어가 그의 손에서 선물을 뺏은 뒤 무릎에 앉았다.

"안녕. 지금 선물 풀어봐도 돼?"

나는 대리석처럼 단단한 그의 가슴으로 파고들었다.

"갑자기 왜 이렇게 열의를 보이실까?"

"널 보니 갑자기 궁금해지네."

나는 칼라일과 에스미가 선물한 것이 틀림없는 길고 납작한 직사각형 상자를 집어 들었다.

"내가 할게."

에드워드는 내 손에서 선물을 받아 유연한 동작으로 은색 포장지를 찢었다. 그러고는 새하얀 직사각형 상자를 다시 건넸다.

"아, 뚜껑 정돈 무사히 열 수 있을 거라고 생각하나 봐?"

내가 투덜거렸지만 그는 내 농담을 무시했다.

상자 안에는 깨알 같은 글씨들이 빽빽이 적힌 두툼한 종이뭉치가 들어 있었다. 거기 적힌 내용이 무슨 뜻인지 파악하는 데 아마 1분쯤은 걸린 듯 했다.

"우리 같이 잭슨빌에 가는 거야?"

나도 모르게 흥분이 됐다. 그것은 나와 에드워드 두 사람을 위한 비행기 티켓이었다.

"그럴 생각이었지."

"믿어지지가 않아. 엄마가 펄펄 뛰며 좋아하실 거야! 그런데 너 괜찮겠어? 거긴 날씨가 쨍쨍해서 온종일 실내에만 있어야 할 텐데."

"그 정도는 감당할 수 있을 거야."

이내 에드워드가 얼굴을 찌푸렸다.

"네가 선물을 받고 이 정도로 그럴싸한 반응을 보일 줄 알았다면, 칼라일하고 에스미 앞에서 풀어보게 했을 거야. 난 네가 불평할 거라고 생각했거든."

"물론 너무 과분한 선물이긴 해. 하지만 너도 같이 가는 거잖아!"

에드워드가 큭큭 웃었다.

"나도 네 선물에 돈 좀 들일 걸 그랬다는 생각이 드네. 네가 이렇게 합리적인 생각도 할 수 있는 아이인 줄 미처 몰랐군."

나는 비행기 티켓을 내려놓고 그의 선물을 집어 들며, 다시 궁금증에 사로잡혔다. 에드워드는 아까처럼 이번 선물도 빼앗아 포장지를 벗겨주었다.

그는 은색 공CD가 들어 있는 투명한 CD 케이스를 내밀었다.

"이게 뭐야?"

어리둥절한 내 질문에 그는 아무런 대꾸도 하지 않았다. 그는 말없이 CD를 꺼내 침대 머리맡 탁자에 있던 CD 플레이어에 집어넣었다. 그가 플레이 버튼을 누르자 잠깐의 정적이 흐르고, 이내 음악이 흘러나왔다.

나는 말문이 막혀 눈만 크게 뜬 채 귀를 기울였다. 에드워드가 내 반응을 기다리고 있다는 걸 알면서도 아무 말도 할 수 없었다. 눈물이 차올랐다. 뺨을 타고 흘러내리기 전에 얼른 손등으로 눈을 훔쳤다.

"팔이 아파서 그래?"

걱정스레 그가 물었다.

"아니, 팔 때문이 아니야. 너무 아름다워, 에드워드. 이것보다 더 내 마음에 드는 선물은 세상에 없을 거야. 믿어지지 않을 정도인걸."

나는 음악을 더 듣기 위해 서둘러 입을 다물었다.

그것은 에드워드가 작곡한 음악이었다. CD에 녹음된 첫 곡은 나를 위한 자장가였다.

"이 방에서 널 위해 연주해 주고 싶지만, 피아노를 사다놓진 못하게 할 것 같아서."

"맞아."

"팔은 좀 어때?"

"멀쩡해."

그러나 사실은, 붕대 밑으로 불이 붙는 느낌이 시작되고 있었다. 얼음이 필요할 것 같은데. 그의 손을 대고 있으면 해결되겠지만, 그러면 내 말이 거짓말이란 게 탄로가 날 테니 그럴 수 없다.

"타이레놀 좀 갖다 줄게."

"아무 것도 필요 없어."

내가 말렸지만 그는 나를 무릎에서 내려놓고 문으로 향했다.

"찰리는 어쩌고!"

내가 속삭였다.

찰리는 에드워드가 자주 밤새 있다 가곤 한다는 걸 전혀 모르고 있었다. 만일 그 사실이 들통 나기라도 하면, 그는 심장마비를 일으킬지도 모른다. 하지만 나는 아버지를 속이는 것에 별로 죄책감을 느끼지 않았다. 아버지가 질색할 수준의 행동 같은 건, 우리와 전혀 상관없는 일이었으니까. 에드워드가 정한 엄격한 규칙 때문이었다.

"날 볼 수 없을걸."

에드워드는 소리 없이 문밖으로 사라졌다가 열린 문이 다시 닫히기도 전에 되돌아왔다. 그는 화장실에 있던 유리컵과 약병을 양손에 나눠들고 있었다.

나는 얌전히 그가 내미는 진통제를 먹었다. 어차피 싸워봤자 질 게 뻔하니까. 게다가 팔이 본격적으로 욱신거리고 있어 신경이 쓰이기도 했다.

자장가가 이어졌다. 부드럽고 감미롭게.

"너무 늦었다."

에드워드가 상기시켜 주었다. 그는 한 팔로 나를 안아 올리고 다른 손으로 이불을 걷었다. 이어 베개에 머리가 닿도록 조심스레 나를 눕히고는 빈틈없이 퀼트 이불을 덮어주었다. 자신은 내가 추위를 느끼지 않도록 이불 위에 누운 뒤 한 팔로 나를 안았다.

나는 그의 어깨에 머리를 기대고 행복한 한숨을 쉬었다.

"다시 한 번 고마워."

"고맙긴."

한참 동안 고요하게 흐르던 자장가가 끝났다. 다른 곡이 시작되었다. 에스미가 제일 좋아한다던 곡이었다.

"무슨 생각해?"

속삭이듯 내가 물었다.

그는 잠시 머뭇거렸다.

"옳고 그름에 대해서."

돌연 등줄기를 따라 냉기가 스쳤다.

"너한테는 제대로 생일을 축하받겠다고 결심했다고 한 거, 생각 나?"

딴 생각을 하게 하려고 일부러 애쓰는 게 너무 티 나지는 않기를 바라며, 내가 재빨리 물었다.

"응."

경계를 흩뜨리지 않고, 그가 답했다.

"생각해 보니까 아직 내 생일 안 지났잖아. 그러니까 네가 다시 키스해 주면 좋겠어."

"오늘밤엔 욕심이 많네."

"맞아. 하지만 네가 싫다면 굳이 안 해 줘도 되고, 뭐."

내가 일부러 뾰로통한 듯 덧붙였다.

그는 소리 내어 웃다가 이내 한숨을 쉬었다.

"내가 하기 싫은 행동을 억지로 하는 건 하늘도 금한 일이지."

그는 이상스럽게도 절박한 말투로 말하고는 내 턱을 들어올렸다.

입맞춤은 평소와 별 다를 것 없이 시작되었다. 에드워드는 늘 그렇듯 조심스러웠고, 내 심장도 늘 그렇듯 과민반응을 보이며 쿵쾅거렸다. 하지만 곧이어 뭔가 달라진 듯했다. 갑자기 그의 입술이 훨씬 더 절박하고 격렬하게 움직이더니, 내 머리칼을 움켜쥐고 얼굴을 더욱 가까이 끌어당겼다. 내 손도 그의 머리칼을 쥐며 에드워드가 정해놓은 조심스러운 경계선을 넘어섰다. 그러나 그는 나를 막지 않았다. 얇은 이불 너머로 그의 차가운 몸이 느껴졌지만 나는 열정적으로 그에게 매달렸다.

돌연 그가 입맞춤을 멈췄다. 그러곤 부드럽지만 단호한 손길로 나를 밀어냈다.

나는 숨을 헐떡이며 베개 위로 무너졌다. 현기증이 나면서, 뭔가 기억 속에서 떠오를 듯 말듯 맴돌았다.

"미안해. 도가 지나쳤어."

그렇게 말을 하며 에드워드도 숨을 헐떡이고 있었다.

"상관없어."

어둠 속에서 그가 나를 보며 이맛살을 찌푸렸다.

"이제 좀 자야지."

"싫어, 난 너랑 또 키스하고 싶어."

"넌 내 자제력을 과대평가하는 경향이 있더군."

"내 피랑 몸 중에서 너한텐 어느 게 더 유혹적이야?"

내가 과감한 질문을 던졌다.

"나한텐 같은 거야."

자기도 모르게 그가 잠시 싱긋 웃더니 금세 심각한 표정을 지었다.

"자꾸 위험한 짓 하지 말고 좀 자는 게 어때?"

"알았어."

나는 좀 더 가까이 그의 품에 안겼다. 정말로 피곤했다. 여러 면에서 참으로 긴 하루였는데, 그런 하루를 끝내면서도 조금도 안심이 되질 않았다. 어쩐지 내일 더 심한 일이 생길 것만 같았다. 바보 같은 예감이었다. 오늘보다 더 심한 일이 어떻게 있을 수 있을까? 이런 생각이 드는 건 그냥, 충격이 너무 심했던 탓일 것이다.

아무렇지 않은 척, 나는 다친 팔을 그의 어깨에 기댔다. 싸늘한 그의 체온으로 욱신거림이 덜해지길 바랐다. 과연 효과가 있었다.

반쯤 잠에 빠졌을 때 나는, 그와 열정적인 입맞춤을 나눴던 기억을 떠올렸다. 작년 봄, 제임스를 따돌리기 위해 다시 만날 기약도 없이 헤어지던 그때였다. 에드워드는 나에게 작별 키스를 했었다. 이유는 알 수 없었지만 오늘 나눈 입맞춤도 그날처럼 어딘가 뼈저린 아픔의 기운이 느껴졌다. 벌써 악몽을 꾸기라도 하듯 나는 몸을 떨며 무의식으로 빠져들었다.

3

결별

　다음 날 아침 내 기분은 몹시 불쾌했다. 팔도 욱신거리고 두통이 심해 잠을 잘 자지 못했다. 재빨리 내 이마에 입을 맞춘 뒤 창문으로 빠져나가는 에드워드의 평온한 표정이 어딘가 멀고 아득하게 느껴졌다는 점이 무엇보다 꺼림칙했다. 내가 정신없이 잠든 사이 내 모습을 지켜보며 또 다시 에드워드가 '옳고 그름'에 대해 고민했을 것 같아 두려웠다. 걱정 때문에 욱신거리는 편두통은 점차 더 심해지는 듯했다.

　에드워드는 평소처럼 학교 주차장에서 나를 기다리고 있었지만, 표정이 이상했다. 그의 눈빛엔 뭔가 나로선 파악할 수 없는 단호함이 감추어져 있었는데, 그래서 덜컥 겁이 났다. 어젯밤 일을 다시 꺼내고 싶지는 않았지만, 그 이야기를 회피하는 것이 좋은 선택인지 나쁜 선택인지에 대해선 자신이 없었다.

　그가 나 대신 차문을 열어주었다.

　"기분은 어때?"

　"최고."

물론 거짓말이었다. 트럭 문을 닫는 쾅 소리에 또다시 머릿속이 욱신거렸다.

우리는 묵묵히 걸음을 옮겼고, 에드워드는 내 보폭에 맞춰 천천히 걸었다. 물어볼 말이 너무 많았지만 거의가 앨리스에게 던져야 할 질문이라 일단은 기다려야 했다. 오늘 아침에 재스퍼는 좀 어떤지, 내가 간 뒤에 가족들이 어떤 얘기를 했는지, 로잘리는 무슨 말을 했는지……. 그리고 가장 중요한 건, 불완전하게나마 미래를 내다보는 그녀의 예지력으로 지금 무엇을 볼 수 있느냐는 것이었다. 에드워드가 무슨 생각을 하고 있는지, 왜 저렇게 우울한 표정을 짓고 있는지 앨리스라면 짐작할 수 있지 않을까? 어젯밤부터 좀처럼 떨쳐버릴 수 없는 본능적인 두려움은 정말 근거가 있는 것일까?

오전 시간은 천천히 흘러갔다. 앨리스를 만나고 싶어서 조바심이 났지만, 그런다 해도 에드워드 앞이라 제대로 얘기하긴 틀렸다는 걸 알고 있었다. 에드워드는 계속 뚱한 표정이었다. 이따금씩 그가 내 팔 상태를 물을 때마다 나는 거짓말을 했다.

보통 앨리스는 우리보다 먼저 식당에 가서 기다리곤 했다. 앨리스까지 나 같은 굼벵이와 보조를 맞출 필요는 없기 때문이다. 그러나 먹지도 않을 음식을 쟁반에 담고 테이블에 앉아서 우리를 기다리던 앨리스의 모습은, 그날따라 보이지 않았다.

에드워드는 누이의 부재에 대해 한 마디도 하지 않았다. 혹시 수업이 늦게 끝나는 것일까? 하지만 앨리스와 4교시 프랑스어 수업을 같이 듣는 코너와 벤을 본 순간 의구심은 사라졌다.

"앨리스는 어디 갔어?"

조심스레 내가 물었다.

에드워드는 그라놀라(통곡물 따위에 건포도나 황설탕을 넣은 식사 대용품:

옮긴이)를 짓눌러 조각조각 부서뜨리며 내게 눈길도 주지 않았다.

"재스퍼랑 같이 있어."

"재스퍼는 괜찮아?"

"당분간 떠나 있을 거야."

"뭐라고? 어디로?"

에드워드가 어깨를 으쓱했다.

"특별히 정한 곳은 없어."

"앨리스도 마찬가지겠네."

싸늘한 절망감이 엄습했다. 재스퍼가 원한다면 앨리스도 당연히 곁에 있어 주겠지.

"응. 당분간 둘이 같이 떠나 있을 거야. 앨리스는 데날리로 가자고 재스퍼를 설득하고 있어."

데날리는 컬렌 가족처럼 '독특한' 생활방식을 유지하는 선한 뱀파이어들이 사는 곳이었다. 타냐의 가족들이라고 했다. 나도 이따금씩 그들 이야기를 들은 적이 있었다. 작년 내가 처음 포크스로 와 살게 되었을 때, 에드워드가 견디지 못하고 달아났던 곳도 그곳이었다. 제임스의 일당들 중에선 가장 교화된 축에 들었던 로렌트는 제임스와 함께 컬렌 가족에게 맞서는 대신 데날리로 향했다. 앨리스가 그곳으로 가자고 재스퍼를 설득하는 것도 일리 있는 생각이었다.

돌연 목이 메이는 것을 감추기 위해 마른 침을 삼켰다. 죄책감이 밀려와 내 머리와 어깨는 축 늘어졌다. 결국 로잘리와 에밋을 내몰았듯 그들마저 집에서 내쫓은 셈이었다. 나는 전염병 같은 존재다.

"팔 아프니?"

에드워드가 걱정을 담아 물었다.

"팔 같은 거 누가 신경이나 쓴대?"

치미는 분노를 참지 못하고 내가 소리쳤다.

에드워드는 대답하지 않았고, 나는 테이블에 엎드려 팔에 머리를 기댔다.

수업이 끝날 무렵까지도 불편한 침묵은 이어졌다. 내가 먼저 침묵을 깨고 싶진 않았다. 에드워드가 다시 나와 말하게 만들려면 기다리는 수밖에 없다고 생각했기 때문이다.

"이따 저녁 때 우리 집에 올 거지?"

말없이 나란히 트럭까지 걸어가다 결국 내가 먼저 입을 열었다. 에드워드는 밤마다 우리 집에 와서 지내고 있었다.

"이따?"

그가 약간 놀란 것 같아 기뻤다.

"난 일해야 하잖아. 어제 하루 빠졌으니 가서 만회해야지."

"아아."

"그러니까 이따 내가 집에 올 때쯤 맞춰서 와야 해, 알았지?"

갑자기 모든 일에 자신이 없어지는 것이 속상했다.

"네가 원한다면야."

"난 언제나 너를 원해."

나는 마치 설득하듯 말하고 있었다. 필요 이상으로 강한 어조로.

나는 에드워드가 웃음을 터뜨리거나 미소를 짓거나, 어떻게든 내 말에 반응을 보여주길 기대했다.

"알았어, 그럼."

그는 무심히 대꾸했을 뿐이었다. 차 문을 닫기 전에 내 이마에 입을 맞추고, 그는 돌아서서 우아한 걸음걸이로 자기 차로 향했다.

공포에 가까운 좌절감에 완전히 사로잡히기 전에 주차장에서 빠져나와야 했지만 나는 그러지 못했다. 그래서 뉴튼 상점에 도착할 무렵엔 호흡이 가빠 어지러울 지경이었다.

시간이 필요한 것뿐이야. 나는 중얼거렸다. 에드워드는 잘 극복해 낼 거야. 가족들이 집을 떠나야 하는 상황이 힘들어서 그런 것 뿐이야. 하지만 앨리스와 재스퍼는 곧 돌아올 테고, 로잘리와 에밋도 마찬가지였다. 혹시 도움이 된다면, 내 쪽에서 강가에 서 있는 거대한 하얀 저택을 멀리할 수도 있다. 그곳에 두 번 다시 발을 디디지 않으면 되겠지. 그건 상관없다. 앨리스는 학교에서도 만날 수 있을 테니까. 설마, 곧 학교로 돌아오겠지? 게다가 앨리스는 우리 집에도 이따금씩 들르곤 했으니까. 일부러 거리감을 두어 찰리의 마음을 아프게 할 그녀가 아니었다.

나 또한 응급실에서 주기적으로 칼라일과 맞닥뜨릴 게 분명하다.

따지고 보면 어제 일어난 일은 아무것도 아니었다. 결국 아무 일도 일어나지 않은 셈이다. 이번에도 그냥 넘어졌을 뿐이었고, 그건 내 인생에서 영원히 반복될 일이 아니던가. 작년 봄과 비교하면 이건 아무것도 아니었다. 제임스의 공격으로 몸의 중요한 뼈란 뼈는 죄다 부러지고 목숨이 위태로울 정도로 피를 흘렸을 때도, 에드워드는 그 끝없을 것 같던 지루한 병원생활을 퍽 잘 견뎌냈다. 이번엔 그가 막아야만 했던 상대가 적이 아니었기 때문에 더 괴로운 것이리라. 바로 자기 형제이기 때문에.

가족이 뿔뿔이 흩어지는 것보다는 에드워드가 나를 데리고 떠나는 게 나을지도 모른다. 누구의 방해도 받지 않고 둘이서만 보내게 될 시간을 떠올리자 우울했던 기분이 조금 나아졌다. 이번 학년만 잘 넘기면 찰리도 내가 떠나는 걸 반대하지 못하겠지. 로잘리와 에밋이 올해 그렇게 했듯 우리도 대학 진학을 핑계대거나, 정말로 먼 곳에 있는 대학에 입학하면 되는 일이었다. 에드워드가 1년 정도는 기꺼이 기다려 주겠지. 불멸의 존재에게 1년이란 시간은 어떤 의미일까? 분명 내가 느끼는 1년과는 다르겠지.

나는 트럭에서 내려 아르바이트 하는 곳으로 갈 만큼 침착해졌다고 스스로에게 끊임없이 최면을 걸었다. 마이크 뉴튼은 나보다 먼저 가게에 나와 있다가, 내가 들어서자 미소를 지으며 손을 흔들었다. 나는 유니폼인 조끼를 집어 들며 성의 없이 그가 있는 쪽으로 고개를 끄덕였다. 아직도 에드워드와 함께 이국적인 분위기의 먼 곳으로 달아나는 짜릿한 시나리오를 상상하고 있었으므로.

마이크가 내 환상을 방해했다.

"생일은 어떻게 보냈어?"

"윽. 어쨌든 지나가서 기뻐."

마이크는 미친 사람을 보는 듯한 눈길로 나를 슬쩍 훔쳐보았다.

일은 좀처럼 끝나지 않았다. 나는 에드워드를 어서 다시 보고 싶었고, 정확히 무슨 문제인지는 몰라도 다시 얼굴을 마주할 때는 이 난관의 최대 고비를 넘긴 상태이기를 빌었다. 아무 문제도 없어, 그렇게 거듭 자신을 타일렀다. 모든 게 원래 자리로 되돌아갈 거야.

집 앞 골목으로 들어섰다. 에드워드의 은색 자동차가 집 앞에 서 있는 걸 발견한 순간 느낀 안도감은 너무 크고 압도적이어서 거의 현기증이 날 정도였다. 그러자 이번엔 너무 당연한 일까지 그런 반응을 보여야 한다는 게 심히 마음을 괴롭혔다.

나는 급히 현관으로 뛰어가며 집안에 들어서기도 전에 고함을 쳤다.

"아빠? 에드워드?"

거실 쪽에서 낯익은 스포츠 채널 시그널 음악이 들려왔다.

"여기 있다."

찰리가 외쳤다.

현관 벽걸이에 비옷을 걸고 나서 한달음에 거실 모퉁이를 돌았다.

에드워드는 안락의자에, 아버지는 소파에 앉아 있었다. 둘 다 TV를 보느라 여념이 없었다. 아버지가 TV에 집중하는 건 일상적인 일이었다. 하지만 에드워드는 다르다.

"다녀왔어요."

나지막이 내가 말했다.

"어서 오너라. 방금 식은 피자로 저녁을 때운 참이야. 네 것도 식탁에 있을 거다."

아버지는 시선을 고정시킨 채 말했다.

"알겠어요."

나는 문가에서 계속 기다렸다. 마침내 에드워드가 예의 바른 미소를 띤 채 나를 쳐다보았다.

"나도 곧 따라갈게."

그의 시선이 다시 TV로 향했다.

충격을 받은 나는 1분쯤 멍하니 에드워드를 바라보았다. 두 남자 모두 내겐 조금도 관심이 없는 듯했다. 가슴 속에서 무엇인가가, 아마도 낭패감이 피어오르는 것이 느껴졌다. 나는 도망치듯 부엌으로 향했다.

피자엔 전혀 관심이 가지 않았다. 나는 의자에 앉아 무릎을 올리고 양팔로 껴안았다. 무언가가, 생각했던 것보다 훨씬 심각하게 잘못되어 가고 있는 듯한 기분. TV에선 남자들끼리만 주고받는 시시한 농담들이 이어졌다.

나는 이성적으로 생각하자고 자신을 다잡았다. 자, 일어날 수 있는 최악의 사건이 뭘까? 나도 모르게 움찔했다. 하지만 그건 물어선 안 될 질문이었다. 생각만으로도 제대로 숨쉬기가 어려워졌다.

나는 다시 생각했다. '내가 견딜 수 있는 한계는 어디까질까?' 이 질문도 별로 마음에 들지 않았다. 어쨌든 지금 상황에서 고려할 수 있는 여러 가지 가능성들을 떠올려 보았다.

우선, 에드워드의 가족들을 멀리하는 것. 에드워드도 그 범위에 앨리스까지 포함시키지는 않겠지. 하지만 재스퍼와의 사건이 있으니 내가 앨리스와 함께 지내는 시간도 줄어들 수밖에 없으리라. 나는 고개를 끄덕였다.

그 정도는 견딜 수 있을 듯했다.

이곳을 떠나야할 수도 있겠지. 어쩌면 에드워드는, 졸업할 때까지 1년이나 기다릴 수 없으니 지금 당장 떠나자고 할지도 모른다.

내 바로 앞 식탁엔 부모님께 받은 생일선물이 그대로 놓여 있었다. 에드워드의 집에선 써볼 기회도 없었던 카메라가 앨범 바로 옆에 놓여 있었다. 나는 엄마가 선물한 앨범의 예쁜 표지를 어루만지며, 엄마 생각에 한숨을 쉬었다. 지금껏 헤어져 산 것만으로도 그리움이 밀려드는데, 이젠 영원히 이별해야 한다고 생각하니 결심이 서지 않았다. 게다가 아버지는 또 이곳에서 홀로 버려진 것처럼 살아야 하리라. 두 분 모두 상처받으실 거다.

하지만 우린 돌아올 거야, 안 그래? 게다가 찾아가서 뵙기도 할 거잖아.

하지만 스스로 질문해 놓고도 자신 있게 대답할 수가 없었다.

나는 무릎에 뺨을 기댄 채 부모님의 사랑이 담긴 선물을 응시했다. 이 길을 선택한 건 나고, 힘든 길이 되리라는 것도 각오하고 있다. 게다가 지금은 어디까지나 내가 견딜 수 있는 한도 내에서 최악의 시나리오를 상상하고 있을 뿐이니까.

나는 다시 앨범을 어루만지다 표지를 넘겼다. 첫 번째 사진을 꽂을 자리엔 이미 작은 금속 테두리로 장식도 되어 있었다. 이곳에서 지낸 나의 삶을 기록해 두는 것도 그리 나쁘지 않을 듯했다. 나는 당장 시작해야겠다는 이상한 충동을 느꼈다. 앞으로 포크스에서 지낼 날이 별로 남지 않았을지도 모르니까.

나는 카메라에 달린 손목 스트랩을 만지작거리며 필름에 담긴 첫 번째 사진을 떠올렸다. 원래 모습대로 제대로 나오기는 할까? 왠지 그럴 것 같지 않았다. 하지만 에드워드는 아무 것도 안 나올까 봐 걱정하진 않는 듯했다. 어젯밤 질문했을 때 태평하게 웃던 그의 모습이 생각나 나도 모르게 웃음이 났다. 웃음은 곧 사그라들었다. 갑작스럽게 너무도 많은 것들이 변해버렸다. 까마득한 낭떠러지 끝에 서있는 것처럼 어지러웠다.

더는 그런 생각을 하고 싶지 않았다. 나는 카메라를 집어 들고 계단을 뛰어올라갔다.

내 방은 엄마가 이곳에 살던 17년 전과 크게 달라진 게 없었다. 벽은 변함 없이 하늘색이고, 창문엔 엄마가 달아놓은 연노랑색 레이스 커튼이 달려 있었다. 아기 요람 대신 침대가 놓이긴 했지만, 엄마는 침대에 어지럽게 늘어져 있는 퀼트 이불이 할머니의 선물이란 걸 한눈에 알아볼 게 틀림없다.

어쨌든 나는 방안 구석구석 카메라를 들이대고 셔터를 눌렀다. 오늘 밤엔 달리 할 일도 없었으니까. 밖은 아주 깜깜했고, 조바심은 점점 더 강해져 이젠 거의 강박으로 느껴졌다. 떠나야 하는 순간이 오기 전에 포크스의 모든 것을 기록으로 남기고 싶었다.

변화가 찾아오고 있었다. 온몸으로 그것이 느껴졌다. 지금 그대로의 삶이 완벽하다고 느껴지는 순간에 찾아오는 변화는 그리 유쾌하지 않다.

카메라를 손에 쥐고 천천히 계단을 내려가며, 나는 에드워드의 눈에서 감지한 이상한 거리감과 뱃속을 괴롭히는 불안감을 애써 무시했다. 그는 이번 일도 잘 극복할 것이다. 아마도 떠나자는 말에 내가 화를 낼까 봐 걱정하고 있는 것이리라. 그가 어떤 결정을 하든 나는 참견하지 않을 생각이었다. 무슨 말을 하더라도 따를 수 있도록, 마음의 준비를 해 두면 되겠지.

나는 거실 모퉁이에 숨어 몰래 사진 찍을 준비를 했다. 에드워드를 놀라게 할 가능성은 없었지만, 어쨌든 그는 고개를 들지 않았다. 뱃속에 얼음 덩어리 같은 게 들어앉은 듯 순간 몸서리가 쳐졌지만, 나는 불안한 느낌을 무시하고 사진을 찍었다.

두 사람은 그제야 나를 쳐다보았다. 찰리가 인상을 찌푸렸다. 에드워드의 얼굴은 완전히 텅 빈 듯 무표정했다.

"무슨 짓이냐, 벨라?

찰리가 투덜거렸다.

"에이, 뭘 그러세요. 선물 잘 쓰고 있나 물어보려고 엄마가 곧 전화할 거라는 거 아시잖아요. 엄마 마음 상하기 전에 부지런히 찍어둬야죠."

나는 억지 미소를 지으며 찰리가 누워 있는 소파 앞쪽 바닥에 자리를 잡았다.

"그런데 내 사진은 왜 찍어?"

"너무 잘 생기셨으니까요. 그리고 아빠가 사 주신 선물이니까 모델 노릇을 해 주실 의무도 있잖아요."

나는 계속해서 밝은 목소리로 대답했다.

찰리가 웅얼웅얼 알아들을 수 없는 말로 불평을 했다.

"에드워드, 아빠랑 내 사진 좀 찍어 줘."

내가 생각해도 놀라울 만큼 아무렇지 않은 목소리였다.

나는 조심스레 그의 눈길을 피한 채 카메라를 던져준 뒤, 찰리의 머리가 놓인 소파 팔걸이 옆에 무릎을 꿇었다. 찰리가 한숨을 쉬었다.

"좀 웃어야지, 벨라."

에드워드가 중얼거렸다.

나는 최선을 다해 미소를 지었고, 이내 카메라 플래시가 터졌다.

"내가 너희 둘 사진도 찍어주마."

찰리는 카메라의 초점에서 벗어나기 위해 구실을 대는 게 분명했다.

에드워드가 일어서서 가볍게 찰리에게 카메라를 던졌다.

에드워드 옆으로 가서 서며 묘한 거리감을 느꼈다. 그는 형식적으로 내 어깨에 팔을 올렸고, 나는 좀 더 다정하게 그의 허리에 팔을 둘렀다. 그의 얼굴을 쳐다보고 싶었지만 그러기가 겁났다.

"웃어야지, 벨라."

찰리가 나에게 또 한 번 주의를 주었다.

나는 심호흡을 한 뒤 미소를 지었다. 플래시 불빛에 눈이 미는 것 같았다.

"오늘은 그만 찍어라. 당장 필름 한 통을 다 쓸 필요는 없잖아?"

찰리는 카메라를 소파 등받이 쿠션 사이로 숨긴 뒤 그 위에 누워버렸다.

에드워드는 내 어깨에 올렸던 팔을 내리고 조심스레 내 품에서 빠져나가더니 다시 안락의자에 앉았다.

나는 망설이다 소파를 등지고 앉았다. 갑자기 겁이 나 손이 부들부들 떨렸다. 떨림을 감추려고 손으로 배를 누른 채, 무릎에 턱을 올리고 TV를 응시했지만 아무것도 눈에 들어오지 않았다.

야구 경기가 끝날 때까지도 나는 그 자세에서 조금도 움직이지 않았다. 시선의 끝으로 에드워드가 일어서는 모습이 보였다.

"이젠 가 봐야겠네요."

"잘 가거라."

찰리는 광고를 보느라 고개도 돌리지 않았다.

나는 어색하게 자리에서 일어나 에드워드를 따라 현관으로 나갔다. 너무 오래 꼼짝 않고 있었더니 온몸이 뻐근했다. 그는 곧장 자동차로 향했다.

"더 있다 갈 거야?"

일말의 희망마저 사라진 목소리로 내가 물었다. 그의 대답을 예상했으므로, 그리 심하게 마음 아프지는 않았다.

"오늘은 곤란해."

나는 이유를 묻지 않았다.

그는 차에 올라 차츰 멀어져갔고, 나는 선 자리에서 꼼짝도 하지 않았다. 비가 오는 것도 겨우 느낄 뿐이었다. 뭘 기다리는 줄도 모르면서 마냥 기다리고 있는데, 마침내 뒤쪽에서 현관문이 열렸다.

"벨라, 뭐하는 거냐?"

혼자 밖에 서서 비를 맞고 있는 나를 본 찰리가 놀라 물었다.

"아무것도 아니에요."

나는 돌아서서 터덜터덜 집안으로 들어갔다.

휴식 없는, 길고 긴 밤이었다.

창밖이 희미하게 밝아오자마자 나는 자리에서 일어났다. 기계적으로 옷을 갈아입은 뒤 먹구름이 좀 가시기를 기다렸다. 시리얼 한 그릇을 먹고 나서는 이만하면 사진을 찍기에 충분하다고 결론을 내렸다. 우선 트럭 사진을 한 장 찍은 뒤 집 정면을 찍었다. 집 옆으로 돌아가 집에서 멀지 않은 숲 사진도 몇 장 찍었다. 시커먼 숲이 전처럼 무섭게 보이지 않는다는 게 우스웠다. 이곳이 그리워지리란 걸 깨달았다. 온통 초록이고, 시간은 정지한 듯한 저 불가사의한 숲까지, 모든 것이.

나는 집을 나서기 전에 가방에 카메라를 집어넣었다. 에드워드가 밤사이 기분이 바뀌었을 것인지 보다, 지금의 새로운 임무에 정신을 집중하려고 애썼다.

두려움과 함께 초조함이 느껴지기 시작했다. 이런 상황이 언제까지 계속될까?

최소한 오전 내내 이어지긴 했다. 에드워드는 내 옆에서 묵묵히 걸었지만, 제대로 나를 쳐다보는 법이 없었다. 수업에 열중하려 노력했지만 영어 시간마저도 내 관심을 끌지 못했다. 버티 선생님이 캐퓰릿 부인에 관한 질문을 두 번이나 했는데 딴 생각에 팔린 나는 그게 나한테 묻는 것인 줄도 모르고 있었다. 에드워드는 낮게 속삭여 정답을 알려주고는 다시 나를 무시하는 태도로 일관했다.

점심시간에도 침묵은 이어졌다. 이러다가는 마구 비명을 지르고 말 것만 같아서, 나는 딴 생각을 하려고 식탁의 보이지 않는 경계선을 넘어 제시카에게 말을 걸었다.

"있잖아, 제시카."

"왜?"

"부탁할 게 있어. 우리 엄마가 내 앨범에 친구들 사진도 좀 넣어뒀으면 하시거든. 그러니까 네가 대신 사진 좀 찍어줄래?"

나는 가방에서 카메라를 꺼내 제시카에게 건넸다.

"물론이지."

제시카는 씩 웃으며 입에 잔뜩 음식을 넣고 씹고 있는 마이크의 스냅 사진을 찍었다.

누구나 예상할 수 있는 전쟁이 벌어졌다. 카메라를 이리저리 돌려가며 사진을 찍고, 깔깔대거나 시시덕거리거나 찍기 싫다고 투덜대는 일련의 소동들. 문득 기이할 정도로 그것이 유치해 보였다. 아무래도 오늘은 내가 정상적인 인간을 상대할 기분이 아닌 듯했다.

"어머 이런. 필름을 우리가 다 써버린 것 같아."

제시카가 카메라를 돌려주며 미안한 듯 말했다.

"괜찮아. 내가 찍고 싶었던 건 벌써 다 찍었거든."

수업이 끝나자 에드워드는 묵묵히 주차장까지 나와 동행했다. 오늘도 일을 하러 가야할 상황이었는데, 아르바이트 시작 후 처음으로 그 사실이 반가웠다. 함께 있는 것이 조금도 상황에 도움이 되지 않는 듯했다. 어쩌면 혼자 보내는 시간이 더 나을지도 모른다.

나는 뉴튼 스포츠용품점에 가는 길에 할인마트 사진코너에 필름을 맡겼다가 일이 끝난 뒤 찾으러 갔다. 집에 돌아온 나는 찰리에게 간략하게 인사를 했다. 그러곤 부엌에서 그라놀라 한 개를 챙겨 인화된 사진 봉투를 옆구리에 낀 채 방으로 달아났다.

침대에 앉아 조심스럽고 호기심 어린 손길로 봉투를 열었다. 어리석게도 나는 첫 번째 사진에 아무것도 안 찍혔을 거라고 반쯤은 믿고 있었다.

사진을 꺼낸 순간 나는 크게 숨을 헐떡였다. 사진 속의 에드워드는 현실의 모습과 똑같이 아름다웠고, 지난 며칠 간 내가 간절히 그리워했던 따뜻한 눈빛으로 나를 응시하고 있었다. 누군가 이토록…… 너무도…… 표현할 수 없을 만큼 아름답다는 게 믿어지지 않았다. 수천 마디의 말로도 그 사진을 형용할 순 없었다.

나는 나머지 사진들을 재빨리 넘겨본 뒤 사진 세 장을 골라 나란히 침대에 펼쳐놓았다.

첫 사진은 부엌에서 에드워드를 찍은 것으로, 그의 따뜻한 눈빛엔 너그러운 웃음이 담겨 있었다. 두 번째는 야구 중계를 보고 있는 에드워드와 찰리의 사진이었다. 에드워드의 표정이 보여 준 차이는 거의 가혹할 정도였다. 두 번째 사진에서 그의 눈빛은 조심스럽고 절제되어 있었다. 여전히 숨 막히게 아름다웠지만 표정은 훨씬 더 차가워서, 살아 있다기보다는 조각에 가까워 보였다.

마지막 사진은 에드워드와 내가 어색하게 나란히 서 있는 것. 에드워드의 얼굴은 두 번째 사진처럼 차갑고 조각 같았다. 하지만 그 사진에서 느껴지는 가장 비참했던 부분은 그의 표정이 아니었다. 확연하게 비교되는 우리 둘의 모습이 고통스러울 정도였다. 에드워드는 그야말로 신 같았다. 하지만 나는 인간 치고도 평범해서, 민망할 만큼 수수해 보였다. 나는 속이 너무 상해 사진을 뒤집어 놓았다.

숙제를 해야 할 시간이었지만 나는 계속해서 사진들을 앨범에 정리했다. 사진마다 아래쪽에 볼펜으로 이름과 장소, 날짜를 적었다. 에드워드와 내가 같이 찍은 사진 차례가 되자 나는 보지도 않고 사진을 반으로 접어 에드워드만 보이게 앨범에 꽂았다.

앨범 정리가 끝나자 여벌로 한 장 씩 더 뽑은 사진들을 몽땅 새 봉투에 넣고, 엄마에게 길고 긴 감사 편지를 썼다.

에드워드는 아직도 오지 않았다. 나는 밤늦도록 깨어 있는 게 에드워드 때문이라고 인정하고 싶지 않았지만, 물론 그게 이유인 건 명백했다. 에드워드가 미리 양해를 구하지 않고 전화도 없이 밤에 내게 오지 않은 적이 언제였는지 떠올리려고 노력했다. 아무리 생각해 봐도 그런 일은 단 한 번도 없었다.

그날 밤도 나는 잠을 잘 이루지 못했다.

학교 일과는 지난 이틀과 소름 끼치도록 똑같았다. 그렇게 침묵과 절망 속에 이어졌다. 주차장에서 기다리고 있는 에드워드를 본 순간 나는 안도감을 느꼈지만 그 마음도 순식간에 사라졌다. 그는 달라지지 않았고, 오히려 더 멀어진 것 같았다.

문제가 어디서부터 시작된 걸까. 이제 와선 기억해내기조차 힘들었다. 내 생일은 이미 까마득한 과거로 느껴졌다. 앨리스만 돌아온다면 얼마나 좋을까. 곧 돌아오겠지. 모든 것이 돌이킬 수 없어지기 전에.

하지만 그렇게만 믿고 있을 순 없었다. 오늘도 에드워드와 얘기를, 그러니까 '진짜 이야기'를 할 수 없다면, 내일은 칼라일을 찾아가보기로 결심했다. 내 쪽에서 먼저 무슨 시도라도 해 봐야 했다.

나는 수업이 끝나면 에드워드와 먼저 대화를 해보기로 일단 생각을 굳혔다. 어떤 핑계도 받아들이지 않을 작정이었다.

트럭까지 함께 걸으며 나는 어서 말을 꺼내야 한다고 스스로 용기를 불러 모았다.

"오늘 너희 집에 들러도 될까?"

허를 찌르듯 트럭에 다 가기도 전에 그가 물었다.

"아, 물론."

"지금 가도 돼?"

차 문을 대신 열어주며 그가 다시 물었다.

"그럼. 난 편지 부칠 게 있어서 우체통 있는 데 좀 들렀다 갈 거야. 집에서 만나."

내 목소리에서 묻어나는 긴장되고 다급한 기운이 스스로 싫다고 느꼈다.

에드워드는 조수석 의자에 놓인 두툼한 편지봉투를 쳐다보았다. 갑자기 그가 내 앞으로 손을 뻗더니 봉투를 집었다.

"내가 부치면? 그래도 내가 너보다 빠를 테니까."

그는 내가 제일 좋아하는 삐딱한 미소를 지었지만 뭔가 달랐다. 그 웃음이, 눈동자엔 미치지 않았기 때문이었다.

"알았어."

나는 마주 웃어줄 수도 없었다. 에드워드는 차문을 닫은 뒤 자기 차로 걸어갔다.

그는 나보다 먼저 집에 도착했다. 집 앞에 차를 대면서 보니 찰리의 자리에 주차를 해 두었다. 조짐이 안 좋았다. 계속 있을 생각이 아니라는 뜻이니까. 나는 고개를 흔들고 심호흡을 한 다음 용기를 그러모았다.

트럭에서 내리니 그도 차에서 나와 나에게 왔다. 그리고 내 책가방을 받아들었다. 보통 때와 같았다. 하지만 그는 가방을 다시 트럭 운전석에 밀어 넣었다. 그건 보통 때와 달랐다.

"같이 좀 걷자."

그가 내 손을 잡으며 무미건조한 목소리로 말했다.

나는 대답하지 않았다. 거부할 방법이 생각나진 않았지만, 나는 즉각 내가 원하는 게 뭔지 깨달았다. 이런 식은 아니었다. '이건 아니야, 이건 좋지 않아. 아주 나쁘다구.' 내 머리에서 연달아 외침이 들렸다.

하지만 그는 내 대답을 기다리지 않았다. 에드워드는 숲이 시작되는 동쪽 마당으로 나를 이끌었다. 마지못해 따라가는 동안, 공포와 당혹 속에 논리적인 생각을 하려고 애썼다. 이게 내가 원하던 것이었다고 스스로를 달렸다. 나도 대화할 기회를 기다리고 있었잖아. 그런데 왜 이토록 무서운 거지?

숲속으로 겨우 몇 걸음 들어갔을까. 그가 걸음을 멈추었다. 본격적인 등산로에 겨우 진입한 셈이어서, 아직도 우리 집이 보였다.

참 많이도 걸었군.

에드워드는 나무에 기대어 전혀 읽어낼 수 없는 표정으로 나를 쳐다보았다.

"좋아, 우리 얘기 좀 해."

생각보다 내 목소리는 꽤 용감하게 들렸다.

그는 심호흡을 한 번 했다.

"벨라, 우린 떠날 거야."

나 역시 심호흡을 했다. 그건 받아들일 수 있는 선택이었다. 나도 준비가 되어 있다고 생각했다. 하지만 그래도 물어볼 건 물어야 했다.

"왜 지금 떠나? 1년만 더 있으면……."

"때가 됐어. 어차피 우리가 포크스에 얼마나 더 머물 수 있겠어? 칼라일은 서른 살을 겨우 넘겼지. 지금은 서른세 살이라고 우기고 있어. 어차피 우린 곧 새로운 삶을 시작해야 했어."

나는 혼란스러워지고 말았다. 우리가 떠나는 목적은 그의 가족을 편하게 살도록 내버려두기 위해서라고 생각하고 있었다. 그들이 떠난다면 왜 우리도 떠나야 하지? 나는 그의 말뜻을 이해하려고 애쓰며 에드워드를 응시했다.

그가 차갑게 나를 마주보았다.

돌연 나는 욕지기를 느끼며, 내가 오해했다는 사실을 깨달았다.

"좀 전에 '우리'라고 한 말은……."

"내 가족과 나를 의미한 거였어."

말 한마디 한마디 너무나 명확하고 가혹했다.

나는 고개를 마구 흔들어 정신을 차리려고 했다. 그는 초조한 기색 하나 없이 묵묵히 기다렸다. 내가 다시 입을 열 수 있게 되기까지 몇 분이 흘러갔다.

"알았어. 나도 같이 갈게."

"넌 못 가. 우리가 가는 곳은…… 네가 살 만한 데가 못 돼."

"네가 있는 곳이 내가 살 곳이야."

"난 너한테 어울리지 않아, 벨라."

"말도 안 되는 소리 하지 마. 넌 내 삶의 가장 중요한 부분이야."

분노를 담아 외치고 싶었지만, 내 입에서 나온 말은 마치 구걸하는 것처럼 들렸다.

"내 세계는 너와 맞지 않아."

"재스퍼랑 있었던 일은 아무것도 아니었어, 에드워드! 아무것도 아니라고!"

"네 말이 맞아. 정확히 예견됐던 일이었으니까."

"약속했잖아. 피닉스에서 나를 떠나지 않겠다고 분명히……"

그가 내 말을 잘랐다.

"그게 너를 위해 최선이라면 그러겠다는 뜻이었지."

"아니야! 이건 내 영혼에 관련된 문제잖아, 안 그래?"

화가 나서 소리쳤지만 여전히 목소리는 애원을 닮아 있었다.

"칼라일한테 들었어. 난 상관없어, 에드워드. 상관없단 말이야! 내 영혼을 가져도 돼. 영혼이 다 무슨 소용이야. 네가 없는데! 이미 전부 다 네 것인데!"

그는 길게 한숨 쉬며 한참동안 땅바닥만 응시했다. 입술은 약간 일그러졌다. 마침내 고개를 들었을 때는 그의 눈빛이 하도 무심히 굳어 있어, 액체로 된 황금이 단단히 얼어붙은 것 같았다.

"벨라, 나는 너랑 같이 가기 싫어."

그는 천천히 정확하게 말한 뒤 싸늘한 눈빛으로 자기 말뜻을 받아들이는 내 모습을 지켜보았다. 그의 말뜻을 음미하며 머릿속으로 몇 번 더 곱씹어보느라 잠시 정적이 흘렀다.

"내가…… 싫다고?"

너무도 낯설게만 들리는 그 말이 혼란스러워 되묻지 않을 수 없었다.

"그래."

도저히 이해가 되질 않아서 나는 그의 눈을 응시했다. 미안한 기색 없이 그도 나를 쏘아보았다. 에드워드의 눈동자는 토파즈처럼 단단하고 영롱하고 아주 깊었다. 눈동자 안으로 몇 킬로미터나 빠져들 수도 있을 것처럼. 그러나 그 끝없는 심연 속에서도 그가 방금 한 말을 부정할 수 있는 부분을 찾아낼 수는 없었다.

"그럼 얘기가 달라지겠네."

내 목소리가 너무도 차분하고 이성적이어서 나도 깜짝 놀랐다. 마치 마비가 된 것 같았기 때문이다. 그가 하려는 말을 알아들을 수가 없었으니까. 무슨 일이 일어나는지 조금도 이해할 수 없었으니까.

그는 시선을 돌려 나무를 바라보며 다시 입을 열었다.

"물론 난 언제나…… 널 사랑할 거야. 어떤 방식으로든. 하지만 며칠 전에 일어난 일을 겪으며 비로소 변화가 필요한 시기라는 걸 깨달았지. 나는…… 인간인 척하는 게 지긋지긋해졌어, 벨라. 난 인간이 아니잖아."

에드워드가 다시 나를 응시했다. 차디찬 냉기가 감도는 완벽한 그 얼굴은 확실히 인간의 것은 아니었다.

"내가 너무 질질 끌었어. 그건 미안하게 생각해."

"이러지 마."

이제 내 목소리는 작은 속삭임이 되었다. 혈관을 타고 독약이 퍼져나가 듯 서서히 깨달음이 시작되고 있었다.

"제발 이러지 마."

그는 말없이 나를 바라볼 뿐이었다. 그 눈빛은 이미 너무 늦었다고 말하고 있었다. 그는 이미 떠난 사람이었다.

"너는 나한테 어울리지 않아, 벨라."

그는 아까 했던 말을 뒤집어 적용했고, 나도 반박할 수가 없었다. 내가 에드워드에게 어울릴 만한 상대가 못된다는 건 뼈저리게 알고 있던 사실이었으니까.

나는 무슨 말이든 하려고 입을 벌렸다가 이내 다시 다물고 말았다. 그는 감정이 완전히 배제된 낯선 얼굴로 끈기 있게 기다렸다. 나는 다시 입을 열었다.

"그게…… 진정으로 네가 원하는 거라면."

에드워드가 한 번 고개를 끄덕였다.

온몸이 마비된 것 같다. 목 아래로는 아무것도 느껴지지 않았다.

"그래도 된다면 말인데, 한 가지 약속해 줬으면 하는 게 있어."

그렇게 말하는 에드워드의 표정에 미세한 변화가 느껴졌으므로, 나는 그가 내 얼굴에서 무얼 감지한 건지 궁금해졌다. 하지만 내가 알아볼 새도 없이 그의 표정은, 이내 전처럼 차분한 얼굴의 가면으로 되돌아갔다.

"뭐든 말해."

얼어붙었던 그의 눈빛이 녹아내리는 것을 보았다. 단단히 굳었던 황금이 다시 액체로 녹아, 내가 감당할 수 없을 정도의 강렬함을 전하며 불타올랐다.

"어리석은 짓, 무모한 짓은 절대로 하지 마. 내 말 알아듣겠어?"

어느샌가 초연함이 사라져버린 그가, 그렇게 명령했다.

나는 무력하게 고개를 끄덕였다.

그의 눈빛이 식고, 거리감이 되살아났다.

"아, 찰리 때문이야. 찰리에겐 네가 있어야 하잖아. 아버지를 위해서라도 네 몸을 잘 돌봐야지."

나는 다시 고개를 끄덕이고 속삭였다.

"그럴게."

그제야 에드워드는 약간 긴장을 푸는 듯했다.

"그 대신 나도 약속 하나 하겠어. 너를 만나는 건 이번이 마지막이야. 난 돌아오지 않을 거야. 네가 이번 일 같은 사고를 두 번 다시 겪는 일도 없겠지. 앞으로 넌 내 방해 없이 살아갈 수 있을 거야. 내가 아예 존재하지도 않았던 것처럼 살게 되겠지."

다리가 후들거리기 시작하는 건가. 주변 나무들이 갑자기 일렁였다. 귀 뒤쪽에서 맥박이 평소보다 빠른 속도로 뛰는 게 느껴졌다. 그의 목소리가 아득히 멀게 들렸다.

그가 부드럽게 웃었다.

"걱정하지 마. 너는 인간이니까. 원래 인간의 기억력은 형편없기 마련이야. 시간은 너 같은 인간들의 상처를 치유해 주지."

"그럼 너는?"

목에 뭔가 걸려 꽉 막힌 것 같은 목소리가 새어나왔다.

그는 아주 잠깐 망설이는 듯했다.

"글쎄…… 나는 잊지 않겠지. 하지만 나 같은 존재들은…… 딴 데 정신을 팔기 쉽거든."

그가 미소를 지었다. 몹시 차가워서 눈빛까지는 그 온기가 닿지 못하는 그런 미소.

그는 내게서 한 걸음 뒤로 물러났다.

"할 말은 다 한 것 같군. 우린 두 번 다시 널 괴롭히지 않을 거야."

'우리'라는 말이 새삼 내 주의를 끌었다. 지금까지 난 대체 무슨 이야기를 듣고 있었나.

"앨리스, 돌아오지 않을 작정이구나."

나는 그제야 깨닫고 중얼거렸다. 입 밖으로 말을 내뱉지도 않은 것 같은데 에드워드는 알아들은 듯했다. 그는 계속 내 얼굴을 응시하며 천천히 고개를 끄덕였다.

"그래. 모두들 떠났어. 너한테 작별인사를 하려고 나만 혼자 남아 있었던 거지."

"앨리스가 가버렸다고?"

"작별인사를 하고 싶어 했지만, 깨끗하게 헤어지는 게 낫다고 내가 말렸어."

현기증이 나서 정신을 집중하기가 어려웠다. 그의 말이 머릿속에서 빙빙 돌았다. 작년 봄에 의사가 엑스레이를 보여주며 했던 말이 퍼뜩 뇌리를 스쳤다. '보이죠? 아주 깨끗하게 부서졌어요.' 그가 내 뼈의 부러진 부분을 따라 손가락을 짚으며 말했다. '다행입니다. 이러면 훨씬 쉽게 빨리 낫지요.'

나는 제대로 숨을 쉬려 노력했다. 이 악몽에서 벗어나려면 정신을 집중해야만 하니까.

"잘 있어, 벨라."

그가 평소처럼 침착하고 평온한 목소리로 말했다.

"기다려!"

굳어버린 다리를 어떻게든 움직이려고 애쓰며 나는 그를 향해 손을 뻗었다.

나는 에드워드가 내 손을 잡아줄 거라고 생각했다. 그러나 그는 차가운 손으로 내 양 손목을 붙들어 도로 내 옆구리에 붙였다. 그러고는 고개를 숙여 아주 짧게 내 이마에 입을 맞추었다. 나는 눈을 감았다.

"조심해. 너 자신을 지켜야 해."

내 얼굴에 서늘한 그의 숨결이 느껴졌다.

이어 기이한 바람이 살짝 일었다. 나는 번쩍 눈을 떴다. 작은 단풍나무 이파리들이 그가 떠나가며 일으킨 바람에 몸을 떨고 있었다.

에드워드가 가버렸다.

소용없는 짓인 줄 알면서도 나는 떨리는 다리로 그의 뒤를 쫓아 숲으로 들어갔다. 그의 발자취는 순식간에 사라졌다. 발자국은 보이지 않았고 나뭇잎들도 고요했다. 그래도 나는 생각할 겨를조차 없이 앞으로 걸어 나갔다. 달리 할 일이 떠오르지 않았으니까. 그저 계속해서 나아갈 뿐이었다. 이대로 그를 찾는 걸 그만둔다면 정말로 모든 것이 끝장날 것 같았다.

내 사랑, 삶, 생 의미…… 모두 끝이었다.

걷고 또 걸었다. 무성한 잡초 사이로 천천히 걸어가려니 시간감각도 사라져갔다. 몇 시간이 지나간 것 같다가, 불과 몇 초가 지난 것도 같았다. 아무리 멀리 가도 숲은 똑같은 모습으로 펼쳐져 있었으므로, 어쩌면 시간이 얼어붙어 정지한 것인지도 모른다. 나는 제자리를 맴돌고 있는 게 아닌가 걱정하면서도 계속 걸어갔다. 날이 점점 어두워지면서 자주 발을 헛디뎠고 넘어지기도 했다.

그러다 뭔가에 걸려 넘어졌고, 그대로 쓰러져 있었다. 사방은 이제 깜깜해 발밑에 걸린 게 무엇인지 알 수도 없었다. 나는 숨을 쉴 수 있도록 옆으로 누워 축축한 고사리 위에 몸을 웅크렸다.

그렇게 누워 있으니, 생각보다 시간이 훨씬 더 많이 지났음을 느낄 수 있었다. 어둠이 내린 뒤로도 얼마나 시간이 흘렀는지 기억나지 않았다. 밤엔 숲이 원래 이렇게 어두운 걸까? 보통 때라면 구름을 뚫고 나온 희미한 달빛이 나무 그림자 사이사이로 약간이나마 스며들 것 같은데.

하지만 오늘밤은 아니었다. 오늘밤 하늘은 완전히 새카맸다. 어쩌면 달이 전혀 보이지 않는 월식이거나 초승달이 떴는지도 모르지.

초승달. 춥지도 않은데 부르르 몸이 떨렸다.

오랫동안 그렇게 어둠 속에 누워 있다가 마침내 나는 외치는 소리를 들었다.

누군가 내 이름을 소리쳐 부르고 있었다. 주변을 둘러싼 축축하고 키 큰 식물들 때문에 숨을 죽인 듯 희미하게 들리긴 했지만, 그건 분명 내 이름이었다. 아는 사람의 목소리는 아니었다. 대답을 해야 한다고 생각했지만 너무 어지러워 '어서' 대답을 해야 한다는 결론에 이르기까지 오랜 시간이 걸렸다. 이윽고 다시 정신을 차렸을 땐 부르는 소리가 멈춘 뒤였다.

얼마 후 나는 비 때문에 잠에서 깨어났다. 정말로 잠이 들었던 것 같지는 않다. 깨닫고 싶지 않은 현실에서 도망치느라, 생각이 마비된 혼수상태에 스스로를 가두려 애쓰고 있었을 뿐.

비 때문에 성가셨다. 무엇보다 추웠다. 나는 다리를 감싸고 있던 팔을 풀어 얼굴을 가렸다.

바로 그때 다시 내 이름을 부르는 소리가 들렸다. 이번엔 더 먼 곳에서 들려왔는데, 때론 여러 사람이 한꺼번에 외치는 소리 같았다. 나는 심호흡을 하려고 애썼다. 대답을 해야 한다는 생각을 했지만 내 목소리를 들을 수 있을 것 같지 않았다. 내가 저들에게 들릴 만큼 큰 소리를 낼 수 있을까?

별안간 또 다른 소리가, 아주 가까운 곳에서 들렸다. 짐승이 킁킁거리는 듯한 소리였다. 몸집이 아주 클 것 같았다. 겁을 먹어야 하는 것일까. 하지만 철저히 무감각한 상태라 겁조차 나지 않았다. 아무래도 상관없었으니까. 킁킁거리던 짐승은 이내 가버렸다.

비는 계속해서 내렸고, 뺨 밑으로 물이 고이는 게 느껴졌다. 머리를 돌릴 힘을 그러모으려고 애를 쓰는데, 불빛이 눈에 들어왔다.

처음엔 나뭇가지 사이로 아주 멀리 비치는 희미한 빛이었을 뿐이다. 손전등 불빛과는 좀 다르게 넓게 비쳐 들어오던 빛은 점점 밝아졌다. 이내 가장 가까운 나뭇가지 사이로 비쳐든 불빛이 프로판 가스등이란 걸 알 수 있기는 했지만, 갑자기 쏟아진 빛에 눈이 멀어 더는 아무것도 보이지 않았다.

"벨라."

목소리는 낮고, 낯설었다. 그러나 그는 나를 확실히 아는 듯했다. 무작정 나를 찾으려고 부르는 게 아니라, 나를 찾았음을 확신하는 말투였다.

바닥에 누워 올려다보려니 그의 얼굴이 까마득하게 높아만 보였다. 한참 쳐다보고도 내가 바닥에 누워 있기 때문에 낯선 남자의 키가 그토록 커 보인다는 정도만 막연하게 깨달을 수 있었을 뿐이다.

"어디 다쳤니?"

뭔가 중요한 말을 하고 있다는 생각은 들었지만 그래도 나는 어리둥절해 그저 올려다보기만 할 뿐이었다. 이 상황에서 그 말의 의미 같은 게 중요할까.

"벨라, 나는 샘 울리라고 한다."

전혀 못 들어본 이름이었다.

"찰리가 널 찾아달라고 보내셨단다."

찰리? 그제야 정신이 퍼뜩 들면서 낯선 남자의 말에 정신을 집중하려고 애를 썼다. 다른 건 몰라도 찰리라면 내게 중요한 사람이었으니까.

키 큰 남자가 손을 내밀었다. 나는 어떻게 해야할지 몰라 멍하니 바라만 보았다.

검은 눈동자로 나를 살피던 남자는 어깨를 으쓱했다. 그러고는 재빠른 동작으로 땅바닥에서 나를 일으켜 안아 올렸다.

그가 축축한 숲길을 재빠르게 뛰어 내려가는 사이 나는 축 늘어진 채 매달려 있었다. 낯선 사람에게 안겨 어디론가 가는 상황에 신경이 곤두서야 할 것 같았지만 그럴 기력이 없었다.

그리 오래 지나지 않은 것 같은 어느 순간 여러 남자들의 목소리와 불빛이 느껴졌다. 샘 울리는 무리에게 다가가며 속도를 늦췄다.

"찾았어요!"

그가 굵은 목소리로 외쳤다.

잠시 소란이 멎었다가 더 시끌벅적해졌다. 나를 쳐다보는 얼굴의 물결이 어지러이 이어졌다. 혼란 속에서 샘의 목소리만 또렷하게 들려왔다. 아마도 내가 그의 가슴에 귀를 대고 있기 때문인 듯했다.

"아니에요. 다친 것 같진 않습니다. 자꾸 '가버렸어'라는 말만 되풀이하고 있어요."

그가 누군가에게 말했다.

내가 그 말을 소리 내어 중얼거렸단 말인가? 나는 입술을 깨물었다.

"벨라, 괜찮니?"

지금처럼 모든 것이 일그러진 상황에서도 알아들을 수 있는 목소리 하나가 들려왔다. 몹시 걱정스런 목소리.

"찰리?"

"그래, 아빠 여기 있다."

안고 있는 사람이 바뀌었다. 아빠가 입은 제복 재킷의 가죽 냄새가 풍겨왔다. 찰리는 내 몸무게 때문에 비틀거리고 있었다.

"제가 안을게요."

샘 울리가 나섰다.

"내가 데려갈게."

찰리가 숨찬 목소리로 대꾸했다.

찰리는 안간힘을 쓰며 천천히 걸어갔다. 나는 스스로 걸어갈 테니 내려

달라고 말하고 싶었지만 목소리가 나오질 않았다.

일행들이 들고 있는 손전등 때문에 사방이 환했다. 거리 행진이라도 하는 듯했다. 아니면 장례식이라든가. 나는 눈을 감았다.

"곧 집이야. 거의 다 왔다."

찰리가 이따금씩 중얼거렸다.

문이 열리는 소리에 나는 다시 눈을 떴다. 우리는 집 앞에 당도해 있었다. 자길 샘이라고 소개했던 키 큰 남자가 찰리를 위해 현관문을 연 채, 혹시 나를 떨어뜨릴 것에 대비하듯 한 팔을 뻗고 있었다.

그러나 찰리는 무사히 현관문을 지나 거실 소파에 나를 내려놓았다.

"아빠, 저 옷이 다 젖었어요."

내가 힘없이 말했다.

"괜찮다."

목소리는 쉬어 있었다. 이어 찰리가 누군가 다른 사람에게 말했다.

"계단 위쪽 벽장에 담요가 있으니 좀 갖다 주게."

"벨라?"

새로운 목소리였다. 나를 굽어보고 있는 백발 남자를 올려다보던 나는 한참 뒤에야 그를 알아보았다.

"저랜디 선생님?"

"그래, 맞다. 어디 아픈 데 있니, 벨라?"

질문을 이해하는 데만도 한참이 걸렸다. 숲에서 샘 울리가 비슷한 질문을 했을 때 혼란스러웠던 기억이 떠올랐다. 물론 샘은 약간 다르게 묻긴 했다. '어디 다쳤니?' 라고. 그 둘의 차이가 어쩐지 중요하게 여겨졌다.

저랜디 박사는 대답을 기다리고 있었다. 노의사는 숱 많은 눈썹 한쪽을 꿈틀 올렸고, 이마의 주름은 한층 깊어졌다.

"안 아파요."

나는 거짓말을 했다. 하지만 의사가 물은 질문에 대한 답으로는 이게 진실일 테지.

따뜻한 손으로 내 이마를 만져본 뒤 노의사는 내 손목 안쪽의 맥박을 확인했다. 손목시계를 쳐다보며 속으로 숫자를 세는 그의 입모양을 나는 지켜보았다.

"어떻게 된 거니?"

스스럼없이 의사가 물었다.

목구멍으로 치미는 낭패감. 나는 얼어붙었다.

"숲에서 길을 잃은 거냐?"

그가 다시 물었다. 다른 사람들도 내 대답에 귀를 기울이고 있었다. 해안 근방의 퀼렛 인디언 보호구역 라푸시에서 온 듯한, 짙은 피부색의 키 큰 남자 셋이 아주 가까운 곳에서 나를 쳐다보고 있었다. 샘 울리는 그들 가운데 하나였다. 뉴튼 씨와 마이크, 웨버 씨, 앤젤라의 아버지도 거실에서 서성이고 있었지만 그들은 인디언 손님들처럼 노골적으로 보지 못하고, 슬쩍슬쩍 훔쳐볼 뿐이었다. 부엌과 마당에서도 웅얼웅얼 남자들 목소리가 들려왔다. 아마 이 소도시 인구의 절반쯤은 나를 찾아 나선 모양이다.

가장 가까운 곳에 있던 찰리는 내 대답을 들으려고 몸을 숙였다.

"네. 길을 잃었어요."

내가 속삭였다.

노의사는 신중하게 고개를 끄덕인 뒤 턱 아래쪽으로 손가락을 넣어 다시 맥을 짚었다. 찰리의 얼굴이 굳어졌다.

"피곤하니?"

저랜디 박사가 물었다.

나는 고개를 끄덕인 뒤 순순히 눈을 감았다.

"몸에 이상이 있는 것 같지는 않습니다. 지쳤을 뿐이에요. 한숨 푹 자게 하세요. 내일 다시 들러 보겠습니다."

의사가 찰리에게 말했다. 그러곤 시계를 쳐다본 모양이다. 그가 이내 말을 이었다.

"아, 내일이 아니라 벌써 오늘이군요."

두 사람이 자리에서 일어나느라 소파에서 삐걱거리는 소리가 들려왔다.

"그게 사실입니까? 그들이 떠났다고요?"

찰리가 속삭였다. 이제 두 사람의 목소리는 훨씬 멀어졌다.

"컬렌 선생이 아무에게도 알리고 싶어하지 않았답니다. 갑작스레 제의를 받고 즉각 결정을 내려야 했던 모양입니다. 떠난다고 사람들의 이목이 집중되는 걸 칼라일은 바라지 않았어요."

"그래도 사전에 미리 알렸더라면 좋았을 걸 그랬습니다."

"그렇지요, 미리 알려줬다면 이런 지경까진 되지 않았을지도 모르죠."

더 듣고 싶지 않았다. 나는 누군가 덮어준 담요 끝자락을 잡아당겨 귀를 덮어버렸다.

나는 잠이 들었다가 깨어나기를 반복했다. 자진해서 수색에 나서 준 사람들에게 찰리가 일일이 고맙다는 인사를 하고 있었고, 사람들이 집을 나서는 소리도 들렸다. 찰리는 내 이마를 짚어보더니 담요를 한 장 더 덮어주었다. 전화벨이 몇 번 울리자 그는 내가 깨기 전에 받으려고 다급히 달려갔다. 수화기 너머 상대방을 안심시키는 찰리의 낮은 중얼거림이 들려왔다.

"응, 찾았어. 애는 괜찮아. 길을 잃었대. 이젠 괜찮아."

아빠는 같은 말을 여러 번 반복했다.

안락의자 스프링이 삐걱거리는 소리에 나는 아빠가 거기서 밤을 지새려 한다는 걸 알았다.

몇 분 뒤 다시 전화벨이 울렸다.

찰리는 신음소리를 내며 벌떡 일어나, 쿵쿵거리며 급히 부엌으로 향했다. 나는 똑같은 대화를 더는 듣고 싶지 않아 이불 속으로 더 깊이 파고들었다.

"네."

찰리가 대답을 한 뒤 하품을 했다.

그러나 다시 입을 연 그의 목소리엔 전과 다른 긴장감이 감돌았다.

"어디에서요?"

침묵이 이어졌다.

"보호구역 밖이라는 게 확실합니까?"

또 한 번 짧은 침묵.

"하지만 거기에서 불탈 게 뭐가 있겠어요?"

목소리는 걱정스러워 하는 듯도 하고 의아해 하는 듯도 했다.

"제가 그쪽에 전화를 해서 확인해 보겠습니다."

나는 찰리가 전화기 버튼을 누르는 소리에 더 주의 깊게 귀를 기울였다.

"여보세요, 빌리. 나 찰리야. 너무 일찍 전화 걸어서 미안하네……. 아니야, 애는 괜찮아. 지금 자고 있어……. 고맙네만 그때문에 전화한 게 아니야. 스탠리 부인한테서 전화가 왔는데 자기 집 이층 창밖으로 내다보니 바닷가 절벽에 불이 난 것 같다는 거야. 믿어지진 않지만 혹시…… 뭐?"

갑자기 그의 목소리에 짜증과 분노 같은 기운이 서렸다.

"대체 무슨 이유로? 그게 정말인가?"

그는 한껏 빈정거리고 있었다.

"나한테 사과할 것 없어. 그래, 그래. 불길이 번지지나 않게 조심해 주게…… 나도 알아. 이런 날씨에 불을 붙였다는 게 놀라워서 말야."

찰리는 잠시 망설이다 퉁명스럽게 다시 입을 열었다.

"샘과 다른 친구들을 보내줘서 고맙네. 자네 말이 맞았어. 그 친구들 우

리보다 숲을 더 잘 알더군. 그 앨 찾아낸 것도 샘이었지. 자네한테 빚을 졌
군 그래…… 그래, 나중에 얘기하지."

그는 여전히 언짢은 목소리로 전화를 끊었다. 거실로 돌아오며 그는 뭔
가 알아들을 수 없는 푸념을 내뱉었다.

"무슨 일 있어요?"

내 질문에 아버지가 서둘러 소파 옆으로 다가왔다.

"깨워서 미안하구나."

"불이 났대요?"

"아무것도 아니야. 절벽에 누가 모닥불을 피웠단다."

"모닥불이요?"

하지만 내가 듣기에도 전혀 궁금한 것 같지 않았다. 죽은 사람 목소리
같았다.

찰리가 얼굴을 찌푸렸다.

"보호구역 녀석들 몇몇이 흥분해서 객기를 부리는 거지."

"왜요?"

찰리는 대답하기를 꺼리는 눈치였다. 그는 무릎 사이로 마룻바닥을 내
려다보았다.

"그 소식을 자축하는 거란다."

아빠의 목소리는 아주 씁쓸했다.

굳이 생각해내려 하지 않아도 떠오르는 소식은 하나밖에 없었다. 그러
자 퍼즐 조각처럼 모든 게 맞아떨어졌다.

"컬렌 가족이 떠났기 때문이군요. 인디언들은 컬렌 가족이 라푸시에 가
는 걸 싫어했잖아요. 그걸 잊고 있었네요."

퀼렛 인디언들은 대홍수를 이겨낸 늑대인간 조상에 대한 전설처럼, 부
족과 원수지간인 '냉혈족' 흡혈귀에 대한 미신도 믿고 있었다. 그들 대부

분에게도 그 이야기는 그저 전해 내려오는 민담이나 전설에 불과했다. 하지만 소수는 그 이야기를 굳게 믿고 있었다. 예컨대 찰리의 둘도 없는 친구인 빌리 블랙은 아들 제이콥마저 어리석은 미신이라며 코웃음 치는 그 전설을 믿는 사람이었다. 빌리는 나에게 컬렌 가족을 멀리하라고 경고까지 한 일이 있었다.

'컬렌'이란 이름을 떠올리자, 문득 내가 이제껏 외면하려 했던 현실이 저 깊은 곳에서 표면으로 떠오르기 시작했다.

"바보 같은 짓이지."

찰리가 투덜거렸다.

우리는 한동안 정적 속에 앉아 있었다. 창밖의 하늘이 차츰 밝아왔다. 비를 뿌리는 먹구름 너머 어딘가, 해가 뜨기 시작한 듯했다.

"벨라?"

나는 불안한 표정으로 아버지를 바라보았다.

"그 녀석이 너를 숲에 혼자 두고 간 거냐?"

나는 질문을 회피했다.

"제가 숲에 간 건 어떻게 아셨어요?"

나는 곧 직면하지 않으면 안될 문제를 계속해서 피하고만 있었다.

"네가 메모를 남겼잖니."

찰리가 놀란 듯 대꾸했다. 그는 바지 뒷주머니에서 너덜너덜해진 종잇조각을 꺼냈다. 여러 번 꺼냈다가 다시 접은 듯 종이는 더럽고 축축하고 구깃구깃했다. 그는 다시 종이를 펴서 증거로 내밀었다. 약간 번지긴 했지만 종이에 쓰인 글씨체는 내 글씨와 놀랍도록 비슷했다.

'에드워드랑 같이 뒷산으로 산책 가요. 곧 돌아올게요. B'

"네가 안 돌아오길래 컬렌 선생 집에 전화를 걸었더니 아무도 받질 않는 거야. 그래서 병원에 전화를 걸었더니, 저랜디 박사님이 알려 주더군. 칼라일이 떠났다고."

"어디로 갔대요?"

"에드워드가 말 안 해주든?"

나는 몸을 움츠리며 고개를 흔들었다. 그의 이름을 들으니 날카로운 손톱이 내장을 쥐어뜯는 것 같았다. 갑작스런 통증에 숨이 가빠졌다.

찰리는 못 믿겠다는 듯 나를 쳐다보며 말을 이었다.

"칼라일이 로스앤젤레스에 있는 큰 병원에서 스카우트 제의를 받았단다. 엄청난 연봉을 제시한 모양이야."

햇빛 찬란한 LA는 절대로 그들이 갈 곳이 아니었다. 거울이 나오던 악몽이 떠올랐다. 햇빛을 받아 영롱하게 빛나던 그의 살결이.

그의 얼굴이 떠오른 순간 아픔이 전신으로 퍼져갔다.

"에드워드가 숲 한가운데 널 혼자 두고 가버렸는지, 난 꼭 알아야겠다."

찰리는 물러서지 않았다.

이름만 들어도 혹독한 고문 같은 고통의 파도가 밀려들었다. 나는 아픔을 떨쳐보려고 절박하게 머리를 흔들었다.

"제 잘못이에요. 집이 바로 보이는 등산로 초입에서 헤어졌는데…… 제가 따라갔으니까."

찰리가 뭐라고 더 말을 하려는 듯했지만 나는 귀를 막았다.

"이런 얘기 더 못하겠어요, 아빠. 저 방으로 올라갈게요."

대꾸도 듣기 전에 나는 소파에서 일어나 계단을 올라갔다.

나를 찾을 수 있도록 누군가 집에 들어와 찰리에게 메모를 남겨놓았다. 그 사실을 깨달은 순간부터 두려운 의혹이 머릿속에서 점점 커지고 있었다. 나는 서둘러 내 방으로 가 문을 닫은 뒤, 침대 머리맡에 놓인 CD플레

100

이어부터 살폈다.

방은 내가 두고 간 그대로인 듯했다. 나는 CD플레이어 버튼을 눌렀다. 뚜껑이 천천히 열렸다.

안은 비어 있었다.

엄마가 선물한 앨범도 내가 두고 간 그대로 침대 옆 바닥에 놓여 있었다. 나는 떨리는 손으로 표지를 젖혔다.

첫 장에서 더 넘길 필요도 없었다. 모퉁이마다 은색 장식이 박힌 사진첩엔 사진이 들어 있지 않았다. 아래쪽에 내가 적어놓은 '찰리 집 부엌에서, 에드워드 컬렌, 9월 13일'이라는 글씨만 남아 있을 뿐이었다.

나는 더 확인하지 않았다. 그가 아주 철저하게 행동했을 거라는 걸 알고 있었으니까.

'내가 아예 존재하지도 않았던 것처럼 살게 될 거야.' 그렇게 약속했었지.

무릎에 매끄러운 마룻바닥이 와 닿는 게 느껴지더니, 곧이어 내 손바닥과 뺨도 무너지듯 바닥에 닿았다. 기절하기를 바랐지만 실망스럽게도 의식은 사라지지 않았다. 나를 온통 휘감아버린 고통의 파도만이 내 몸을 저 높은 곳까지 끌어올렸다가 다시 심연으로 끌어당기고 있을 뿐이었다.

나는 다시 수면으로 올라가지 않았다.

10월……

11월……

12월……

1월……

4
깨어남

시간은 흘러간다. 그게 불가능할 것 같은 시기에도 어김없이. 초침이 한 번 움직일 때마다 심한 멍 자국 아래서 맥박이 뛰듯 아픈데도. 시간은 가차 없이 흐른다. 이상스레 비틀거리고, 때로는 질질 끌듯 하며 불규칙하게 시간은 흘러간다. 심지어 나에게조차.

찰리가 식탁을 주먹으로 내리쳤다.

"그래, 그러면 되겠군. 벨라! 널 집에 보내야겠다."

나는 시리얼을 먹다 말고 놀라서 고개를 들었다. 아침을 먹는다기보다는 생각에 잠겨 있었기 때문에 대화를 따라가지 못했던 것이다. 아니, 우리가 대화를 하고 있는 줄도 몰랐으므로 그 말이 무슨 의미인지 통 알 수가 없었다.

"제 집은 여기잖아요."

어리둥절해 내가 중얼거렸다.

"르네가 있는 잭슨빌로 널 보내야겠어."

그렇게 선언한 아빠는 내가 서서히 그의 말뜻을 알아차리는 사이, 조바심을 내며 나를 지켜보았다.

"제가 뭘 잘못했는데요?"

돌연 내 얼굴이 일그러지는 게 느껴졌다. 이건 공정치 못한 결정이다. 지난 넉 달 동안 내 행동은 외견상 나무랄 데가 없었으니까. 처음 한 주를 말없이 보낸 이후로, 나는 학교나 아르바이트를 단 하루도 빠지지 않았다. 성적도 완벽했다. 나는 아빠가 정한 귀가시간을 어긴 적이 없었다. 아예 아무 데도 나가질 않았으니 어길 리가 없지. 남은 음식으로 대충 저녁식사를 때우게 한 적도 거의 드물었다.

찰리는 인상을 찡그리고 있었다.

"네가 아무 것도 안하는 거, 바로 그게 문제다. 아예 꼼짝도 안하고 있잖아."

"제가 문제를 일으키길 바라세요?"

나도 모르게 이맛살이 찌푸려졌다. 이야기에 집중하려고 노력했지만 쉽지 않았다. 그동안 모든 걸 건성으로 흘리는 데 너무 익숙해져 어느덧 귀도 주인 말을 듣지 않았던 것이다.

"이렇게 지내는 것보다는 차라리 문제를 일으키는 게 나아. 그렇게 온종일 울상을 해 가지고 흐느적흐느적 돌아다니는 것보다는!"

그 말엔 약간 찔렸다. 하지만 나름대로 우울하거나 뚱해 보이지 않으려고 조심하고 있었는데.

"울상을 해 가지고 흐느적흐느적 돌아다니진 않았어요."

"그래. 어휘 선택이 좀 틀린 것 같구나. 울상을 지으면 차라리 낫겠지. 그건 그나마 뭔가 행동을 보여주는 거니까. 넌 그냥…… 무생물 같아. 내가 하려던 말은 바로 그거였다."

이번엔 정곡을 찔렸다. 나는 한숨을 쉰 뒤 좀 더 활기찬 반응을 보이려고 애를 썼다.

"죄송해요, 아빠."

사과라기엔 내가 듣기에도 성의가 없었다. 나는 그동안 아빠를 잘 속이고 있다고 생각했다. 그렇게 힘들게 노력해 온 이유는 모두 찰리를 안심시키기 위해서였다. 그간의 노력이 수포로 돌아갔다고 생각하니 더욱 맥이 빠졌다.

"사과할 필요 없다."

한숨이 나왔다.

"그럼 제가 어떻게 하면 좋을지 말씀해 주시던가요."

"벨라. 이런 일을 겪는 사람이 세상에 너 혼자는 아니잖니."

찰리는 망설이다 말을 꺼내놓고 유심히 내 반응을 살폈다.

"저도 알아요."

덩달아 인상을 찌푸렸지만 내 말투는 여전히 무심했다.

"저 말이다, 아무래도…… 도움을 받아보는 게 좋겠다."

"도움이라뇨?"

찰리는 다시 뜸을 들이며 적절한 표현을 찾는 듯했다.

"네 엄마가 널 데리고 떠났을 때……."

아버지는 낯을 찡그리며 말문을 열었다가 잠시 멈추고 심호흡을 했다.

"그땐 나도 정말 힘들었다."

"알아요, 아빠."

"하지만 견뎌냈지. 그런데 넌 그러지 못하는 것 같구나. 난 네가 나아질 거라고 믿으며 줄곧 기다렸다."

찰리는 나를 쳐다보다 재빨리 시선을 내리깔았다.

"하지만 조금도 나아진 게 없어. 그건 우리 둘 다 잘 알고 있다고 생각하는데."

"전 괜찮아요."

"누구한테든 얘기를 해 보면 좋을지도 몰라. 전문가한테 말이다."

"저더러 정신과 상담을 받으란 말씀이세요?"

그의 의도를 알아차리자 내 목소리에 짜증이 실렸다.

"도움이 될지도 모르잖니."

"전혀 도움이 안 될지도 모르고요."

정신분석학에 대해선 별로 아는 게 없지만, 환자가 솔직하게 모든 문제를 털어놓지 않는 한 상담이 제대로 될 리 없다는 것만큼은 확실했다. 아, 물론 사실대로 이야기할 수도 있겠지. 평생 감옥 같은 정신병원에 갇혀 살고 싶다면야.

고집스러운 내 표정을 살피던 아버지는 공략 방법을 바꾸었다.

"나는 할 만큼 했다, 벨라. 어쩌면 네 엄마가……."

"알았어요. 그렇게까지 말하시니 오늘밤엔 외출할게요. 제시카나 앤젤라한테 연락하면 돼요."

내가 싸늘하게 대꾸했다.

"그러라는 게 아니야. 사실 난 네가 '더 열심히' 애쓰는 걸 지켜보며 살

자신이 없구나. 그렇게 열심히 노력하는 사람은 이제껏 본 적이 없어. 마음이 아파서 더는 못 보겠다."

나는 무슨 말인지 못 알아듣는 체하며 시선을 내리깔았다.

"전 이해가 안 되네요. 처음엔 제가 아무것도 안 한다면서 화를 내고, 이젠 외출을 하겠다는데도 싫다고 하시잖아요."

"내가 원하는 건, 네가 행복한 거야. 아니 그 정도까지는 욕심이겠지. 그저 네가 슬프지 않았으면 좋겠어. 포크스를 떠나면 너도 훨씬 기분이 좋아지지 않겠니?"

너무 오래 담아 두어 그게 무엇인지도 알 수 없게 된 감정들이 한순간에 폭발하면서, 내 눈엔 불꽃이 일었다.

"전 안 떠나요."

"왜?"

"졸업까지 겨우 한 학기 남았는데 막판에 성적을 망칠 순 없잖아요."

"넌 우등생이야. 어딜 가든 잘 할 거다."

"엄마랑 필을 방해하고 싶지 않아요."

"네 엄마는 너랑 같이 살고 싶어서 지금도 안달이다."

"플로리다는 너무 더워요."

그가 또다시 식탁을 주먹으로 내리쳤다.

"네가 무슨 생각을 하는지, 너나 나나 잘 알고 있어, 벨라. 그건 너한테 이롭지 못해."

찰리는 길게 심호흡을 했다.

"몇 달이 지났잖니. 전화도, 편지도, 어떤 연락도 없었어. 그런 식으로 계속 기다릴 순 없다."

나는 아버지를 노려보았다. 얼굴이 확 달아오르는 듯했지만 사실 그 정도는 아니었을 것이다. 오랫동안 나는 무엇 때문에도 얼굴을 붉혀 본 일이 없었다.

찰리도 잘 알고 있을 일이지만, 그건 절대로 언급해서는 안 될 얘기였다. 절대로.

"기다리는 거 없어요. 아무런 기대도 하지 않고요."

내가 낮고 단조롭게 말했다.

"벨라……."

체념한 듯 찰리가 쉰 목소리로 말문을 열었다.

"그만 학교에 가야겠어요."

나는 손도 대지 않은 시리얼 그릇을 홱 집어 들고 일어서며 그의 말문을 막았다. 그리고 시리얼과 우유를 쏟지도 않고 개수대에 던져버렸다. 이런 대화를 더는 견딜 수가 없었다.

"제시카랑 약속을 만들어 볼게요. 저녁식사 때 맞춰서 집에 못 올지도 몰라요. 포트앤젤레스에 가서 영화를 볼 것 같거든요."

나는 책가방을 메고, 눈도 마주치지 않은 채 어깨 너머로 외쳤다.

그러곤 대답이 돌아오기도 전에 현관문을 나섰다.

찰리를 피하느라 너무 서두른 모양이었다. 학교에 도착해 보니, 내가 첫 번째로 등교한 학생이었다. 좋은 점은 아주 좋은 자리에 주차를 할 수 있다는 거고, 나쁜 점은 남는 시간이 너무 많다는 것이었다. 최근 들어 나는 여유 시간이 생기는 것을 어떻게든 피하고 있었다.

찰리의 꾸지람을 곱씹어 볼 짬이 생기기 전에 나는 재빨리 삼각함수 책을 꺼냈다. 오늘 공부할 부분을 펼쳐들고 열심히 내용을 읽었다. 혼자 수학책을 보는 건 수학 수업을 듣는 것보다 더 괴로웠지만, 사정은 점점 나아지고 있었다. 지난 몇 달 간 나는 평생 수학 공부에 쏟은 시간보다 더 많은 시간을 들여 삼각함수를 공부했다. 그 결과 성적이 A 근처까지 오를 수 있었다. 바너 선생님은 내 성적이 오른 게 다 자신의 훌륭한 가르침 덕분이라고 생각하고 있었다. 그게 그를 기쁘게 하는 일이라면, 나도 굳이 환상을 깨고 싶진 않다.

애써 수학공부에만 몰두하느라 주차장이 꽉 찰 때까지도 몰랐다. 결국 영어 수업에 늦을 뻔했다. 요즘은 『동물농장』을 공부하고 있었는데, 꽤 쉬운 주제였다. 나는 공산주의에 아무 반감도 없다. 커리큘럼 대부분을 차지하고 있는 낭만적인 사랑이야기에 지쳐 있던 참이라, 이런 변화가 나로선 반가울 지경이었다. 나는 교실에 자리를 잡고 앉아 기분 좋게 버티 선생님의 강의에 빠져들었다.

학교에 있는 동안은 시간이 잘 갔다. 수업 종은 늘 너무 빨리 울렸다. 나는 가방을 챙기기 시작했다.

"벨라?"

마이크 목소리였다. 입을 열기도 전에 나는 그가 무슨 말을 할지 알고 있었다.

"내일 일하러 올 거야?"

고개를 드니, 마이크가 걱정스러운 표정으로 복도 건너편에서 나를 쳐다보고 있었다. 매주 금요일이면 그는 내게 똑같은 질문을 던졌다. 내가 병가를 내는 일이 잘 없었는데도. 하긴, 몇 달 전에 딱 한 번 예외가 있긴 했다. 그래도 마이크가 그렇게 걱정 어린 표정으로 나를 쳐다볼 이유는 전혀 없는 거였다. 나는 매우 모범적인 아르바이트생이었으니까.

"내일 토요일이지?"

나는 찰리가 아침에 지적했던 대로, 내 목소리가 정말로 무생물처럼 기운 없다고 생각했다.

"응. 스페인어 수업에서 보자."

마이크는 돌아서기 전에 한 번 손을 흔들었다. 그도 이제는 나를 다음 수업 교실까지 데려다주겠다고 나서지 않았다.

나는 굳은 표정으로 삼각함수 교실로 향했다. 이번 수업은 제시카 옆자리에 앉아야 했다.

제시카가 복도를 지나며 나에게 아는 체를 하지 않게 된 지 벌써 몇 달째였다. 제시카는 내 반사회적인 태도 때문에 몹시 토라져 있었다. 이제 와서 새삼 친구한테 말을 걸고, 부탁까지 하는 게 쉬운 일일 리 없었다. 나는 교실 주변을 서성이며 좀처럼 들어가지 못했고, 그러면서 조심스레 여러 가지 선택의 여지를 따져 보았다.

친구들과 어울리기 시작했다는 확실한 증거를 확보하지 않고는 다시 찰리 얼굴을 마주하고 싶지 않았다. 찰리가 내 트럭의 주행계를 확인할 것에 대비해 혼자서 포트앤젤레스까지 갔다가 돌아오는 계획이 참으로 유혹적이기는 했지만, 거짓말을 할 수는 없었다. 제시카의 어머니는 이곳에서 가장 유명한 수다쟁이인데, 이 손바닥만한 시내에서 찰리가 스탠리 부인을 만나는 건 시간문제였다. 그럼 찰리는 틀림없이 우리가 외출한 이야기를 하겠지. 거짓말이 탄로 날 건 뻔했다.

한숨을 쉬며 나는 교실 문을 열었다.

수업은 이미 시작되어 있었다. 바너 선생님이 나를 노려보았다. 나는 서둘러 자리로 갔다. 제시카는 옆에 앉는 나를 쳐다보지도 않았다. 마음의 준비를 할 수 있는 시간이 50분 더 있다는 게 반가웠다.

수학 시간은 영어 수업보다 더 빨리 지나갔다. 오늘 아침 트럭에서 성실하게 예습을 한 덕분이기도 했지만, 실은 불편한 일을 앞두고 있을 때면 늘 시간이 빨리 가기 때문이다.

바너 선생님이 원래 수업시간보다 5분 일찍 수업을 마쳐서, 나는 인상을 찌푸렸다. 그는 자신의 친절함을 과시하는 양 학생들을 보며 미소를 지었다.

"제시카?"

나는 콧등을 찡그리고 몸을 뒤채며 친구가 나를 보아 주기를 기다렸다. 친구는 믿어지지 않는다는 듯 나를 향해 돌아앉았다.

"너 지금 '나한테' 말 거는 거니?"

"물론이지."

나는 순진함을 가장하듯 눈을 동그랗게 떴다.

"왜? 수업 중에 모르는 거라도 있었어?"

빈정거리려는 의도가 확연히 드러나는 대답이었다.

"아니. 실은, 혹시…… 오늘 나랑 영화 보러 갈 수 있나 물어보려고. 나, 정말로 여자들끼리만 외출하고 싶어졌거든."

형편없는 배우의 연극 대사처럼 어색한 내 말에 제시카는 의심에 찬 표정을 지었다.

"하필 왜 나한테 부탁하는 건데?"

여전히 그녀는 다정한 태도를 보이지 않았다.

"그 생각을 하니까 네가 제일 먼저 떠올랐어."

나는 웃었다. 미소만큼은 진짜처럼 보이기를 바라며. 내 말은 진실에 가까웠다. 찰리의 비난을 피하려고 했을 때 제일 처음 떠오른 사람은 제시카였으니까. 그 정도면 같은 게 아닐까.

제시카는 약간 화가 누그러진 듯했다.

"글쎄, 잘 모르겠네."

"다른 약속 있어?"

"아니……, 같이 갈 수 있을 것 같아. 무슨 영화를 보려고?"

"요새 무슨 영화를 하는지 잘 모르겠네."

나는 일단 뒤로 물러났다. 여기가 어려운 대목이었다. 나는 뭔가 떠오르는 것이 없는지 머릿속을 뒤졌다. 최근에 누가 영화 얘기 하는 걸 듣거나 포스터를 본 적이 없던가?

"여자 대통령이 나온다는 그 영화 어때?"

제시카가 이상한 표정으로 나를 쳐다보았다.

"벨라, 그 영화 간판 내린 지가 언젠데."

"어, 네가 보고 싶은 영화는 없어?"

토라진 상태였는데도 제시카의 수다는 거침 없이 시작되었다.

"음, 새 로맨틱 코미디 영화가 하나 나왔는데 평이 좋더라. 난 그거 보고 싶어. 그리고 우리 아빠가 얼마 전에 〈데드 엔드〉를 보셨는데 아주 재미있었대."

'막다른 골목' 이라는 뜻의 영화 제목이 내 마음에 들었다.

"무슨 영환데?"

"좀비 영화라나 봐. 아빠 얘기론 최근 몇 년 새 본 영화 중에 제일 무서웠다던걸."

"그거 재미있겠다. 좋았어."

로맨스보다는 좀비들을 보고 있는 편이 낫겠지.

내 반응에 제시카는 꽤 놀란 눈치였다. 원래 내가 무서운 영화를 좋아했었는지 떠올리려 했지만 자신이 없었다.

"학교 끝나고 내가 집으로 데리러갈까?"

제시카가 물었다.

"좋지."

제시카는 일어나기 전에 조심스레 다정한 미소를 지어 보였다. 좀 늦게야 화답하는 미소를 보냈지만, 어쨌든 친구가 봤을 거라고 나는 생각했다.

밤에 외출할 계획에 정신을 집중하자 나머지 하루는 더욱 빨리 지나갔다. 과거 경험으로 미루어 볼 때, 일단 제시카에게 말을 시킨 후에는 적절한 순간에 웅얼웅얼 맞장구를 쳐 주기만 하면 된다. 비교적 쉽다고 할 수 있다.

짙은 안개처럼 나의 낮 시간을 휘감고 있는 멍한 상태가 가끔은 나도 혼란스러웠다. 학교에서 집까지 운전한 기억은 고사하고 현관문을 연 기억도 없는데, 다음 순간 방안에 서 있는 것을 알고 깜짝 놀라기도 했다. 하지만 상관 없다. 시간감각을 잊는 건 내가 요즘 가장 바라는 것이었으니까.

나는 머릿속을 가득 채운 안개와 굳이 싸우지 않고 옷장으로 향했다. 집 안에서도 유독 무감각한 상태를 유지해야만 하는 장소가 있었다. 붙박이 옷장의 문을 옆으로 밀치며, 옷장 바닥 왼쪽에 입지 않는 옷들 아래 쌓여 있는 검은 뭉치를 애써 외면했다.

나는 작년 생일에 받은 선물들이 들어 있는 검은 쓰레기 봉투를 바라보지 않았다. 검은 비닐 안에서 두드러진 사각 형태를 유지하고 있는 오디오도 모른 체했다. 차체에 고정된 오디오를 맨손으로 뽑아내느라 손톱이 다 부러지고 피가 났던 기억도 일부러 잠재웠다.

나는 좀처럼 쓰지 않는 낡은 핸드백을 옷걸이에서 낚아채고 얼른 옷장 문을 닫았다.

바로 그때 경쾌한 자동차 경적 소리가 들렸다. 재빨리 책가방에서 지갑을 꺼내 핸드백으로 옮겼다. 그렇게 하면 저녁 시간이 훨씬 더 빨리 지나가기라도 하는 양 나는 몹시 서두르고 있었다.

현관문을 열기 전에 거울로 내 모습을 살폈다. 나는 조심스레 미소를 짓고, 그 얼굴을 그대로 유지하려 애를 썼다.

"오늘밤에 나랑 같이 외출해줘서 고마워."

조수석에 오르며 나는 최대한 감사를 담은 말투로 제시카에게 말했다. 찰리 이외의 누군가에게 진짜 감정을 실은 말을 건네본 게 참 오랜만이었다. 제시카는 찰리보다 어려운 상대였다. 고마운 마음을 거짓으로라도 불러일으키는 게 옳은 일인지는 나도 자신이 없었다.

"고맙긴. 그나저나 어쩐 일이야?"

집 앞 도로로 차를 몰고 나가며 제시카가 물었다.

"어쩐 일이라니?"

"갑자기 왜…… 외출할 생각을 한 거냐고."

원래 하려던 질문을 중간에 바꾼 것 같은 말투였다.

나는 어깨를 으쓱했다.

"그냥 변화가 필요해서."

라디오에서 흘러나오는 음악을 알아들은 나는 재빨리 다이얼로 손을 뻗었다.

"다른 거 들어도 돼?"

"얼마든지."

나는 들어도 문제 없을 것 같은 음악이 나올 때까지 이리저리 다이얼을 돌렸다. 새 음악이 자동차에 울려 퍼지자 얼른 제시카의 눈치를 살폈다.

친구는 눈을 가늘게 떴다.

"너 언제부터 이런 랩 음악을 듣게 됐어?"

"몰라, 좀 됐어."

"넌 이런 음악이 좋니?"

의심쩍다는 듯 제시카가 물었다.

"그럼."

배경음악이 없으면 제시카와 평범하게 이야기를 주고받는 것이 너무 어려워질 듯했다. 나는 그게 박자에 맞기를 바라며 고개를 까닥였다.

"알았어……."

제시카는 눈을 크게 뜨고 차창을 바라보았다.

"요새 마이크랑은 어떻게 돼가?"

재빨리 내가 물었다.

"걘 나보다 네가 더 자주 만나잖아."

안타깝게도 첫 질문은 내가 바란 방향으로 이야기를 끌어내지 못했다.

"일할 땐 서로 말 못해."

중얼중얼 대꾸한 뒤 나는 다시 시도했다.

"요새 사귀는 사람 없어?"

"별로 없어. 코너랑 가끔 데이트를 하긴 해. 2주 전엔 에릭이랑 데이트 했지."

제시카가 눈동자를 굴렸으므로 나는 긴 사연이 될 것을 예감했다. 기회를 놓칠 순 없었다.

"에릭 요키? 누가 누구한테 데이트를 신청한 거야?"

제시카는 신음소리를 내더니 더욱 열을 올렸다.

"당연히 개지! 딱히 거절할 방법이 없었어."

"그래서 둘이 어디 갔었어? 하나도 빠짐없이 다 말해 봐."

내 열의를 관심으로 받아들여주기를 바라며, 내가 부추겼다.

제시카는 곧 자기 이야기에 심취했고, 그 뒤엔 훨씬 더 편하게 의자에 기댈 수 있었다. 나는 깊은 관심을 기울이며 적당한 때에 동감의 한숨과 놀람의 비명을 질러주었다. 에릭 이야기를 다 마친 친구는 더 부추기지 않아도 자연스레 코너와 비교하기 시작했다.

일찍 시작하는 영화가 있었으므로, 제시카는 초저녁 상영 분을 보고 나중에 저녁을 먹는 게 좋겠다고 했다. 나는 친구가 원하는 거라면 어느 쪽이든 좋았다. 내가 원했던 건 찰리의 잔소리에서 벗어나는 것이었으므로, 결국 나도 뜻을 이룬 셈이었으니까.

예고편을 상영할 때도 나는 제시카가 계속 수다를 떨도록 내버려 두었다. 그러면 예고편 내용을 무시하기가 더 쉽기 때문이었다. 하지만 본 영화가 시작되자 초조해졌다. 젊은 남녀가 해변에서 나란히 손을 잡고 걸으며, 끈적끈적한 말투로 서로를 향한 애정을 토로하고 있었다. 나는 귀를 막고 콧노래를 부르고 싶은 충동과 싸웠다. 이런 사랑 타령을 보러 들어온 게 아니란 말야.

"이거 좀비 영화라고 하지 않았나."

내가 제시카에게 투덜거렸다.

"좀비 영화 맞아."

"그런데 왜 아무도 괴물한테 먹히질 않는 거야?"

제시카는 깜짝 놀란 표정으로 나를 쳐다보았다.

"그런 장면도 곧 나올 거야."

"팝콘 좀 사올게. 네 것도 사다줄까?"

"난 됐어."

누군가 우리 뒤쪽에서 조용히 하라고 쉿 소리를 냈다.

나는 매점에서 시계를 보며, 90분짜리 영화가 낭만적인 장면에 시간을 얼마나 할애할 것인지 계산하느라 최대한 꾸물거렸다. 10분이면 충분할 거라는 결론을 내리고 극장 안에 들어가, 확인을 위해 문 앞에서 잠시 기다렸다. 끔찍한 비명이 스피커에서 울려 퍼지는 걸 보니 너무 오래 기다린 듯했다.

"중요한 장면 다 놓쳤잖아. 이젠 거의 다 좀비가 됐어."

내가 자리로 들어가자 제시카가 속삭였다.

"줄이 길었어."

내가 팝콘 통을 내밀자 친구는 한 움큼 팝콘을 집었다.

영화의 나머지 부분은 무시무시한 좀비들의 공격과 얼마 안 남은 인간들의 비명으로 채워졌는데, 시간이 갈수록 인간들의 수는 빠르게 줄어들었다. 처음엔 좀비 영화를 봐도 끄떡없을 거라고 생각했었다. 그러나 이내 기분이 나빠졌는데, 처음엔 그 이유를 알 수 없었다.

끝나갈 때까지 영문을 모르고 있던 나는, 초췌한 몰골의 좀비가 비명을 지르며 달아나는 마지막 생존자를 비틀비틀 뒤쫓는 장면을 보며 드디어 문제가 무엇인지 깨달았다. 영화는 공포에 질린 여주인공과 추적자 좀비의 생기 없고 무표정한 얼굴을 번갈아 비추었고, 둘의 거리가 좁아질수록 대조는 점점 더 뚜렷해졌다.

마침내 나는 내가 어느 쪽을 더 많이 닮았는지 깨달았다.

나는 자리에서 벌떡 일어났다.

"어디 가려고? 끝나려면 2분도 채 안 남았을 텐데."

제시카가 낮게 외쳤다.

"음료수를 마셔야겠어."

나는 출입구로 뛰어가며 중얼거렸다.

극장 문 밖의 벤치에 앉아 나는 이 지독한 아이러니에 대해 생각하지 않으려고 애를 썼다. 하지만 어느 모로 보나 지금의 내 모습은 좀비였다. 어떤 미래가 날 기다리고 있는지, 정말로 나는 몰랐었다.

신비로운 몬스터가 되는 것을 꿈꿔보긴 했지만, 흉측한 모습의 시체로 살아가는 인생은 단 한 번도 상상한 적이 없었다. 나는 공황 상태에 빠져, 꼬리에 꼬리를 물고 이어지는 생각들을 쫓느라 머리를 흔들었다. 한때 내가 간절히 소망하던 그것은, 이제 꿈조차 꿀 수 없는 일이 되고 말았다.

암담한 깨달음이었다. 나는 동화 속 여주인공도 아니었어. 내 이야기는 완전히 끝나버린 거야.

제시카는 나를 어디에서 찾아야 좋을지 난감한 듯, 주저하며 극장 문을 나섰다. 이윽고 나를 발견하곤 안도하는 표정이더니 이내 태도가 바뀌었다. 짜증이 난 얼굴이었다.

"영화가 너무 무서웠던 거야?"

"응. 난 겁쟁이인가 봐."

"이상하네. 난 네가 무서워하는지 몰랐어. 나는 영화 보는 내내 비명을

116

질러댔는데 너는 한 번도 소릴 안 질렀잖아. 그래서 왜 막판에 밖으로 나가는지 이해가 안 되더라고."

나는 어깨를 으쓱했다.

"그냥 무서웠어."

제시카의 태도가 약간 누그러졌다.

"나도 지금까지 본 영화 가운데 제일 무섭긴 했어. 오늘 밤에 우리 둘 다 무서운 꿈 꾸겠다."

"내 말이."

담담한 목소리를 유지하려고 애썼다. 내가 악몽을 꿀 건 틀림없지만, 그건 좀비에 관한 내용은 아닐 것이다. 제시카는 내 얼굴을 흘끔 살피더니 시선을 돌렸다.

"저녁은 어디 가서 먹을까?"

제시카가 물었다.

"어디든 좋아, 난."

"알았어."

제시카는 걸어가는 동안 남자 주인공에 대해 이야기하기 시작했다. 좀비가 아닌 남자를 본 기억이 내겐 전혀 없었으므로 남자 주인공의 매력을 조목조목 짚는 친구의 이야기에 그저 고개만 끄덕였다.

나는 제시카가 어디로 데려가려는 것인지 주의를 기울이지 않았다. 어느새 주변이 어둡고 조용해졌다는 것만 막연히 알아차렸을 뿐이었다. 왜 사방이 조용해졌는지 나는 너무 늦게 깨달았다. 제시카의 재잘거림이 멈췄기 때문이었다. 나 때문에 감정이 상하지 않았기를 바라며 나는 미안한 표정으로 친구를 쳐다보았다.

제시카는 나를 보고 있지 않았다. 대신 긴장한 얼굴로 똑바로 앞을 바라보며 빠르게 걸음을 옮겼다. 제시카는 재빨리 길 건너편과 좌우를 살피고는 다시 정면을 응시했다.

나도 처음으로 주변을 살펴보았다.

우리는 길 자체는 짧지만 가로등이 없는 곳을 걷고 있었다. 거리에 늘어섰던 작은 가게들은 모두 문을 닫아 쇼윈도 불이 꺼져 있었다. 반 블록쯤 앞에는 불 켜진 가로등이 보였고, 그보다 멀리 맥도날드의 노란 로고가 선명하게 눈에 들어왔다. 친구가 가려 했던 건 그곳인 듯했다.

길 건너편엔 문을 연 가게가 한 군데 있었다. 창문은 모두 가려져 있고, 다양한 상표의 맥주 광고 네온사인이 장식되어 있었다. 형광 초록색으로 된 가장 큰 간판에는 술집 이름인 듯 '애꾸눈 피트'라고 적혀 있었다. 밖에선 보이지 않지만 안에 들어가면 해적들을 주제로 인테리어를 꾸며 놓았을까. 문득 궁금해졌다. 철제문은 거리 쪽으로 활짝 열려 있었다. 가게 안은 어두컴컴했고, 사람들이 웅성거리는 목소리와 유리잔에 얼음 부딪치는 소리가 거리로 흘러나왔다. 출입문 바로 옆쪽으로 네 남자가 벽에 기대어 어슬렁거리고 있었다.

나는 다시 제시카를 보았다. 그녀는 앞쪽에만 시선을 고정시킨 채 빠르게 걸음을 옮겼다. 겁에 질린 것 같지는 않았다. 다만 조심스레, 관심을 끌지 않으려고 애쓰고 있을 뿐이었다.

나는 생각 없이 걸음을 멈추고, 강렬한 기시감에 사로잡혀 네 남자를 돌아보았다. 전혀 다른 시공간인데도, 나에겐 어쩐지 똑같은 장면 같았다. 넷 중에 한 남자는 게다가 체구가 다부지고 머리칼도 검었다. 내가 걸음을 멈추고 돌아보자, 그들 가운데 한 남자가 관심을 보이며 고개를 들었다.

나는 인도에 서서 얼어붙은 채 그를 응시했다.

"벨라? 뭐 하는 거야?"

제시카가 속삭였다.

스스로도 영문을 알 수가 없어 나는 고개를 흔들었다.

"아는 사람들 같아서……."

내가 무슨 짓을 하고 있는 걸까? 걷잡을 수 없는 무감각함에서 스스로를 보호하려면, 어슬렁거리며 접근했던 네 남자의 기억을 최대한 빨리 잊고 달아나야 마땅했다. 그런데 왜 나는 지금 멍하니 찻길로 내려서고 있는 걸까?

제시카와 함께 어둠이 내린 거리에 있다는 사실이 너무 지독한 우연의 일치 같았다. 나는 키 작은 남자를 쳐다보며 약 1년 전에 나를 위협했던 기억 속의 남자와 생김새를 비교하고 있었다. 정말로 같은 남자라 해도 내가 그 남자를 알아볼 수 있을까. 그날 밤의 '그' 기억은 사실 그저 흐릿할 뿐이었다. 하지만 내 몸은 머리보다 더 잘 기억하고 있었다. 달아나야 할지 그냥 서 있어야 할지 갈팡질팡 하는 사이 다리는 뻣뻣하게 굳었고, 금방이라도 비명을 질러야 한다는 걸 간파한 듯 목구멍은 바짝 타들어갔으며, 주먹을 움켜쥐자 손등의 흉터가 유난히 당겼다. 검은 머리 남자가 나에게 '귀여운 아가씨'라고 부르자 목덜미가 쭈뼛 섰다.

오래 전 그날과는 상관없이, 이 남자들한테선 딱 꼬집어 말할 수 없는 막연한 악의 같은 것이 느껴졌다. 어두운 거리에서 낯선 사람들과 맞닥뜨렸고, 그들의 수가 우리보다 많기 때문에 저절로 그런 느낌이 드는 것일 뿐 그 이상은 아니리라. 하지만 그것만으로도 충분히 두려웠으므로 제시카는 겁에 질려 나를 불러 세웠다.

"벨라, 어서 와!"

나는 친구의 말을 무시한 채 나도 모르게 천천히 앞으로 걸어갔다. 스스로도 이해가 되지 않았지만, 남자들이 풍기는 희미한 협박 같은 분위기가 나를 끌어당겼다. 무모한 충동이었지만, 그런 충동을 느껴본 것이 너무도 오랜만이었으므로…… 나는 자석에 이끌리듯 그것을 좇았다.

뭔가 낯선 것이 혈관을 타고 흐르며 맥박을 빠르게 했다. 내 몸에선 오래 전에 말라버린 듯했던 흥분 호르몬, 아드레날린이 심장을 빠르게 몰아세우며 무감각과 싸우고 있었다. 이상하다. 겁날 게 없는데 왜 아드레날린이 솟는 거지? 포트앤젤레스의 어두운 거리에서 낯선 이들을 만났던 경험을 몸이 그대로 재현하는 것만 같았다.

나는 겁을 낼 이유가 없다고 생각했다. 이제 이 세상에 내가 겁을 먹을 만한 일은 없었다. 내 몸뚱이에 관한 한은. 모든 걸 잃고 난 뒤에 얻을 수 있는 몇 안 되는 장점이지.

내가 길을 절반쯤 건넜을 때, 제시카가 달려와 내 팔을 잡았다.

"벨라! 술집에 들어가면 안 돼!"

"들어가려는 거 아니야. 그냥 확인할 게 좀 있어서……."

나는 멍하니 친구의 손을 뿌리쳤다.

"너 미쳤니? 죽고 싶어서 그래?"

그 질문에 퍼뜩 정신이 든 나는 제시카를 쳐다보았다.

"그건 아니야."

변명조의 말투였지만 진심이었다. 죽을 생각은 없었다. 죽음이 더없는 위안처럼 느껴지던 초기에도 자살만큼은 생각하지 않았다. 나는 찰리에게 빚진 게 너무 많다. 엄마에 대해서도 강한 책임을 느꼈다. 부모님을 생각해서라도 자살은 안 될 일이었다.

게다가 나는 어리석고 무모한 짓을 하지 않겠다는 약속을 했었다. 내가 아직 숨을 쉬고 있는 까닭도 그런 이유들 때문이었다.

그 약속을 떠올리자 약간 죄책감이 일었지만 내가 지금 하려는 일은 그에 해당되지 않는다고 생각했다. 면도날로 손목을 긋는 것과는 전혀 다르니까.

제시카는 눈을 동그랗게 뜨고 입을 딱 벌렸다. 죽고 싶냐는 친구의 질문이 비유적인 표현이었음을 나는 너무 늦게 깨달았다.

"먼저 가서 저녁 먹고 있어. 나도 곧 따라갈게."

나는 패스트푸드 점을 가리키며 친구를 떠밀었다. 친구의 표정이 심상치 않았다.

나는 다시 돌아서서 재미있다는 듯 호기심 어린 눈초리로 우릴 지켜보던 남자들을 향했다.

"벨라, 당장 그만두지 못해!"

온 몸의 근육이 경직된 듯 나는 제자리에 얼어붙었다. 지금 나를 꾸짖은 목소리는 제시카의 것이 아니었기 때문이었다. 화가 잔뜩 나 있는, 낮고 아름다운 목소리. 화가 났는데도 벨벳처럼 부드러울 수 있는 목소리의 주인은 이 세상에 단 한 사람뿐이었다.

'그의' 목소리였다. 나는 일부러 이름을 생각하지 않으려고 노력했다. 그의 목소리를 듣고도 무릎이 풀려 넘어지거나 고문과도 같은 상실감에 아스팔트에 쓰러져 뒹굴지 않았다는 점만이 놀라웠다. 하지만 정말로 고통은 전혀 없었다.

목소리를 들은 순간 모든 감각이 또렷해졌다. 마치 깊고 어두운 웅덩이에 빠져 있던 머리가 단숨에 수면 위로 떠오른 듯했다. 모든 것이, 눈앞의 광경과 소리와 피부의 감각이 되살아났다. 조금 전까지 느끼지 못했던 차가운 바람이 내 얼굴을 때리고 있었고, 시큼한 술 냄새가 열린 술집에서 흘러나왔다.

나는 충격에 사로잡혀 주변을 살폈다.

"제시카에게 돌아가. 어리석은 짓은 하지 않기로 약속했잖아."

아름다운 목소리가 여전히 화난 음성으로 명령했다.

나는 혼자였다. 제시카는 겁먹은 눈빛으로 나를 쳐다보며 몇 미터 뒤에서 있었다. 벽에 기대 있던 낯선 남자들은 내가 도로 한복판에 꼼짝 않고 서서 뭘 할 생각인지 궁금한 듯 어리둥절한 표정으로 지켜보았다.

나는 상황을 이해해 보려고 머리를 흔들었다. 그가 곁에 없다는 건 알지만 그래도, 믿어지지 않을 만큼 그의 존재가 가깝게, 아주 가깝게 느껴졌다. 그때 이후…… 모든 것이 끝나버린 이후 처음이었다. 그의 목소리에 담긴 분노는 염려 때문이었다. 걱정 어린 분노가 묻어나는 그의 목소리를 들어본 것이 까마득한 옛날 일 같았다.

"약속을 지켜."

라디오 볼륨을 줄이듯 목소리가 차츰 멀어져갔다.

내가 환상에 사로잡힌 게 틀림없다는 생각이 들기 시작했다. 데자뷰. 지금 느끼고 있는 묘한 기시감이 기억에 방아쇠를 당긴 탓이리라.

나는 재빨리 머릿속으로 여러 가지 가능성을 훑어보았다.

첫 번째 가능성은 내가 미쳤다는 것이다. 자기 머릿속에서 환청이 들린다는 사람들을, 쉬운 말로 미쳤다고 하지 않는가.

있을 수 있는 일이지.

내 무의식이 내가 바라는 생각을 불러왔다는 게 두 번째 가능성이다. 스스로의 소망을 충족시키기 위해, '그'가 나를 걱정하고 있다고 자신을 속이며 일시적인 위안에 젖기 위해 거짓을 꾸며낸 것이다. 만일 그가 여기 있었다면, 그리고 내 안부를 여전히 염려한다면 그가 했을 거라 생각되는 말들을 지어낸 거지.

그럴듯하군.

세 번째 가능성은 생각나지 않았으므로, 나는 내 무의식의 발현이라는 두 번째 가능성이 답이길 바랐다. 정신병원에 가야할 상황에 놓이고 싶지는 않으니까.

하지만 이건 정상이 아니었다. 나는 돌연 '고마움'을 느꼈기 때문이다. 나는 그의 목소리를 잊어버릴까봐 두려움에 떨고 있었으므로, 내 의식보다 무의식에 새겨진 그의 목소리가 더욱 생생하다는 사실이 감격스럽고

122

고마웠다.

그간 나는 스스로에게 그를 떠올리는 걸 허락하지 않았다. 그건 아주 엄격하게 지켜오던 금기 같은 것이었다. 물론 인간이니 실패했을 때도 있다. 하지만 차츰 나아지는 중이었고, 이제는 한 번에 며칠씩 극심한 고통을 외면할 수도 있었다. 그 대가로 생겨난 것이 무감각이었다. 고통과 무(無)의 상태 중, 나는 무(無)를 선택했다.

이젠 고통이 밀려들기를 기다렸다. 더는 무감각하지 않았다. 안개에 휩싸인 듯 몇 달 동안 멍하게 지냈지만, 지금은 모든 감각이 유달리 생생했다. 그런데도 늘 찾아오던 고통이 느껴지지 않았다. 유일한 아픔은 그의 목소리가 희미해지고 있다는 실망감이었다.

그렇다면 선택은 두 가지였다.

이 불안정하고 자기파괴적이기까지 한 환상에서 당장 벗어나는 게 현명한 길이겠지. 환청을 부추기는 건 어리석은 짓이다.

하지만 그의 목소리가 희미해지고 있는데.

나는 시험 삼아 한 걸음 앞으로 나섰다.

"벨라, 어서 돌아서."

그의 목소리가 다시 울렸다.

나는 안도의 한숨을 내쉬었다. 내가 듣고 싶었던 것은 바로 그의 화난 목소리였다. 아마도 의심스러운 내 무의식의 선물이자 스스로 날조한 거짓말이겠지만, 어쨌든 그의 목소리는 나를 염려하고 있다는 증거일 테니.

이 모든 생각을 정리하는 데는 사실 몇 초도 걸리지 않았다. 술집 남자들은 여전히 호기심 어린 눈빛으로 나를 관찰했다. 아마도 그들에겐 내가 더 다가갈지 아닐지 고민하는 것으로만 보였겠지. 내가 길 한복판에 서서 예기치 않은 광기의 순간을 즐기고 있다는 걸 그 누가 알 수 있었겠냔 말이다.

"안녕하세요."

한 남자가 자신감 넘치면서도 약간 빈정거리는 말투로 외쳤다. 하얀 피부에 금발인 그 남자는 스스로 꽤 잘생겼다고 생각하는 사람들 특유의 자신감을 내보였다. 나는 그가 미남인지 아닌지 판단이 서질 않았다. 내 기준은 이미 너무 높아져 있었으니까.

머릿속의 목소리가 내게 경고를 보내듯 낮게 으르렁거렸다.

내가 미소를 짓자 자신감 넘치는 남자는 그걸 자기한테 보내는 추파로 받아들인 듯했다.

"내가 뭐 도와 줄 일 없어요? 길을 잃은 것 같아 보이는데."

남자는 싱긋 웃으며 윙크를 했다.

어둠 속에서 나는 물이 흘러가고 있는 도로 가장자리 배수로를 조심스레 넘어섰다.

"길 잃은 거 아니에요."

이제 나는 좀 더 그들에게 가까워졌다. 눈의 초점도 이상스레 정확했으므로 키가 작고 머리칼이 검은 남자를 자세히 볼 수 있었다. 전혀 낯익은 얼굴이 아니었다. 1년 전에 나를 해치려고 했던 그 끔찍한 남자가 아니라는 사실에 나는 실망감마저 느꼈다.

머릿속의 목소리는 이제 침묵을 지켰다.

키 작은 남자가 내 시선이 자신을 향한 것을 알아차린 듯했다.

"내가 술 한 잔 살까요?"

내가 굳이 자기를 지목해 따로 쳐다보았다는 데 우쭐하면서도 초조해하는 목소리였다.

"전 너무 어려서 안 돼요."

자동적으로 대답이 흘러나왔다.

남자는 그럼 왜 접근한 건지 의아해 하는 듯 어리둥절한 표정을 지었다.

변명을 해야 할 것만 같았다.

"길 건너에서 보니까 제가 아는 분을 닮은 것 같았어요. 죄송해요. 제가 실수했네요."

길 건너에서 나를 이끌었던 위협은 사라져버렸다. 이들은 내가 기억하고 있던 위험한 일당이 아니었다. 어쩌면 이들은 선한 사람일지도 모른다. 어울려도 안전한 사람들. 나는 관심을 잃어버렸다.

"괜찮아. 우리랑 같이 어울려서 놀다 가지그래?"

"고맙지만 됐어요."

제시카는 분노와 배신감에 휩싸인 채 눈을 동그랗게 뜨고 길 한가운데 서서 망설이고 있었다.

"에이, 잠깐만 있다 가라니까."

나는 남자에게 고개를 저어 보인 뒤 다시 제시카에게 돌아갔다.

"가서 저녁 먹자."

친구를 쳐다보는 둥 마는 둥 내가 말했다. 겉으로는 잠시나마 좀비 같은 무감각 상태에서 벗어난 듯했지만, 나는 아직도 현실감이 없었다. 온통 딴 생각 뿐이었다. 나는 어서 시체처럼 무기력하고 무감각한 예전의 나로 되돌아가고 싶었으므로, 정신이 맑은 것이 오히려 걱정스러웠다.

"대체 너 무슨 생각이었니? 모르는 사람들이었잖아. 정신 나간 놈들이었으면 어쩔 뻔했어!"

제시카가 소리쳤다.

나는 친구가 그냥 넘어가 주기를 바라며 어깨를 으쓱했다.

"한 사람은 전에 알던 사람 같았어."

"너 정말 이상하다, 벨라 스완. 내가 전혀 모르는 딴 사람 같아."

"미안해."

달리 무슨 말을 해야 할지 알 수가 없었다.

우리는 묵묵히 맥도날드를 향해 갔다. 친구는 애당초 극장에서부터 얼마 안 되는 거리를 걸어가는 대신 차를 몰고 '드라이브 스루' 창구를 이용할 걸 그랬다고 여기는 듯했다. 내가 처음부터 바라마지 않았듯, 제시카는 이제 나와 함께 지내는 시간이 어서 끝나기를 학수고대하고 있었다.

저녁을 먹으며 몇 번 대화를 시도했지만 제시카는 비협조적이었다. 나 때문에 정말로 화가 많이 난 듯했다.

자동차 안에서도 나는 음악을 무시하려고 평소처럼 굳이 애를 쓰지 않았다. 달갑진 않았지만 머릿속이 텅 비거나 멍하지는 않았으므로, 생각할 게 너무 많아 노래 가사에 신경 쓸 겨를이 없었다.

나는 무감각이든 고통이든, 다시 찾아오기를 기다렸다. 다른 건 몰라도 극심한 고통이 찾아올 것만큼은 확실했으니까. 나는 스스로 정한 규칙을 어겼다. 외면하기로 해놓고, 앞으로 걸어 나가 과거의 기억을 맞아 들였다. 머릿속으로 너무도 선명하게 그의 목소리를 들었다. 이젠 그 대가를 치러야 했다. 더욱이 멍한 상태로 돌아가 자신을 보호할 수 없다면 남은 건 고통에 시달리는 것뿐이었다. 너무도 정신이 또렷해 오히려 겁이 났다.

하지만 아직도 현재 내 몸에서 가장 강하게 느껴지는 감정은 안도감이었다. 안도감이 내 몸 한가운데에서 흘러나오는 듯했다.

그를 생각하지 않으려고 몸부림 치다시피 했지만, 그를 '잊으려고' 노력하진 않았다. 늦은 밤, 오랜 불면에 지쳐 스스로 쌓아놓은 보호막이 무너지고 나면 모든 것이 사라져버릴까 봐 두려움에 사로잡혔다. 내 나쁜 기억력이, 언젠가 그의 눈동자 색깔이나 서늘한 피부의 느낌, 부드러운 음성을 되살리지 못하게 될 것이란 두려움. 나는 그런 것들을 애써 '생각' 할 수는 없었지만 반드시 '기억' 해야 했다.

내가 살기 위해 매달릴 수 있는 건 그것밖에 없기 때문에. 나는 그가 존재한다는 믿음이 필요했다. 단지 그뿐이었다. 다른 건 모두 견딜 수 있다.

그가 오래오래 존재하기만 한다면.

내가 포크스를 떠나지 않으려고 전보다 더 안간힘을 쓰며, 환경을 바꿔 보라고 권하는 찰리와 싸운 이유도 그때문이었다. 이곳으로 돌아오는 사람은 아무도 없을 테니, 솔직히 내가 어딜 가든 달라지는 것도 없었다.

하지만 잭슨빌이나 여기보다 밝고 낯선 다른 고장에 가면, 그가 정말로 존재했다는 걸 내가 어떻게 확신할 수 있겠는가? 그를 상상할 수조차 없는 곳에 가면 확신은 점점 사라지고……, 그리고 나는 더는 살아갈 수 없게 되겠지.

기억해선 안 되지만 잊는 것 또한 두려운, 그건 참으로 어려운 딜레마였다.

제시카가 집 앞에 차를 세우자 나는 깜짝 놀랐다. 원래 거리가 그리 멀지도 않았지만 돌아오는 길은 훨씬 더 짧게 느껴졌고, 제시카가 그렇게 오랫동안 수다를 떨지 않을 수 있을 줄은 상상도 못했었다.

"오늘 나랑 같이 외출해줘서 고마워. 나는…… 재미있었어."

내가 자동차 문을 열며 말했다. '재미'라는 말이 상황에 적절했기를 바랐다.

"알았어."

"영화보고 나서…… 아까 그 일은 미안해."

"알았다니까."

제시카는 나를 쳐다보지도 않고 앞 창만 노려보았다. 그냥 넘어가 주기는커녕 점점 더 화가 나는 모양이었다.

"월요일에 보자."

"그래. 잘 가."

나는 포기하고 문을 닫았다. 결국 나에게 눈길도 주지 않은 채 제시카는 차를 몰아 사라졌다.

집안에 들어갔을 땐 이미 친구 생각은 까맣게 잊은 상태였다.

찰리가 주먹을 움켜쥔 채 팔짱을 끼고 현관 앞 복도에서 나를 기다리고 있었다.

"다녀왔습니다."

나는 무심히 말한 뒤 그의 옆을 지나 계단으로 올라가려 했다. 나는 줄곧 '그'에 대한 생각을 하고 있었으므로 생각이 사라지기 전에 얼른 이층으로 올라가고 싶었다.

"어디 갔었니?"

찰리의 물음에 나는 깜짝 놀라 그를 쳐다보았다.

"제시카랑 영화 보러 포트앤젤레스에 갔었어요. 오늘 아침에 말씀드렸잖아요."

"흠."

"괜찮죠?"

그는 뭔가 뜻밖이라는 듯 눈을 휘둥그렇게 뜨고 내 얼굴을 살폈다.

"그래, 괜찮다. 재미는 있었니?"

"그럼요. 좀비들이 사람들을 먹어치우는 영화를 봤어요. 재미있더라고요."

찰리의 눈이 가늘어졌다.

"안녕히 주무세요, 아빠."

그는 내가 지나갈 수 있도록 옆으로 비켜 서 주었다. 나는 서둘러 방으로 올라갔다.

몇 분 뒤 침대에 누워 마침내 모습을 드러낸 고통에 몸을 내맡겼다.

가슴에 커다란 구멍이 뚫려 장기가 모두 사라지고, 상처 가장자리가 너덜너덜해진 채 시간이 가도 아물지 않고 철철 피를 흘리는 느낌. 너무도 참담했다. 폐가 멀쩡히 제자리에 있다는 걸 이성으론 알고 있으면서도, 나는 숨을 헐떡였다. 정신을 차리려고 아무리 애를 써도 머리가 빙빙 돌았다. 심장도 분명 뛰고 있겠지만 내 귀에는 심장 박동 소리가 들리지 않았다. 손은 싸늘하게 얼어붙어 파랗게 변했다. 나는 누운 채로 늑골을 감싸안으며 몸을 웅크렸다. 모든 걸 부인하는 무감각 상태가 찾아오길 간절히 빌었지만, 소망은 이루어지지 않았다.

그런데도 나는 살아남을 수 있다는 걸 깨달았다. 각성해 버렸고, 극심한 고통을 느꼈지만 그럭저럭 참을 만했다. 가슴 한복판에서 시작된 뼈아픈 상실감은 가혹한 고통의 파도로 변해 내 온몸으로, 머리로 퍼져나갔다. 하지만 견뎌낼 수 있었다. 시간이 지나도 고통이 약해지는 기미는 없었지만, 그걸 참아내는 인내심은 점점 강해지는 것 같았다.

오늘 일어난 무슨 일인가가 나를 깨웠다. 좀비 영화 때문인지, 아드레날린 덕분인지, 환청 때문인지는 알 수 없지만.

이제 나는 어떤 아침을 맞게 될까. 알 수 없다. 그렇게 느끼는 것도 실로 오랜만의 일이었다.

5

거짓말

"벨라, 그만 가는 게 어때?"

마이크는 옆에 있는 뭔가를 응시하느라 내겐 제대로 눈길도 주지 않은 채 말했다. 내가 얼마나 오래 멍하니 서 있었던 것일까 의아해졌다.

뉴튼 등산용품점의 한가한 주말 오후였다. 지금 가게 안엔 손님이 둘밖에 없었는데, 들리는 이야기로 미루어 단골 등산객인 듯했다. 마이크는 서로 브랜드가 다른 두 개의 가벼운 등산가방을 그들에게 보여주며, 한 시간째 장단점을 설명하고 있었다. 그런데 지금은 손님들이 진지한 가격흥정에서 잠시 벗어나 최근에 등산 갔다 겪은 일을 얘기하는 중이었다. 그들이 딴청을 부린 덕분에 마이크가 잠시 빠져나올 수 있었던 모양이었다.

"더 있어도 돼."

나는 아직도 무감각의 보호막 안으로 들어가지 못한 상태였다. 그래서 오늘은 갑자기 귀마개를 뺀 사람처럼 모든 것이 선명하고 크게 들렸다. 나는 등산객들의 웃음소리를 외면하려 했지만 불가능했다.

진한 갈색 머리칼에 전혀 어울리지 않는 주황색 수염을 기른 통통한 남자가 말했다.

"진짜라니까 그래. 옐로스톤에서 회색곰을 아주 가까이서 본 적이 있었는데, 이번에 본 녀석들이랑은 전혀 달랐어요."

그의 머리는 찰싹 달라붙었고, 옷차림은 갈아입은 지 최소 사흘은 된 듯 남루했다. 산에서 방금 내려왔다는 뜻이다.

"당연하죠. 미국 흑곰은 원래 그렇게 크게 자라지 않아요. 댁이 옛날에 봤다는 회색곰은 아마 새끼였을 겁니다."

두 번째 남자는 키가 크고 호리호리했는데, 찬바람에 혹사당한 얼굴은 시커멓게 타고 가죽처럼 갈라져 있었다.

"그만 들어가라니까, 벨라. 저 두 사람만 나가면 나도 가게 문 닫을 거야."

마이크가 중얼거렸다.

"그렇다면야……."

나는 어깨를 으쓱했다.

"그 녀석, 네 발로 선 키가 댁보다 컸다니까요."

내가 물건을 챙기는 사이 수염 난 남자가 우겨댔다.

"집채만큼 크고 털이 새카맸어요. 여기 산악관리인한테 신고할 생각입니다. 사람들한테 주의를 줘야 하잖아요. 깊은 산속도 아니고 등산로에서 불과 몇 킬로미터 떨어진 곳이었어요."

가죽 같은 피부의 남자가 껄껄 웃으며 눈동자를 굴렸다.

"보아하니 방금 산에서 내려왔죠? 일주일째 제대로 된 음식도 못 먹고 땅바닥에서 야영을 했을 테고요."

"이봐, 마이크라고 했던가?"

수염 난 남자가 우릴 쳐다보며 외쳤다.

"월요일에 보자."

내가 중얼거렸다.

"네, 갑니다!"

마이크가 돌아서며 대꾸했다.

"혹시 이 근처에 요새, 흑곰을 조심하라는 주의보 같은 건 없었나?"

"아뇨. 하지만 언제든 곰은 멀리하는 게 좋고, 음식보관도 제대로 해야겠죠. 곰이 열지 못하도록 새로 나온 보관용기 보셨어요? 무게도 1킬로그램밖에 안 나가고……."

문을 밀치고 밖으로 나가니 비가 내리고 있었다. 나는 비옷을 머리 위로 올려 쓰고 트럭으로 뛰어갔다. 트럭 철판을 두들기는 빗소리가 꽤나 요란했지만, 빗소리는 이내 더 시끄러운 엔진 소음에 묻혀 전혀 들리지 않게 되었다.

텅 빈 집으로 돌아가고 싶지 않았다. 어젯밤은 특히 더 가혹했으므로, 나는 다시 그 고통의 장에 들어설 마음이 없었다. 잠들 수 있을 만큼 고통이 잦아든 뒤에도 괴로움은 끝나지 않았다. 영화를 보고 난 뒤 제시카에게 말했던 것처럼 악몽을 피해 갈 가능성은 전무했다.

거의 매일 밤 악몽을 꾸었다. 매일 밤 '똑같은' 악몽. 달라지는 일도 없었다. 몇 달 동안 같은 꿈을 꾸었다면 이젠 면역이 되어 지루하기까지 할 거라고 여기는 사람도 있을 것이다. 하지만 꿈속에서 나는 어김없이 두려움에 떨었고 마지막엔 늘 비명을 지르며 깨어났다. 찰리도 이제 더는 침입자가 내 목을 조른다든가, 뭐 그런 종류의 상황을 생각하며 헐레벌떡 확인하러 오지 않았다. 이미 익숙해진 것이다.

내가 꾼 악몽을 다른 사람이 꾼다면 별로 겁을 먹지 않을지도 모른다. 캄캄한 데서 누군가 튀어나오지도, "왁!" 소리를 질러 겁을 주지도 않았다. 무시무시한 좀비나 귀신, 사이코 같은 악당도 없다. 실은 아무 것도 없었다. 아무 것도 없다는 것, 그게 문제였다. 그저 이끼가 뒤덮인 나무들이 빽빽한 미로가 끝없이 펼쳐져 있고, 사방은 너무도 고요해 심한 압박감마저 느껴졌다. 구름이 잔뜩 긴 날의 새벽처럼 어두컴컴했지만, 눈앞에 아무것도 없다는 것을 알 수 있을 정도의 시야는 확보되었다. 나는 길도 없는 어두운 미로를 언제나 다급히 헤매고 다녔다. 시간이 지날수록 점점 더 조급해져 걸음이 빨라졌고, 속도를 높이느라 몸놀림은 더욱 서툴러졌다. 그러다 어느 시점이 되면 깨달음의 순간이 찾아왔는데, 그 순간이 다가온다는 것을 느끼면서도 그 전엔 결코 악몽에서 깨어날 수 없었다. 이내 나는 찾고 있는 것이 무엇인지 기억할 수 없는 순간을 맞이했다. 그리고 그때, 원래부터 나에겐 찾아 헤맬 것이 없었다는 사실을 깨닫는 것이다. 그곳은 그저 황량한 숲이었고 그 무엇도 날 기다리고 있지 않았다. 처음부터 나를 위한 것은 아무것도 없었다는 허탈한 깨달음……

비명이 시작되는 것은 대개 그 지점이었다.

나는 어디로 가는지도 모른 채 운전을 하고 있었다. 딱히 갈 곳도 없으면서 집으로 이어지는 익숙한 길을 그저 피하다 보니 인적 드문 젖은 간선도로를 정처 없이 헤매고 있을 뿐이었다.

다시 무감각한 상태로 되돌아가고 싶었지만, 전에는 어떻게 그 상태를 유지했는지 기억이 나지 않았다. 악몽의 기억은 끊임없이 내 머릿속을 괴롭혔고, 고통을 불러일으키는 것들을 떠올리게 했다. 나는 숲을 기억하고 싶지 않았다. 치를 떨며 애써 그 장면을 머릿속에서 지워 보아도 눈엔 어김없이 눈물이 차올랐고, 가슴에 뚫린 구멍 가장자리로 아픔이 느껴지기 시작했다. 운전대에서 한 손을 떼고 몸이 찢겨나가지 않도록 한 팔로 감쌌다.

'내가 아예 존재하지 않았던 것처럼 살게 될 거야.' 그 말이 뇌리를 스쳐 지나갔다. 어제 저녁에 들린 환청처럼 선명하지는 않았다. 종이에 인쇄된 글귀처럼, 그저 소리 없는 언어일 뿐이었다. 단순한 그 말이 가슴에 난 구멍을 더 크게 찢어 헤집었으므로 나는 브레이크를 밟았다. 이렇게 불안정한 상태로는 운전을 하면 안 될 것 같았기 때문에.

나는 운전대에 얼굴을 기대고 몸을 웅크린 채 폐 없이도 숨을 쉴 수 있도록 안간힘을 썼다.

얼마나 이런 고통이 지속될 것인지 궁금했다. 몇 년이 지나면 내가 견딜 수 있을 정도로 고통이 줄어드는 날이 올까? 그러면 내 인생에서 최고로 행복했던 그 짧은 몇 달을 제대로 돌아볼 수 있게 될까? 고통이 줄어들고 나에게 그런 사치가 허락된다면, 그때 나는 그가 선사한 그 짧은 시간을 고맙게 여길 것인가. 내가 바랐던 것보다, 받아야 할 것보다 훨씬 더 많은 것을 누렸다고, 마음 편히 돌아볼 수 있는 그런 날이 올까.

하지만 가슴에 난 구멍이 언제까지나 치유되지 않는다면? 너덜거리는 가슴 구멍의 가장자리가 절대로 낫지 않는다면? 상처가 영원히 남아 두 번 다시 되돌릴 수 없다면?

나는 내 몸을 꼭 끌어안았다. '그가 아예 존재하지 않았던 것처럼'이라니. 어떻게 그런 말도 안 되는, 멍청한 약속을 할 수 있었을까! 사진을 훔치고 선물을 되가져갈 순 있었을지 몰라도, 내가 그를 만나기 이전으로 모든 것을 되돌릴 수는 없다. 물질적인 증거는 과거와 현재를 구분 짓는 가장 하찮은 부분이었다. 무엇보다 '내가' 예전과 달라졌다. 나의 내면은 스스로도 몰라볼 정도로 변모했다. 외모도 변하긴 마찬가지였다. 뺨은 홀쭉해졌고, 밤마다 악몽에 시달린 흔적이 보라색 그늘로 눈 밑에 자리 잡은 걸 제외하면 얼굴은 완전히 하얬다. 파리한 낯빛과 대조되어 눈동자는 거의 검게 보였다. 멀리서 보면 언뜻 예뻐 보일지 몰라도, 이젠 뱀파이어라고 해도 믿을 것 같았다. 하지만 나는 그리 아름답지 않았으므로 기껏해야 좀비에 가까워 보일 것이다.

그가 아예 존재하지 않았던 것처럼 지내게 될 거라고? 그건 제정신으로 할 수 없는 말이었다. 절대로 지킬 수 없는 호언장담이자, 입 밖에 내자마자 깨질 약속이었다.

나는 점점 더 예리해지는 아픔을 잊어보려고 운전대에 머리를 쿵쿵 부딪쳤다.

하긴, '내' 약속을 지키겠다는 다짐 자체가 어리석은 거였다. 상대편에서 이미 어긴 합의사항에 매달릴 이유가 있단 말인가? 내가 무모하고 어리석게 군들 누가 상관한다고. 무모함을 피할 이유도, 어리석은 짓을 하지 않을 이유도 없었다.

나는 여전히 숨을 쉬느라 헐떡이며 쓴웃음을 지었다. 포크스에서 무모한 짓을 벌여? 그만큼 가망 없는 계획도 없지.

자신을 한껏 조롱하고 나자 고통이 줄어든 듯했다. 호흡도 편해졌으므로 나는 등받이에 기대앉았다. 날씨가 추운데도, 이마엔 땀이 흥건했다.

다시 괴로운 기억으로 빠져들고 싶지 않았으므로 가망 없는 계획에 정신을 집중했다. 포크스에서 무모한 짓을 하려면 창의력을 많이 발휘해야할 텐데, 어쩌면 그건 내 능력 밖의 일일지도 모른다. 그래도 나는 뭔가 방법을 찾아내고 싶었다. 혼자서 깨져버린 약속을 굳게 지키느라 괴로워하는 것보다는 기분이 나을지 모르니. 나 역시 맹세를 저버린 사람이 되는거다. 하지만 이렇게 조용한 소도시에서 그렇게 할 수나 있을까. 물론 포크스도 '언제나' 안전하기만 한 곳은 아니었지만 어쨌든 이제는 그렇게 보인다. 여기는 지겹게도 지루하고 안전한 고장이었다.

나는 느릿느릿 머리를 쥐어짜며 오래도록 차창을 응시했다. 생각은 도무지 발전의 기미를 보이지 않고 있었다. 너무 오래 공회전을 하느라 처량맞은 신음소리를 내고 있는 엔진의 시동을 끄고, 이슬비가 내리는 바깥으로 나섰다.

차가운 비가 금세 머리와 뺨을 적시더니 새로 솟아난 눈물처럼 흘러내렸다. 찬 비를 맞으니 머리가 맑아졌다. 나는 눈을 깜박여 빗물을 털어내며 멍하니 도로 건너편을 쳐다보았다.

한참을 쳐다본 뒤에야 그곳이 어디인지 알아차렸다. 차를 세운 곳은 북쪽 방면 러셀 가의 한복판이었고, 나는 '체니'라는 문패가 달린 집 앞에 서 있었다. 나는 그 집의 진입로를 트럭으로 막고 있는 셈이었고 도로 건너편은 마크스의 집이었다. 어서 트럭을 몰아 집으로 가야한다는 건 스스로도 알고 있었다. 정신을 딴 데 판 채 멍하니 운전을 하며 돌아다니는 건 위험한 행동이었다. 누군가 곧 나를 알아보고 찰리에게 연락을 할지도 모르는데.

차를 빼야겠다는 생각에 심호흡을 하던 내 눈에 마크스 집 마당에 세워둔 표지판이 들어왔다. 우편함에 비스듬하게 세워둔 안내문은 표지판이라기보다는 골판지에 검은 글씨로 적어놓은 간이 팻말이었다.

가끔은 운명 같은 일이 벌어진다.

우연의 일치였을까, 아니면 예정된 운명이었을까? 나로선 알 수 없는 일이고, 그걸 숙명으로 받아들이는 것도 바보 같은 생각인 건 알고 있다. 어쨌든 마크스의 집 마당엔 잔뜩 녹이 슨 오토바이 두 대가 쓰러져 있고, 그 옆에 '이 상태로 판매 가능'이라는 문구가 적혀 있었다. 마치 자기들의 존재 이유가 지금의 내 생각과 딱 맞아떨어진다고 말해 주기라도 하듯.

어쩌면 정말로 운명의 힘이 작용한 것인지도 모른다. 그게 아니라면 무모한 짓을 할 방법은 언제나 사방에 널려 있는데, 지금에야 내 눈에 띈 건지도 모르지.

무모하고 어리석은 짓. 오토바이 이야기가 나올 때마다 찰리가 늘 덧붙이는 말이기도 했다.

찰리는 대도시 경찰들에 비해 긴급출동을 할 일이 많지 않지만, 그래도 가끔은 교통사고 현장에 출동할 때가 있었다. 숲 사이로 구불구불 뻗은 고속도로의 젖은 구간이 워낙 길기 때문에, 사고 위험지역이 연달아 있고

136

교통사고도 꽤 자주 발생했다. 하지만 거대한 통나무를 실은 트럭들이 수시로 질주하는 곳이긴 해도 운전자들은 대부분 사고현장에서 멀쩡히 걸어 나갈 수 있었다. 예외가 있다면 거의 언제나 오토바이 사고였는데, 찰리는 특히 청소년들이 객기를 부리다 고속도로에 처참하게 널브러져 있는 모습을 많이 목격했다. 그는 내가 열 살이 되기도 전에 절대로 오토바이는 타지 않겠다는 약속을 받아냈다. 어린 나이긴 했지만, 나는 두 번 생각해볼 것도 없이 그러마고 약속을 했다. 거의 일년 내내 비가 내리는 이런 고장에서 누가 오토바이를 타고 싶어 한단 말인가? 시속 100킬로미터의 속도로 길에서 목욕을 하는 것이나 다름없을 텐데.

살아오면서 나는 그간 수많은 약속을 지켰지만⋯⋯.

이제 모든 것이 확실해졌다. 나는 무모하고 어리석게 굴고 싶었고, 어떻게든 약속을 어기고 싶었다. 그런데 이런 기회를 마다할 이유가 있을까.

생각이 거기에 미치자 나는 천천히 빗속을 걸어 마크스의 집 초인종을 눌렀다.

마크스 집안의 아들 하나가 문을 열어주었다. 두 형제 가운데 동생인 중학교 1학년 아이였다. 이름은 생각나지 않았다. 머리는 엷은 갈색이고 키가 겨우 내 어깨에 닿을 정도였다.

그쪽에선 아무 어려움 없이 내 이름을 기억해냈다.

"벨라 스완이죠?"

놀란 말투로 아이가 물었다.

"저 오토바이 얼마에 파는 거야?"

내가 엄지로 팻말 쪽을 가리키며 물었다.

"진짜로 사려고요?"

"당연하지."

"둘 다 고장 났는데."

내 입에서 짜증 섞인 한숨이 흘러나왔다. 사실 팻말 내용에서 이미 그 정도는 짐작하고 있었다.

"얼마야?"

"갖고 싶으면 그냥 가져가요. 엄마가 하도 버리라고 성화를 하셔서, 쓰레기 치울 때 가져가라고 아버지가 길가에 내다놓으신 거거든요."

오토바이를 다시 쳐다보니, 잘라낸 정원수 가지와 잔디를 수북이 모아놓은 더미 위에서 녹슬어가고 있었다.

"확실해?"

"그럼요, 우리 엄마한테 물어볼래요?"

어른들이 끼어들면 찰리까지 알게 될 위험이 있으니 곤란했다.

"아니야, 네 말 믿을게."

"도와줄까요? 꽤 무거울 텐데."

"그래, 고마워. 하지만 난 한 대면 돼."

"가져가려면 둘 다 가져가는 게 좋을 걸요. 양쪽에서 쓸 만한 부품을 모아야죠."

아이는 나를 따라 빗속으로 나와서 무거운 오토바이 두 대를 트럭 뒤에 싣는 걸 도와주었다. 오토바이를 치워버리게 돼서 무척 신이 난 눈치였으므로 나도 아무 말 하지 않았다.

"이 고물을 가져다가 뭘 하려고 그래요? 둘 다 고장 난 지 몇 년은 지났는데."

"나도 그럴 거라고 생각했어."

내가 어깨를 으쓱하며 말했다. 충동적인 결정이어서 철저한 계획까진 세우지 못했으니까.

"다울링 정비소에 가져가 보지 뭐."

아이가 코웃음을 쳤다.

"다울링 아저씨한테 가져가면 수리비를 엄청나게 달라고 할 걸요."

맞는 말이었다. 존 다울링은 엄청난 수리비를 청구하는 것으로 명성이 자자했으므로 정말로 급할 때가 아니면 아무도 그를 찾지 않았다. 포크스 주민들은 차가 움직이는 한 어떻게든 포트앤젤레스까지 몰고 가서 해결하는 쪽을 택했다. 찰리가 처음 나에게 고물 트럭을 선물로 주었을 때 수리비를 감당할 여력이 없을까 봐 걱정부터 앞세운 것도 그때문이었는데, 그런 면에서 나는 운이 좋은 편이었다. 괴성을 지르는 듯 요란한 엔진 소음과, 최고 속도가 시속 80킬로미터밖에 안된다는 점 외엔 전혀 문제가 없었기 때문이었다. 빌리가 그 트럭을 타는 동안 제이콥이 관리를 잘한 덕분이었다.

거기까지 생각한 순간, 폭풍우 속에서 갑자기 번개가 치듯 묘안이 떠올랐다.

"생각해 보니 방법이 있을 것 같아. 자동차 조립을 할 줄 아는 친구가 있거든."

"그거 다행이네요."

아이가 미소를 지으며 안심된다는 표정을 했다.

아이는 미소를 지으며 차를 몰고 떠나는 나를 배웅했다. 사교성이 풍부한 아이였다.

이제 뚜렷한 목적도 생겼다. 나는 빠르게 트럭을 몰았다. 찰리가 나보다 일찍 퇴근해서 집에 와 있을 리는 만무했지만 그래도 내가 먼저 집에 도착해야 했다. 나는 집에 들어가자마자 열쇠를 손에 든 채로 전화기부터 찾았다.

"스완 서장님 부탁드립니다. 저 벨라예요."

"어, 벨라구나. 잠깐 기다려라."

부관인 스티브가 친근하게 전화를 받았다.

나는 잠시 기다렸다.

"무슨 일이냐, 벨라?"

찰리는 수화기를 들자마자 그것부터 물었다.

"급한 일 없을 땐 아빠한테 전화하면 안돼요?"

찰리는 한동안 침묵을 지켰다.

"전엔 그런 적 없었잖니. 급한 일이 생긴 거냐?"

"아니에요. 그냥 빌리 아저씨네 집에 가는 길을 알고 싶어서 전화했어요. 찾아가는 길이 생각날지 자신이 없어서요. 제이콥을 만나러 갈 거예요. 몇 달 동안 통 못 만났잖아요."

내 말을 듣더니 찰리의 목소리가 훨씬 더 밝아졌다.

"좋은 생각이다. 적을 준비는 됐니?"

찰리가 알려준 약도는 아주 간단했다. 그는 서둘러 돌아올 필요 없다고 말했지만 나는 저녁식사 전에 돌아오겠다고 약속했다. 찰리는 자기도 라 푸시로 가겠다고 했지만 그건 안될 일이었다.

돌아와야 할 시간까지 정해졌으므로, 나는 폭풍우 몰아치는 어두운 도로를 최대한 빨리 달려갔다. 제이콥과 단둘이만 만날 수 있기를 바랐다. 내가 자기 집에 있다는 걸 알면 아마 빌리도 나한테 한마디쯤 하려 들 테니까.

운전을 하며 나는 빌리의 반응이 어떨지 좀 염려스러웠다. 그는 아마 '너무' 기뻐하지 않을까. 빌리는 모든 상황이 자기가 바랐던 것보다 훨씬 더 잘 풀렸다고 생각할 게 뻔했다. 기쁨과 안도감에 휩싸인 그가 나에게 할 만한 이야기는 내가 회상하고 싶지 않은 것들을 상기시킬 뿐이리라. 또 다시 그런 고통을 겪고 싶지 않았으므로, 나는 간절히 기도했다. 더는 견디기 힘들었다.

창문이 좁고 칙칙한 붉은색을 칠한 빌리 블랙의 집은 작은 창고 같아 보였는데, 희미하게나마 낯이 익었다. 제이콥은 내가 트럭에서 내리기도 전에 창밖으로 고개를 내밀었다. 익히 듣던 엔진소리 때문에 내가 온 걸 미리 알아차린 모양이었다. 제이콥은 찰리가 빌리의 트럭을 사서 나에게 선물하자 몹시 고마워했다. 자기가 차를 몰 나이가 됐을 때 아버지가 쓰던 고물 트럭을 물려받지 않아도 되기 때문이었다. 나는 내 트럭이 몹시 마음에 들었지만, 제이콥은 속력을 낼 수 없다는 걸 크나큰 단점으로 여기는 듯했다.

그는 마당 중간까지 나를 마중 나왔다.

"벨라!"

제이콥은 잔뜩 흥분한 얼굴로 환하게 웃었고, 새하얀 치아가 짙은 구릿빛 피부와 대조되어 눈부시게 빛났다. 나는 그가 긴 머리를 묶지 않고 늘어뜨린 모습을 단 한 번도 본 적이 없었다. 광대뼈가 두드러진 얼굴 양쪽으로 자연스럽게 흘러내린 그의 머리칼은 검정색 새틴 커튼 같았다.

여덟 달 동안 제이콥은 키가 훌쩍 자라 있었다. 소년의 부드러운 느낌은 사라지고 근육이 생겨, 호리호리하면서도 단단한 청년 같은 느낌을 풍기는 십대로 변해 있었다. 팔뚝과 손등의 짙은 갈색 피부엔 힘줄과 핏줄도 드러나 보였다. 얼굴은 아직 내 기억 속의 모습처럼 귀여움이 남아 있었지만, 광대뼈도 좀 더 두드러지고 턱 선에도 각이 생겨 어려 보이는 인상은 완전히 사라졌다.

"안녕, 제이콥!"

환한 그의 미소를 보며 나는 낯선 열정 같은 것이 피어오름을 느꼈다. 나는 제이콥을 만난 걸 진심으로 기뻐하고 있었다. 참으로 놀랍게도.

나도 그를 마주보며 미소를 짓자, 서로 맞물리는 퍼즐 조각 두 개가 살며시 제자리를 찾은 느낌이 들었다. 그간 내가 제이콥 블랙을 정말로 좋아했다는 사실을 잊고 있었다.

그가 두 걸음 앞에서 멈춰 서자 나는 깜짝 놀라 그를 올려다보았고 이내 빗줄기가 눈으로 스며들었다.

"키가 또 자랐네!"

내가 나무라듯 소리쳤다.

싱긋 웃고 있던 제이콥은 끝내 웃음을 터뜨렸다.

"193센티미터야."

스스로도 흡족한 말투였다. 그의 목소리는 훨씬 더 굵어졌지만, 예전처럼 약간 쉰 듯한 변성기 느낌도 남아 있었다.

"멈추지 않고 계속 자라려나? 진짜 크다."

믿어지질 않아 내가 고개를 설레설레 흔들었다.

그는 살짝 이맛살을 찌푸렸다.

"아직 키만 커서 좀 싱겁지 뭐. 어쨌든 들어가자! 옷 다 젖겠어."

제이콥은 앞장서서 걸으며 큰 손으로 자기 머리채를 움켜쥐었다. 그는 이내 뒷주머니에서 꺼낸 고무줄로 질끈 머리를 묶었다.

"아빠, 누가 왔나 좀 보세요."

현관으로 들어서며 그가 외쳤다.

빌리는 사각의 자그마한 거실에서 책을 읽고 있었다. 그는 무릎에 책을 내려놓고 휠체어를 굴려 나에게 다가왔다.

"이거 놀라운 일이구나! 반갑다, 벨라."

우리는 악수를 나누었다. 그의 커다란 손에 파묻혀 내 손은 보이지도 않았다.

"여긴 어쩐 일이니? 찰리는 잘 지내지?"

"네, 그럼요. 전 그냥 제이콥을 만나러 왔어요. 너무 오래 못 만난 것 같아서."

내 말을 들은 제이콥이 눈을 빛냈다. 너무 크게 입을 벌리고 미소를 짓

142

고 있어서 어쩐지 뺨이 아플 것 같았다.

"저녁 먹고 갈 수 있니?"

빌리도 신이 난 것 같았다.

"아뇨, 가서 아버지 저녁 해드려야죠."

"이리로 오라고 당장 전화해야겠구나. 그 친구야 언제든 환영이지."

나는 내키지 않는 마음을 숨기느라 소리 내어 웃었다.

"제가 두 번 다시 안 올 것처럼 말씀하시네요. 곧 또 놀러올게요. 아저
씨가 지긋지긋하다고 하실 만큼 자주 올 거예요."

제이콥에게 오토바이 수리를 부탁하고 오토바이 타는 법까지 배우려면
당연히 그럴 수밖에 없었다.

빌리도 너털웃음을 터뜨렸다.

"그래, 그럼 다음을 기약하자꾸나."

"그런데 이제부터 우리 뭐할까, 벨라?"

제이콥이 물었다.

"뭐든 좋아. 내가 오기 전에 뭐하고 있었어?"

이상하게도 나는 빌리의 집에서 편안함을 느꼈다. 전에도 와본 곳이긴
했지만 기억은 희미했다. 이곳엔, 최근의 상처를 고통스럽게 일깨워줄 만
한 것이 전혀 없었다.

제이콥은 조금 망설였다.

"자동차를 손보러 나가려던 참이었긴 하지만, 나야 뭐든 다른 걸 해도
괜찮⋯⋯."

"아니야, 그게 좋겠다! 나도 네 차 구경하고 싶어."

내가 얼른 끼어들었다.

"알았어. 차는 뒤쪽 차고에 있어."

그는 그다지 내키지 않는다는 말투였다.

'나야 더 좋지.' 속으로 그렇게 생각하며 나는 빌리에게 손을 흔들었다.

"나중에 봬요."

주변에 나무와 관목이 우거져 집에선 차고가 전혀 보이질 않았다. 사실 차고라고 해 봐야 과거에 가축우리로 쓰던 오두막 두어 채를 옮겨다 내벽을 없애고 엉성하게 판자를 연결해 놓은 허름한 창고였을 뿐이고, 벽에도 군데군데 구멍이 뚫려 있었다. 간이 창고 같은 차고 한복판 콘크리트 블록 위에 자동차가 올려져 있었는데, 내가 보기엔 다 완성된 것 같았다. 나도 자동차 앞부분에 달린 로고 정도는 알아볼 수 있었다.

"이건 몇 년도 폭스바겐이야?"

"옛날 디자인 그대로 복원해서 1986년에 나온 올드래빗 모델이야."

"어떻게 돼 가고 있어?"

"거의 끝났어."

신이 나서 제이콥이 대답했다. 그러다 문득 목소리를 낮췄다.

"아버지가 작년 봄에 했던 약속을 지키셨거든."

"아아."

제이콥은 내가 그 이야기를 더 언급하고 싶지 않아 하는 것을 눈치 챈 듯했다. 나는 작년 5월에 있었던 학교 무도회를 기억하지 않으려고 애썼다. 제이콥은 자동차 부품 살 돈을 보태주겠다는 아버지의 설득에 넘어가서는, 메시지를 전달하러 그곳에 왔었다. 빌리는 내 인생에서 가장 소중한 사람을 멀리해야만 내가 안전할 수 있다고 생각했다. 결과적으로 그의 염려는 불필요한 것이 되고 말았다. 이제 나는 너무 안전하게 살고 있었으니까.

하지만 이제 나는 그걸 바꿔 볼 생각이었다.

"제이콥, 오토바이에 대해서도 좀 알아?"

그는 어깨를 으쓱했다.

"약간. 엠브리라는 친구가 고물 오토바이를 갖고 있거든. 수리할 때 가끔 돕기도 해. 왜?"

"있지……."

나는 어떻게 말을 꺼낼지 몰라 입술을 깨물었다. 제이콥이 비밀을 지켜줄지 알 수는 없었지만, 다른 선택의 여지가 없었다.

"얼마 전에 중고 오토바이 두 대를 손에 넣었는데, 상태가 아주 형편없어. 혹시 네가 고쳐줄 수 있을까?"

"멋지겠는데. 한번 해 보지 뭐."

그는 새로운 도전이 꽤나 기대되는 듯 얼굴을 환하게 빛냈다.

내가 걱정스레 손가락 하나를 세웠다.

"문제는 찰리가 오토바이를 절대 반대한다는 거지. 아마 지금 이 얘기를 들으면 당장 뇌출혈을 일으킬지도 몰라. 그러니까 빌리한테는 얘기하면 안 돼."

"그야 물론이지. 나도 이해해."

제이콥이 씩 웃었다.

"수리비는 지불할게."

내 말에 그는 화난 표정을 지었다.

"싫어. 난 그냥 도와주고 싶어. 돈은 안 받아."

"그럼…… 물물교환은 어때?"

오면서 떠올린 생각인데 내가 봐도 꽤 쓸 만한 아이디어 같았다.

"나는 오토바이 한 대만 있으면 되거든. 타는 법도 배워야 하고. 그러니까 나머지 오토바이 한 대는 네가 갖고, 대신 나한테 타는 법을 가르쳐주면 어떨까?"

"후울륭해."

제이콥이 말을 길게 끌며 대답했다.

"잠깐, 너 오토바이 탈 나이는 된 거야? 생일 언제니?"

"벌써 지났어. 만 열여섯이야."

그가 섭섭하다는 듯 장난스레 입을 삐죽였다.

"네 나이도 키 못지않게 확확 변하는구나. 생일 못 챙겨서 미안해."

"신경 쓰지 마. 생일 못 챙긴 건 나도 마찬가지잖아. 그나저나 이젠 몇 살이야? 마흔?"

나는 콧방귀를 끼었다.

"그 비슷해."

"둘이 나중에 지나간 생일파티 같이 하면 되겠네."

"그 말 어째 데이트 신청 같다."

내 말에 제이콥의 눈이 반짝 빛을 발했다.

제이콥이 허튼 생각을 품지 않도록 내가 미리 말조심을 해야 한다는 생각이 들었다. 이렇게 마음이 가볍고 들뜬 기분이 된 것이 너무도 오랜만이라 나도 자제를 못하고 있었다.

"오토바이 수리가 끝나면 우리가 각자에게 주는 생일선물로 여기면 되겠다."

내가 얼른 말을 덧붙였다.

"좋아. 오토바이는 언제 가져올 건데?"

나는 당혹감에 입술을 깨물었다가 솔직히 털어놓았다.

"실은 지금 내 트럭에 실려 있어."

"잘 됐네."

"이리로 옮겨오는 동안 빌리가 보지 않을까?"

"슬쩍 옮기면 돼."

우리는 나무쪽에 바짝 붙어 차를 세워둔 곳으로 향했고, 창문에서 보이는 곳을 걸을 때는 혹시 하는 마음에 한가롭게 산책을 하는 시늉을 했다.

제이콥은 재빨리 트럭에서 오토바이를 내린 뒤, 내가 숨어 있는 동안 관목 숲으로 하나씩 밀고 갔다. 굉장히 무거웠던 것으로 기억하는데, 제이콥에겐 오토바이를 다루는 것이 아주 손쉬워 보였다.

"생각보다 상태가 훨씬 좋아."

나무 뒤쪽으로 숨어 오토바이를 밀던 제이콥이 말했다.

"이쪽 오토바이는 다 고치고 나면 제법 탈 만하겠어. 할리 옛날 모델이거든."

"그럼 그걸 네가 가져."

"진짜?"

"그럼, 진짜지."

"그래도 수릴 하려면 현금이 좀 들어갈 거야. 일단 부품 살 돈부터 저축해야겠다."

시커멓게 변한 금속부분을 내려다보며 제이콥이 얼굴을 찌푸렸다.

"그럴 필요 없어. 네가 공짜로 수리를 해준다면 부품 값은 내가 댈 거야."

"글쎄 그건 좀……"

"저축해 둔 돈이 좀 있어. 대학갈 때 쓰려고."

'대학은 무슨 말라비틀어진 대학.' 나는 속으로 그렇게 생각했다. 딱히 생각해 둔 학교도 없었지만 대학 등록금엔 턱도 없는 금액이었고, 더욱이 나는 포크스를 떠날 생각이 전혀 없었다. 저축해 둔 돈을 조금 쓴다고 달라질 것도 없잖아?

제이콥은 그저 고개만 끄덕였다. 모든 것이 그의 마음에도 흡족한 모양이었다.

오토바이를 간이 차고로 옮기며 나는, 참 운도 좋다는 생각을 했다. 각자의 아버지를 몰래 속이고 위험한 오토바이를 수리하면서 대학 갈 자금으로 모아둔 돈을 쓰겠다니, 이건 십대 남자애나 맞장구를 쳐줄 수 있는 계획이 아닌가. 제이콥은 우리 계획에 전혀 문제가 없다고 여기는 듯했다. 그는 하늘이 내게 보내 준 선물이었다.

6
친구

오토바이를 더 숨길 필요도 없었다. 제이콥의 차고에 그냥 갖다두는 것만으로 족했으니까. 빌리의 휠체어로는 집과 차고 사이의 울퉁불퉁한 숲길을 오가는 게 불가능했기 때문이다.

제이콥은 내 것으로 정해진 빨간색 오토바이부터 해체하기 시작했다. 나를 땅바닥에 앉게 할 수는 없다며 그는 올드래빗의 조수석 문을 열어주었다. 일을 하면서 제이콥은 행복한 듯이 떠들어댔고, 내가 가볍게 거들기만 해도 대화는 물 흐르듯 이어졌다. 그는 고등학교 2학년이 된 뒤의 학교생활과 수업 내용, 제일 친한 친구 둘에 관한 이야기를 빠짐없이 들려 주었다.

"퀼과 엠브리라고? 이름들이 참 독특하네."

"퀼은 할아버지한테 물려받은 이름이고 엠브리는 아마 연속극 주인공 이름을 따서 지었을 거야. 하지만 걔들 이름에 대해선 한 마디도 해선 안 돼. 이름 얘기만 꺼내면 쌈닭으로 변해서 둘이 같이 날 잡아먹으려고 들거든."

제이콥이 낄낄 웃으며 설명했다.

"제일 친한 친구라더니?"

"응. 녀석들 이름을 걸고넘어지지 않는 선에선 그렇지."

바로 그때 멀리서 누군가 부르는 소리가 들렸다.

"제이콥!"

누군가 외치고 있었다.

"빌리인가?"

내가 물었다.

"아니야. 호랑이도 제 말하면 온다더니."

제이콥은 고개를 푹 수그리고 얼굴을 붉히는 듯했다.

"제이콥? 안에 있냐?"

멀리서 외쳐대던 목소리가 이젠 훨씬 더 가까워졌다.

"그래!"

제이콥이 대답을 하고는 한숨을 쉬었다.

잠자코 기다리고 있으려니 이내 피부색이 짙은 인디언 남학생 둘이 모습을 드러냈다.

하나는 호리호리하고 키가 제이콥 만큼이나 컸다. 귀밑까지 찰랑거리는 검은 머리를 양쪽으로 빗어 넘겼는데 왼쪽 머리칼만 귀 뒤로 꽂혀 있고 오른쪽 머리는 앞으로 늘어뜨렸다. 키가 작은 쪽은 몸이 훨씬 다부졌다. 잘 발달된 가슴 근육이 드러나도록 꼭 끼는 하얀 셔츠를 입은 걸 보니, 본인도 그 사실을 뿌듯하게 여기고 있는 듯했다. 그는 거의 군인처럼 머리를 짧게 자른 모습이었다.

나를 발견한 순간 두 남학생은 걸음을 멈추었다. 호리호리한 남학생은 제이콥과 나를 재빨리 번갈아 쳐다보았고, 체격이 다부진 쪽은 줄곧 나를 바라보며 슬며시 미소를 지었다.

"어서들 와라."

제이콥이 내키지 않는 듯 인사를 건넸다.

"잘 있었냐, 제이콥."

키 작은 남학생이 나한테서 시선을 거두지도 않은 채 대꾸했다. 미소 짓는 모습이 완전히 개구쟁이 같아서 나도 미소를 짓지 않을 수 없었다. 그러자 그가 나에게 윙크를 했다.

"그쪽도 안녕하세요."

"쟤들은 퀼하고 엠브리고, 이쪽은 내 친구 벨라야."

누가 퀼이고 누가 엠브리인지는 알 수 없었지만, 둘은 의미심장한 눈빛을 주고받았다.

"찰리 아저씨 딸이죠?"

몸집이 다부진 남학생이 손을 내밀며 물었다.

"맞아요."

내가 그와 악수를 하며 대꾸했다. 그는 손아귀 힘을 자랑하듯 힘주어 내 손을 잡았고, 상박근을 일부러 불끈거리는 듯했다.

"난 퀼 아테아라예요."

그가 내 손을 놓기 전에 뻐기듯 말했다.

"만나서 반가워, 퀼."

"반가워요, 벨라. 벌써 짐작했겠지만 나는 엠브리 콜."

엠브리가 수줍은 듯 미소를 지으며 나에게 손을 흔들고는 얼른 청바지 주머니에 다시 집어넣었다.

나도 고개를 끄덕했다.

"나도 반가워요."

"그나저나 둘이 뭐하고 있었던 거야?"

퀼이 여전히 나를 쳐다보며 물었다.

"벨라하고 난 이 오토바이를 수리할 작정이야."

제이콥의 대답은 엄밀히 따지면 틀린 말이었다. 내가 뭘 한다고? 하지만 '오토바이'라는 말이 그들에겐 마법의 주문이라도 되는 모양이었다. 두 남학생은 즉각 제이콥에게 꽤 전문적으로 들리는 질문들을 퍼붓기 시작했다. 나로선 전혀 알아들을 수 없는 말들이었으므로, 나는 그들의 흥분에 진심으로 공감하려면 Y염색체가 필요한지도 모르겠다는 생각을 했다.

찰리가 찾으러 오기 전에 그만 집으로 돌아가는 것이 좋겠다는 결정을 내릴 무렵까지도 그들은 여전히 오토바이 부품 얘기로 열을 올리고 있었다. 나는 한숨을 쉬며 자동차에서 빠져나왔다.

제이콥이 미안한 듯 고개를 들었다.

"우리 때문에 지루했지?"

"아니야."

그건 거짓말이 아니었다. 이상스럽게도 나 역시 그들의 대화를 즐기고 있었다.

"집에 가서 찰리 저녁 차려 드리려고."

"아아……, 아무튼 오늘밤에 해체는 다 끝내놓고 다시 조립하려면 어떤 부품이 필요할지 알아놓을게. 언제 다시 올래?"

"내일 또 와도 될까?"

일요일은 나에게 피하고 싶은 원수 같은 시간이었다. 숙제를 하는 것만으로는 도저히 하루를 다 보낼 수 없기 때문이었다.

퀼이 팔꿈치로 엠브리를 쿡 찌르더니 둘이 싱긋 웃음을 주고받았다.

신이 난 제이콥은 환하게 웃었다.

"나야 그러면 좋지!"

"필요한 부품 목록이 나오면 같이 사러가자."

내 제안에 제이콥의 얼굴이 약간 시무룩해졌다.

"비용을 전부 부담시키는 게 옳은지 아직도 잘 모르겠어."

나는 고개를 흔들었다.

"어림없는 소리 마. 이번 파티의 자금 조달은 내가 책임질 거야. 넌 노동력과 기술만 제공하면 돼."

엠브리가 퀼을 보며 눈동자를 굴렸다.

"어쩐지 좀 마음에 걸리는데."

제이콥이 고개를 절레절레 흔들었다.

"이걸 전문 수리점에 가져가면 수리비가 얼마나 나올 것 같니?"

내가 따져 묻자 제이콥도 미소를 지었다.

"알았어, 그렇게 하자."

"타는 법도 가르쳐줘야 한다는 거 잊지 마."

퀼은 씩 웃으며 엠브리에게 뭔지 모를 말을 속삭였다. 제이콥이 퀼의 뒤통수를 내리쳤다.

"허튼소리 그만 하고, 좀 꺼져 줘."

"아니야, 내가 갈게. 내일 만나, 제이콥."

나는 제이콥을 만류하며 문으로 향했다.

내가 차고를 나서자마자 퀼과 엠브리가 동시에 "우우!" 환성을 질러댔다.

가볍게 드잡이 하는 듯한 소리가 들리고 간간이 "아얏!", "야!" 하는 외침이 이어졌다.

"너희들 말야, 내일 우리 집 근처에 그림자라도 얼씬했다가는 내가……"

제이콥이 친구들을 협박하는 소리가 들렸다. 나무 사이로 걸어가자 그의 목소리는 더 들려오지 않았다.

나는 나직이 키득거렸다. 웃음소리에 나도 모르게 눈이 휘둥그레졌다. 아무도 지켜보는 사람이 없는데도 내가 소리 내어 웃고 있었다. 마음이 매우 가벼웠으므로 나는 그 느낌을 더 오래 간직하고 싶어 한 번 더 소리 내어 웃어보았다.

나는 찰리보다 먼저 집에 도착했다. 접시에 키친타월을 깔고, 프라이팬에서 닭튀김을 꺼내 담고 있는 사이 그가 부엌으로 들어섰다.

"다녀오셨어요, 아빠."

내가 찰리를 보며 씩 웃음 지었다.

충격을 받은 듯 얼굴이 얼어붙었던 찰리는 얼른 표정을 관리했다.

"그래. 제이콥이랑 재미있게 지냈니?"

그는 아직도 못 믿겠다는 말투였다.

나는 접시를 식탁으로 옮기기 시작했다.

"네, 재미있었어요."

"그거 다행이구나. 둘이 뭘 했는데?"

아버지는 아직도 조심스러웠다.

이번엔 내가 조심할 차례였다.

"차고에서 제이콥 일하는 거 구경했어요. 폭스바겐 자동차를 조립하고 있던데 아빠도 아세요?"

"응, 빌리한테 얘기 들은 것 같구나."

찰리가 닭튀김을 씹어 먹느라 심문은 중단될 수밖에 없었지만 그는 식사를 하면서도 계속해서 내 얼굴을 살폈다.

저녁식사가 끝난 뒤 나는 부엌을 두 번이나 청소하며 쉴 새 없이 꼼지락거리다, 찰리가 하키 중계를 보는 동안 거실에서 천천히 숙제를 했다. 나는 최대한 버티고 싶었지만 마침내 찰리가 시간이 늦었으니 그만 자라는 말을 했다. 내가 대꾸하지 않자 그는 소파에서 일어나 기지개를 켜고는 거실을 나가며 불을 껐다. 마지못해 나도 뒤따를 수밖에 없었다.

계단을 올라가며 나는 오후에 만끽했던 비정상적인 행복감의 마지막 흔적이 온몸에서 사라지고 있음을 느꼈다. 이제 또 어떻게 긴긴 밤 시간을 보내야 하는지, 막연한 두려움이 몰려왔다.

이제 무감각은 더 이상 나를 찾지 않았다. 오늘밤은 분명 어젯밤처럼 끔찍하겠지. 나는 살육의 순간에 대비하듯 침대에 누워 몸을 웅크렸다. 나는 눈을 꽉 감았고 그리고…… 다음 순간 정신을 차리니 아침이었다.

나는 멍한 표정으로 창문으로 스며드는 희미한 빛을 응시했다.

4개월여 만에 처음으로 자면서 꿈을 꾸지 않았다. 꿈을 꾸지도, 비명을 지르지도 않았다. 안도감과 충격 가운데 어느 쪽 감정이 더 큰지 스스로도 알 수가 없었다.

나는 몇 분 더 침대에 누워 뭔가 찾아오길 기다렸다. 뭔가 다시 나를 엄습해 올 것이 분명했다. 고통이 아니라면 무감각이라도. 잠자코 기다렸지만 아무 일도 일어나지 않았다. 나는 참으로 오랜만에 푹 쉬고 난 뒤의 아늑함을 느꼈다.

이런 느낌이 오래 갈 거란 생각은 들지 않았다. 이런 종류의 평화는 불안정하고 불확실한 모서리 위에 간신히 균형을 잡고 있을 뿐, 언제 또 나를 내동댕이칠지 모르니까. 갑자기 또렷해진 시력으로 방안을 둘러보는 것조차 나에겐 위험한 짓이었다. 사람이 전혀 살지 않는 듯 지나치게 깨끗하게 정돈된 방이 이상하게만 보였다.

나는 그런 생각을 애써 머리에서 몰아내고 옷을 갈아입으며, 오늘 다시 제이콥을 만나러 간다는 사실에만 정신을 집중했다. 그 생각을 하자 희망이 솟아오르는 것도 같았다. 어쩌면 오늘도 어제처럼 보낼 수 있을지 몰라. 다른 사람들하고 있을 때처럼 억지로 관심 있는 표정을 짓고, 적절한 때에 고개를 끄덕이거나 미소를 지어야 한다고 스스로를 타이르지 않아도 될지 몰라. 어쩌면……. 하지만 그럴 거라고 굳게 믿을 순 없었다. 오늘도 어제처럼 모든 것이 쉽기만 할 리는 없다. 섣불리 그렇게 믿었다 또 실망감에 젖고 싶진 않았다.

아침을 먹는 자리에서 찰리는 여전히 조심스러웠다. 그는 내 눈치를 살피는 걸 들키지 않으려고 달걀 프라이를 쳐다보는 체하다가, 내가 안 보는 것 같을 때만 고개를 들었다.

"오늘은 뭐 할 거니?"

그는 내 대답에 별 관심을 기울이지 않겠다고 선언이라도 하듯이, 소매 끝에 나온 실밥을 쳐다보았다.

"오늘도 제이콥한테 갈 생각이에요."

그는 고개를 들지 않고 고개를 끄덕였다.

"그렇구나."

"싫으세요? 그럼 그냥 집에 있어도 돼요……."

내가 걱정하는 체하자 찰리는 재빨리 고개를 들었다. 그의 눈빛에 공포 어린 낭패감이 스쳐갔다.

"아니, 아니다! 다녀와라. 어차피 나는 해리랑 같이 집에서 하키 중계나 볼 계획이거든."

"해리 아저씨 오실 때 빌리 아저씨도 모시고 오라고 하면 좋겠네요."

목격자는 적을수록 좋다는 생각에 내가 말했다.

"그거 좋은 생각이구나."

애당초 하키 중계가 나를 내보내기 위한 핑계였는지 어쩐지는 알 수 없었지만, 어쨌든 이제는 찰리도 신이 나는 표정이었다. 내가 방수 점퍼를 입는 사이 그는 전화를 걸러 갔다. 점퍼 주머니에 수표책이 들어 있다는 생각에 행동이 괜히 어색해졌다. 수표책은 이제껏 내가 한번도 써본 적이 없는 물건이었다.

밖에 나오자 양동이째 물을 퍼붓듯 비가 내리고 있었다. 나는 계획보다 천천히 차를 운전할 수밖에 없었다. 폭우 때문에 바로 앞에 있는 차도 분간을 할 수 없을 정도였으므로. 하지만 곧, 드디어 제이콥의 집으로 이어지는 비포장도로로 무사히 진입했다. 시동을 끄기도 전에 현관문이 열리더니 제이콥이 커다란 검정 우산을 들고 달려 나왔다.

내가 트럭 문을 열자 그가 우산을 받쳐주었다.

"찰리 아저씨가 전화해서 방금 떠났다고 말해 주시더라."

제이콥이 씩 웃으며 설명했다.

의식적으로 입술 주변의 근육을 움직이려는 노력을 기울이지 않았는데도 내 얼굴에 자연스레 미소가 번졌다. 얼음처럼 차가운 빗줄기가 뺨을 때리는데도 목구멍에서 이상스레 따뜻한 온기가 뭉글뭉글 피어올랐다.

"안녕, 제이콥."

"우리 아버지를 초대하라고 한 건 좋은 생각이었어."

그가 손을 들어 하이파이브를 청했다. 손을 마주치기 위해 나는 까치발을 해야 했다. 그걸 본 제이콥이 깔깔 웃어댔다.

불과 몇 분 뒤 해리가 빌리를 데려가기 위해 나타났다. 제이콥은 어른들이 나갈 때까지 기다리는 동안, 아담한 자기 방을 구경시켜주었다.

"정비사 아저씨, 이제 어디로 가야 하죠?"

빌리가 집을 나서며 현관문을 닫는 소리가 들리자마자 내가 물었다.

제이콥이 주머니에서 종이 한 장을 꺼내 펼쳤다.

"운이 좋을 수도 있으니까 먼저 고철 수집소부터 뒤져 보자. 저 오토바이를 다시 작동시키려면 손볼 데가 꽤 많겠어."

나에게 미리 마음의 준비를 시키려는 듯 경고처럼 말했던 제이콥은 내가 별로 걱정을 하지 않는 걸 보자 말을 이었다.

"백 달러 이상 들어갈지도 모른다는 얘기야."

내가 주머니에서 수표책을 꺼내 부채질을 하며, 쓸데없는 소리를 한다는 듯 그를 째려보았다.

"그쯤은 문제없어."

그날은 아주 이상한 날이었다. 나는 줄곧 기분이 좋았다. 억수같이 내리는 빗속에서 발목까지 푹푹 빠지는 진흙길을 걸어 고철 수집소를 찾아다니면서도 흥이 났다. 처음엔 무감각에서 벗어난 후유증에 불과할지도 모른다는 생각이 들었지만, 확실히 그것만으로는 설명되지 않는 부분이 있었다.

모든 것이 제이콥 때문이라는 생각이 들기 시작했다. 그는 나를 만날 때마다 언제나 기뻐했지만 가끔씩은 내가 정신이 이상해졌거나 우울증에 시달린다는 증거를 찾기라도 하듯 가끔씩 곁눈으로 나를 쳐다보았으므로, 아마 그게 이유는 아닐 것 같았다.

원인은 제이콥 자체였다. 그는 끊임없이 행복해하는 성격이어서 후광처럼 행복의 기운을 몰고 다녔고 가까이 있는 사람에겐 누구든 그 기분을 전염시켰다. 지구를 끌어당기는 태양처럼, 누구든 그의 중력 영향권 안에 들어가면 제이콥은 사람들의 마음을 따뜻하게 덥혀 주었다. 그것은 그의 천부적인 성품이자 존재 이유였다. 내가 제이콥을 자꾸 만나고 싶은 마음이 드는 것도 당연했다.

그가 트럭 계기판 아래 오디오 자리에 뻥 뚫린 구멍에 대해 이야기를 꺼냈을 때도, 나는 생각했던 것만큼 패닉에 빠지진 않았다.

"라디오가 고장났나 봐?"

"응."

나는 거짓말을 했다.

그는 텅 빈 공간을 이리저리 살폈다.

"누가 뜯어냈어? 주변이 꽤 많이 상했네……."

"내가 했어."

제이콥은 웃음을 터뜨렸다.

"오토바이 고칠 땐 절대로 손 못 대게 해야겠다."

"알겠습니다."

제이콥 말대로 우리는 고철 수집소에서 행운을 만났다. 그는 시커먼 윤활유에 찌든 부품 여러 개를 찾아내곤 몹시 흥분했다. 나? 그저 그가 오토바이 부품을 알아본다는 사실 자체에 깊은 감명을 받았을 뿐이었다.

고철 수집소를 나와서 우리는 호퀴암에 있는 체커 오토바이 부품가게로 향했다. 내 트럭으로는 구불구불한 고속도로를 두 시간 이상 달려야 하는 거리였지만, 제이콥과 있으면 시간이 빨리 지나갔다. 그는 친구들과 학교 이야기를 이어갔고, 나는 애써 몰입하는 척하지 않아도 정말로 그의 이야기가 궁금해져 스스럼없이 질문을 던졌다.

"나만 계속 얘기했네."

퀼이 학교에서 선배가 사귀던 여자친구에게 데이트 신청을 하면서 벌인 소동에 관해 한참 이야기를 한 뒤 제이콥이 투덜댔다.

"이젠 본인 얘기도 좀 해 보는 건 어때? 포크스는 지내기 어때? 라푸시보다는 훨씬 더 재미있을 것 같아."

"아니야. 아무 일도 안 일어난다니까. 내 친구들보다는 네 친구들이 훨씬 더 재미있는걸. 나도 네 친구들이 마음에 들어. 퀼은 참 재미있는 애 같더라."

제이콥은 이마를 찡그렸다.

"퀼도 벨라를 좋아하는 것 같아."

나는 까르르 웃음을 터뜨렸다.

"나한텐 좀 어리잖아."

제이콥의 시무룩한 얼굴이 더 심각해졌다.

"그렇게 많이 어리지도 않아. 겨우 1년하고 몇 달 차이인데 뭐."

나는 우리가 퀼 얘기를 하고 있는 게 아니란 걸 깨달았다. 그래서 가벼운 목소리로 계속해서 그를 놀려댔다.

"그야 그렇지만 남자랑 여자는 성장 속도 차가 심하잖아. 개들 나이로 따져야 하는 거 아닌가? 그럼 어떻게 될까, 내가 열두 살쯤 더 많은 건가?"

제이콥이 눈동자를 굴리며 장난스레 웃어댔다.

"좋아, 그렇게 까다롭게 따질 거면, 몸집도 평균치를 따져서 적용해야지. 벨라는 키가 아주 작으니까 총 나이에서 열 살은 빼야겠다."

"내 나이에 160센티미터면 정확하게 표준이거든. 네가 그렇게 멀대 같이 큰 게 내 잘못은 아니잖아."

내가 콧방귀를 뀌며 쏘아붙였다.

호퀴암에 도착할 때까지 우리는, 계속해서 정확한 나이를 따지는 공식을 놓고 논쟁을 벌였고, 부품 가게에 들어가기 직전까지 말다툼이 이어졌다. 자동차 타이어를 혼자 갈 줄 모른다는 이유로 두 살을 삭감당했던 나는 집에서 가계부를 책임지고 있기 때문에 한 살을 다시 보탤 수 있었다. 부품 가게에 들어서자 비로소 제이콥은 다시 본연의 임무에 집중했다. 우리는 목록에 적힌 부품을 모두 찾아냈다. 제이콥은 오늘의 전리품 덕에 오토바이 수리 속도가 아주 빨라질 것이라고 장담했다.

우리가 라푸시로 돌아올 때쯤 나는 스물두 살이었고 그는 서른 살이 되어 있었다. 그는 자기한테 유리하게 나이 계산을 하는 데 아주 능숙했다.

물론 나는 지금 하는 행동의 이유를 잊지 않고 있었다. 생각보다 훨씬 더 즐거움을 느끼고는 있었지만, 그렇다고 내 원래 목적이 빛을 잃은 건 아니었다. 나는 아직도 약속을 어기고 싶었다. 무분별한 짓이었지만 전혀 상관 없었다. 나는 포크스에서 가능한 한 최대로 무모한 짓을 벌일 작정이었다. 깨져버린 공허한 약속을 내 쪽에서만 지키고 싶은 마음은 없었다. 다만 제이콥과 보내는 시간에 얻는 기쁨이 내가 생각했던 것보다 훨씬 큰 덕에, 뜻밖의 선물처럼 느껴질 뿐이었다.

빌리는 아직 돌아오지 않았으므로, 우리는 그날 수확한 물건들을 몰래 차에서 내릴 필요가 없었다. 제이콥의 연장통 옆에 비닐을 깔고 부품들을 정리해놓자마자 그는 곧장 일을 시작했다. 그가 앞에 놓인 금속 부품을 능숙하게 어루만지는 사이 우리는 끊임없이 웃고 떠들어댔다.

제이콥의 손놀림은 놀라운 수준이었다. 섬세한 작업을 하기엔 손이 너무 커 보이는데도, 작은 부품을 정확히 조립하는 데 전혀 어려움이 없었다. 내 눈엔 작업을 하는 그의 동작이 우아하게까지 보였다. 껑충하게 서 있는 평소와는 느낌이 아주 달랐다. 그는 너무 키가 크고 발도 커서, 서 있으면 나만큼이나 동작이 어설퍼 보이기 때문이다.

퀼과 엠브리가 나타나지 않는 것으로 보아 어제 제이콥이 한 협박을 진지하게 받아들인 듯했다.

그날 하루는 너무 빨리 지나갔다. 어느새 차고 입구 쪽이 어두워졌고, 곧이어 빌리가 우리를 부르는 소리가 들렸다.

나는 벌떡 일어나 부품을 정리하는 제이콥을 거들었지만, 내가 만져도 될지 자신이 없어져 망설였다.

"그냥 두고 가자. 나중에 다시 와서 일할 거니까."

"그렇다고 숙제나 다른 해야 할 일을 제껴 두진 마."

약간 죄책감이 느껴졌다. 제이콥까지 문제에 끌어들이고 싶진 않았다. 이 계획은 어디까지나 나만을 위한 것이었으니까.

"벨라?"

낯익은 찰리의 목소리가 집보다 가까운 나무 사이에서 들려오자 우리 둘 다 머리를 휙 들어올렸다.

"맙소사."

내가 집 쪽을 향해 다시 외쳤다.

"금방 가요!"

"어서 가자."

어른들 몰래 벌이는 일이 못 견디게 재미있다는 듯 제이콥이 미소를 지었다. 전등을 끄자 순간적으로 나는 앞이 전혀 보이지 않았다. 제이콥이 내 손을 잡고 차고를 빠져나와 나무 사이로 걸어갔다. 어둠 속에서도 그는 익숙한 길을 잘 찾아가고 있었다. 그의 손은 거칠거칠했지만 아주 따뜻했다.

잘 아는 길인데도 우리는 각자 발에 걸려 어둠 속에서 몇 번이나 비틀거렸다. 눈앞에 집이 나타나자 우리는 둘 다 웃음을 터뜨렸다. 마음 깊은 곳까지 울리는 웃음은 아니었다. 스쳐가는 가벼운 웃음이긴 했지만 그래도 기분은 좋았다. 제이콥은 내가 조금은 발작적으로 웃고 있다는 걸 눈치 채지 못했겠지. 나는 웃음에 익숙한 사람이 아니라서, 기분이 좋기도 하고 동시에 어색하기도 했다.

찰리는 뒷 베란다 아래 서 있었고, 빌리는 친구들 뒤쪽 문가에 앉아 있었다.

"아빠."

우리 둘이 동시에 입을 열었으므로, 우린 또 다시 웃음을 터뜨렸다.

찰리는 눈을 휘둥그렇게 뜨고 나를 쳐다보다 제이콥과 맞잡은 내 손을 흘끔 훔쳐보았다.

"빌리가 저녁식사에 초대했단다."

찰리가 어쩐지 멍한 목소리로 말했다.

"내 특제 스파게티를 맛보게 해 주마. 조상 대대로 전해 내려오는 비법이지."

빌리가 심각하게 말하자 제이콥은 콧방귀를 뀌었다.

"라구 소스가 세상에 나온 지는 그리 오래 되지 않았잖아요."

좁은 집이 온통 사람들로 붐볐다. 해리 클리어워터는 온 가족을 대동하고 와 있었다. 나는 그의 아내 수를 여름마다 포크스에 와서 지내던 어린 시절에 어렴풋하게 본 기억이 있었다. 큰딸 리아는 나처럼 고등학교 졸업반이었지만 나이는 한 살 더 많았다. 매끄럽고 완벽한 구릿빛 피부에 윤기 나는 검은 머릿결, 빗자루처럼 숱이 풍성하고 긴 속눈썹을 갖춘 아주 이국적인 미녀였는데, 인사를 건넬 틈이 없을 정도로 몹시 바빴다. 우리가 집 안에 들어갔을 때 제이콥네 전화기로 통화를 하고 있던 그녀는 한 순간도 수화기를 놓지 않았다. 또 세스는 열네 살이었는데, 제이콥을 영웅이라도 되는 듯 우러르며 따라다녔다.

사람이 너무 많아 식탁에 다 앉을 수가 없었으므로 찰리와 해리는 뒷마당으로 의자를 옮겨다 놓았고, 우리는 스파게티 접시를 각자 무릎에 올려놓고, 열린 문틈으로 새어나오는 희미한 빛을 조명 삼아 먹었다. 남자들은 스포츠 얘기에 열을 올렸고, 해리와 찰리는 낚시 계획을 세웠다. 수는 공개적으로 남편의 콜레스테롤 수치를 언급하며 어떻게든 채소와 샐러드를 더 먹게 하려고 애썼지만 실패로 돌아갔다. 제이콥은 주로 나나 세스와 말했는데, 세스는 제이콥이 자기를 빼놓고 이야기를 한다고 생각할 때마다 주저 없이 끼어들었다. 찰리는 흐뭇하면서도 조심스러운 눈빛으로, 안 그러는 척하면서 계속 나를 주시했다.

여러 사람이 한꺼번에 모두에게 이야기를 하려니 시끄럽고 때로는 정신이 없었지만, 농담과 웃음이 끊이질 않았다. 말을 자주 할 필요도 없었으므로 나는 미소만 짓고 있었는데, 거짓으로 꾸민 미소가 아니라 진심으로 웃고 싶었기 때문이었다.

나는 집으로 돌아가고 싶지 않았다.

하지만 이곳은 워싱턴 주였고, 그런 만큼 절대로 피할 수 없는 비 때문에 파티도 끝이 났다. 빌리의 집 거실은 너무 좁아서 계속해서 모임을 이어갈 수가 없었다. 올 때는 해리가 찰리를 데려왔기 때문에 돌아갈 땐 내 트럭을 타고 함께 가야 했다. 하루 종일 어떻게 보냈냐는 질문에 나는 거의 사실대로 털어놓았다. 제이콥이 부품 사는 데 따라갔다가 차고에서 작업하는 광경을 지켜봤다고.

"곧 다시 올 생각이니?"

"내일 학교 끝나고요. 숙제도 가져올 테니까 걱정하지 마세요."

"꼭 그래야 한다."

찰리는 흐뭇한 기색을 감추며 엄하게 명령했다.

집에 도착하자 나는 초조해졌다. 이층에 올라가고 싶지 않았다. 제이콥이 전해 준 온기가 사라지고 나면 걱정이 훨씬 더 크게 느껴질 테니까. 이틀간 내리 평화로운 밤을 지낼 수 있을 리 없잖아.

자는 시간을 미뤄 보려고 나는 이메일을 확인했다. 엄마한테서 새 편지가 와 있었다.

엄마는 하루 일과를 적어 보내며, 얼마 전에 명상 강좌를 그만두고 남는 시간을 채우려고 새로 독서클럽엘 들어갔고, 2학년 아이들을 가르치느라 일주일이 정신없이 지나갔다며 유치원에서 일할 때가 그립다고 푸념을 했다. 필이 새로 맡은 코치 일을 마음에 들어한다는 소식과 디즈니월드로 두 번째 신혼여행을 계획 중이라는 이야기도 적혀 있었다.

나는 엄마의 편지가 누군가한테 보낼 내용이라기보다는 일기에 적는 혼잣말에 가깝다는 사실을 깨달았다. 문득 후회가 밀려오며 양심의 가책이 느껴졌다. 난 얼마나 한심한 딸이었던가.

나는 엄마의 편지 내용을 조목조목 언급하고 내 소식도 전하며 재빨리 답장을 썼다. 빌리의 집에서 벌인 스파게티 파티 이야기며, 제이콥이 작은 금속 부품을 조립하는 걸 존경과 부러움의 눈초리로 구경했다는 것도 적었다. 지난 몇 달간 엄마가 받았을 편지 내용과는 사뭇 달라진 이번 편지 분위기에 대해서는 아무 말도 하지 않았다. 불과 지난주에 엄마한테 보낸 편지 내용도 거의 기억나지 않았지만, 보나마나 별 내용이 없었을 것은 뻔했다. 생각하면 생각할수록 점점 죄책감이 커졌다. 엄마 걱정을 더 했어야 했는데. 다 내 잘못이다.

편지를 다 쓰고 나서도 꼭 필요하지도 않은 숙제까지 끝내느라 더 늦게까지 버텼다. 하지만 잠이 아무리 부족해도, 제이콥과 아무리 오래 시간을 보내도 이틀 내리 악몽을 꾸지 않고 지나갈 순 없었다.

나는 베개에 엎드려 숨 막히는 비명을 지르며 소스라치듯 잠에서 깨어났다.

창밖으로 자욱하게 긴 안개 사이로 희미한 여명이 스며들 때까지도 나는 여전히 침대에 누워 꿈을 떨쳐버리려고 애쓰고 있었다. 어젯밤 꿈은 약간 달랐으므로 나는 그 점에 정신을 집중했다.

어젯밤, 숲속에는 나 혼자만 있는 게 아니었다. 의식이 또렷할 땐 기억에서 끄집어낼 수조차 없었던 사람, 숲속 바닥에서 나를 발견해 안아 올렸던 장본인인 샘 울리가 꿈에 보였다. 그것은 예기치 못했던 기이한 변화였다. 그 남자의 검은 눈동자는 놀라우리만치 냉담했고, 누구에게도 드러낼 수 없는 비밀을 감춘 듯 의뭉스러웠다. 나는 미친 듯이 뭔가를 찾아다니며 자주 그를 쳐다보았다. 안 그래도 공포감에 사로 잡혀 있는 터에 숲에 그가 있다는 사실 때문에 더욱 마음이 불편했다. 정면에서 그를 바라보지 않을 때는 그의 형체가 흔들리며 변하는 것 같아서 더욱 불안해지는 것 같기도 했다. 어쨌든 그는 가만히 서서 바라만 볼 뿐이었다. 현실에서 만났을 때와 달리 나에게 아무런 도움도 주지 않았다.

아침 식탁에서 찰리는 나를 주시했지만 나는 시선을 무시했다. 아빠가 나를 관찰하는 건 내가 생각해도 당연했다. 노심초사하지 말라고 어떻게 얘기할 수 있겠는가. 딸이 다시 좀비 같은 상태로 되돌아갈까 걱정하지 않게 하기 위해서는, 아마 최소한 몇 주간은 멀쩡하게 지내야 할 것이다. 일일이 아버지의 시선에 신경을 쓰는 건 나에게도 이롭지 못했다. 게다가 나역시 예전의 좀비로 되돌아가게 될지 스스로 지켜보는 중이었다. 겨우 이틀 만에 내가 완전히 치유되었다고 자신하는 건 턱없이 이르니까.

학교에 가면 상황은 정반대가 되었다. 이제는 내가 관찰하는 쪽이었고, 나를 지켜보는 사람은 확실히 아무도 없었다.

나는 포크스 고등학교에 온 첫날을 기억한다. 그날 나는 거대한 카멜레온처럼, 젖은 콘크리트 바닥과 똑같은 회색으로 변할 수 있다면 얼마나 좋을까 간절히 소망했었다. 그런데 그 소원이 1년 늦게 이루어진 모양이었다.

사람들은 내가 그곳에 없는 것처럼 행동했다. 심지어 교사들조차 내가 앉은 자리가 빈 의자라도 된다는 듯 무심히 시선을 옮겼다.

오전 내내 나는 주변 사람들의 목소리에 또 한번 귀를 기울이며 보냈다. 어떤 일들이 벌어지고 있는지 따라잡아보려고 했지만, 대화가 워낙 중구난방이어서 포기할 수밖에 없었다.

삼각함수 시간에 내가 옆자리에 앉았는데도 제시카는 고개를 들지 않았다.

"안녕, 제시카. 주말은 어떻게 보냈어?"

나는 아무 일도 없었다는 듯 물었다.

친구는 수상쩍다는 듯한 눈초리로 나를 쳐다보았다. 제시카는 아직도 화가 난 걸까? 아니면 정신 나간 사람을 상대해주기 짜증스러운 것뿐인가?

"잘 지냈어."

제시카는 다시 책으로 시선을 돌렸다.

"다행이다."

우물쭈물 내가 중얼거렸다. 사람을 '냉대한다'는 말은 참 잘 지어진 표현인 듯했다. 바닥에 설치된 온풍기에서 따뜻한 바람이 올라왔지만 여전히 너무 추웠다. 나는 의자 등받이에 걸쳐 두었던 겉옷을 끄집어내 다시 입었다.

4교시 수업이 늦게 끝나는 바람에 내가 점심시간에 늘 앉는 테이블은 이미 만원이었다. 마이크는 물론이고 제시카, 앤젤라, 코너, 타일러, 에릭, 로렌까지 모여 있었다. 에릭 옆에는 우리 집에서 멀지 않은 곳에 사는 빨강머리 3학년생 케이티 마샬이 앉아 있고, 그 옆엔 오토바이를 나에게 넘긴 중학생 아이의 형인 오스틴 마크스가 앉아 있었다. 나는 그들이 그날 처음 합석을 했는지, 아니면 늘 그렇게 앉았던 건지 기억이 나질 않았으므로, 언제부터 새로운 인물들이 끼어들었는지 그저 의아하기만 했다.

나 자신에 대해서 화가 나기 시작했다. 지난 학기 내내 나는 모든 이들에게 있으나마나 한 존재였던 게 틀림없었다.

내가 마이크 옆에 앉느라 의자가 바닥에 끌리는 소리가 시끄럽게 났는데도 아무도 쳐다보지 않았다.

나는 친구들의 대화를 따라잡아 보려고 노력했다.

마이크와 코너는 스포츠 이야기를 하고 있었으므로 그 쪽은 이내 포기할 수밖에 없었다.

"오늘 벤은 왜 안 보여?"

로렌이 앤젤라에게 물었다. 관심이 생겼으므로 나도 바짝 귀를 기울였다. 앤젤라와 벤이 아직도 사귀는 사이라는 의미일지 궁금했으니까.

나는 로렌을 거의 못 알아볼 뻔했다. 옥수수수염 같은 부스스한 금발머리를 짧게 잘라, 뒷머리 끝은 거의 남자처럼 면도까지 한 쇼트커트를 한 모습이었기 때문이다. 이상한 일이었다. 나는 로렌이 머리를 자르게 된 사연이 궁금해졌다. 껌이라도 붙었던 것일까? 돈을 받고 머리칼을 팔았을까? 로렌에게 습관적으로 괴롭힘을 당한 아이들이 모두 합심하여 체육관 뒤에서 로렌의 머리를 뽑아버린 걸까? 문득 과거에 품었던 나쁜 인상 때문에 현재의 로렌을 평가해선 곤란하다는 생각이 들었다. 현재까지 느끼기로는 로렌도 아주 착한 사람이 된 것 같았다.

"배탈이 났나 봐. 하루만 앓고 깨끗하게 나아야 할 텐데. 어젯밤엔 벤이 정말 많이 아팠거든."

앤젤라가 차분하고 낮은 목소리로 대답했다.

앤젤라도 머리 모양이 달라졌다. 층층이 숱을 쳤던 머리가 이젠 모두 자라 가지런해진 모습이었다.

"이번 주말에 둘이 뭐 했는데 그래?"

제시카가 물었다. 특별히 벤을 걱정해서 던진 질문 같지는 않았다. 자기 주말 얘기를 하려고 그냥 툭 던진 말인 듯했다. 두 자리나 떨어져 있는데, 포트앤젤레스에 갔던 얘기를 하고 싶어진 것일까 궁금했다. 내가 옆에 앉아 있는데도 아무렇지도 않게 다른 사람에게 내 얘기를 꺼낼 만큼, 친구들에겐 내가 눈에 띄지 않게 된 걸까?

"실은 토요일에 소풍을 갈 작정이었는데…… 마음을 바꿨어."

앤젤라의 말투에서 뭔가 심상치 않은 기운이 느껴졌다.

제시카는 전혀 모르는 눈치였다.

"그거 참 안됐다."

제시카는 곧 자기 이야기를 시작하려는 듯했다. 하지만 주의 깊게 듣고 있던 사람이 나 혼자만은 아니었다.

"무슨 일 있었어?"

로렌이 물었다.

"그게……."

앤젤라가 원래 조심스러운 아이기는 하지만 이번엔 평소보다 더 망설이는 것 같았다.

"차를 타고 북쪽으로 올라갔었어. 온천 지역까지 거의 다 가서 등산로에서 약간 떨어진 곳에 좋은 장소가 있거든. 그런데 중간쯤 올라갔을 때…… 이상한 걸 봤어."

"이상한 거라니? 뭔데?"

로렌이 희미한 눈썹을 이마 한가운데로 바짝 모았다. 이젠 제시카마저도 귀담아 듣고 있는 듯했다.

"잘 모르겠어. 우리가 보기엔 곰 같았어. 어쨌든 검정색이었는데…… 정말 너무 크더라."

"어휴, 너까지 그런 소릴!"

로렌이 코웃음을 치더니 표독스런 눈빛을 띠었다. 로렌이 달라졌을지도 모른다던 내 생각은 잘못이었다. 머리 모양은 파격적으로 변했어도 성격은 여전한 듯했다.

"타일러도 지난주에 똑같은 헛소리를 하더라니까."

"리조트 근처까지 내려오는 곰이 어디 있어?"

제시카도 로렌 편을 들었다.

"정말이야. 우린 똑똑히 봤어."

앤젤라는 시선을 내리깔며 낮은 목소리로 항변했다.

로렌이 조롱하듯 깔깔 웃어댔다. 마이크는 아직도 코너와 얘기를 하느라 여자애들한테는 관심을 기울이지 않고 있었다.

참지 못하고 내가 나섰다.

"아냐, 앤젤라 말이 맞아. 지난 토요일에도 등산객 하나가 곰을 봤다고 했어. 굉장히 큰 곰인데 검정색이라고 했었지. 시내에서 멀지 않은 곳에서 봤다던걸. 그렇지, 마이크?"

순간 정적이 흘렀다. 나와 같은 자리에 앉은 아이들의 충격 어린 시선이 동시에 나를 향했다. 새로 합류한 케이티는 방금 폭발 장면을 목격하기라도 한 듯 입을 헤벌리고 있었다. 아무도 움직이지 않았다.

"마이크! 곰 얘기했던 그 손님 기억하지?"

굴욕감을 느낀 내가 중얼거렸다.

"무, 물론이지."

마이크가 한참 뒤에 말을 더듬으며 대답했다. 마이크까지 나를 이상한 눈으로 쳐다보는 이유를 알 수가 없었다. 일하는 동안 우리 둘은 늘 애기를 나누지 않았던가. 아닌가? 난 그렇게 생각했는데······.

마이크가 얼른 정신을 차렸다.

"맞아, 등산로 초입에서 커다란 흑곰을 봤다고 했어. 회색곰보다도 크다더라."

"흥."

로렌은 굳은 표정으로 제시카 쪽으로 몸을 돌리고 화제를 바꾸었다.

"서던캘리포니아 대학에서 소식 왔니?"

마이크와 앤젤라를 제외하고 모두들 다시 나를 외면했다. 앤젤라가 조심스레 나에게 미소를 지었으므로, 나도 얼른 미소를 보냈다.

"그래서 지난 주말엔 어떻게 보냈니, 벨라?"

마이크가 이상스레 경계하듯 물었다.

로렌만 빼고 모두들 내 대답을 기다렸다.

"금요일 밤엔 제시카랑 둘이 포트앤젤레스로 영화 보러 갔었어. 그리고 토요일 오후랑 일요일엔 종일 라푸시에서 지냈고."

모두의 시선이 제시카를 향했다가 다시 나에게 돌아왔다. 제시카는 난감한 표정이었다. 나는 나와 같이 외출했다는 사실을 아무에게도 알리고 싶지 않았던 것인지, 아니면 그 이야기를 자기가 먼저 하고 싶었던 건지 궁금했다.

"무슨 영화 봤는데?"

마이크가 미소를 지을 듯 말 듯하며 물었다.

"〈데드 엔드〉라는 좀비 영화였어."

내가 마이크에게 용기를 북돋아 주듯 씩 웃었다. 어쩌면 이 기회에, 내가 좀비처럼 지내면서 망쳐놓았던 지난 몇 달을 만회할 수 있을지도 모르니까.

"그 영화 무섭다던데. 너도 무서웠어?"

마이크는 대화를 이어나가려고 아주 열심이었다.

"벨라는 어찌나 겁을 먹었던지 끝까지 다 보지도 못하고 나가야 했단다."

제시카가 음흉한 미소를 지으며 대신 대꾸했다.

나는 민망한 표정을 지으려고 애쓰며 고개를 끄덕였다.

"엄청나게 무섭더라."

마이크는 점심시간이 끝날 때까지 쉬지 않고 나에게 질문을 던졌다. 다른 아이들도 차츰 각자 이야기를 나누기 시작했지만, 여전히 대화 틈틈이 나를 많이 흘끔거렸다. 앤젤라는 주로 마이크와 나에게 이야기를 건넸고, 내가 빈 쟁반을 들고 쓰레기통 쪽으로 향하자 뒤를 따라왔다.

"고마워."

테이블에서 멀어지자 앤젤라가 낮은 목소리로 말했다.

"뭐가?"

"선뜻 나서서 내 편을 들어줬잖아."

"별 거 아니었어."

앤젤라는 걱정스레 나를 쳐다보았지만, 나를 불쌍히 여기는 것 같아서 불쾌해지는 시선은 아니었다.

"괜찮아?"

앤젤라를 더 좋아하면서도, 영화를 보러 가던 날은 제시카를 대신 선택한 것도 바로 이런 이유 때문이었다. 앤젤라는 너무 민감했다.

"완전히 괜찮지는 않아. 하지만 좀 나아졌어."

내가 솔직히 대답했다.

"다행이다. 그동안 네가 그리웠어."

바로 그때 로렌과 제시카가 우리 옆을 스치고 지나갔다. 로렌이 일부러 들으라는 듯 크게 속삭이는 소리가 들려왔다.

"기쁘기도 하겠네. 벨라를 되찾았으니."

앤젤라는 둘의 뒷모습을 흘겨본 뒤 나를 보며 용기를 잃지 말라는 듯 미소를 지었다.

나는 한숨을 쉬었다. 처음부터 다시 시작하는 기분이었다.

"오늘 며칠이지?"

갑자기 날짜가 궁금해졌다.

"1월 19일이야."

"이런."

"왜 그래?"

"내가 여기 온 지 어제로 딱 1년 되는 날이었어."

"별로 변한 게 없네."

앤젤라가 로렌과 제시카 쪽을 쳐다보며 중얼거렸다.

"그러게. 나도 같은 생각을 하던 중이었어."

나도 깊이 동감했다.

7

반복

무슨 짓을 하려는 건지 나도 모르겠다.

다시 좀비 상태로 되돌아가고 싶은 건가? 피학증 환자로 돌변해 고문을 즐기게 되기라도 한 걸까? 나는 라푸시로 곧장 가야 한다는 걸 알면서도 그러지 못했다. 제이콥과 함께 있으면 훨씬 더 건강한 느낌이 들었다. '이 짓'은 전혀 건강한 행동이 아니잖아.

그런데도 나는 나뭇가지가 하늘을 가려 터널 같은 좁은 길을 따라 웃자란 잡초 사이로 계속해서 천천히 트럭을 몰았다. 운전대를 움켜쥔 손이 부들부들 떨리고 있었다.

내가 이러는 이유가, 어느 정도는 악몽 때문임을 스스로도 알고는 있었다. 이젠 완전히 잠에서 깨어난 상태임에도 아무 것도 없다는 꿈의 공허감이 내 신경을 갉아먹고 있었다. 현실에선 '반드시' 뭔가 찾아낼 게 있을 거야. 손에 닿을 수 없이 멀리 떨어져, 나 따위는 조금도 신경 쓰지 않고 있겠지만…… '그'는 분명 저기 어딘가에 존재하고 있다. 분명 그럴 거야. 나는 그 사실을 꼭 믿어야만 했다.

이런 일을 벌이게 된 또 하나의 이유는, 학교에서 느낀 기시감 때문이다. 게다가 날짜마저 공교로웠다. 처음부터 다시 시작되는 느낌. 처음 등교하던 날 식당에서 정말로 내가 가장 이상한 존재였다면, 그날은 그냥 지나갔겠지.

머릿속에 몇 개의 단어들이 지나갔다. 말소리가 들렸다기보다는 내가 직접 읽기라도 한 것처럼 건조하고 덤덤하게.

'내가 아예 존재하지 않았던 것처럼 살게 될 거야.'

나는 이곳을 찾아온 이유가 두 가지라고 스스로에게 거짓말을 하고 있었다. 가장 큰 원인은, 인정하고 싶지 않았다. 나한테 정신적으로 문제가 있다는 의미일지도 모르기 때문이다.

사실 나는 금요일 밤에 겪은 기이한 환청처럼, 그의 목소리를 다시 듣고 싶었다. 그 짧은 순간에 그의 목소리는 내 기억과 의식을 넘어선 어떤 곳에서 들려왔고, 내 기억 속에서 재생되는 희미한 메아리와는 비교도 할 수 없을 정도로 완벽하고 달콤했다. 목소리는 오래 지속되지 않았고 이내 나는 극심한 고통에 사로잡혔지만, 또 한 번 그 목소리를 들을 수 있다면 그 어떤 바보짓이라도 할 참이었다. 그의 목소리를 다시 들을 수 있는 소중한 순간에 대한 열망은, 도저히 떨쳐버릴 수 없는 유혹이었다. 나는 어떻게든 그 경험을, 아니 그 '사건'을 반복할 방법을 찾아내고 싶었다.

나는 이 기묘한 기시감이 비밀 열쇠이길 바라고 있었다. 그런 이유로 여러 달 전 끔찍했던 생일파티 이후 단 한번도 가본 적이 없던 그의 집으로 향하는 중이었다.

정글처럼 무성하게 자란 잡목들이 천천히 차창을 스쳐갔다. 구불구불한 비포장도로는 끊임없이 이어졌다. 점점 초조해져 나도 모르게 속력을 높였다. 얼마나 온 걸까? 지금쯤이면 집에 도착했어야 하지 않을까? 잡목과 잡초들이 지나치게 무성해진 길은 몹시 낯설었다.

집을 찾지 못하면 어떻게 하지? 전율이 일었다. 거기 가서도 확실한 증거가 전혀 없다면 벨라 넌 어떻게 할 거니?

바로 그때 숲이 끊어지면서 내가 찾던 공간이 나타났지만, 예전처럼 눈에 띄게 말쑥한 모습은 아니었다. 식물들이 어느새 모든 공간을 장악한 듯했다. 키가 큰 양치식물들이 집 주변의 잔디밭까지 침입해 들어가 삼나무 밑동을 친친 휘감고, 심지어 널찍한 앞베란다까지 뒤덮고 있었다. 잔디밭엔 온통 허리 높이의 초록식물들이 물결을 이루고 있었다.

집도 원래 있던 자리에 그대로 서 있었지만 예전과 같은 느낌은 아니었다. 외관은 달라진 것이 없었지만 어두운 창문마다 텅 빈 느낌이 비명처럼 새어나왔다. 으스스했다. 그 아름다운 저택을 본 이래 처음으로 그곳은, 무시무시한 뱀파이어들이 출몰하기에 딱 어울리는 집처럼 보였다.

나는 시선을 돌리며 브레이크를 밟았다. 더 가까이 다가가기가 두려웠기 때문에.

하지만 아무 일도 일어나지 않았다. 머릿속에서 들려오는 목소리도 없었다.

시동을 켜둔 채 바다처럼 무성한 양치식물 위로 뛰어내렸다. 혹시, 금요일 밤처럼 걸어서 다가가면…….

나는 황량하고 텅 빈 집을 향해 천천히 걸어갔다. 등 뒤에선 트럭의 요란한 엔진 소리가 나를 위로하듯 들려왔다. 나는 베란다 계단에서 걸음을 멈추었다. 아무 것도 없었다. 그들의 존재감이나…… 그의 존재감은 조금도 남아있지 않았다. 집은 여전히 견고하게 버티고 있었지만 내겐 아무런 의미도 없었다. 집 자체가 갖고 있는 확고한 현실감도 악몽에서 느꼈던 공허감을 채워주진 못했다.

나는 더 다가가지 않았다. 창문을 들여다보고 싶진 않았다. 집안을 들여다보면 더 괴로울 것 같았으니까. 텅 비어 바닥에서 천장까지 공허한 메아리를 울리는 방들을 들여다본다면 분명 마음이 아플 테니까. 할머니의 장례식에서, 엄마가 나에게 관 속에 들어 있는 할머니 시신을 보지 못하게 했던 게 생각났다. 엄마는 살아생전 모습대로 할머니를 기억하는 게 좋다며 싸늘한 시신으로 누워계신 할머니를 어린 내가 굳이 볼 필요는 없다고 하셨다.

하지만 아무 것도 변하지 않았다는 걸 확인한다고 더 나빠지는 게 있을까? 소파도 예전 그 자리에 놓여 있고 그림들도 벽에 그대로 걸려 있다면, 피아노도 원래 자리에 그대로 놓여 있다면, 마음이 더 아플까? 그들과 연결된 물건들이 하나도 남아 있지 않다는 걸 확인하고 나면, 이 집 자체도 순식간에 사라져버리고 말 것이다. 어차피 모든 것들은 손도 대지 않은 듯 잊혀진 채 남아 있었다.

꼭 나처럼.

나는 거대하게 아가리를 벌리고 있는 듯한 공허함에서 등을 돌려, 다급히 트럭으로 돌아갔다. 거의 뛰다시피 했다. 어서 그곳을 떠나 인간 세상으로 돌아가고 싶었다. 나는 소름끼치는 공허감을 느꼈고, 당장 제이콥을 만나고 싶었다. 예전에 시달렸던 무감각 상태처럼 이제는 또다른 정신병을 키워가고 있는지도 모른다. 아무려면 어때. 나는 최대한 빨리 트럭을 몰아 해결책을 향해 달려갔다.

제이콥은 나를 기다리고 있었다. 그를 보자마자 내 가슴은 안정을 찾으며, 숨쉬기도 수월해졌다.

"어서 와, 벨라."

나는 안도의 미소를 지었다.

"안녕, 제이콥."

나는 창문에서 내다보고 있는 빌리에게도 손을 흔들어주었다.

"어서 일하러 가자."

제이콥은 낮지만 열의가 느껴지는 목소리로 말했다. 어쩐 일인지 나도 웃음이 새어나왔다.

"아직은 내가 지긋지긋해지지 않았나 보네?"

지금쯤이면 제이콥도 내가 얼마나 절박하게 친구를 필요로 했는지 어렴풋이 알고 있을 것 같다.

제이콥이 나를 이끌고 집 모퉁이를 돌아 차고로 향했다.

"응. 아직."

"나 때문에 짜증나기 시작하면 꼭 좀 알려 줄래? 너한테 골칫거리가 되긴 싫거든."

"알았어. 하지만 내가 일부러 네 기를 죽이는 일은 없을 거야."

묵직하게 웃으며 제이콥이 대꾸했다.

차고에 들어선 나는, 분해된 고철 덩어리가 아니라 어엿한 오토바이의 모습으로 서 있는 빨간색 바이크를 보고 충격을 받았다.

"제이콥, 너 정말 대단하다."

그는 다시 웃어 대더니 어깨를 으쓱했다.

"난 일단 할 일이 눈앞에 있으면 거기 집착하는 경향이 있거든. 내가 머리가 좀 더 좋은 놈이었다면 일부러 질질 끌었을 텐데."

"왜?"

제이콥이 시선을 내리깐 채 한참이나 대답하지 않았으므로, 나는 혹시 그가 내 질문을 못 들은 걸까 잠시 의아해 했다. 이윽고 그가 내게 물었다.

"벨라, 만약 내가 오토바이를 고칠 수 없다고 했다면 넌 어떻게 했을 것 같아?"

"그랬다면…… 실망했겠지. 그래도 분명 우리 둘이 할 수 있는 다른 일을 생각해냈을 거야. 정 없으면 뭐, 숙제라도 같이 했겠지."

제이콥이 미소를 지으며 긴장했던 어깨를 폈다. 그는 오토바이 옆에 앉아 렌치를 집어 들었다.

"그럼 이걸 다 고친 뒤에도 계속 여기 놀러올 거라는 뜻이네?"

"그런 의미로 물어본 거였어? 확실히 네 훌륭한 기술을 아주 저렴하게 이용하고 있긴 하지. 그래도 너만 괜찮다면, 나는 앞으로도 계속 여기 놀러올 거야."

"퀼을 다시 만나고 싶은 거지?"

제이콥이 놀려댔다.

"앗, 속셈을 들켰네."

내 대꾸에 제이콥이 킥킥 웃었다.

"나랑 같이 있는 거, 진짜 좋아?"

"좋아. 너무너무. 앞으로 그렇다는 걸 내가 증명해 보일게. 내일은 아르바이트를 해야 하지만, 수요일엔 뭔가 오토바이랑 상관없는 일을 해 보자."

"어떤 일?"

"아직은 잘 모르겠네. 네가 '집착'에서 벗어날 수 있도록 우리 집으로 갈 수도 있고. 숙제할 걸 가져와도 좋아. 밀린 숙제 많지? 나도 그렇거든."

"숙제, 그거 좋은 생각인데."

제이콥이 얼굴을 찌푸렸으므로, 나 때문에 안하고 미뤄 둔 숙제가 얼마나 많았는지 문득 궁금해졌다.

"그래, 슬슬 학생으로서의 책임감도 좀 보여 줘야 할 것 같아. 안 그러면 빌리 아저씨랑 찰리가 우리가 만나는 걸 허락 안 하려 들지도 모르니까."

내가 손가락으로 우리 둘을 가리키며 한 팀인 것처럼 이야기하자, 제이콥은 그게 마음에 드는 듯 환한 표정을 지었다.

"그럼 일주일에 한 번은 만나서 같이 숙제를 할까?"

"일주일에 두 번이 좋겠어."

오늘 학교에서 내준 산더미 같은 숙제를 떠올리며, 내가 제안했다.

제이콥이 한숨을 푹 내쉬더니 공구함 위에 놓여 있는 종이 봉투로 손을 뻗었다. 안에서 음료수 캔 두 개를 꺼낸 그는 하나를 따서 내게 내밀었다. 이어 자기 캔도 따고 나서 제이콥은 건배를 제안하듯 높이 들어올렸다.

"일주일에 두 번의 책임감을 위해 건배."

"그리고 그 사이, 매일 같이 즐길 무모함을 위하여."

내가 장난스레 덧붙이자 그는 씩 웃으며 캔을 부딪쳤다.

원래 계획보다 늦게 집에 돌아오니, 찰리가 나를 기다리지 않고 피자를 주문해 저녁식사를 하고 있었다. 그는 내가 사과할 틈도 주지 않았다.

"괜찮아, 괜찮아. 너도 만날 하는 요리에서 가끔은 해방 되어야 하잖니."

그는 며칠째 내가 평범한 사람처럼 행동하고 있다는데 안도한 나머지, 다시 풍파를 일으키지 않으려고 애쓰고 있었다. 아빠의 그런 애틋한 마음을 내가 모를 리 없었다.

숙제를 시작하기 전 이메일을 확인해보니, 엄마한테서 아주 긴 편지가 와 있었다. 엄마는 내가 적어 보낸 내용을 전부 자세히 언급하며 한껏 흥분해 있었으므로, 나는 또다시 하루 일과를 조목조목 적어 보냈다. 물론 오토바이 얘기는 뺐다. 제아무리 만사태평인 르네 여사도 오토바이라면 경악할 게 뻔했으니까.

화요일의 학교 생활은 좋기도 하고 나쁘기도 했다. 앤젤라와 마이크는 여러 달 동안 볼썽사납게 굴었던 내 행동을 기꺼이 눈감아주며 두 팔 벌려 나를 환영할 태세였다. 하지만 제시카는 거부감이 좀 더 큰 듯했다. 포트 앤젤레스에서 있었던 일로 나한테 서면으로 된 정식 사과라도 받아내고 싶은 것일까.

마이크는 일터에서도 쾌활하고 수다스러웠다. 한 학기 내내 아껴뒀던 수다를 한꺼번에 풀어놓기라도 하는 것 같았다. 제이콥이랑 있을 때만큼 스스럼없지는 않았지만 나도 마이크 앞에서 웃고 떠들 수 있었다. 아르바이트를 하는 동안만큼은 그래도 상관없을 것 같았다.

마이크가 가게 쇼윈도에 '작업 끝' 표지판을 내거는 동안 나는 작업복 조끼를 접어 카운터 밑에 집어넣었다.

"오늘 참 재미있었어."

마이크가 행복한 어조로 말했다.

"응."

차고에서 보내는 시간이 더 즐겁긴 했지만, 나도 동의했다.

"지난주에 영화관에서 말야, 영화를 다 못 보고 나와야 했다니 참 안됐다."

나는 마이크가 무슨 생각을 하는 건지 좀 혼란스러웠으므로 어깨를 으쓱했다.

"내가 겁쟁이라서 그런 걸 뭐."

"내 말은, 네가 좋아할 만한 영화를 봤어야 했다는 거야."

"아."

무슨 뜻으로 하는 말일까. 여전히 잘 알 수 없었다.

"이번 주 금요일에 나랑 같이 가 보자. 전혀 안 무서운 영화로 보면 되잖아."

나는 입술을 깨물었다.

내가 정신 나간 사람처럼 굴었던 걸 기꺼이 용서해 주려 하는 두 친구 가운데 한 사람인 마이크와 다시 어색한 사이가 되긴 싫었다. 하지만 이건 너무 지나친 친근감이라는 생각이 들었다. 마치 작년 일이 아예 없었던 것처럼 굴고 있으니. 나는 이번에도 제시카를 핑계 삼을 수 있으면 좋겠다는 생각을 했다.

"데이트 같은 거 하자고?"

이런 상황에선 솔직한 게 최고다. 정면으로 승부하는 수밖에 없었다.

마이크는 내 말투를 가늠해 보는 듯했다.

"원하면 그렇게 생각해도 좋아. 하지만 꼭 데이트로 생각할 필요는 없어."

"난 데이트 안 해."

천천히 대꾸하며 나는, 정말로 그렇다는 생각을 했다. 데이트라는 말 자체가 나와는 전혀 인연이 없는 것처럼 느껴졌다.

"그냥 친구끼리 영화 보는 건데도?"

마이크의 새파란 눈동자는 이제 약간 풀이 죽어 있는 듯했다. 나는 그 말에 담긴 것이 우리가 친구로 남을 수 있다는 뜻이기를 바랐다.

"그럼 좋아. 재미있겠다. 하지만 이번 주 금요일엔 벌써 다른 계획이 있으니 다음주쯤 어때?"

"무슨 계획인데?"

그는 대수롭지 않게 물으려는 듯했지만 신경을 곤두세운 티가 났다.

"숙제 해야 돼. 친구랑…… 같이 공부하기로 했거든."

"아, 알았어. 다음 주도 괜찮아."

마이크는 좀 전보다 훨씬 풀이 죽어서 나를 트럭까지 바래다주었다. 포크스에 처음 왔던 때가 선명하게 떠올랐다. 완전히 한 바퀴 돌아 제자리로 온 듯한 느낌, 그러나 모든 게 그냥 흉내 같기만 했다. 과거의 감흥이 전부 사라지고 없는, 공허한 메아리.

다음날 저녁 찰리는, 제이콥과 내가 거실 바닥에 책과 공책을 어지럽게 펼쳐놓고 있는 모습을 보고도 전혀 놀라지 않았다. 그제야 나는 찰리와 빌리가 우리 몰래 서로 내통하고 있을지도 모른다는 것을 깨달았다.

"다녀왔다."

찰리의 시선은 곧장 부엌 쪽으로 향했다. 오후에 내가 만들어 둔 라자냐 냄새가 온 집안에 풍기고 있었다. 제이콥은 내가 요리를 하는 모습을 옆에

서 보다 맛을 봐주기도 했다. 나는 그간 시켜먹은 피자에 대한 미안함을
보상하듯 정성껏 저녁을 준비했다.

제이콥은 우리와 저녁을 먹은 뒤 빌리 몫으로 한 접시 싸가기도 했다.
게다가 훌륭한 내 요리 솜씨에 압도된 나머지 마지못해 내 나이를 한 살
더 올려 주었다.

금요일은 내내 차고에서 보냈고, 토요일엔 아르바이트를 끝낸 뒤 다시
우리 집에서 숙제를 했다. 찰리는 내가 확실히 제정신으로 돌아왔다고 판
단했는지, 해리와 낚시를 하러 갔다. 토요일 저녁 그가 돌아왔을 무렵 이
미 숙제를 끝낸 우리는 스스로를 자랑스러워 하며, 디스커버리 채널에서
해주는 〈몬스터 개러지〉(자동차와 오토바이 튜닝 과정 등을 담은 리얼리티 쇼:
옮긴이)를 보고 있었다.

"그만 가봐야겠다. 생각보다 시간이 많이 늦었네."

제이콥이 한숨을 쉬었다.

"알았어. 데려다줄게."

제이콥은 헤어지고 싶지 않아 하는 내 표정을 보며 기쁜 듯 환하게 웃
었다.

"내일은 다시 일해야지. 몇 시에 갈까?"

트럭에 올라 둘만 있게 되자마자 내가 물었다.

"내가 먼저 전화할게, 괜찮지?"

신나게 대꾸하는 그의 미소에서 뭔가 알 수 없는 흥분이 느껴졌다.

"알았어."

나는 무슨 일일까 궁금해 하며 내심 얼굴을 찌푸렸다. 제이콥은 더 활짝
웃었다.

다음날 아침 나는 악몽의 기억을 떨쳐버리기 위해 집안 청소를 하면서

제이콥의 전화를 기다렸다. 이번 꿈은 배경이 달랐다. 간밤 내내 나는 거대한 솔송나무들이 군데군데 서 있고 키 큰 양치식물들이 바다처럼 펼쳐진 초원을 방황했다. 그 외엔 아무것도 보이지 않았고 나는 정처 없이 혼자 떠돌아다니며 끊임없이 뭔가를 찾아 헤맸다. 하지만 역시 성과는 전혀 없었다. 지난주에 괜히 그의 집을 찾아갔던 것을 뼛속 깊이 후회했다. 할 수만 있다면 내 의식 속에서 꿈을 도려 내어 어딘가에 넣고 꽁꽁 잠가서, 두 번 다시 빠져나오지 못하게 하고 싶었다.

찰리는 집 밖에서 순찰차를 세차하고 있었으므로, 전화벨이 울리자 나는 변기 닦는 솔을 내던지고 아래층으로 뛰어내려갔다.

"여보세요?"

내가 숨을 헐떡이며 전화를 받았다.

"벨라."

제이콥의 목소리는 이상하게도 몹시 정중했다.

"안녕, 제이콥."

"드디어…… '그날'이 온 것 같아."

더없이 의미심장한 말투로 그가 말했다.

나는 몇 초 뒤에나 눈치챌 수 있었다.

"다 고친 거야? 믿어지지가 않아!"

시기적으로도 완벽하지 않은가. 연이은 악몽과 공허함에서 벗어날 수 있는 뭔가가 절실히 필요하던 참이니까.

"응, 둘 다 문제없이 잘 굴러가."

"제이콥, 넌 정말이지 내가 아는 사람들 중에서 가장 능력 있고 멋진 사람이야. 이번 일로 열 살은 더 쳐 줄 수 있어."

"끝내주네. 이제 난 중년이잖아."

나는 까르르 웃음을 터뜨렸다.

"금방 갈게!"

나는 청소도구를 세면대 아래 수납장에 던져 넣고 외투를 움켜쥐었다.

"제이콥한테 가는 모양이구나."

내가 순찰차 옆으로 달려가자 찰리가 말했다.

"네."

딱히 질문이랄 것도 없었지만 나는 트럭에 뛰어오르며 대답했다.

"난 좀 이따 서에 나가볼 거다."

찰리가 소리쳤다.

"알았어요!"

시동을 걸며 나도 고함을 질렀다.

찰리가 뭐라고 더 얘기했지만 천둥 같은 엔진 소리 때문에 제대로 알아들을 수 없었다. "어디 불이라도 났니?"라고 묻는 것 같았다.

제이콥의 집에 당도한 나는 몰래 오토바이를 실어 나르기 쉽도록 나무가까이 차를 세웠다. 트럭에서 내리니 집 쪽에선 보이지 않게 전나무 아래 감추어 둔 빛나는 오토바이 두 대가 눈에 들어왔다. 하나는 빨간색, 하나는 검정색이었다. 제이콥이 미리 준비를 해둔 모양이었다.

두 대의 오토바이 핸들에는 작은 파란 리본이 묶여 있었다. 리본을 보며 킥킥 웃고 있으려니 제이콥이 집에서 달려 나왔다.

"준비 됐어?"

그가 눈을 빛내며 낮은 목소리로 물었다.

제이콥의 어깨 너머로 훔쳐보았지만 빌리의 모습은 보이지 않았다.

"응."

하지만 상상했던 것만큼의 짜릿한 흥분은 느낄 수 없었다. 내가 실제로 오토바이를 '타고' 있는 모습은 좀처럼 상상이 되질 않았다.

제이콥은 오토바이 두 대를 별 힘 들이지 않고 트럭에 실은 뒤, 밖에서 보이지 않도록 조심스레 옆으로 뉘어 놓았다.

"어서 가자. 아무한테도 들키지 않을 만한 완벽한 장소를 알거든."

잔뜩 흥분한 그의 목소리는 평소보다 톤이 높았다.

우리는 시내 남쪽으로 차를 몰았다. 비포장도로가 숲속으로 이어져 완전히 나무에 둘러싸이는가 싶더니, 갑자기 시야가 툭 트이면서 구름 아래 진한 회색으로 펼쳐진 태평양의 수평선이 보였다. 우리는 해안가에 솟은 절벽 위를 달리고 있었고 멋진 경치가 그야말로 끝없이 펼쳐졌다.

구불구불한 길은 벼랑과 꽤 가까웠으므로, 나는 이따금씩 바다를 쳐다봐도 안전하도록 천천히 차를 몰았다. 제이콥은 오토바이 수리의 마지막 단계를 설명하고 있었지만 대개 알아듣지도 못할 기술적인 부분이어서 나는 그리 관심을 기울이지 않고 있었다.

낭떠러지에서 아주 가까운 바위 위에 서 있는 네 사람의 모습이 눈에 들어왔다. 워낙 멀어서 나이까지는 확인할 수 없었지만 남자들인 것만은 분명하다. 추운 날씨였음에도 불구하고 그들은 반바지만 걸친 차림이었다.

내가 지켜보고 있는 사이, 제일 키가 큰 남자가 절벽 가장자리로 나섰다. 나도 모르게 가속 페달에서 발을 떼며 속도를 늦췄다.

그 순간 그가 낭떠러지에서 몸을 날렸다.

"안 돼!"

나는 고함을 지르며 브레이크를 밟았다.

"왜 그래?"

제이콥이 깜짝 놀라 소리를 질렀다.

"저 남자가 절벽에서 뛰어내렸어! 옆에 있는 사람들은 왜 아무도 안 말리는 거지? 당장 구급차를 불러야 해!"

나는 차 문을 벌컥 열고 내리려고 했다. 전화를 빨리 걸려면 빌리의 집으로 되돌아가는 것이 최선이었으므로 내 행동은 이치에 맞지 않는 것이었다. 하지만 나는 방금 목격한 장면을 믿을 수가 없었다. 어쩌면 무의식적으로 차 유리를 통하지 않고 보면 뭔가 상황이 달라질 거라고 바라고 있었는지도 모르겠다.

제이콥이 웃음을 터뜨렸으므로 나는 화가 나서 휙 그를 돌아보았다. 어떻게 사람이 죽는 걸 보고도 이렇게 냉담하지? 냉혈 인간이라도 되나?

"저 사람들은 절벽 다이빙을 하는 것뿐이야, 벨라. 놀이 삼아 하는 거라고. 라푸시엔 쇼핑몰이 없잖아."

놀리듯 말했지만, 제이콥의 목소리엔 이상스런 짜증의 기미가 섞여 있었다.

"절벽 다이빙이라고?"

믿어지지 않아서 다시 멍하니 그들을 쳐다 보자, 이번엔 두 번째 남자가 벼랑 끝으로 와서 잠시 멈추더니 아주 우아한 동작으로 뛰어내렸다. 나에겐 영원처럼 느껴질 만큼 오랜 시간을 떨어져 내린 그는 마침내 시커먼 파도 속으로 모습을 감추었다.

"와, 정말 높다. 삼십 미터는 될 것 같아."

나는 운전석에 다시 앉았지만, 시선은 여전히 벼랑 끝에 남아 있는 두 명의 다이버에게 향해 있었다.

"그래. 하지만 우리들 대부분은 저기 절벽 중간쯤에 튀어나와 있는 바위에서 뛰어내리지."

제이콥이 창문 밖으로 손가락질을 했다. 그가 가리킨 높이는 그나마 뛰어내릴 만할 것 같았다.

"저 인간들 정신이 나갔어. 자기들이 얼마나 터프한지 뽐내고 싶은 거겠지. 오늘처럼 이렇게 추운 날 물에 들어가는 기분이 상쾌할 리 없잖아."

자기가 보기엔 몹시 언짢은 행동이라는 듯 제이콥이 못마땅한 얼굴을 했다. 제이콥이 아예 화를 낼 줄 모른다고 생각했던 나로서는 좀 의외였다.

"너도 절벽에서 뛰어내린단 말이야?"

좀 전에 그가 '우리'라고 했던 말을 나는 놓치지 않았다.

"당연하지. 꽤 재밌다구. 약간 겁은 나지만 짜릿해."

제이콥이 어깨를 으쓱하며 씩 웃었다.

다시 절벽 쪽을 돌아보자 세 번째 남자가 벼랑 끝으로 다가가고 있었다. 평생을 통틀어 저렇게 무모한 행동은 처음 보는 것 같았다. 나는 문득 눈을 동그랗게 떴다가, 곧 미소를 지었다.

"제이콥, 나도 절벽 다이빙하는 데 데려가 줘."

그는 마뜩찮은 얼굴로 나를 보며 이맛살을 찌푸렸다.

"방금 전까지는 샘 때문에 구급차를 부르고 싶어 했었잖아."

이렇게 멀리서도 뛰어내리는 사람이 누군지 알아보는 제이콥의 시력이 놀라웠다.

"나도 해 보고 싶어."

내가 다시 차에서 내리며 말했다.

제이콥이 내 손목을 붙잡았다.

"오늘은 안 돼. 알아들어? 최소한 날씨가 따뜻해질 때까지 기다리면 안 되겠어?"

"알았어."

차 문을 열어놓고 있으니 얼음같이 차가운 바람 때문에 팔에 소름이 돋았다.

"하지만 해 보고 싶어. 최대한 빨리."

"최대한 빨리? 가끔 벨라 넌, 약간 이상해지는 경향이 있어. 그거 알아?"

나는 한숨을 쉬었다.

"응."

"그리고 하게 되더라도 꼭대기에서 뛰어내리는 건 절대 안 돼."

나는 세 번째 남자가 뒤에서부터 달려가다가 앞서 뛰어내린 두 사람보다 훨씬 더 멀리 허공으로 낙하하는 모습을 홀린 듯 지켜보았다. 그는 스카이다이빙을 하는 사람처럼 허공에서 몸을 뒤채며 공중제비를 돌았다. 그는 철저하게 자유로워 보였고, 아무 생각도 없이 무책임한 짓을 즐기고 있는 것 같았다.

"좋아. 어차피 처음엔 무리일 테니."

이번엔 제이콥이 한숨을 쉬었다.

"알았어, 알았다니까."

나는 벼랑에 서 있는 마지막 사람한테서 시선을 떼며 말했다. 얼른 안전벨트를 다시 매고 차 문을 닫았다. 시동은 아직 켜둔 상태였으므로 엔진이 낮게 그르렁대고 있었다. 우리는 다시 길을 따라 움직이기 시작했다.

"그나저나 저 정신 나간 사람들은 누구야?"

내 질문에 제이콥은 목 안쪽에서 못마땅한 신음소리를 냈다.

"라푸시의 문제아들이지."

"여기도 불량배 같은 아이들이 있었어?"

내가 깊은 관심을 보이자 제이콥이 소리 내어 웃었다.

"그런 건 아니야. 그냥 학교에서 힘깨나 쓰던 애들이 좀 비뚤어진 정도지. 싸움도 걸지 않고 조용히 지내는 편이야."

제이콥은 코웃음을 쳤다.

"마카 인디언 보호구역 근처에 어떤 작자가 나타난 적이 있었어. 무섭게 생긴 덩치 큰 어른이었지. 그런데 그자가 아이들한테 각성제를 판다는 소문이 도니까 샘 울리와 그의 '사도들'이 그자를 보호구역에서 쫓아버렸어. 저 인간들은 그저 말끝마다 '우리 영역, 부족의 자존심' 운운하면서 우습게 굴고 있거든. 더 기가 막힌 건 우리 부족 전체가 쟤네들을 진지하게 받아들인다는 점이야. 언젠가 엠브리가 들었는데 리아 클리어워터 아줌마는 아예 그들이 부족의 '수호자' 라는 식으로 말하더래."

제이콥이 잔뜩 화가 난 얼굴로 고개를 절레절레 흔들었다. 그는 뭔가를 내리치기라도 할 것처럼 주먹을 꽉 쥐고 있었다. 나로서는 처음 발견한 제이콥의 이면이었다.

나는 이미 샘 울리의 이름을 듣고 놀라 있었다. 악몽에서 본 장면들을 떠올리고 싶지 않았으므로 나는 얼른 다른 얘기를 꺼냈다.

"너 저 사람들을 진짜 싫어하나 보다."

"그렇게 티가 났어?"

냉소가 담긴 어투로 그가 되물었다.

"글쎄……. 일단 내가 듣기엔 별로 나쁜 짓도 안하는 것 같긴 해. 문제 아니라기보다는 너무 바른생활 사나이처럼 굴어서 짜증나는 거지?"

나는 제이콥의 기분을 띄워주려고 애를 썼다.

"맞아. 짜증난다는 말이 딱 어울려. 보란 듯이 절벽 꼭대기에서 뛰어내리는 것만 봐도 뻔하지. 언제나 과시하길 좋아한다구. 자기들이 거칠다는 걸 자랑하지 못해 안달이 난 놈들 같다니까. 지난 학기에 어느 가게에서 내가 엠브리랑 퀼과 노닥거리고 있었는데 샘이 '똘마니' 인 저레드하고 폴을 데리고 들어왔어. 퀼 수다스러운 거 알지? 폴한테 몇 마디 퍼부었더니 열 받은 모양이더군. 갑자기 그 자식 눈이 험악하게 변하더니 씩 웃는 거야. 아니지, 이빨을 드러내긴 했지만 미소라곤 할 수 없는 표정을 지었는데, 너무 화가 나서 도저히 참을 수 없다는 듯한 태도였어. 그런데 샘이 폴의 가슴에 손을 얹더니 고개를 흔들더군. 폴은 한참이나 샘을 쳐다보다가 결국 진정했어. 솔직히 샘이 말리지 않았으면 폴은 당장 우리한테 달려들어 행패를 부렸을 거야. 싸구려 서부영화 비슷했겠지. 벨라도 알다시피, 샘은 스무 살이나 됐으니 성인이잖아. 하지만 폴은 이제 겨우 열여섯 살이고, 나보다 키도 작고 퀼처럼 다부지지도 않아. 우리랑 일대일로 한판 붙어도 문제없이 해치웠을 거라고."

"정말 거칠긴 한가 보네."

나는 제이콥의 설명대로 머릿속에 그들의 모습을 그려 보았다. 문득 찰리의 거실에 서 있던 키 큰 인디언 세 명이 떠올랐다. 나는 소파에 누워 저랜디 선생과 찰리를 상대하느라 옆모습만 슬쩍 봤을 뿐이다. 그들이 바로 샘 일당이었을까?

비참한 기억을 지우기 위해 나는 재빨리 다시 입을 열었다.

"저런 행동을 하기에 샘이란 사람은 너무 나이 들지 않았나?"

"맞아. 대학에 갈 줄 알았는데, 진학을 안 하고 고향에 남았어. 그런데 아무도 그걸 갖고 샘을 타박하지 않아. 우리 누나가 대학에서 장학금을 준다는데도 마다하고 결혼을 했을 때는 원로회의까지 열리고 온 부족이 발칵 뒤집혔거든. 그런데 다들, 샘 울리가 절대로 잘못된 선택을 할 리가 없다는 식으로 나오더군."

제이콥의 얼굴엔 낯선 분노가 떠올랐다. 처음엔 알아차리지 못했지만, 뭔가 깊은 사연이 있는 듯한 분노였다.

"이상하네. 짜증날 만한 일이기도 하고. 하지만 난 네가 왜 그렇게 사적인 감정을 실어서 얘기하는지 잘 모르겠어."

나는 혹시 주제넘게 나선 건 아니기를 바라며 조심스레 제이콥의 얼굴을 살폈다. 그는 갑자기 평정을 찾은 모습으로 창밖을 내다보았다.

"방금 우리가 가야 할 길을 지나쳤어."

침착한 목소리로 제이콥이 지적했다.

나는 크게 유턴을 그리며 트럭을 돌리다 길에서 반쯤 벗어나고 말았다. 하마터면 나무를 들이받을 뻔했다.

"너무 늦기 전에 얘기해 줘서 고마워."

샛길로 접어들며 내가 중얼거렸다.

"미안해. 딴 생각을 좀 했어."

짧게 정적이 흘렀다.

"여기서부터는 아무 데나 세워도 돼."

제이콥이 부드럽게 말했다.

나는 트럭을 길가에 세우고 시동을 껐다. 갑자기 조용해지니 귀가 멍했다. 둘 다 차에서 내렸고, 제이콥은 오토바이를 끄집어내기 위해 트럭 뒤로 돌아갔다. 나는 그의 표정을 살폈다. 뭔가 고민하는 얼굴이었다. 내가 아픈 곳을 건드린 게 틀림없었다.

그는 빨간 오토바이를 내 쪽으로 밀어 오며, 건성으로 미소를 지었다.

"늦었지만 생일 축하해. 마음의 준비는 됐어?"

"그런 것 같아."

곧 내가 그 위에 앉아야 한다고 생각하면서 쳐다보니, 오토바이는 갑자기 무시무시하게 보였다.

"천천히 가르쳐줄 테니 걱정할 거 없어."

제이콥이 나를 안심시켰다. 그가 자기 오토바이를 가지러 간 사이 나는 빨간색 오토바이를 트럭 범퍼에 힘겹게 기대 놓았다.

"제이콥……."

그가 트럭 뒤로 돌아가자 나는 망설이며 입을 열었다.

"응?"

"정말로 고민하고 있는 건 뭐야? 샘 얘기 말이야. 뭔가 다른 문제가 더 있는 거지?"

나는 제이콥을 빤히 쳐다보았다. 그는 얼굴을 찡그렸지만 화가 난 것 같진 않았다. 대신 땅바닥을 내려다보며, 뜸을 들이듯 오토바이 앞바퀴를 자꾸만 툭툭 찼다.

이윽고 그가 한숨을 쉬었다.

"사실은…… 나를 대하는 태도가 좀 이상해서 소름이 끼쳐."

제이콥이 한번 입을 열자 이야기가 줄줄 이어졌다.

"우리 부족은 누구나 평등한 게 원칙이지만, 굳이 부족의 우두머리를 꼽는다면 그건 우리 아버지야. 사람들이 아버지를 왜 그렇게 대하는지 나로선 도저히 알 수가 없어. 왜 유독 우리 아버지의 의견이 가장 중요한지 말이야. 혹시 우리 증조할아버지와 고조할아버지 때문일까. 고조할아버지는 에프라임 블랙이라고 하는데, 우리 부족의 마지막 추장이셨거든. 그때문에 부족 사람들이 아직도 빌리의 의견을 중시하는 거겠지. 하지만 다들 나만큼은 평범하게 대했어. 그동안 나를 '특별대우' 하는 사람은 아무도 없었거든. 그런데…… 요즘 들어 달라졌어."

갑작스런 고백에 나는 허를 찔린 기분이었다.

"샘이 널 특별대우한다는 거야?"

"응. 뭔가를 기다리는 것 같은 눈으로 나를 보기 시작했어. 언젠가는 나도 그 멍청한 집단에 동참하게 될 거라는 듯이 말이야. 확실히 다른 친구들보다 나를 훨씬 주시하고 있지. 난 그게 싫어."

제이콥은 고개를 들고 곤혹스러운 눈빛으로 나를 쳐다보았다.

"넌 그런 데 동참할 필요가 없어. 절대로."

나도 화가 났다. 제이콥이 정말로 괴로워하고 있다는 생각에 분노가 치민 것이다. '수호자'? 자기들이 대체 뭐라고 생각하는 걸까?

"맞아."

그는 여전히 계속해서 타이어를 툭툭 차고 있었다. 나는 뭔가 할 얘기가 더 있다는 걸 직감했다.

"또 뭔데 그래?"

이맛살을 찌푸리고 있는 제이콥은, 화가 났다기보다는 서글프고 걱정스러운 표정이었다.

"엠브리 때문이야. 요즘 들어 나를 피하고 있거든."

서로 연결되는 이야기 같지가 않았으므로, 나는 혹시 나 때문에 우정에 금이 간 걸까 의아했다.

"네가 너무 나랑만 어울려서 그런가 봐."

그간 지나치게 제이콥을 이기적으로 독점했다는 생각이 들어 나는 민망해졌다.

"아냐. 그런 게 아니야. 나만 피하는 게 아니라 퀼도, 다른 친구들도 전부 피하는 걸 뭐. 학교도 일주일이나 빠지고, 집으로 찾아갔을 때도 한 번도 없었어. 그러더니 다시 나타난 녀석의 얼굴이…… 완전히 겁에 질려 있었어. 잔뜩 주눅이 들었더라고. 퀼하고 내가 무슨 일이 있었는지 캐내려고 아무리 설득을 해도 통 털어놓질 않아."

제이콥을 쳐다보며 나는 걱정스레 입술을 깨물었다. 그가 정말로 두려워 하고 있었으니까. 하지만 제이콥은 나를 쳐다보지 않았다. 그는 다른 사람 물건을 다루듯 계속해서 오토바이 앞바퀴를 툭툭 차고 있었다. 그 속도가 점점 빨라졌다.

"그러더니 갑자기 이번 주부터 엠브리가 샘 일당과 어울리기 시작했어. 아까 그 절벽에 엠브리도 같이 있었어."

그의 목소리는 낮고 강렬했다.

마침내 제이콥이 나를 쳐다보았다.

"놈들은 원래 나보다 엠브리를 더 따라다니며 괴롭혔지. 벨라, 엠브리는 원래 저들과 어울리고 싶어하지 않았어. 그런데 지금은 그 우스운 조직에 합류한 것처럼 샘을 졸졸 따라다니고 있단 말이야. 사실 폴 때도 마찬가지였지. 상황이 완전히 똑같아. 예전엔 폴도 샘하고는 전혀 친분이 없었어. 그런데 몇 주일 학교를 빠지고 하더니, 돌아왔을 땐 갑자기 샘의 부하가 되어 있는 거야. 왜 그런지 통 이유를 모르겠어. 엠브리는 내 친구였으니까 내가 꼭 알아 내야 할 것 같은데 방법이 없어. 게다가 이젠 샘이 나를 주시하고 있기도 하고……."

"빌리 아저씨랑 상의해 봤어?"

제이콥의 공포가 나한테도 전염되고 있었다. 불현듯 뒷덜미가 쭈뼛 서는 느낌이 들었다.

문득 제이콥의 얼굴에 다시 분노가 서렸다. 그는 코웃음을 쳤다.

"응. 별 소용없더군."

"아저씨는 뭐라고 말씀하셨는데?"

제이콥은 싸늘한 표정이 되더니, 아버지의 말투를 흉내 내듯 굵은 목소리를 냈다.

"지금은 걱정할 필요가 전혀 없다, 제이콥. 2, 3년 안에 만약 네가…… 아무튼 나중에 내가 다시 설명해 주마."

이내 그가 다시 자기 목소리로 돌아왔다.

"대체 무슨 소릴 하는 거야? 누구나 때가 되면 겪게 된다면서 사춘기 핑계라도 대시려는 건가? 내가 보기엔 분명 다른 문제가 있어. 뭔가 잘못됐다고."

그는 아랫입술을 깨물며 주먹을 움켜쥐었다. 금방이라도 울 것 같은 표정이었다.

본능적으로 나는 제이콥의 허리를 껴안고 그의 가슴에 얼굴을 기댔다. 그의 키가 워낙 커서, 아이가 어른을 껴안은 듯한 기분이 들었다.

"제이콥, 다 괜찮아질 거야! 상황이 더 나빠지면 우리 집에 와서 나랑 찰리랑 같이 살아도 되잖아. 겁내지 마, 우리 같이 뭐든 방법을 생각해보자!"

그는 잠깐 얼어붙었다가, 이내 긴 팔로 주저하듯 나를 감싸 안았다.

"고마워, 벨라."

그의 목소리는 평소보다 좀 더 쉬어 있었다.

우리는 한동안 그렇게 껴안고 있었지만 기분이 어색해지진 않았다. 사실 그와의 접촉은 편안했다. 이건 내가 마지막으로 껴안았던 누군가와는 다른 감정이었다. 이건 우정이니까. 그리고 제이콥의 품은 아주 따뜻했다.

감정적으로나 신체적으로나, 내가 다른 인간에게 이토록 가까이 접근할 수 있다는 게 이상하게 여겨졌다. 원래 나는 그런 타입이 아니니까. 평소의 나는 사람들과 아주 깊은 단계까지 쉽사리 친해지지 못했다.

인간이 아니라면 모를까.

"네가 이런 반응을 보일 줄 알았더라면, 좀 더 자주 겁먹을 걸 그랬네."

예의 밝은 목소리로 돌아온 제이콥이 쿡쿡 웃어댔다. 조심스럽게 내 머리칼을 쓰다듬는 그의 손길이 느껴졌다.

어쨌든 나에게 이건 우정이잖아.

나는 그를 따라 웃으며 재빨리 포옹을 풀었지만, 장기적인 관점에서 앞으론 행동을 조심해야겠다는 생각이 들었다.

"내가 너보다 두 살이나 더 먹었다는 거, 믿어도 되는 거야? 너랑 같이 있으면 난쟁이가 된 것 같은데."

바로 옆에 서 있으니, 아닌 게 아니라 그의 얼굴을 보려면 목을 한껏 뒤로 젖혀야 했다.

"어허, 내 나이가 이젠 사십대라는 걸 잊으셨군."

"아, 참. 그러셨죠."

제이콥이 내 머리를 쓰다듬었다.

"넌 인형 같아. 도자기 인형."

나는 한 걸음 더 물러나며 그를 흘겨보았다.

"백색증 환자 같다는 말은 꺼내지 말아 줘."

"진짜로 그런 거 아니야?"

그는 자신의 구릿빛 팔뚝을 내밀어 내 팔과 비교했다. 실제로 현저하게 드러난 피부색의 차이. 그게 나에게 유리할 리 없었다.

"벨라보다 창백한 사람은 한 번도 못 본 것 같아, 예외가 있다면……."

그는 말꼬리를 흐렸고, 나는 제이콥이 하려던 말이 무엇이었는지 전혀 모른다는 듯 고개를 돌렸다.

"그래서 오토바이는 탈 거야, 말 거야?"

"그럼 어서 시작해 볼까."

나는 일부러 조금 전보다 훨씬 더 흥을 내며 대꾸했다. 그가 차마 맺지 못한 문장. 그것이 내가 왜 지금 여기 있는지 새삼 상기시켜 주었다.

8

아드레날린

"좋아, 클러치가 어디 있다고?"

나는 왼쪽 핸들 아래 달린 레버를 가리켰다. 핸들을 놓은 게 실수였다. 묵직한 오토바이는 나를 옆으로 내동댕이치려는 양 비틀거렸다. 나는 다시 핸들을 잡고 균형을 잡으려고 애썼다.

"제이콥, 오토바이가 자꾸 쓰러지려고 해."

"일단 달리면 안 쓰러질 거야. 브레이크는 어디 있댔지?"

"오른발 뒤에."

"틀렸어."

그는 내 오른손을 잡고 손가락이 브레이크 레버를 감싸도록 걸쳐주었다.

"하지만 방금 네가……."

"당장 쓸 브레이크는 이거야. 지금은 뒷바퀴 브레이크를 사용하지 마. 그건 나중에 달리는 법을 알게 된 다음에 쓸 거니까."

"참 이상한 말을 하네. 브레이크라면 둘 다 중요한 거 아니야?"

"뒷바퀴 브레이크는 그냥 내버려 둬, 알겠지? 여기, 이게 브레이크야.

잊지 말도록."

그는 내 손을 움켜잡고 앞바퀴 브레이크를 꽉 쥐게 했다.

"알았어."

"스로틀은?"

나는 오른쪽 핸들을 비틀었다.

"기어 변속은?"

왼쪽 발목으로 변속 페달을 가리켰다.

"아주 좋아. 필요한 건 다 공부했어. 이젠 실전에 들어가서, 타기만 하면 돼."

"으응."

나는 더 말하기가 두려워 웅얼거렸다. 뱃속이 바짝 졸아드는 것 같았고 목소리도 갈라져 나왔다. 겁이 났다. 하지만 두려워하는 건 어이 없는 일이지. 나는 자신을 타일렀다. 난 이미 최악의 사태에서도 살아남은 사람이 아니던가. 이제 더는 무서울 게 없어야 마땅하다. 죽음에 직면해서도 웃어넘기는 게 정상 아닐까.

하지만 내 뱃속에는 그런 타이름이 통하지 않았다.

눈앞에 길게 펼쳐진 비포장 도로 양 옆엔 울창한 초록 삼림이 버티고 있었다. 길은 모래투성이에다 축축했다. 그나마 진창길보다는 낫겠지만.

"클러치를 꽉 잡아."

제이콥이 시키는 대로 나는 클러치를 움켜쥐었다.

"이제부터 내 말 잘 들어야 해, 벨라. 클러치를 놓으면 안 돼, 알겠지? 내가 위험한 수류탄을 건네주었다고 생각하면 돼. 안전핀이 빠져서 손가락으로 대신 뇌관을 누르고 있는 거야."

나는 클러치를 좀 더 세게 쥐었다.

"좋아. 발로 시동 걸 수 있겠어?"

"지금 발을 움직이면 난 수류탄을 떨어뜨릴 거야."

위험한 '수류탄'을 꽉 움켜쥐며 내가 이를 악물고 대꾸했다.

"알았어, 그럼 내가 할게. 클러치나 놓지 마."

제이콥은 한 걸음 뒤로 물러나더니 갑자기 발로 페달을 내리찍었다. 찢어지는 듯한 소음이 짧게 일더니, 그의 발길질에 놀란 오토바이가 흔들렸다. 나도 같이 옆으로 쓰러지려는 순간에 제이콥이 오토바이를 붙들어 주었다.

"균형 잡아. 아직 클러치 놓은 거 아니지?"

"응."

"발판에 발 올릴 준비해. 내가 다시 시동을 걸 거야."

그러면서 그는 못 미더운 듯 의자 뒤에 한 손을 얹었다.

시동이 걸리기까지 네 번이나 똑같은 일을 반복해야 했다. 화난 짐승처럼 오토바이가 부르르 떨고 있는 것이 온몸으로 느껴졌다. 나는 손이 아플 때까지 클러치를 움켜쥐었다.

"스로틀을 당겨봐. 아주 살짝 비트는 거야. 그리고 클러치는 놓으면 안 돼."

주저하며 나는 오른쪽 핸들을 돌렸다. 미세한 움직임이었는데도 오토바이는 더 심하게 으르렁댔다. 흡사 굶주리고 화가 난 짐승 소리 같았다. 제이콥이 흐뭇한 듯 미소를 지었다.

"1단 기어 넣는 방법 생각 나?"

"응."

"그럼 1단 기어 넣어봐."

"알았어."

제이콥은 2, 3초쯤 기다렸다.

"왼발이야."

"나도 알아!"

나는 심호흡을 한 번 했다.

"정말 할 수 있겠어? 겁먹은 표정인데."

"난 괜찮아."

나는 퉁명스럽게 대답한 뒤 변속 기어를 1단으로 내렸다.

"아주 잘했어. 자, 이젠 아주 살살 클러치를 놓는 거야."

제이콥은 오토바이 옆에서 한 걸음 뒤로 물러났다.

"나더러 수류탄을 놓으라는 거야?"

믿어지지가 않아 내가 되물었다. 그러니 그가 뒤로 물러나는 것도 당연하겠지.

"그래야 앞으로 나갈 수 있어, 벨라. 조금씩 풀어주면 돼."

클러치를 꽉 잡았던 손을 조금씩 풀기 시작했을 때, 별안간 목소리가 들려와 나는 소스라치게 놀랐다. 내 옆에 있는 사람의 목소리는 아니었다.

"이건 무모하고 유치한 데다 멍청한 짓이야, 벨라."

벨벳처럼 부드러운 그 목소리가, 화를 내며 나를 나무랐다.

"엇!"

너무 놀라 나도 모르게 클러치에서 손이 떨어졌다.

오토바이는 껑충 뛰듯이 앞으로 쏠렸고, 내가 나동그라진 위로 고스란히 쓰러졌다. 으르렁대던 시동도 꺼져버렸다.

"벨라! 다친 데 없어?"

제이콥이 묵직한 오토바이를 들어올리며 물었다.

하지만 나는 그의 말을 듣고 있지 않았다.

"내가 뭐랬어."

그 아름다운 목소리가 선명하게 들려왔다.

"벨라?"

제이콥이 내 어깨를 흔들었다.

"난 괜찮아."

내가 멍한 얼굴로 중얼거렸다.

아니, 괜찮은 것 이상이지. 머릿속의 목소리가 돌아왔는걸. 부드럽고 매끄러운 목소리는 아직도 내 귓가에 메아리치고 있었다.

어떻게 된 걸까. 재빨리 따져보았다. 여긴 전혀 익숙한 장소가 아니었다. 처음 와보는 곳에서 난생 처음 해보는 일을 하고 있는데 기시감 따위가 있을 리 없다. 그렇다면 환청은 전혀 다른 이유로 생겨난다는 뜻이었다. 온몸의 혈관을 타고 돌아다니는 아드레날린이 느껴졌으므로, 나는 해답을 찾아냈다고 생각했다. 아드레날린과 위험한 행동, 또는 어리석은 행동의 조합이었다.

제이콥이 나를 일으켜 세웠다.

"머리를 다친 거야?"

"그건 아니야."

나는 멀쩡하다는 걸 보여주려고 머리를 앞뒤로 흔들었다.

"설마 내가 오토바이를 고장 낸 건 아니겠지?"

덜컥 걱정이 되기 시작했다. 당장 또 한 번 시도해 보고 싶었기 때문이다. 무모한 짓이란 거, 생각했던 것보다 훨씬 더 짜릿하잖아? 약속을 깨겠다는 생각 같은 것도 잠시 잊자. 환청을 되살릴 방법을 겨우 찾아낸 것 같으니까. 지금은 그게 훨씬 더 중요하니까.

"응. 그냥 시동이 꺼졌을 뿐이야. 클러치를 너무 빨리 놓아서 그래."

짧은 나의 상념을 방해하듯 제이콥이 말했다. 나는 고개를 끄덕였다.

"다시 해보자."

"진심이야?"

"당연하지."

이번에는 내가 직접 시동을 걸어보기로 했다. 생각보다 복잡했다. 힘을 충분히 가하려면 페달 위로 거의 펄쩍 뛰어내리다시피 해야했는데, 그럴 때마다 오토바이가 중심을 잃고 쓰러지려고 했다. 제이콥이 만일의 사태에 대비해 핸들을 붙잡을 준비를 하고 기다렸다.

여러 번 실패를 거듭한 끝에, 드디어 엔진이 되살아나 소리를 내기 시작했다. 수류탄을 꽉 잡는 것을 잊지 않으려 노력하며, 나는 스로틀을 조심스레 돌렸다. 약간만 움직여도 엔진은 굉음을 냈다. 나도 제이콥처럼 흐뭇한 미소를 지었다.

"클러치를 천천히 놓아야해."

제이콥이 다시 한 번 일러 주었다.

"자살이라도 하고 싶은 거야? 그래서 이런 짓을 하는 거니, 너?"

또다시 머릿속의 목소리가 엄하게 나무랐다.

그래. 아직 효과가 있군. 기쁜데. 나는 싱긋 웃으며 그 질문을 무시했다. 심각한 사고가 생기지 않게 제이콥이 막아주겠지.

"어서 찰리에게 돌아가."

목소리가 명령했다. 너무도 아름다워 나는 그저 놀랐다. 대가가 얼마나 되든 절대로 그 목소리를 내 기억에서 지워버릴 수는 없었다.

"손을 천천히 놓는 거야."

제이콥이 내게 용기를 북돋아주었다.

"그럴게."

동시에 두 사람에게 대답하는 것 같아 기분이 묘해졌다.

내 머릿속의 목소리는 엔진의 굉음이 영 못마땅한 듯 신음을 내뱉었다.

이번에는 목소리 때문에 놀라지 않으려고 정신을 집중하며 조금씩 클러치를 놓았다. 갑자기 기어가 맞물리면서 오토바이가 앞으로 가기 시작했다.

그리고 나는 허공을 날고 있었다.

조금 전까지는 바람 한 점 없었는데, 시원한 바람이 얼굴을 때렸고 누군가 잡아당기기라도 한 양 머리칼이 뒤로 쏠렸다. 처음처럼 다시 뱃속이 졸아들었고, 아드레날린이 혈관을 타고 전신으로 퍼지는 게 느껴졌다. 줄지어 선 나무들이 빠른 속도로 뒷걸음질 쳐, 마치 초록색 벽처럼 희미하게 보였다.

하지만 이건 겨우 1단 기어에 불과했다. 나는 발로 기어를 바꾸며 스로틀을 돌려 속력을 높였다.

"안 돼, 벨라! 이게 무슨 짓이야!"

잔뜩 화가 나 있는 벌꿀처럼 달콤한 목소리가, 내 귓가에 외쳤다.

속도감에만 빠져 있다 겨우 그 소리에 정신을 차렸고, 나는 직선으로만 달리고 있는데 길은 왼쪽으로 약간 굽기 시작한다는 걸 깨달았다. 제이콥은 나에게 회전하는 법을 가르쳐준 적이 없었다.

"브레이크, 브레이크."

나는 중얼거리며, 트럭을 운전할 때처럼 본능적으로 오른발로 브레이크 페달을 밟았다.

갑자기 오토바이가 흔들리더니 요란하게 요동치기 시작했다. 오토바이는 나를 초록색 벽 쪽으로 끌고 가고 있었고, 속도는 너무 빨랐다. 나는 급히 핸들을 다른 방향으로 돌리려 했다. 그러느라 갑자기 체중이 한쪽으로 쏠리자 오토바이는 옆으로 쓰러질 듯 나무를 향해 달려갔다.

오토바이는 나를 매단 채 굉음을 내며 쓰러졌고, 나는 젖은 모래 위로 질질 끌려가다가 뭔가 딱딱한 것에 부딪쳐 멈추었다. 앞이 보이지 않았다. 얼굴이 이끼에 처박혀 있었다. 고개를 들려 했지만 뭔가 뒤에서 누르고 있는 듯해 꼼짝할 수가 없었다.

어지럽고 혼란스러웠다. 세 가지 소리가 동시에 내게 으르렁거리고 있는 것 같았다. 나를 덮친 오토바이의 엔진 소리와 내 머릿속에서 들려오는 목소리, 그리고 또 하나의 목소리……

"벨라!"

제이콥의 외침과 함께 다가온 또 다른 오토바이의 엔진 소리가 멈췄다.

나를 짓누르고 있던 오토바이의 무게가 어느새 느껴지지 않았으므로, 나는 돌아누워 숨을 쉬었다. 요란한 굉음은 순식간에 사라지고 정적이 흘렀다.

"와."

나는 아직도 짜릿한 흥분에 사로잡혀 있었다. 확실하군. 아드레날린과 위험하고 어리석은 짓이 만나면 환청이 들리는 거야.

"벨라! 벨라, 살아 있는 거야?"

제이콥이 쪼그려 앉아 걱정스레 나를 쳐다보았다.

"아, 멀쩡해!"

내가 소리를 지르며 팔다리를 움직여 보였다. 아무 문제 없이 움직이는 듯했다.

"다시 해 보자."

"그건 안 돼. 먼저 병원부터 가야할 것 같아."

제이콥은 계속 걱정하고 있는 듯했다.

"난 괜찮다니까."

"벨라, 이마가 심하게 찢어졌나 봐. 피가 많이 나."

이마로 손을 올려보았다. 그의 말대로 축축하고 끈끈한 것이 손에 묻어 났다. 얼굴에 온통 이끼가 묻어서 피 냄새를 못 맡는 덕에 구역질이 나지 않았던 모양이다.

"아, 이런! 미안해, 제이콥."

나는 찢어진 상처에서 새어 나오는 피를 다시 머리 안으로 들여보내려는 사람처럼 이마를 세게 눌렀다.

"네 이마에서 피가 나는데 왜 나한테 사과를 해?"

제이콥은 긴 팔로 내 허리를 감싸고 일으켜 세우며 투덜거렸다.

"가자. 내가 운전할게."

자동차 열쇠를 달라는 듯 그가 손을 내밀었다.

"오토바이는 어쩌고?"

자동차 열쇠를 건네며 내가 물었다.

그는 잠깐 생각에 잠겼다.

"여기서 기다려. 그리고 이거 받고."

그는 이미 피가 군데군데 묻은 티셔츠를 벗어 나한테 던졌다. 나는 티셔츠를 대충 접어 이마에 댔다. 서서히 피 냄새가 느껴지기 시작했다. 입으로만 호흡을 하며 딴 데 정신을 팔려고 애썼다.

제이콥이 검정색 오토바이에 올라 재빨리 시동을 건 뒤, 모래와 자갈을 튀기며 달려갔다. 핸들 쪽으로 납작 상체를 수그리고 고개를 꼿꼿이 든 채, 구릿빛 어깨 위로 윤기 나는 검은 머리를 휘날리며 달려가는 그의 모습은 전문 선수처럼 보였다. 그게 너무 부러워서 나는 눈을 가늘게 떴다. 내가 오토바이를 탄 모습은 절대로 그렇게 보였을 리 없으니까.

문득 내가 얼마나 멀리 왔는지 실감하고 놀랐다. 막 트럭이 있는 곳까지 달려간 제이콥이 간신히 보일 정도였다. 그는 재빨리 오토바이를 트럭 뒤에 싣고 나서 운전석으로 뛰어올랐다.

제이콥은 요란한 엔진소리를 내며 빠르게 트럭을 몰아 다가오고 있다. 하지만 나는 정말로 아무렇지도 않았다. 머리가 좀 얼얼하고 약간 욕지기가 나긴 했지만, 찢어진 상처는 그리 심각하지 않았다. 원래 머리에 난 상처는 다른 곳보다 피가 많이 나는 법이었다. 그렇게 다급하게 서두를 것까진 없는데.

제이콥은 트럭 시동을 켜둔 채 달려 왔고, 다시 내 허리에 팔을 감았다.

"됐어, 이제 트럭에 타자."

"진짜 괜찮다니까. 너무 심각하게 생각하지 마. 피가 좀 나는 것뿐이야."

그의 부축을 받아 차에 오르면서 내가 말했다.

"피가 '아주 많이' 나니까 그렇지."

내 오토바이를 가지러 가던 그가 중얼거렸다.

"잠깐 생각부터 좀 해 보자. 네가 이 꼴로 나를 응급실에 데려가면, 분명히 찰리가 바로 알게 될 거야."

모래와 이끼, 흙으로 얼룩진 청바지를 내려다보며 내가 말했다.

"벨라, 상처가 커. 꿰매야할 것 같다고. 네가 출혈로 죽게 내버려 둘 순 없어."

"안 죽어. 일단 먼저 오토바이부터 갖다 놓고 나서, 병원에 가기 전에 우리 집에 들러 증거를 없애는 게 좋겠어."

"찰리 아저씨는 어쩌고?"

"오후엔 일하러 나가신댔어."

"정말 그래도 되겠어?"

"좀 믿어 보라니까. 난 원래 피가 잘 나. 보는 것만큼 심각하지 않다고."

영 마땅찮아 보이는 제이콥이었지만 - 그 증거로 입술이 삐딱하게 뒤틀려 있었다 - 그 역시도 내가 문제에 휘말리는 건 원치 않는 듯했다. 그가 포크스로 트럭을 모는 동안 나는 셔츠를 이마에 대고 창밖을 응시했다.

오토바이는 상상한 것보다 훨씬 근사했다. 원래의 목적에도 잘 맞아떨어지고 말이지. 저질러 버렸다. 드디어 약속을 깨는 데 성공했다. 아주 쓸데없고 무모한 짓으로. 이젠 양쪽 모두 약속을 깼으니, 적어도 스스로가 좀 덜 한심하게 느껴졌다.

게다가 환청을 불러 일으키는 열쇠도 발견했다. 최소한 나는 그렇게 믿고 있으므로, 가능한 한 빨리 그 가설을 검증해 볼 작정이었다. 응급실에서 치료가 빨리 끝나면 오늘밤에라도 다시 시도해볼 수 있겠지.

오토바이를 타고 도로를 달리는 기분은 놀라웠다. 얼굴에 느껴지는 바람과 속도감, 그리고 자유……. 그건 길도 없는 울창한 숲속에서 '그'의 등에 매달려 하늘을 날 듯 내달리던 느낌과도 비슷했다. 뜻하지 않게 떠오른 기억에 갑작스레 고통이 찾아왔다. 나는 움찔 놀라 생각을 중단했다.

"괜찮아?"

제이콥이 물었다.

"응."

내 대답이 제이콥에겐 좀 전처럼 자신 있게 들리기를 바랐다.

"그나저나 오늘 저녁에 집에 가면 뒷바퀴 브레이크 연결선을 아예 잘라 버려야겠어."

집에 도착한 나는 맨 먼저 거울로 내 몰골을 살폈다. 꽤나 끔찍했다. 뺨과 목에 핏자국이 말라붙어 있고, 머리칼도 떡처럼 엉겨 있었다. 나는 주의 깊게 상처를 살피며, 구역질이 나지 않도록 이건 물감일 뿐이라고 스스로를 세뇌했다. 입으로 숨을 쉬니 그나마 괜찮았다.

최대한 깨끗하게 상처를 닦아낸 뒤, 피로 얼룩진 옷을 벗어 세탁 바구니 제일 아래쪽에 숨겨놓고, 새 청바지와 단추 달린 셔츠를 꺼내 입었다. 한 손으로 옷을 입으며 새 옷에 다시 피가 묻지 않도록 조심했다.

"빨리 좀 해!"

제이콥이 아래층에서 소리를 질렀다.

"알았어."

나도 고함을 질러 대답했다. 범죄현장을 깨끗하게 치우고 나서 나는 아래층으로 내려갔다.

"어때 보여?"

"좀 낫네."

"너희 집 차고에서 넘어져 망치에 이마를 찢긴 것처럼 보이냐는 말이야."

"응, 그럴듯해."

"그럼 가자."

제이콥은 서둘러 현관문을 열어주더니, 또 자기가 운전을 해야겠다고 고집을 부렸다. 병원까지 절반쯤 갔을 때야 비로소 나는, 그가 아직도 셔츠를 안 입고 있음을 깨달았다.

죄책감에 사로잡혀 내가 얼굴을 찌푸렸다.

"네가 입을 점퍼라도 가져올 걸 그랬잖아."

"그러면 집에 들렀다 오는 게 티 나잖아. 게다가 별로 춥지도 않아."

"농담 하니?"

나는 몸을 부르르 떨며 팔을 뻗어 히터를 켰다.

나는 제이콥을 유심히 살폈다. 내가 걱정할까 봐 터프한 척하는 걸지도 모르니까. 하지만 정말로 편안해 보이긴 했다. 난 옷을 입고도 추워서 몸을 웅크리고 있는데, 그는 맨몸으로도 여유롭게 오른팔을 내 의자 등받이에 걸쳐놓고 있었다.

제이콥은 정말로 열여섯 살로는 보이지 않았다. 물론 마흔 살은 어림도 없겠지만, 최소한 나보다는 나이 들어 보일 것 같았다. 퀼은 자신의 근육질 몸매를 자랑하며 늘 제이콥을 말라깽이라고 놀려댔지만, 실제론 꼭 그런 것만도 아니었다. 근육이 그렇게 두드러지진 않아도, 매끄러운 그의 피부 아래엔 보기 좋을 만큼의 근육이 자리 잡고 있었다. 게다가 피부색은 너무 예뻐서 돌연 질투가 날 정도였다.

내가 빤히 관찰하고 있다는 걸 제이콥도 눈치 챈 모양이었다. 갑자기 겸연쩍은 듯 그가 물었다.

"왜?"

"아무 것도 아니야. 전엔 몰랐다가 방금 새삼스럽게 깨달은 게 있어서. 너 말야, 꽤 잘생겼다는 거 알아?"

그 말이 입 밖으로 튀어나가자마자, 나는 그가 내 충동적인 발언을 엉뚱하게 받아들일까 봐 걱정스러웠다.

하지만 제이콥은 어처구니가 없다는 듯 혀를 찼을 뿐이었다.

"머리를 진짜로 심하게 부딪친 모양이구나?"

"진지하게 하는 말이야."

"음, 그렇다면 '꽤' 고마운데."

나는 씩 웃었다.

"'꽤' 별말씀을."

이마의 상처는 일곱 바늘이나 꿰매야 했다. 부분 마취 주사를 맞았으므로 꿰매는 동안 통증은 없었다. 응급실 담당인 스노 선생이 상처를 꿰매는 동안 제이콥은 내 손을 꼭 잡고 있었고, 나는 이 상황을 아이러니라고 생각하지 않으려 애썼다.

병원에서 지낸 시간은 거의 영원처럼 느껴졌다. 치료가 끝나자 나는 제이콥을 집에 먼저 데려다주고, 찰리의 저녁 준비를 하기 위해 서둘러 돌아왔다. 찰리는 제이콥의 차고에서 넘어졌다는 내 이야기를 곧이곧대로 믿는 눈치였다. 급기야 나는 다른 사고 없이 그냥 제 발에 걸려 넘어져서도 충분히 응급실에 갈 수 있는 인물로 낙인찍힌 모양이다.

포트앤젤레스에서 그의 완벽한 목소리를 들었던 첫날밤에 비하면 그날 밤은 그리 나쁘지 않았다. 제이콥과 지내다 돌아오면 언제나 그랬듯, 가슴에 뚫린 구멍은 여전했지만 다른 때처럼 너덜너덜한 가장자리가 심하게 욱신거리진 않았다. 이미 또 다른 환청을 기대하며 앞으로의 계획을 세우고 있었기 때문에, 신경을 분산시킬 수 있었다. 그리고 내일 또 제이콥을 만나면 기분은 다시 나아질 테니까. 그러자 가슴에 뻥 뚫린 구멍과 낯익은 고통을 견디기가 수월해졌다. 곧 위안이 찾아올 테니. 악몽 또한 그 위력을 많이 잃었다. 텅 빈 무(無)의 상태, 그 공허감과 맞닥뜨릴 것이 무서우면서도, 한편으로 나는 오히려 기다리고 있었다. 비명을 지르며 깨어나는 그 순간을. 악몽이 끝나리란 걸 알고 있으니까.

그 다음 주 수요일엔 내가 응급실에서 집에 도착하기도 전에, 저랜디 박사가 찰리에게 전화를 걸었다. 그러곤 내가 뇌진탕일지도 모르기 때문에 밤사이 2시간마다 한 번씩 나를 깨워, 이상이 없는지 확인해야 한다고 경고했다. 또 넘어졌다는 내 알량한 핑계를 들으며 찰리는 수상쩍다는 듯 눈을 가늘게 떴다.

"앞으로 그 차고엔 아예 얼씬도 안하는 게 좋겠다, 벨라."

그날 저녁 식탁에서 찰리가 한 말.

혹시라도 라푸시에 가는 걸 아예 금지 당하기라도 할까봐 나는 겁을 먹었다. 그렇게 되면 오토바이를 타는 것도 끝이다. 하지만 포기하지 않을 생각이다. 오늘이야말로 가장 놀라운 환청을 들었기 때문이다. 핸드 브레이크를 너무 갑자기 당기는 바람에 몸이 날아가 나무에 부딪치기 거의 5분 전부터, 그의 목소리는 큰소리로 나를 꾸짖기 시작했다. 오늘밤 어떤 고통을 겪게 되든 나는 아무런 불평 없이 순순히 받아들일 작정이었다.

"이번엔 차고에서 넘어진 거 아니란 말이에요. 등산 갔다가 바위에서 넘어졌어요."

재빨리 내가 항변했다.

"언제부터 등산에 취미를 붙이게 됐니?"

"뉴튼 등산용품점에서 일한 영향이죠 뭐. 매일 야외스포츠의 미덕을 칭송하는 물건을 팔다보니 호기심이 생겼어요."

찰리는 못 믿겠다는 눈초리로 나를 노려보았다.

"라푸시 근처에서 등산을 하는 건 괜찮다만 절대 멀리 가진 마라, 알겠니?"

"왜요?"

"최근에 야생동물에 대한 민원이 많아져서 그래. 산림 관리부서에서 확인을 할 계획이긴 하지만, 어쨌든 한동안은……."

"아, 곰 때문이군요. 맞아요, 가게에 온 등산객 손님들 중에서도 곰을 봤다는 사람이 있었어요. 아빠도 돌연변이를 일으켜 몸집이 거대해진 회색곰이 정말 있다고 생각하세요?"

찰리의 이마에 주름살이 생겼다.

"뭔가 있기는 한 것 같더라. 그러니까 등산은 시내 쪽에서만 해야 해, 알겠니?"

"그럼요, 당연하죠."

내가 재빨리 대답했지만, 찰리는 만족해하는 눈치가 아니었다.

"찰리가 시시콜콜 참견하기 시작했어."

금요일 오후에 차로 제이콥을 데리러 갔을 때, 나는 불평을 늘어놓았다.

"오토바이는 당분간 좀 멀리하는 게 좋겠다."

내가 못마땅한 표정을 짓자 제이콥이 얼른 설명을 덧붙였다.

"한두 주일만 쉬자. 일주일 정도 병원 신세를 면하는 게 좋지 않겠어?"

"그럼 뭘 하지?"

제이콥이 신이 난 듯 미소를 지었다.

"뭐든 벨라가 원하는 대로."

나는 내가 원하는 것이 무엇일까 잠시 생각해 보았다. 고통 없이 추억을 돌이킬 수 있는 소중한 순간을 조금이라도 빼앗기는 건 싫었다. 어차피 고통스러운 추억은 내가 의식적으로 생각하지 않아도 저절로 찾아왔다. 오토바이를 탈 수 없다면, 위험과 아드레날린을 동시에 충족시킬 새로운 방법을 찾아내야 할 텐데. 그러기 위해선 꽤나 진지하게 골머리를 싸안고 창의력을 발휘해 봐야 할 것 같았다. 그 동안 아무것도 하지 않다니, 마음에 들지 않는다. 제이콥과 함께 있는데도 또 다시 우울해지면 어떻게 하라고? 뭐든 바삐 할 일을 만들어야 한다.

어쩌면 다른 장소에서 다른 방법을 동원할 수 있을지도 모르지.

집에서 뒹구는 건 좋은 방법이 아닐 것 같았다. '그의' 존재는 나의 내면 이외에도 어딘가에 흔적을 남겨두었을 테니까. 타인들과의 기억으로 덧칠해진 익숙한 장소들 말고 그의 존재가 좀 더 현실감 있게 느껴질 곳이 분명 있을 거다.

그에 꼭 맞는 장소가 한 군데 생각나긴 했다. 다른 사람은 누구도 모르는, 언제나 오로지 '그'에게만 속해 있는 듯한 장소. 빛으로 가득 찼던 마법의 공간. 햇빛을 받아 그의 피부가 반짝반짝 빛을 내던 모습을 평생 꼭 한 번 볼 수 있었던 바로 그 아름다운 초원 말이다.

물론 잠재적인 후유증을 무시할 수 없을 것이다. 거길 다시 간다면 지독하게 고통스러울 것은 뻔했다. 그저 떠올리는 것만으로도 벌써 심장은 뻐근하게, 고통스런 공허함을 호소했다. 다른 생각을 떠올리기는커녕 제대로 몸을 가누고 서 있기조차 힘이 들었다. 하지만 그곳에 가면 분명 그의 목소리를 들을 수 있을 것 같았다. 게다가 난 이미 찰리에게 등산을 다닌다고 이야기까지 해 두었으니까.

"뭘 그렇게 골똘히 생각해?"

"저…… 내가 등산을 하다가 우연히 숲속에서 발견한 곳이 있어. 작은 초원인데 정말 아름다운 곳이었어. 나 혼자서는 두 번 다시 거길 찾아갈 수 없을 것 같거든. 여러 번 시도해봐야 할 것 같긴 하지만……."

"나침반이랑 지도를 보고 찾으면 되지 뭐. 어디서 출발했는지는 알고 있어?"

제이콥은 꽤나 자신만만했다.

"응, 110번 국도가 끝나는 지점 근처의 등산로 입구였어."

"좋아. 그럼 찾을 수 있을 거야."

언제나 그렇듯 제이콥은, 내가 원하는 것이라면 무엇이든 신나는 유희로 생각하는 듯했다. 내가 얼마나 이상한 요구를 하든 상관없이.

그리하여 토요일 오후, 나는 그날 아침 처음으로 직원 특별할인 20퍼센트를 받아 구입한 새 등산화의 끈을 단단히 묶은 뒤, 올림픽 페닌술라 전체가 나온 새 지도를 집어들고 라푸시로 차를 몰았다.

우리는 당장 출발하지 못했다. 먼저 제이콥은 거실 바닥에 지도를 펼쳐 놓고 20분도 넘게 지도의 주요 부분에 복잡한 표시를 했고, 나는 식탁 의자에 앉아 빌리와 이야기를 나누었다. 지도가 거실 전체를 뒤덮었기 때문이었다. 빌리는 우리가 등산을 간다는 데도 별로 걱정하는 눈치가 아니었다. 사람들이 여기저기에서 곰을 봤다고 난리를 치는 마당에, 우리가 가려는 곳을 제이콥이 벌써 아버지에게 말했다는 것에 나는 조금 놀라는 중이었다. 찰리한테는 얘기하지 말아 달라고 빌리에게 부탁하고 싶었지만, 오히려 역효과가 날까봐 두려웠다.

"어쩌면 우리도 돌연변이 곰을 볼 수 있을지 몰라."

제이콥이 여전히 지도에 표시를 하면서 농담을 했다.

나는 빌리가 찰리랑 똑같은 반응을 보일까 봐 얼른 훔쳐보았다.

하지만 빌리는 아들을 보며 호탕하게 웃을 뿐이었다.

"그럼 혹시 모르니까 꿀 한 단지 들고 가든가."

아버지 말에 제이콥이 킥킥 웃어댔다.

"새 등산화도 신었으니 벨라도 걸음이 그리 느리진 않겠지? 혹시라도 곰을 만나게 되면 빨리 달아나야 할 거야. 꿀 한 단지 가지고는 배고픈 곰을 그리 오래 붙잡아둘 수 없거든."

"너보다만 빨리 가면 되는 거잖아."

"어디 한번 두고 봅시다!"

제이콥이 지도를 접으며 장난스레 눈동자를 굴렸다.

"가자."

"잘 다녀와라."

빌리가 냉장고 쪽으로 휠체어를 몰고 가며 웅얼거렸다.

찰리도 같이 살기 어려운 사람은 아니었지만, 제이콥은 나보다 훨씬 더 수월하게 살고 있는 듯했다.

나는 비포장도로의 끝까지 올라간 뒤, 등산로 입구라고 쓰인 표지판 앞에서 트럭을 세웠다. 이곳에 와 본 게 워낙 오랜만이라 벌써부터 뱃속이 이상스레 울렁거렸다. 몹쓸 짓이라는 생각도 들었다. 하지만 '그'의 목소리를 다시 들을 수 있다면 해볼 만한 일 아닐까.

나는 차에서 내려 울창한 숲을 바라보았다.

"이쪽으로 올라갔어."

내가 곧장 앞쪽을 가리키며 중얼거렸다.

"흠."

"왜?"

제이콥은 내가 가리키는 방향을 쳐다보고, 그 다음엔 확실하게 길이 닦여 있는 등산로를 돌아본 뒤 다시 그쪽을 바라보았다.

"난 벨라가 안전한 등산로로만 다니는 부류일 거라고 생각했어."

"아니야. 난 원래부터 반항아였어."

내가 힘없이 미소를 지었다.

그는 웃음을 터뜨리며 지도를 꺼냈다.

"잠깐만 기다려."

그는 능숙하게 나침반을 꺼낸 뒤 우리가 가야 할 방향에 맞춰 지도를 돌렸다.

"알겠다, 처음 예상 진로대로 가면 되겠어. 올라가자."

내 걸음이 느려서 많이 지루해하는 것 같았지만, 제이콥은 한 마디도 불평하지 않았다. 전혀 다른 파트너와 함께 걷고 있었으므로 나는 숲을 지나며 과거의 기억에 너무 사로잡히지 않으려고 애를 썼다. 무턱대고 추억을 떠올리는 건 위험하니까. 나도 모르게 그 기억에 빠져들고 나면 결국 가슴을 움켜쥐고 숨을 헐떡이게 될 게 뻔한데, 그걸 제이콥한테 어떻게 설명한단 말인가?

정신을 현재에 집중하는 일은 생각만큼 어렵지 않았다. 그곳의 숲은 올림픽 페닌슐라의 다른 곳들과 별로 다르지 않았고, 제이콥 때문에 완전히 다른 분위기가 만들어졌다.

그는 내가 모르는 곡조의 휘파람을 신나게 불어대면서, 힘차게 팔을 휘두르며 무성한 수풀 사이를 쉽사리 빠져나갔다. 그림자는 평소처럼 짙게 느껴지지 않았다. 나만의 태양이, 이젠 내 옆에 있었으므로.

제이콥은 몇 분마다 한 번씩 나침반을 꺼내보며 그가 지도에 표시한 진로와 일치하는지 확인했다. 등산에 일가견이 있는 진짜 전문가 같았다. 나는 제이콥을 칭찬하려다가 그만두었다. 가뜩이나 실제보다 잔뜩 늘여놓은 나이에 또 몇 살 더 보태겠다고 할 게 뻔하니까.

걸음을 옮길 때마다 생각이 자꾸 엉뚱한 데로 흘렀으므로 점점 조심스러워졌다. 나는 바닷가 절벽에서 나눴던 대화를 잊지 않고 있었다. 제이콥이 다시 그 이야기를 꺼내주길 기다렸지만, 그런 일은 일어날 것 같지 않았다.

"있잖아……, 제이콥."

내가 주저하며 말문을 열었다.

"응?"

"어떻게 됐어……? 엠브리 말이야. 옛날 모습으로 돌아왔어?"

제이콥은 시무룩한 얼굴로 계속해서 걸음을 옮기며 잠시 침묵을 지켰다. 열 걸음쯤 앞서고 나서야 그는 걸음을 멈추고 나를 기다렸다.

"아니. 돌아오지 않았어."

내가 그를 따라잡자 그제야 제이콥이 입 꼬리를 축 내려뜨리며 대답했다. 다시 걸을 생각마저 없어 보였다. 순간적으로 나는 그 얘기를 꺼낸 걸 후회했다.

"아직 샘이랑 어울리는구나."

"응."

제이콥이 내 어깨에 팔을 둘렀지만, 표정이 너무 괴로워 보여서 나도 장난스레 팔을 뿌리칠 수가 없었다.

"그 사람들이 너를 이상하게 주시하는 것도 여전하고?"

내가 거의 속삭이듯 물었다.

제이콥은 나무 사이를 멍하니 응시했다.

"가끔."

"빌리 아저씨는?"

"아, 언제나처럼 큰 도움이 되고 있지."

화가 나 빈정거리는 그의 말투에 마음이 쓰였다.

"우리 소파는 언제든 비어 있어."

내 말에 제이콥이 웃음을 터뜨리며 부자연스러운 분위기를 단박에 날려 버렸다.

"마음은 굴뚝 같지만, 내가 납치됐다고 아버지가 경찰서에 신고하면 찰리 아저씨의 입장이 어떻게 될지도 생각해야지."

제이콥이 평소의 모습으로 돌아온 걸 기뻐하며 나도 웃음을 터뜨렸다.

우리는 제이콥이 9킬로미터 지점이라고 말한 곳에서 잠시 멈췄다. 그리고 서쪽으로 방향을 틀어 약간 걸은 다음, 다시 그가 지도에 그려 둔 또다른 진로대로 걸어갔다. 모든 것이 조금 전에 걸었던 길과 똑같았으므로, 나는 내 어리석은 탐험이 결국 실패했다고 생각하게 되었다. 그리고 날이 어두워지기 시작해, 흐린 하늘이 곧장 별도 없는 밤으로 이어지자 한층 더 실패를 자인했다. 그러나 제이콥은 좀 더 확신이 있었다.

"시작 지점만 확실하다면……."

제이콥이 나를 내려다보았다.

"그건 확실해."

"그럼 찾을 수 있을 거야."

그는 내 손을 잡고 무성한 양치식물 사이로 빠져나오며 그렇게 장담했다. 어느새 눈앞에 트럭이 서 있었다. 그는 자랑스러운 듯 트럭을 가리켰다.

"나만 믿으라고 했잖아."

"너 정말 대단하다. 하지만 다음엔 꼭 손전등을 가져오자."

"앞으로 등산은 일요일에만 해야겠어. 벨라가 그렇게 걸음이 느린 줄 몰랐거든."

나는 그의 손을 뿌리치고 화난 걸음으로 운전석으로 향했고, 그러는 사이 제이콥은 낄낄 웃어댔다.

"그럼 내일 또 오고 싶은 거야?"

그가 조수석으로 올라오며 물었다.

"당연하지. 하지만 네가 느려터진 나랑 같이 가기 싫다면 굳이 억지로 붙잡진 않을게."

"난 뭐 참을 수 있어. 하지만 당장 또 등산을 하려면 반창고를 잔뜩 준비하는 게 좋을걸. 지금쯤 새 등산화 신은 발이 꽤나 아프실 텐데."

"약간은."

등산화 속 발에, 어떻게 해 볼 수 없을 만큼 빈틈없이 물집이 잡힌 게 느껴졌다.

"내일은 곰을 볼 수 있으면 좋겠다. 오늘은 못 봐서 실망이었어."

"맞아, 나도 그랬어. 어쩌면 내일은 운이 좋아서 잡아먹힐지도 모르고!"

내가 한껏 비꼬아댔다.

"곰은 사람을 먹지 않아. 우린 별로 맛이 없거든."

제이콥이 문득 어두운 실내에서 나를 보며 씩 웃었다.

"물론 벨라는 '예외'일지도 몰라. 내가 봐도 분명 맛이 아주 좋을 것 같거든."

"칭찬해 줘서 고마워."

나는 시선을 피했다. 나에게 그런 말을 한 사람은 제이콥이 처음이 아니었으니까.

9

세 사람의 데이트

시간은 전보다 훨씬 더 빨리 지나갔다. 학교와 아르바이트, 제이콥과의 만남이라는 세 가지가, 내가 별 노력을 기울이지 않아도 자연스러운 궤도를 그리며 반복되었다. 물론 순서가 꼭 정해져 있는 건 아니었지만. 찰리도 소원을 이룬 셈이다. 이제 나는 더는 비참하게 지내지 않았으니까. 물론 나 자신을 완전히 속일 수는 없었다. 너무 자주 돌이켜보지는 않으려고 노력하지만, 문득 멈춰 서서 내 삶을 가만히 들여다볼 때면 내 행동에 내포된 진짜 의미를 무시할 수 없었다.

나는 공전 주기를 이탈한 달 같았다. 우주의 대격변으로 내가 속했던 행성은 파괴되었지만, 중력의 법칙 따위는 무시한 채 여전히 텅 빈 우주공간에 남아 좁은 궤도를 반복해 돌아가는 달이 된 느낌이었다. 황량한 재난 영화처럼.

오토바이 타는 솜씨가 차츰 나아졌으므로, 찰리를 걱정시키기 딱 좋은 반창고들도 점점 줄어들었다. 하지만 그와 함께 내 머릿속에서 들려오던 목소리도 사라지기 시작해, 어느덧 더는 들리지 않게 되었다. 아무에게도 말은 못했지만 나는 내심 공포에 사로잡혔다. 그래서 살짝 미친 사람처럼 더 열심히 초원을 찾아다녔다. 나는 아드레날린을 용솟음치게 할 또다른 행동이 무엇일지 계속 머리를 짜내고 있었다.

날짜 감각은 사라져버렸다. 과거는 희미해질 생각을 하지 않았고, 그렇다고 미래에 대한 절박한 기대감도 없다. 그렇게 가능한 한 현재에 충실하며 살고 있었으므로 굳이 날짜를 따질 이유가 없었다. 때문에 어느 날, 같이 숙제를 하기로 한 제이콥을 데리러 갔다가 나는 날짜 때문에 깜짝 놀라고 말았다. 내가 집 앞에 트럭을 세우려니 그는 마당에서 이미 나를 기다리고 있었다.

"해피 밸런타인!"

제이콥은 미소를 지으며 깍듯하게 머리를 숙여 내게 인사를 했다.

그는 작은 분홍색 상자가 앙증맞게 올라앉은 손바닥을 나에게 내밀었다. 전통적인 하트 모양이었다.

"나 갑자기 멍청이가 된 것 같아. 오늘이 밸런타인데이였어?"

제이콥은 몹시 서글프다는 듯 고개를 절레절레 흔들었다.

"가끔은 정말 정신 나간 사람처럼 군다니까. 그래, 오늘은 2월 14일이야. 그러니까 내 마음 받아줄 거지? 벨라는 나한테 줄 50센트짜리 초콜릿 하나 준비 안했으니, 최소한 그 정도는 해 주겠지."

마음이 불편해지기 시작했다. 놀리는 말투였지만, 어디까지나 표면적으로 그럴 뿐이었다.

"정확하게 내가 뭘 어떻게 해야 하는 건데?"

"뻔하지 뭐, 평생 내 노예로 사는 거야."

"아 뭐, 그 정도라면……."

나는 초콜릿 상자를 받았다. 하지만 나는 속으로는, 어떻게든 선을 확실하게 그을 방법을 찾고 있었다. 제이콥과 함께 있으면 자꾸만 선이 흐려지는 느낌이었으므로.

"그래서 우리 내일 뭐 할 거야? 등산? 아니면 응급실?"

"등산. 집착하는 성향은 너만 있는 게 아니야. 그 장소가 내 상상에 불과했던 게 아닌가 하는 생각이 들기 시작하니까 자꾸⋯⋯."

내가 말꼬리를 흐리며 얼굴을 찌푸렸다.

"꼭 찾아낼 테니 염려 마. 금요일에 오토바이 탈까?"

제이콥의 질문이 좋은 기회라고 생각했으므로, 더 심사숙고할 겨를도 없이 그 기회를 잡았다.

"금요일엔 영화 보러 갈 거야. 학교 친구들이랑 같이 가기로 아주 오래전에 약속했거든."

마이크가 기뻐할 것 같았다.

하지만 제이콥의 얼굴은 시무룩해졌다. 땅바닥으로 시선을 떨어뜨리는 그의 눈빛에 떠오른 실망감을 나는 놓치지 않았다.

"너도 같이 갈래? 아, 지루한 상급생들이랑 떼로 어울리는 건 좀 무리이려나."

우리 사이에 거리감을 둘 좋은 기회라는 생각에 내가 재빨리 덧붙였다. 제이콥의 마음에 상처를 주는 건 내가 견딜 수 없었다. 우리는 기묘하게 서로 연결되어 있는 것 같아서, 그가 고통을 느끼면 나도 이내 가슴이 아팠다. 게다가 마이크에게 약속은 했지만 별로 내키지 않는 의무처럼 느껴졌던 터라, 만약 제이콥이 함께 가준다면 훨씬 즐거울 수 있을 것 같았다.

"네 친구들이랑 영화 보러 가는데 나도 같이 가자는 거야?"

"응."

솔직히 대답해 놓고 보니 제 발등을 찍는 것일지도 모른다는 생각이 들었지만, 어쩔 수 없었다.

"네가 같이 가면 훨씬 더 재미있을 것 같아. 퀼도 데려와. 그럼 파티처럼 근사할 것 같은데."

"상급반 여학생들이랑 영화 구경이라니. 퀼이 좋아 날뛰겠군. 춤이라도
출지도."

제이콥이 킬킬거리며 장난스레 눈알을 굴렸다. 나는 일부러 엠브리를
언급하지 않았고, 그건 제이콥도 마찬가지였다.

나도 웃음을 터뜨렸다.

"최대한 파트너 선택의 폭이 넓어지도록 노력해 볼게."

나는 영어시간에 마이크한테 그 얘기를 꺼냈다.

"마이크, 금요일에 시간 있니?"

수업이 끝나자마자 내가 물었다.

마이크는 즉각 기대감 어린 새파란 눈동자를 들어 나를 보았다.

"응, 있어. 같이 어디 가게?"

나는 조심스레 대답할 말을 골랐다.

"'단체'로 다같이 〈크로스헤어즈〉(Crosshairs)를 보러 가면 어떨까 해."

나는 일부러 '단체'라는 말을 강조했다. 이번엔 숙제도 미리 해 두었고,
영화를 보다 허를 찔리는 일이 없도록 미리 영화 내용도 살펴본 터였다.
이 영화는 처음부터 끝까지 유혈극이었다. 나는 아직 로맨틱한 영화를 볼
만큼 회복되지는 못한 상태였다.

"재미있을 것 같지?"

"그럼."

그는 눈에 띄게 열의가 사라진 말투로 대꾸했다.

"알았어."

1초쯤 뒤에 그가 다시 좀 전처럼 흥을 내며 고개를 들었다.

"앤젤라랑 벤을 데려갈까? 아니면, 에릭이랑 케이티?"

222

그는 어떻게든 더블데이트의 양상을 만들 작정인 듯했다.

"두 커플 다 데려가면 어떻겠어? 물론 제시카도 불러야겠지. 타일러랑, 코너, 로렌도 좋고."

내키진 않았지만 나는 친구들 이름을 전부 주워섬겼다. 퀄에게 다양한 파트너를 소개하겠다고 약속했으니 어쩔 수 없었다.

"좋아."

마이크가 다시 풀이 죽어 중얼거렸다.

"그리고 라푸시에서 내 친구들도 몇 명 올 거야. 모두들 온다고 하면 네 승합차가 필요할 것 같은데."

마이크가 수상쩍다는 듯 눈을 가늘게 떴다.

"요즘 만날 같이 공부한다는 그 친구들?"

"응, 맞아. 하지만 엄밀히 따지면 내가 개인 과외를 해주는 셈이지. 걔들은 2학년이거든."

내가 쾌활하게 대답했다.

"아아."

마이크는 놀란 모양이었다. 잠시 생각해 보는 눈치더니 그는 이내 미소를 지었다.

하지만 결국 마이크의 승합차는 필요하지 않게 되었다.

단체 영화 관람 계획에 나도 연관되어 있다는 걸 마이크가 알리자마자 제시카와 로렌은 바쁘다고 발을 뺐다. 에릭과 케이티는 이미 다른 계획이 있었다. 사귄 지 한 달째 되는 기념일이라는 것 같았다. 마이크가 섭외하기도 전에 로렌이 타일러와 코너를 빼돌렸으므로, 그들도 바쁘다고 했다. 학교에서 싸우는 바람에 외출금지를 당한 퀄도 빠져야 했다. 결과적으로 앤젤라와 벤, 그리고 물론 제이콥까지만 갈 수 있었다.

하지만 인원이 줄어든 것은 마이크의 기대에 영향을 주지 못했다. 그는 만날 때마다 금요일 계획 얘기뿐이었다.

"정말로 그 영화 대신 〈내일 그리고 영원히〉(Tomorrow and Forever)는 보고 싶지 않아? '썩은 토마토(Rotten Tomatoes, 영화 평점을 게재하는 사이트: 옮긴이)'에서도 상당히 평이 좋던데."

점심시간에 마이크는 최근 박스오피스를 석권하고 있는 로맨틱 코미디 영화를 언급했다.

"난 〈크로스헤어즈〉를 보고 싶어. 요새 내가 액션영화 취향이거든. 유혈이 난무하는 영화에 도전해 보고 싶은데?"

"알았어."

마이크는 돌아섰지만, 나는 그 전에 '얘가 어쩌면 정말로 미쳤을지도 몰라.'라고 하는 듯한 그의 표정을 놓치지 않았다.

방과 후에 집에 돌아가자 집 앞에 아주 낯익은 차가 한 대 서 있었다. 제이콥이 만면에 환한 미소를 띠고서 차 앞에 기대어 서 있었다.

"이럴 수가!"

내가 트럭에서 뛰어내리며 소리쳤다.

"완성했구나! 믿을 수 없어! 드디어 올드래빗 조립을 끝냈구나!"

제이콥이 싱글벙글 웃었다.

"바로 어젯밤에 끝냈어. 방금 처음 시운전한 거야."

"믿어지지가 않아."

내가 손을 높이 들어 하이파이브를 청했다.

그는 내 손을 치고 나서 얼른 깍지를 꼈다.

"그러니까 오늘 저녁에 내 차로 가도 되겠지?"

"당연하지."

이어 내가 한숨을 쉬었다.

"왜 그래?"

"포기할래. 이건 절대로 내가 넘어설 수 없는 장벽이야. 그러니까 네가 이겼어. 네가 오빠 해."

그는 내 항복에 조금도 놀라는 기색 없이 어깨를 으쓱했다.

"당연히 그래야지."

마이크가 모는 승합차가 길모퉁이에 모습을 드러냈다. 내가 제이콥의 손 아귀에서 손을 빼내자, 제이콥은 내가 보지 않는 줄 알고 인상을 찡그렸다.

"저 사람 기억 나. 벨라를 자기 여자친구처럼 생각했던 놈이잖아. 아직도 착각하고 있는 거야?"

마이크가 길 건너편에 주차를 하는 사이 제이콥이 나직하게 말했다.

나는 한쪽 눈썹을 들어올렸다.

"아무리 얘기해도 안 듣는 사람들이 곧잘 있잖아."

"그래도 끈질기게 설득해서 떼버려야지."

"하지만 그냥 약간 짜증날 정도인걸. 대부분은."

마이크가 차에서 내려 길을 건너왔다.

"안녕, 벨라."

마이크는 나에게 인사를 한 뒤 조심스러운 눈초리로 제이콥을 올려다보았다. 나 역시 객관적인 시선으로 잠시 제이콥을 살폈다. 확실히 그는 고등학교 2학년 학생으로 보이지 않았다. 키가 너무 커서 마이크의 머리끝이 겨우 제이콥의 어깨에 닿을 정도였다. 내가 옆에 서 있을 땐 어떻게 보일지 생각하고 싶지도 않았다. 게다가 그의 얼굴은 전보다 성숙해 보였다. 불과 한 달 전과도 느낌이 달랐다.

"어서 와, 마이크! 제이콥 블랙 기억 나?"

"글쎄."

마이크가 손을 내밀었다.

"벨라와는 집안끼리 오래 전부터 친구 사이였어요."

제이콥이 스스로 소개를 하며 악수를 나눴다. 그들은 필요 이상으로 힘을 주어 서로의 손을 잡았다. 손을 풀고 나자 마이크는 손가락을 쥐었다 폈다 했다.

부엌에서 전화벨이 울렸다.

"들어가서 전화 받아야겠다. 아마 찰리일 거야."

나는 두 사람에게 말하고 집안으로 뛰어 들어갔다.

벤이었다. 앤젤라가 급성위염에 걸려 아프다면서, 여자친구를 두고는 가고 싶지 않다고 했다. 그는 약속을 어기게 된 걸 사과했다.

낙담한 나는 머리를 절레절레 흔들며 밖에서 기다리고 있는 두 남자에게로 천천히 걸어갔다. 앤젤라가 빨리 낫기를 진심으로 바라지만, 일이 이렇게 틀어져서 화가 나는 이기적인 마음을 어쩔 수가 없었다. 마이크와 제이콥, 나, 이렇게 세 사람만 저녁 시간을 같이 보내야 하다니 퍽이나 잘 됐다는 자조적인 생각이 들었다.

내가 없는 사이에 제이콥과 마이크는 서로 조금도 친해지지 못한 듯했다. 그들은 서너 발자국 떨어져서 각자 다른 방향을 보며 나를 기다리고 있었다. 제이콥은 언제나 그렇듯 쾌활한 얼굴이었지만 마이크의 표정은 부루퉁했다.

"앤젤라가 아프대. 그래서 앤젤라랑 벤은 못 온다네."

내가 시무룩하게 말했다.

"위염 바이러스가 또 유행인 모양이야. 오늘 오스틴이랑 코너도 결석했거든. 우리도 영화는 다른 날 보는 게 좋을 지도 모르겠다."

마이크가 제안했다. 내가 동의하기도 전에 제이콥이 나섰다.

"난 그래도 갈 거야. 내키지 않으면 마이크는 빠져도 괜찮……"

"아니, 나도 갈 거야. 잠깐 앤젤라랑 벤한테 미안하다는 생각을 했을 뿐이지. 어서 가자."

마이크가 자기 차로 걸어가기 시작했다.

"있지, 우리 제이콥 차로 가면 안 될까? 내가 전에도 얘기한 적 있지? 제이콥이 막 차를 완성했대. 완전히 혼자 힘으로 조립해서 만든 거야."

나는 교장이 선정한 모범학생 리스트에 오른 자식을 둔 엄마처럼, 자부심을 느끼며 자랑했다.

"좋아."

마이크가 퉁명스럽게 대꾸했다.

"그럼 어서 가죠."

제이콥은 그것으로 모든 게 해결됐다는 듯 신이 났다. 그는 우리 셋 가운데 제일 느긋하고 편한 표정이었다.

마이크가 못마땅한 얼굴로 폭스바겐 뒷좌석에 올라탔다.

제이콥은 평소처럼 찬란한 햇빛을 뿜어내듯 밝게 수다를 떨었고, 결국엔 나도 뒷좌석에 마이크가 뚱한 표정으로 침묵을 지키고 있음을 까맣게 잊을 수 있었다.

그러자 마이크가 작전을 바꾸었다. 그는 앞으로 바짝 다가앉아 내 의자 등받이에 턱을 기댔다. 그의 뺨이 거의 내 얼굴에 닿을 듯했다. 나는 창문을 등지도록 자세를 고쳐 앉았다.

"이 차는 라디오가 안 되나?"

제이콥의 말허리를 자르며 무례하게 마이크가 물었다.

"되긴 하지만 벨라가 음악을 싫어하거든요."

나는 깜짝 놀라 제이콥을 쳐다보았다. 나는 그런 말을 제이콥에게 한 적이 없었다.

"벨라, 정말이야?"

마이크가 짜증난 듯 물었다.

"응, 맞아."

나는 여전히 제이콥의 침착한 옆얼굴을 응시하며 중얼거렸다.

"어떻게 음악을 싫어할 수가 있지?"

마이크의 물음에 나는 어깨를 으쓱했다.

"나도 몰라. 그냥 신경에 거슬려."

"흠."

마이크는 다시 등받이에 기대앉았다.

영화관에 도착하자 제이콥이 나에게 10달러짜리 지폐를 내밀었다.

"이건 또 뭐야?"

"난 아직 이 영화 볼 나이가 안 됐거든."

나는 큰 소리로 웃음을 터뜨렸다.

"상대적인 나이는 턱없이 많다더니만! 내가 불법으로 극장에 너를 들여보내면 빌리 아저씨가 날 죽이려 드실까?"

"아니. 벨라가 내 순수한 청소년기를 타락으로 이끌 작정이라고 이미 말씀드렸는데."

내가 깔깔 웃어대자, 마이크가 우리와 보조를 맞추느라 걸음을 빨리했다.

나는 마이크가 차라리 빠지기로 했으면 좋았겠다는 생각이 들기도 했다. 그는 파티를 즐겨보겠다는 태도는 고사하고 아직도 통통 부어 있었다. 하지만 제이콥과 단둘이 데이트를 하게 되는 것도 곤란했다. 그건 전혀 도움이 되지 않을 테니까.

영화는 내가 미리 알아본 그대로였다. 오프닝 크레딧이 시작될 때부터 네 사람이 폭사하고 한 사람은 머리가 잘려 나갔다. 우리 바로 앞줄에 앉은 여자는 양손으로 눈을 가리고 남자친구 가슴에 얼굴을 묻었다. 남자는 여자의 어깨를 다독이며 자기도 이따금씩 움찔움찔 놀랐다. 마이크는 영화를 보고 있는 것 같지 않았다. 그는 굳은 얼굴로 스크린 위쪽의 주름진 커튼을 노려보고 있었다.

나는 사람들과 자동차와 집의 생김새 따위를 자세히 본다기보다는 스크린의 움직임과 색깔을 주시하며, 두 시간을 견디기 위해 마음을 다잡고 있었다. 하지만 제이콥은 이내 숨죽여 웃기 시작했다.

"왜 그래?"

"아, 미치겠다! 저 남자 몸에서 피가 10미터나 튀어나가잖아. 뻥을 쳐도 어떻게 저렇게 터무니없이 치나?"

깃대가 또다른 남자의 몸을 뚫고 콘크리트 벽에 꽂히자 그가 또 다시 낄낄거렸다.

그 뒤로는 나도 정말로 영화를 즐기며, 점점 더 말도 안 되게 진행되는 폭력 장면마다 그와 함께 웃어댔다. 이렇게 제이콥과 함께 있는 걸 즐기면서, 어떻게 우리 관계의 선이 흐려지는 걸 막을 수 있다는 거지?

제이콥과 마이크는 나를 사이에 두고 양쪽 팔걸이를 차지했다. 둘 다 손바닥을 위로 한 채 부자연스러운 모습으로 팔걸이에 손을 올려놓고 있었다. 곰을 잡으려고 놓아 둔 강철 올가미처럼, 언제라도 낚아챌 준비가 되어있는 듯했다. 제이콥에겐 기회가 있을 때마다 내 손을 잡는 습관이 있었지만, 이렇게 어두운 영화관 안에서는 그 의미가 달라진다는 것을 그도 잘 알고 있을 것이다. 나는 마이크도 같은 생각을 하고 있다는 걸 믿기 힘들었지만, 어쨌든 그의 손도 제이콥과 똑같은 모양새로 팔걸이를 차지하고 있었다.

나는 단단히 팔짱을 낀 채 두 사람 손이 모두 사라져 버리기를 바랐다.

마이크가 먼저 포기했다. 영화가 반쯤 지나갔을 때 그는 팔을 거둬들이더니 앞으로 몸을 수그리고 양손에 턱을 기댔다. 처음엔 영화 내용에 반응을 보이는 것이라 생각했지만, 이내 그는 신음소리를 냈다.

"마이크, 괜찮아?"

내가 속삭여 물었다.

그가 또 다시 신음소리를 내자 우리 앞에 앉아 있던 커플이 뒤를 돌아보았다.

"아니, 나 좀 아픈 것 같아."

마이크가 숨을 몰아쉬었다.

스크린에서 비치는 희미한 불빛에도 그의 얼굴에 배어 나온 식은땀이 보였다.

마이크가 또다시 신음소리를 내고는 문으로 뛰쳐나갔다. 나도 그를 따라 일어났고, 당장 제이콥도 내 뒤를 따랐다.

"아니야, 넌 그냥 있어. 괜찮은지 내가 가서 보고 올게."

내가 속삭였지만 제이콥은 아랑곳하지 않고 나를 따라 나왔다.

"올 필요 없다니까 그래. 8달러나 냈는데 본전은 챙겨야지."

영화관 통로를 걸어가며 내가 말했다.

"괜찮아. 차라리 환불해달라고 해야겠어. 이 영화 진짜 엉망이다."

속삭이던 그의 목소리는 영화관 문을 빠져나오자 평소의 그것으로 바뀌었다.

복도에선 마이크의 모습이 보이지 않았으므로, 그제야 나는 제이콥이 함께 와준 걸 다행으로 여겼다. 그는 마이크를 찾아서 남자 화장실로 들어갔다.

몇 초 만에 제이콥이 돌아왔다.

"이 안에 있어."

그러더니 그가 눈알을 굴렸다.

"바보 아냐? 저렇게 약해서야. 아무래도 넌 좀더 배짱 있는 사람을 만나야 할 것 같은데. 고어 영화를 보고 구토를 하는 대신 웃어버릴 수 있는 남자 말야."

"나도 그런 사람을 눈 크게 뜨고 찾고 있어."

영화관 복도에는 우리 둘 뿐이었다. 양쪽 영화관에서 모두 영화를 상영 중이어서, 텅 빈 복도는 로비 매점에서 튀기는 팝콘 소리가 들려올 만큼 조용했다.

제이콥이 복도 중간에 있는 벨벳 소파에 앉아 자기 옆자리를 두드렸다.

"꽤 오래 저 안에 있어야 할 것처럼 보이던데."

긴 다리를 펴고 앉아 기다릴 태세를 취하며 그가 말했다.

나는 한숨을 쉬며 그의 곁에 앉았다. 제이콥은 경계선을 더욱 흐트러뜨릴 작정을 하고 있는 것 같았다. 아니나 다를까, 내가 앉자마자 그는 내 어깨에 팔을 얹었다.

"제이콥."

내가 몸을 비키며 나무랐다. 그는 사소한 나의 거부 정도로는 전혀 마음 상하지 않는다는 듯 태연히 팔을 내렸다. 이어 내 손을 덥석 잡는 바람에 내가 다시 손을 빼려 하자 제이콥은 다른 손으로 내 손목을 감쌌다. 어디서 이런 자신감이 나오는 걸까?

"잠깐만 있어 봐, 벨라. 할 얘기가 있어."

제이콥이 침착한 목소리로 말했다.

나는 인상을 찌푸렸다. 이런 상황, 바라지 않았다. 지금 당장뿐이 아니라 영원히 바라지 않던 일이었다. 현 시점에서 제이콥 블랙보다 더 중요한 건 내 인생에 남아 있지 않았다. 하지만 그는 모든 것을 무너뜨릴 작정인 듯했다.

"뭔데?"

내가 뽀로통해져 중얼거렸다.

"날 좋아하는 건 맞지?"

"그건 너도 알잖아."

"지금 저 안에서 토하고 있는 놈보다 더?"

제이콥이 화장실 쪽을 가리켰다.

"응."

나는 한숨을 쉬었다.

"다른 남자들 전부 합쳐도 나만 못하지?"

그는 내가 무슨 대답을 하든 상관이 없거나, 어쩌면 이미 답을 알고 있는 듯 차분하고 자신만만했다.

"다른 여자 친구들까지 합해도 마찬가지야."

"하지만 그게 다란 말이지."

제이콥은 질문을 하는 게 아니라 아예 단정적으로 말했다.

뭐라고 대꾸하기가 어려웠다. 상처를 받고 나를 피하면 어쩌지? 내가 그걸 견딜 수 있을까?

"응."

속삭이듯 내가 대답했다.

제이콥은 나를 내려다보며 싱긋 웃었다.

"뭐, 괜찮아. 어쨌든 나를 제일 좋아한다는 거잖아. 게다가 내가 '꽤' 잘 생겼다고 생각한다면서. 나도 짜증날 만큼 끈질기게 기다릴 준비는 돼 있거든."

"난 변하지 않을 거야."

아무렇지 않은 듯 이야기하려 했지만 내가 들어도 서글픔이 느껴지는 목소리였다.

제이콥의 얼굴에서 장난기가 사라졌다.

"그 자식 때문이구나?"

나는 움찔했다. 차에서 음악 얘기를 했을 때처럼 제이콥이 알아서 이름을 언급하지 않는다는 게 우스웠다. 그는 나에 대해 너무 많은 걸 알고 있었다. 내가 말한 적이 없는 부분까지.

"굳이 대답하지 않아도 돼."

나는 고마운 마음에 고개를 끄덕였다.

"하지만 내가 주변에서 계속 얼씬거려도 화 내진 마, 알았지? 난 포기 안 할 거거든. 어차피 시간도 많으니까."

제이콥이 내 손등을 톡톡 두들겼다.

나는 한숨이 나왔다.

"나한테 시간 낭비하지 마."

속으로는 그래 주길 바라면서 내가 말했다. 흠집 있는 상품 같은, 지금 이대로의 나를 제이콥이 받아들여준다면 더 바랄 게 없었으니까.

"네가 나랑 있는 걸 좋아하기만 한다면, 계속 낭비하고 싶은데."

"너랑 있는 걸 내가 어떻게 좋아하지 '않을' 수가 있겠니."

내가 솔직히 털어놓자 제이콥의 얼굴이 환해졌다.

"난 그걸로 족해."

"그 이상은 기대하지 마."

나는 손을 빼려고 했지만, 그는 고집스레 놓아주지 않았다.

"손잡고 있는 게 정말로 싫은 건 아니지?"

그가 내 손가락을 꼭 쥐며 물었다.

"응."

나는 한숨을 쉬었다. 사실은 기분이 좋았다. 요즘 나는 늘 추웠다. 그런데 그의 손은 내 손보다 훨씬 따뜻했다.

"그리고 '저 자식'이 어떻게 생각하든 상관없는 거지?"

제이콥이 엄지로 화장실 쪽을 가리켰다.

"아마 그럴걸."

"그런데 뭐가 문제야?"

"문제는 내가 생각하는 것과, 네가 생각하는 것이 서로 의미가 다르다는 거야."

"그렇군. 하지만 그건 '내' 문제잖아?"

그가 내 손을 더욱 꼭 잡았다.

"알았어. 어쨌든 잊지는 마."

"안 잊을게. 아무튼 이제 내 수류탄의 안전핀은 뽑힌 셈이네, 그치?"

제이콥이 내 옆구리를 쿡 찔렀다.

나는 기가 막혀 눈알을 굴렸다. 자기 감정에 대해 농담을 할 수 있는 사람이라면 그럴 만한 자격이 있을 것 같아서였다.

그는 나지막이 웃으며 한참 동안 기다란 손가락으로 무심히 내 손을 어루만졌다.

"여기 이상하게 생긴 흉터가 있네. 어쩌다 이렇게 됐어?"

갑자기 그가 내 손을 뒤집어 유심히 살폈다. 그러곤 피부색이 워낙 하얘서 거의 보이지도 않는 긴 초승달 모양의 은빛 흉터를 따라 손가락을 움직였다.

나는 인상을 찡그렸다.

"걸핏하면 다치는 게 나잖아. 온몸의 흉터가 어떻게 해서 생겼는지 내가 다 기억할 거라고 생각해?"

그리고 나는 고통스러운 기억이 떠올라 커다란 구멍을 남기기를 기다렸다. 하지만 제이콥과 함께 있기 때문인지 이번에도 온전히 버틸 수 있었다.

"여긴 차갑네."

제임스가 깨물었던 자국을 가볍게 쓰다듬으며 제이콥이 중얼거렸다.

이어 마이크가 화장실에서 비틀비틀 걸어 나왔다. 얼굴은 잿빛인 데다 식은땀으로 뒤덮여 꼴이 엉망이었다.

"어머나, 마이크."

"일찍 집에 가면 안 될까?"

마이크가 속삭였다.

"당연히 가야지."

나는 제이콥의 손을 뿌리치고 달려가 마이크를 부축했다. 그는 금세라도 쓰러질 것 같았다.

"영화 내용이 너무 과했나?"

제이콥이 가혹하게 묻자 마이크가 험상궂게 그를 노려보았다.

"영화는 보지도 않았어. 조명이 꺼지기 전부터 속이 안 좋았다고."

"그럼 왜 미리 말하지 않았어?"

출구 쪽으로 향하며 내가 나무랐다.

"좀 있으면 괜찮을 줄 알았지."

"잠깐만."

문 앞에 당도한 순간 제이콥이 말했다. 그는 빠르게 매점 카운터로 향했다.

"빈 팝콘 통 하나 얻을 수 있을까요?"

매점 여직원은 마이크를 한번 쳐다보더니 팝콘 통을 제이콥에게 내밀었다.

"제발 밖으로 데려가줘요."

점원 아가씨가 대꾸했다. 보아하니 로비 바닥 청소도 그 여자가 하는 모양이었다.

나는 마이크를 부축해 서늘하고 축축한 바깥 공기 속으로 이끌었다. 그가 심호흡을 했다. 제이콥도 곧장 따라 나왔다. 그는 나와 함께 마이크를 부축해 뒷좌석에 태운 뒤 심각한 눈빛으로 팝콘 통을 건네주었다.

"부탁해요."

제이콥이 한 거라곤 그 말 뿐이었다.

우리는 마이크에게 도움이 될까 싶어서, 창문을 모두 내리고 싸늘한 밤

공기가 실내로 들어오게 했다. 나는 다리를 의자 위로 올리고 감싸 안으며 온기를 느껴보려 했다.

"또 추워?"

내가 대답하기도 전에 제이콥이 한 팔을 내 어깨에 두르며 물었다.

"넌 안 추워?"

그가 고개를 저었다.

"열병에라도 걸렸나 보다."

정말로 이가 덜덜 떨리도록 추웠으므로 내가 투덜거렸다. 제이콥의 이마를 만져보니 진짜로 '뜨거웠다'.

"앗, 열이 펄펄 나!"

"기분은 아무렇지도 않아. 아주 멀쩡해."

제이콥은 어깨를 으쓱했다.

나는 얼굴을 찌푸리며 그의 이마를 다시 짚어보았다. 손끝에 느껴지는 그의 피부는 뜨끈뜨끈했다.

"손이 얼음장 같네."

이번엔 제이콥이 불평을 했다.

"난 원래 그래."

마이크가 뒷좌석에서 신음을 흘리더니 플라스틱 통에 토했다. 나는 인상을 찡그리며, 토하는 소리와 냄새 때문에 나까지 구역질이 나지 않기를 빌었다. 제이콥은 차가 엉망이 되었을까 봐 어깨 너머로 걱정스레 쳐다보았다.

집으로 돌아오는 길은 갈 때보다 훨씬 더 길게 느껴졌다.

제이콥은 생각에 잠겨 침묵을 지켰다. 그는 계속해서 내 어깨를 안고 있었는데, 팔이 너무 따뜻해서 차가운 바람이 시원하게 느껴질 정도였다.

나는 죄책감에 사로잡혀 창밖을 내다 보았다.

제이콥을 부추기는 건 잘못된 일이었다. 순전히 내 이기심에 불과하니까. 내 입장을 또렷이 밝혔다고 해도 달라지는 건 없었다. 우리가 우정 이상의 관계로 발전될 가능성이 조금이라도 있다고 제이콥이 느꼈다면 그건 내가 충분히 선을 긋지 못했다는 뜻이었다.

어떻게 설명을 해야 그가 이해할 수 있을까? 내가 속이 빈 조개껍데기와 같다는 것을. 저주라도 받은 것처럼, 몇 달 간 그 누구도 살 수 없었던 빈 집이나 다름없다는 것을. 이제 나는 겨우 나아지고 있었다. 첫 번째 방은 그나마 약간 상태가 좋아졌다. 하지만 그뿐이었다. 아주 작은 부분만 수리할 수 있었을 뿐이다. 무너져가던 폐가의 작은 방 하나. 그건 제이콥에게 어울리지 않았다. 그보다 더 큰 것을 누릴 자격이 있는 사람이니까. 그가 아무리 많은 것을 주어도, 나를 예전으로 되돌릴 순 없었다.

하지만 그러면서도 나는 그를 떠나보낼 수가 없었다. 이기적임을 알면서도, 나에겐 제이콥이 절대적으로 필요했다. 내가 좀 더 명확하게 선을 긋는다면. 그래서 그가 떠나게 한다면. 그렇게 생각하니 나도 모르게 몸서리가 쳐졌다. 그러자 제이콥이 나를 좀 더 보듬어 안아주었다.

나는 마이크의 승합차를 몰아 그를 집에 데려다주었고, 제이콥은 나를 다시 태워다 주려고 바짝 우리 뒤를 쫓았다. 우리 집까지 돌아오는 동안 제이콥은 침묵을 지켰으므로, 나는 그도 나와 같은 생각을 하는 걸까 궁금했다. 어쩌면 생각이 바뀌었을지도 모르니까.

"원래 계획보다 일찍 돌아왔으니 집에 들어가서 놀다 가겠다고 하고 싶지만, 아무래도 열이 심상치 않다는 네 말이 맞나봐. 나도 기분이 약간 이상해지기 시작했어."

내 트럭 옆에 폭스바겐을 세우며 제이콥이 말했다.

"너까지 병 나면 안 되는데! 내가 집까지 데려다 줄까?"

"아니야. 아직 토할 것 같진 않아. 그냥 좀…… 이상해. 정 괴로우면 차를 세우면 되겠지 뭐."

제이콥은 양쪽 눈썹이 맞닿을 만큼 이마를 찡그리고 있었다.

"집에 도착하자마자 전화할 거지?"

"당연하지."

그는 어둠을 응시하며 입술을 깨물었다.

내가 조수석 문을 열고 내리려 하자, 그가 내 손목을 가볍게 잡고 붙들었다. 그의 체온이 얼마나 뜨거운지를 새삼스레 느꼈다.

"왜?"

"할 말이 있어, 벨라……. 근데 막상 얘기하려니까 좀 간지럽다."

나는 한숨을 쉬었다. 영화관에서 했던 이야기의 연장일 거라는 생각이 들었다.

"어서 해."

"네가 많이 불행한 거 나도 알아. 별로 도움이 안 될지도 모르지만, 내가 언제나 옆에 있다는 걸 알아주면 좋겠어. 절대로 널 실망시키지 않을 거야. 네가 힘들 땐 언제든 나한테 기댈 수 있을 거야. 약속할게. 와, 말해 놓고 보니 진짜로 낯간지럽다. 그래도 무슨 뜻인지 알지? 나는 절대로 너한테 상처주지 않을 거야."

"그래, 나도 알아. 그리고 난 이미 너한테 너무 많이 기대고 있어. 어쩌면 네가 생각하는 것보다 훨씬 더 매달리고 있을걸."

저녁 햇살이 구름에 불을 붙여 노을을 만들어내듯 그의 얼굴에 미소가 번지는 걸 보며, 나는 문득 내 혀를 잘라버리고 싶었다. 거짓말은 한 마디도 없었지만, 차라리 거짓말을 하는 편이 옳은 게 아닐까. 진실을 고백하는 건 잘못된 일이다. 결국 그에게 상처가 될 테니까. 나는 제이콥을 실망시키고 말 사람이었다.

갑자기 그의 얼굴이 이상하게 일그러졌다.

"이젠 정말로 집에 가야겠다."

나는 재빨리 차에서 내렸다.

"꼭 전화해!"

멀어지는 그의 차에 대고 내가 소리쳤다.

떠나는 자동차를 지켜보니 최소한 운전은 제대로 하고 있는 듯했다. 그가 사라진 텅 빈 도로를 응시하며 나는 스스로에게 구역질이 났다.

제이콥 블랙에 대한 소유욕을 공공연히 드러내도 죄책감을 느끼지 않도록, 그와 내가 한 핏줄로 태어난 형제라면 얼마나 좋을까 하는 생각이 들었다. 제이콥을 이용해먹을 생각은 처음부터 없었지만, 지금 내가 죄책감을 느끼는 건 결국 내가 그를 이용하고 있기 때문이었다.

하지만 그를 사랑할 생각은 더더욱 없었다. 머리부터 발끝까지, 메마른 내 가슴 깊은 곳은 물론 온몸의 뼈 마디 하나까지 속속들이 깨닫게 된 유일한 진실, 그건 사랑이 너무나도 파괴적이라는 것이었다.

나는 도저히 복구할 수 없을 정도로 망가져 있었다.

하지만 지금 나에겐 마약처럼 제이콥이 필요했다. 나는 너무 오래 그를 버팀목으로 이용하고 있었고, 생각보다 너무 깊이 그에게 빠져버렸다. 이제는 그에게 상처를 주는 걸 견딜 수가 없으면서도, 상처를 줄 수밖에 없는 상황이 되어버렸다. 제이콥은 시간을 두고 끈기 있게 기다리면 내가 변할 거라고 생각했다. 그 생각이 틀렸다는 걸 알면서도 동시에 나는 그가 노력해 주기를 바라고 있었다.

그는 내 둘도 없는 친구다. 나는 그를 언제나 사랑할 테지만, 그것만으로는 제이콥에겐 절대 부족하리라.

나는 집안으로 들어가 전화기 옆에 앉아 손톱을 물어뜯었다.

"영화가 벌써 끝났니?"

나를 본 찰리가 깜짝 놀라며 물었다. 그는 TV 바로 앞 바닥에 앉아 있었다. 꽤나 흥미진진한 경기를 보고 있었던 모양이다.

"마이크가 병이 나서 일찍 왔어요. 전염성 위염인가 봐요."

"넌 괜찮니?"

"지금은 괜찮은 것 같아요."

자신 없는 태도로 내가 말했다. 분명 나도 바이러스에 노출됐을 것이다.

나는 전화기에서 손이 한 뼘쯤 떨어진 곳에서 싱크대에 기댄 채 참을성 있게 기다리려 애를 썼다. 떠나기 직전에 제이콥의 얼굴에 떠오른 묘한 표정 때문에 자꾸 초조해져 나도 모르게 손가락으로 싱크대를 두들겼다. 집까지 내가 운전해서 데려다 줄걸 그랬다는 생각이 들었다.

나는 천천히 움직이는 시곗바늘을 자꾸만 쳐다보았다. 10분…… 15분이 지났다. 내가 운전을 해도 15분밖에 걸리지 않는 거리인데 제이콥은 나보다 운전을 더 빨리 한다. 18분이 지났다. 나는 수화기를 들고 번호를 눌렀다.

신호음은 계속해서 울렸다. 빌리가 잠든 것인지도 모른다. 내가 번호를 잘못 눌렀을 수도 있었다. 나는 다시 전화를 걸었다.

벨이 여덟 번 울리고 나서 내가 수화기를 내려놓으려고 할 무렵 빌리가 전화를 받았다.

"여보세요?"

그의 목소리는 나쁜 소식을 기대하기라도 하듯 몹시 조심스러웠다.

"아저씨, 저 벨라예요. 제이콥 아직 안 들어왔어요? 20분쯤 전에 여기서 출발했는데."

"들어왔다."

빌리가 단조롭게 대꾸했다.

"저한테 전화한다고 했거든요. 떠날 때 몸이 안 좋다고 해서 걱정했어요."

나는 약간 짜증이 났다.

"걔가…… 너무 아파서 전화를 못했다. 지금도 상태가 좋지 않아."

빌리는 딴 데 정신을 팔고 있는 듯 목소리가 아득했다. 나는 곧, 그가 제이콥 곁에 있고 싶어한다는 걸 깨달았다.

"제가 도울 일 있으면 알려주세요. 그리로 갈 수도 있고요."

빌리는 휠체어에 묶여 있으니, 제이콥이 스스로 간병을 해야 하리라는 것이 떠올랐다.

"아니, 아니다. 우린 괜찮아. 넌 꼼짝 말고 거기 있거라."

거의 무례하게 생각될 만큼 빌리의 태도는 단호했다.

"알겠어요."

"그럼 끊자."

전화가 툭 끊겼다.

"안녕히 계세요."

어쨌든 제이콥이 무사히 집에 도착했으니 다행이었다. 그런데도 이상하게 걱정이 줄어들질 않았다. 나는 초조한 심정으로 무거운 다리를 놀려 계단을 올라갔다. 내일 일하러 가기 전에 들러보는 것도 좋을 듯했다. 수프라도 가져가면 어떨까. 근처 어디에서 캠벨 통조림 수프 파는 데를 찾아야겠군.

새벽 4시 반에 잠에서 깨어난 나는 전날 밤 세운 모든 계획을 취소해야 한다는 걸 깨달으며 화장실로 달려갔다. 30분 뒤, 찰리가 차가운 욕조 턱에 뺨을 기댄 채 바닥에 쓰러져 있는 나를 발견했다.

그는 나를 오래도록 응시하다 마침내 입을 열었다.

"위염에 전염됐구나."

"네."

내가 신음하듯 대답했다.

"뭐 더 필요한 건 없니?"

"저 대신 뉴튼 씨 가게에 전화 좀 걸어주세요. 마이크가 걸린 병에 저도 걸려서 오늘 일하러 못 간다고, 죄송하다고요."

"알았다, 걱정 마라."

그날 오전 내내 나는 화장실을 떠나지 못했고, 거기서 구겨진 수건에 얼굴을 묻고 두어 시간 눈을 붙였다. 찰리는 일을 하러 나가봐야 한다고 했지만, 실은 화장실에 접근하는 걸 꺼리는 듯했다. 그는 내가 탈수증에 걸리지 않도록 화장실 바닥에 물 한 잔을 놓아주었다.

찰리가 집에 돌아오는 소리에 나는 잠에서 깨어났다. 창밖이 캄캄한 게 눈에 들어왔다. 그는 내 상태를 확인하느라 이층으로 올라왔다.

"아직 살아 있니?"

"그런 것 같아요."

"필요한 거 없어?"

"됐어요."

더 할 말이 없는지 그는 잠시 망설였다.

"알았다."

이내 그는 다시 부엌으로 내려갔다.

몇 분 뒤 전화벨이 울리는 소리가 났다. 찰리가 작은 목소리로 누군가와 잠시 이야기를 주고받더니 이내 전화를 끊었다.

"마이크는 이제 괜찮아졌단다."

그가 나를 향해 소리쳤다.

그 말을 들으니 힘이 났다. 마이크는 나보다 불과 8시간쯤 먼저 발병했었다. 8시간만 더 앓으면 된다는 뜻이었다. 그 생각을 하자 돌연 구역질이 다시 치밀었으므로 나는 몸을 일으켜 변기에 머리를 박았다.

나는 또다시 수건에 얼굴을 묻고 잠이 들었지만 깨어보니 침대에 누워 있었고, 창밖이 희끄무레하게 밝아오는 중이었다. 방으로 온 기억이 없는 걸 보니 찰리가 방으로 데려다 놓은 모양이었다. 아빠는 침대 머리맡 탁자에도 물 한 컵을 올려두었다. 목이 탔다. 밤새도록 놓여 있던 물이라 맛이 이상했지만 어쨌든 벌컥벌컥 물을 마셨다.

구역질이 다시 끓어오르지 않도록 천천히 몸을 일으켰다. 기운이 없고 입맛이 몹시 썼지만, 이제 뱃속은 멀쩡한 것 같았다. 시계를 쳐다보았다.

발병한 지 24시간이 지나 있었다.

그래도 못미더워서 나는 아침 식사로 찝찔한 크래커 몇 조각 외엔 아무것도 먹지 않았다. 찰리는 내가 회복된 걸 보고 안심한 얼굴이었다.

또다시 화장실 바닥에서 종일을 보내지 않아도 된다는 걸 확인하자마자 나는 제이콥에게 전화를 걸었다.

제이콥이 직접 전화를 받았지만, 나는 인사를 건네는 그의 목소리를 들은 순간 아직 낫지 않았음을 직감했다.

"여보세요?"

그의 목소리는 심하게 갈라져 있었다.

"어머나, 제이콥. 목소리가 말이 아니다."

안쓰러운 마음에 나도 신음소리가 나왔다.

"기분이 엉망이야."

"괜히 너까지 데려가는 바람에 일이 이렇게 됐네. 정말 미안해."

"같이 가서 난 좋았어. 자책하지 마, 벨라. 네 잘못 아니야."

그 말은 희미한 속삭임에 가까웠다.

"곧 낫길 빌어. 난 오늘 아침에 일어나니까 괜찮아졌어."

"너도 아팠어?"

"응, 나도 옮았더라. 하지만 이젠 괜찮아."

"다행이다."

그의 목소리엔 전혀 생기가 없었다.

"그러니까 너도 몇 시간 지나면 괜찮아질 거야."

내가 용기를 북돋아주려고 애썼지만 그의 목소리는 여전히 들릴 듯 말 듯 했다.

"난 너랑 같은 병이 아닌 것 같아."

"전염성 위염 걸린 거 아니야?"

"아니야. 뭔가 다른 병이야."

"어디가 어떻게 아픈데?"

"다 아파. 온 몸이 다 쑤시고 아파."

속삭이는 그의 목소리에서 거의 손에 잡힐 듯 고통이 전해졌다.

"내가 뭐 도울 일 없을까? 뭣 좀 가져다줄까?"

"아무것도 필요 없어. 넌 여기 오면 안 돼."

그는 아주 단호했다. 어젯밤의 빌리 말투가 생각났다.

"네가 무슨 병이든 어차피 나는 이미 전염됐을 거야."

제이콥은 내 말을 무시했다.

"내가 나중에 좋아지면 전화할게. 다시 우리 집에 와도 될 것 같을 때 내가 연락할게."

"제이콥……."

"그만 끊어야겠어."

갑자기 급한 일이라도 생긴 듯 그가 말했다.

"나아지면 꼭 전화해 줘."

"알았어."

문득 그의 목소리가 낯설고 차갑게 느껴졌다.

그는 잠시 침묵을 지켰다. 나는 그가 작별인사를 하기를 기다렸지만, 그도 내가 먼저 인사하기를 기다리는 모양이었다.

"곧 만나자."

마침내 내가 말했다.

"꼭 내가 전화할 때까지 기다려야 해."

"알았어……. 안녕, 제이콥."

"벨라."

그는 내 이름을 속삭인 뒤 곧 전화를 끊었다.

10

초원

제이콥은 전화하지 않았다.

처음 내가 전화를 걸었을 땐 빌리가 전화를 받아 제이콥이 아직 누워 있다고 말했다. 나는 주제넘게 참견하듯, 빌리가 아들을 병원에 데려갔는지 확인했다. 빌리는 병원에 다녀왔다고 대답했지만, 이상스럽게도 나는 그의 말을 믿지 못했다. 나는 하루에도 몇 번씩 이틀 내리 전화를 걸었지만 아무도 받지 않았다.

토요일이 되자 나는, 전화 걸 때까지 기다리라던 제이콥의 말을 무시하고 찾아가기로 결심했다. 하지만 집은 비어 있었다. 더럭 겁이 났다. 제이콥이 너무 심하게 아파 병원에 입원이라도 한 걸까? 집에 오는 길에 병원에도 들렀지만, 안내 데스크의 간호사는 제이콥도 빌리도 병원에 온 적이 없다고 말했다.

나는 찰리가 퇴근을 하자마자 해리 클리어워터의 집에 전화를 걸도록 했다. 찰리가 오랜 친구와 수다를 떠는 동안 나는 초조한 마음으로 기다렸다. 정작 제이콥 얘기는 나오지 않은 채 대화가 영원히 이어질 듯했으므로. 해리가 심장 때문에 검사를 받느라 병원에 갔던 모양이다. 찰리는 이맛살을 잔뜩 찌푸린 채 걱정을 했지만 해리는 스스럼없이 농담을 건넸고, 결국 찰리도 친구와 함께 웃음을 터뜨렸다. 찰리는 그런 다음에야 비로소 제이콥 이야기를 물었는데, 내 쪽에선 '흠'과 '응'이라는 대답밖엔 들을 수 없었으므로 무슨 대화가 오가는지 통 짐작할 수가 없었다. 내가 싱크대를 끊임없이 손가락으로 두들기자, 찰리는 내가 손을 꼼짝 못하도록 붙잡았다.

마침내 찰리는 전화를 끊고 나를 돌아보았다.

"해리 말로는 그 동네 전화선에 문제가 있었다는구나. 그래서 연결이 안 된 모양이야. 그리고 빌리가 제이콥을 그쪽 병원에 데려갔는데 단핵구증에 걸린 것 같다고 했다더라. 너무 피곤해서 빌리가 집에 아무도 못 오게 했단다."

"집에 아무도 못 오게 했다고요?"

내가 믿어지지가 않아 되묻자 찰리가 한쪽 눈썹을 들어올렸다.

"설마 자진해서 흑사병에 걸려올 작정은 아니겠지? 아들 일이니 빌리가 어련히 알아서 잘 하겠냐. 곧 툭툭 털고 일어날 거야. 좀 기다려봐라."

나는 더 캐묻지 않았다. 찰리는 해리의 건강을 몹시 걱정하고 있었다. 분명 그게 더 중요한 문제긴 하니까, 사소한 걱정으로 그를 괴롭히는 건 옳지 못한 짓 같았다. 그래서 대신 나는 이층에 올라가 컴퓨터를 켰다. 온라인 의학 자문 사이트를 찾아 들어가, 검색창에 '단핵구증'을 입력했다.

단핵구증에 대해 내가 알아낸 사실은 키스로 전염될 수 있다는 것이었는데, 그렇다면 분명 제이콥의 경우와는 달랐다. 재빨리 증상을 읽어보니, 발열은 확실히 맞는 듯했지만 나머지는 수긍이 가지 않았다. 목이 심하게 아프지도 않았고 전신 피로감이나 두통도 증상에 해당되지 않았다. 최소한 영화관에서 집에 가기 전까지는 그랬다. 제이콥은 '아주 멀쩡'하다고 말했었다. 그런 식으로 병이 단시간에 진행될 수도 있는 걸까? 검색 내용에는 목이 아픈 증상이 제일 먼저 나타난다고 되어 있었다.

컴퓨터 모니터를 노려보며, 내가 지금 왜 이러고 있는지 문득 의아해졌다. 빌리의 이야기를 전혀 못 믿겠다는 듯 '의구심'에 사로잡혀 있을 이유가 있나? 빌리가 해리한테 거짓말을 할 이유가 없을 텐데.

아무래도 나는 멍청한 짓을 하고 있는 듯했다. 그냥 걱정이 될 뿐인데. 제이콥을 못 만나게 될까 봐 두렵고 초조해서.

나는 좀 더 정보를 파악하고자 재빨리 나머지 내용을 읽어 내려가다, 단핵구증이 한 달 이상 지속될 수도 있다는 부분에 시선을 멈추었다.

'한 달'이나? 입이 딱 벌어졌다.

하지만 빌리가 한 달이나 집에 아무도 못 오게 할 리는 없었다. 당연히 그럴 순 없겠지. 얘기 나눌 상대도 없이 그렇게 오래 침대에 누워 있다간 제이콥은 아마 미쳐버릴 게 뻔했다.

그나저나 빌리는 뭘 두려워하는 것일까? 검색 내용에 따르면 단핵구증에 걸린 환자가 운동을 피해야 한다고는 되어 있었지만, 외부인과의 접촉을 피해야 한다는 말은 없었다. 별로 전염성이 강한 병은 아닌 듯했다.

나는 주제넘게 나서기 전에 일단 빌리에게 일주일의 여유를 주기로 했다. 그 정도면 나로선 관대한 처사였다.

일주일은 '몹시' 길었다. 수요일쯤이 되자 나는, 토요일까지 살아 있을 자신도 사라지고 말았다.

일주일 동안은 빌리와 제이콥을 괴롭히지 않겠다고 결심해 놓고도, 나는 정작 제이콥이 빌리의 지시를 그대로 따를 거라고 믿지 않았다. 그래서 매일 학교에서 돌아오면 나는 부재중 메시지가 있는지 제일 먼저 전화기부터 확인했다. 메시지가 녹음되어 있던 적은 단 한 번도 없었다.

나는 자신과의 약속을 깨고 세 번이나 먼저 수화기를 들었지만 전화는 여전히 연결되지 않았다.

내가 집에 있는 시간은 너무 길었고, 지독하게 외로웠다. 제이콥이 곁에 없으니 그간 스스로 억눌러왔던 모든 고통들이 새로이 나를 집어삼켰다. 나는 다시 악몽에 시달리기 시작했다. 꿈이 끝나는 지점을 이젠 떠올릴 수가 없었다. 그저 끔찍한 공허뿐이었다. 꿈의 절반은 숲속에서, 나머지 절반은 하얀 저택이 사라져버린 텅 빈 양치식물의 바다 속에서 헤매야 했다. 가끔 샘 울리가 숲속에서 나타나, 나를 관찰하기도 했다. 그의 존재는 전혀 위안이 되지 못했으므로 나는 관심을 기울이지 않았다. 그가 있다고 해서 내 외로움이 줄어드는 것은 아니었다. 밤마다 비명을 지르며 깨어나는 것도 막아줄 수 없었다.

가슴에 뻥 뚫린 구멍은 비할 데 없이 커져갔다. 이젠 통제할 수 있게 됐다고 믿었지만, 여전히 나는 매일 밤 온몸을 웅크리고 뒹굴며 만신창이가 된 몸을 부여안고 숨을 헐떡였다.

나 혼자서는 어느 것 하나 제대로 감당할 수 없었다.

비명을 지르며 새벽에 퍼뜩 눈을 뜬 나는 그날이 토요일임을 깨닫고 무한한 안도감을 느꼈다. 오늘은 제이콥에게 전화를 걸 수 있다. 아직도 전화가 연결되지 않으면 라푸시에 직접 가 봐야지. 그 어느 쪽이든 지독히도 외로웠던 지난 한 주보다는 나을 것이다.

나는 전화번호를 누른 뒤 기대감에 젖어 기다렸다. 겨우 두 번 벨이 울린 뒤 빌리가 전화를 받아 소스라치게 놀랐다.

"여보세요?"

"와, 이제 다시 전화가 되네요! 안녕하세요, 아저씨, 저 벨라예요. 제이콥이 어떻게 지내는지 궁금해서 전화했어요. 아직도 면회사절인가요? 잠깐 들르고 싶은데요."

"미안하구나, 벨라."

빌리가 내 말을 끊었다. 그 목소리가 하도 무심해서 나는 그가 재미있는 TV 중계라도 보고 있던 걸까 의아해졌다.

"제이콥은 집에 없다."

잠시 멈칫할 수밖에 없었다. 내가 다시 물었다.

"그럼 이제 다 나은 거예요?"

"그래."

빌리는 잠깐, 하지만 너무 뜸을 들인다 싶을 정도의 시간 동안 머뭇거렸다.

"알고 보니 단핵구증이 아니었어. 다른 바이러스였다더구나."

"아, 네. 그럼…… 어디 갔어요?"

"친구들이랑 포트엔젤레스에 갔다. 영화를 두 편 연속 상영한다지, 아마. 온종일 집에 없을 거다."

"그렇다면 다행이네요. 걱정을 많이 했거든요. 외출할 수 있을 만큼 좋아졌다니 정말 잘 됐어요."

주절대는 내 목소리가 한없이 가식적으로 들렸다.

몸이 나아졌으면서 나한테 전화를 할 생각이 안 들었다니. 그러면서 친구들과 외출을 하다니. 나는 집에 홀로 앉아 매 시간 그를 그리워하고 있었는데. 일주일 내내 외로움과 지루함을 견디며, 걱정으로 가슴에 구멍이 뻥 뚫린 채 괴로워했는데, 제이콥의 사정은 나와 달랐다는 사실을 깨닫자 이젠 아예 버려진 느낌이 들었다.

"특별히 전할 말은 없니?"

빌리가 예의를 차리려는 듯 물었다.

"아뇨, 없어요."

"그럼 네가 전화했더라고 전해주마. 잘 있어라, 벨라."

"안녕히 계세요."

내가 대꾸했지만 이미 그는 전화를 끊은 뒤였다.

나는 수화기를 든 채로 멍하니 서 있었다.

내가 두려워하던 대로, 제이콥은 마음을 바꾼 게 틀림없다. 내 충고를 받아들여, 괜한 감정 소모를 하지 않기로 한 게 분명했다. 얼굴에서 핏기가 일순간에 사라져버리는 듯했다.

"뭐 잘못 됐니?"

계단을 내려오며 찰리가 물었다.

"아뇨. 빌리 아저씨 말씀이 제이콥 병이 다 나았다네요. 단핵구증이 아니었대요. 다행이죠 뭐."

나는 수화기를 내려놓으며 거짓말을 했다.

"그래서 그 녀석이 이리로 온다든, 아니면 네가 그쪽으로 가기로 했니?"

찰리가 냉장고를 뒤지며 무심한 말투로 물었다.

"둘 다 아니에요. 다른 친구들이랑 외출했대요."

마침내 찰리는 내 목소리가 심상치 않음을 깨달은 듯했다. 그가 슬라이스 치즈 봉지를 집은 채 걱정스러운 표정으로 나를 돌아보았다.

"점심 드시기엔 아직 좀 이르지 않아요?"

나는 그의 걱정을 무마시켜 보려고 최대한 가벼운 목소리를 냈다.

"그게 아니라 뭐 좀 싸가지고 강에 나가려고……."

"아, 오늘 낚시하러 가기로 하셨어요?"

"음, 해리가 전화를 했더라……. 비도 안 오고 해서."

그는 변명하듯 말하며 싱크대에 음식을 쌓기 시작했다. 그러다 갑자기 뭔가 깨달은 듯 다시 나를 쳐다보았다.

"제이콥도 없는데, 내가 그냥 집에 있는 게 좋겠니?"

"괜찮아요, 아빠. 날씨가 좋으면 물고기도 더 잘 잡히잖아요."

애써 아무렇지 않은 목소리를 만들어 냈다.

그는 마음의 결정을 내리지 못한 채 나를 빤히 응시했다. 딸이 또다시 걸레처럼 '축 늘어지게' 될까 봐, 혼자 집에 두고 나가기 꺼려지는 것이리라.

"정말이에요, 아빠. 전 제시카한테 전화해 보려고요."

나는 얼른 둘러댔다. 온종일 아빠의 감시를 받으니 차라리 혼자 있는 게 나을 테니까.

"곧 삼각함수 시험이 있어서 준비해야 하거든요. 같이 공부하면 도움이 될 거예요."

그 말은 사실이었다. 실제론 도움 없이 혼자 해야 할 테지만.

"그거 좋은 생각이로구나. 그동안 너무 제이콥이랑만 어울려서 다른 친구들이 섭섭했을 거야."

나는 미소를 지으며 다른 친구들도 챙겨야겠다는 양 고개를 끄덕였다.

찰리는 안심한 듯 돌아서려다 다시 걱정 가득한 얼굴로 나를 쳐다보았다.

"여기서 공부하거나, 제시카네 집으로 가는 거지?"

"그럼요, 달리 어딜 가겠어요?"

"전에도 얘기했지만 숲엔 들어가지 마라."

정신이 딴 데 팔려 있었으므로 그의 말을 이해하기까지 좀 시간이 걸렸다.

"또 곰이 나타났나 보죠?"

찰리는 얼굴을 찡그리며 고개를 끄덕였다.

"등산객 한 사람이 실종됐어. 산림 순찰대가 오늘 새벽에 텐트를 찾았는데 안이 텅 비었더란다. 주변엔 커다란 짐승 발자국이 있고…… 물론 짐승들이 나중에 음식 냄새를 맡고 접근했을 수도 있겠지만…… 아무튼 지금 여기저기 덫을 설치하고 있어."

"아, 네."

252

나는 찰리의 경고를 제대로 듣고 있지 않았다. 제이콥 일에 워낙 화가 나서 곰한테 물려죽을 가능성쯤은 전혀 대수롭지 않게 느껴졌던 것이다.

다행스럽게도 찰리는 서둘러 낚시를 떠났다. 제시카한테 전화하는지 확인까지 할 짬은 없어 보였다. 그래서 아버지 앞에서 거짓 통화를 하는 연기를 할 필요는 없었다. 그래도 나는 공부할 책을 식탁으로 가져와 가방을 싸는 시늉을 했다. 확실히 좀 오버긴 했다. 찰리가 빨리 낚시를 하러 나가야 할 상황이 아니었다면, 외려 더 의심만 샀겠지.

아빠 앞에서 바쁜 체를 하느라 너무 정신을 팔았던 모양이다. 진짜로는 할 게 아무것도 없다는 난감함은 그가 차를 타고 떠난 다음에야 내 뒤통수를 때렸다. 정적 속에 부엌 전화를 2분쯤 바라보고 있으려니 집에 있기 싫다는 생각이 점점 더해졌다. 나는 선택의 여지가 뭐가 있는지 살폈다.

제시카에게 전화를 걸 순 없다. 나에게 있어 제시카는 이미 멀리 떠난 사람이나 같았으므로.

라푸시로 차를 몰고 가서 오토바이를 타는 방법도 있겠지. 대단히 매혹적인 생각이었지만 한 가지 작은 문제가 있었다. 만약의 경우에 응급실로 나를 데려가줄 사람이 없다는 점.

아니면…… 트럭엔 아직 지도와 나침반이 실려 있다. 여러 번 따라다닌 터라 이젠 혼자서도 길을 잃지 않을 자신이 있었다. 제이콥이 언제 다시 나를 찾아오는 아량을 베풀지는 알 수 없지만, 어쩌면 오늘 나 혼자서 예상 진로 두 개쯤은 지워버릴 수도 있을지 모르지. 제이콥을 다시 만날 날이 언제가 될 것인지는 일부러 생각하지 않았다. 두 번 다시 없을지도 모른다는 가능성도 일단 제쳐두기로 하자.

찰리가 나중에 알면 어떻게 생각할지 약간 죄책감이 들었지만 무시하기로 했다. 오늘도 집안에만 틀어박혀 있을 수는 없었다.

몇 분 뒤 나는 딱히 어디인지도 모를 곳을 향해 뻗은 낯익은 비포장도로를 달리고 있었다. 바람을 온 얼굴에 느끼고 싶어서 창문을 모두 내렸다. 잔뜩 흐렸지만 비는 거의 내리지 않았다. 포크스에선 대단히 좋은 날씨라 할 만했다.

산으로 출발하기까지 나는 제이콥보다 훨씬 시간이 오래 걸렸다. 늘 차를 세우던 곳에 트럭을 주차한 뒤에도 콤파스 바늘과 이제는 너덜너덜해진 지도의 예상 진로를 맞춰보느라 15분이 넘게 걸렸다. 거미줄처럼 그려진 예상 진로 가운데 내가 가야할 길을 찾아냈다는 확신이 든 다음에야 나는 숲으로 들어갔다.

오늘 숲은 특히 생명력이 넘쳤다. 모든 생물들이 잠시나마 비가 그친 날씨를 즐기고 있는 듯했다. 새들이 지저귀며 날아가고, 들쥐들이 이따금씩 관목 숲으로 달아나는 소리가 들렸지만 어쩐지 오늘의 숲은 나에게 더 으스스해 보였다. 가장 최근에 꾼 악몽이 연상됐기 때문이었다. 이게 다 혼자라는 사실 때문인 걸 알고 있다. 그래서 나는 제이콥의 유쾌한 휘파람과 옆에서 누군가 축축한 땅을 짚는 소리가 그리웠다.

숲속으로 깊이 들어갈수록 불안감은 짙어졌다. 숨쉬는 것도 점점 어려워졌는데, 그건 고된 등산 때문이 아니라 또 내 가슴에 뚫려 버린 구멍 때문이었다. 나는 두 팔로 상체를 꼭 감싸 안은 채, 생각에서 비롯된 고통을 떨쳐버리려고 애를 썼다. 거의 포기하고 집으로 돌아갈 뻔하기도 했지만, 지금껏 한 수고를 낭비하고 싶진 않았다.

계속해서 묵직한 걸음을 옮기자 내 발자국 소리가 만들어낸 리듬이 내 마음을, 고통을 마비시키기 시작했다. 결국엔 숨쉬기도 편안해졌으므로 나는 포기하지 않은 걸 다행으로 여겼다. 이젠 등산로도 아닌 숲길을 헤치고 걷는데 꽤나 익숙해져 있었다. 전보다 속도가 빨라진 것이 스스로도 느껴졌다.

나는 내가 얼마나 열심히 걷고 있었는지 미처 깨닫지 못하고 있었다. 막연하게 5, 6킬로미터쯤 걸었을 것이라고 생각하고, 채 주변을 둘러볼 생각도 하지 않았다. 그런데 커다란 덩굴가지를 서로에게 뻗은 단풍나무 터널 아래를 지나 가슴 높이까지 자란 양치식물을 밀치고 걸어나가자, 갑자기 눈앞에 초원이 나타났다.

내가 찾던 그곳임을 나는 본능적으로 알아차렸다. 숲속에서 그렇게 똑같은 모양의 공터를 발견한다는 건 있을 수 없는 일이었다. 그곳은 누군가 일부러 동그란 원을 그리려고 나무와 풀을 베어버리면서 그 흔적을 전혀 남기지 않은 것처럼 완벽한 원 모양이었다. 서쪽에서는 졸졸 흐르는 시냇물 소리도 들려왔다.

햇빛이 없으니 그때처럼 눈부시게 인상적이진 않았지만 그래도 여전히 매우 아름답고 평온했다. 야생화가 필 시기는 아니었으므로, 초원 바닥엔 키 큰 풀들이 뒤덮여 파문을 일으키는 호수처럼 산들바람에 흔들리고 있었다.

분명 같은 장소였지만…… 그곳에 내가 찾아 헤매던 그 '이유'는 없었다.

그걸 알아차린 순간 실망감이 엄습했다. 나는 초원 가장자리에 그대로 무릎을 꺾으며 주저앉아 헐떡이기 시작했다.

더 걸어 들어갈 의미가 있을까? 여긴 아무것도 남아 있지 않은데. 이곳에서 얻을 수 있는 것은 추억뿐이다. 추억에 동반되는 극렬한 고통을 참을 수만 있다면, 굳이 이곳에 오지 않더라도 추억은 내가 원할 때마다 언제든 불러올 수 있었다. 이제 고통은 나를 집어삼켜 싸늘하게 피를 식혀버렸는데. '그'와 함께 있지 않는 한 이곳은 전혀 특별할 것이 없다. 내가 이곳에서 정확히 무엇을 느끼려 했는지는 알 수 없지만, 초원은 그저 텅 빈 공간에 불과했고 다른 곳과 전혀 차이가 없었다. 악몽과 똑같았다. 어질어질 현기증이 나기 시작했다.

최소한 나는 이곳을 혼자서 찾아냈다. 그 사실을 깨달은 순간 감사의 마음이 밀려들었다. 만일 제이콥과 함께 초원을 발견했더라면…… 지금 느끼는 것과 같은 절망의 심연을 숨길 방법이 없었을 것이다. 조각조각 찢어지는 이 마음을 그에게 어떻게 설명할 것이며, 커다란 구멍이 너덜너덜 해지지 않도록 온몸을 웅크리고 뒹굴어야 하는 고통을 어떻게 변명한단 말인가? 차라리 관객이 없는 쪽이 훨씬 낫다.

게다가 내가 서둘러 이곳을 떠나고 싶어 하는 이유를 설명할 필요도 없다. 여길 찾느라 그렇게 고생했으니, 아마도 제이콥은 내가 이곳에서 오랜 시간을 보내고 싶어하리라 짐작할 것이다. 하지만 나는 이미 억지로 웅크렸던 몸을 펴고 그곳을 벗어나 달아날 힘을 짜내느라 애쓰고 있었다. 텅 빈 공간을 지켜보려니 참을 수 없을 만큼 고통이 밀려와 당장이라도 비칠비칠 달아나고 싶었다.

그나마 혼자 온 게 얼마나 다행인지!

혹독한 고통 속에 억지로 다리를 펴 일어나면서, 나는 뒤틀린 만족감 속에서 '혼자'라는 말을 곱씹었다. 바로 그 순간 북쪽으로 서른 발자국쯤 떨어진 숲 가장자리에서 형체 하나가 모습을 드러냈다.

찰나의 시간 동안 현기증이 날 만큼 복잡한 감정이 스쳐 지나갔다. 처음엔 놀랐다. 등산로에서 멀리 벗어난 곳이었으므로 다른 사람이 나타날 줄은 꿈에도 몰랐기 때문이다. 이어 숨죽인 듯 가만히 서 있는 형체에 초점을 맞추고, 창백한 피부색을 확인한 순간 바늘로 찌르는 듯한 희망이 샘솟았다. 이어 검은 머리칼에 감싸인 얼굴이 내가 원하던 이의 얼굴이 아님을 깨달은 순간에는 예리한 칼날에 찔리듯 비참함이 밀려왔으므로 나는 이를 악물었다. 다음 순간 느낀 감정은 공포였다. 얼굴을 혼동할 리 없을 만큼 가까운 곳에서 나를 빤히 쳐다보고 있는 형체. 그건 내가 슬피 그리워하던 사람도 아니었지만, 길을 잃은 등산객도 아니었다.

그리고 드디어 깨달음이 찾아왔다. 내가 아는 얼굴이었다.

"로렌트!"

나는 반가운 사람을 부르듯 외쳤다.

그것은 비이성적인 반응이었다. 두려움 때문에 아마도 뇌가 정상적인 사고를 중단한 듯했다.

처음 만났을 때 로렌트는 제임스의 일행이었다. 나를 목표로 삼았던 그 사냥 이후 그는 일행과 합류하지 않았지만, 단순히 두려움 때문이었을 것이다. 나는 그의 일행보다 규모가 더 큰 일행의 보호를 받고 있었으니까. 지금처럼 상황이 달라진 경우엔, 나를 먹이로 삼는 데 망설임이 있을 턱이 없었다. 물론 그의 식성이 달라졌을 가능성도 있긴 했다. 윤리적인 이유로 인간의 피를 마시지 않기로 결심한 또다른 가족이 살고 있는 알래스카로 떠났기 때문이었다.

지독한 두려움을 느끼는 게 제대로 된 반응일 테지만, 지금 내 감정은 더없는 흡족함뿐이었다. 초원은 다시 마법의 공간이 되었다. 내가 예상한 것보다 무서운 암흑의 마법이었지만 어차피 마법인 건 마찬가지니까. 이제 내가 찾던 연결고리가 생겨났다. 얼마나 멀리 있든 상관없이, 내가 살고 있는 곳과 같은 세상 어딘가에 '그가' 존재한다는 증거가.

로렌트의 모습이 처음 봤을 때와 똑같은지를 가늠하기란 불가능했다. 1년 만에 어떻게든 생김새가 달라지기를 기대하는 것은 아주 어리석고, 또 인간다운 생각일 듯했다. 하지만 뭔가…… 딱히 꼬집을 순 없지만 뭔가 달라진 것도 같았다.

"벨라?"

그가 나보다 더 놀란 표정으로 물었다.

"기억하네요."

나는 미소를 지었다. 뱀파이어가 내 이름을 기억해준다고 해서 우쭐하다니 그야말로 우습지 않은가.

그는 싱긋 웃었다.

"여기서 만날 줄은 몰랐군."

그는 흥미진진한 표정으로 나를 향해 다가왔다.

"내가 해야 할 말 아닌가요? 난 여기 살잖아요. 난 당신이 알래스카로 간 줄 알았는데요."

그는 열 발자국쯤 떨어진 곳에 멈춰 서서 고개를 갸우뚱했다. 그렇게 아름다운 얼굴을 보는 것은 대단히 오랜만이었다. 나는 기묘한 안도감을 느끼며 그의 얼굴을 곰곰이 뜯어보았다. 내가 그동안 절대로 입 밖에 낼 수 없었던 모든 것들을 아는 존재가 바로 눈앞에 있었다.

"맞아. 내가 알래스카로 갔던 건 사실이지. 그래도 뜻밖이군……. 컬렌 가족의 집이 비어 있기에 다들 이사 갔다고 생각했거든."

그간 떠올리기조차 두려워했던 그 이름을 듣자마자 너덜너덜한 가슴의 상처가 욱신거려왔으므로, 나는 입술을 깨물었다. 하지만 나는 이내 침착함을 되찾았다. 로렌트가 호기심 어린 눈초리로 대답을 기다리고 있었다.

"이사 간 거 맞아요."

이윽고 내가 간신히 대꾸했다.

"흠. 그들이 널 남겨두고 떠났다는 게 놀라운걸. 넌 그들의 애완동물 같은 존재가 아니었던가?"

그의 눈빛에선 아직 별다른 악의가 느껴지지 않았다.

나는 씁쓸하게 미소를 지었다.

"그렇다고 할 수 있죠."

"흠."

그는 다시 생각에 잠긴 듯했다.

바로 그 순간 나는 그가 왜 예전과 똑같은 모습인지, 소름 끼칠 만큼 똑같은지 이유를 깨달았다. 로렌트가 타냐의 가족과 함께 지내고 있다는 칼

258

라일의 이야기를 들은 후, 나는 아주 가끔이지만 그가 컬렌 집안사람들처럼 황금빛 눈동자를 갖게 되었을 거라고 생각했었다. 나는 억지로 '컬렌'이라는 이름을 떠올리며 움찔했다. 어쨌든 '선한' 뱀파이어라면 그래야 하는 게 아닐까.

나도 모르게 한 걸음 뒤로 물러나자, 검붉은 로렌트의 눈동자가 내 움직임을 예리하게 주시했다.

"컬렌 가족은 자주 다니러 오나?"

그는 여전히 무심한 듯 물었지만 나를 향해 체중을 옮기며 자세를 바꿨다.

"거짓말을 해."

문득 내 추억 속에 간직되어 있던 벨벳처럼 아름다운 목소리가 걱정을 담아 속삭였다.

나는 '그의' 목소리에 깜짝 놀라고, 곧 놀랄 이유가 없다고 생각했다. 이보다 더 최악의 위험 상황이 어디 있겠어? 이 일에 비하면 오토바이를 타는 것은 고양이를 쓰다듬는 것만큼이나 안전한 일이었다.

나는 목소리가 시키는 대로 따랐다.

"가끔이요. 아무래도 나한테는 기다리는 시간이 길게 느껴지는 것 같아요. 다들 뭔가에 한번 빠져들면 정신 없이 바빠지거든요……."

나는 느긋하고 가벼운 목소리를 내려고 했지만, 쓸데없이 주절거리기 시작하자 얼른 입을 다물어야 했다.

"흠. 집에 가보니 꽤 오래 비운 냄새가 나던데……."

"거짓말을 하려면 좀 더 그럴듯하게 해야지."

목소리가 나를 다그쳤다.

나는 다시 시도했다.

"칼라일한테 당신이 들렀다는 얘기 전할게요. 못 만나고 보내서 안타까

위하실 거예요."

나는 일부러 잠시 뜸을 들이는 체했다.

"하지만 어쩌면…… 에드워드한테는 말하지 않는 게 좋을 것 같네요."

그의 이름을 어렵사리 입 밖에 내느라 내 표정은 거의 일그러질 정도였으므로, 허풍을 떤다는 게 드러날까 봐 두려웠다.

"지난번에 겪어봐서 알고 있겠지만 걘 성미가 좀 고약하거든요. 지난번 제임스 일로 아직도 언짢아하고 있어요."

아주 옛날 일을 이야기하듯 너스레를 떨며 손을 휘저어 보이기까지 했지만, 내 목소리는 약간 격앙돼 있었다. 로렌트가 그 이유를 알아 차릴지가 궁금했다.

"정말?"

로렌트는 유쾌하면서도 의아하다는 듯 물었다.

나는 목소리가 떨려 공포에 사로잡혔음이 드러날까 봐 일부러 답변을 짧게 했다.

"네."

로렌트가 옆으로 한 걸음 비켜서며 작은 초원을 거닐기 시작했다. 그가 자연스레 나에게 조금씩 다가오고 있다는 걸 나는 놓치지 않았다. 내 머릿속의 목소리는 낮게 으르렁거리는 반응을 보였다.

"데날리에선 어떻게 지냈어요? 칼라일 얘기를 들으니 타냐와 함께 지냈다죠?"

내 목소리는 너무 톤이 높았다.

내 질문에 그가 걸음을 멈췄다.

"타냐는 아주 좋은 사람이었어. 여동생 아이리나는 더 마음에 들더군. 한곳에서 내가 그렇게 오래 지내본 건 처음이었는데, 어쨌든 참신한 데다 안온해서 좋았지. 하지만 속박이 너무 심해서…… 다들 어떻게 그렇게 오

260

래 참는지 그저 놀라울 뿐이었어."

그는 나를 보며 의미심장하게 미소를 지었다.

"그래서 가끔은 속임수를 썼지."

나는 침도 삼킬 수가 없었다. 살짝 한 발을 뒤로 뻗으려던 나는 그의 자 줏빛 눈동자가 따라오자 그 자리에서 얼어붙고 말았다.

"아 네. 재스퍼도 곤란을 겪고 있는걸요 뭐."

내가 작은 목소리로 대꾸했다.

"움직이지 마."

목소리가 내게 속삭였다. 나는 그가 시키는 대로 하려고 노력했지만 그러 기 정말 어려웠다. 달아나려는 본능이 거의 통제할 수 없을 만큼 강렬했다.

"정말? 그래서 다같이 떠난 건가?"

로렌트가 흥미롭다는 표정을 지었다.

"아뇨. 재스퍼는 집안에선 훨씬 조심스러워요."

내가 솔직히 대답했다.

"그렇겠지. 나도 그래."

그가 내 쪽으로 다가오고 있음이 한층 뚜렷해졌다.

"빅토리아는 만난 적 있어요?"

어떻게든 그의 주의를 딴 데로 돌려야한다는 절박한 마음에 내가 숨 가 쁘게 물었다. 머리에 처음 떠오른 질문이라 그냥 내뱉긴 했지만, 나는 그 말을 꺼내자마자 후회했다. 제임스와 함께 나를 뒤쫓다 사라진 빅토리아 는 지금 이 순간에 특히 떠올리기 싫은 인물이었으므로.

하지만 내 질문에 로렌트는 걸음을 멈추었다.

"응. 실은 이번에 내가 온 것도 빅토리아 때문이지. 이걸 알게 되면 싫 어하겠는걸."

로렌트가 얼굴을 찡그렸다.

"뭘요?"

나는 그에게 계속 말을 시키기 위해 냉큼 물었다. 그는 시선을 돌려 숲 쪽을 노려보고 있었다. 나는 그가 딴청을 피우는 사이를 틈 타 한 걸음 살며시 뒤로 물러났다.

그는 다시 나를 돌아보며 미소를 지었다. 검은 머리의 천사처럼 선한 표정이었다.

"내가 널 죽이는 거 말야."

그가 유혹하듯 매끄러운 목소리로 대꾸했다.

나는 비틀비틀 한 걸음 더 뒤로 물러났다. 미친 듯이 뛰는 심장 박동이 머릿속에서 울리는 것 같아 귀가 잘 들리지 않았다.

"빅토리아는 널 직접 해치우고 싶어 했거든. 그 여잔 너한테…… 원한이 많아, 벨라."

"나한테요?"

내 목소리가 갈라졌다.

그는 고개를 절레절레 저으며 껄껄 웃었다.

"나도 좀 구식이라고는 생각해. 하지만 제임스는 그 여자의 연인이었는데, 너의 에드워드가 죽여버렸잖아."

심지어 지금 이렇게 죽음의 순간을 목전에 두고도 그의 이름을 들으니 가슴의 상처가 더욱 찢어지는 듯했다.

로렌트는 내 반응을 눈치 채지 못했다.

"빅토리아는 에드워드를 죽이는 것보다 너를 죽이는 게 더 좋은 복수라고 생각하더군. 자기 짝을 죽였으니, 그 놈의 연인도 해치우는 게 공평하다는 거지. 빅토리아가 나를 불러들인 이유도, 이곳 지형을 속속들이 파악하기 위해서였어. 그런데 이젠 김빠지게 생겼군. 그 녀석이 너를 이렇게 무방비하게 버려두고 떠날 정도로 하찮게 생각했다면, 빅토리아가 생각한 처절한 복수극은 성립하지 못할 테니 말야."

한 방 얻어맞은 듯 가슴이 또 한 번 찢겨 나갔다.

로렌트가 가볍게 체중을 옮겼으므로 나는 멈칫거리며 뒷걸음질을 쳤다. 그가 이맛살을 찌푸렸다.

"어느 쪽이든 어차피 빅토리아는 화를 낼 수밖에 없겠지."

"그럼 그 여자를 위해 양보하지 그래요?"

장난꾸러기 같은 웃음이 그의 얼굴에 다시 번졌다.

"넌 때마침 안 좋은 상황에 나를 만난 거야, 벨라. 내가 이 초원에 올라온 건 빅토리아 때문이 아니었거든. 사냥 중이었단다. 꽤나 목이 마르던 차에 네 체취는…… 그야말로 군침이 도는구나."

로렌트는 그게 칭찬이라도 되는 양 나를 흐뭇하게 쳐다보았다.

"협박을 해 봐."

두려움으로 일그러진, 환청 속의 아름다운 목소리가 나에게 명했다.

"당신이 한 짓이란 걸 그가 알게 될 거예요. 아마 무사하지 못할걸요."

"과연 그럴까?"

로렌트의 미소가 더욱 완연해졌다. 그는 그리 넓지 않은 숲속의 초원을 둘러보았다.

"비가 내리면 냄새는 다 씻겨버릴 거야. 네 시신은 감쪽같이 사라져 아무도 찾을 수 없겠지. 다른 수많은 인간들처럼 너도 그저 실종되는 것뿐이야. 설령 에드워드가 조사에 나선다 해도 나를 점찍을 이유가 없지. 이건 사적인 감정과는 전혀 상관없는 일이란다, 벨라. 단순히 갈증 때문이야."

"빌어 봐."

환청이 내게 속삭였다.

"부탁이에요."

로렌트는 다정한 표정으로 고개를 가로저었다.

"이렇게 생각해 봐라, 벨라. 차라리 내가 널 찾아서 얼마나 다행인지 모른다고 말이야."

"그런가요?"

내가 한 걸음 더 뒤로 물러나며 억지로 입을 놀렸다.

로렌트가 날렵하고 우아한 동작으로 따라왔다.

"당연하지. 난 아주 빠르게 끝낼 테니까. 네가 아무것도 느끼지 못하게 해줄게. 물론 나중에 빅토리아에겐 거짓말을 둘러대서 위로해 줘야겠지. 하지만 빅토리아가 널 위해 세운 계획을 혹시 네가 알게 된다면……."

그는 스스로도 끔찍하다는 듯 천천히 고개를 저었다.

"오히려 지금 나한테 당하게 된 걸 감사히 여길걸."

나는 공포에 사로잡혀 그를 응시했다.

산들바람이 불어와 내 머리칼이 로렌트 쪽으로 날리자 그는 킁킁 냄새를 맡으며 심호흡을 했다.

"정말 군침이 돈다니까."

나는 잔뜩 긴장해 얼어붙은 사지에 힘을 주며 곁눈질로 달아날 방향을 살폈다. 내 머릿속에서 에드워드의 성난 포효가 희미하게 메아리 치는 것 같았다. 마음속에 벽을 쌓고는 꽁꽁 감추어놓았던 그의 이름이 어느 순간 밖으로 뛰쳐나왔다. '에드워드, 에드워드, 에드워드.' 난 죽을 거야. 그러니 지금은 그를 생각해도 괜찮겠지. '사랑해, 에드워드.'

눈을 가늘게 뜨고 바라보고 있으려니 로렌트가 다시 킁킁 냄새를 맡으며 왼쪽으로 고개를 홱 돌리는 것이 보였다. 나를 제압하기 위해 그가 굳이 속임수를 쓸 필요가 없으리라는 건 확실했지만, 그의 시선을 따라가느라 아주 잠깐 한눈을 파는 것조차 너무 두려웠다. 그가 천천히 나한테서 뒷걸음질을 치기 시작하자, 나는 너무 놀라 안도감을 느낄 수도 없었다.

"믿어지지 않는군."

그는 거의 혼잣말을 하듯 낮게 중얼거렸다.

결국 나도 돌아볼 수밖에 없었다. 단 몇 초나마 내 생명을 연장해준 방해꾼이 무엇인지 살피느라 나는 초원을 둘러보았다. 처음엔 아무것도 보이지 않았으므로 나는 다시 로렌트를 쳐다보았다. 그는 시선을 숲에 고정시킨 채 아까보다 빠르게 뒤로 물러나고 있었다.

바로 그 순간, 숲 가장자리에서 커다란 검은 형체가 그림자처럼 소리 없이 나타나 뱀파이어 쪽으로 다가가는 것이 눈에 들어왔다. 검은 형체는 말처럼 크면서도, 그보다 더 우람하고 근육질이었다. 기다란 주둥이를 벌리며 인상을 쓰자 단검을 줄지어 박아놓은 듯한 이빨이 드러났다. 번개가 친 뒤 한참 있다가 들려오는 천둥소리처럼, 벌어진 이빨 사이로 무시무시한 으르렁거림이 울려 퍼졌다.

소문으로 듣던 바로 그 곰이었다. 아니, 저건 절대로 곰이 아니다. 하지만 그 거대한 검은색 괴물은 공포를 불러일으키기에 충분하고 남았다. 멀리서 보면 누구든 곰으로 착각할 듯했다. 저토록 크고 힘센 몸집의 짐승이 또 어디 있단 말인가?

나도 그 짐승을 멀리서 보는 행운을 누렸다면 얼마나 좋았을까? 하지만 그것은 소리 없이 풀밭을 헤치며 나한테서 열 발자국밖에 떨어지지 않은 곳까지 다가왔다.

"움직이지 마."

에드워드의 목소리가 속삭였다.

나는 정체 모를 괴물을 응시하며 정체를 파악하려고 머리를 쥐어짰다. 움직이는 동작이나 생김새로는 분명 개과에 속할 것 같았다. 공포에 사로잡힌 나머지 머리에 떠오르는 가능성이라곤 한 가지밖에 없었다. 하지만 늑대가 저렇게까지 거대한 몸집으로 자랄 수 있다는 건 상상해 본 적도 없는데.

또 한 번 거대한 짐승의 목구멍에서 으르렁거리는 소리가 흘러나오자, 나는 부들부들 떨며 뒷걸음질을 쳤다.

로렌트는 공포에 사로잡혀 숲 가장자리까지 후퇴해 있었다. 문득 혼란스러웠다. 로렌트가 왜 저러는 걸까? 워낙 커서 괴물 같긴 했지만 그냥 늑대일 뿐인데. 뱀파이어가 짐승을 두려워할 이유가 무엇이란 말인가? 하지만 로렌트는 겁에 질려 있었다. 그의 눈동자는 나만큼이나 공포에 질려 있었다.

내 의문에 답하듯 갑자기 거대한 늑대 옆으로 일행이 나타났다. 처음 모습을 드러낸 늑대 양쪽으로 거대한 짐승이 소리 없이 초원으로 나서고 있었다. 한 마리는 진한 회색이었고, 다른 한 마리는 갈색이었는데 둘 다 첫 번째 늑대만큼 크진 않았다. 회색 늑대는 로렌트를 줄곧 노려보며, 내가 있는 곳에서 겨우 두세 발자국 떨어진 곳까지 접근했다.

내가 반응을 보이기도 전에 늑대 두 마리가 더 나타나, 남쪽으로 날아가는 기러기 떼처럼 쐐기 모양으로 늘어섰다. 다시 말해 마지막으로 등장한 붉은 갈색의 거대한 괴물이, 내가 손을 뻗으면 닿을 정도로 가까이 자리를 잡았다는 얘기다.

나도 모르게 펄쩍 뛰어 뒤로 물러나고서, 너무도 어리석은 짓을 저질렀다고 생각했다. 곧 다시 얼어붙어 늑대들이 훨씬 손쉬운 상대인 나를 향해 달려들기를 기다렸다. 순간적으로 로렌트가 늑대 일당을 무찔러주길 바라는 마음도 들었다. 그에겐 손쉬운 일일 테니. 지금 내 앞에 놓인 두 가지 죽음의 가능성 중 선택을 하라면 늑대한테 잡아먹히는 쪽이 훨씬 괴로울 것 같았다.

내가 숨을 삼키는 소리를 듣고 가장 가까이 있던 붉은 갈색 늑대가 고개를 돌려 나를 쳐다보았다.

늑대의 눈은 거의 검정색에 가까운 갈색이었다. 아주 짧은 순간이었지만, 그 눈빛은 들짐승의 것이라기엔 너무도 진지해 보였다.

나를 노려보는 늑대를 마주보며 나는 문득 제이콥을 떠올렸고, 다시 한 번 감사하게 되었다. 위험한 괴물들이 장악해버린 동화 속 초원 같은 이곳을 찾은 사람이 나 혼자뿐이라 다행이었다. 최소한 제이콥까지 목숨을 잃을 염려는 없으니까. 최소한 나 때문에 그를 죽게 하는 일은 없을 테니까.

그때 우두머리 늑대가 한눈을 파는 붉은 갈색 늑대를 나무라듯 또 한 번 낮게 으르렁거렸고, 나를 쳐다보던 늑대는 다시 로렌트를 향했다.

로렌트는 충격과 공포를 고스란히 드러낸 채 늑대 떼를 쳐다보고 있었다. 거기까지는 나도 이해할 수 있었다. 하지만 그가 느닷없이 돌아서서 숲속으로 사라지자 뒤통수를 맞은 듯 멍해졌다.

'그가 달아났어.'

늑대들은 순식간에 초원을 힘차게 가로질러 그를 따라갔고, 내가 본능적으로 귀를 막아야할 만큼 우렁찬 소리로 으르렁거렸다. 그들이 바람처럼 숲속으로 사라지자 늑대 울음소리도 눈 깜짝할 새에 희미해졌다.

이내 나는 다시 혼자가 되었다.

무릎에서 스르르 힘이 빠졌다. 나는 바닥을 손으로 짚으며 흐느꼈다.

지금 당장 그곳을 떠나야 한다는 건 알고 있었다. 늑대들이 얼마나 로렌트를 쫓다가 다시 나에게 돌아올지 모르니까. 어쩌면 로렌트가 그들에게 반격을 할지도 모른다. 결국 나를 찾아 되돌아오는 건 로렌트 쪽일까?

하지만 도저히 움직일 수가 없었다. 팔다리가 부들부들 떨려 일어서는 것조차 힘들었다.

내 머리는 아직도 두려움과 경악과 혼돈에서 벗어나지 못하고 있었다. 방금 내 눈으로 본 장면인데도 이해가 되질 않았다.

그는 뱀파이어다. 그러니 거대한 개에 불과한 저들 앞에서 그렇게 달아나선 안 되는 거였다. 늑대 이빨이 아무리 강해도 화강암처럼 단단한 뱀파이어의 피부를 이길 수 있을까?

그리고 늑대들도 로렌트를 피하는 게 정상일 것 같았다. 워낙 두드러지게 몸집이 커서 두려움을 모른다 쳐도, 로렌트를 쫓아간 것은 아무래도 이해가 되질 않았다. 얼음처럼 차갑고 대리석처럼 단단한 그의 살갗이 먹이 냄새를 풍겼을 리 없다. 무엇 때문에 늑대들이 따뜻한 피가 흐르는 나약한 먹잇감인 나를 두고 로렌트를 쫓아간단 말인가?

아무리 생각해도 알 수 없는 일이었다.

싸늘한 바람이 초원 위로 불어와 풀밭에서 뭔가 움직이기라도 하는 것처럼 물결을 일으켰다.

나는 비틀거리며 일어나 바람뿐인 풀밭에서 뒷걸음질을 쳤다. 공포 때문에 자꾸만 발을 헛디디며 가까스로 돌아서 숲속으로 뛰어들었다.

그로부터 몇 시간은 고통의 연속이었다. 초원을 찾기가 어려웠던 것처럼 숲에서 빠져나가는 것도 쉽지 않았다. 처음엔 어디로 가는지도 모르면서 그저 달아나야한다는 생각에만 정신을 집중했다. 나침반을 떠올릴 만큼 정신을 차렸을 땐 이미 무시무시하게 울창한, 낯선 숲속이었다. 손이 심하게 떨려서 결국 나는 나침반을 축축한 땅바닥에 내려놓고서야 제대로 방향을 읽을 수 있었다. 몇 분마다 한 번씩 나침반을 내려놓고 북서쪽 방향으로 가고 있는지 확인하며, 동시에 나뭇잎을 헤치며 소리 없이 다가오는 존재는 없는지 귀를 기울였다.

어치새의 지저귐에 놀라 펄쩍 뛰다 어린 전나무 가지에 팔을 긁혔고, 머리에도 찐득한 수액을 묻혔다. 다람쥐 한 마리가 솔송나무에서 갑자기 뛰어내렸을 땐 귀가 찢어질 정도로 비명을 질러댔다.

마침내 앞쪽으로 빽빽한 나무들이 차츰 드물어지더니 길이 나타났다. 트럭을 주차한 곳에서 남쪽으로 1, 2킬로미터 떨어진 곳이었다. 지칠 대로 지쳤지만 나는 트럭이 있는 곳까지 비포장도로를 뛰었다. 트럭에 타자마자 나는 다시 흐느꼈다. 주머니를 뒤져 열쇠를 꺼내기 전에, 먼저 뻣뻣한 차문 자물쇠부터 잠갔다. 시동이 걸리는 요란한 소리가 위안이 되며 이성을 되찾게 했다. 나는 눈물을 애써 참고 트럭이 낼 수 있는 최대 속도로 국도를 향해 달려갔다.

집에 돌아왔을 땐 꽤 진정되긴 했지만, 여전히 몸도 마음도 엉망진창이었다. 찰리의 순찰차가 진입로에 주차된 것을 보고서야 시간이 꽤 늦었음을 깨달았다. 하늘은 이미 어둑해져 있었다.

"벨라니?"

내가 현관문을 소리 나게 닫고 급히 자물쇠를 돌리자 찰리가 물었다.

"네, 저예요."

목소리가 떨렸다.

"어디 갔었니?"

그는 엄한 표정으로 부엌 입구에서 모습을 드러내며 꾸짖듯 물었다.

나는 망설였다. 제시카의 집에 전화를 걸어 확인했을지도 모르므로 사실대로 이야기하는 게 나을 것 같았다.

"등산을 했어요."

찰리의 눈에서 번쩍 빛이 났다.

"제시카네 갈 거라고 했잖아."

"오늘은 수학 공부 할 마음이 들지 않았어요."

찰리는 팔짱을 꼈다.

"내가 숲에는 가지 말라고 일렀을 텐데."

"네, 알아요. 걱정 마세요. 다시는 안 갈 거예요."

내가 부들부들 몸을 떨었다.

그제야 처음으로 찰리는 나를 제대로 쳐다본 보양이었다. 오늘 숲에서 바닥에 여러 번 주저앉았으므로, 내 몰골은 말이 아닐 게 분명했다.

"어떻게 된 거니?"

나는 이번에도 사실대로, 아니 최소한 부분적으로는 있는 그대로 털어놓는 것이 최선이라고 생각했다. 숲속의 동식물을 관찰하며 평온한 하루를 보냈다고 거짓말을 하기엔 충격이 너무 컸다.

"곰을 봤어요. 그런데 곰이 아니었어요. 늑대 같았어요. 다섯 마리였는데, 거대한 검은 색 한 마리랑 회색, 붉은 갈색……."

나는 침착하게 설명하려고 했지만 목소리 톤이 높아지면서 자꾸 떨렸다.

찰리의 눈빛이 공포로 바뀌었다. 그는 황급히 다가와 내 양팔을 붙들었다.

"괜찮아?"

나는 보일 듯 말 듯 고개를 끄덕였다.

"무슨 일이 있었는지 자세히 얘기해 봐라."

"저한테는 별 관심을 보이지 않았어요. 하지만 늑대들이 사라지자마자 도망치느라 여러 번 넘어졌고요."

찰리는 내 팔을 놓고 나를 꼭 안아주었다. 오랫동안 그는 아무 말도 하지 않았다.

"늑대였구나."

그가 중얼거렸다.

"네?"

"산림 감시원들도 곰 발자국은 아니라고 했어. 하지만 늑대가 그렇게 클 리 없는데……."

"아주 거대한 늑대였어요."

"몇 마리나 봤니?"

"다섯 마리요."

찰리는 걱정스레 고개를 절레절레 흔들었다. 이윽고 그는 말대답을 일체 허락하지 않겠다는 듯 단호한 표정으로 입을 열었다.

"앞으로 등산은 절대 금지다."

"알겠어요."

찰리는 내가 목격한 내용을 알리기 위해 경찰서에 전화를 걸었다. 나는 늑대를 본 장소에 대해서는 북쪽 등산로였다고 약간 거짓말을 했다. 아빠의 당부를 무시하고 숲속 깊은 곳까지 들어갔었다는 사실을 알리고 싶지 않기도 했지만, 더욱 중요한 것은 로렌트가 나를 찾아 어슬렁거릴지도 모르는 곳에 누구든 접근하게 내버려둘 수가 없어서였다. 그런 생각만으로도 속이 메스꺼웠다.

"배고프니?"

전화를 끊자마자 찰리가 물었다.

온종일 아무것도 먹지 않았으므로 몹시 배가 고파야 정상이겠지만 나는 고개를 저었다.

"그냥 피곤하기만 해요."

나는 계단으로 향했다.

"참, 제이콥 말이다. 오늘 어디 외출했다고 하지 않았니?"

돌연 그의 목소리에서 다시 의구심이 묻어났다.

"빌리 아저씨가 그렇게 말씀하셨어요."

나는 그의 질문에 오히려 어리둥절해졌다. 찰리는 내 얼굴을 가만히 살핀 뒤 내가 거짓말을 한 게 아니라고 결론 내린 듯했다.

"그것 참."

"왜요?"

그는 오늘 아침에 제시카와 공부를 하겠다는 것 외에도 내가 뭔가 또 다른 거짓말을 했다고 생각했던 것 같다.

"해리를 데리러 갔다가 다른 친구들과 가게 앞에 있는 제이콥을 봤거든. 내가 손을 흔들어 인사를 했는데도 그 녀석은…… 날 못 본 모양이너라. 친구들하고 말다툼을 하는 것 같았어. 무슨 일인지 대단히 화가 난 것 같더라고, 아주 낯설어 보였다. 그리고…… 외모도 많이 달랐어. 그 애가 자라는 속도는 따라잡을 수가 없어! 볼 때마다 몰라보게 키가 크더구나."

"친구들하고 포트앤젤레스에 가서 영화를 볼 거라고 빌리 아저씨가 그러셨어요. 거기서 누굴 만나기로 했나 보죠 뭐."

"아."

찰리는 고개를 끄덕인 뒤 부엌으로 향했다.

나는 복도에 서서 친구들과 말다툼을 하는 제이콥을 상상했다. 샘과 어울리는 문제로 엠브리와 다툰 것일까. 오늘 나를 따돌린 이유도 어쩌면 그 때문일지도 모른다. 만일 엠브리와 어떻게든 화해를 했다면 나로선 기쁜 일이었다.

나는 방으로 올라가기 전에 현관 자물쇠를 한 번 더 확인했다. 어리석은 행동이긴 했다. 오늘 오후에 내가 본 괴물들에게 자물쇠 따위가 무슨 소용이 있을까? 늑대들이라면 자물쇠로 막아볼 수 있겠지만, 로렌트가 여길 온다면…….

어쩌면 빅토리아가…….

침대에 누웠지만 너무 충격을 받아 잠이 올 것 같지 않았다. 나는 이불을 덮고 몸을 웅크린 채 끔찍한 사실들과 직면했다.

내가 할 수 있는 일은 아무것도 없었다. 따라야 할 지시 같은 것도. 숨을 곳은 어디에도 없다. 나를 도와 줄 사람도 없었다.

뱃속에서 욕지기가 치밀어 오르는 것을 느끼며, 실제 상황은 그보다 더욱 나쁘다는 걸 깨달았다. 이 모든 것들이 찰리에게도 해당되기 때문이었다. 화장실 하나를 사이에 두고 옆 방에서 잠들어 있는 내 아빠. 내가 공격 대상이 될 경우 찰리도 희생될 수밖에 없다. 내가 집안에 있든 없든 그들

272

은 내 체취를 따라 여기로 찾아올 테니까.

온몸이 덜덜 떨려 이빨까지 딱딱 부딪쳤다.

마음을 진정시키느라 나는 불가능한 상상 속으로 빠져들었다. 나는 거대한 늑대들이 숲에서 로렌트를 잡아, 불멸의 존재가 아닌 한낱 인간처럼 해치우는 상상을 했다. 말도 안 되는 망상이었지만 어쨌든 마음의 위안은 되었다. 만일 늑대들이 그를 해치웠다면 빅토리아에게 내가 여기 혼자 남아 있다는 사실을 알릴 수도 없을 테니까. 만일 그가 돌아가지 않는다면 빅토리아는, 컬렌 가족들이 나를 아직도 보호하고 있다고 생각하겠지. 늑대들이 싸움에서 이기기만 한다면…….

선한 뱀파이어들이 돌아오는 걸 기대할 순 없겠지. 그래도 '다른' 부류의 뱀파이어도 역시 사라져버릴 거라고 상상하자, 그런 생각만으로도 위안이 되었다.

나는 눈을 꼭 감고 무의식 상태에 빠져 어서 악몽이 찾아오기를 기다렸다. 소름끼치는 미소를 짓고 있는 창백하고 아름다운 얼굴을 계속 떠올리는 것보다는 그쪽이 나았으니까.

내 상상 속의 빅토리아는 갈증 때문에 눈이 검게 번들거렸고, 즐거운 유희를 기대하듯 빛나는 이빨을 한껏 드러내며 웃고 있었다. 그녀의 머리털은 불이 붙은 듯 붉은 빛을 발하며, 사나운 얼굴 주변으로 미친 듯이 바람에 휘날리고 있었다.

로렌트의 말이 머릿속에서 자꾸만 되살아났다. '빅토리아가 널 위해 세운 계획을 혹시 네가 알게 된다면…….'

나는 비명을 참느라 주먹으로 입을 막아야 했다.

11

조직

아침 햇살에 눈을 뜰 때마다 또 하룻밤을 무사히 보냈다는 사실이 놀라웠다. 놀라움이 가시고 나면 그때부턴 심장이 두근거리기 시작하면서 손바닥에 땀이 났다. 일어나서 찰리도 무사하다는 사실을 확인하기 전까지 나는 제대로 숨을 쉴 수도 없었다.

무슨 소리만 나면 소스라치게 놀라거나 아무 이유 없이 갑자기 얼굴이 창백해지는 나를 지켜보며 찰리는 걱정스러워했다. 이따금씩 던지는 질문으로 보아 그는 모든 것을 제이콥 탓이라고 여기는 듯했다.

모든 감각이 공포에만 집중되어 있었으므로 나는 또 한 주가 지나갔다는 사실에 별로 신경을 쓰지 못했다. 그러나 제이콥은 아직도 나에게 전화를 걸지 않은 상태였다. 평범한 일상을 돌아볼 수 있을 만큼 다시 여유가 생기자 화가 났다. 물론 내 인생이 두 번 다시 정말로 평범한 일상으로 되돌아가는 건 절대로 불가능했지만.

어떻게 할 수 없을 정도로 제이콥이 그리웠다.

이토록 겁에 질리기 전에도 혼자 지내는 건 지독히 괴로웠다. 그런데 지

274

금은 그 어느 때보다 그의 유쾌한 웃음소리와 전염성 강한 미소가 간절해졌다. 그의 간이차고에서 느낄 수 있는 아늑함과, 차가운 내 손을 꼭 잡아줄 따뜻한 그의 손이 필요했다.

월요일에는 전화가 올 거라고, 절반쯤은 기대를 하고 있었다. 엠브리와 뭔가 진전이 있었다면 나에게도 알리고 싶지 않겠어? 나는 제이콥이 아예 나를 포기한 게 아니라 친구 때문에 딴 데 신경을 쓸 시간이 없었던 거라고 믿고 싶었다.

화요일엔 내가 먼저 전화를 걸었지만 아무도 받지 않았다. 아직도 전화선에 문제가 있는 걸까? 아니면 빌리가 발신자 번호를 확인할 수 있는 전화기를 새로 사들인 것일까?

수요일이 되자 나는 제이콥의 따뜻한 목소리가 절실히 그리워 밤 11시까지 30분마다 전화를 걸어댔다.

목요일엔 집 앞 트럭에 앉아 문을 잠근 채 열쇠를 손에 들고 한 시간이나 앉아 있었다. 그리고 라푸시까지 멀지 않은 길을 달려갈 정당한 이유를 찾느라 고심했지만 딱히 떠오르는 것이 없었다.

로렌트는 지금쯤 아마 빅토리아와 합류했겠지. 내가 라푸시에 가면 그들을 그곳까지 데려가는 우를 범하게 될지도 모른다. 제이콥이 곁에 있을 때 그들이 나를 공격하면 어쩌지? 나에겐 괴로운 일이었지만, 제이콥의 안전을 위해선 그가 나를 피하는 편이 나았다.

찰리를 안전하게 지킬 방법을 생각해낼 수 없다는 게 못 견디게 속상했다. 그들은 아마도 밤 시간에 나를 찾아올 텐데, 무슨 수로 찰리를 집 밖으로 내보낸단 말인가? 찰리에게 사실대로 얘기했다간 나를 아주 멀리 있는 정신병원 독방에 가두려 들 것이다. 찰리만 안전할 수 있다면 참을 수 있다. 아니, 차라리 환영할 일이지. 하지만 빅토리아는 나를 찾아 먼저 찰리의 집으로 숨어들 게 분명하다. 나를 먼저 찾아내면 빅토리아도 그것으로 만족할지 모른다. 어쩌면 나를 해치운 뒤 그대로 떠날 가능성도 있었다.

그러므로 달아날 수는 없다. 달아난다고 해도 대체 어디로 간단 말인가? 엄마한테? 내 죽음의 그림자를 햇빛 찬란한 엄마의 세계로 끌고 간다는 생각을 하니 몸서리가 쳐졌다. 그런 식으로 엄마를 위험에 빠뜨릴 순없다.

걱정은 내 위장에 또 다른 구멍을 만들어내고 있었다. 곧 가슴의 구멍과똑같은 크기로 커질지도 모르겠다.

그날 밤 찰리는 내 부탁대로 해리에게 다시 전화를 걸어, 블랙 부자가멀리 외출을 했는지 물어보았다. 해리는 빌리가 수요일 밤에 열린 부족회의에 참석했을 뿐더러 어딜 간다는 말은 한 적 없다고 전했다. 찰리는 제이콥이 시간 날 때 전화를 할 거라면서 공연히 귀찮게 굴지 않는 게 좋겠다고 조언했다.

금요일 오후 학교에서 집으로 돌아오다가 나는, 번개를 맞은 듯 수수께끼를 풀었다.

나도 모르게 무의식이 한동안 열심히 움직였던 모양이다. 그렇게 너무도명백한 사실이 퍼뜩 머리에 떠오르자 낯익은 도로도, 귀가 멍멍할 정도의엔진 소음도, 끊임없이 이어지던 걱정도 돌연 내 앞에서 사라지는 듯했다.

일단 그것을 떠올리고 나니 좀 더 일찍 깨닫지 못한 자신이 어리석게 생각되었다. 물론 복수심에 불타는 뱀파이어와 거대한 돌연변이 늑대, 가슴에 뻥 뚫린 너덜너덜한 구멍까지 내 의식을 사로잡고 있던 것들이 많기는했지만, 증거를 펼쳐놓으니 민망할 정도로 원인이 확실해졌다.

제이콥은 나를 피하고 있었다. 찰리는 화를 내는, 너무도 낯선 모습의제이콥을 보았다고 했다. 빌리는 전혀 도움이 되지 않는 모호한 대답만 하고 있었다.

나는 제이콥에게 무슨 문제가 있는지 정확하게 알아차렸다.

샘 울리 때문이다. 심지어 내 악몽도 그 사실을 암시하고 있었다. 샘이 제이콥마저 장악한 것이다. 인디언 보호구역의 청소년들에게 무슨 일이 벌어지고 있는지는 모르지만, 그때문에 나는 친구를 빼앗기게 된 거다. 제이콥은 샘 일당에게 발목을 잡힌 게 틀림없었다.

나는 제이콥이 나를 포기한 게 아니라는 성급한 결론을 내렸다.

집 앞에 도착해서도 트럭에서 내리지 못했다. 어떻게 해야 할까? 나는 상황들의 위험 정도를 각각 따져보았다.

제이콥을 찾아가면 내가 그와 함께 있을 때 빅토리아나 로렌트에게 발각될 위험을 감수해야 했다.

만일 제이콥을 찾아가지 않으면 샘 울리는 제이콥을 협박해, 강압적으로 자기 패거리로 더 깊숙이 그를 끌어들일 것이다. 내가 빨리 행동하지 않으면 너무 늦어질지도 모른다.

일주일이 지났지만 아직 뱀파이어는 나타나지 않고 있었다. 일주일이면 그들이 되돌아오고도 남을 만큼 충분한 시간이었다. 그러니 나를 해치우는 것이 그들의 우선순위가 아니라는 뜻이었다. 그리고 전에 결론 내린 대로 그들은, 나를 찾아오더라도 밤을 틈탈 것이 분명했다. 그들이 라푸시로 나를 따라올 가능성보다 제이콥을 샘에게 빼앗길 위험이 더 컸다.

인적이 드문 숲속 국도를 달리는 위험은 감수할 만했다. 내 방문 목적은 한가로이 친구에게 무슨 일이 있는지 알아보기 위해서가 아니었으니까. 나는 무슨 일이 벌어지고 있는지 '확실히' 알고 있었다. 이건 구출 작전이다. 일단 제이콥과 이야기를 나눈 뒤 필요하다면 그를 납치라도 해올 작정이었다. 언젠가 PBS에서 세뇌에 관한 프로그램을 본 적이 있었다. 그런 방법으로라도 제이콥을 치료할 길이 있을 것이다.

나는 먼저 찰리에게 전화를 거는 것이 좋겠다는 결론을 내렸다. 라푸시에서 무슨 일이 벌어지고 있는지는 모르겠지만, 경찰도 개입할 필요가 있는 문제였다. 나는 서둘러 집안으로 뛰어 들어갔다.

경찰서로 전화를 하자 찰리가 직접 전화를 받았다.

"스완 서장입니다."

"아빠, 벨라예요."

"무슨 일이니?"

내가 전화만 걸면 무조건 문제가 있다고 단정하는 아버지의 짐작을 이 번만큼은 완전히 틀리다고 반박할 수가 없었다. 내 목소리가 덜덜 떨렸다.

"제이콥 때문에 걱정이에요."

"왜?"

찰리는 뜻밖의 화제에 놀란 듯했다.

"아무래도…… 보호구역에서 심상치 않은 일이 벌어지고 있는 것 같아 요. 제이콥이 또래 친구들이 좀 이상하게 굴고 있다고 얘기해 줬거든요. 그런데 지금 제이콥도 똑같이 행동하고 있어서 겁이 나요."

"어떻게 이상하게 군다는 거냐?"

찰리는 어느 틈에 경찰관다운 사무적인 목소리로 바뀌어 있었다. 내 말 을 진지하게 받아들이고 있다는 의미였으므로, 좋은 징조였다.

"처음엔 겁을 내더니 저를 피하기 시작했고 이젠…… 그 동네 이상한 문제아들이랑 어울리는 것 같아요. 샘 울리가 그 조직 우두머리고요."

"샘 울리?"

찰리가 또 한 번 놀란 듯 되물었다.

"네."

찰리는 완연히 느긋해진 목소리로 대꾸했다.

"네가 잘못 생각한 것 같구나. 샘 울리는 착한 아이야. 아니, 이젠 어른 이지. 얼마나 훌륭한 녀석인데. 너도 빌리가 그 녀석 칭찬을 하는 걸 들어 봐야 해. 보호구역 청소년들을 올바르게 인도하는 것도 그 친구라더라. 그날도 바로 그 친구가…….”

찰리는 돌연 말을 멈추었다. 내가 숲에서 길을 잃어버렸던 날을 이야기하려다 멈칫한 것이 틀림없었다. 나는 재빨리 반격에 나섰다.

“그런 게 아니에요, 아빠. 제이콥이 그 사람을 겁냈다니까요.”

“이 문제에 대해 빌리 아저씨와 상의해 봤니?”

찰리는 이제 나를 달래려고 하고 있었다. 내가 샘의 이름을 언급하자마자 그는 흥미를 잃어버렸다.

“빌리 아저씨는 관심도 없으세요.”

“벨라, 그러니까 아무 일 없다는 거야. 제이콥은 아직 어리잖아. 그래서 아마 좀 방황하는 걸 테고. 별일은 없을 거다. 개도 24시간 너랑만 지낼 순 없잖니.”

“저 때문에 이러는 게 아니에요.”

내가 끈질기게 물고 늘어졌지만 이미 진 싸움이었다.

“그 문제라면 네가 걱정할 필요 없다. 제이콥 문제는 빌리가 알아서 하도록 내버려 둬.”

“아빠…….”

내 목소리가 칭얼거리는 아이처럼 늘어지기 시작했다.

“벨라, 지금 내가 좀 바쁘단다. 호숫가 등산로에서 또 여행객 두 명이 실종됐어. 그 놈의 늑대 때문에 참 문제로구나.”

그의 목소리에서 깊은 걱정이 묻어나왔다.

찰리가 전한 소식에 순간적으로 나는 아연실색해졌다. 늑대들이 로렌트와 맞서 싸우고도 살아남았을 리가 없는데…….

“늑대한테 사고를 당한 게 확실해요?”

“아무래도 그런 것 같구나. 이번엔…… 발자국 외에도…… 핏자국이 발견됐어.”

"어머나!"

그렇다면 싸움이 벌어지지 않았다는 의미였다. 로렌트가 늑대들을 피해 달아난 것이 틀림없었다. 하지만 이유가 뭘까? 초원에서 목격한 장면이 점점 더 이상하게, 도저히 이해할 수 없는 방향으로 번져 가고 있었다.

"이젠 정말 끊어야겠다. 제이콥 걱정은 하지 마라, 벨라. 정말로 별 일 아닐 거야."

"알겠어요. 끊을게요."

훨씬 더 급박한 일 때문에 하찮은 일에는 신경 쓸 수 없다는 듯한 찰리의 말투에 실망하여 나는 무뚝뚝하게 전화를 끊었다.

나는 한동안 전화기를 응시했다. '에라 모르겠다' 하는 기분이 되었다. 벨이 두 번 울린 뒤 빌리가 전화를 받았다.

"여보세요?"

"안녕하세요, 아저씨. 제이콥이랑 통화할 수 있을까요?"

"제이콥 집에 없다."

아, 그래요? 놀랍기도 하지.

"어디 갔는지 아세요?"

"친구들이랑 나갔어."

빌리의 목소리는 조심스러웠다.

"아 그래요? 제가 아는 친구인가요? 퀼이랑 나갔어요?"

자연스럽게 이야기하려 했지만 내가 듣기에도 내 말투가 어색한 것이 느껴졌다.

"아니다. 오늘은 퀼이랑 어울리는 것 같지 않더구나."

빌리가 천천히 대답했다. 샘의 이름을 언급하지 않아야 한다는 것쯤은 나도 알고 있었다.

"그럼 엠브리요?"

280

"그래, 엠브리하고 나갔어."

빌리는 훨씬 편안한 마음으로 대꾸하는 듯했다.

그것으로 충분했다. 엠브리는 그들과 한패니까.

"그럼 들어오는 대로 전화 좀 해달라고 전해주세요."

"알았다. 걱정 마라."

딸칵.

"곧 뵈어요, 아저씨."

나는 이미 끊어진 전화에 대고 중얼거렸다.

나는 라푸시로 가서 기다리기로 결정했다. 필요하다면 집 앞에서 밤새도록 기다릴 작정이었다. 내일 학교 수업을 빼먹게 돼도 상관없다. 제이콥도 어쩌다 한 번 집에는 들를 테니까, 그때 만나 담판을 지으면 될 일이다.

일단 굳게 결심을 하자, 그토록 두려워하던 숲길을 지나는 데 불과 몇 초밖에 걸리지 않은 듯했다. 어느새 우거진 수풀이 사라지기 시작했다. 머지않아 인디언 보호구역 초입의 작은 집들이 보일 것 같았다.

길 왼쪽에 야구 모자를 쓴 키 큰 청년이 걸어가고 있었다.

굳이 수고를 들이지 않고도 제이콥을 우연히 만나는 행운이 찾아온걸까? 갑자기 희망이 목구멍으로 차올랐다. 하지만 그는 몸집이 우람했고 모자 밑으로 드러난 머리도 짧았다. 뒷모습인 데다 지난 번 봤을 때보다 훨씬 많이 자라 있었지만 나는 그가 퀼임을 한눈에 알아보았다. 퀼렛 인디언 부족 사내아이들은 대체 어떻게 생겨 먹은 걸까? 부족 차원에서 특별히 실험용 성장 호르몬이라도 먹이는 건가?

나는 차선을 넘어 그의 옆에 차를 세웠다. 요란한 트럭 엔진 소리에 그가 고개를 들었다.

퀼의 얼굴을 본 나는 덜컥 겁이 났다. 깊이 생각에 잠긴 듯 이맛살을 구기고 있는 그 표정은 몹시 쓸쓸했다.

"어, 벨라였군요."

시무룩하게 그가 아는 체를 했다.

"안녕, 퀼…… . 잘 지냈어?"

그는 뚱한 표정으로 나를 쳐다보았다.

"네."

"어딜 가는지 모르지만 태워줄까?"

"좋아요."

그가 웅얼웅얼 대꾸했다. 그는 트럭 앞쪽으로 돌아 조수석 문을 열고 올라탔다.

"어디로 갈까?"

"우리 집은 북쪽 끝에 있는 가게 뒤에 있어요."

"오늘 제이콥 봤니?"

그가 말을 채 끝내기도 전에 나도 모르게 질문이 튀어나왔다.

나는 그의 대답을 기다리며 간절하게 퀼을 응시했다. 그는 잠시 창밖을 내다보다 마침내 입을 열었다.

"멀리서 봤어요."

"멀리서?"

"나도 뒤따라가 보려고 했거든요. 엠브리하고 같이 있었어요."

그의 목소리는 너무 낮아서, 엔진 소리 때문에 잘 들리지 않았다. 나는 고개를 숙여 귀를 가까이 댔다.

"걔들, 분명 나를 봤어요. 그런데 휙 돌아서서 숲속으로 사라져버렸어요. 둘만 있었던 것 같진 않아요. 분명히 샘이랑 다른 자식들도 같이 있었을 텐데. 그래서 난 한 시간 동안이나 녀석들 이름을 외치며 숲을 돌아다녔죠. 헤매다가 이제 겨우 도로로 내려와서 걸어오는데 벨라를 만난 거고요."

"결국 제이콥도 샘한테 넘어갔구나."

이를 악물고 있었기 때문에 내 말은 약간 이상하게 들렸다.

퀼이 나를 빤히 쳐다보았다.

"알고 있었어요?"

나는 고개를 끄덕였다.

"제이콥이 얘기해줬어……. 예전에."

퀼은 한숨을 쉬었다.

"제이콥도 이제 다른 아이들처럼…… 심해진 거니?"

"샘의 곁을 한순간도 안 떠나요."

퀼이 고개를 돌리고 창문 밖으로 침을 뱉었다.

"그리고 그러기 전에는, 다른 사람들을 피했어? 문제가 있는 것처럼 행동하고?"

"다른 애들처럼 오래 그러진 않았어요. 아마 하루쯤 그랬던가. 제이콥은 곧바로 샘과 어울려 다니더군요."

퀼의 쉰 목소리엔 조금도 힘이 없었다.

"무슨 일인 것 같니? 마약 같은 걸까?"

"제이콥이나 엠브리가 그런 짓을 할 거라고는 생각 안하지만…… 내가 어떻게 알겠어요? 달리 이유가 없잖아요? 그런데 왜 어른들은 걱정을 안 하는 걸까요?"

절레절레 고개를 젓는 그의 눈빛엔 이제 공포가 드러났다.

"제이콥은 그 조직에 들어가기 싫어했어요. 어쩌다가 마음이 바뀌었는지 통 모르겠다니까요. 나도 다음 차례가 되긴 싫다고요."

나를 쳐다보는 퀼의 얼굴은 공포에 사로잡혀 있었다.

나도 겁이 났다. 그들을 조직이라고 묘사하는 말을 듣는 건 이번이 두 번째였다. 전율이 일었다.

"너희 부모님께 도움을 청하면 되지 않을까?"

퀼은 얼굴을 찡그렸다.

"전혀 도움 안 될 거예요. 우리 할아버지는 제이콥 아버지와 함께 부족회의 원로거든요. 할아버지는 우리 부족 전체에서 샘 울리가 최고의 모범이라고 생각하실 정도고요."

우리는 오래도록 서로를 응시했다. 이제 우리는 라푸시에 접어들었고, 트럭은 텅 빈 도로를 따라 기어가듯 달리고 있었다. 마을에 단 하나뿐인 가게가 그리 멀지 않은 곳에서 모습을 드러냈다.

"난 여기서 내릴게요. 우리 집은 바로 저기예요."

퀼이 가게 뒤쪽의 작은 목조 건물을 가리키며 말했다. 나는 갓길에 차를 세웠고 그는 트럭에서 뛰어내렸다.

"난 제이콥을 기다려볼 생각이야."

내가 단호한 목소리로 그에게 말했다.

"행운을 빌게요."

그는 차문을 닫고 고개를 푹 수그린 채 어깨를 축 늘어뜨리고 앞쪽으로 걸어갔다.

블랙 부자의 집을 향해 크게 유턴을 하는 사이에도 퀼의 휑한 표정이 뇌리에서 지워지질 않았다. 그는 자기가 다음 차례가 될까 봐 두려워하고 있었다. 도대체 무슨 일이 벌어지고 있는 것일까?

나는 제이콥의 집 앞에 차를 세우고 시동을 끈 다음, 창문을 내렸다. 오늘은 바람도 없이 공기가 눅눅했다. 의자를 뒤로 뺀 뒤 계기판 위로 발을 올려놓고 오래 기다릴 채비를 갖췄다.

멀리 시야 옆쪽으로 뭔가 움직임이 포착되어 고개를 돌리니, 빌리가 곤혹스러운 표정으로 창문에서 나를 내다보고 있었다. 나는 그에게 손을 한 번 흔들어준 뒤 어색한 미소를 짓고 그대로 자리를 지켰다.

빌리는 눈을 가늘게 뜨더니 휙 커튼을 쳐 유리창을 가렸다.

최대한 오래 버틸 작정이었으면서도 기다리는 동안 할 일을 가져오지 않은 게 후회되었다. 나는 가방 밑바닥에서 펜과 옛날 시험지를 꺼내, 시험지 뒷장에 낙서를 하기 시작했다.

다이아몬드 무늬를 겨우 한 줄 그렸을 뿐인데 차문을 두드리는 소리가 들렸다.

펄쩍 뛰듯 놀란 나는 빌리일 거라 생각하며 고개를 들었다.

"여기서 뭐 하는 거야, 벨라?"

제이콥이 인상을 썼다.

나는 경악에 가까운 눈초리로 그를 쳐다보았다.

제이콥은 몇 주 못 만난 사이 엄청나게 변해 있었다. 제일 먼저 눈에 띈 것은 그의 머리모양이었다. 멋지게 찰랑대던 긴 머리칼은 사라지고, 아주 짧게 자른 머리가 검정색 새틴처럼 반짝거렸다. 얼굴 윤곽도 미묘하긴 하지만 좀 더 단단하게 변해 성숙한 인상을 풍겼다. 그의 목과 어깨도 달라져 더 우람해진 듯했다. 문틀을 잡고 있는 그의 커다란 손과 팔뚝엔, 구릿빛 피부 아래로 핏줄과 힘줄이 전보다 더 두드러지게 솟아 있었다. 하지만 외모의 변화는 그리 중요하지 않았다.

완전히 다른 사람처럼 보인 것은, 너무도 낯선 그의 표정 때문이었다. 사라진 머리칼과 함께 다정하고 푸근한 그의 미소는 온데간데없었고, 검은 눈동자에서 늘 풍겨 나오던 온화함은, 보는 순간 마음을 불편하게 하는 어두운 반항기로 바뀌어 있었다. 나의 태양은 아마도 폭발해 사라져버린 듯했다.

"제이콥?"

속삭이듯 내가 중얼거렸다.

그는 분노를 담은 강렬한 눈빛으로 나를 노려볼 뿐이었다.

그제서야 우리 둘만 있는 것이 아님을 깨달았다. 그의 뒤쪽엔 네 사람이

서 있었다. 모두들 키가 크고 구릿빛 피부를 반짝이는, 제이콥처럼 짧게 머리를 깎은 청년들이었다. 그들은 너무도 닮아 형제 같았다. 심지어 나는 그들 가운데서 엠브리를 알아볼 수조차 없었다. 각자의 눈빛에서 똑같이 뿜어져 나오는 적대감 때문에 그들은 더욱 소름끼칠 만큼 닮아 보였다.

눈빛에 지독한 적대감을 드러내지 않는 사람은 한 명뿐이었다. 혼자만 서너 살쯤 나이가 많은 샘은 평온하고 자신감 넘치는 표정으로 제일 뒤에 서 있었다. 나는 그를 한 대 치고 싶었다. 아니, 그보다 더 심한 짓을 하고 싶다. 문득 나는 그 누구도 범접할 수 없는 무시무시하고 치명적인 존재가 되고 싶어졌다. 샘 울리쯤은 아주 손쉽게 겁먹게 할 수 있는 존재.

뱀파이어가 되고 싶다.

난데없는 격렬한 갈망에 놀란 나는 문득 숨이 막혀 왔다. 금지된 소망이어서기도 했지만 이렇게 단순한 동기, 적보다 유리한 위치에 놓이고 싶다는 악의 넘치는 이유 때문에 뱀파이어가 되기를 바랐다는 게 고통스러웠다. 단 한 번도 내 손아귀에 잡힌 적이 없는 미래. 이제는 영원히 불가능해진 꿈. 가슴에 뚫린 구멍에 쓰라린 찬바람이 몰아치는 것을 느끼며 나는 제정신을 차리려고 애를 썼다.

"원하는 게 뭐야?"

내 표정 변화를 살피며 제이콥이 더욱 짜증스러운 표정으로 물었다.

"나랑 얘기 좀 해."

나는 작은 소리로 말했다. 정신을 집중하려고 노력했지만 그동안 그렇게 감춰 왔던 나의 꿈이 엉뚱한 순간에 드러났다는 사실 때문에 나는 아직도 휘청거리고 있었다.

"할 말 있으면 여기서 해."

제이콥이 이를 악문 채 말했다. 그의 눈빛은 악의로 가득했다. 나는 제이콥이 지금껏 그토록 무서운 눈빛으로 누구를 노려보는 걸 본 적이 없었다. 놀라울 만큼 강렬한 그의 적대감에 뼛속까지 아픔이 전해지는 듯했다.

"단둘이 하고 싶은 얘기야!"

내가 목소리를 좀 더 크게 냈다.

제이콥이 뒤를 돌아보았다. 그의 시선이 어디를 향할 것인지는 나도 알고 있었다. 제이콥뿐만 아니라 모두들 샘의 반응을 살피고 있었다.

샘은 전혀 동요하지 않는 얼굴로 한 번 고개를 끄덕했다. 그는 낯선 언어로 짧게 몇 마디 했다. 프랑스어나 스페인어가 아님은 확실했으므로, 나는 그의 말이 퀼렛 부족 언어일 것이라고 짐작했다. 그는 돌아서서 제이콥의 집 안으로 들어갔다. 다른 사람들 - 폴, 저레드, 엠브리도 샘을 따라 집 안으로 향했다.

"좋아."

제이콥은 다른 친구들이 사라지자 화를 덜 내는 것 같았다. 그의 얼굴은 약간이나마 침착해졌지만, 동시에 더욱 절망적으로 보이기도 했다. 입 꼬리가 아래로 축 처져 있었다.

나는 심호흡을 했다.

"내가 뭘 원하는지 너도 알잖아."

그는 나를 씁쓸하게 응시할 뿐 아무런 대답도 하지 않았다.

내가 그를 마주 쳐다보자 침묵이 이어졌다. 그의 얼굴에서 전해지는 고통에 나도 마음이 아팠다. 목구멍에 뜨거운 것이 치밀어 오르기 시작했다.

"좀 걸을까?"

말문이 막히기 전에 내가 얼른 물었다.

제이콥은 여전히 아무런 반응도 보이지 않았다. 그의 얼굴도 무표정했다.

나는 트럭에서 내려, 창문 뒤에서 나를 따라오는 시선들을 느끼며 북쪽에 늘어선 나무로 걸어가기 시작했다. 길 옆의 젖은 풀밭과 진흙을 밟자 발밑에서 질척이는 소리가 들렸다. 들리는 소리는 내 발자국 소리뿐이었으므로 처음엔 그가 나를 따라오지 않는다고 생각했다. 그러나 돌아보니 그는 바로 내 뒤를 따르고 있었다. 같은 길인데도 그에겐 소리 없이 걷는 재주가 있는 듯했다.

나무에 둘러싸여 샘의 시선이 차단되었을 거라 생각하니 기분이 한결 나아졌다. 걸어가며 나는 어떻게 말을 꺼내야할지 고민했지만 마땅한 말이 떠오르지 않았다. 제이콥이 결국 조직에 발이 묶였고, 빌리는 그걸 허락하는 눈치고, 샘은 그토록 자신감 넘치고 평온한 표정으로 버티고 서 있을 수 있다는 사실에 점점 더 화가 났다.

제이콥이 갑자기 속도를 높이더니 긴 다리로 나를 앞질러 돌아서서 내 앞을 가로막았으므로, 나도 멈춰 설 수밖에 없었다.

나는 그의 날렵한 움직임에 잠시 마음을 빼앗겼다. 제이콥은 끊임없이 키가 자라는 바람에 균형 감각이 떨어져 나처럼 몸놀림이 둔했었다. 언제부터 변한 걸까?

하지만 제이콥은 내가 그런 걸 생각하고 있을 여유를 주지 않았다.

"할 말 있으면 어서 끝내자."

그가 거칠고 단호한 목소리로 말했다.

나는 묵묵히 기다렸다. 내가 원하는 게 뭔지 그도 알고 있었다.

"벨라, 네가 잘못 생각하는 거야. 내가 생각했던 것과도 달라. 내 오해였어."

별안간 그의 목소리가 조심스러워졌다.

"그럼 뭐가 어떻게 된 건데?"

그는 생각에 잠긴 듯 내 얼굴을 오래 살폈다. 그의 눈에 서렸던 분노는 여전히 사라지지 않고 있었다.

"너한텐 얘기 못해."

이윽고 그가 말했다.

나는 이를 악물고 말했다.

"난 우리가 친구라고 생각했는데?"

"친구였지."

과거형에 무게가 실린 대답이었다.

"이젠 더 이상 친구가 필요 없겠구나. 너한텐 샘이 있으니 말이야. 참 잘 됐네. 그렇게 존경하던 사람과 친해져서."

"예전엔 샘에 대해 내가 잘못 생각했어."

"이제야 그 진가를 알아보셨군."

"내가 생각했던 것과 다르다니까. 이건 샘 잘못이 아니야. 샘은 나를 있는 힘껏 돕고 있어."

목소리가 짜증스럽게 변해 있었다. 제이콥은 화를 억누르려는 듯 내 머리 위로 숲을 응시했다.

"그 사람이 너를 돕고 있다고? 행여나."

내가 빈정거렸지만 제이콥은 내 말을 듣고 있지 않은 듯했다. 그는 침착함을 유지하느라 심호흡을 하고 있었다. 어찌나 화가 났는지 손까지 부들부들 떨고 있었다.

"제이콥, 부탁이야. 무슨 일인지 얘기 좀 해봐. 내가 도울 수 있을지도 모르잖아."

"지금은 아무도 나를 도울 수 없어."

이제 그의 목소리는 낮은 신음소리처럼 갈라지고 있었다.

"그 인간이 대체 너한테 무슨 짓을 한 거니?"

눈가에 눈물이 맺혔다. 전에도 한 번 그랬듯이 나는 두 팔을 넓게 벌리고 제이콥에게 다가갔다.

그러나 이제 그는, 방어하듯 두 손을 들어올리며 뒤로 물러났다.

"나한테 손대지 마."

그가 속삭였다.

"샘한테 들킬까 봐서?"

바보처럼 눈물이 눈 꼬리로 흘러내리고 말았다. 나는 손등으로 얼른 눈가를 훔친 뒤 팔짱을 꼈다.

"함부로 샘 탓하지 마."

그의 말은 거의 반사처럼 빠르게 튀어나왔다. 그는 이제 사라져버린 머리칼을 빗으려는 듯 머리 위로 손을 올렸다가 힘없이 그냥 내렸다.

"그럼 누구 탓인데?"

내가 쏘아붙이자 제이콥은 슬며시 미소를 지었다. 공허하고 뒤틀린 웃음이었다.

"듣고 싶지 않을걸."

"네 멋대로 짐작하지 마! 난 알아야겠어. 그것도 지금 '당장'."

"네가 잘못 생각하는 거야."

"잘못인지 아닌지는 네가 판단할 일이 아니야. 세뇌를 당한 사람은 내가 아니라고! 그 잘난 샘 탓이 아니라면, 과연 이 모든 게 누구 때문인지 어서 얘기해 봐."

"원한다면 말해 주지. 그렇게 누군가를 탓하고 싶으면, 네가 그토록 사랑해마지 않는 저 더럽고 냄새나는 흡혈귀들이나 손가락질하지 그래?"

제이콥은 눈을 무섭게 번득이며 나에게 소리쳤다.

내 입이 딱 벌어지면서 숨소리가 '헉' 하고 새어나왔다. 양날의 칼처럼 잔혹한 그의 말에 허를 찔린 나는 그 자리에 얼어붙었다. 온몸으로 낯익은 통증이 번지면서, 너덜너덜해진 구멍이 안에서 바깥쪽으로 찢어지는 듯했다. 하지만 그것은 원래 있던 구멍이 아니라 두 번째로 생겨난 구멍이었다. 나는 내 귀를 의심했다. 하지만 그의 얼굴엔 조금도 망설임이 없었다. 오로지 분노뿐이었으니까.

여전히 입이 다물어지질 않았다.

"듣고 싶지 않을 거라고 했잖아."

"네가 누구 얘기를 하는 건지 난 모르겠어."

내가 속삭였다.

제이콥은 못 믿겠다는 듯 한쪽 눈썹을 치켜올렸다.

"내가 보기엔 누구 얘기를 하는지 정확히 아는 것 같은데. 설마 내 입으로 그 이름을 말하라는 건 아니겠지? 나도 너한테 상처주는 거 싫어."

"네가 누구 얘기를 하는 건지 난 모르겠어."

기계처럼 내가 같은 말을 되풀이했다.

"컬렌 가족 말이야."

그는 내 얼굴을 찬찬히 살피면서 일부러 천천히 말했다.

"내 눈으로 똑똑히 봤어. 네가 그들의 이름을 말할 때마다 네 눈빛이 어떻게 변하는지 보이더군."

나는 부정의 의미로, 그리고 동시에 정신을 차리기 위해 머리를 흔들었다. 제이콥이 어떻게 그걸 알았을까? 그리고 샘의 패거리에 들어간 것과 그것 사이에 무슨 상관이 있을까? 뱀파이어 혐오자들의 조직이라도 된다는 말인가? 뱀파이어들이 더 이상 포크스에 살고 있지 않은 지금, 하필 그런 집단이 생겨난 이유가 뭘까? 그들의 존재 증거조차 사라진 지 오래인데. 영원히 돌아오지 않을 지금에 와서 제이콥이 컬렌 가족에 대한 이야기를 믿기 시작한 이유는 뭐지?

제대로 된 반응을 보이기엔 내가 너무 오래 생각에 잠겨 있었던 듯했다.

"이제 와서 빌리 아저씨의 말도 안 되는 미신에 귀를 기울이게 됐다는 건 설마 아니겠지."

비아냥거리는 말투를 흉내내려 했지만 내 귀에도 그럴듯하게 들리진 않았다.

"아버지는 내가 미처 몰랐던 것까지 전부 알고 계셔."

"정신 차려, 제이콥."

그는 무서운 눈초리로 나를 노려보았다.

"미신 얘긴 접어두더라도 난, 네가 왜 컬렌 가족 탓을 하는지 아직도 모르겠어. 그들이 떠난 지 반년도 더 지났어. 지금 샘이 벌이고 있는 짓을 어떻게 그들 탓이라고 여길 수 있니?"

"샘은 아무 짓도 벌이지 않았어, 벨라. 그리고 그들이 떠났다는 건 나도 알아. 하지만 가끔…… 심상치 않은 일이 벌어지기 마련이지. 일어난 후엔 이미 너무 늦어."

"심상치 않은 일이라니? 뭐가 늦어? 대체 무슨 이유로 그들을 탓하는 거야?"

갑자기 제이콥은 내 얼굴에 바짝 다가서며 불꽃이 튀는 눈빛으로 나를 노려보았다.

"놈들의 존재 자체가 싫어."

험상궂은 그의 뇌까림에 겁을 먹은 건 아니었다. 그런데 놀랍게도 갑자기 에드워드의 목소리가 들려왔다.

"진정해, 벨라. 그 녀석을 너무 몰아붙이지 마."

내 귓가에 당부하는 에드워드의 목소리가 들려왔다.

조심스레 막아둔 벽을 뚫고 에드워드의 이름이 나온 이후 나는 두 번 다시 그 이름에 마음의 빗장을 걸 수가 없었다. 하지만 이제는 아프지 않다. 그의 목소리를 들을 수 있는 소중한 순간인걸.

제이콥은 내 눈앞에서 분노로 치를 떨며 서 있었다.

난데없이 에드워드의 환청이 머릿속에 떠오른 이유를 알 수 없었다. 화를 내고 있기는 했지만 그래도 그는 제이콥이었다. 흥분을 일으키는 아드레날린도 느껴지지 않았고 위험도 없었다.

"녀석이 침착해질 때까지 좀 기다려줘."

계속해서 에드워드가 속삭였다.

나는 혼란스러워져 머리를 흔들었다.

"넌 이상해졌어."

둘 다에게 한 말이었다.

"좋아."

제이콥은 또 다시 깊이 숨을 들이마셨다.

"그 문제로 너랑 말다툼하기 싫어. 하긴 어차피 상관없지, 엎질러진 물이니까."

"엎질러진 물이라니?"

내가 버럭 고함을 질렀지만 그는 눈도 깜짝하지 않았다.

"돌아가자. 더 할 말도 없어."

"아니, 아직 많아! 넌 아무 말도 하지 않았잖아!"

제이콥은 나를 지나쳐 집 쪽으로 성큼성큼 걸어가기 시작했다.

"오늘 우연히 퀼을 만났어."

내가 그의 등 뒤에 대고 소리쳤다.

그는 걸음을 멈추었지만 돌아서진 않았다.

"네 친구였던 퀼 기억하니? 그래, 걔도 겁먹었더라."

제이콥이 홱 몸을 돌려 나를 쳐다보았다. 고통스러운 표정이었다.

"퀼도 네 걱정을 하고 있어. 무서워 하고 있다고."

제이콥이 필사적인 눈빛으로 내 뒤쪽을 응시했다.

나는 그를 더욱 몰아붙였다.

"자기가 다음 차례일까 봐 두려워하고 있는 거야."

제이콥이 나무를 짚으며 균형을 잡더니 혈색 좋은 구릿빛 얼굴이 약간 파랗게 질렸다.

"퀼은 다음 차례가 되지 않을 거야. 그럴 리 없어. 이젠 다 끝났으니까. 왜 이렇게 돼야 하는 건지 아직도 잘 모르겠어. 왜일까? 이유가 뭘까?"

그가 혼잣말을 중얼거리더니 주먹으로 나무를 쳤다. 키가 제이콥보다 1미터 정도밖에 크지 않은 작고 여린 나무였지만, 그래도 그의 주먹에 나무가 부러져 옆으로 쓰러졌을 때 놀랍기는 마찬가지였다.

날카롭게 부러져 넘어간 나무를 쳐다보던 제이콥의 충격 어린 표정이 이내 공포로 바뀌었다.

"돌아가야겠어."

홱 돌아선 그는 내가 따라가려면 달려야할 만큼 빠른 걸음으로 멀어져 갔다.

"하! 샘한테?"

"보기에 따라 그렇게 생각될 수도 있겠지."

그는 들릴 듯 말 듯 그렇게 대꾸한 뒤 걸음을 재촉했다.

나는 트럭이 있는 곳에서 다시 그를 따라잡았다.

"기다려!"

그가 집안으로 향했으므로 내가 소리쳤다.

그는 나를 향해 돌아섰지만 또다시 손을 부들부들 떨고 있었다.

"집에 가, 벨라. 난 더 이상 너랑 어울릴 수 없어."

바보처럼 앞뒤 가릴 것 없이 가슴이 찢어지게 아팠다. 눈물이 다시 고여 왔다.

"나랑…… 헤어지겠다는 거야?"

전혀 상황에 어울리는 말은 아니었지만, 그래도 내가 묻고 싶은 말을 가장 정확히 담고 있는 질문이었다. 사실 제이콥과 나의 감정은 십대의 풋사랑 이상이었고, 훨씬 유대가 강했다.

제이콥은 허탈한 웃음을 터뜨렸다.

"그건 아니지. 만약 그런 경우였다면 차라리 '친구로 지내자'고 했을 거야. 하지만 난 그 말조차 할 수 없어."

"제이콥…… 이유가 뭐야? 샘이 다른 친구는 못 사귀게 하는 거야? 제발 이러지 마. 약속했잖아. 난 네가 필요해!"

제이콥이 내가 살아갈 이유 비슷한 것을 선사하기 이전의, 그 공허한 삶이 다시 내 앞을 가로막고 있었다. 처절한 외로움에 목이 메었다.

"미안해, 벨라."

도저히 제이콥의 것이라고 생각되지 않는 차가운 목소리.

제이콥의 말에 진심이 담겼다고는 믿어지지 않았다. 화난 눈동자는 뭔가 더 할말이 있는 듯했지만 나로선 그 뜻을 이해할 수가 없었다.

어쩌면 이것은 샘과 전혀 상관이 없는 일일지도 모른다. 컬렌 집안과도 아무 상관없는 일인지도 모른다. 단지 제이콥은 절망적인 상황에서 빠져나오고 싶은 건지도 몰라. 그게 제이콥에게 최선이라면 난 그냥 내버려 둬야 할 거다. 그래야 할 것 같았다. 그게 옳은 일이겠지.

하지만 나도 모르게 속삭이기 시작했다.

"미리 깨닫지 못해서 미안하지만…… 나도 너에 대한 감정을 바꿀 수 있으면 좋겠어."

나는 필사적으로 매달리면서, 어느새 진심을 비약해 거짓말에 가깝도록 만들고 있었다.

"어쩌면…… 어쩌면 앞으로 바뀔지도 몰라. 네가 좀 더 시간을 주면……, 그러니까 지금 날 이렇게 잘라버리지만 말아줘. 난 그럴 수 없어."

순식간에 그의 얼굴은 분노 대신 고뇌의 빛을 띠었다. 그가 떨리는 손을 내게 뻗었다.

"아니야. 그런 식으로 생각하지 마, 벨라. 자신을 탓하지 마. 네 잘못이라고 생각하지 마. 그냥 내 문제야. 맹세코 너 때문이 아니야."

"분명히 나 때문이야. 뭔가 또다른 이유가 있겠지."

"정말이야, 벨라. 난……."

그는 감정을 절제하느라 목소리가 더욱 갈라졌다. 고문을 당하는 듯 그의 눈빛이 흔들렸다.

"난 이제 네 친구가 될 자격이 없어. 예전의 내가 아니야. 난 안 돼."

"뭐라고? 무슨 말을 하는 거야? 넌 나보다 훨씬 훌륭한 사람이야, 제이콥. 안 되다니, 누가 그런 말을 해? 샘이 그랬어? 그건 새빨간 거짓말이야! 그런 말 귀담아듣지 마!"

어느새 나는 소리를 지르고 있었다.

제이콥의 얼굴이 단호하게 굳어졌다.

"누구도 나한테 뭐라고 한 적 없어. 난 내가 어떤 놈인지 알아."

"넌 내 친구야! 제이콥, 제발!"

그는 또다시 나를 피해 멀어지고 있었다.

"미안해, 벨라."

갈라진 목소리로 웅얼웅얼 속삭인 뒤, 그는 거의 뛰다시피 집으로 들어갔다.

발길이 떨어지질 않았다. 나는 작은 집을 물끄러미 쳐다보았다. 몸집이 거대한 네 명의 청소년과 어른 둘이 들어가 있기엔 너무 작아 보였다. 안에선 아무런 반응도 없었다. 커튼 자락이 움직이거나 목소리가 새어 나오지도 않았고, 쥐죽은 듯 조용했다. 집은 그저 나를 멍하니 바라보고 있었다.

비가 내리기 시작해, 빗방울이 살갗을 때렸다. 나는 집에서 시선을 뗄 수 없었다. 제이콥은 다시 나올 거야. 분명 그럴 거야.

빗발이 굵어지면서 바람이 휘몰아쳤다. 빗방울은 이제 위에서 떨어지는 것이 아니라 서쪽에서 비스듬히 달려들고 있었다. 어렴풋이 바다 냄새가 났다. 머리카락이 휘날려 젖은 얼굴에 엉키며 눈을 가렸다. 그래도 나는 기다렸다.

마침내 문이 열린 순간 나는 반가움에 앞으로 한 걸음 나섰다.

빌리가 현관으로 휠체어를 밀며 나왔다. 그의 뒤엔 아무도 없었다.

"찰리가 방금 전화했더구나, 벨라. 집에 가는 중이라고 해 뒀다."

그는 측은한 듯 나를 쳐다보았다.

그의 눈빛에 떠오른 동정심을 보고, 마침내 끝을 실감했다. 나는 아무 말도 하지 않고, 그저 뻣뻣한 몸을 돌려 트럭에 몸을 실었다. 창문을 열어 둔 탓에 의자가 축축했다. 상관없었다. 이미 온 몸이 젖어 있었으니까.

'그렇게 나쁘지 않아! 그렇게 나쁘진 않아!' 내 마음이 나를 위로하려 들었다. 사실이다. 이번엔 그렇게 나쁘지 않았다. 이걸로 또 세상이 끝나 버린 건 아니었다. 단지 이건 내게 남아 있던 작은 평화의 끝일 뿐이니. 그 게 전부니까.

'그래, 그렇게 나쁘진 않지만 타격은 꽤 크겠지.'

나는 마음의 위로에 동의하며, 내 생각을 덧붙였다.

나는 제이콥이 내 가슴의 구멍을 치유하고 있다고 생각했고, 너무 아프 지 않도록 최소한 작게 메워주고 있다고 여겼다. 그런데 틀린 생각이었다. 그는 자기만의 구멍을 뚫고 있었고 이제 나는 구멍이 숭숭 뚫린 스위스 치 즈처럼 만신창이가 되어버렸다. 왜 진작 조각나 부서져버리지 않았는지 의아할 뿐이었다.

찰리는 현관에서 나를 기다리고 있었다. 트럭을 세우자 그가 나를 맞으 러 걸어 나왔다.

"빌리랑 통화했다. 제이콥이랑 싸워서 네가 많이 화났다고 하더구나."

그는 나를 위해 차문을 열어주며 열심히 설명했다.

이윽고 그가 내 얼굴을 쳐다보았다. 경악에 가까운 깨달음이 그의 표정 에 떠올랐다. 그가 내 얼굴에서 무엇을 보았기에 놀라는 건지 나도 알고 싶었다. 내면에서 느껴지는 내 얼굴은 공허하고 차가웠다. 아빠가 무슨 생각을 떠올렸을지 알 것 같았다.

"실은 그런 게 아니었어요."

찰리는 내 어깨에 팔을 두르고 차에서 내리는 걸 도와주었다. 완전히 젖어버린 옷에 대해서는 아무 말도 하지 않았다.

"그럼 무슨 일이 있었던 거니?"

집안으로 들어온 뒤에야 그가 물었다. 그리고 소파 등받이에 걸쳐 있던 담요를 걷어 내 어깨에 둘러주었다. 나는 아직도 부들부들 떨고 있었다.

"제이콥이랑 제가 더는 친구가 될 수 없다고, 샘 울리가 말했대요."

찰리가 의아하다는 듯 나를 쏘아보았다.

"누가 그러든?"

"제이콥이요."

그가 정확하게 그런 말을 한 건 아니다. 하지만 내 말이 틀린 것일 수 없었다.

찰리가 이맛살을 찌푸렸다.

"그 울리라는 친구 말이다. 정말로 무슨 일이 있는 것 같니?"

"확실해요. 하지만 제이콥은 그게 뭔지 털어놓지 않을 거예요."

옷에서 흘러내린 빗물이 리놀륨 바닥에 떨어지는 소리가 들렸다.

"옷 좀 갈아입을게요."

"그래라."

찰리는 생각에 잠겨 무심히 대답했다.

너무 추워서 나는 샤워를 하기로 했지만, 뜨거운 물로도 체온은 올라가지 않는 듯했다. 나는 여전히 얼어붙을 것 같았으므로 포기하고 온수를 잠갔다. 갑작스런 정적이 흐르고, 찰리가 아래층에서 누군가에게 얘기하는 소리가 들렸다. 나는 타월로 몸을 감싸고 화장실 문을 살짝 열었다.

찰리는 화난 목소리였다.

"난 못 믿겠어. 말이 안 되잖아."

이어 침묵이 흘렀으므로 나는 그제야 그가 통화중인 걸 알았다. 1분쯤 시간이 흘렀다.

"벨라한테 죄다 덮어씌우지 마!"

갑자기 찰리가 고함을 질렀으므로 나는 펄쩍 뛰듯 놀랐다. 그는 이내 조심스럽게 목소리를 낮췄다.

"벨라는 제이콥과 그저 친구 사이일 뿐이란 걸 처음부터 확실하게 밝혔어. 그게 문제였다면 왜 처음부터 그렇게 말하지 않았나? 아니야, 빌리. 이번 일은 벨라 얘기가 맞다고 생각하네……. 난 내 딸을 잘 알거든. 벨라가 그런 말을 했었어. 제이콥이 겁을 내고 있다고……."

그는 말을 멈추고 잠시 귀를 기울이다 다시 언성을 높였다.

"내가 생각만큼 딸을 잘 모른다니 그게 무슨 말인가?"

그는 잠시 상대의 이야기를 듣더니, 나에게 거의 들리지 않을 만큼 목소리를 낮춰 대꾸했다.

"벨라가 그 상처를 다시 돌이키게 둘 거라고 생각한다면 자넨 착각하고 있는 거야. 이제 겨우 상처를 극복하기 시작했고, 그럴 수 있었던 건 거의 제이콥 덕분이었어. 제이콥이 샘이라는 친구와 무슨 일을 하려는지는 모르겠지만 그때문에 내 딸을 또다시 힘들게 한다면 나도 제이콥 녀석을 가만두지 않을 거야. 자넨 내 친구지만, 이건 내 가족과 관련된 일이니까."

빌리의 응답을 듣는 동안 또다시 침묵이 이어졌다.

"내 말 잘 들어두게. 그 녀석들이 조금이라도 선을 넘으면 내가 즉각 조치를 취할 거야. 우리가 그쪽 상황을 계속 주시하고 있을 거란 것만 알아두라고."

이제 그는 그냥 찰리가 아니라, 스완 서장이었다.

"좋아. 그래. 잘 있게."

수화기를 쾅 내려놓는 소리가 들렸다.

나는 발뒤꿈치를 들고 재빨리 복도를 지나 방으로 들어갔다. 화가 안 풀린 찰리는 주방에서 아직도 혼자 중얼거리고 있었다.

그러니까 빌리는 지금, 내 탓을 하고 있는 거다. 결국 내가 제이콥의 감정을 부추기는 바람에 막다른 곳까지 오게 됐다는 비난이겠지.

나도 걱정하던 문제이기는 했지만, 이상하게도 오늘 오후에 제이콥의 마지막 변명을 듣고 난 뒤론 그 말이 믿어지지 않았다. 응답받지 못한 풋사랑 이상의 문제가 있는 게 분명하다. 그런데도 빌리가 그 변명에 매달리고 있다는 것이 놀라웠다. 그들이 함구하고 있는 비밀이 무엇인지 몰라도 내가 상상했던 것보다 더 큰 문제인 듯했다. 어쨌든 최소한 찰리는 이제 내 편이군.

나는 잠옷으로 갈아입고 침대로 들어갔다. 자신을 속여보려고 애를 썼지만 결코 녹록하지 않았다. 이젠 하나가 아닌 가슴의 구멍들이 벌써부터 아파오기 시작했으므로 더 두려울 것도 없다는 심정이 들었다. 그래서 나는 아픈 기억을 끄집어냈다. 물론 너무 아플 것 같은 옛 추억은 곤란했으므로, 오늘 오후에 들려왔던 에드워드의 목소리를 떠올렸다. 머릿속으로 그의 목소리를 거듭해서 떠올리던 나는 내 황폐한 얼굴을 소리 없이 눈물로 적시며 잠이 들었다.

그날 밤엔 새로운 꿈을 꾸었다. 빗속에서 제이콥은 소리 없이 내 옆을 걷고 있었는데, 내 발밑에선 마른 자갈을 밟는 듯한 요란한 소리가 났다. 하지만 그는 나의 제이콥이 아니었다. 그는 동작마저 우아하게 변해버린, 씁쓸한 표정의 새로운 제이콥이었다. 유연한 그의 걸음걸이는 문득 다른 사람을 떠올리게 만들었고, 내가 지켜보는 사이 그의 얼굴이 바뀌기 시작했다. 구릿빛 피부가 점점 엷어져 얼굴이 하얗게 변했다. 그의 눈동자는 금색으로 바뀌었다가 자줏빛으로 변하더니 다시 금색으로 돌아왔다. 그의 짧은 머리칼도 바람에 흩날리다 갈색으로 변했다. 그 얼굴은 너무도 아름다워 내 가슴이 갈가리 찢기는 듯했다. 나는 손을 뻗었지만 그는 방패처럼 양손으로 앞을 가리며 뒤로 물러났다. 그리고 곧이어 에드워드는 사라지고 말았다.

어둠 속에서 잠이 깼다. 방금 울기 시작한 것인지, 아니면 잠자는 사이 계속해서 눈물을 흘리고 있었던 것인지 알 수 없었다. 나는 어두운 천장을 올려다보았다. 한밤중이었고 아직도 잠이 덜 깬 상태였다. 나는 지친 눈을 감고 제발 아무런 꿈도 꾸지 않고 잠들 수 있게 해 달라고 기도했다.

바로 그때 이상한 소리가 들려왔다. 아마 처음 나를 깨운 것도 그 소리인 듯했다. 손톱으로 유리를 긁는 듯한 소름끼치는 소리가 내 방 창문에서 들려오고 있었다.

12

침입자

◆

나는 소스라치게 놀라며 눈을 떴다. 그러나 너무도 지치고 노곤해 꿈인지 현실인지 분간이 되지 않았다.

창문에서 또다시 소름끼치게 유리 긁히는 소리가 들려왔다.

잠이 덜 깨 어리둥절한 채, 침대에서 일어나 창문으로 다가가며 눈을 깜박여 눈물을 털어냈다.

거대하고 시커먼 그림자가 당장이라도 유리창을 뚫고 나를 덮칠 듯 창밖에서 흔들리고 있었다. 나는 겁에 질려 뒷걸음질을 쳤고, 당장이라도 비명이 새어나오려는 듯 목구멍이 조여들었다.

빅토리아.

그 여자가 나를 찾아냈군.

난 곧 죽게 될 거야.

찰리만은 안 돼!

나는 목구멍을 빠져나오려는 비명을 삼켰다. 조용히 감당해야 한다. 놀란 찰리가 무슨 일인지 알아보려고 내 방으로 건너오거나 해서는 안 되니까.

그러나 곧, 그림자 쪽에서 익숙한 쉰 목소리가 들려왔다.

"벨라! 아야! 젠장, 창문 좀 열어! 아얏!"

공포심을 떨쳐버리기까지는 아주 조금 시간이 필요했다. 하지만 나는 곧 창가로 다가가 창문을 열었다. 구름이 희미하게 달빛을 머금었으므로 검은 형체를 알아보기에 충분했다.

"뭐하는 짓이야?"

제이콥이 앞마당에 자라난 전나무 꼭대기에 위험스레 대롱대롱 매달려 있었다. 그의 체중 때문에 나뭇가지가 집 쪽으로 휘어 다리는 바닥에서 6미터쯤 높이의 허공에서 버둥거렸다. 그나마 창가에서 1미터밖에 떨어지지 않은 거리였다. 나무 끝에 달린 여린 가지들이 또 다시 집 벽면을 긁어 댔다.

"난 약속을 지키려는 거야!"

체중 때문에 나무 꼭대기에서 이리저리 흔들리며, 그가 낮게 소리쳤다.

문득 꿈을 꾸고 있는 게 분명하다는 생각이 들었으므로, 나는 눈물로 흐려진 눈을 껌벅였다.

"이 집 마당 나무에서 떨어져 죽겠다는 약속을 네가 언제 했다고 그래?"

그는 전혀 우습지도 않다는 듯 코웃음을 친 뒤, 균형을 잡느라 다시 다리를 버둥거렸다.

"비켜."

"뭐?"

그는 탄력을 주기 위해 앞뒤로 다시 다리를 움직이고 있었다. 나는 그가 무슨 짓을 하려는지 깨달았다.

"안 돼, 제이콥!"

그러나 너무 늦었으므로 나는 옆으로 몸을 피할 수밖에 없었다. 그는 끙, 소리와 함께 열린 창문으로 뛰어들었다.

바닥에 떨어져 죽거나 최소한 담장에 부딪쳐 불구가 될 것 같아서, 또다시 비명을 지를 뻔했다. 그러나 놀랍게도 그는 날렵하게 창문으로 뛰어들어, 작게 털썩 소리를 내며 방바닥에 착지했다.

우리는 반사적으로 숨을 멈춘 채, 그 소리에 찰리가 깨어났는지 살피느라 기다렸다. 잠시 정적이 흐르고 이내 찰리의 코고는 소리가 들려왔다.

제이콥의 얼굴에 천천히 웃음이 번졌다. 제 딴엔 몹시 뿌듯한 모양이었다. 하지만 그 웃음은 내가 익히 알고 좋아했던 미소가 아니었다. 샘에게나 어울릴 듯한 음산하고 빈정거리는 미소였다.

그 모습을 보자 돌연 화가 치밀었다.

나는 이 남자애 때문에 울다가 잠이 들었다. 그의 가혹한 거부 때문에 가슴엔 또 하나 고통스런 구멍이 뚫렸다. 다친 상처가 다시 감염되어 덧나듯이 그는 상처를 주었고, 모욕하듯 새로운 악몽을 안겨주었다. 그런데 지금 그는 아무 일 없었다는 듯 내 방에 와서 웃고 있다. 더욱이 그의 솜씨가 훨씬 더 서툴고 요란하기는 했지만, 한밤중의 방문은 밤마다 창문으로 몰래 숨어들던 에드워드의 추억을 떠오르게 하고 말았다. 그래서 아물지 않은 상처에서 돌연 피가 철철 흐르는 기분이었다.

이런 상황에서 단순히 내가 죽도록 피곤하다는 사실만으로 그를 다정하게 맞을 수는 없었다.

"당장 나가!"

나는 최대한 표독스럽게 속삭였다.

제이콥은 놀란 표정으로 눈만 껌벅였다.

"안 돼. 나 사과하러 왔어."

"사과 안 받을 거야!"

나는 다시 그를 창밖으로 몰아내려고 했다. 어차피 꿈이라면 그가 다치는 일도 없을 테니까. 하지만 소용없는 짓이었다. 내가 힘껏 밀어도 그는 꿈쩍도 하지 않았다. 나는 재빨리 손을 내리고 뒷걸음질을 쳤다.

열린 창문으로 불어오는 바람 때문에 덜덜 떨릴 만큼 추웠다. 그런데도 그는 셔츠를 입지 않고 있었으므로, 그의 맨살에 손을 대는 것이 어색했다. 지난번에 내가 이마를 짚어봤을 때처럼 그의 살갗은 펄펄 끓는 듯 뜨거웠다. 아직도 열병을 앓고 있기라도 한 듯이.

그는 전혀 아파 보이지 않았다. 다만 '거대해' 보일 뿐이었다. 그는 거구로 창문을 가리고 선 채, 내 반응에 놀라 벙어리처럼 나를 응시하고 있었다.

갑자기 모든 상황이 아득하기만 했다. 그간 시달린 불면의 밤들이 한꺼번에 달려들어 나를 쓰러뜨리려는 듯한 느낌이었다. 죽도록 피곤해서 지금 당장 바닥에 쓰러질 것만 같았다. 나는 눈을 뜨고 있으려고 기를 쓰며 선 채로 비틀거렸다.

"벨라?"

제이콥이 걱정스레 나를 불렀다. 내가 다시 비틀거리자 그는 내 팔을 잡고 침대로 이끌었다. 다리가 침대 모서리에 닿자마자 나는 매트리스 위에 힘없이 쓰러졌다.

"괜찮아?"

제이콥이 걱정스러운 얼굴로 물었다.

나는 그를 올려다보았다. 내 뺨은 아직도 눈물로 축축했다.

"내가 어떻게 괜찮을 수 있겠어?"

음울한 그의 얼굴에 번민의 기색이 자리를 잡았다.

"그래."

그는 맞장구를 친 뒤 심호흡을 했다.

"빌어먹을. 있잖아……. 미, 미안해, 벨라."

그의 표정엔 여전히 분노의 흔적이 남아 있었지만 그의 사과는 분명 진심이었다.

"여긴 왜 온 거야? 난 너한테 사과 받고 싶지 않은데."

"나도 알아. 하지만 오늘 오후에 그렇게 보내고서, 그냥 내버려둘 수가 없었어. 정말 몹쓸 짓이었으니까. 미안해."

나는 조심스레 고개를 저었다.

"나는 도저히 이해가 안 돼."

"알아. 나도 설명하고 싶……."

그는 갑자기 숨 쉴 공기가 사라지기라도 한 듯 입을 벌린 채 말을 멈추었다. 이내 그가 심호흡을 했다.

"하지만 설명할 수가 없어. 나도 설명할 수 있으면 좋겠지만."

그는 여전히 화가 난 듯했다.

나는 고개를 툭 떨어뜨리고 팔에 얼굴을 묻은 채로 물었다.

"왜?"

그는 한동안 침묵했다. 너무 지쳐서 고개를 들 힘조차 없었으므로, 그의 표정을 살피느라 옆으로 얼굴을 틀었다. 놀랍게도 그는 눈을 가늘게 뜨고 이를 악문 채 미간을 잔뜩 찌푸리고 있었다.

"왜 그래?"

그가 휴 하고 숨을 내쉬었으므로, 나는 그동안 그가 또 숨을 참고 있었다는 사실을 깨달았다.

"못하겠어."

그가 절망적으로 중얼거렸다.

"뭘 못해?"

그는 내 질문을 무시했다.

"벨라, 누구한테도 얘기 못할 비밀을 간직했던 적 없어?"

제이콥은 다 안다는 듯한 눈빛으로 나를 쳐다보았고, 나는 즉각 컬렌 가족을 떠올렸다. 순간적으로 내 표정에 죄책감이 드러나지 않았길 빌었다.

"찰리나 엄마한테까지도 비밀로 했던 거 없어? 나한테까지 숨겼던 거 말이야. 지금 이 순간에도 있잖아?"

제이콥이 나를 다그쳤다.

눈시울이 뻐근해졌다. 내 표정을 그는 긍정으로 받아들였겠지만 나는 그의 질문에 대답하지 않았다.

"나도…… 같은 상황에 놓였을지 모른다고 이해해줄 순 없겠어? 가끔 의리 때문에 하고 싶어도 못할 때가 있잖아. 그게 내가 발설해선 안 될 다른 이들의 비밀인 경우도 있는 거잖아."

그는 적당한 말을 찾느라 무척 고심하고 있는 듯했다.

나도 반박할 수 없는 말이었다. 그의 말이 정곡을 짚었으므로. 내가 발설해선 안 될 다른 이들의 비밀이, 반드시 지켜 주어야만 하는 그런 비밀이 내게도 있었다. 별안간 제이콥이 그 비밀을 다 알고 있다는 생각이 들었다.

나는 아직도 그 비밀이 제이콥이나 샘, 빌리와 무슨 상관이 있는지 이해할 수 없었다. 컬렌 가족들이 모두 떠나버린 지금, 그것이 그들과 무슨 관계가 있을까?

"미안해. 이런 말 하고 있자니 진짜 절망스럽다."

우리는 어두운 방안에서 둘 다 절망적인 표정이 되어 한동안 서로를 응시했다.

"내가 더 괴로운 건 네가 이미 다 '알고' 있기 때문이야. 이미 내가 너한테 모든 걸 다 털어놓았으니까!"

그가 뜬금없이 말했다.

"무슨 얘기를 하는 거야?"

그가 흠칫 놀라듯 숨을 들이쉬고는 상체를 숙여 나를 가까이 들여다보았다. 절망적이었던 그의 표정이 순간적으로 열의에 휩싸였다. 그는 뚫어져라 나를 쳐다보며 빠르게 말을 내뱉었다. 내 얼굴에 와 닿는 그의 숨결이 몹시 뜨거웠다.

"해결할 방법이 있는 것 같아. 왜냐하면 너도 이미 다 아는 사실이거든! 내 입으로 말할 수는 없지만 네가 짐작할 수 있다면 얘기가 다르지! 그러면 내 문제도 해결할 수 있어!"

"나한테 뭘 짐작하라는 거야? 대체 뭔데?"

"내 비밀 말이야! 할 수 있어. 넌 이미 답을 알아!"

나는 정신을 집중하려고 눈을 두 번 깜박였다. 나는 너무 피곤했다. 그가 한 말을 통 알아들을 수가 없었다.

그는 멍한 내 얼굴을 보고 나서는 다시 열을 올렸다.

"잠깐만, 내가 뭘 어떻게 도울 수 있을지 생각해 볼게."

무엇을 하려는지 알 수는 없었지만 제이콥은 보기 딱할 정도로 숨을 가쁘게 몰아쉬고 있었다.

"도움이라고?"

나는 그와 생각의 높이를 맞춰보려고 노력했다. 눈꺼풀이 자꾸 감겼지만 나는 억지로 눈을 부릅떴다.

"그래. 실마리 같은 거."

그는 계속해서 숨을 몰아쉬었다.

제이콥은 뜨끈하고 커다란 손으로 내 얼굴을 감싼 채 바로 눈 앞에서 나를 응시했다. 말뿐만 아니라 마음으로도 뭔가를 전달하려는 듯 그는 내 눈을 깊이 응시하며 속삭였다.

"라푸시 해변에서 우리가 처음 만난 날 기억 나?"

"당연하잖아."

"그날에 대해서 얘기해 봐."

나는 심호흡을 한 뒤 정신을 집중하려고 애썼다.

"네가 트럭에 대해서 물었어……."

제이콥은 고개를 끄덕여 계속하라는 신호를 보냈다.

"조립하려 했던 차에 대한 얘기를 했고……."

"계속해."

"같이 바닷가를 거닐었어……."

기억을 떠올리며 내 뺨이 점점 달아올랐지만, 그는 자기 체온 때문에 알아차리지 못할 듯했다. 나는 그에게 정보를 캐내기 위하여 그에게 산책을 하자고 꼬드겼고 서툴게 유혹하려 시도한 끝에 성공을 거두었었다.

그는 더 이야기하라는 듯 고개를 끄덕였다.

내 목소리는 거의 속삭임에 지나지 않았다.

"네가 무서운 이야기를 해 줬어……. 퀼렛 부족의 전설이었지."

그는 눈을 감았다가 잠시 후에 다시 떴다.

"맞아."

뭔가 아주 중요한 단서를 잡은 듯 그의 말투는 대단히 긴장되어 있고 강렬했다. 그는 천천히 한 글자씩 띄엄띄엄 명확한 발음으로 질문을 던졌다.

"내가 했던 말 기억나?"

아무리 어둠속이라도 내 얼굴이 빨갛게 된 게 보일 듯했다. 내가 어떻게 그 이야기를 잊는단 말인가? 아무런 영문도 모른 채 제이콥은 그날 내가 꼭 알아내고 싶던 것, 에드워드가 뱀파이어라는 사실을 정확하게 알려주었었다.

그는 너무 많은 것을 알고 있는 듯한 눈빛으로 나를 바라보았다.

"잘 생각해 봐."

"응, 기억 나."

그는 몹시 힘겨운 듯 숨을 들이마셨다.

"다 기억 나? 내가 했던······."

그는 말을 끝내지 못했다. 그는 목에 뭔가 걸린 사람처럼 입을 다물지 못한 채 움찔거렸다.

"네가 했던 이야기 전부 다 기억 나냐고?"

그가 말없이 고개를 끄덕였다.

머리가 띵했다. 나에게 중요한 이야기는 한 가지뿐이었으니까. 제이콥이 다른 이야기로 시작을 했던 것은 생각났지만, 별로 중요하게 여기지 않았던 서두 부분은 떠오르지 않았다. 특히 지금처럼 피로 때문에 머리가 띵할 땐 더욱 그랬다. 나는 고개를 젓기 시작했다.

제이콥은 신음을 내뱉으며 침대에서 벌떡 일어났다. 그는 주먹으로 이마를 짓누르며 빠르게 숨을 쉬었다.

"이럴 줄 알았어, 이럴 줄 알았다고."

그가 혼잣말을 했다.

"제이콥, 부탁이야, 난 너무 피곤해. 지금은 생각해내기 힘들 것 같아. 아침이 되면 혹시······."

그는 마음을 가다듬으려는 듯 심호흡을 하며 고개를 끄덕였다.

"그래. 나중에는 생각날지도 모르지. 네가 한 가지 이야기밖에 기억 못하는 이유를 나도 알 것 같아."

그가 씁쓸하고 냉소적인 말투로 말하고, 내 옆 침대에 털썩 다시 주저앉았다.

"거기에 대해 나도 하나 물어봐도 될까? 무척 알고 싶어서 그간 좀이 쑤셨어."

여전히 냉소적인 어조로 그가 덧붙였다.

"뭐가 알고 싶은데?"

"내가 해 준 뱀파이어 이야기 말이야."

나는 대꾸할 말이 생각나질 않아 조심스런 눈빛으로 그를 쳐다보았다. 어쨌거나 그는 질문을 던졌다.

"정말 몰랐어? 그 자식의 정체를 알려준 사람이 나였어?"

그의 목소리가 다시 쉬어 있었다.

제이콥이 어떻게 알았을까? 왜 하필 '지금'에 와서 그 얘길 믿게 된 것일까? 나는 아무 말도 하지 않을 작정으로 물끄러미 그를 응시했다. 그도 내 의도를 알아차린 것 같았다.

"아까 내가 의리에 대해서 했던 말, 무슨 뜻인지 알겠지? 나도 비슷한데, 더 심해. 내가 얼마나 심하게 구속되어 있는지 넌 상상도 못할 거야."

속박에 대한 이야기를 하며 고통스러운 듯 눈을 감는 제이콥의 표정이 마음에 들지 않았다. 마음에 들지 않는 정도가 아니라, 그에게 고통을 안겨 주는 그 무엇인가가 참을 수 없도록 혐오스러웠다. 맹렬한 증오심이 들끓었다.

샘의 얼굴이 내 머릿속에 또렷하게 떠올랐다.

내 경우엔 모든 것이 자발적이었다. 내가 컬렌 가족의 비밀을 지킨 이유는, 사랑했기 때문이다. 보답 받지 못한 사랑이지만 진심이었다. 하지만 제이콥은 그게 아닌 듯했다.

"그 속박에서 자유로워질 수 없는 거야?"

짧아진 그의 검은 머리칼 끝을 어루만지며 내가 속삭였다.

그의 손이 부들부들 떨리기 시작했지만, 제이콥은 눈을 뜨지 않았다.

"응. 평생 벗어날 수 없어. 종신형이야. 어쩌면 그 이상일지도 모르지."

그는 공허한 웃음소리를 냈다.

"어떻게 하면 돼? 우리 같이 달아나면 어떨까? 너랑 나 단둘이 말이야. 샘 몰래 집을 떠나면 안 돼?"

"버려두고 달아날 수 있는 성질의 것이 아니야, 벨라. 하지만 할 수만 있다면 나도 너랑 같이 도망치고 싶어."

이제는 어깨까지 떨리고 있었다. 그는 한 번 더 심호흡을 했다.

"이제 그만 가야겠다."

"왜?"

"첫 번째 이유는, 네가 당장이라도 기절할 것 같은 몰골이라서. 일단 잠 좀 자둬. 그래야 정신이 또렷해지지. 넌 분명 답을 알아낼 거야. 꼭 그래야 하고."

"또 다른 이유는?"

내 질문에 제이콥이 인상을 썼다.

"나 지금 몰래 빠져나온 거야. 널 만나면 안 되거든. 내가 어디 갔는지 다들 궁금해 하고 있을 거야. 가서 솔직히 털어놓아야 할 것 같아."

"그 사람들한테 말할 필요 없잖아!"

"어쨌거나 난 얘기할 거야."

돌연 화가 치밀어 올랐다.

"난 그들이 미워!"

제이콥은 놀라서 휘둥그레진 눈으로 나를 쳐다보았다.

"안 돼, 벨라. 미워해선 안 돼. 이건 샘이나 다른 친구들 잘못이 아니니까. 전에도 얘기했지만, 이건 내 문제야. 사실 샘은…… 굉장히 멋진 사람이야. 제레드랑 폴도 훌륭해. 폴이 약간 걱정스럽기는 하지만……. 그리고 엠브리는 원래부터 내 친구였잖아. 아무것도 변한 건 없어. 특히 한 가지는 결코 변하지 않았어. 전에 샘에 대해 오해했던 것 때문에 지금도 난 마음이 불편할 정도야."

굉장히 멋진 사람이라고? 샘이? 믿어지지가 않아서 나는 제이콥을 흘 겨보았지만, 일단은 그냥 넘어갔다.

"그런데 왜 나를 만나면 안 된다는 거야?"

"안전하지 않기 때문이야."

제이콥이 고개를 숙이며 웅얼거렸다.

그의 말에 돌연 공포감이 전신을 훑고 지나갔다.

제이콥도 '그 사실'을 아는 걸까? 나밖에는 아무도 모른다고 생각했는데. 하지만 그의 말은 옳았다. 지금은 한밤중이고 사냥하기에 완벽한 시간이었다. 제이콥은 이렇게 내 방에 들어오면 안 되는 거다. 누군가 나를 찾아온다면, 난 혼자 있어야 하니까.

"내가 생각해도 너무…… 너무 위험했더라면 이렇게 오지 않았을 거야. 하지만 벨라, 난 너한테 약속을 했잖아. 그게 얼마나 지키기 어려운 약속인지 그땐 몰랐지만, 그렇다고 노력하기를 그만 둘 마음은 없어."

제이콥은 다시 나를 바라보고 있었다. 여전히 영문을 몰라 하는 내 표정을 그도 알아차린 듯했다.

"그 바보 같은 영화를 보고 나서 말이야, 절대로 너한테 상처주지 않을 거라고 약속했었잖아……. 그런데 오늘 오후에 보란 듯이 그 약속을 깨 버렸어, 그렇지?"

"진심이 아니었다는 거 알아, 제이콥. 그러니까 괜찮아."

"고마워, 벨라."

그는 내 손을 잡았다.

"어쨌든 난 약속했던 대로, 네 곁에 있겠어. 널 위해 최선을 다할 거야."

제이콥은 갑자기 날 보며 씩 웃었다. 늘 보던 익숙한 웃음도, 일그러진 샘의 웃음도 아니었다. 뭐랄까, 기묘하게 그 둘을 합한 것 같았다.

"이 문제를 네가 혼자서 알아낸다면 정말 도움이 될 거야. 그러니까 진짜로 열심히 고민해 줘."

내가 어렵사리 인상을 찌푸렸다.

"해 볼게."

"나도 곧 다시 보러올 수 있도록 해 볼게. 물론 그들은 못 오게 하려고 날 설득할 테지만."

그가 한숨을 쉬었다.

"그 사람들 말 듣지 마."

"노력할게."

그는 그럴 가능성이 없다는 듯 고개를 저었다.

"무슨 문제인지 알아내자마자 만나러 와 줘."

바로 그때 갑자기 무슨 일이라도 일어난 것처럼 그의 손이 벌벌 떨렸다.

"만일…… 네가 '원한다면' 말이야."

"내가 널 만나는 걸 원치 않을 리 없잖아?"

그 순간 다시 샘의 완벽한 부하로 되돌아간 듯, 그의 얼굴이 차갑게 굳어졌다.

"이유야 많지. 이젠 진짜 가봐야겠다. 날 위해서 부탁 한 가지는 들어줄 수 있겠지?"

나는 그의 변화가 두려워 고개만 끄덕였다.

"최소한 전화는 해 줘. 날 다시 만나고 싶지 않다면 말이야. 그런 마음이 들면 적어도 꼭 나한테 알려 줘."

"그런 일은 절대 없……."

그가 내 말을 자르듯 한 손을 들었다.

"그냥 알려주기만 해."

그는 침대에서 일어나 창가로 향했다.

"바보 같은 짓 하지 마, 제이콥. 그러다 다리가 부러진다구. 문으로 나가. 찰리한테 들키지 않을 거야."

"난 다치지 않아."

그렇게 중얼거리면서도 그는 문 쪽으로 방향을 틀었다. 그는 내 곁을 지나며 머뭇거리더니 뭔가 날카로운 것에 찔린 듯한 표정으로 나를 응시했다. 그가 간절한 태도로 내게 한 손을 내밀었다.

내가 그의 손을 잡자 갑자기 나를 잡아당겼다. 너무 세게 당긴 까닭에 나는 침대에서 일어나 그의 가슴에 털썩 안겼다.

"혹시 모르니까."

그는 갈비뼈가 으스러질 것처럼 세게 나를 끌어안고는 내 머리칼에 입술을 대고 중얼거렸다.

"숨을…… 못 쉬겠어!"

그는 바로 나를 풀어준 뒤, 넘어지지 않도록 한 팔로 허리를 감았다. 그러고는 좀 더 부드럽게 나를 밀어 다시 침대에 앉혔다.

"좀 자 둬. 머리가 맑아져야 생각이 날 거야. 넌 할 수 있어. 꼭 네가 이해해 주면 좋겠어. 이런 이유로 널 잃고 싶지 않아."

그는 한 걸음에 문까지 걸어가, 살며시 방문을 열고는 금세 사라졌다. 나는 그가 조심스레 계단을 내려가는 소리를 들으려고 귀를 기울였지만 아무 소리도 들리지 않았다.

나는 현기증이 나서 침대에 드러누웠다. 너무 혼란스럽고 또 너무 피곤했다. 이야기의 앞뒤를 맞춰보려고 눈을 감았지만 이내 어지러운 무의식이 나를 삼켰다.

그러나 내가 소망하는 평온하고 꿈도 꾸지 않는 잠이 찾아왔을 리 없다. 나는 또다시 숲속에 있었고 늘 그렇듯 방황하기 시작했다.

하지만 이건 평소와는 다른 꿈이란 걸 재빨리 알아차렸다. 우선 무언가를 찾아다녀야 한다는 강박관념이 없었다. 숲에선 늘 그래 왔기 때문에, 습관적으로 방황하고 있을 뿐이었다. 사실 숲도 예전의 숲이 아니었다. 냄새가 다르고, 빛도 있었다. 울창한 열대우림의 축축한 흙냄새가 아니라 바다 내음이 아련하게 풍겨왔다. 하늘은 보이지 않았다. 하지만 태양이 빛나고 있는 듯 머리 위를 가린 나뭇잎들이 연녹색으로 빛났다.

라푸시 해안 근처 숲인 게 분명했다. 바닷가로 나갈 수만 있다면 태양을 볼 수 있겠다는 생각에 나는 멀리서 들리는 희미한 파도소리를 따라 걸음을 재촉했다.

그러자 제이콥이 나타났다. 그는 내 손을 잡고 다시 어두운 숲속으로 이끌고 있었다.

"제이콥, 왜 그래?"

그는 겁먹은 소년의 얼굴을 하고 있었고, 머리칼도 다시 길어 목덜미 부근에서 하나로 단정하게 묶은 모습이었다. 그는 온 힘을 다해 나를 잡아당겼지만 나는 반항했다. 어둠 속으로 돌아가고 싶지 않았다.

"벨라, 뛰어, 달려야 해!"

겁에 질린 제이콥이 속삭였다.

갑작스런 기시감. 그게 너무도 강렬해서 나는 거의 잠에서 깨어날 뻔했다.

그곳이 왜 그토록 낯익은지 이젠 알 것 같았다. 전에 다른 꿈에서 와본 장소이기 때문이다. 그때가 수백만 년 전에 살았던 완전히 다른 삶 속에 속한 것처럼 느껴졌다. 제이콥과 만나 해변을 걷던 밤, 에드워드가 뱀파이어라는 사실을 처음으로 알게 됐던 그 날 꾼 꿈이었다. 제이콥과 함께 그날을 떠올렸기 때문에 기억 속에 파묻혀 있던 꿈이 되살아난 듯했다.

이젠 방관자가 된 느낌으로 나는 계속해서 꿈이 펼쳐지기를 기다렸다. 바닷가 쪽에서 나를 향해 빛이 다가오고 있었다. 곧이어 에드워드가 희미하게 피부를 빛내며, 그 위험한 눈빛으로 숲에서 걸어 나오겠지. 그는 나를 부르듯 손짓을 하며 미소 지을 것이다. 천사처럼 아름다운 그의 얼굴엔 뾰족한 송곳니가 두드러져 보일 테고…….

하지만 나는 혼자서 너무 앞서가고 있었다. 그 전에 먼저 뭔가 다른 일이 일어나야 했다.

제이콥이 내 손을 놓고 비명을 질렀다. 그는 부들부들 떨며 내 바로 옆 바닥에 쓰러져 경련을 일으켰다.

"제이콥!"

소리쳤지만 이미 그는 사라지고 없었다.

그가 있던 자리엔, 사려 깊은 검은 눈동자를 빛내는 거대한 적갈색 늑대 한 마리가 있을 뿐이었다.

기차가 갑자기 탈선을 하듯, 꿈이 원래 궤도를 벗어났다.

이번 늑대는 잊고 있던 그 꿈 속의 늑대가 아니었다. 겨우 일주일 전 초원에서, 바로 내 옆까지 접근했던 거대한 적갈색 늑대였다. 괴물처럼 거대한, 몸집이 곰보다도 컸던.

늑대는 진지한 눈빛으로, 뭔가 중대한 사실을 전달하려는 듯 나를 빤히 쳐다보았다. 눈에 몹시 익은 그 검은 갈색 눈동자. 그건 제이콥 블랙의 눈동자였다.

나는 있는 힘껏 비명을 지르며 잠에서 깨어났다.

잠결에도 이번에는 찰리가 분명 확인하러 올 것이라는 생각이 들었다. 내가 늘 지르던 비명과도 달랐다. 나는 베개에 얼굴을 파묻고, 또다시 목구멍에서 치밀어 오르는 비명을 삼켰다. 베개에 머리를 짓누르고 있으면 방금 깨달은 연결고리가 사라져 줄지도 모른다는 마음에서였다.

하지만 찰리는 오지 않았고, 나는 목구멍을 빠져나오려는 비명을 억누르는 데 성공할 수 있었다.

이젠 전부 기억났다. 제이콥이 그날 해변에서, 뱀파이어를 '냉혈족'이라고 부르며 들려 주던 이야기의 모든 부분이 생생하게 떠올랐다. 특히 처음 부분이 중요했다.

"혹시 우리 옛날이야기 들어봤어? 퀼렛 부족의 유래 같은 것에 대해서?"

"아니."

"전설이 워낙 많은데, 어떤 이야기는 노아의 홍수 시절까지 거슬러 올라가기도 해. 옛날 퀼렛 선조들은 산꼭대기 가장 높은 나무 끝에 카누를 매달아서 노아의 방주처럼 살아남았다는 거지."

그는 부족의 역사를 자기가 그다지 신뢰하지 않는다는 걸 보여주듯 날 보며 미소를 지었다.

"또 다른 전설은 우리 조상이 늑대라는 건데, 우린 아직도 늑대와 형제 관계라고 믿기 때문에 부족의 율법에 따라 늑대를 죽이는 걸 금하고 있어. 그리고 '냉혈족'에 대한 전설도 있지."

그의 목소리가 조금 더 낮아졌다.

"냉혈족이라고?"

"응. 냉혈족에 관한 이야기는 늑대 전설만큼 오래된 건데, 최근까지 내려오는 이야기도 있어. 전설에 따르면 우리 증조할아버지도 냉혈족 일부와 관련이 있대. 그들이 우리 땅을 침범하지 않도록 평화조약을 맺은 분이 바로 우리 증조할아버지라나."

제이콥이 어이없다는 듯 눈을 희번덕거렸다.

"너의 증조할아버지께서?"

"증조할아버지는 우리 아버지처럼 부족 원로셨대. 원래 냉혈족은 늑대와 타고난 원수지간이거든. 그러니까 진짜 늑대는 아니고, 우리 선조들처럼 인간이 된 늑대 말이야. 흔히 늑대인간이라고 부르잖아."

"늑대인간한테도 적이 있단 말이야?"

"유일한 적이지."

갑자기 목구멍에 뭔가 걸려 숨이 막혀왔다. 삼켜보려 했지만 목에 걸린 덩어리는 움직일 줄을 몰랐다. 결국 뱉어낼 수밖에 없었다.

"늑대인간."

숨을 몰아쉬며 내가 중얼거렸다.

그래. 내 숨구멍을 막고 있던 말은 바로 그거였다. 갑자기 온 세상이 엉뚱한 방향으로 기우는 듯했다.

뭐 이런 곳이 다 있지? 작고 보잘것없는 소도시 주제에. 오래된 전설이 살아 숨쉬고 신비로운 괴물들이 어슬렁거리는, 그런 세상이 정말로 존재할 수 있단 말인가? 황당무계하게만 보이는 동화들도 실은 모두 확고한 진실 어딘가에 뿌리를 두고 있다는 의미일까? 이 세상엔 원래 평범하고 정상적인 것 아니면, 온통 마법과 유령 이야기뿐인 것일까?

나는 금방이라도 머리가 터져버릴 것 같아 양손으로 머리를 감싸 쥐었다.

무슨 상관이야. 마음 저 밑바닥에서 메마른 목소리 하나가 작게 물어왔다. 오래 전 그때는 전혀 대수롭지 않은 듯 뱀파이어의 존재를 받아들이지 않았던가.

아, 그래. 내 말이 바로 그 말이야. 나는 목소리를 향해 고함을 질러주고 싶었다. 믿기 어려운 미신을 받아들이는 건 생애 단 한 번으로 족하잖아!

더욱이 에드워드 컬렌은 절대 평범한 사람일 수 없다는 사실을 나는 그를 만난 뒤부터 매 순간 뼈저리게 느끼고 있었다. 그의 비범함은 너무도 뚜렷하고 확실해서 정작 정체를 알게 됐을 때도 그리 놀랍지 않을 정도였다.

하지만 제이콥은? 제이콥은 그냥 제이콥일 뿐이었다. 내 친구이자, 내가 유대감을 느낄 수 있는 유일한 인간.

그런데 그조차 인간이 아니었다니.

나는 또다시 비명을 지르고 싶은 충동과 싸워야했다.

이게 무슨 의미일까?

나는 이미 그 답을 알고 있었다. 뭔가 나에게 단단히 문제가 있다는 뜻이겠지. 그렇지 않다면 왜 내 인생에 공포영화에나 나오는 인물들이 득시글거리겠어? 그들이 스스로의 존재에 어울리는 신비로운 방식으로 사라지고 나면, 내 가슴에 너덜너덜 커다란 구멍이 뚫릴 게 뻔한데. 그런데도 어리석게 그들을 그토록 사랑하는 이유가 달리 무엇이겠냔 말이다.

머릿속에서 모든 것들이 전과 다른 방식으로 자리를 잡으면서 개개 상황들도 이제는 전혀 다른 의미를 갖게 되었다.

조직 따위는 없다. 조직은 존재하지 않았고, 문제아 집단 같은 것도 없다. 아니, 현실은 그것보다 훨씬 더 나빴다. 그들은 한 패거리였다.

정신이 아찔할 만큼 거대한 형형색색의 늑대인간들은 다섯이 한 패거리를 이루어, 에드워드의 초원에서 나를 바짝 뒤쫓아 왔었다…….

갑자기 마음이 바빠졌다. 시계를 쳐다보니 너무 이른 시각이었지만 상관없었다. 지금 '당장' 라푸시에 가야 했다. 제이콥을 만나서 내가 완전히 정신이 나간 게 아니라는 제이콥의 확답을 들어야만 했으므로.

나는 위아래가 서로 어울리든 말든, 제일 처음 손에 잡히는 깨끗한 옷을 입고 계단을 두 개씩 내려갔다. 현관을 향해 모퉁이를 돌아서다가 찰리와 거의 부딪칠 뻔하는 바람에 멈춰 섰다.

"어디 가니? 지금 몇 시인 줄은 아는 거냐?"

나만큼이나 놀란 얼굴로 찰리가 물었다.

"네. 제이콥을 만나야겠어요."

"샘과의 일은 아마도……."

"그건 상관없어요. 지금 당장 할 얘기가 있어요."

"너무 이르지 않을까. 아침 안 먹을 거야?"

그는 내 표정이 조금도 변하지 않자 이맛살을 찌푸렸다.

"전 배 안 고파요."

나는 건성으로 대꾸했다. 아빠는 현관문을 막고 서 있었다. 옆으로 피해 빠져나갈까도 생각했지만, 그러면 나중에 돌아와 해명을 해야 할 것 같았다.

"곧 돌아올게요. 네?"

찰리의 인상이 구겨졌다.

"곧장 제이콥의 집으로 가야 한다. 중간에 다른 데 들르면 안 돼!"

"물론이죠. 제가 달리 어딜 가겠어요?"

마음이 급해 말도 빠르게 튀어나왔다.

"글쎄다. 그냥 좀 걸려서, 또 늑대 습격 사건이 있었거든. 온천 휴양지에서 아주 가까운 곳이었어. 게다가 이번엔 목격자도 있었다. 희생자는 길에서 불과 10미터도 안 되는 곳에서 사라졌단다. 그 부인이 몇 분 뒤에 남편을 찾다가 굶주린 회색 늑대를 보고 도망쳐 도움을 요청한 거야."

롤러코스터를 타다가 제일 겁나는 소용돌이 회전부분에 다다른 것처럼 심장이 툭 떨어졌다.

"늑대가 남편을 공격했대요?"

찰리는 안타까운 표정을 지었다.

"시신은 발견되지 않았어. 이번에도 핏자국만 약간 남아 있었다더구나. 무장한 산림 관리인들이 수색을 하고 있는데, 무기를 소지한 자원봉사자들도 동원했단다. 수색에 참가하고 싶어 하는 사냥꾼들이 많아. 사살자에게는 보상으로 죽은 늑대를 주기로 했거든. 숲속에 총기를 든 사람들이 많을 테니 그게 걱정이다. 사람들이 너무 흥분하면 사고가 나기 마련이거든……."

찰리는 고개를 절레절레 흔들었다.

"늑대를 쏘아 죽일 거래요?"

내 목소리 톤이 세 옥타브쯤 높아졌다.

"달리 방법이 있겠어? 너 왜 그러니?"

찰리가 나를 뚫어져라 쳐다보았다. 나는 현기증을 느꼈다. 얼굴이 평소보다 더 창백해졌을 게 틀림없다.

"갑자기 자연보호주의자라도 된 거냐?"

나는 대답할 수가 없었다. 아버지가 보고 있지 않다면 어서 무릎 사이로 머리를 숙이고 숨을 고르고 싶었다. 나는 실종된 등산객과 피 묻은 늑대 발자국에 관한 이야기를 까맣게 잊고 있었다. 내가 깨달은 사실과 그 사건들을 전혀 별개의 것으로 인식하고 있었다.

"그렇다고 너까지 겁먹을 필요는 없어. 시내에서만 지내고, 국도에서 벗어나지 않으면 돼. 중간에 차 세우지 말고, 알겠니?"

"알겠어요."

힘없이, 내가 대꾸했다.

"나도 나가 봐야 한다."

그제야 처음으로 찰리를 유심히 살펴보니, 그는 허리에 권총을 맨 채 등산화를 신고 있었다.

"아빠도 늑대를 잡으러 가시는 건 아니죠?"

"나도 도와야지, 벨라. 사람들이 계속 실종되고 있어."

내 목소리가 또다시 신경질적으로 높아졌다.

"안 돼요, 안 돼요! 가지 마세요. 너무 위험해요!"

"내 일인데 당연히 해야지. 너무 비관적으로 생각하지 마라. 괜찮을 거야."

그는 돌아서서 현관문을 열어주었다.

"너도 지금 나갈 거니?"

나는 아직도 뱃속이 울렁거려 머뭇거리고 있었다. 무슨 말을 해야 아빠를 막을 수 있을까? 너무 어지러워서 묘안을 떠올릴 수가 없었다.

"벨라?"

"아무래도 라푸시에 가기엔 너무 이른 시간인 것 같아요."

"맞는 말이다."

아빠는 그렇게 말하며 빗속으로 나선 뒤 현관문을 닫았다.

뒷모습이 시야에서 사라지자마자 나는 바닥에 주저앉아 무릎 사이로 고개를 숙였다.

찰리 뒤를 따라 나가야 할까? 뭐라고 말하지?

그리고 제이콥은 어떻게 하지? 둘도 없는 내 친구. 그에게는 조심하라고 알려줘야 한다. 그가 정말로 늑대인간이라면(물론 나는 그게 사실임을 알고 있다), 사람들이 그에게 총을 쏘아댈 거라는 의미였다! 그와 그의 친구들이 거대한 늑대로 변해 돌아다니면 사람들이 쏘아 죽이려고 한다는 것을 나라도 그들에게 알려줘야 했다. 그리고 그들을 말려야 했다.

무슨 일이 있어도 막아야 해! 숲속엔 찰리도 있다. 하지만 그들이 그걸 신경이나 쓸까? 지금까지는 이방인들만 사라졌었다. 특별한 의미가 있는 걸까, 아니면 우연이었을까?

어쨌든 최소한 제이콥은 찰리를 염려해줄 것이라 믿고 싶었다.

어느 쪽이든, 나는 그에게 경고를 해줘야 했다.

혹시…… 내가 잘못 생각하고 있는 걸까.

제이콥은 내 둘도 없는 친구지만 이제 괴물이기도 하다. 진짜 괴물일까? 그것도 나쁜 괴물? 그와 그의 친구들이 정말로…… 살인자라면, 과연 내가 그에게 알려주는 것이 옳은 일일까? 그들이 무고한 등산객을 잔혹하게 살육하고 있는데도? 그들이 모든 면에서 공포영화의 주인공처럼 굴고 있는 데도 그들을 보호하겠다는 것은 잘못된 걸까?

나는 어쩔 수 없이 제이콥과 그의 친구들을 컬렌 가족과 비교할 수밖에 없었다. 그들을 떠올리며 나는 가슴을 부여안고 너덜너덜한 구멍과 싸워야 했다.

나는 늑대인간에 대해서는 아는 것이 전혀 없었다. 영화에서 본 대로 온 몸에 털이 난 반인반수라는 것 정도만 예측할 수 있을 뿐이었다. 그러므로 그들이 사냥을 하는 이유가 허기나 갈증 때문인지, 아니면 단순히 죽이려는 욕망 때문인지도 알지 못했다. 그걸 알기 전에는 함부로 판단을 내리기 어려웠다.

하지만 컬렌 집안 사람들이 선하게 살기 위해 겪었던 고통보다 그들의 고통이 더 심할 리는 없었다. 나는 에스미를 떠올렸다. 다정하고 사랑스러운 그녀의 얼굴을 떠올린 순간 눈물이 핑 돌았다. 그토록 모성애 넘치고 정이 많던 에스미도, 내가 피를 흘리자 자괴감에 젖어 코를 막고 달아나야 했다. 늑대인간들의 본능이 무엇이든 그런 괴로움보다 어려울 리는 없었다. 수백 년 간 피의 유혹에서 초연해지기 위해 악착같이 자기수련을 한 끝에, 의사로서 인명을 구할 수 있게 된 칼라일도 생각났다. '그것' 보다 어려운 일은 있을 수 없었다.

늑대인간들은 다른 길을 선택했을 뿐이다.

이제 '나' 는 어느 쪽을 선택해야 할까?

13

살인자

'다른 사람도 아니고 제이콥 일이잖아.'

나는 라푸시로 이어지는 숲속 국도를 달리며 자꾸 머리를 흔들었다.

아직도 내가 옳은 일을 하고 있는 것인지 자신이 없었지만, 나는 스스로와 타협하려 하고 있었다.

나는 제이콥과 그의 친구들, 그의 패거리가 하는 짓을 도저히 눈감아줄수 없었다. 어젯밤에 제이콥이, 다시는 자기를 보고 싶지 않을지 모른다고 했던 말이 무슨 뜻인지 알 것 같았다. 그가 권한 대로 그냥 전화만 걸 수도 있겠지만 어쩐지 그건 비겁한 행동 같았다. 최소한 나는 그와 얼굴을 맞대고 이야기를 해야 한다고 생각했다. 지금 벌어지고 있는 일을 도저히 묵과할 수 없다고 그의 면전에서 이야기할 작정이었다. 나는 살인자와 친구가될 수 없고, 계속되는 살인을 쳐다보고만 있을 수도 없었다. 그러면 나도 괴물이 되고 말 것이다.

그에게 경고를 해야 했다. 그것이 그를 보호하기 위해 내가 할 수 있는 최선이므로.

나는 입술을 꾹 깨물고 블랙 부자의 집 앞에 차를 세웠다. 가장 친한 친구가 늑대인간인 것도 모자라 추악한 괴물이 되려 한다는 사실이 견딜 수 없이 괴로웠다.

집안에는 불이 켜진 창이 하나도 없었지만 설사 그들이 깨더라도 상관없었다. 나는 화가 나서 주먹을 쥐고 현관문을 두들겼다. 쿵쿵 소리가 벽을 타고 울렸다.

"들어와요."

1분쯤 뒤에 빌리의 목소리가 들리면서 전등이 켜졌다.

손잡이를 돌려 보니 열려 있었다. 빌리는 가운을 어깨에 대충 걸치고 아직 휠체어에 앉지도 못한 채, 작은 부엌 문가에 기대 앉아 있었다. 방문객이 나인 걸 알고 나자 그의 눈이 잠시 휘둥그레졌다가, 이내 얼굴이 굳어졌다.

"어서 와라, 벨라. 이렇게 일찍 웬일이니?"

"안녕하세요, 아저씨. 제이콥한테 할 얘기가 있어요. 어디 있죠?"

"음…… 나도 잘 모르겠다."

무표정한 얼굴로 그는 거짓말을 했다.

"오늘 아침에 우리 아빠가 뭘 하고 계신지 아세요?"

빌리의 뻔한 핑계가 지긋지긋했으므로 내가 다짜고짜 물었다.

"내가 그걸 알아야 하나?"

"아빠 지금 시내에 있는 사냥꾼 전체의 절반쯤을 데리고 숲으로 가셨어요. 왜냐구요? 거대한 늑대를 잡기 위해서죠."

빌리의 얼굴이 잠시 일그러지더니 이내 무표정으로 바뀌었다.

"그래서 전 그 문제로 제이콥이랑 얘기를 해야겠어요."

빌리는 두툼한 입술을 살짝 깨물었다. 이윽고 그는, 작은 복도의 건너편 방을 고갯짓했다.

"아직 자고 있을 거다. 요새 늦게 들어오거든. 쉬어야 하니까, 아무래도 깨우지 않는 게 좋겠다."

"제가 알아서 할게요."

나는 낮게 중얼거리며 복도로 향했다. 빌리는 한숨을 쉬었다.

1미터 남짓한 짧은 복도에는 제이콥의 작은 방으로 이어지는 문 하나뿐이었다. 노크할 생각도 없어서 대뜸 문을 열어젖혔다. 문이 쾅 소리를 내며 벽에 가 부딪쳤다.

제이콥은 어젯밤에 입고 있던 밑단 자른 검은색 운동복 바지를 입은 채로, 방을 거의 다 차지한 더블침대에 대각선으로 누워 자고 있었다. 대각선으로 누웠는데도 길이가 모자라 그의 발과 머리는 허공에 붕 떠 있었다. 그는 입을 약간 벌린 채 코를 골며 깊이 잠들어 있었다. 문 소리가 났는데도 미동조차 하지 않았다.

깊은 잠에 빠진 그의 얼굴은 화난 기미가 모두 사라져 평온해 보였다. 눈 밑에는 전에 없던 그늘이 생겨나 있었다. 큰 덩치에 어울리지 않게, 그의 얼굴은 너무 어리고 또 지쳐 보였다. 측은함이 몰려왔다.

나는 뒷걸음질을 쳐 방을 나온 뒤 조용히 문을 닫았다.

내가 천천히 거실로 나가자 빌리는 호기심 어린 눈초리로 조심스럽게 나를 응시했다.

"좀 쉬게 내버려두는 게 좋을 것 같아서요."

빌리는 고개를 끄덕였고 우리는 한동안 서로를 마주보았다. 나는 이 일에 빌리가 어디까지 개입되어 있는지 묻고 싶어 조바심이 났다. 아들의 정체에 대해서 그는 어떻게 생각하고 있을까? 빌리는 처음부터 샘을 지지했으므로 살인도 개의치 않았을 거라는 생각이 들었다. 어떤 식으로 살인을 정당화했을까. 상상조차 하기 힘들었다.

빌리의 검은 눈동자에는 나에게 묻고 싶은 여러 가지 질문이 떠도는 듯했지만, 그 역시 아무것도 묻지 않았다.

귀가 먹먹할 만큼 오랜 침묵을 깨며 내가 입을 열었다.

"있죠, 저 잠깐 해변에 내려가 있을게요. 제이콥이 깨면 제가 기다리고 있다고 좀 전해주실래요?"

"물론이지, 꼭 전하마."

나는 빌리가 정말로 전해줄 것인지 의심스러웠다. 그가 제이콥에게 전해주지 않는다 해도, 어쨌든 난 노력했으니까.

나는 퍼스트 비치로 달려가 텅 빈 주차장에 트럭을 세웠다. 흐린 날 새벽이라 아직 어두웠고, 헤드라이트를 끄니 앞을 분간하기가 어려웠다. 어둠에 눈이 적응될 때까지 기다리니 곧 키 큰 잡초 사이로 난 길이 보였다. 검은 바다 쪽에서 바람이 휘몰아쳐 해변은 훨씬 더 추웠으므로 나는 겨울 점퍼 주머니에 손을 깊숙이 넣었다. 그나마 비는 그쳐 있었다.

나는 북쪽 방파제를 향해 걸어갔다. 세인트제임스나 다른 섬들은 전혀 보이지 않았고 해안선만 희미하게 보일 뿐이었다. 나는 조심스레 바위를 건너가며 떠밀려온 나무에 발이 걸려 넘어지지 않도록 조심했다.

나는 내가 찾고 있는 것이 무엇인지 깨닫기도 전에 그 대상을 찾아냈다. 그것은 몇 걸음 앞으로 거리가 가까워진 다음에야 희미한 어둠 속에 모습을 드러냈다. 바위 사이에 깊이 박혀 있는 새하얗고 긴 부유목이었다. 나무뿌리는 수백 개의 뾰족한 촉수처럼 바다를 향해 뻗어 있었다. 확신할 수는 없었지만 얼핏 보기에는 처음 제이콥과 대화를 나눌 때 앉았던 바로 그 나무 같았다. 그날의 대화를 기점으로 내 인생은 완전히 다른 방향으로 뻗어가기 시작했었다. 나는 예전에 앉았던 자리에 앉아, 보이지 않는 바다를 응시했다.

순진무구하고 나약한 소년처럼 잠든 제이콥을 보고 나니, 모든 불쾌감과 분노는 눈 녹듯 사라졌다. 나는 빌리처럼 현재 일어나고 있는 일을 무심히 눈감아줄 수는 없었지만, 그렇다고 제이콥을 비난할 수도 없었다. 사랑은 그런 식으로 작용하는 게 아닌 것 같다. 누군가를 좋아하게 되면 상대를 논리적으로 비판하는 게 불가능해진다. 살인을 했든 안했든 제이콥은 내 친구다. 그 문제에 어떻게 대처해야 할지는 스스로도 알 수 없었다.

평화롭게 잠든 그의 모습을 떠올리자 그를 '보호' 해주고 싶은 강렬한 충동이 일었다. 너무도 비논리적인 생각.

비논리적이든 아니든, 제이콥의 평온한 얼굴을 떠올리며 그를 안전하게 보호해줄 방법을 찾아 골머리를 앓는 동안 하늘이 서서히 회색빛으로 물들었다.

"안녕, 벨라."

어둠 속에서 들려온 제이콥의 목소리에 나는 펄쩍 뛸 만큼 놀랐다. 부드럽고 수줍은 듯한 목소리였지만, 나는 해안가 바위를 건너오는 요란한 발자국 소리를 예상하고 있었기 때문에 놀랄 수밖에 없었다. 구름 속에서 이제 태양이 떠오르고 있는 듯, 그의 검은 형체가 눈에 들어왔다. 아주 거대해 보였다.

"제이콥이니?"

그는 초조한 듯 체중을 이 발에서 저 발로 자꾸 옮기며, 몇 발자국 떨어진 곳에 서 있었다.

"집에 들렀었단 얘기 들었어. 오래 기다리게 한 건 아니지? 결국 네가 알아낼 줄 알았어."

"그래, 이젠 기억 나."

한동안 침묵이 흘렀다. 아직 너무 어두워서 잘 보이지는 않았지만 내 얼굴을 유심히 살피는 그의 시선에 얼굴이 따끔거렸다. 그 정도의 빛만으로도 제이콥은 내 표정을 읽을 수 있었던 모양이었다. 다시 입을 연 그의 목소리는 돌연 싸늘해져 있었다.

"그냥 전화를 해도 됐을 텐데."

거칠게 그가 쏘아붙였다.

나는 고개를 끄덕였다.

"알아."

제이콥은 바위 위를 걷기 시작했다. 나는 유심히 귀를 기울였지만 희미한 파도 소리 너머로 바위를 스치는 가벼운 발소리만 들릴 뿐이었다. 내가 걸어갈 때는 캐스터네츠처럼 요란하게 달각거리는데.

"왜 온 거야?"

화난 걸음을 멈추지 않은 채 그가 물었다.

"얼굴을 마주하고 얘기하는 게 낫다고 생각했어."

그는 코웃음을 쳤다.

"아, 과연 그렇네."

"제이콥, 꼭 알려주어야 할 게……."

"산림 관리인과 사냥꾼들에 대해서? 걱정하지 마. 우리도 이미 알고 있어."

"걱정하지 말라고? 저들은 총을 갖고 있어! 덫을 설치하고 포상을 내걸면서……."

"우리 앞가림은 우리가 알아서 해. 저들은 아무것도 잡지 못해. 일을 더 복잡하게 만들 뿐이지 뭐. 곧 다들 그만둘 거야."

그는 여전히 성큼성큼 걸으며 내뱉었다.

"제이콥!"

"왜? 그냥 사실을 말하고 있을 뿐인데."

혐오감에 목소리가 떨렸다.

"어떻게 넌…… 그렇게 말할 수가 있니? 너도 아는 사람들이잖아. 찰리도 거기 가 있어!"

그 생각을 하자 뱃속이 뒤집히는 것 같았다.

제이콥은 돌연 걸음을 멈추었다.

"우리더러 뭘 어떻게 하라는 거야?"

태양이 하늘에 뜬 구름을 은빛 나는 분홍색으로 바꾸어 놓았다. 이젠 나도 그의 표정을 읽을 수 있었다. 몹시 화가 나고 절망적이며, 배신당한 듯한 표정이었다.

"혹시라도…… 늑대인간이…… 되지 않을 수는 없는 거야?"

가까스로 내가 속삭였다.

그가 양손을 허공으로 들어올리고 고래고래 고함을 질렀다.

"나에게 선택권이 있을 것 같아? 그리고 실종되는 사람들을 걱정한다고 해서 달라지는 건 뭐지?"

"무슨 말인지 모르겠어."

그는 빈정거리듯 입술을 비틀고 눈을 가늘게 뜬 채 나를 노려보았다.

"내가 침이라도 뱉고 싶을 만큼 화가 나는 이유가 뭔지 알아?"

나는 그의 독기 어린 표정과 질문에 움찔했다. 그가 내 대답을 기다리고 있는 듯했으므로 나는 고개를 저었다.

"넌 정말 위선자야, 벨라. 넌 거기 앉아서 날 죽도록 겁내고 있잖아! 어떻게 그럴 수가 있지?"

분노로 그의 손이 부들부들 떨렸다.

"위선자라고? 괴물을 두려워하는 게 위선자인가?"

"홍! 너 자신부터 좀 돌아보는 게 어때?"

그는 떨리는 주먹으로 관자놀이를 문지르며 질끈 눈을 감았다.

"뭐라고?"

그는 나를 향해 성큼 두 걸음쯤 다가와, 나를 무섭게 노려보며 뇌까렸다.

"네가 '원하는' 종류의 괴물이 못 된 게 유감이로군. 네가 보기에 나는 흡혈귀만큼 근사하지 못한 모양이지?"

나는 자리에서 벌떡 일어나 그를 마주 노려보았다.

"그래, 맞는 말이야! 하지만 그건 네 '정체' 때문이 아니라 네 '행동' 때문이야, 이 멍청아!"

"그게 무슨 말이야?"

그는 이제 전신을 부들부들 떨며 소리를 지르기 시작했다.

그때 난데없이 에드워드의 목소리가 들려와, 나를 깜짝 놀라게 했다.

"아주 조심해야 해, 벨라. 너무 몰아붙이지 마. 녀석을 진정시켜야 해."

벨벳처럼 매끄러운 목소리로 에드워드가 나에게 경고했다.

오늘은 내 머릿속의 목소리조차 잘 이해가 되지 않았다. 그래도 나는 그의 말을 듣기로 했다. 그 목소리를 위해서라면 무슨 일이든 할 수 있었으므로.

"제이콥, 꼭 사람들을 죽일 필요가 있을까? 다른 방법은 없어? 뱀파이어들도 살인을 하지 않고 살 방법을 찾았는데, 너도 노력은 해 봐야 하는 거 아니야?"

나는 침착하고 부드러운 말투로 간청했다.

제이콥은 내 말에 전기 충격이라도 받은 사람처럼 몸을 곧추세웠다. 그리고 눈을 휘둥그렇게 뜨고 나를 바라보았다.

"살인이라니?"

"우리가 그럼 지금 무슨 얘기를 하고 있다고 생각하는 거야?"

그는 이제 더는 몸을 떨지 않았다. 다만 희망과 불신이 절반씩 뒤섞인 표정으로 나를 쳐다보았다.

"나는 니가 늑대인간에 대해 느끼는 혐오감을 얘기하는 줄 알았어."

"아니야, 제이콥. 네가…… 늑대인 건 문제가 안 돼. 그건 괜찮아."

그를 안심시키려고 한 말이었지만 진심이었다. 정말로 거대한 늑대로 변신한다 해도, 여전히 그는 제이콥이니까.

"난 네가 사람들을 해치지 않을 방법을 찾지 않는 것에 화나는 거야. 무고한 사람들이잖아. 찰리 같은 사람들이라고. 나로선 네 행동을 그냥 묵인할 수 없어……."

"정말로 그게 다야? 내가 살인자라 겁을 낸 거였어? 그게 유일한 이유라고?"

제이콥은 살짝 미소를 짓더니 내 말을 끊고 물었다.

"그거면 충분한 이유 아닌가?"

그가 큰소리로 웃기 시작했다.

"제이콥 블랙, 이게 웃을 일 같아?"

"아아, 그렇지. 맞아."

그는 여전히 킥킥거리고 있었다. 그러더니 단숨에 성큼 다가와 나를 꽉 껴안았다.

"내가 갑자기 거대한 개로 변한다고 해도 정말 괜찮다는 거야?"

그가 한껏 신이 난 목소리로 물었다.

"응. 그런데 제이콥, 나 숨을…… 못 쉬겠어!"

내가 숨을 헐떡이자 그는 나를 놓아준 뒤 양팔을 붙들었다.

"난 사람을 죽이지 않았어, 벨라."

그의 얼굴을 유심히 살핀 나는 그 말이 진실임을 알 수 있었다. 안도감이 전신으로 퍼졌다.

"정말?"

"정말."

제이콥이 진지하게 맹세했다.

나는 그를 와락 껴안았다. 처음 오토바이를 타던 날이 떠올랐다. 물론 이제 그는 몸집이 훨씬 컸으므로 자신이 그때보다 더 아이처럼 느껴졌다.

그때처럼 그는 내 머리칼을 쓰다듬었다.

"위선자라고 해서 미안해."

"나도 살인자라고 해서 미안해."

제이콥이 소리 내 웃었다.

그제야 또 하나의 중요한 사실을 생각해낸 나는 포옹을 풀고 그의 얼굴을 올려다보았다. 저절로 이맛살이 찌푸려졌다.

"그럼 샘은? 다른 친구들은?"

지고 있던 무거운 짐을 벗어버린 듯 환한 미소를 지으며 그는 고개를 저었다.

"물론 아니야. 우리가 스스로를 뭐라고 불렀는지 기억나?"

줄곧 그날을 생각해왔으므로 아직 기억에 선명했다.

"수호자들?"

"맞았어."

"하지만 난 이해가 안 돼. 숲에선 무슨 일이 있었던 거야? 실종된 등산객은 어떻게 된 거고, 또 핏자국은?"

제이콥의 얼굴이 단박에 진지하고 걱정스러운 빛을 띠었다.

"우린 임무를 수행하고 있어. 우린 그들을 보호하려 했지만, 언제나 간발의 차이로 늦었지."

"그들을 보호하다니? 숲에 정말 곰도 있어?"

"벨라, 우리는 유일한 원수들로부터 인간들을 보호할 뿐이야. 우리가 존재하는 이유도 놈들이 존재하기 때문이지."

나는 1초쯤 멍하니 그의 얼굴을 응시한 뒤에야 감을 잡을 수 있었다. 이어 얼굴에서 핏기가 가시고 비명이 희미하게 목구멍을 타고 나왔다.

제이콥은 고개를 끄덕였다.

"다른 사람은 몰라도 너만은 정말로 무슨 일이 일어나고 있는 건지 알 수 있을 거라 생각했어."

"로렌트가 아직 여기 있어."

내가 속삭였다.

제이콥은 눈을 두 번 깜박인 뒤 고개를 갸우뚱했다.

"로렌트가 누군데?"

나는 엉망으로 뒤엉킨 머릿속을 정리해 가까스로 대답했다.

"너도…… 초원에서 봤잖아. 분명 거기 너도 있었어……. 거기서 나를 죽이려는 그자를 막아 줬잖아……."

반신반의하는 상태였으므로, 나도 모르게 목소리에 자신이 없어졌다.

"아, 그 거머리 같은 검은 머리 놈 말이야? 그게 그 자식 이름이야?"

제이콥은 무시무시한 미소를 지었다.

나는 몸서리를 쳤다.

"무슨 생각으로 그랬어? 로렌트가 널 죽일 수도 있었어! 그들이 얼마나 위험한지 넌 모를 거야……."

또 한 번 큰 웃음소리가 내 말문을 막았다.

"벨라, 뱀파이어 하나 정도는 우리처럼 거대한 패거리한테 전혀 문제가 못 돼. 너무 쉬워서 별로 재미도 없던걸!"

"뭐가 그렇게 쉬웠어?"

"널 죽이려 했던 놈을 없애는 거 말이야. 그건 엄연히 살인이라고 얘기할 수 없어. 뱀파이어는 사람으로 쳐주지 않거든."

입조차 제대로 움직이지 않았다.

"로렌트를…… 네가…… 죽였어?"

그는 고개를 끄덕였다.

"다들 같이 죽인 셈이지."

"로렌트가 죽었다고?"

내가 속삭여 묻자 그의 표정이 바뀌었다.

"설마 그래서 화나는 건 아니지? 놈은 너를 죽이려고 했어, 벨라. 놈은 살인을 할 작정으로 거기 간 거야. 우린 공격하기 전부터 그걸 확신했어. 너도 알겠지?"

"알아. 난 화난 게 아니야, 난……."

도저히 서 있을 수가 없었다. 나는 비틀비틀 뒷걸음을 쳤고, 나무가 발목에 닿자 털썩 주저앉았다.

"로렌트가 죽었구나. 이젠 날 찾아낼 수 없어."

"화난 거 아니지? 설마 그 놈이 네 친구였다거나 그런 건……."

"친구?"

너무 격렬한 안도감 때문에 현기증이 밀려 온 데다, 머릿속은 뒤죽박죽이었다. 눈가가 촉촉이 젖는 것을 느끼며 나는 떠들어대기 시작했다.

"아니야, 제이콥. 이제 정말…… 너무 안심이 돼. 난 그 사람이 나를 찾아낼 거라고 생각했어. 매일 밤 그를 기다리면서, 나를 죽이는 걸로 만족하고 찰리는 무사히 남겨 두기만을 바랐지. 너무 무서웠어, 제이콥…… 하지만 어떻게? 로렌트는 뱀파이어였어! 어떻게 죽인 거야? 너무 강해서 좀처럼……."

제이콥은 내 옆에 앉아 든든한 팔로 나를 꼭 안아주었다.

"그게 우리의 존재 이유야, 벨라. 우리도 강하거든. 네가 그렇게 겁을 내고 있다는 걸 나한테 미리 말해주지 그랬어. 두려워할 필요가 전혀 없었는데."

"네가 곁에 없었잖아."

여전히 생각에 잠겨 내가 중얼거렸다.

"아, 맞다."

"잠깐만, 제이콥. 너도 알고 있는 줄 알았어. 어젯밤에, 네가 내 방에 있는 게 안전하지 않다고 말했잖아. 나는 뱀파이어가 찾아올지도 모른다는 걸 네가 알기 때문에 그런 말을 했다고 생각했어. 그런 뜻이 아니었던 거야?"

그는 잠시 곤혹스러운 표정을 짓더니 고개를 푹 수그렸다.

"아니, 그런 게 아니었어."

"그럼 왜 네가 내 방에 있는 게 안전하지 않다고 했어?"

그는 죄를 지은 사람처럼 나를 물끄러미 쳐다보았다.

"나 때문에 위험하다는 말이었어. 널 걱정해서였지."

"그게 무슨 뜻이야?"

그는 고개를 숙이고 돌멩이 하나를 걸어찼다.

"내가 네 근처에 얼씬거리면 안 되는 이유는 한두 가지가 아니야, 벨라. 너한테 우리 비밀을 알려선 안 된다는 것도 있지만, 더 중요한 이유는 내가 너한테 위험한 존재이기 때문이야. 내가 너무 화가 나서…… 이성을 잃으면……, 네가 다칠지도 모르거든."

나는 조심스레 그의 말을 곱씹었다.

"좀 전에 내가 너한테 소리를 질렀을 때…… 네가 화가 나서 부들부들 떨던 것도 그럼?"

"맞아. 그날은 내가 정말 바보 같았어. 좀 더 자제를 해야 하는 건데. 오늘도 네가 무슨 말을 하든 나는 절대 화를 내지 않겠다고 맹세했었지. 그런데…… 네가 내 정체를 못 견딘다고 생각하니까…… 널 영영 잃어버릴 거라고 생각하니까 그만……."

그는 수그렸던 머리를 더욱 아래로 떨어뜨렸다.

"화가 나면…… 어떻게 되는데?"

내가 속삭이며 물었다.

"늑대로 변해."

그도 속삭이며 대답했다.

"보름달이 떠야 되는 거 아니고?"

"아무튼 할리우드 영화는 대체 말이 되는 게 없다니까."

이어 그는 한숨을 쉰 뒤 다시 진지해졌다.

"넌 너무 스트레스 받지 마. 이번 문제는 우리가 알아서 할 거야. 그리고 찰리 아저씨랑 다른 사람들도 특별히 지켜보고 있으니까. 아무 일 없도록 우리가 지킬 거야. 나만 믿어."

처음부터 알아차렸어야 할 너무도 명백한 사실 하나를, 나는 제이콥이 사용한 미래형 시제를 듣고서야 깨달을 수 있었다. 제이콥과 친구들이 로렌트와 싸웠다는 이야기에 정신이 팔려 미처 집중하지 못한 탓이었다.

'이번 문제는 우리가 알아서 할 거야.'

그러니까 아직 끝나지 않았다는 의미다.

"로렌트는 죽었다고 했지."

온몸이 싸늘하게 식는 것을 느끼며 내가 숨을 헐떡였다.

"벨라?"

제이콥은 창백해진 내 뺨을 걱정스레 만졌다.

"로렌트가…… 일주일 전에 죽었다면…… 그럼 지금 누군가 '다른 것'이…… 사람들을 죽이고 있다는 거네."

제이콥이 이를 꽉 다물고 고개를 끄덕였다.

"원래 둘이었어. 놈의 파트너였던 여자가 보복을 위해서라도 우리와 싸우려 들 거라고 생각했는데, 이상하게도 계속 달아났다가 다시 접근하기만 반복하더군. 원래 놈들은 짝을 잃으면 거의 미쳐버리거든. 여자의 속셈이 뭔지 알아내면 잡는 게 좀 더 쉬울 것 같아. 하지만 무슨 생각인지 알수가 없어. 우리 방어선을 시험하듯 주변만 계속 어슬렁거리고 있거든. 마치 뚫고 들어올 곳을 찾기라도 하는 듯이 말이야. 목표가 어딜까? 여자가 결국 가려는 곳이 어딘지 모르겠어. 샘은 우리를 흩어지게 해서 더 좋은 기회를 엿보려는 거라고 생각하는데……."

그의 목소리가 아주 긴 터널을 건너오는 것처럼 아득해졌다. 나는 그 말을 더 이상 알아들을 수가 없었다. 다시 전염성 위염에 걸린 것처럼 이마에 식은땀이 배어나오고 뱃속이 뒤집히기 시작했다. 증상으로 봐선 정말로 다시 병이 도진 듯했다.

나는 재빨리 고개를 돌리고 나무 밑으로 고개를 숙였다. 빈 뱃속에서는 아무것도 나오지 않고 끔찍한 헛구역질만 계속되는 사이, 온몸이 경련을 일으키듯 꿈틀거렸다.

빅토리아가 와서, 나를 찾고 있다. 숲속에서 이방인들을 해치면서. 찰리가 수색을 하고 있는 숲 속에서…….

머리가 빙글빙글 돌았다.

바위 위로 쓰러지는 나를 막느라, 제이콥이 내 어깨를 붙잡았다. 그의 뜨거운 숨결이 뺨에 닿는 것을 느꼈다.

"벨라! 왜 그래?"

"빅토리아."

연이은 헛구역질 사이로 겨우 숨을 몰아쉴 수 있게 되자, 내가 얼른 속삭였다.

그 이름을 듣자 머릿속에서 에드워드의 목소리가 성난 짐승처럼 으르렁 소리를 냈다.

제이콥이 축 늘어진 나를 애써 안아 올리고 있었다. 그는 어색하게 나를 무릎에 앉히고 머리를 자기 어깨에 기대게 했다. 자꾸만 이리저리 쓰러지려는 나를 지탱하느라 진땀을 흘렸다. 땀에 젖어 얼굴에 들러붙은 머리칼을 그가 쓸어 넘겨주었다.

"누구라고? 내 말 들려, 벨라? 벨라?"

"그 여잔 로렌트의 연인이 아니었어. 그들은 그냥 친구 사이일 뿐……."

내가 그의 어깨에 얼굴을 묻고 중얼거렸다.

"물 좀 마실래? 병원에 갈까? 어떻게 해 줘야 하는지 말해 봐."

제이콥이 정신없이 뇌까렸다.

"나 아픈 거 아니야. 무서워서 그래."

속삭이듯 내가 설명했다. '무섭다'는 말로는 내 마음을 표현하기 턱없이 부족했지만.

제이콥은 내 등을 다독였다.

"빅토리아라는 그 여자가 무서운 거야?"

나는 부들부들 떨며 고개를 끄덕였다.

"빨간 머리 여자가 빅토리아?"

"응."

나는 또다시 몸서리를 치며 대답했다.

"그 여자가 놈의 파트너가 아닌지 어떻게 알아?"

"빅토리아의 파트너는 제임스라고 로렌트가 말해줬어."

나도 모르게 흉터가 있는 손을 쥐었다 펴며 설명했다.

제이콥은 커다란 손으로 내 얼굴을 안아 올리며 똑바로 바라보았다.

"다른 얘긴 또 한 거 없어, 벨라? 아주 중요해. 그 여자가 원하는 게 뭔지 알아?"

"아, 물론이지. 그 여잔 '나'를 원해."

제이콥의 눈이 휘둥그레졌다가 다시 가늘어졌다.

"왜?"

"에드워드가 제임스를 죽였으니까."

제이콥이 나를 꼭 안아주고 있었으므로 그의 이름을 입에 올리고도 구멍을 움켜잡느라 헐떡일 필요가 없었다.

"그 여잔…… 분노로 날뛰고 있어. 하지만 로렌트 말로는, 에드워드를 죽이는 것보다는 나를 죽이는 게 공평하다고 여긴다더군. 자기 짝을 죽였으니까 똑같이 갚아주겠다는 거지. 그 여잔…… 아직 모르는 것 같아……."

나는 어렵사리 침을 삼켰다.

"우리 사이가 이젠 달라졌다는 걸. 어쨌든 에드워드의 마음이 전과 다르다는 걸 모르는 거지."

내 말에 충격을 받은 듯, 제이콥의 얼굴에 여러 가지 표정이 한꺼번에 스쳤다.

"그렇게 된 거였어? 그래서 컬렌 집안 사람들이 떠난 거야?"

"어차피 난 인간에 불과하잖아. 특별한 점도 없고."

나는 힘없이 어깨를 으쓱했다.

내가 귀를 대고 있는 제이콥의 가슴 깊은 곳에서 못마땅한 듯한 신음소리가 흘러나왔다.

"그 멍청한 흡혈귀 자식이 널? 그런 바보 같은……."

"부탁이야. 아무 말도 하지 말아 줘."

제이콥은 머뭇거리다가 고개를 한 번 끄덕였다.

"이건 아주 중요한 문제야. 우리가 꼭 알아야 할 일이기도 하고. 당장 다른 친구들한테 알려야겠다."

어느 틈엔가 그는 다시 아주 사무적인 표정을 하고 있었다.

제이콥은 자리에서 일어나며 나를 일으켜 세웠다. 내가 넘어지지 않을 거라는 확신이 설 때까지 그는 계속 내 허리를 잡고 부축했다.

"나 괜찮아."

나는 거짓말을 했다.

그가 허리 대신 내 손을 잡았다.

"가자."

제이콥은 나를 트럭이 있는 곳으로 이끌었다.

"어딜 가려고?"

"아직 모르겠어. 회의를 소집할 거야. 잠깐 여기서 기다려, 알겠지?"

그는 나를 트럭에 기대도록 해준 뒤 손을 놓았다.

"어디 가?"

"곧 돌아올게."

그는 재빨리 돌아서서 주차장을 달려가더니 길을 건너 숲 속으로 사라졌다. 나무 사이로 뛰어가는 그의 모습은 사슴처럼 날쌔고 유연했다.

"제이콥!"

나는 쉰 목소리로 그를 불렀지만 그는 이미 사라지고 없었다.

혼자 남겨지기 좋은 상황은 아니었다. 제이콥이 시야에서 사라지자마자 나는 호흡곤란을 느꼈다. 나는 가까스로 트럭에 올라타 곧장 차문을 잠갔다. 그래도 기분은 나아지지 않았다.

빅토리아는 이미 나를 노리고 있는 거다. 아직 그 여자에게 잡히지 않은 건, 순전히 운이었다. 엄청난 행운과 다섯 명의 소년 늑대인간들 덕분이었다. 제이콥은 큰소리를 쳤지만 그가 빅토리아에게 접근한다는 생각만으로도 더럭 겁이 났다. 화가 나면 제이콥은 늑대로 변한다고 했지만, 그게 무슨 소용일까. 나는 사나운 그녀의 얼굴과 활활 타오르는 불꽃같은 산발머리, 대적할 길이 없어 보이는 치명적인 뱀파이어의 모습을 또렷하게 기억했다.

하지만 제이콥은 로렌트가 죽었다고 했다. 그게 정말로 가능한 일일까? 뱀파이어를 죽이는 게 얼마나 어려운 일인지 에드워드가 설명해준 적이 있었다. 뱀파이어 서로끼리만 할 수 있는 일이라고 했다. 하지만 제이콥은 늑대인간의 존재 이유가 바로 그때문이라고 말했다.

그는 찰리를 특별히 주시하고 있다면서, 늑대인간들이 내 아빠를 안전하게 지킬 거라고, 믿으라고 했다. 그 말을 어떻게 믿지? 우리는 누구도 안전할 수 없다! 제이콥이 아버지와 나를 지키기 위해 빅토리아를 막는다고 해도, 그건 그 스스로 위험에 빠지겠다고 자청하는 것과 같았다.

또다시 구역질이 시작될 것 같았다.

갑자기 트럭 창문을 두들기는 소리에 나는 비명을 질렀지만, 어느새 제이콥이 돌아온 거였다. 나는 떨리는 손으로 잠갔던 문을 겨우 열었다.

"정말로 많이 무섭구나?"

차에 오르며 제이콥이 물었다.

나는 고개를 끄덕였다.

"겁 먹을 거 없어. 우리가 널 지켜줄 거야. 찰리 아저씨도. 약속할게."

"네가 빅토리아를 찾아다닌다고 생각하니, 그 여자가 나를 찾아다니는 것보다 훨씬 더 무서운데."

제이콥은 웃음을 터뜨렸다.

"믿음을 좀 가져봐. 그렇게 생각하는 건 우릴 모욕하는 거야."

나는 그저 고개만 저을 뿐이었다. 뱀파이어가 어떤 존재들인지 너무 잘 알고 있었으므로.

"방금 어디 갔었어?"

제이콥은 입을 꾹 다물고 아무 말도 하지 않았다.

"뭐야? 그것도 비밀이야?"

그는 이마를 찌푸렸다.

"꼭 그런 건 아니야. 하지만 좀 이상한 얘기거든. 널 또 겁먹게 하긴 싫은걸."

"이상한 거라면 나도 이젠 꽤 익숙해졌어."

나는 어색하게나마 미소를 지었다.

제이콥은 스스럼없이 씩 웃었다.

"아무래도 그렇겠지. 좋아. 우린 늑대로 변하면 서로…… 통해."

나는 영문을 몰라 어리둥절한 표정을 지었다.

"소리를 듣는 게 아니라 각자의 생각을 들을 수 있어. 서로 얼마나 멀리 떨어져 있든 생각을 공유하는 거야. 사냥을 할 땐 그게 정말 도움이 돼. 안 그러면 꽤나 곤란해지겠지. 그렇게 서로 비밀이 없으니 민망할 때도 많아. 소름 끼치지?"

"어젯밤에 한 말, 나를 만난 걸 얘기하고 싶지 않아도 결국 털어놓아야 한다는 말이 그 뜻이었어?"

"두뇌회전이 빠르네."

"고마워."

"게다가 넌 이상한 얘기도 잘 받아들이더라. 그런 얘기 들으면 적응하기 힘들어할 줄 알았거든."

"그게…… 그런 능력을 가진 사람을 만나본 게 처음이 아니거든. 그래서 별로 이상하게 생각되지 않았어."

"정말? 설마…… 그 흡혈귀들 얘기를 하는 거야?"

"제발 그렇게 부르지 않으면 좋겠어."

제이콥은 웃음을 터뜨렸다.

"알았어. 그럼 컬렌 가족 말이야?"

"다는 아니고…… 에드워드만 그랬어."

그의 이름을 언급할 때마다 그러하듯이 반사적으로 나는 상체를 껴안았다.

제이콥은 놀라는 눈치였지만, 그리 유쾌한 얼굴은 아니었다.

"그냥 다들 하는 얘기인 줄로만 알았어. 특별한…… 능력이 있는 뱀파이어들이 있다는 전설을 듣기는 했지만 단순히 미신일 거라고 생각했지."

"우리한테 이제 단순히 미신이기만 한 게 남아 있을까?"

삐딱하게 내가 되묻자 그는 콧등을 찡그렸다.

"그렇긴 하지. 어쨌든 우리가 오토바이 타던 곳에서 샘이랑 다른 친구들을 만나기로 했어."

나는 시동을 걸고 트럭을 출발시켰다.

"그래서 조금 전에 늑대로 변해서 샘한테 생각을 전한 거야?"

호기심에 내가 물었다. 제이콥은 민망한 표정으로 고개를 끄덕였다.

"아주 짧게 했어. 무슨 일인지 다들 알아차리지 못하도록 네 생각은 안하려고 했거든. 샘이 널 못 데려오게 할까봐 걱정스러웠어."

"그렇다고 못 갈 내가 아니지."

나는 샘을 악당으로 생각했던 첫인상을 버릴 수가 없었다. 그의 이름을 들을 때마다 나도 모르게 이를 악물게 됐다.

"넌 몰라도 난 그의 말을 들어야 하니까. 어젯밤에 내가 말을 맺지 못하고 씩씩대던 거 기억 나? 전체 이야기를 털어놓지 못했던 것도?"

"응. 목에 뭔가 걸린 사람 같더라."

"뭐, 그런 거지. 샘은 너한테 이야기하면 안 된다고 했거든. 그는 우리 패거리의…… 두목이야. 핵심인물이지. 샘이 '우리한테 이건 해야 한다, 저건 하지 말아야 한다'고 진지하게 이야기하면 우린 그 말을 무시할 수가 없어."

"이상하네."

"그래. 이상하지. 늑대의 특징인가 봐."

"흠."

나는 딱히 대꾸할 말이 생각나지 않았다.

"그 외에도 늑대의 이상한 특징은 굉장히 많아. 나도 아직 배우는 중이야. 샘이 이 모든 걸 혼자서 어떻게 감당했는지 상상도 안 돼. 든든하게 지원해주는 동지들이 있는데도 난 진짜 견디기 힘들었거든."

"샘은 혼자였다고?"

"응. 그때 말이야…… 변신할 때, 정말 '끔찍' 했어. 그렇게 괴롭고 무서운 건 상상도 해본 적 없었지. 그래도 난 혼자가 아니었어. 머릿속에서 목소리가 들려와 지금 내게 무슨 일이 일어나고 있는지, 어떻게 해야 하는지 가르쳐 줬거든. 그래서 제정신을 유지할 수 있었던 거야. 하지만 샘은…… 도와줄 사람이 전혀 없었대."

제이콥이 절레절레 고개를 흔들었다.

선뜻 받아들이기 어려운 이야기였다. 하지만 제이콥의 설명을 듣고나니 저절로 샘에게 동정심이 일었다. 샘을 미워할 이유가 전혀 없다고 나는 자꾸 자신을 타이를 수밖에 없었다.

"내가 같이 나타나면 다들 화를 낼까?"

"아마 그럴 거야."

제이콥은 얼굴을 찌푸렸다.

"그럼 내가 빠지는 게……."

"아니야, 괜찮아. 넌 우리한테 도움이 될 만한 걸 많이 알고 있잖아. 그냥 무지한 인간이 아니란 말이야. 넌, 뭐라고 해야 할까……? 스파이 같은 존재야. 적진 너머까지 들어갔던 사람이잖아."

나는 제이콥 몰래 살짝 이마를 찌푸렸다. 제이콥이 나에게 바라는 게 그거였나? 원수를 파멸시킬 수 있게 돕는 내부의 변절자? 하지만 나는 스파이가 아니다. 난 그런 종류의 정보를 모은 적도 없었다. 하지만 그의 말만으로도 이미 변절자처럼 느껴졌다.

그래도 제이콥이 빅토리아를 막아주길 바라잖아, 안 그래?

아니.

물론 빅토리아가 나를 고문해 죽이거나, 찰리와 마주치거나, 또 다른 이방인을 죽이기 전에 누군가 빅토리아를 막아 주길 간절히 원하는 건 사실이었다. 다만 그 장본인이 제이콥이기를 바라지는 않았다. 나는 제이콥이 그 여자 근처에 가는 것도 싫었다.

내가 상념에 젖은 걸 눈치 채지 못한 듯 제이콥이 말을 이었다.

"상대의 마음을 읽는 흡혈귀에 대한 이야기 같은 거 말이야. 그게 바로 우리한테 필요한 정보거든. 그런 이야기들이 사실이었다니 정말 낭패스러운데. 일이 복잡하게 꼬이잖아. 빅토리아라는 여자도 특별한 능력이 있는 것 같아?"

"그렇진 않을 거야."

나는 머뭇거리다가 한숨을 쉬었다.

"그랬더라면 걔가 얘기해줬을 거야."

"걔라니? 아, 에드워드 말이구나, 앗, 미안해. 깜박했어. 그 자식 이름을 언급하는 거 싫어하지. 듣는 것도."

나는 가장자리가 너덜거리며 욱신대는 가슴 구멍의 통증을 참느라 상체를 끌어안았다.

"그렇다고 할 수 있지."

"미안해."

"넌 나에 대해서 어떻게 그렇게 잘 아니? 가끔은 너도 내 마음을 읽을 줄 아는 것 같아."

"아니야. 난 그냥 주의를 기울일 뿐이지."

우리는 제이콥이 나에게 처음 오토바이 타는 법을 가르쳐주었던 비포장도로로 접어들었다.

"여기쯤 세울까?"

"좋아."

나는 트럭을 세우고 시동을 껐다.

"아직도 많이 힘들구나?"

제이콥이 중얼거렸다.

나는 어두운 숲을 무심히 바라보며 고개를 끄덕였다.

"그러지 말고…… 그냥 속마음을 다 털어놓는 게 나을 거라는 생각은 안 해봤어?"

나는 천천히 숨을 들이마셨다가 내뱉었다.

"아니."

"그 자식이야말로……."

"부탁이야, 제이콥. 그런 얘기는 그만 두면 안 될까? 나 못 견디겠어."

내가 간청하듯 속삭이며 그의 말문을 막았다.

"알았어. 괜히 말 꺼내서 미안해."

"기분 나쁘게 생각하지 마. 상황이 달랐다면, 누군가에게 털어놓는 게 결국 가장 좋은 방법이 됐을 거야."

제이콥이 고개를 끄덕였다.

"맞아, 나도 너한테 비밀을 지키던 2주간이 정말 힘들었어. 아무한테도 이야기할 수 없다니 지옥 같더라."

"지옥이 따로 없지."

제이콥이 흠칫 숨을 들이켰다.

"다들 왔어. 나가자."

"정말? 나는 여기 있는 게 낫지 않을까?"

그가 문을 여는 사이 내가 얼른 물었다.

"어차피 다들 겪어야할 일이야. 사악하고 거대한 늑대한테 무서울 게 뭐가 있겠어?"

제이콥은 그렇게 말하며 씩 웃었다.

"하하."

웃는 시늉은 했지만 나는 트럭에서 내리자마자 앞 범퍼를 돌아 제이콥 옆에 바짝 다가섰다. 나는 초원에서 봤던 거대한 괴물들을 너무도 똑똑히 기억하고 있었다. 새벽의 제이콥처럼 나도 손이 부들부들 떨렸지만, 그건 분노 때문이 아니라 공포 때문이었다.

제이콥이 내 손을 꼭 잡았다.

"왔어."

14
가족

다른 늑대인간들을 찾느라 숲을 살피며 나는 제이콥 옆에 바짝 다가섰
다. 나무 그늘에서 모습을 드러낸 그들은 내가 기대했던 모습이 아니었다.
내 머릿속에는 늑대들의 영상이 못 박혀 있었다. 하지만 눈앞에 나타난 것
은 반라의 모습으로 거구를 드러낸 네 명의 십대들이었다.

내 눈에는 이번에도 그들이 네 쌍둥이처럼 보였다. 우리가 서 있는 길
건너편에 거의 동시에 나타나 서 있는 모습도 그러했지만, 매끄러운 근육
질의 구릿빛 피부와 짧게 자른 머리는 물론이고 표정까지도 같은 순간에
바뀌는 듯했다.

그들은 호기심과 조심성이 뒤섞인 눈빛으로 처음 모습을 드러냈다. 하
지만 제이콥 뒤에 반쯤 몸을 숨긴 나를 발견한 순간 동시에 성난 얼굴로
바뀌었다.

제이콥이 거의 따라잡기는 했지만 아직도 샘은 그들 가운데 제일 거구
였다. 샘은 물론 청소년이라고 말할 수 없었다. 그는 확실히 나이 들어 보
였다. 주름살이 있다거나 겉늙어 보인다는 의미가 아니라, 표정을 절제하

는 면에서 성숙함이 두드러졌다.

"이게 무슨 짓이냐, 제이콥?"

샘이 물었다.

제이콥이 대답도 하기 전에 다른 일행 하나가 샘을 밀치고 나섰다. 내가 모르는 얼굴인 걸 보니 저레드나 폴인 듯했다.

"넌 왜 자꾸 규칙을 어기는 거야? 무슨 꿍꿍이야? 그 여자가 우리 부족 전체보다도 중요하다는 거야? 죽어가는 사람들보다 중요해?"

그가 팔을 휘두르며 고함을 질렀다.

"벨라는 우릴 도와줄 거야."

제이콥은 침착하게 대꾸했다.

"우릴 도와줘? 설마! 흡혈귀 애인이 퍽이나 우릴 돕겠군!"

성난 아이는 고함을 지르며 팔을 부들부들 떨기 시작했다.

"입 함부로 놀리지 마!"

친구의 비난에 발끈한 제이콥 역시 소리를 질렀다.

상대방 소년의 손 떨림이 격렬해지면서 상체가 들썩였다.

"폴! 진정해라!"

샘이 명령을 내렸다.

폴은 정신을 집중하려고 노력했지만 몸이 말을 듣지 않는 듯 머리를 흔들었다.

"맙소사, 폴. 진정해."

저레드인 듯한 소년이 중얼거렸다.

폴은 저레드 쪽으로 고개를 돌리며 이를 악물었다. 이어 그는 내가 있는 쪽을 노려보았다. 제이콥이 얼른 내 앞을 가로막았다.

그게 결정적이었다.

"그래, 어디 잘 보호해 보시지!"

폴이 성을 내며 소리쳤다. 몸이 또 한 번 격렬하게 요동쳤다. 그는 고개를 뒤로 젖히고 이빨을 드러낸 채 무시무시하게 으르렁거렸다.

"폴!"

샘과 제이콥이 동시에 외쳤다.

폴은 격렬하게 몸을 떨며 앞으로 쓰러졌다. 땅으로 절반쯤 떨어졌을 때 요란하게 찢어지는 소리가 들리며 그가 폭발했다.

폴의 몸에서 진한 회색 털이 터져나오면서 원래의 다섯 배쯤 되는 크기로 부풀었다. 그 거대한 형체는 당장이라도 튀어오를 듯 땅바닥에 엎드렸다.

날카로운 이빨을 완전히 드러낸 늑대는 가슴 깊은 곳에서 울려 나오는 거대한 포효를 들려주었다. 성난 검은 눈동자는 나를 노리고 있었다.

바로 그 순간 제이콥이 괴물을 향해 곧장 길을 건너 달려갔다.

"제이콥!"

나는 비명을 질렀다.

달려가는 도중에 제이콥의 몸이 길게 부르르 떨렸다. 그는 허공을 향해 머리부터 몸을 날렸다.

또 한 번의 예리하게 찢어지는 소리와 함께 제이콥도 폭발했다. 그의 피부가 터져나가면서 검정색과 흰색 옷은 걸레조각처럼 허공으로 날아갔다. 눈 깜짝할 새에 벌어진 일이라 나는 그의 변모 과정 전체를 놓치고 말았다. 1초쯤 전에 제이콥이 허공으로 뛰어올랐는데 바로 다음 순간 거대한 적갈색 늑대가 회색 괴물에게 달려들었다. 늑대의 몸집이 너무 거대해서 제이콥의 몸통 안에 그런 게 들어 있다는 사실이 믿어지지 않았다.

제이콥이 고개를 쳐들고 회색 늑대인간의 공격에 맞섰다. 그들의 성난 으르렁거림이 천둥처럼 숲에 메아리쳤다.

제이콥이 입었던 옷의 검은색과 흰색 천 조각이 그가 사라진 땅바닥 위로 펄럭이며 떨어졌다.

"제이콥!"

나는 앞으로 비틀비틀 걸어 나가며 또다시 소리쳤다.

"가만히 있어, 벨라."

샘이 명령했다. 요란하게 싸우는 늑대들의 울부짖음 때문에 그의 말소리가 잘 들리지 않았다. 그들은 물어뜯을 듯 날카로운 이빨을 딱딱거리며 서로의 목을 노렸다. 제이콥 늑대가 한 수 위인 듯했다. 외견상으로 다른 늑대보다 더 크기도 했지만 힘도 더 센 것 같았다. 그는 회색 늑대를 여러 번 어깨로 몰아붙여 숲 쪽으로 이끌었다.

"에밀리의 집으로 데려가."

흥미진진한 표정으로 싸움을 구경하고 있는 두 소년에게 샘이 소리쳤다. 제이콥은 회색 늑대를 길에서 끌어내 결국 숲 속으로 사라졌다. 모습은 보이지 않았지만 그들이 으르렁거리는 소리는 여전히 시끄러웠다. 샘이 둘을 따라 달려가며 중간에 신발을 벗어던졌다. 숲으로 뛰어드는 찰나 그는 머리부터 발끝까지 몸을 떨었다.

으르렁거리는 포효와 이빨 부딪치는 소리가 점점 멀어져갔다. 별안간 사방이 조용해지면서 아무 소리도 들리지 않았다.

남아 있던 소년 하나가 껄껄 웃기 시작했다.

나는 너무 놀라 눈을 깜박이는 것도 잊고 그를 쳐다보았다.

그는 내 표정을 보고 웃는 듯했다.

"하긴, 매일 볼 수 있는 광경은 아니지."

씩 웃는 그의 마른 듯한 얼굴이 어딘가 낯익어 보인다 했더니…… 엠브리 콜이었다.

"나는 매일 보는데 뭐."

저레드가 투덜거렸다.

"야, 폴이 '매일' 저렇게 이성을 잃는 건 아니잖아. 사흘에 이틀 정도지."

엠브리는 여전히 싱긋 웃으며 대꾸했다.

저레드가 땅바닥에서 뭔가 희끄무레한 것을 집어들었다. 그는 간신히 끈에 의지해 대롱거리고 있는 물체를 엠브리에게 보여주었다.

"완전히 찢어졌어. 빌리 아저씨가 이게 마지막으로 사주는 거라고 경고했댔어. 이제 제이콥은 맨발로 다녀야겠네."

저레드가 말했다.

"이쪽은 멀쩡해. 한쪽 발만 신고 뛰어다니면 되겠다."

엠브리가 하얀 운동화를 집어들며 킥킥 웃어댔다.

저레드는 땅바닥에서 천 조각을 줍기 시작했다.

"넌 가서 샘 신발 좀 찾아와. 이 나머지 것들은 다 쓰레기통에 버려야겠어."

엠브리는 신발들을 집어든 뒤 샘이 사라진 숲 언저리로 달려갔다. 잠시 후 그는 찢어진 청바지 한 벌을 팔에 걸치고 돌아왔다. 저레드는 제이콥과 폴의 찢어진 옷가지를 둘둘 말아 공처럼 뭉쳤다. 그러다 문득 나를 생각해 낸 모양이었다.

저레드가 나를 유심히 살피며 물었다.

"혹시 기절하거나 토하는 거 아니죠?"

"그럴 것 같진 않아."

"안색이 별로 안 좋아요. 좀 앉지 그래요."

"알았어."

나는 그날 아침만 벌써 두 번째로 바닥에 주저앉아 무릎 사이로 고개를 숙였다.

"우리한테 미리 알려줬어야지, 제이콥이 잘못한 거야."

엠브리가 투덜거렸다.

"여자친구를 여기까지 데리고 오다니, 그 녀석 대체 뭘 기대한 거야?"

"이젠 본색을 드러내겠다는 거지. 제이콥은 아직도 멀었어."

엠브리는 한숨을 쉬었다.

나는 고개를 들고 모든 걸 너무 가볍게 장난삼아 이야기하는 두 소년을 째려보았다.

"너희는 전혀 걱정이 안 되니?"

엠브리가 놀란 듯 눈을 껌벅였다.

"걱정을 왜 해요?"

"저러다 둘 다 다칠 수도 있잖아!"

엠브리와 저레드는 폭소를 터뜨렸다.

"폴이 저 놈을 단단히 물어뜯어놓으면 좋겠어요. 한 수 가르쳐주는 거죠."

저레드가 말했다. 그의 말에 나는 경악했다.

"그래, 맞아! 제이콥 변하는 거 봤냐? 샘도 그렇게 빨리 변할 순 없을걸. 폴이 이성을 잃는 걸 보더니 곧바로 돌변해서 0.5초 만에 공격하더라? 그 자식은 확실히 타고났어."

"싸움 경력은 폴이 더 많아. 폴이 제이콥을 한 번 문다는 데 10달러 건다."

"내기 좋지. 제이콥은 천부적이라고! 게다가 폴은 응원해줄 사람도 없잖아."

그들은 씩 웃으며 악수를 했다.

조금도 걱정하지 않는 그들의 태도에 나도 안심을 하려고 했지만 무섭게 싸우는 늑대인간들의 이미지가 머릿속에서 떠나지를 않았다. 텅 빈 뱃속은 위험스레 울렁거렸고 걱정이 지나쳐 머리도 욱신거렸다.

"에밀리한테나 가자. 먹을 거 준비해 놓고 기다리고 있을 거야."

엠브리가 나를 내려다보았다.

"우리 태워줄 수 있죠?"

"물론이지."

나는 마른침을 삼킨 뒤 간신히 대답했다.

저레드가 한쪽 눈썹을 치켜올렸다.

"아무래도 네가 운전하는 게 낫겠다, 엠브리. 벨라는 금방이라도 멀미하게 생겼어."

"좋은 생각이야. 열쇠 어디 있어요?"

엠브리가 나에게 물었다.

"차에 꽂혀 있어."

엠브리가 먼저 조수석 문을 열어주었다.

"어서 타요."

엠브리는 유쾌하게 말하며 한 손으로 나를 일으켜 세우더니, 어느 틈에 자리에 앉혀주었다. 그는 남은 공간을 살피더니 저레드에게 말했다.

"너는 뒤에 타야겠다."

"좋아. 난 비위가 좀 약하거든. 토할지도 모르는데 옆에 있고 싶진 않아."

"벨라는 그 정도로 약하지 않아. 뱀파이어랑 어울렸었잖아."

"5달러 걸고 내기할래?"

저레드가 물었다.

"좋아. 이렇게 쉽게 네 돈을 따먹으려니 어째 미안하다, 야."

엠브리가 트럭에 올라 시동을 걸자 저레드도 날렵하게 트럭 뒤 칸에 올라탔다. 차문을 닫자마자 엠브리가 나에게 중얼거렸다.

"토하지 말아요, 알았죠? 지금 10달러밖에 없는데, 폴이 제이콥한테 이빨 자국을 남기면⋯⋯."

"알았어."

엠브리는 트럭을 몰고 다시 인디언 마을로 들어섰다.

"그나저나 제이콥이 어쩌다가 지령을 어기게 된 거예요?"

"뭐, 뭐라고?"

"음, 규칙 말이에요. 비밀을 발설하면 안 된다는 규칙. 어쩌다가 그 얘 길 벨라한테 하게 됐죠?"

제이콥이 어젯밤에 진실을 털어놓으려다 숨이 막혀 입을 다물어야 했던 사실이 떠올랐다.

"아, 그거. 걔가 얘기한 거 아니야. 내가 생각해 낸 거지."

엠브리가 놀란 표정으로 입술을 깨물었다.

"흠. 그렇다면 상관없겠네요."

"지금 어디 가는 거야?"

"에밀리네 집이요. 에밀리는 샘 여자친구예요……. 아니지, 이젠 약혼 녀일걸요. 다른 친구들도 방금 일어난 일에 대해서 샘한테 교육을 좀 받고 나면 그쪽으로 올 거예요. 그 전에 폴이랑 제이콥이 입을 만한 옷도 좀 찾 아서 걸쳐야겠고. 폴한테 남은 옷이 과연 있으려나 모르겠지만."

"에밀리도…… 알아?"

"알아요. 아, 그나저나 에밀리 만났을 때 빤히 쳐다보지 말아요. 샘이 싫어하니까."

나는 엠브리를 향해 얼굴을 찡그렸다.

"내가 왜 빤히 쳐다보겠어?"

엠브리는 거북한 표정을 지었다.

"방금 봤듯이 늑대인간이랑 어울리면 꽤 위험하거든요."

그는 재빨리 화제를 바꿨다.

"참, 초원에서 봤던 그 검은 머리 흡혈귀 때문에 마음 상한 건 아니죠? 친구 사이는 아닌 것 같았지만……."

엠브리는 어깨를 으쓱했다.

"응, 친구 같은 거 아냐."

"다행이네요. 우리가 먼저 평화조약을 깨고 싶지는 않았거든요."

"아, 맞다. 오래 전에 제이콥한테 평화조약에 관한 얘기를 들은 적이 있어. 로렌트를 죽이는 게 어째서 조약을 깨는 일이 되는 거지?"

"로렌트?"

그는 뱀파이어에게 이름이 있다는 게 우습다는 듯이 코웃음을 치며 따라 읊었다.

"엄밀히 말해서 거긴 컬렌 일가의 영역이었거든요. 우린 컬렌 일당을 공격하지 못하게 되어 있어요. 그들이 먼저 평화조약을 깨지 않는 한, 최소한 우리 영역 밖에선 공격하면 안 돼요. 그런데 그 검은 머리가 그들과 한 편인지 어쩐지 알 수가 없었거든요. 그래도 벨라와는 서로 아는 사이 같던데."

"어떻게 해야 평화조약을 깨는 조건이 되는데?"

"인간을 물어야 하는데, 그날은 제이콥이 워낙 예민해서 그렇게까지 두고 볼 수는 없었어요."

"아. 음, 고마워. 너희들이 그때까지 기다리지 않아서 다행이야."

"고맙긴요, 원래 우리 일인데요 뭐."

엠브리는 국도에서 가장 서쪽 끝에 있는 집을 지나 좁은 비포장도로로 접어들었다.

"이 트럭 진짜 느리네요."

"미안해."

길 끝에는 한 때 회색이었던 듯한 작은 집이 보였다. 색이 바랜 파란색 문 옆에는 창문이 하나밖에 없었지만, 창밖으로 내놓은 기다란 화분 상자에 선명한 주황색과 노란색 금잔화가 가득 피어 전체적으로 밝은 인상을 주었다.

엠브리가 차문을 열고 내리며 숨을 들이쉬었다.

"으음, 역시 에밀리가 요리를 하고 있군."

저레드도 트럭 뒤에서 뛰어내려 곧장 문으로 향했지만 엠브리가 그의 가슴을 한 손으로 막아섰다. 그는 나를 의미심장하게 쳐다보며 헛기침을 했다.

"지갑 안 갖고 왔어."

저레드가 말했다.

"괜찮아. 나중에라도 잊지 않고 받아낼 거야."

그들은 계단을 올라가 노크도 없이 집안으로 들어갔다. 나는 어색하게 그들을 따라갔다.

빌리의 집처럼 들어가자마자 부엌이 입구 쪽 대부분의 공간을 차지하며 거실과 연결되어 있었다. 새틴처럼 빛이 나는 구릿빛 피부의 젊은 여자가 칠흑처럼 검고 긴 머리를 길게 늘어뜨린 채 싱크대에서 봉긋하게 부푼 커다란 머핀들을 종이 접시에 꺼내놓고 있었다. 엠브리가 그녀를 빤히 쳐다보지 말라고 했던 건 그녀가 대단한 미인이기 때문이리라는 생각이 들었다.

이어 그녀는 노래하듯 낭랑한 목소리로 "너희들 배고프니?"라고 물으며 우릴 향해 돌아섰고, 얼굴 절반만 미소를 지었다.

그녀의 얼굴 오른쪽은 이마 위부터 턱까지 길게 세 줄의 흉터가 덮여 있었다. 오래 전에 아물었을 텐데도 여전히 선명한 빨간색으로 남은 흉측한 상처였다. 흉터 한 줄기는 그윽한 눈매의 가장자리를 지나고 있었고, 또 다른 흉터는 입술 오른쪽 꼬리로 파고들어 입술 반쪽을 영영 뒤틀린 것처럼 만들어놓았다.

엠브리의 사전 경고 덕분에 나는 재빨리 머핀으로 시선을 옮겼다. 신선한 블루베리를 넣은 듯 아주 맛있는 냄새가 났다.

"어머, 이건 누굴까?"

에밀리가 놀라며 물었다.

나는 고개를 들고 그녀의 얼굴 왼편에 초점을 맞추려고 노력했다.

"벨라 스완이에요. 달리 누구겠어요?"

저레드가 어깨를 으쓱하며 말했다. 전에도 내가 그들 대화에 등장한 적이 있는 모양이었다.

"판단은 제이콥에게 맡겨야겠지."

에밀리가 중얼거리며 나를 빤히 쳐다보았다. 한때는 아름다웠겠지만, 이제는 돌이킬 수 없이 일그러진 그녀의 얼굴 반쪽 때문에 다정한 느낌을 찾기는 힘들었다.

"네가 바로 그 뱀파이어 여자친구로구나."

에밀리의 말에 나는 돌연 긴장했다.

"네. 당신은 늑대 여자친구이신가요?"

에밀리는 웃음을 터뜨렸고 엠브리와 저레드도 같이 웃었다. 그녀의 왼쪽 얼굴이 부드럽게 바뀌었다.

"아마 그럴걸."

에밀리가 저레드를 향했다.

"샘은 어디 갔어?"

"오늘 아침엔 벨라 때문에 폴이 좀 놀랐어요."

에밀리는 장난스레 눈을 희번덕거렸다.

"폴답네. 오래 걸릴 것 같니? 방금 계란 요리를 하려던 참이었거든."

"걱정하지 말아요. 늦게 오더라도 우리가 남김없이 다 먹을 테니까."

엠브리가 말했다.

에밀리는 쿡쿡 웃으며 냉장고를 열었다.

"어련하겠니. 벨라도 혹시 배고프면 주저 말고 머핀 하나 들어요."

"고맙습니다."

나는 머핀을 하나 집어들고 조금씩 먹기 시작했다. 맛은 기가 막혔고,

빈속에 들어가도 별 문제가 없는 듯했다. 엠브리는 벌써 세 개째 머핀을 집어 통째로 입에 쑤셔 넣었다.

"형님들 먹을 건 남겨놔야지."

에밀리가 나무 숟가락으로 그의 손등을 때리며 나무랐다. 형님들이라는 말에 나는 깜짝 놀랐지만 그들은 아무렇지도 않은 듯했다.

"돼지."

저레드가 놀렸다.

나는 싱크대에 기대서서 세 사람이 가족처럼 장난치는 모습을 지켜보았다. 에밀리의 부엌은 하얀 찬장과 밝은 색 마루바닥 때문에 아늑한 느낌이들었다. 구석에 놓인 작은 원탁 위에는 잘게 줄이 간 파랗고 하얀 도자기에 야생화가 풍성하게 꽂혀 있었다. 엠브리와 저레드는 완전히 제 집에 온것처럼 굴었다.

에밀리는 커다란 노란 그릇에 아마 수십 개쯤은 깨 넣은 듯한 엄청난 양의 달걀을 섞기 시작했다. 그녀가 연보라색 셔츠 소매를 걷어올리자 그 아래로 팔을 따라 오른 손등까지 뻗어 있는 흉터가 드러났다. 엠브리 말대로 늑대인간과 어울리는 것은 참으로 위험한 일인 듯했다.

현관문이 열리고 샘이 걸어 들어왔다.

"에밀리."

그는 사랑이 철철 넘치는 목소리로 연인을 불렀고 나는 침입자 같은 민망함을 느끼며 두 사람을 바라보았다. 샘은 한 걸음에 부엌으로 들어와 커다란 손으로 에밀리의 얼굴을 감쌌다. 그는 고개를 숙이고 먼저 짙은 흉터가 난 오른뺨에 입을 맞춘 뒤 입술에 키스했다.

"그만 좀 해 두셔. 식사 중이잖아."

저레드가 불평을 했다.

"그럼 입 닥치고 먹기나 해."

샘이 쏟아붙인 뒤 다시 에밀리의 입술에 키스를 했다.

"어휴."

엠브리도 한숨을 내쉬었다.

이건 로맨스 영화보다 더 나쁘다. 삶과 진정한 사랑의 기쁨을 거의 소리쳐 노래하고 있는, 생생한 현실이었으니까. 나는 머핀을 내려놓고 공허한 가슴을 꽉 껴안았다. 나는 두 연인의 행복한 모습에 또다시 욱신거리는 가슴의 통증을 외면하기 위해 꽃을 응시했다.

때마침 제이콥과 폴이 문으로 들어섰으므로 반가운 마음이 앞섰다. 하지만 둘의 다정한 모습에 또 충격을 받았다. 폴이 제이콥의 어깨를 주먹으로 툭 치자 제이콥도 친구의 허리에 가볍게 주먹을 날렸다. 둘은 다시 웃음을 터뜨렸다. 일단 그들은 멀쩡해 보였다.

집안을 살피던 제이콥의 시선이 부엌으로 향했다. 그리고 이내 구석 싱크대에 어색하게 기대 서 있던 나에게 와 멈추었다.

"안녕, 벨라."

제이콥이 유쾌하게 인사를 건넸다. 그는 식탁을 지나며 머핀 두개를 집어들고 내 옆으로 다가왔다.

"아까는 미안했어. 뭐하고 있었어?"

그가 낮게 중얼거렸다.

"괜찮으니까 걱정하지 마. 머핀 맛있더라."

나는 내 머핀을 다시 집어들고 조금씩 먹기 시작했다. 제이콥이 옆에 오자 가슴의 통증이 나아졌다.

"이런, 젠장!"

저레드가 소리쳤다.

고개를 드니 그와 엠브리가 폴의 팔뚝에 난 희미한 분홍색 자국을 들여다보고 있었다. 엠브리는 득의양양하게 미소를 지으며 말했다.

"총 15달러야."

"네가 그런 거야?"

둘의 내기를 떠올린 내가 제이콥에게 속삭였다.

"살짝 건드리기만 했어. 해질녘까진 다 나을 거야."

"해질녘까지?"

나는 폴의 팔뚝에 난 상처를 바라보았다. 이상하게도 몇 주일은 지난 것처럼 보였다.

"늑대의 특징이지."

제이콥이 속삭였다.

나는 소름끼치는 표정을 짓지 않으려고 애쓰며 고개를 끄덕였다.

"넌 괜찮아?"

내가 숨을 죽여 물었다.

"할퀸 자국 하나 없어."

제이콥은 아주 뿌듯한 표정이었다.

"잠깐 집중해 봐."

작은 방에서 여기저기 오가던 대화를 중단시키며 샘이 큰소리로 말했다. 에밀리는 가스레인지 앞에서 커다란 프라이팬에 담긴 달걀을 휘젓고 있었지만, 샘은 아직도 무의식적인 행동인 듯 그녀의 허리에 한 손을 대고 있었다.

"제이콥이 우리에게 할 말이 있대."

폴은 다 알고 있다는 표정이었다. 제이콥이 그와 샘에게는 이미 설명한 모양이었다. 그게 아니라면…… 제이콥의 생각을 읽었거나.

제이콥이 저레드와 엠브리를 향해 입을 열었다.

"빨간 머리가 원하는 게 뭔지 알아냈어. 아까 내가 하려던 얘기도 그거였단 말이야."

제이콥은 대뜸 폴이 앉은 의자 다리를 걷어찼다.

"그래서?"

저레드가 물었다.

제이콥의 얼굴이 심각해졌다.

"그 여자가 자기 파트너에 대한 복수를 하려는 건 맞는데, 우리가 죽인 그 검은 머리 거머리는 그 여자의 연인이 아니었어. 컬렌 일당이 작년에 빨간 머리의 파트너를 죽였기 때문에, 지금 그 여잔 벨라를 뒤쫓고 있어."

저레드와 엠브리, 에밀리는 입을 딱 벌린 채 나를 응시했다.

"벨라는 그냥 힘없는 여자애잖아."

엠브리가 투덜거렸다.

"그게 옳단 얘기가 아냐. 중요한 건 그 흡혈귀가 우리를 따돌리려는 목적이 바로 그거란 거지. 그 여잔 포크스로 가려 했던 거야."

그들은 오래도록 입을 벌린 채 계속해서 나를 쳐다보았다. 나는 고개를 푹 숙였다.

마침내 저레드가 입 꼬리를 올리며 씩 웃었다.

"잘 됐네. 우리한테 미끼가 생긴 셈이니."

놀라운 속도로 제이콥이 싱크대에서 병따개를 집어 저레드의 머리로 날렸다. 저레드 역시 순식간에 손을 올려 얼굴을 강타하려는 흉기를 잡았다.

"벨라는 미끼가 아니야."

"내 말 뜻 너도 알잖아."

저레드는 조금도 기죽지 않고 말했다.

샘이 툭탁거리는 둘을 무시하며 입을 열었다.

"그렇다면 우리도 작전을 바꿔야겠다. 함정을 몇 군데 만들어놓고 그 여자가 기회를 이용할지 지켜볼 거야. 내키지는 않지만 패를 나눠야겠어. 하지만 그 여자가 정말로 벨라를 노리는 거라면 아마 우리가 소규모로 나

넌다고 해도 그걸 이용하려 들지는 않을 거야."

"퀼도 머지않아 우리와 합류하게 되겠지. 그럼 셋씩 똑같이 나눌 수 있겠네."

엠브리가 중얼거렸다.

모두들 시선을 내리깔았다. 제이콥의 얼굴은, 어제 오후 그의 집 앞에서 만났을 때처럼 절망적이었다. 행복이 넘치는 이 작은 부엌에서는 그들의 운명도 나쁠 것 없어 보였지만, 늑대인간들 가운데 누구도 친구가 자신들과 같은 운명이 되는 것만은 바라지 않는 듯했다.

"그때까지 기다릴 수는 없어."

샘이 낮은 목소리로 말했다. 이어 그는 다시 평소 목소리로 돌아갔다.

"폴, 저레드, 엠브리! 너희 셋은 바깥 쪽 반원의 경계를 맡아. 제이콥과 내가 안쪽 반원을 경계할 거야. 그리고 여자가 걸려들면 협공하는 거다."

에밀리는 샘이 수가 적은 쪽에 속한다는 사실을 못마땅해하는 눈치였다. 그녀의 염려에 동감하며 나도 걱정스레 제이콥을 쳐다보았다.

샘이 내 시선을 붙들었다.

"제이콥은 네가 여기 라푸시에서 지내는 게 최선일 거라고 생각해. 그렇게 되면 그 여자도 너를 쉽사리 찾아내지 못할 테니까."

"찰리는 어쩌고요?"

내가 물었다.

"아직 대학농구 대항전이 열리고 있잖아. 아버지랑 해리 아저씨한테 부탁해서, 될 수 있는 대로 퇴근 후 이리로 오시게 하면 돼."

제이콥이 대답했다.

"잠깐만."

샘이 한 손을 들어올렸다. 그의 시선이 잠깐 에밀리를 향했다가 다시 나에게 돌아왔다.

"그게 제이콥이 생각한 최선의 방법이긴 하지만, 결정은 네가 내려야해. 두 가지 선택이 가져올 위험요인을 진지하게 따져봐야지. 오늘 아침에본 대로, 저 녀석들이 워낙 빨리 손쓸 수 없는 상태가 되기 때문에 네가 다칠 수도 있어. 우리와 함께 지내기로 한다면 네 안전에 대해선 나도 장담못하는 거야."

"내가 벨라를 해칠 리 없잖아."

제이콥이 고개를 숙이며 중얼거렸다.

샘은 그의 말을 못들은 척했다.

"혹시 달리 안전하게 지낼 곳이 있다면……."

나는 입술을 깨물었다. 누구든 위험에 빠뜨리지 않는 전제라면, 내가 갈곳은 없다. 내가 갈 곳이 어디 있단 말인가? 엄마 집? 엄마를 끌어들이는일은 생각만 해도 소름끼쳤다.

"빅토리아를 다른 곳으로 데려가고 싶진 않아요."

내가 속삭이자 샘은 고개를 끄덕였다.

"맞는 말이야. 그 여잘 여기 붙잡아둬야 우리가 이 문제를 끝장낼 수 있겠지."

샘의 말에 나는 움찔했다. 제이콥도, 다른 이들도 빅토리아를 '끝장' 내는 데 가담하지 않으면 좋겠다는 생각이 들었다. 나는 제이콥의 얼굴을 흘끔 훔쳐보았다. 느긋한 그의 얼굴은 늑대로 돌변하기 전과 똑같아 보였고, 뱀파이어를 사냥해야 한다는 사실도 전혀 아랑곳하지 않는 듯했다.

"몸조심해야 해, 알았지?"

목이 멘 목소리로 내가 말하자 그들은 일제히 웃음을 터뜨렸다. 에밀리를 제외하고 모두들 나를 보며 웃고 있었다. 그녀와 눈이 마주친 나는 갑자기 그녀의 흉 너머에 있는 조화로운 아름다움을 발견했다. 그녀는 여전히 아름다웠고, 표정 속에 담긴 진심 어린 걱정의 힘 때문에 더욱 빛을 발했다. 그 염려 뒤에 있는 연인에 대한 사랑이 내 가슴을 아프게 할까 봐 얼른 고개를 돌렸다.

"식사 준비 다 됐어."

에밀리의 선언으로 작전회의는 순식간에 파장이 났다. 남자들은 서둘러 식탁으로 몰려들었는데 그들 앞에 식탁은 너무나 작고 부서질 것만 같았다. 뷔페 접시보다 큰 대형 프라이팬에 담긴 스크램블드에그를 식탁 한가운데 내려놓자마자 그들은 기록적인 속도로 먹어치웠다. 에밀리는 아비규환이 된 식탁을 피해 나처럼 싱크대에 기대 식사를 하며, 애정이 듬뿍 담긴 눈빛으로 그들을 바라보았다. 그들을 자기 가족으로 여기고 있는 게 분명한 표정이었다.

아무리 봐도 그들은 내가 예상했던 늑대 패거리의 모습과는 완전히 딴판이었다.

그날 나는 종일 라푸시에 머물렀고, 주로 빌리의 집에서 노닥거렸다. 빌리는 경찰서로 전화를 걸어 찰리에게 메시지를 남겼고, 퇴근 후 찰리가 피자 두 판을 들고 나타났다. 라지 사이즈 피자를 두 판이나 사와서 그나마 다행이었다. 제이콥이 혼자서 한 판을 다 먹어치웠기 때문이다.

저녁 내내 찰리는 수상쩍은 눈초리로 우리 둘을 주시했고, 특히 많이 변한 제이콥을 유심히 살폈다. 찰리가 머리를 자른 이유를 묻자 제이콥은 어깨를 으쓱하며 그냥 편해서 잘랐다고 대꾸했다.

찰리와 내가 집으로 가면 제이콥은 다시 늑대로 돌아갈 것이다. 그날도 온종일 그는 변신을 거듭했다. 그와 늑대 형제들은 혹시 빅토리아가 돌아왔는지 흔적을 찾기 위해 동분서주하고 있었다. 하지만 어젯밤에 온천 근처에서 발견한 뒤 거의 캐나다 국경까지 쫓아냈으므로, 또다른 습격은 당분간 없으리라는 게 제이콥의 생각이었다.

빅토리아가 포기할지도 모른다는 희망은 품지 않았다. 나는 원래 그런 종류의 운이 없는 사람이었으니까.

제이콥은 식사 후 나를 트럭까지 데려다 주고는, 찰리가 먼저 출발하기를 기다리며 차 밖에서 서성거렸다.

"오늘은 겁내지 말고 자. 우리가 지키고 있을 테니까."

찰리가 안전벨트와 씨름을 하는 체하며 머뭇거리자 제이콥이 얼른 나에게 말했다.

"그래, 내 걱정은 안할 거야."

"바보 같이 굴지 말고. 뱀파이어 사냥, 정말 끝내 줘. 엉망진창이 된 인생이지만 그거 하난 근사하다니까."

나는 고개를 설레설레 저었다.

"내가 바보면 넌 완전히 정서불안이야."

제이콥이 킬킬 웃어댔다.

"푹 좀 자둬, 벨라. 많이 피곤해 보여."

"시도는 해 보지."

찰리가 신경질적으로 경적을 울려댔다.

"내일 만나. 일어나자마자 와야 해."

"알았어."

찰리는 집까지 내 뒤를 따라왔다. 나는 뒷거울에 비친 헤드라이트에는 거의 신경을 쓰지 않았다. 샘과 저레드, 엠브리, 폴이 어둠 속에서 어디를 달리고 있을지 궁금할 뿐이었다. 제이콥도 이젠 그들과 합류했을지 궁금했다.

집에 도착하자 나는 곧장 계단으로 향했지만 찰리가 바로 뒤따라 들어왔다.

"어떻게 된 거니, 벨라? 제이콥이 불량배 조직에 들어가는 바람에 너희 둘이 싸웠다고 했었잖아."

내가 달아나기 전에 그가 물었다.

"화해했어요."

"그럼 불량배 조직은?"

"잘 모르겠어요. 십대 남자애들이 하는 짓을 누가 알겠어요? 속을 알수가 없거든요. 하지만 샘 울리랑 그 사람 약혼녀 에밀리를 만났어요. 둘다 좋은 사람 같더라고요. 제가 단단히 오해를 했었나 봐요."

나는 어깨를 으쓱했다.

그제야 찰리의 표정이 풀렸다.

"샘하고 에밀리가 공식적으로 약혼을 했다는 거 못 들었었구나. 잘 된일이지. 가여운 아가씨야."

"어쩌다 그렇게 됐는지 아빠 아세요?"

"연어 산란철에 북쪽에 갔다가 곰한테 당했어. 끔찍한 사고였다. 벌써 1년도 넘었구나. 그 사고 때문에 샘이 몹시 자책했단다."

"끔찍하네요."

1년도 더 지난 일이라면, 라푸시에 늑대인간이 하나뿐일 때 일어난 사고라는 뜻이겠지. 샘이 에밀리의 얼굴을 볼 때마다 어떤 심정일지 생각하니 몸서리가 쳐졌다.

그날 밤 나는 하루 종일 있었던 일을 정리하느라 오래도록 잠을 이루지 못했다. 빌리와 제이콥, 찰리와 저녁을 먹던 때부터 거꾸로 거슬러 올라가 빌리 집에서 제이콥의 소식을 기다리며 지루하게 오후를 보냈던 일, 에밀리의 부엌, 무시무시한 늑대인간들의 싸움, 해변에서 제이콥과 나눈 대화를 차례로 떠올렸다.

새벽쯤, 제이콥이 나에게 위선자라고 했던 게 기억났다. 나는 그 문제를 오래오래 고민했다. 스스로를 위선자로 생각하기는 싫었지만 자신에게 거짓말을 하는 게 대체 무슨 의미가 있겠나.

나는 몸을 웅크렸다. 아니야, 에드워드는 살인자가 아니었어. 어두운 과거에도 최소한 무고한 사람을 죽인 적은 없었잖아.

혹시 그런 적이 있다면? 나와 알고 지내던 사이에도 그가 다른 뱀파이어와 똑같았다면? 지금처럼 그때도 숲에서 사람들이 실종되곤 했다면, 그랬다면 나는 그를 멀리했을까?

나는 서글프게 고개를 저었다. 결국 사랑은, 비이성인 거다. 누군가를 사랑하면 할수록 감각은 마비되어갔다.

나는 몸을 뒤척이며 다른 생각을 하려고 애썼다. 어둠을 헤치며 뛰어다니고 있을 제이콥과 형제들을 떠올렸다. 어둠 속에서 눈에 띄지 않게 나를 위험에서 지켜주고 있는 늑대들을 상상하며 나는 잠이 들었다. 꿈속에서 나는 또다시 숲에 서 있었지만, 이번에는 방황하지 않았다. 나는 흉터가 뚜렷한 에밀리의 손을 잡고 나란히 서서 어둠을 응시하며, 늑대인간들이 집으로 돌아오기를 걱정스레 기다리고 있었다.

15

압박감

포크스엔 또 다시 봄방학이 찾아왔다. 월요일 아침 나는 잠에서 깨어나, 침대에 누운 채 그 사실을 자각했다. 작년 봄방학에도 나는 뱀파이어에게 쫓기고 있었다. 그게 일종의 전통으로 남진 않길 바라야 할 것 같다.

여전히 나는 라푸시에서 똑같은 일상을 반복하고 있었다. 일요일 내내 해변에서 시간을 보냈고, 찰리는 빌리와 집안에서 노닥거렸다. 나는 제이콥과 함께 있는 걸로 되어 있었지만 제이콥은 달리 할 일이 있었으므로, 그 사실을 찰리에게 비밀로 하기 위해 혼자서 방황해야 했다.

내가 잘 있는지 확인하느라 중간 중간 들를 때마다 제이콥은 너무 오래 버려둬서 미안하다고 사과를 했다. 늘 이렇게 바쁜 건 아닌데 빅토리아를 해치우기까지는 비상경계령이라면서.

이제 우리가 나란히 해변을 걸을 때면 그는 언제나 내 손을 잡았다.

제이콥이 '여자친구'를 끌어들였다고 했던 저레드의 말이 계속 떠올랐다. 다른 사람들이 보기에는 당연히 그렇게 보일 테니까. 진실은 제이콥과 나만 알면 족하다. 다른 사람들이야 어떻게 보든 상관없다고 생각했다. 그러나 제이콥이 우리를 연인으로 생각하는 남들의 시선을 몹시 흐뭇하게 여긴다는 걸 몰랐다면 나도 그들의 시선따위는 무시했을 것이다. 마음이 쓰이는 건 확실한데도 그의 따뜻한 손을 잡으면 기분이 좋았으므로 거부하지 않았다.

화요일 오후에는 일을 하는 날이었다. 제이콥은 내가 무사히 도착하는지 확인하느라 오토바이를 타고 가게까지 쫓아왔고, 마이크한테 그 광경을 들켰다.

"라푸시에서 온 그 꼬마하고 사귀는 거야? 2학년짜리하고?"

적개심을 감추지 못하며 마이크가 물었다.

나는 어깨를 으쓱했다.

"정확히 말하면 그런 건 아니야. 하지만 내가 제이콥과 대부분의 시간을 같이 보내는 건 맞지. 제일 친한 친구거든."

마이크는 미심쩍다는 듯 눈을 가늘게 떴다.

"자신을 속일 생각 마, 벨라. 쟨 너한테 홀딱 빠져 있단 말이야."

"알아. 원래 인생은 복잡하거든."

나는 한숨을 쉬었다.

"그리고 여자들은 잔인하지."

마이크가 낮게 중얼거렸다.

그의 말 역시 사람들이 손쉽게 품는 편견이라는 생각이 들었다.

그날 저녁 찰리와 내가 빌리의 집에 있는 동안 샘과 에밀리가 놀러왔다. 에밀리가 가져온 케이크는 찰리보다 무뚝뚝한 남자라도 충분히 녹일 만큼 맛이 있었다. 우리의 대화는 일상적인 주제로 자연스럽게 이어졌고, 라푸시의 불량배 조직에 대해 찰리가 아직도 품고 있을지 모를 염려는 완전히 사라진 듯했다.

제이콥과 나는 둘만의 시간을 위해 일찍 자리를 떴다. 우리는 그의 차고로 들어가 폭스바겐 자동차에 앉았다. 제이콥은 지친 표정으로 뒷머리를 기댔다.

"좀 자야지."

"익숙해질 거야."

그는 손을 뻗어 내 손을 잡았다. 그의 손은 뜨끈뜨끈했다.

"이것도 늑대의 특징이야? 몸이 뜨거운 거 말이야."

"응. 우린 보통사람들보다 체온이 약간 높아. 42, 3도 정도. 이젠 감기도 절대 안 걸려. 이런 차림으로 눈보라 속을 나가도 아무렇지도 않더라. 아마 내가 서 있는 데는 눈송이가 비로 변할 걸."

제이콥은 맨살이 드러난 상반신을 가리켰다.

"상처가 빨리 아무는 것도 늑대의 특징이야?"

"응, 한 번 볼래? 진짜 멋져."

제이콥이 눈을 번쩍 뜨고 씩 웃었다. 그는 내 쪽으로 몸을 숙여 글러브 박스를 한참 뒤지더니 주머니칼을 꺼냈다.

"싫어, 난 보고 싶지 않아! 저리 치워!"

그가 무슨 짓을 하려는지 깨닫고 내가 소리쳤다.

제이콥은 킬킬 웃었지만 어쨌든 칼은 원래 자리로 돌려놓았다.

"알았어. 어쨌든 우리가 저절로 빨리 치유되어서 다행이지. 보통 사람이라면 목숨이 위태로운 체온으로 돌아다니면서 병원에 갈 순 없잖아."

"그렇겠지."

나는 잠깐 그 문제를 생각해보았다.

"그리고…… 너희들 몸집이 다 큰 것도 비슷한 특징인 거야? 다들 퀄을 걱정하는 것도 그때문이고?"

"그 녀석 키가 갑자기 훌쩍 큰 것도 그렇고, 며칠 전 퀄의 할아버지가 그 녀석 이마에 달걀 프라이를 해도 되겠다고 하신 적이 있었거든. 이제 얼마 안 남은 거야. 정확한 나이 같은 건 없어…… 그냥 계속 자라다가 갑자기……."

제이콥은 절망적인 표정으로 잠시 말을 멈추었다.

"가끔 몹시 화가 나거나 하면 쉽게 촉발되기도 해. 하지만 난 전혀 화난 상태가 아니었어. 오히려 행복했지."

그는 씁쓸한 웃음소리를 냈다.

"대부분 너 때문이었지. 내가 좀 더 일찍 그 일을 겪지 않은 것도 그때문일 거야. 그 대신에 나는 시한폭탄처럼 내면으로만 자랐던 거야. 내가 무슨 말에 폭발했는지 알아? 그날 영화 보고 돌아왔는데 아버지가 내 몰골이 이상하다고 말씀하셨어. 그 말이 전부였는데 내가 발끈한 거야. 그러더니 확 폭발하고 말았어. 아버지 얼굴을 거의 찢어놓을 뻔했지. 내 아버지를 말이야!"

얼굴이 창백해지면서 그가 몸서리를 쳤다.

"그렇게 끔찍하니? 비참해?"

어떻게든 제이콥을 돕고 싶다는 생각에 내가 조심스레 물었다.

"아니, 비참하진 않아. 이젠 안 그래. 너도 다 알잖아. 전에는 그것 때문에 괴로웠지만."

제이콥이 고개를 숙여 내 머리에 뺨을 기댔다.

그는 한동안 침묵을 지켰으므로, 나는 그가 무슨 생각을 하고 있을지 궁금했다. 아니 어쩌면 알고 싶지 않은지도 모르고.

"제일 힘든 부분은 뭐야?"

나는 아직도 그를 돕고 싶었다.

"제일 힘든 부분은…… 자제력을 잃는 것. 내 자신을 믿을 수가 없어서 내 주변에 아무도 오면 안 될 것 같거든. 누구를 해칠지 모르는 괴물이 된 느낌이야. 에밀리 봤잖아. 샘이 아주 잠깐 이성을 잃었을 뿐인데…… 마침 에밀리가 너무 가까이에 서 있었던 거지. 하지만 이젠 결코 돌이킬 수 없는 일이 되고 말았어. 난 샘의 생각을 들을 수 있기 때문에 그가 어떤 기분인지 잘 알아……. 악몽에나 나오는 괴물이 되고 싶은 사람이 어디 있겠어? 게다가 나는 특히 쉽게 변해. 변신 자체로만 보면 재능이 있는 거지만, 인간으로서는 샘이나 엠브리보다 열등하다는 뜻이 아닐까? 가끔은 나 자신을 잃게 될까 봐 두려워."

"다시 네 모습으로 돌아오는 게 어려워?"

"처음엔 어려웠어. 상당한 연습이 필요하거든. 하지만 내 경우는 다른 사람들보다 쉬워."

"왜?"

"증조할아버지가 에프라임 블랙이고, 외증조할아버지가 퀼 아테아라기 때문이지."

"퀼?"

"퀼의 증조할아버지이시기도 해. 퀼이랑 나는 이종사촌이거든."

"네 조상들과 무슨 상관인데?"

"에프라임과 퀼 할아버지는 마지막 늑대인간이었거든. 레비 울리는 세 번째 일원이었고. 나는 친가, 외가 양쪽의 혈통을 모두 물려받았어. 절대로 운명을 벗어날 수가 없었던 거지. 퀼도 마찬가지고."

제이콥의 표정은 참담했다.

"제일 좋은 점은 뭐야?"

그의 기운을 북돋아보려고 나는 그렇게 물었다.

"제일 좋은 점은 속도가 빠르다는 것."

제이콥은 돌연 다시 미소를 지었다.

"오토바이 타는 것보다 더 좋아?"

그는 당연하다는 듯 고개를 끄덕거렸다.

"비교가 안 돼."

"얼마나 빨리……?"

"달리냐고?"

그가 내 질문을 맺어주었다.

"충분히 빠르지. 그렇지만 속력을 잴 수는 없잖아? 그 놈 이름이 뭐였지? 로렌트? 우리가 그 놈을 잡았잖아. 그 정도면 얼마나 빠른지 다른 사람은 몰라도 넌 짐작할 수 있을 거야."

물론 짐작할 수 있었다. 뱀파이어보다 빨리 달리는 늑대가 있다는 건 상상도 할 수 없었다. 컬렌 가족들이 달리면 모두들 너무 빨라서 눈에 보이지도 않았기 때문이다.

"이젠 내가 모르는 이야기를 좀 해봐. 뱀파이어에 대해서 말이야. 어떻게 놈들과 어울리는 걸 견뎠어? 소름 끼치지 않았어?"

"응."

퉁명스러운 대답 때문인지 제이콥은 잠시 생각하는 눈치였다.

"그나저나 그 흡혈귀 자식, 왜 제임스를 죽인 거야?"

"제임스가 나를 죽이려고 했어. 게임을 하듯이 날 사냥했는데 결국 그가 진 거지. 작년 봄에 내가 피닉스에서 병원에 입원해 있던 거 기억 나?"

제이콥은 흠칫 놀랐다.

"놈이 그 정도로 가까이 접근했었어?"

"아주, 아주 가까이."

나도 모르게 흉터를 쓰다듬었다. 제이콥이 손을 잡고 있었으므로 그도 눈치를 챘다.

"그게 뭐야?"

제이콥은 손을 바꾸어 내 오른손을 살폈다.

"이건 다른 데보다 차갑고 이상하게 생겼다던 그 흉터잖아."

가까이서 다시 들여다보던 그가 움찔 놀랐다.

"그래, 네가 생각하는 대로야. 제임스가 나를 물었어."

제이콥의 눈이 튀어나올 듯 이글거리며 낯빛은 누르스름하게 돌변했다. 금방이라도 구역질을 할 것 같은 표정이었다.

"하지만 놈에게 물렸다면…… 그렇게 돼야……."

그는 차마 말문을 잇지 못하고 마른침을 삼켰다.

"에드워드는 나를 두 번이나 구했어. 독사한테 물렸을 때처럼, 에드워드가 독을 빨아낸 거야."

가슴의 커다란 구멍에서 욱신거리는 통증이 시작됐으므로 나는 몸서리를 쳤다.

하지만 나만 떨고 있는 것이 아니었다. 내 옆에 앉은 제이콥의 몸도 부들부들 떨리고 있었다. 심지어 차도 흔들렸다.

"조심해, 제이콥. 진정하고."

"그래, 진정해야지."

그가 숨을 헐떡이며 머리를 앞뒤로 흔들었다. 잠시 후에는 그의 손만이 떨리고 있었다.

"괜찮아?"

"응, 거의 진정됐어. 다른 얘기 좀 해 줘. 다른 생각을 할 수 있을 만한 얘기 말이야."

"뭘 알고 싶은데?"

"모르겠어."

제이콥은 눈을 감고 정신을 집중했다.

"특별한 능력에 대한 얘긴 어떨까. 컬렌 일당 중에서 특별한 재능을 지닌 사람이 또 있니? 마음을 읽는 능력 같은 거 말이야."

나는 잠시 머뭇거렸다. 친구가 아니라 스파이에게 묻는 질문 같았다. 하지만 내가 알고 있는 걸 숨길 필요가 뭐가 있겠는가? 어차피 이제는 다 상관없는 일이고, 일단 제이콥이 자제력을 되찾도록 돕는 것이 급선무였다.

형편없이 망가진 에밀리의 얼굴이 떠오르며 팔에 소름이 돋았으므로 나는 재빨리 말문을 열었다. 거대한 적갈색 늑대가 자그마한 폭스바겐 자동차에 들어갈 수 있을 리도 만무했다. 지금 변신한다면 제이콥은 자동차뿐만 아니라 차고 전체를 갈가리 찢어놓을 지도 모른다.

"재스퍼는…… 주변 사람들의 감정을 조절할 수 있어. 나쁜 방향으로 바꾸는 게 아니라 진정시켜 침착하게 만들 수 있다는 뜻이야. 폴한테 크게 도움이 될 만한 능력이지."

나름대로 농담이랍시고 한 말이었다.

"그리고 앨리스는 앞으로 일어날 일을 볼 수 있어. 미래를 예견하는 건데, 항상 들어맞는 건 아냐. 누군가 마음을 바꾸면 앨리스 눈에 보이는 장면들도 바뀐다고 하니까."

앨리스는 내가 죽는 모습과…… 내가 그들의 일원이 되는 장면을 보기도 했었다. 하지만 그 두 가지 일은 일어나지 않았다. 더욱이 그 가운데 한 가지는 절대로 일어날 수 없는 일이었다. 갑자기 어지러워졌다. 공기 중에 산소가 부족한 느낌이었다. 폐가 사라져 버린 듯했다.

제이콥은 이제 완전히 자제력을 되찾고 아주 침착하게 내 옆에 앉아 있었다.

"왜 그래?"

그는 상체를 껴안고 있는 내 팔을 가볍게 잡아당기다 꿈쩍도 하지 않자 그냥 내버려두었다. 나는 어느 틈에 팔을 올린 것도 깨닫지 못하고 있었다.

"기분이 안 좋을 때면 늘 그러더라. 왜 그러는 거야?"

"그들을 생각하면 가슴이 아파. 숨을 쉴 수가 없어……. 몸이 갈가리 찢어지는 것 같아."

제이콥에게 속마음을 털어놓다니 이상한 기분이 들었다. 이제 우리는 서로에게 아무런 비밀도 없었다.

제이콥은 내 머리칼을 쓸어 넘겼다.

"얘기 더 하지 마, 괜찮아. 다시는 그 얘기 안 꺼낼게. 미안해."

"난 괜찮아. 늘 겪는 일인데 뭐. 네 잘못 아니야."

"우리 진짜 한심한 커플이다, 그렇지? 어떻게 둘 다 제 몸 하나 건사를 못하냐."

"정말 처량하다니까."

아직도 숨을 몰아쉬며 나도 동의했다.

"그래도 최소한 우리에겐 서로가 있잖아."

제이콥은 정말로 그 생각에 위안을 받는 듯했다.

나도 위안을 느꼈다.

"그렇긴 하네."

그렇게 우리 둘이 함께 있을 때는 괜찮았다. 하지만 제이콥에게는 하지 않으면 안 될 끔찍하고 위험한 임무가 있었으므로, 나는 안전을 위해 종종 혼자 라푸시에 틀어박혀 있었다. 거기서 내가 할 일이라곤 걱정밖에 없었다.

빌리의 집 한 귀퉁이를 차지하고 있는 것은 늘 어색했다. 다음주에 있을 시험에 대비해 삼각함수 공부를 하기는 했지만 수학책만 들여다보고 있을 뿐 제대로 공부가 될 리 없었다. 딱히 할 일이 없을 때는 빌리와 대화를 나누는 게 예의라는 압박감이 느껴졌다. 하지만 빌리는 말이 많은 사람이 아니라 침묵이 이어지기 일쑤였으므로 어색함은 피할 도리가 없었다.

수요일 오후가 되자 나는 변화를 가져볼 생각에, 에밀리의 집에서 노닥거리기로 했다. 처음에는 괜찮았다. 에밀리는 좀처럼 가만히 앉아 있는 법이 없는 쾌활한 사람이었다. 그녀가 집과 마당을 쉴 새 없이 오가며 먼지 하나 없이 바닥을 닦고, 잡초를 뽑고, 망가진 경첩을 고치고, 오래 된 고물 편물기에서 털실을 잡아당기며 옷을 짜고 동시에 요리까지 해냈다. 그동 안 나는 뒤에서 구경하며 한가로이 어슬렁거렸다. 요즘 유난히 운동량이 많은 탓에 모두들 식욕이 대단하다며 에밀리는 살짝 불평을 했지만, 실제 로는 즐거이 그들을 돌보고 있음을 쉽사리 알아차릴 수 있었다. 그녀와 함 께 지내는 건 어렵지 않았다. 우리는 이제 둘 다 늑대인간의 여자친구라는 공통점이 있었으니까.

그러나 몇 시간 뒤 샘이 잠시 집에 들르자 상황이 달라졌다. 나는 제이 콥이 무사한지 확인하고 별다른 소식이 없음을 알아낸 뒤 곧장 달아나야 했다. 두 사람 주변에서 뿜어 나오는 애정이 너무도 강렬해 혼자서 그 기 운을 집중적으로 받는 것이 힘겨웠다.

하는 수 없이 나는 바위투성이 해변을 끝에서 끝까지 왔다 갔다하며 계 속 방황했다.

혼자 있는 시간은 나에게 이롭지 못했다. 제이콥에게 모든 것을 솔직히 털어놓게 된 덕분에, 나는 컬렌 가족에 대해 너무 많은 이야기를 했고 당 연히 생각도 많이 할 수밖에 없었다. 물론 그들 말고도 내가 생각할 거리 는 많았다. 나는 제이콥과 그의 늑대 형제들을 진심으로 염려했고, 짐승 사냥을 나선 찰리와 사냥꾼들이 안전하길 간절히 기도했다. 게다가 어떤 방향으로 나아갈지 마음의 결정도 하지 못한 채 자꾸만 제이콥에게 빠져 들고 있었으므로 고민도 많았다. 그런 중대하고도 급박한 문제에 정신을 집중하려고 아무리 애를 써도, 가슴의 통증을 오래 잊을 수는 없었다. 결 국 나는 숨을 쉴 수가 없어서 더 이상 걸을 수 없는 상태가 되었다. 하는 수 없이 축축한 마른 바위에 앉아 공처럼 몸을 웅크렸다.

그런 자세로 있는 나를 발견한 제이콥은 안쓰러운 표정을 지었다.

"미안해."

주저 없이 제이콥이 말했다. 그는 나를 일으켜 세워 꼭 안아주었다. 나는 그때까지 춥다는 것도 못 느끼고 있었다. 그의 온기에 비로소 몸을 떨었지만 적어도 그에게 안겨 있으니 숨을 쉴 수가 있었다.

"나 때문에 봄방학을 참 재미없게 보내게 됐네."

나란히 해변을 다시 걸으며 제이콥이 자책을 했다.

"아니야. 어차피 아무런 계획도 없었어. 원래 난 봄방학 싫어해."

"내일 아침에는 수색 조에서 빠진다고 할게. 나 없이 넷이서 돌아다니라고 하지 뭐. 우린 뭔가 재미있는 걸 하자."

지금 내 인생에 그런 말은 전혀 어울리지 않아서 이상하게 들렸다.

"재미있는 일?"

"벨라한테 지금 필요한 게 바로 딱 그거거든. 흠……"

제이콥은 회색으로 몰려오는 파도를 바라보며 생각에 잠겼다. 수평선을 응시하던 그가 묘안을 생각해냈는지 눈을 반짝반짝 빛냈다.

"생각났어! 전에 또 하나 약속한 걸 지키는 거야."

"그게 무슨 말이야?"

그는 내 손을 놓고 반달처럼 굽은 바위 해안 남쪽 끝의 깎아지른 벼랑을 가리켰다. 나는 영문을 몰라 멍하니 쳐다보기만 했다.

"내가 절벽 다이빙하는 데 데려가겠다고 약속했었잖아!"

나는 본능적으로 몸서리를 쳤다.

"맞아, 좀 춥긴 할 거야. 하지만 오늘만큼 춥진 않을걸. 날씨가 바뀌는 거 느껴지지? 공기도 가벼워졌어. 내일은 오늘보다 따뜻할 거야. 해 볼래?"

해안에서 바라보니 검푸른 바닷물은 그리 끌리지 않았고 절벽은 전에 봤을 때보다 더 높아만 보였다.

하지만 에드워드의 목소리를 들어 본 지도 꽤 오래 지난 듯했다. 물론 그것이 문제였다. 나는 환청을 듣는 데 중독되어 있었다. 환청을 너무 오래 듣지 못하면 가슴의 통증이 더 심해졌다. 절벽에서 뛰어내리면 확실히 상황이 나아질 것이다.

"당연하지. 해 볼래. 재미있겠다."

"데이트하는 거다."

그렇게 말하며 제이콥은 내 어깨에 팔을 올렸다.

"좋아, 이제 넌 들어가서 잠 좀 자."

그의 눈 밑에 영구적으로 자리를 잡기 시작한 짙은 그림자가 나는 영 마음에 들지 않았다.

다음날 아침 일찍 잠이 깬 나는, 미리 트럭에 갈아입을 옷을 가져다두었다. 찰리가 오늘의 계획을 알면 오토바이 타는 것만큼이나 펄펄 뛸 것 같았기 때문이다.

모든 걱정에서 잠시나마 벗어날 수 있다는 생각에 나는 거의 흥분을 느꼈다. 어쩌면 정말로 재미있을 거야. 제이콥과 하는 데이트가 곧 에드워드와의 데이트잖아. 나는 씁쓸하게 혼자 웃었다. 제이콥은 우리가 한심한 커플이라고 이야기했지만, 정말로 이상하고 한심한 사람은 나였다. 나에 비하면 늑대인간도 정상으로 보일 정도로.

그날도 나는 요란한 트럭 소리로 도착을 알리면 평소처럼 제이콥이 집 앞에서 나를 반겨줄 거라고 예상했다. 뜻밖에 그의 모습이 보이지를 않았으므로 나는 그가 아직도 자고 있는 것이라고 여겼다. 최대한 그가 쉴 수 있도록 기다릴 생각이었다. 제이콥이 부족한 잠을 자는 사이, 날씨도 좀 더 따뜻해질 것이다. 날씨에 대한 제이콥의 예견은 맞아 떨어졌다. 밤사이 날씨가 바뀌었다. 두툼한 구름층이 무겁게 하늘에 깔려 거의 후텁지근한 느낌을 주었다. 회색 담요를 덮은 듯 대기는 따뜻하고 습했다. 두툼한 스웨터는 아예 트럭에 두고 내렸다.

나는 조용히 문을 두들겼다.

"들어와라, 벨라."

빌리였다.

그는 식탁에 앉아 차가운 시리얼을 먹고 있었다.

"제이콥은 자요?"

"음, 아니."

그는 이마를 찌푸리며 숟가락을 내려놓았다.

"무슨 일이에요?"

빌리의 표정에서 나는 '뭔가' 심상치 않은 일이 일어났음을 직감했다.

"엠브리랑 저레드, 폴이 오늘 새벽에 새로 난 발자국을 발견했다. 샘과 제이콥도 도와주러 갔어. 샘 얘기론 그 여자가 능선 옆으로 쫓겨 갔을 거라는구나. 이 문제를 끝장낼 좋은 기회라고 여기고 있어."

"아, 안 돼요, 아저씨. 안 돼요."

내가 속삭이자 빌리는 굵은 저음으로 껄껄 웃었다.

"라푸시가 너무 마음에 들어서 여기 갇혀 지내는 기간을 더 늘리고 싶은 게냐?"

"농담하지 마세요, 아저씨. 농담하기엔 너무 무섭단 말이에요."

"네 말이 맞다. 이번 상대는 특히 어려웠어."

여전히 무심한 표정으로 빌리가 말했다. 그윽한 그의 눈빛을 통 읽어낼 수가 없었다.

나는 입술을 깨물었다.

"네가 생각하는 것처럼 그렇게 위험하지 않으니 걱정 마라. 샘은 대처 방법을 잘 알고 있어. 네가 걱정해야 할 사람은 너뿐이야. 그 뱀파이어는 저들과 싸우고 싶어하는 게 아니다. 그저 따돌리고…… 너한테 갈 방법을 찾고 있을 뿐이야."

"샘이 대처 방법을 어떻게 알아요? 저들은 겨우 뱀파이어 하나를 죽였을 뿐이에요. 그건 순전히 운이었을 수도 있잖아요."

내 걱정이나 하라는 빌리의 당부를 무시하며 내가 말했다.

"우리는 무슨 일이든 아주 진지하게 한단다, 벨라. 잊혀진 건 아무것도 없어. 저들이 알아야 할 것은 모두 세대를 거쳐 아버지한테서 아들에게 전해지지."

빌리는 대단한 위로랍시고 한 말이었겠지만 내 마음은 조금도 편해지지 않았다. 고양이처럼 교활하고 사납고 치명적인 공격력을 갖췄던 빅토리아에 대한 기억이 너무도 강했다. 그 여자는 늑대들을 우회하지 못하면 결국 그들을 뚫고서라도 찾아오려 할 것이다.

빌리는 다시 아침식사를 했다. 나는 소파에 앉아 무심히 TV 채널을 돌렸다. 그러나 집중하지 못했다. 나는 작은 방에서 폐쇄공포증을 느끼기 시작했고, 창문마다 커튼이 드리워져 밖을 내다볼 수 없다는 사실에 숨이 막혔다.

"바닷가에 가 있을게요."

나는 느닷없이 빌리에게 말한 뒤 서둘러 밖으로 나갔다.

밖에 나와도 생각했던 것만큼 기분이 나아지진 않았다. 낮게 깔린 구름이 보이지 않는 무게로 나를 짓눌렀으므로 실외에서도 폐쇄공포증은 가시지 않았다. 해변으로 걸어가려니 숲이 이상하리만치 적막하게 느껴졌다. 동물들은 단 한 마리도 보이지 않았다. 새도, 다람쥐도 모두 자취를 감춰 아무 소리도 들리지 않았다. 소름끼치는 정적이 감돌았다. 숲을 지나는 바람소리조차 없었다.

모든 것이 날씨 탓임을 알면서도 나는 여전히 초조했다. 무겁고 텁텁한 대기의 압력이 인간인 내 감각으로도 느껴질 정도였고, 머지않아 올 무서운 폭풍을 예고하는 듯했다. 하늘을 올려다보니 그 예감이 맞는 것 같았다. 지상에는 바람이 전혀 없는데 구름은 느릿느릿 뒤엉키고 있었다. 제일 낮은 구름은 짙은 회색이었지만, 그 사이로 올려다 보이는 구름층은 음산한 보라색이었다. 하늘은 오늘 꽤나 사나운 일기를 보여줄 계획을 품고 있는 모양이었다. 그래서 동물들도 꼼짝 않고 다들 보금자리에 웅크리고 있는 것이 틀림없었다.

바닷가에 당도하자마자 나는 후회했다. 이미 지겹도록 와본 곳이니까. 나는 거의 매일 혼자서 그곳을 방황했다. 악몽의 배경과 별로 다를 것도 없잖아? 하지만 달리 어딜 가겠어? 나는 떠내려온 나무가 있는 곳으로 터덜터덜 걸어갔고, 나뭇등걸 끝에 앉아 뒤엉킨 뿌리에 등을 기댔다. 나는 성난 하늘을 물끄러미 올려다보며 정적을 깨뜨리고 빗방울이 떨어지길 기다렸다.

제이콥과 친구들이 처해 있는 위험에 대해서는 생각을 하지 않으려고 애썼다. 제이콥에게는 아무 일도 일어나선 안 되기 때문이다. 그에게 변고가 생긴다면 아마 견딜 수 없을 것이다. 나는 이미 너무 많은 것을 잃어버렸다. 운명은 정말로 내게 남은 겨우 몇 조각의 평화마저 빼앗아가려는 걸까? 그건 공정하지가 않다. 하지만 내가 미지의 원칙을 어기고 선을 넘는 바람에 저주를 받은 것인지도 모른다. 인간 세계에 등을 돌리고 미신과 전설의 세계에 이토록 깊이 관여한 것 자체가 잘못된 일인지도 모르지. 어쩌면…….

아니야. 제이콥한텐 아무 일도 일어나지 않을 거야. 그걸 확인하지 못하면 나는 제대로 숨도 쉴 수 없었다.

"아악!"

나는 고함을 지르며 나뭇등걸에서 벌떡 일어났다. 가만히 앉아 있을 수가 없었다. 초조하게 서성이는 것보다 더 힘들었다.

나는 오늘 아침 에드워드의 목소리를 다시 듣게 될 거라고 잔뜩 기대하고 있었다. 오늘을 견디고 살아남을 수 있는 유일한 방법이었다. 제이콥의 존재에 길들여진 시간에 복수하듯, 가슴의 구멍은 최근 들어 곪아 들어가고 있었다. 너덜너덜해진 가장자리가 불에 덴 듯 화끈거렸다.

해변을 거닐고 있으려니 파도가 바위에 부딪쳐 부서지기 시작했다. 하지만 아직도 바람은 느껴지지 않았다. 폭풍의 압력에 나만 짓눌려 있는 기분이 들었다. 내 주변의 모든 것들은 소용돌이 치고 있는데 내가 서 있는 곳만 고요했다. 대기에는 약한 전기가 흐르는 듯 머리칼이 쭈뼛거리며 파장이 느껴졌다.

먼 바다의 파도는 바닷가보다 훨씬 더 거칠었다. 절벽을 따라 몰아친 파도가 거대한 하얀 물보라를 일으키고 있었다. 구름은 이제 더욱 빨리 뒤엉키고 있었지만 아직도 바람은 전혀 불지 않았다. 구름이 살아서 제 뜻대로 움직이는 것처럼 음산한 광경이었다. 기압 차이가 낳은 눈속임임을 알면서도 나는 몸서리를 쳤다.

깎아지른 절벽은 선명한 하늘에 대비되어 검은 칼날처럼 보였다. 절벽을 바라보고 있으려니 제이콥이 샘과 그 '불량배 조직'에 대한 얘기를 해주었던 날이 떠올랐다. 늑대인간인 소년들이 허공으로 몸을 날리던 장면도 생각났다. 소용돌이를 그리며 떨어지는 낙하의 영상이 아직도 내 뇌리에 선명했다. 나는 떨어질 때 느끼게 될 극한의 자유로움을 상상했다. 내 머릿속에 울리는 에드워드의 화난 목소리를, 벨벳처럼 부드러운 완벽한 목소리를 상상했다. 가슴이 타들어가는 것처럼 아파왔다.

뭔가 고통을 삭일 방법을 찾아야 했다. 통증은 시시각각 견딜 수 없을 만큼 심해지고 있었다. 나는 절벽과 부서지는 파도를 바라보았다.

못할 것도 없잖아? 지금 당장 고통을 삭이면 안 될 이유가 어딨어?

제이콥은 원래 오늘 나와 절벽 다이빙을 하기로 약속했었지. 그가 곁에 없다고 해서 내가 그토록 간절히 바라던 일탈을 포기할 이유는 없어. 더욱이 제이콥은 어디선가 자기 목숨을 내건 위험에 처해 있는데 나만 이렇게 편히 있으라고? 엄밀히 말해 제이콥은 나 때문에 위험을 무릅쓰고 있는 거야. 나만 아니었다면 빅토리아는 이 근처에서 살인을 저지르지 않았을 테니까. 만일 제이콥한테 무슨 일이 생긴다면 그것은 내 탓이다. 비수에 찔리듯 그 사실을 깨달은 나는 길을 건너 트럭을 세워놓은 빌리의 집 쪽으로 정신없이 달려갔다.

절벽에 가장 가깝게 난 비포장도로로 가는 길은 이미 알고 있었지만, 벼랑 끝 바위로 이어지는 작은 오솔길은 한참을 찾은 뒤에야 발견할 수 있었다. 오솔길을 따라가며 제이콥이 나를 데려갈 작정이었을 절벽 중간 부근으로 이어지는 갈림길이 있는지 유심히 살폈지만, 오솔길은 곧장 절벽 가장자리로 이어졌다. 나는 다른 길을 찾을 시간이 없었다. 이제는 폭풍이 빠르게 몰려오고 있었다. 드디어 바람이 일기 시작했고, 땅 가까운 곳까지 구름이 깔려 있었다. 흙길이 끝나고 내가 바위 벼랑에 막 당도할 무렵 빗방울이 떨어지기 시작했다.

다른 길을 찾을 시간이 없다고 나를 달래는 것은 그리 어렵지 않았다. 나는 정말로 꼭대기에서 뛰어내리고 싶었다. 내가 머릿속으로만 상상하던 장면도 바로 그런 모습이었다. 비상하는 기분을 느낄 수 있을 만큼 오래 떨어지고 싶었다.

이건 지금껏 내가 저지른 일 가운데 가장 어리석고 무모한 짓이었다. 그 생각을 하자 나도 모르게 웃음이 나왔다. 에드워드의 목소리가 곧 들려올 것을 몸이 벌써 알아차린 듯, 가슴의 통증은 이미 줄어들고 있었다.

파도 소리가 아주 멀리서 들려왔다. 어쩐지 숲 속 오솔길을 걸을 때보다도 멀게 느껴졌다. 수온이 얼마나 될까 생각하니 섬뜩했다. 하지만 차가운 물 때문에 다이빙을 중단하지는 않을 작정이었다.

이제는 바람이 강해져 빗방울이 소용돌이치며 내 주변으로 떨어져 내렸다.

나는 시선을 허공에 고정시킨 채 조심스레 절벽 가장자리로 나섰다. 가장자리에 다가가자 발가락이 먼저 알고 바위 끝을 어루만졌다. 나는 깊이 숨을 들이마신 뒤 날숨을 참으며 기다렸다.

"벨라."

나는 미소를 지으며 숨을 내쉬었다.

'응?' 혹시라도 내 목소리가 아름다운 환청을 산산이 부서뜨릴까봐 소리 내어 대꾸하지는 않았다. 그의 목소리는 현실처럼 너무도 선명하고 가까이 들렸다. 이렇게 그가 못마땅해하는 짓을 할 때만 나는 그의 목소리를 제대로 들을 수가 있었다. 이 세상에서 가장 완벽하게 부드럽고 감미로운 음성이었다.

"이러지 마."

그가 애원했다.

'내가 인간으로 살길 바란 건 바로 너였어. 그러니까 잘 지켜 봐.'

"제발 나 때문에 이러지 마."

'하지만 넌 이런 방법이 아니면 나를 찾지 않을 거잖아.'

"부탁이야."

내 머리칼과 옷을 적시는 비바람 속에서 그의 목소리는 아주 작은 속삭임일 뿐이었다. 나는 그날 벌써 두 번째로 다이빙을 하는 사람처럼 순식간에 옷이 흠뻑 젖고 말았다.

나는 발뒤꿈치를 들어올렸다.

"안 돼, 벨라!"

그는 이제 화가 나 있었다. 내겐 너무도 사랑스러운 분노.

나는 미소를 지으며 다이빙 자세로 팔을 뻗고 빗속에 얼굴을 들어올렸다. 하지만 맨 처음 초등학교 때 발부터 물로 뛰어들던 버릇이 너무 깊숙이 남아 있었다. 나는 좀 더 멀리 뛰어내릴 수 있도록 앞으로 몸을 수그렸다.

그리고는 절벽에서 몸을 날렸다.

유성처럼 허공을 가르고 떨어지며 나는 비명을 질렀지만, 그것은 공포의 비명이 아니라 탄성이었다. 절대 극복할 수 없는 중력과 쓸데없이 싸워보겠다는 듯 바람의 저항이 나를 밀어내는 바람에, 나는 땅으로 곤두박질치는 로켓처럼 소용돌이를 만들며 떨어져 내렸다.

수면을 가르며 들어간 순간 내 머릿속에 '바로 이거야!' 하는 외침이 메아리쳤다. 물은 내가 예상했던 것보다 훨씬 더 차가웠지만 싸늘한 냉기는 쾌감을 더해주었을 뿐이었다.

얼음처럼 차가운 검은 물속으로 깊숙이 빠져들며 나는 스스로가 자랑스러웠다. 나는 순수한 아드레날린의 분출만을 느꼈을 뿐, 공포감은 한순간도 찾아들지 않았다. 정말이지 낙하하는 순간은 전혀 겁나지 않았다. 별것 아니었잖아?

바로 그때 조류(潮流)가 나를 잡아당겼다.

나는 까마득한 절벽의 높이와 뾰족한 바위에서 느껴지는 표면적인 위험에만 너무 몰두한 나머지 아래에서 기다리고 있는 검푸른 바닷물에 대해서는 조금도 걱정하지 않고 있었다. 진정한 위협은 내 발밑에서 출렁이는 파도와 조류라는 걸 꿈에도 생각하지 못한 것이다.

이리저리 휘몰아치는 파도는 내 몸을 찢어 절반씩 차지하기라도 하려는 듯 무섭게 나를 끌어당겼다. 거센 파도를 만났을 땐 해안쪽으로 헤엄치려고 애쓰지 말고 해안과 평행한 방향으로 헤엄치는 것이 옳은 방법이라는 건 나도 알고 있었다. 그러나 어느 쪽이 해안인지 모를 때는 그런 지식도 아무런 소용이 없었다.

심지어 수면이 어느 쪽인지조차 분간하기가 어려웠다.

성난 바닷물은 어느 방향으로 봐도 검정색이었다. 나를 이끌어줄 만큼 환한 곳은 없었다. 중력은 공기의 저항에 비해선 엄청나게 강력했지만, 파도에는 전혀 힘을 쓰지 못했다. 아래쪽으로 당겨지는 힘이 전혀 느껴지지 않아, 어느 방향으로든 가라앉을 수 있을 듯했다. 나는 축 늘어진 헝겊인형처럼 파도가 이끄는 대로 빙글빙글 돌고 있을 뿐이었다.

나는 마지막 남은 산소를 간직하려고 입술을 다문 채 숨을 참았다.

그때 에드워드의 환청이 찾아온 것은 물론 놀라운 일도 아니다. 내가 죽어가는 순간임을 감안한다면 그 정도는 당연한 일이 아닌가. 내가 죽을 거라는 걸 이토록 확신한다는 사실이 오히려 놀라웠다. 나는 익사하게 될 것이다. 점점 가라앉고 있었다.

"계속 헤엄쳐!"

내 머릿속에서 에드워드가 급박하게 외쳤다.

'어디로?' 사방에는 어둠뿐이었다. 헤엄쳐서 갈 곳이 없었다.

"그래선 안 돼! 절대로 포기하지 마!"

차가운 바닷물 때문에 팔다리가 무감각해졌다. 거세게 휘몰아치던 파도도 약해진 듯했다. 이젠 아득한 현기증을 느끼며 그저 물속에서 무기력하게 제자리를 맴돌고 있었다.

하지만 나는 그의 말에 따랐다. 계속해서 빙글빙글 돌고 있는 듯했지만 나는 억지로 계속해서 팔다리를 버둥거렸다. 전혀 소용없는 짓 같았다.

"싸워야 해! 계속 싸워야 해, 벨라!"

그가 고함을 질렀다.

'왜?'

나는 더 싸우고 싶지 않았다. 현기증과 추위로 탈진해서 힘이 빠져나간 팔다리 때문에 그냥 그 자리에 가만히 있고 싶어진 것은 아니었다. 그냥 모든 것이 끝났다는 사실이 행복했다. 지금껏 내가 직면했던 다른 죽음보다는 편안한 죽음이니까. 이상할 정도로 마음이 평화로웠다.

죽음의 순간에는 지나온 인생이 눈앞에 주마등처럼 펼쳐진다는 진부한 생각이 떠올랐다. 나는 그보다 훨씬 더 운이 좋다. 재방송을 보고 싶어 하는 사람이 어디 있겠어?

나는 '그'를 보았으므로 죽음과 싸울 생각이 전혀 없었다. 그의 모습은 내 머릿속의 어떤 기억보다도 훨씬 더 또렷하고 확실했다. 내 무의식은 지금 같은 마지막 순간을 위해 에드워드의 모습을 속속들이 간직하고 있었던 듯했다. 나는 마치 그가 정말로 내 곁에 있기라도 한 듯 그의 완벽한 얼굴을 볼 수 있었다. 차가운 그의 피부와 입술 모양, 턱선, 분노를 담아 번득이는 그의 황금빛 눈동자까지 너무도 생생했다. 물론 그가 화를 내는 이유는 내가 포기하려 하고 있어서였다. 성난 그는 이를 악물고 콧구멍까지 벌름거렸다.

"안 돼! 벨라, 안 돼!"

귓속으로 얼음처럼 차가운 바닷물이 밀려들었지만 그의 목소리는 전보다 더 선명했다. 나는 말의 내용은 무시하고 음성에만 정신을 집중했다. 지금 이대로 행복한데 내가 왜 싸워야 하지? 공기가 부족해진 허파는 불에 덴 듯하고 얼음물 속에서 다리는 쥐가 났지만 그래도 흡족했다. 나는 진정한 행복이 어떤 느낌인지 잊고 있었다.

무한한 행복감은 전체적인 죽음의 과정을 그럭저럭 견딜 만하게 만들어 주었다.

바로 그 순간 갑자기 파도가 나를 집어삼켜, 어둠 속에 감추어져 있던 단단한 바위에 밀어붙였다. 쇠기둥에 얻어맞은 것처럼 바위에 가슴을 세게 부딪치자 허파에서 은색 방울 구름이 쏟아져 나오듯 숨이 새어나왔다. 바닷물이 목구멍으로 쏟아져 들어가며 불에 지지듯 나를 질식시켰다. 쇠기둥은 나를 에드워드에게서 떼어 내 점점 더 깊고 어두운 바닷속으로 끌고 가는 듯했다.

'안녕, 사랑해.' 마지막으로 내 머릿속에 떠오른 생각이었다.

16

파리스

바로 그 순간, 내 머리가 수면을 뚫고 위로 치솟았다.

이해가 되지 않았다. 분명 가라앉고 있었는데.

성난 파도는 나를 가만두지 않았다. 파도에 밀린 나는 또다시 바위에 부딪쳤다. 바위는 내 등 한복판을 계속해서 두들기며 폐에 찬 물을 뿜어내게 했다. 코와 입에서 폭포수처럼 바닷물이 뿜어져 나왔다. 폐에 스며든 짠물 때문에 가슴은 불이 붙는 듯했고, 목구멍에도 여전히 바닷물이 가득해 숨을 쉴 수가 없었지만 바위는 여전히 내 등을 때렸다. 파도가 아직도 내 주변에 몰아치고 있는데 어쩐 일인지 나는 한곳에 머물러 있었다. 사방에서 바닷물이 내 얼굴로 몰려들어 아무것도 보이지 않았다.

"숨을 쉬어!"

걱정으로 격앙된 목소리가 나에게 명령을 내렸다. 에드워드의 목소리가 아님을 깨달은 순간 가슴에 비수가 꽂힌 듯 잔혹한 통증이 느껴졌다.

나는 명령에 따를 수가 없었다. 폭포처럼 계속해서 입에서 쏟아져 나오는 물 때문에 숨을 쉴 틈이 없었다. 얼음처럼 차갑고 검은 바닷물이 가슴에 가득 차 불이 붙은 듯 괴로웠다.

바위는 또다시 내 등과 어깻죽지 사이를 강타했고, 또 한 번 엄청난 물이 폐에서 쏟아져 나왔다.

"숨을 쉬어, 벨라! 제발!"

제이콥이 간청했다.

눈앞에 검은 점들이 생겨나 점점 커지더니 빛을 좀먹었다.

바위가 또다시 나를 때렸다.

바위는 바닷물처럼 차갑지 않았다. 아니 피부에 닿는 바위는 뜨거웠다. 그것은 바위가 아니라, 폐에 찬 물을 빼내려는 제이콥의 손이었다. 바다에서 나를 끌어내는 쇠기둥도 따뜻했다. 머리가 빙글빙글 돌면서 검은 점들이 완전히 시야를 가렸다.

또 죽는 건가? 마음에 들지 않았다. 이번 죽음은 지난번만큼 멋지지 않잖아. 이젠 어둠뿐이어서, 볼 만한 게 전혀 없었다. 철썩이는 파도소리가 어둠 속에서 점점 희미해지더니 내 귓속에서 들려오는 듯한 바람소리로 바뀌었다.

"벨라! 벨라, 내 말 들려?"

제이콥이 물었다. 여전히 긴장한 목소리였지만 조금 전처럼 격앙되어 있지는 않았다.

머릿속에도 바닷물이 들어간 듯 뇌가 소용돌이를 쳤고, 심하게 현기증이 났다.

"의식 잃은 지 얼마나 된 거야?"

누군가 물었다.

제이콥의 목소리가 아니라는 사실에 충격을 받은 나는 조금 더 의식의 세계로 되돌아왔다.

정신을 차리고 보니 나는 가만히 누워 있었다. 요란하게 내 몸을 잡아당기는 파도는 없었다. 다만 머릿속이 출렁거릴 뿐이었다. 누워 있는 바닥도 평평하고 고정되어 있었다. 맨 팔에 거친 모래알 같은 것이 느껴졌다.

"모르겠어."

제이콥은 여전히 당황한 말투로 대꾸했다. 그의 목소리는 아주 가까이에서 들려오고 있었다. 그의 손이 분명한 따뜻한 손길이, 내 뺨에 덮인 머리칼을 쓸어 넘겼다.

"한 2, 3분 정도? 해안까지 데려오는 건 그리 오래 걸리지 않았어."

내 귓속에서 울리는 희미한 바람소리는 파도소리가 아니었다. 그것은 다시 내 폐를 들락거리는 숨소리였다. 쇠수세미로 문지르는 듯 숨을 쉴 때마다 가슴과 기도에 불이 붙는 것처럼 아팠다. 하지만 나는 숨을 쉬고 있었다.

그리고 죽도록 추웠다. 수천 개의 얼음바늘이 내 얼굴과 팔에 쏟아져 나를 더 떨게 했다.

"숨은 쉬고 있어. 곧 정신이 돌아올 거야. 일단 보온을 해줘야겠어. 안색이 심상치 않게 변하는데……."

이번에는 샘의 목소리란 걸 알아들을 수 있었다.

"지금 옮겨도 괜찮을까?"

"떨어지면서 허리나 등을 다치진 않았겠지?"

"나도 몰라."

그들은 망설였다.

나는 눈을 뜨려고 애를 썼다. 1분도 넘게 걸린 듯했지만 결국 나는 차가운 빗줄기를 쏟고 있는 진한 보라색 구름을 볼 수 있었다.

"제이콥?"

갈라진 목소리로 내가 말했다.

이내 제이콥의 얼굴이 하늘을 가렸다. 그의 얼굴에 안도의 빛이 번졌다.

"벨라! 괜찮아? 내 말 들려? 어디 다친 데 있어?"

"모, 목만 아파."

추위 때문에 입술을 떨며 내가 가까스로 대꾸했다.

"그럼 어서 다른 데로 가자."

제이콥은 내 몸 아래 팔을 넣고 빈 상자를 들듯 아무 어려움 없이 안아 올렸다. 맨살이 드러난 그의 가슴은 따뜻했다. 그는 비를 막아주려고 어깨를 구부정하게 구부렸다. 내 머리가 힘없이 그의 팔 위로 젖혀졌다. 나는 그의 뒤쪽으로 모래사장을 때리는 성난 파도를 멍하니 응시했다.

"혼자 괜찮겠어?"

샘이 묻는 소리가 들렸다.

"응, 여기서부터는 내가 알아서 할게. 병원으로 돌아가도 돼. 나는 나중에 갈게. 고마워, 샘."

나는 아직도 머리가 어지러웠다. 처음에는 그의 말이 하나도 귀에 들어오질 않았다. 샘은 대답하지 않았다. 아무 소리도 들리지 않았으므로 그가 벌써 가버린 것일까 궁금했다.

바다는 내가 달아난 것에 화를 내듯 무섭게 하얀 혀를 빼물고 모래사장으로 들이닥쳤다. 지치고 초점을 잃은 시선으로 멍하니 바다를 바라보고 있으려니 절벽 안쪽의 검은 바닷물 위로 작은 불꽃이 일렁거렸다. 아무래도 아직 제대로 정신을 차리지 못한 모양이다. 검게 회오리치며 꼼짝 못하도록 나를 휘어잡았던 바닷물의 기억에 현기증이 다시 일었다. 완전히 포기했는데…… 제이콥은 어떻게…….

"어떻게 나를 찾아냈어?"

"널 찾고 있었어."

제이콥은 빗속에서 거의 달리다시피 하며 도로를 향해 해안을 오르고 있었다.

"트럭의 타이어자국을 따라갔는데 네 비명소리가 들렸어……."

그는 몸을 부르르 떨었다.

"대체 왜 뛰어내린 거야? 폭풍우가 허리케인으로 바뀌는 것도 몰랐어? 좀 기다리면 안 됐냐고!"

안도감이 옅어지자 제이콥은 이제 화를 내고 있었다.

"미안해. 내가 어리석었어."

"그래, 정말 어리석은 짓이었어."

제이콥이 고개를 끄덕이는 바람에 그의 머리칼에서 빗물이 떨어져 내렸다.

"제발 이제부터 바보 짓은 내가 옆에 있을 때만 하면 안 될까? 내 등 뒤에서 몰래 네가 절벽에서 뛰어내린다고 생각하면 앞으로도 일에 집중할 수가 없을 거야."

"알았어. 그렇게."

내 목소리는 골초처럼 심하게 쉬어 있었다. 나는 헛기침을 하려다가 움찔했다. 기침을 하려니 목구멍을 칼로 찌르는 것처럼 아팠다.

"오늘 어떻게 됐어? 그 여자…… 찾았어?"

비정상적으로 따뜻한 그의 체온 때문에 이젠 별로 춥지 않은데도 나는 몸을 부르르 떨었다.

제이콥은 고개를 저었다. 그는 집으로 이어지는 도로를 향하며 아직도 거의 달리다시피 걸음을 옮겼다.

"아니. 궁지에 몰리니까 바다로 뛰어들어 도망치더군. 물속에선 흡혈귀들이 우리보다 빠르거든. 그래서 나도 집으로 달려갔던 거야. 그 여자가 헤엄쳐서 우회할까 봐 두려웠어. 넌 해변에서 자주 시간을 보내니까……."

제이콥은 목이 메는 듯 말꼬리를 흐렸다.

"샘도 너랑 같이 돌아왔지……. 다른 사람들도 다 무사히 돌아온 거야?"

나는 그들이 아직도 빅토리아를 찾아 헤매고 있지는 않기를 바랐다.

"응, 그런 셈이야."

나는 굵은 빗줄기 때문에 눈을 가늘게 뜨고 있는 그의 표정을 읽으려 했다. 그의 눈빛은 걱정과 고통이 섞여 잔뜩 흐려진 듯했다.

좀 전까지 이해가 되지 않았던 제이콥의 말들이 갑자기 뒤통수를 때렸다.

"병원이라고…… 했잖아. 좀 전에 샘한테 말이야. 누가 다쳤어? 그 여자랑 맞붙어 싸운 거야?"

내 목소리가 잔뜩 쉰 채로 한 옥타브 높아졌다.

"아니, 아니야. 다 같이 돌아왔더니 에밀리가 소식을 들려줬어. 해리 아저씨가 오늘 아침에 심장마비를 일으키셨대."

"해리 아저씨?"

나는 그의 말뜻을 받아들이려고 애를 쓰며 고개를 저었다.

"오, 안 돼! 찰리도 알아?"

"응. 병원에 우리 아빠랑 같이 계셔."

"괜찮아지실까?"

제이콥의 눈빛이 다시 어두워졌다.

"별로 상황이 좋지 않아."

돌연 나는 죄책감에 사로잡혔다. 생각 없이 절벽에서 뛰어내린 내 자신이 끔찍이도 이기적으로 느껴졌다. 지금은 누구도 나를 염려할 때가 아니었다. 절대 무모하게 굴어서는 안 될 상황이었는데.

"나 어떻게 하지?"

그 순간 비가 멈추었다. 제이콥이 현관문으로 들어선 것이었는데 나는 벌써 집에 도착한 것도 모르고 있었다. 폭풍우가 요란하게 지붕을 때렸다.

"넌 여기 있으면 돼. 정말로 여기서 꼼짝도 하지 마. 갈아입을 옷 좀 가져올게."

제이콥이 나를 작은 소파에 내려놓으며 말했다.

나는 제이콥이 자기 방을 뒤적이는 동안 어두운 거실을 둘러보았다. 빌리가 없는 좁은 거실은 거의 버려진 듯 황량했다. 그가 지금 어디 있는지 알기 때문이겠지만 이상스레 불길했다.

제이콥은 금세 돌아왔다. 그가 회색 면직물 더미를 나에게 던졌다.

"네가 입기엔 너무 크겠지만 그것밖에 없어. 옷 갈아입는 동안 나는 잠깐 나가 있을게."

"아무데도 가지 마. 나 아직 너무 힘들어서 못 움직이겠어. 그냥 나랑 같이 있어."

제이콥은 소파에 등을 대고 내 옆 바닥에 앉았다. 나는 그가 마지막으로 언제 눈을 붙였을지 궁금했다. 그는 나만큼이나 피곤해 보였다.

그는 내 옆에 놓인 쿠션에 머리를 기대며 하품을 했다.

"나도 잠깐 눈 좀 붙여야겠다……."

그의 눈이 스르르 감겼다. 나도 눈을 감았다.

가엾은 해리 아저씨. 가엾은 수 아줌마. 찰리도 지금 제정신이 아니겠지. 해리는 빌리와 함께 그의 가장 절친한 친구였다. 제이콥은 부정적으로 이야기했지만 나는 해리 아저씨가 고비를 잘 넘기길 열심히 빌었다. 찰리를 위해서. 그리고 수 아줌마와 리아, 세스를 위해서……

소파가 라디에이터 바로 옆에 있었으므로 옷이 흠뻑 젖었는데도 이젠 따뜻했다. 폐가 몹시 아프긴 했지만 그래서 잠이 안 오기는커녕 자꾸만 무의식의 세계로 빠져들고 있었다. 잠이 들면 안 되는 건 아닐까 막연하게 걱정스럽기도 했다. 혹시 뇌진탕도 같이 온 건 아닐까? 제이콥은 살짝 코를 골기 시작했고, 그 소리가 나에게는 자장가처럼 위안이 되었다. 나는 빠르게 잠이 들었다.

아주 오랜만에 평범한 꿈을 꾸었다. 옛날 기억을 이리저리 헤집는 꿈. 피닉스의 눈부신 태양, 엄마의 얼굴, 낡은 목조 주택, 빛 바랜 퀼트 이불, 거울이 걸린 벽, 검은 바닷물 위에 뜬 불꽃……. 장면이 바뀔 때마다 나는 전에 본 장면들을 잊어버렸다.

마지막 장면만이 유일하게 뇌리에 새겨져 떠나질 않았다. 별 의미 없는 연극 무대 세트였다. 한밤중, 발코니 장면에는 하늘에 달 그림이 걸려 있었다. 나는 잠옷을 입은 소녀가 난간에 기대어 혼잣말을 하는 광경을 지켜보았다.

의미 없는 꿈이었지만…… 천천히 의식의 세계로 애써 돌아오자 줄리엣이 생각났다.

제이콥은 여전히 잠들어 있었다. 그는 바닥에 쓰러져 고른 숨소리를 내며 자고 있었다. 집안은 아까보다 더 어두웠고, 창밖도 깜깜했다. 온몸이 뻣뻣했지만 따뜻했고 옷도 거의 말라 있었다. 하지만 목구멍은 숨을 쉴 때마다 여전히 따끔거렸다.

일어나서 최소한 물이라도 한 잔 마셔야 할 듯했다. 하지만 몸은 축 늘어져 좀처럼 움직여 주려 하지 않았다.

몸을 일으키는 대신 나는 줄리엣에 대해 좀 더 생각했다.

로미오가 추방당한 게 아니라 마음이 변해 떠난 것이었다면, 줄리엣은 어떻게 했을지 궁금했다. 로잘린이 그날 로미오의 마음을 받아들이고, 로미오가 변심했다면? 로미오가 줄리엣과 결혼하지 않고 그냥 사라져버렸다면?

줄리엣의 마음이 어땠을지 나는 알 것 같았다.

그녀는 절대로 과거의 삶으로 되돌아갈 수 없었을 것이다. 물론 앞으로 나아갈 수도 없었을 테고. 늙어 백발이 될 때까지 살았더라도 줄리엣은 눈을 감을 때마다 눈꺼풀 안쪽에 새겨진 로미오의 얼굴을 보았을 거다. 그리고 결국에는 잔인한 현실을 받아들였겠지.

나는 줄리엣이 과연 부모님의 뜻을 받아들이고 집안의 평화를 위해 파리스와 결혼했을지 궁금했다. 아마도 결혼하지는 않았을 것 같다. 작품 속에는 파리스 백작이 별로 중요하게 묘사되지 않았다. 그는 날짜를 정해두고 줄리엣에게 결혼 승낙을 종용하는 위협적인 인물이자 로미오의 대체품으로, 그저 하찮은 존재에 불과했다.

그런데 파리스 쪽에 좀 더 무게가 실린다면 어떻게 될까?

만일 파리스가 줄리엣의 친구였다면? 그것도 가장 친한 친구였다면? 로미오가 떠나고 난 뒤의 참담한 고통을 털어놓을 수 있는 유일한 친구였다면? 파리스야말로 진정 줄리엣을 이해하고 절반쯤이나마 다시 인간으로 살 수 있게 해준 유일한 사람이었다면? 게다가 끈기 있고 친절한 성품으로 줄리엣을 아껴 주었다면? 그리하여 파리스 없이는 살아갈 수 없음을 줄리엣이 깨달았다면. 그리고 그가 진정으로 그녀를 사랑하여 행복하게 만들어주고 싶어 한다면…….

또…… 줄리엣도 파리스를 사랑했다면 어땠을까? 물론 로미오만큼은 아니더라도, 파리스가 행복해지기를 바랄 만큼의 애정이었다면?

작은 거실에서 들리는 소리라곤 제이콥의 느리고 편한 숨소리뿐이었다. 아이에게 들려주는 자장가처럼, 안락의자의 편안한 움직임처럼, 아무 데도 나갈 필요 없이 집에 있을 때 들려오는 낡은 시계의 초침 소리처럼…… 그것은 마음을 편안하게 어루만져 주는 위안의 소리였다.

로미오가 정말로 가버렸고 돌아오지 않는다면, 파리스의 청혼을 받아들여도 상관 없는 게 아닐까? 어쩌면 줄리엣은 산산이 부서진 삶의 조각이라도 부여안고 살 수밖에 없었을 것이다. 아마도 그것이 줄리엣에게 허락된, 최대한 행복에 가까운 삶이었을 테니까.

나는 한숨을 쉬다가 목구멍이 너무 아파 신음소리를 냈다. 난 이야기를 너무 비약시키고 있어. 로미오는 절대로 변심할 사람이 아니다. 사람들이 아직도 그의 이름을 줄리엣의 이름과 함께 나란히 기억하는 이유도 그때 문이다. 로미오는 늘 줄리엣과 함께였고, 그렇기에 아름다운 작품이었다. '로미오에게 버림받은 줄리엣이 파리스와 연결된다'는 이야기였다면 절대로 명작이 될 수 없었을 것이다.

말도 안 되는 비약으로 치닫는 연극에 대해서는 더 생각하고 싶지 않아서 눈을 감고 또다시 상념에 빠져들었다. 연극 대신 나는 현실을 고민했고, 절벽에서 뛰어내린 짓은 참으로 어리석은 실수였다고 자책했다. 단지 절벽 다이빙뿐만 아니라 오토바이를 타고 스턴트맨 흉내를 내며 점프를 시도한 것도 무책임한 행동이었다. 나한테 무슨 사고라도 난다면 찰리는 얼마나 충격을 받을까? 해리의 심장마비 소식에 모든 것들이 별안간 달리 보이기 시작했다. 그것은 그동안 내가 애써 외면해왔던 현실이었다. 나를 중심으로 세상을 바라보는 시각이 옳다는 것을 인정하고 나면 내 삶도 달라질 수밖에 없다. 과연 그렇게 살 수 있을까?

아마 살 수 있겠지. 하지만 쉽지는 않을 것이다. 환청에 매달리는 것을 포기하고 어른스럽게 사는 건 죽을 만큼 괴로운 일이 될 것이다. 하지만 그렇게라도 살아야 하는 건지도 모른다. 그리고 어쩌면, 그렇게 사는 게 가능할 수도 있다. 내 곁에 제이콥만 있어 준다면.

너무 가슴이 아파서 지금 당장 결정을 내릴 순 없었다. 나는 얼른 다른 생각을 했다.

뭔가 유쾌한 일을 떠올리려고 애를 쓰자 그날 오후에 분별없이 저질렀던 모험이 뇌리를 스쳤다. 낙하하면서 온몸으로 느껴지던 공기의 저항, 칠흑처럼 검게만 보였던 바닷물, 소용돌이치던 파도, 에드워드의 얼굴……. 나는 에드워드의 얼굴을 오래오래 회상했다. 그리고 나를 살려내기 위해 다급하게 등을 치던 제이콥의 따뜻한 손, 보랏빛 구름에서 쏟아지던 빗방울의 따끔거리는 감촉, 파도 위에서 일렁이던 이상한 불길……

바닷물 위로 일렁이던 불꽃의 색깔은 어쩐지 낯이 익었다. 물론 진짜 불꽃일 리는 없지만.

젖은 비포장도로를 달려오는 질척한 바퀴소리에 나는 생각을 멈췄다. 집 앞에서 차가 멈추더니 차 문이 열리고 닫히는 소리가 났다. 나는 일어나 앉을까 하다가 관두기로 마음을 정했다.

빌리의 목소리임은 쉽게 알 수 있었지만 목소리가 너무 낮아 그저 웅얼웅얼하는 소리로만 들릴 뿐이었다.

현관문이 열리고 딸깍 전등이 켜졌다. 순간적으로 앞이 보이지 않아 나는 눈을 깜박였다. 제이콥이 흠칫 놀라며 잠에서 깨어나 벌떡 일어났다.

"미안하구나. 우리 때문에 깼니?"

빌리가 말했다.

천천히 빌리의 얼굴에 초점을 맞춘 나는 그가 통곡하다 왔다는 것을 한눈에 알아차렸다.

"오, 안 돼!"

그는 슬픔 가득한 얼굴로 천천히 고개를 끄덕였다. 제이콥이 얼른 아버지에게 다가가 손을 잡아주었다. 고통스러워하는 제이콥의 얼굴이 별안간 어린아이처럼 보였다. 어른의 몸에 얼굴만 아이처럼 보이니 몹시 기묘했다.

샘은 빌리의 뒤에서 휠체어를 밀고 들어오는 중이었다. 늘 침착하던 그의 얼굴도 고통스럽게 일그러져 있었다.

"상심이 크시겠어요."

내가 속삭이자 빌리가 고개를 끄덕였다.

"다들 힘들 거다."

"저희 아빠는 어디 계세요?"

"너의 아버지는 아직 병원에 수와 함께 있다. 아직…… 준비해야 할 일이 많거든."

나는 힘겹게 침을 삼켰다.

"저도 다시 가보는 게 좋겠어요."

샘이 중얼거리듯 말하고는 서둘러 나가버렸다.

빌리는 제이콥이 잡고 있던 손을 풀고 부엌을 지나 자기 방으로 들어갔다.

제이콥은 물끄러미 아버지의 뒷모습을 지켜보다 다시 소파 옆 바닥에 주저앉았다. 그는 양손에 얼굴을 묻고 있었다. 뭐라고 해줄 말이 떠오르질 않아서 나는 그의 어깨만 살며시 쓰다듬어 주었다.

한참 뒤 제이콥이 내 손을 잡아 자기 얼굴에 댔다.

"기분은 좀 어때? 괜찮아? 아무래도 병원에 데려갈 걸 잘못했나 봐."

"내 걱정은 하지 마."

제이콥이 고개를 돌려 나를 쳐다보았다. 그의 눈가가 빨갛게 짓물러 있었다.

"안색이 별로 좋지 않아, 벨라."

"기분도 별로 좋지 않은 것 같아."

"내가 가서 트럭을 가져올 테니까 집으로 가자. 찰리 아저씨가 돌아오셨을 땐 집에 있어야지."

"맞아."

제이콥을 기다리는 동안 나는 맥없이 소파에 누워 있었다. 빌리의 방에서는 아무 소리도 들리지 않았다. 나에겐 허락되지 않은 사적인 슬픔을 문틈으로 훔쳐보고 있는 듯한 기분이 들었다.

제이콥은 이내 돌아왔다. 내 트럭의 요란한 엔진 소리가 예상보다 훨씬 빨리 정적을 깨뜨리며 다가왔다. 그는 말없이 나를 소파에서 일으켜 밖으로 데리고 나갔고, 차가운 바깥바람에 내가 몸을 떨자 어깨를 감싸주었다. 그는 묻지도 않고 운전석을 차지하고는 한 팔로 나를 끌어 안은 채 운전을 했다. 나는 그의 가슴에 머리를 기댔다.

"집에 올 땐 어떻게 하려고 그래?"

"집에 안 올 거야. 홉혈귀를 아직 못 잡았잖아."

추위와 상관없이 나도 모르게 몸이 부르르 떨렸다.

그 뒤론 줄곧 침묵이 흘렀다. 찬 바람에 정신이 맑아졌다. 또렷해진 머리는 이제 아주 빠르게 회전하고 있었다.

이제 어쩌지? 어떻게 하는 게 옳은 일일까?

제이콥이 없는 내 인생은 이제 상상할 수도 없었다. 그런 생각을 떠올리는 것만으로도 너무 싫어 몸이 움츠러들 정도였다. 어쨌든 제이콥은 내 삶에 필수적인 존재가 되었다. 하지만 얼마 전 마이크가 비난했던 것처럼 지금 그대로 내버려두는 건 잔인한 짓이었다.

나는 제이콥이 내 동생이면 좋겠다고 생각한 적도 있었다. 지금 생각해보니 그 마음은 제이콥을 소유하고 싶다는 욕심이었다. 그에게 이렇게 안겨 있을 땐 동생 같은 느낌이 전혀 들지 않았다. 그저 따뜻하고 포근하고 익숙해서 기분이 좋을 뿐이었다. 안전한 느낌. 제이콥은 나에게 늘 안전한 항구였다.

그를 내 것으로 할 수도 있다. 그건 어쩌면 내 권한이니까.

일단은 제이콥에게 모든 것을 털어놓아야 한다. 그건 확실하다. 그래야 공평해질 테니. 너무 좋은 사람이라서, 과분하다고 생각했기 때문에 그에게 갈 수 없었다고 솔직히 말해야 한다. 그는 내가 상처받았었다는 걸 알고 있었다. 그러니 놀라지는 않겠지만, 그래도 내가 어느 정도로 망가졌었는지는 모르고 있다. 미친 사람처럼 살았던 것을 스스로 인정하고, 환청으로 들리던 목소리에 대한 고백도 해야 한다. 제이콥이 결정을 내리기 전에 나는 모든 것을 털어놓아야 한다.

먼저 내가 밝혀야만 할 일들이 있기는 했지만, 어쨌든 제이콥은 그 모든 사실에도 불구하고 분명 나를 받아줄 거라고 나는 확신했다. 찬찬히 생각해보지도 않고 결심해버릴 사람이었다.

나 역시 산산이 부서지고 남은 조각을 그러모아, 온 마음으로 그에게 충실해야겠지. 그게 정당하다. 하지만 내가 과연 그럴 수 있을까?

제이콥을 행복하게 만들겠다는 노력이 그렇게 잘못된 것일까? 내 마음이 여전히 먼 곳에서 방황하며 로미오의 변심을 슬퍼하고 있다. 그러니 제이콥을 향한 나의 사랑은 과거에 품었던 사랑의 희미한 그림자에 지나지 않을지도 모른다. 하지만 그게 그렇게 잘못일까?

제이콥이 어두운 집 앞에서 트럭을 세우고 시동을 끄자, 갑자기 정적이 찾아왔다. 언제나 그랬듯 그는 이번에도 내 상념에 주의를 기울이고 있었던 듯했다.

그가 두 팔로 나를 가슴에 꼭 끌어안았다. 역시 좋았다. 다시 한 번 온전한 사람이 된 듯한 느낌.

나는 그가 해리 생각을 하고 있을 것이라고 짐작했지만, 그는 겸연쩍은 말투로 입을 열었다.

"미안해. 네 감정은 나와 다르다는 거 알아, 벨라. 하지만 난 정말 상관없어. 네가 이렇게 무사하다는 게 너무 기뻐서 난 지금 노래라도 부를 수 있을 것 같거든. 노래 실력은 형편없지만."

제이콥은 내 귓가에 대고 킥킥 웃어댔다.

나도 따라 웃으려니 목구멍이 마구 따끔거렸다.

어차피 무관심할 테지만, 그래도 에드워드도 주어진 상황에서 내가 최대한 행복하기를 바라지 않을까? 그가 완전히 변심했다 해도 그 정도 행복을 빌어 줄 우정은 남아 있지 않을까? 나는 그럴 것이라고 생각했다. 어차피 그는 원하지도 않는 사랑의 작은 조각을 제이콥에게 준다고 해서, 그가 반대할 것 같지는 않았다. 어차피 그건 같은 사랑이 아니니까.

제이콥이 따뜻한 뺨을 내 머리에 기댔다.

내가 옆으로 고개를 돌리기만 한다면, 그의 맨 어깨에 입술을 대기만 한다면…… 어떤 결과로 이어질 것인지는 너무도 확실했다. 아주 쉽지. 오늘밤에 일어나게 될 일을 굳이 설명할 필요가 있을까.

하지만 정말 내가 그럴 수 있을까? 처량한 인생을 구해보겠다고 공허한 마음을 속일 수 있을까?

그러자 내가 긴급 상황에 빠지기라도 한 듯, 에드워드의 부드러운 목소리가 내 귓가에 속삭였다.

"행복해야 해."

순간적으로 나는 몸이 얼어붙었다.

내가 뻣뻣해진 것을 알아챈 제이콥이 얼른 포옹을 풀고 차 문을 열었다. '잠깐, 잠깐만 기다려줘.'라고 말하고 싶었다. 그러나 나는 아직도 머릿속에서 들려온 에드워드의 목소리가 남긴 메아리에 귀를 기울이고 있었다.

싸늘한 바람이 트럭으로 휘몰아쳤다.

"엇! 빌어먹을!"

누군가에게 복부를 세게 얻어맞은 듯 제이콥은 헉 숨을 들이켰다. 그는 재빨리 문을 닫으면서 동시에 열쇠를 비틀어 시동을 켰다. 그의 손이 너무도 격렬하게 떨리고 있었으므로 시동을 켤 수 있었던 게 놀라울 정도였다.

"왜 그래?"

그가 열쇠를 너무 빨리 돌린 탓에 트럭이 울컥거리며 요동을 쳤다.

"뱀파이어야."

제이콥의 말에 나는 순식간에 머리에서 피가 빠져나간 것처럼 현기증을 느꼈다.

"어떻게 알아?"

"냄새가 나니까 알지! 젠장!"

어두운 도로를 살피는 제이콥의 눈이 살기로 번득였다. 그는 자기 몸에서 일고 있는 격렬한 떨림을 전혀 알아채지 못하는 듯했다.

"일단 철수할까, 아니면 여기서 그냥 해치워버려?"

제이콥이 무섭게 이를 갈았다.

그는 공포에 질려 창백해진 내 얼굴을 흘긋 돌아본 뒤 다시 도로를 살폈다.

"좋아. 당장 해치워 주마."

엔진 소리가 갑자기 포효처럼 요란해졌다. 그가 빠른 속도로 트럭을 회전시키자 타이어 긁히는 소리가 크게 들려왔다. 헤드라이트가 검고 음산한 숲의 앞쪽을 비추다 우리 집 앞 도로 건너편에 주차된 자동차로 향했다.

"멈춰!"

내가 소리쳤다.

검은색 자동차는, 내가 아는 차였다. 나는 자동차에 대해서는 문외한에 가까웠지만 그 차에 대해서라면 무엇이든 이야기할 수 있었다. 벤츠 S55 AMG였다. 나는 그 차의 엔진 마력과 내부 인테리어 색깔까지 알고 있었다. 차체를 기분 좋게 울리는 강력한 엔진의 느낌도. 가죽 시트의 은은한 냄새는 물론이고, 정오의 햇살도 노을처럼 보일 만큼 색을 진하게 입힌 창문도 잘 알고 있었다.

저건, 칼라일의 차다.

"차 세우라니까!"

제이콥이 트럭을 몰고 총알처럼 도로를 달리고 있었으므로 나는 더 큰 소리로 외쳤다.

"뭐?"

"빅토리아가 아니야. 제발 세워. 멈추란 말이야! 돌아갈래."

그가 브레이크를 세게 밟는 바람에 나는 앞으로 확 쏠리는 몸을 가까스로 잡아야 했다.

"뭐라고?"

제이콥은 기가 막힌 듯 되물었다. 나를 쳐다보는 그의 눈동자에 공포가 서려 있었다.

"저건 칼라일의 차야! 컬렌 집안 차란 말이야. 난 알아."

내 얼굴에 피어오른 홍조를 보더니 그가 격렬하게 몸을 떨기 시작했다.

"진정해, 제이콥. 괜찮아. 위험하지 않다니까. 진정해."

"알았어, 진정해야지."

그는 숨을 헐떡이며 고개를 숙이고 눈을 감았다. 그가 늑대로 변신하지 않으려고 정신을 집중하는 사이, 나는 백미러로 검은 차를 돌아보았다.

칼라일이 온 것뿐이라고 나는 자신을 달랬다. 더는 기대하지 마. 어쩌면 에스미일지도 몰라……. 그쯤 해 둬. 칼라일일 거야. 그것만으로도 충분하잖아. 내가 꿈꾼 것 이상이야.

"너희 집에 뱀파이어가 있는데 돌아가겠다고?"

제이콥이 버럭 소리를 질렀다.

나는 겨우 벤츠에서 시선을 떼고 그를 돌아보았다. 눈길을 돌리면 당장이라도 차가 사라져 버릴까봐 두려웠지만.

"당연하잖아."

그의 질문에 놀라 멍한 목소리로 대답했다. 당연히 나는 돌아가고 싶었다.

제이콥의 얼굴이 굳어지더니, 오래전에 사라졌다고 생각했던 조소 띤 표정으로 변했다. 가면 같은 그 표정이 완전히 자리 잡기 직전, 나는 그의 눈빛에 스쳐간 배신감을 읽을 수 있었다. 손은 여전히 떨리고 있었다. 그는 나보다 열 살은 많아 보였다.

제이콥은 심호흡을 했다.

"함정이 아니라고 확신해?"

그가 무거운 목소리로 천천히 물었다.

"함정이 아니야. 칼라일이 온 거야. 다시 데려다줘!"

제이콥의 넓은 어깨는 부들부들 떨렸지만, 그의 눈빛은 침착하고 무덤덤했다.

"안 돼."

"괜찮다니까……."

"안 돼. 가려면 너 혼자 가, 벨라."

따귀를 맞은 듯 움찔했다. 이를 꽉 다문 그의 턱이 불끈거렸다.

"잘 들어, 벨라. 나는 돌아갈 수 없어. 평화조약 때문이든 아니든 저기엔 내 원수가 있으니까."

"그렇게 생각할 필요는 없……."

"당장 샘한테 알려야 해. 이러면 상황이 골치 아파진다고. 우린 저들의 영토에 들어갈 수 없어."

"제이콥, 이건 전쟁이 아니야!"

그는 내 말을 듣지 않았다. 그는 기어를 중립에 놓고 시동을 켜둔 채 문을 열고 내렸다.

"잘 있어, 벨라. 네가 죽지 않기를 진심으로 빈다."

제이콥이 어깨 너머로 외쳤다.

그는 몸이 흐릿하게 보일 정도로 격렬하게 떨며 어둠 속으로 달려갔다. 그는 내가 대꾸도 하기 전에 사라져버렸다.

후회가 몰려왔다. 제이콥에게 내가 지금 무슨 짓을 한 거지?

하지만 후회는 나를 그리 오래 붙들어 두지 못했다.

나는 운전석으로 자리를 옮겨 앉았다. 제이콥처럼 내 손도 미친 듯이 떨려서, 운전에 집중하기까지 몇 분은 걸린 듯했다. 그래도 이내 나는 트럭을 돌려 다시 집으로 몰고 갔다.

헤드라이트를 ㄲ자 몹시 깜깜했다. 찰리가 서둘러 나가면서 불을 켜두는 것을 잊었기 때문이다. 어둠에 휩싸인 집을 바라 보니 돌연 의심이 생겼다. 혹시 함정이라면 어쩌지?

나는 어둠 때문에 거의 윤곽이 보이지 않는 검정색 차를 다시 돌아보았다. 아니야. 분명 내가 아는 차야.

현관문 위에 올려둔 열쇠를 향해 팔을 뻗는 내 손은 전보다 더 심하게 떨리고 있었다. 잠긴 문을 열쇠로 열기 위해 손잡이를 잡자 쉽게 손잡이가 돌아갔다. 나는 문을 활짝 열어두었다. 현관 복도는 깜깜했다.

소리쳐 인사를 건네고 싶었지만 목이 바짝바짝 말랐다. 숨을 쉬기도 힘든 지경이었다.

나는 안으로 한 걸음 들어서며 전기 스위치를 찾아 벽을 더듬었다. 어두운 심해처럼, 실내는 완전히 깜깜했다. 스위치가 어디 있었더라?

있을 수 없는 일이지만, 주황색 불꽃이 수면에서 일렁이던 시커먼 바닷물과 너무도 똑같은 느낌이었다. 바다에 불꽃이 피어났을 리 없는데, 그럼 그건 무엇이었을까? 여전히 떨리는 손으로 나는 아직도 벽을 더듬었다.

갑자기 오늘 오후에 제이콥이 해준 이야기가 떠올랐다. '그 여잔 궁지에 몰리니까 바다로 뛰어들어 도망쳤어. 물속에선 흡혈귀들이 우리보다 빠르거든. 그래서 나도 집으로 달려갔던 거야. 그 여자가 헤엄쳐서 우회할까 봐 두려웠어.'

바다 위에 떠 있던 기묘한 주황색을 내가 한눈에 알아보았던 이유를 깨달은 순간, 스위치를 찾던 내 손이 얼어붙었다. 온몸이 경직되어 꼼짝도 할 수 없었다.

그것은 불꽃처럼 바람에 휘날리던 빅토리아의 머리칼이었다.

그 여자가 그곳에 있었어. 나와 제이콥이 있던 해안까지 와 있었던 거야. 샘이 그곳에 없었다면, 만일 우리 둘만 있었더라면……. 숨을 쉴 수도, 움직일 수도 없었다.

얼어붙은 내 손은 아직도 스위치를 찾지 못했는데, 전등이 켜졌다.

갑작스런 불빛에 나는 눈을 깜박거렸고, 나를 기다리고 있던 사람을 보았다.

17

손님

부자연스러울 정도로 창백한 얼굴에 유난히 크고 검은 눈동자. 그녀는 복도 한가운데 미동도 하지 않고 서서 나를 뚫어져라 바라보았다. 상상을 초월할 만큼 아름다운 그 모습.

무릎이 부들부들 떨려 나는 거의 넘어질 뻔했다. 곧이어 나는 그녀에게 달려갔다.

"앨리스, 오, 앨리스!"

나는 그녀와 몸을 부딪치며 소리쳤다.

앨리스의 몸이 얼마나 단단한지 나는 잊고 있었다. 시멘트 담벼락에 달려가 부딪친 느낌이었다.

"벨라?"

안도감과 혼란이 뒤섞인 기묘한 목소리로 그녀가 내 이름을 불렀다.

나는 그녀의 목을 껴안고 있는 힘껏 달콤한 체취를 들이마셨다. 꽃향기도, 향신료 냄새도, 과일향도, 사향도 아니다. 이 세상의 향수는 형용할 수 없는 황홀한 냄새였다. 내 기억 속의 향기와는 비교도 되지 않았다.

헐떡임이 언제 흐느낌으로 바뀌었는지는 알 수 없었지만, 나는 앨리스의 부축을 받아 거실 소파에 앉은 뒤 앨리스의 무릎에 엎드려 흐느껴 울고 있었다. 차가운 돌 위에 엎드린 느낌이었지만, 말하자면 몸의 굴곡에 맞춰 아늑하게 나를 받쳐 주는 편안한 돌이었다. 앨리스는 내 등을 가볍게 쓰다듬으며 내가 진정하기를 기다렸다.

"미안…… 해요. 다시 만난 게…… 너무…… 기뻐서 그래요!"

"괜찮아, 벨라. 다 괜찮아."

"네."

나는 아직도 울먹이고 있었다. 이 순간만은 모든 것이 정말로, 다 괜찮게 느껴졌다.

앨리스는 한숨을 쉬었다.

"네가 얼마나 열정적인 아이인지 깜박했어."

못마땅한 듯한 말투로 앨리스가 말했다.

나는 눈물로 범벅된 얼굴을 들어 그녀를 바라보았다. 앨리스는 잔뜩 긴장한 사람처럼 입술을 꾹 다물고 고개를 돌리고 있었다. 그녀의 눈동자는 칠흑처럼 검었다.

"어머나."

그제야 문제가 뭔지 알아차리고, 나는 속삭였다. 앨리스는 갈증에 시달리고 있었다. 그리고 나는 또 군침이 도는 체취를 풍겨댔겠지. 이런 생각을 하는 것도 참 오랜만이었다.

"미안해요."

"내 잘못이야. 사냥한 지 너무 오래됐거든. 이렇게 갈증이 심한 상태로 오는 게 아니었는데. 하지만 여유가 없었어."

그녀는 거의 노려보듯 내 눈을 직시했다.

"말이 나왔으니 말인데, 어떻게 이렇게 살아 있는지 설명 좀 해주지 그러니?"

앨리스의 질문에 나는 곧장 몸을 일으켰다. 흐느낌도 멈췄다. 무슨 일인지, 그리고 왜 앨리스가 찾아왔는지 단번에 알 것 같아서였다.

나는 침을 꿀꺽 삼켰다.

"내가 떨어지는 걸 봤군요."

"아니. 난 네가 뛰어내리는 걸 봤어."

앨리스는 눈을 가늘게 뜨고 나를 살폈다.

나는 입술을 깨물고 날 미치광이로 생각하지 않도록 설명할 방법을 찾았다.

앨리스가 고개를 절레절레 흔들었다.

"이런 일이 일어날 거라고 내가 얘기했는데도 그 앤 내 말을 믿지 않았어. '벨라는 나와 약속했어.' 라고 하더군."

앨리스의 흉내가 너무 완벽했기 때문에, 충격과 통증이 다시 온몸으로 퍼졌다. 앨리스는 계속해서 그의 말을 인용했다.

"이런 말도 했지. '벨라의 미래를 내다보는 짓도 이젠 관둬. 우린 이미 너무 많은 해를 입혔어.' 하지만 내가 보지 않으려 한다고 안 보이는 것도 아니고……. 계속해서 내가 너를 주시하고 있었던 건 아니야, 벨라. 그런데 오늘 네 생각을 하자마자…… 네가 뛰어내리는 게 보였어. 그래서 생각할 겨를도 없이 비행기를 탄 거야. 너무 늦을 거라는 건 알았지만 가만히 있을 수가 없어서. 어쩌면 찰리를 도울 수도 있겠다는 생각을 하면서 여기 왔는데, 네가 차를 몰고 나타났어."

앨리스는 이해가 가지 않는다는 듯 고개를 저었다. 긴장된 목소리였다.

"난 네가 바다에 떨어지는 걸 봤어. 물 위로 올라오기를 계속 기다렸지만 넌 올라오지 않았지. 어떻게 된 거야? 너 찰리한테 어떻게 그럴 수가 있니? 아버지가 얼마나 충격을 받으실지 생각 안 해봤어? 내 동생은 어떻고? 에드워드 생각을 조금이라도 했다면……."

앨리스가 그의 이름을 언급하자마자 나는 그녀의 말문을 막았다. 섬세한 은종을 울리는 듯한 그녀의 목소리를 더 못 듣는 건 아쉬운 일이었지만 오해를 빨리 풀어주어야 할 것 같았다.

"앨리스, 난 자살을 하려던 게 아니었어요."

못 믿겠다는 듯한 표정으로 앨리스가 나를 쳐다보았다.

"절벽에서 뛰어내리지 않았다는 거야?"

"그건 아니지만…… 그냥 취미생활 같은 거였어요."

앨리스의 얼굴이 굳어졌다.

"제이콥의 친구들이 절벽에서 다이빙하는 걸 봤거든요. 재미있을 것 같아서……. 워낙 사는 게 지루했던 터라……."

앨리스는 내 말이 이어지기를 기다렸다.

"폭풍 때문에 조류가 달라질 거란 건 생각도 못했고요. 사실 바다 걱정은 전혀 안했던 것 같아요."

앨리스는 내 말을 믿지 않았다. 그녀는 여전히 내가 자살을 기도했다고 생각하는 듯했다. 나는 다시 설명해야겠다고 결심했다.

"내가 물에 들어가는 건 봤다면서 왜 제이콥은 보지 못했을까요?"

그녀는 내 말에 이끌린 듯 고개를 갸우뚱했다.

"제이콥이 내 뒤를 따라 뛰어내리지 않았다면 아마 정말로 물에 빠져 죽었을 거예요. 아니, 아마가 아니라 확실히. 하지만 제이콥이 뒤따라 들어와서 나를 살려줬어요. 물에 빠진 나를 찾아서 해안까지 데려간 모양인데 사실 그 부분은 기억이 없어요. 제이콥이 나를 붙잡기 전에 내가 물속에 있었던 시간은 1분 정도밖에 안 될 걸요. 그런데 왜 앨리스는 그걸 못 봤을까요?"

앨리스는 어리둥절한 표정을 지었다.

"누군가 너를 물 밖으로 끌어냈다고?"

"네. 제이콥이 절 구해줬어요."

나는 호기심 어린 눈초리로 수수께끼 같은 그녀의 표정 변화를 살폈다. 뭔가 그녀의 예지력을 방해하기라도 한 걸까? 나로선 알 수 없는 일이었다. 이어 그녀가 고개를 숙이고 내 어깨 부근의 냄새를 맡았다.

내 몸이 경직됐다.

"말도 안 돼."

앨리스는 혼잣말을 중얼거리며 내 체취를 다시 맡았다.

"뭐 하는 거예요?"

그녀는 내 질문을 무시했다.

"조금 전에 밖에서, 누구랑 같이 있었어? 싸우는 것 같던데."

"제이콥 블랙이요. 나한테는…… 제일…… 친한 친구예요. 적어도 지금까진 그랬어요."

배신당한 듯 화를 내던 제이콥의 얼굴을 떠올리며, 지금 그는 나에게 어떤 존재일지 궁금해졌다.

앨리스는 뭔가를 골똘히 생각하는 표정으로 고개를 끄덕였다.

"왜요?"

"모르겠어. 왠지 석연치가 않아."

"어쨌든 죽진 않았잖아요."

"네가 혼자서 살아남을 수 있을 거라고 생각하다니, 그 녀석은 진짜 멍청이야. 너처럼 목숨 걸고 바보짓 못해서 안달이 난 사람은 진짜 처음 본다."

"그래도 이렇게 살아 있는 걸요."

앨리스는 뭔가 다른 걸 생각하고 있었다.

"조류가 너무 세서 빠져나올 수 없었댔지? 그런데 제이콥은 어떻게 빠져나왔지?"

"제이콥은…… 힘이 세요."

내 망설임을 눈치 챈 앨리스는 눈썹을 들어올렸다.

나는 입술을 잘근잘근 씹었다. 비밀을 지켜야 하나 말아야 하나? 비밀을 지켜야 한다면 나는 어느 편을 들어야 하는 걸까? 제이콥일까, 앨리스일까?

이건 지키기 너무 어려운 비밀이야. 나는 그렇게 판단내렸다. 제이콥은 이미 모든 것을 알고 있는데 앨리스에게만 비밀로 하는 건 불공평하니까.

나는 마음이 바뀌기 전에 재빨리 털어놓았다.

"사실은, 제이콥이…… 늑대인간이거든요. 퀼렛 족 인디언들은 주변에 뱀파이어가 나타나면 늑대로 변한대요. 그들은 칼라일과 아주 오래전부터 알고 지냈어요. 그때 앨리스도 칼라일과 같이 있었나요?"

앨리스는 나를 보며 경악한 표정을 지었고, 이내 빠르게 눈을 깜박여 이성을 회복했다.

"그래서 이런 냄새가 났군. 하지만 내 눈에 보이지 않는다는 건 설명이 안 되는데?"

도자기처럼 투명한 그녀의 이마에 주름이 잡혔다.

"냄새라뇨?"

"너한테서 고약한 냄새가 나. 늑대인간? 확실해?"

앨리스는 여전히 이마를 찌푸린 채 무심히 말했다.

"확실해요."

폴과 제이콥이 길에서 싸우던 광경이 떠올라 움찔하면서 나는 단언했다.

"포크스에 마지막으로 늑대인간들이 왔을 때 앨리스는 칼라일과 함께 있지 않았나 봐요?"

"응. 나는 아직 본 적 없어."

앨리스는 여전히 생각에 잠겨 있었다. 별안간 그녀가 눈을 휘둥그렇게 뜨더니 충격 어린 표정으로 나를 돌아보았다.

"늑대인간이 제일 친한 친구라고?"

나는 민망해서 고개만 끄덕였다.

"대체 언제부터 그렇게 된 거야?"

"오래 안 됐어요. 걔가 늑대인간이 된 지 몇 주 안 됐거든요."

나도 모르게 변명조로 말이 나왔다.

"그것도 변신한 지 얼마 안 되는 늑대인간? 엎친 데 덮쳤군! 에드워드 말이 맞아. 넌 위험을 끌어들이는 자석이야. 이제 문제는 좀 피하면서 살아야 하지 않겠니?"

"늑대인간이 뭐가 어때서요."

힐난하는 듯한 앨리스의 말투에 찔끔한 나는 웅얼웅얼 대꾸했다.

"이성을 잃기 전까지는 상관없겠지. 잘 생각해, 벨라. 뱀파이어들이 곁에서 떠나면 삶이 나아지는 게 정상이지. 다른 사람들이라면 말야. 그런데 너는 곧바로 괴물과 다시 어울려야 직성이 풀리는구나."

나는 앨리스와 싸우고 싶지 않았다. 그녀가 정말로 내 눈앞에 와 있고 하얀 대리석 같은 피부를 만질 수 있으며, 풍경 소리 같은 목소리를 들을 수 있다는 사실이 너무 기뻐 온몸이 떨릴 지경이었다.

"뱀파이어들이 정말로 떠난 건 아니었어요. 최소한 전부 다 떠나진 않았더라고요. 그게 더 문제예요. 늑대인간들이 아니었다면 빅토리아가 지금쯤 날 해치웠을 거예요. 아니지, 제이콥과 그 친구들이 아니었다면 그 여자보다 로렌트한테 먼저 당했을걸요. 그러니까……."

"빅토리아? 로렌트?"

앨리스의 검은 눈동자가 돌연 긴장한 것을 보며 나는 고개를 끄덕였다. 그러고는 손가락으로 내 가슴을 짚었다.

"위험을 끌어들이는 자석이라면서요."

앨리스는 다시 고개를 절레절레 흔들었다.

"자세히 얘기해 봐. 처음부터."

나는 오토바이와 환청 부분만 건너뛰고는, 처음부터 오늘의 잘못된 모험에 이르기까지 모든 사연을 털어놓았다. 앨리스는 일상이 너무 지루해서 절벽에서 다이빙할 생각을 했다는 내 설명을 못마땅하게 여기는 듯했으므로 나는 얼른 바닷물 위에 뜬 이상한 불꽃 이야기로 넘어갔고, 내가 짐작한 바를 밝혔다. 그 이야기를 들은 앨리스의 눈이 분노로 번뜩였다. 그러자 그녀가, 정말 위험한 뱀파이어로 보여 기분이 이상했다. 나는 어렵사리 침을 삼킨 뒤 나머지 이야기와, 해리 소식도 전했다.

앨리스는 한번도 내 이야기를 끊지 않고 묵묵히 들었다. 이따금씩 고개를 젓던 그녀의 이마에 주름살이 점점 깊어져 나중엔 아예 없어지지 않을 것처럼 보였다. 그녀는 결국 아무 말도 하지 않았고, 해리의 죽음이 떠오르자 슬픔에 젖어 나도 침묵을 지켰다. 나는 찰리 생각을 했다. 곧 집에 돌아올 텐데…… 어떤 심정일까?

"결국 우리가 떠난 게 너한텐 하나도 도움이 되지 않았다는 얘기네, 그렇지?"

앨리스가 중얼거렸다.

내 입에서 웃음소리가 새어나왔다. 히스테리컬한 웃음.

"어차피 그건 중요한 문제가 아니잖아요. 다들 저를 위해 떠난 건 아니니까요."

앨리스는 잠깐 바닥을 노려보며 인상을 썼다.

"아무래도…… 오늘 내가 너무 충동적으로 행동한 것 같아. 끼어드는 게 아니었는데."

갑자기 얼굴에서 핏기가 사라지는 것이 느껴졌다. 가슴에 무거운 뭔가가 쿵 소리를 내며 떨어졌다.

"가지 말아요, 앨리스. 제발 날 두고 가지 말아요."

나는 새하얀 그녀의 셔츠 깃을 움켜쥔 채 호흡 곤란을 겪기 시작했다.

앨리스의 눈이 커졌다.

"알았어. 오늘밤엔 아무 데도 안 갈게. 그러니까 일단 심호흡부터 해."

그녀는 일부러 천천히 또박또박 말했다.

돌연 폐가 사라져버린 것 같았지만 나는 그 말에 따르려고 애썼다.

내가 숨쉬기에만 집중하고 있는 사이 앨리스는 내 얼굴을 찬찬히 살폈다. 내가 한결 안정되고 나서야 그녀는 입을 열었다.

"네 몰골 진짜 형편없어, 벨라."

"물에 빠져 죽을 뻔했는데 당연하죠."

"그것 때문만은 아니야. 완전히 엉망진창인걸."

"나름대로는 최선을 다하고 있어요."

"그게 무슨 말이야?"

"쉽진 않았지만, 노력하는 중이라고요."

앨리스는 얼굴을 찡그리고 혼잣말을 했다.

"역시 내 말이 맞았어."

나는 한숨이 나왔다.

"앨리스는 그럼 내가 어떤 모습일 거라고 생각했죠? 이렇게 될 수밖에 없었어요. 내가 깡충깡충 뛰어다니면서 휘파람이라도 불길 기대했나요? 날 잘 알면서."

"그래. 하지만 그래도, 잘 지내고 있기를 빌었어."

"설마 그 정도로 멍청이겠어요?"

전화벨이 울렸다.

"찰리 전화일 거예요."

나는 비틀비틀 일어서서 앨리스의 차가운 손을 잡고 부엌까지 끌고 갔다. 그녀를 내 시야에서 한시도 벗어나게 할 수 없었으므로.

"찰리?"

"아니, 나야."

제이콥이었다.

"제이콥!"

앨리스가 내 표정을 살폈다.

"아직 살아 있나 확인하는 것뿐이야."

제이콥이 퉁명스럽게 말했다.

"난 괜찮아. 내가 확실하다고 했……."

"그래. 알았어. 안녕."

제이콥은 툭 전화를 끊었다.

나는 한숨을 쉬며 고개를 젖혀 천장을 올려다보았다.

"아무래도 문제가 생길 것 같네요."

"저들이 날 반길 리가 없으니까."

앨리스가 내 손을 꼭 쥐었다.

"그렇겠죠. 하지만 그 사람들하곤 어차피 상관없는 일이에요."

앨리스는 내 어깨에 팔을 얹었다.

"그럼 우리 이제 뭘 할까?"

그녀는 잠시 혼잣말을 하는 것 같았다.

"해야 할 일들이 있겠지. 풀린 매듭을 다시 묶어야 하니까."

"해야 할 일이라뇨?"

갑자기 그녀의 얼굴이 조심스럽게 변했다.

"확실히는 잘 몰라……. 먼저 칼라일을 만나야겠어."

그렇게 빨리 떠나겠다는 말인가? 또 한 번 가슴이 쿵 내려앉았다.

"더 있다 갈 수 있죠? 부탁이에요. 조금만 더 있어 줘요. 너무 보고 싶었어요."

내 목소리가 갈라졌다.

"네가 그러길 바란다면야."

앨리스의 눈빛은 여전히 밝지 않았다.

"당연하잖아요. 여기서 지내요. 찰리도 좋아할 거예요."

"나도 집이 있어, 벨라."

실망하며 고개를 끄덕였지만 물러설 생각은 없었다. 앨리스는 망설이며 내 눈치를 살폈다.

"적어도 필요한 옷은 가지러 갔다 와야지."

나는 앨리스를 와락 끌어안았다.

"앨리스, 당신이 최고예요!"

"그리고 당장 사냥도 해야 할 것 같아."

긴장된 목소리로 그녀가 덧붙였다.

"어머나."

내가 한 걸음 뒤로 물러났다.

"한 시간 동안 사고 없이 지낼 수 있겠어?"

영 못 믿겠다는 듯 질문을 던지고서 그녀는, 내가 대답하기도 전에 손가락 하나를 들어올리며 눈을 감았다. 그녀의 얼굴이 몇 초간 무표정하게 굳어졌다.

이윽고 다시 눈을 뜬 그녀는 자기 질문에 스스로 답했다.

"응, 괜찮겠다. 어쨌든 오늘밤은 무사해."

앨리스는 얼굴을 찌푸렸다. 인상을 써도 여전히 천사처럼 보였다.

"돌아올 거죠?"

내가 자신 없는 목소리로 물었다.

"약속할게. 한 시간이면 돼."

나는 식탁 위쪽으로 벽시계를 쳐다보았다. 앨리스는 웃음을 터뜨리며 고개를 숙여 내 뺨에 입을 맞추고는 어느새 사라졌다.

나는 심호흡을 했다. 앨리스는 꼭 돌아올 것이다. 갑자기 기분이 훨씬 좋아졌다.

기다리는 동안 할 일이 많았다. 우선 샤워가 급선무였다. 나는 옷을 벗으며 어깨에 코를 대고 킁킁 냄새를 맡았지만 짠 소금내와 해조류의 냄새밖에 느껴지지 않았다. 나한테서 악취가 난다는 앨리스의 말이 무슨 의미일까 의아했다.

목욕을 마친 나는 다시 부엌으로 향했다. 무얼 먹은 것 같은 흔적이 전혀 없었으므로, 돌아오면 찰리는 몹시 배가 고파할 것 같았다. 나는 혼자 콧노래를 흥얼거리며 바삐 부엌을 오갔다.

목요일에 만들어 둔 캐서롤이 전자레인지에서 데워지는 동안 나는 침대보와 낡은 베개를 가져다 소파에 잠자리를 만들었다. 앨리스한테 전혀 필요는 없겠지만 찰리한테는 보여줘야 하니까. 나는 일부러 시계를 쳐다보지 않으려고 애썼다. 괜히 혼자 공포에 사로잡힐 이유는 없다. 앨리스는 분명 약속을 했으니까.

나는 맛도 모른 채 허겁지겁 저녁을 먹었다. 아픈 목구멍으로 음식을 넘길 때 따끔거리는 느낌이 들 뿐이었다. 몹시 목이 말랐다. 식사를 마칠 때까지 물을 2리터도 넘게 마신 것 같았다. 몸 안에 들어간 소금 성분 때문에 탈수증상이 일어난 모양이었다.

나는 기다리는 동안 TV나 봐야겠다는 생각에 거실로 향했다.

앨리스는 간이침대로 변신한 소파에 벌써 앉아 있었다. 그녀의 눈동자는 촉촉한 버터스카치 빛깔이었다. 그녀는 미소를 지으며 베개를 톡톡 두들겼다.

"고마워."

"일찍 왔네요."

내가 신이 나서 말했다.

나는 그녀 곁에 앉아 어깨에 머리를 기댔다. 차가운 팔로 내 어깨를 감싸며 앨리스는 한숨을 쉬었다.

"벨라. 널 어떻게 하면 좋겠니?"

"모르겠어요. 난 정말 최선을 다하고 있어요."

"나도 네 말 믿어."

침묵이 흘렀다.

"그도……."

나는 심호흡을 했다. 이제 그의 이름을 떠올릴 순 있게 됐지만 소리 내어 말하는 건 여전히 어려웠다.

"에드워드도 앨리스가 여기 온 거 알아요?"

묻지 않을 수가 없었다. 어차피 고통은 내 몫이었다. 앨리스가 돌아간 뒤 나 혼자 감당해야 할 일이었다. 앨리스가 떠난다는 생각만으로도 벌써 속이 뒤집히는 것 같았다.

"아니."

그렇다면 결론은 한 가지밖에 없었다.

"칼라일, 에스미랑 같이 안 있어요?"

"집엔 몇 달에 한 번씩만 들러."

"아, 네."

그는 아직도 일탈을 즐기고 있는 모양이다. 나는 좀 더 안전한 주제로 옮겨갔다.

"여기까지 날아왔다고 했죠……. 어디에서 온 거예요?"

"난 데날리에 있었어. 타냐의 가족들과 지내는 중이었거든."

"재스퍼도 같이 왔어요?"

앨리스는 고개를 저었다.

"재스퍼는 내가 개입하는 걸 반대했어. 전에 서로 약속했었거든⋯⋯."

앨리스는 말꼬리를 흐리다 돌연 말투를 바꾸었다.

"내가 여기서 지내는 걸 찰리가 정말로 괜찮다고 생각하실까?"

"찰리는 언제나 앨리스 편이잖아요."

"글쎄, 곧 알게 되겠지."

정말로 몇 초 뒤 집 앞 진입로로 들어서는 순찰차 소리가 들려왔다. 나는 벌떡 일어나 현관으로 달려가 문을 열었다.

찰리는 시선을 땅에 고정시킨 채 어깨를 축 늘어뜨리고, 발을 질질 끌듯 천천히 걸어왔다. 나는 밖으로 나가 그를 맞았다. 그는 내가 허리를 껴안을 때까지 나를 쳐다보지도 않았다. 그는 나를 꼭 껴안아주었다.

"해리 아저씨 때문에 저도 너무 속상해요, 아빠."

"그 친구가 정말 보고 싶을 거다."

"아줌마는 어떤 상태세요?"

"아직 실감이 안 나는지 멍한 얼굴이야. 샘이 옆에서 지켜주고 있다만⋯⋯."

찰리의 목소리가 작아지더니 말을 맺지 못했다.

"애들도 가엾지. 리아는 너보다 한 살 많고, 세스는 겨우 열네 살인데⋯⋯."

그는 고개를 설레설레 저었다.

찰리는 나를 꼭 안은 채로 현관문을 향해 걷기 시작했다.

나는 미리 알리는 게 좋겠다고 생각했다.

"저기요, 아빠! 누가 와 있는지 아마 아빠 상상도 못하실 거예요."

찰리는 멍하니 나를 쳐다보았다. 이어 주변을 돌아본 그는 길 건너편에 세워진 벤츠를 발견했다. 현관 불빛을 받아 날렵한 차체가 반짝거렸다. 그가 반응을 보이기도 전에 앨리스가 문가에 나타났다.

"안녕하세요, 찰리. 하필 이런 시기에 찾아와서 죄송해요."

주눅 든 목소리로 앨리스가 말했다.

"앨리스 컬렌? 정말 앨리스니?"

찰리는 자기 눈을 의심하듯 현관에 서 있는 날씬한 형체를 뚫어져라 쳐다보았다.

"네, 근처에 올 일이 있었거든요."

"그럼 칼라일도……?"

"아뇨, 저 혼자예요."

앨리스도, 나도 그가 정말로 칼라일에 대한 걸 묻지는 않았음을 알아차렸다. 내 어깨를 잡은 그의 팔에 힘이 들어갔다.

"여기서 같이 지내도 되죠? 제가 이미 그러라고 했어요."

"당연하지. 정말 반갑다, 앨리스."

찰리가 반사적으로 대꾸했다.

"고맙습니다. 그런데 제가 시기를 잘못 택했네요."

"아니다. 정말 괜찮아. 어차피 나는 해리 가족을 돌보느라 많이 바쁠 거야. 벨라 곁에 있어줄 사람이 있으면 좋지."

"식탁에 식사 준비 해놨어요, 아빠."

"고맙다."

그는 내 어깨를 한 번 더 꼭 안아준 뒤 터벅터벅 부엌으로 향했다.

앨리스는 소파로 되돌아갔고 나도 그녀의 뒤를 따랐다. 이번에는 앨리스가 먼저 내 머리를 자기 어깨에 기대었다.

"피곤해 보여."

"네. 죽다 살아났으니 아무래도……. 그나저나 칼라일은 앨리스가 여기 온 것에 대해 어떻게 생각하세요?"

"아직 몰라. 에스미랑 같이 사냥 여행을 떠났거든. 며칠 뒤에 여행에서 돌아오면 연락할 거야."

"그래도 개한텐…… 얘기 안 할 거죠? 나중에 집에 오더라도."

"응. 알면 아마 날 물어뜯으려고 할걸."

앨리스가 심각하게 대꾸했다.

나는 맥없이 한 번 웃은 뒤 한숨을 쉬었다.

잠들고 싶지 않았다. 밤새도록 앨리스와 이야기를 나누고 싶었다. 제이콥네 집 소파에서 온종일 잠을 잤으므로 아직도 피곤하다는 건 좀 말이 안 된다. 하지만 익사할 뻔하면서 너무 많은 기력을 소모해, 눈을 뜨고 있을 수가 없었다. 나는 앨리스의 단단한 어깨에 머리를 기댄 채 그 어느 때보다 평화로운 망각 속으로 빠져들었다.

꿈도 꾸지 않고 깊은 잠을 잔 덕분에 개운한 기분으로 일찍 잠에서 깨어났다. 그래도 여전히 삭신이 쑤셨다. 나는 앨리스를 위해 준비했던 담요를 덮고 소파에 누워 있었다. 부엌에서 앨리스와 찰리의 목소리가 들려왔다. 찰리가 앨리스에게 아침식사를 만들어 주고 있는 모양이었다.

"얼마나 심했는데요?"

앨리스가 나지막이 물었다. 처음에 나는 그들이 해리의 가족 이야기를 하는 거라 생각했다. 찰리는 한숨을 쉬었다.

"꽤 심했지."

"얘기 좀 해 주세요. 저희가 떠나고 나서 정확하게 어떤 일이 있었는지 알고 싶어요."

찬장이 닫히는 소리가 나고 가스레인지 손잡이를 돌려 끄는 소리가 이어지는 동안 침묵이 흘렀다. 나는 잔뜩 긴장한 채 기다렸다.

"그렇게 스스로가 무기력하게 느껴진 건 난생 처음이었다. 어떻게 해야 좋을지 알 수가 없었어. 첫 주에는 아무래도 애를 병원에 입원시켜야겠다고 생각할 정도였지. 저랜디 선생님은 정신적인 충격이 너무 큰 것 같다고 했지만, 나는 차마 왕진 요청을 할 수가 없더구나. 더 겁을 먹을까 봐 걱정스러웠거든."

"그래도 결국엔 잘 견뎌냈죠?"

"벨라를 플로리다로 보내려고 르네를 불러왔어. 병원에 입원을 시키게 되든 어쨌든…… 내 손으론 도저히 못할 것 같았거든. 엄마가 도움이 될 수 있을까 해서. 그런데 우리가 짐을 싸기 시작하니까 벨라가 미친 듯이 화를 냈어. 그렇게 발작적으로 흥분한 건 처음 봤단다. 화도 잘 낸 적 없던 아이가 정말로 격렬하게 폭발해서……. 옷가지를 사방으로 내던지면서 억지로 떠나지 않겠다며 고래고래 고함을 지르더니, 그제야 드디어 울기 시작하더라. 내 생각엔 그게 전환점이었던 것 같아. 애가 여기서 지내겠다고 고집을 부렸을 땐 나도 말리지 않았단다……. 처음엔 좀 나아지는 것 같았거든."

찰리의 말소리가 잦아들었다. 내가 아버지에게 얼마나 큰 고통을 주었는지 느껴져 그의 이야기를 듣고 있기가 힘들었다.

"그런데요?"

앨리스가 이야기를 재촉했다.

"학교에 다시 나가고 일도 하고, 끼니도 챙겨먹고, 잠도 자고, 숙제도 하긴 하더구나. 누가 말을 시키면 대답도 했어. 하지만…… 속은 텅 빈 아이 같았다. 눈에 총기가 완전히 사라졌어. 사소하게 달라진 점도 많았지. 더는 음악을 듣지 않게 됐거든. 쓰레기통에 부러진 CD가 한 보따리 들어 있기도 했어. 책도 안 읽고. 예전에도 그리 TV를 즐겨보는 아이는 아니었지만 TV를 틀어놓고 같이 앉아 있어도 정신은 딴 데 두고 있는 표정이었지. 그러다 드디어 나도 깨닫게 됐단다. 벨라는 혹시라도…… 그 녀석을 떠올리게 될지 모르는 건 모두 피하고 있었던 거야. 우린 거의 대화도 하지 않게 됐어. 말실수라도 하게 될까 봐 내가 너무 걱정을 했거든. 사소한 이야기에도 움찔움찔 놀라니 무슨 말을 해야 좋을지 모르겠더라. 벨라가 먼저 이야기를 하는 일? 절대로 없었지. 내가 묻는 말에나 겨우 대답을 할 정도였으니까. 그리고 언제나 혼자였다. 친구들이 전화를 걸어도 받아주질 않으니까 얼마 후엔 전화 거는 아이들도 없더구나. 무엇보다 괴로운 건 밤이 돌아오는 거였지. 벨라가 악몽을 꾸며 지르는 비명소리가 아직도 들리는 것 같아⋯⋯."

찰리가 몸서리를 치는 게 눈에 선했다. 나도 기억이 떠올라 몸을 떨었다. 곧이어 한숨이 나왔다. 결국 그동안 나는, 아버지를 속이는데 한 번도 성공하지 못했던 것이다.

"죄송해요."

앨리스가 음울한 목소리로 말했다.

"네 잘못이 아니잖니. 넌 늘 우리 애한테 좋은 친구였어."

누구에게 책임이 있는지 정확히 알고 있다는 듯한 말투였다.

"그래도 이젠 괜찮아진 것 같네요."

"맞아. 제이콥 블랙이랑 어울리기 시작하면서 눈에 띄게 좋아지기 시작했지. 그 녀석이랑 어울리다 돌아오면 얼굴도 발그레해지고 눈에 생기도 되살아나곤 하지. 확실히 전보다는 훨씬 행복해졌어."

그는 잠시 말을 멈추었다가 전혀 다른 목소리로 설명했다.

"그 녀석이 한 살 정도 어려서 벨라쪽에선 친구로 생각하는 것 같기는 하지만, 이젠 둘 사이가 좀 달라진 것도 같아. 약간 정도는 진전이 있다고 할까."

찰리는 마치 싸움이라도 거는 사람처럼 흥분해서 말했다. 자기 말을 흘려 듣지 말라는 일종의 경고 같았다.

"제이콥은 제 나이보다 성숙하거든. 그 녀석은 벨라가 제 엄마를 위하는 것처럼, 몸이 불편한 제 아버지를 의젓하게 돌보는 대단한 놈이지. 그 래서 일찍 철이 들었어. 제 엄마를 닮아서 얼굴도 잘 생겼어. 벨라한테 잘 어울리는 상대다."

"벨라한테 그런 친구가 생겨서 다행이네요."

앨리스가 전혀 반박을 하지 않자 찰리는 호전적인 태도를 재빨리 버리 고 한숨을 크게 쉬었다.

"하긴 내가 너무 앞서나가는 건지도 모르겠다. 제이콥이 곁에 있어도 이따금씩 벨라 눈빛이 심상치 않을 때가 있거든. 그 애가 어느 정도로 극 심한 고통을 겪고 있는지 과연 내가 알 수 있을까? 정상적인 반응이 아니 거든. 그래서 난 자꾸 겁이 난단다. 절대로 정상이라곤 할 수 없어. 그냥 떠났을 뿐인데…… 누가 죽기라도 한 것처럼 굴고 있으니."

찰리의 목소리가 갈라졌다.

누가 죽기라도 한 것 같다고? 맞는 말이다. 바로 '내가' 죽었으니까. 내 가 잃은 건, 생애 유일한 진짜 사랑만이 아니었다. 내가 선택한 미래, 내 가족, 삶……, 그 모든 게 부서져버렸으므로.

찰리가 절망적인 목소리로 다시 입을 열었다.

"벨라가 과연 이 충격을 극복할 수 있을지 모르겠다. 저 애는 이런 일을 쉽게 잊는 성격이 아니거든. 어렸을 때부터 늘 한결같은 아이였어. 쉽사리 변덕을 부리거나 마음을 바꾸지도 못할 거야."

"그런 성격인 건 저도 알아요."

"그래서 말인데……."

찰리는 몹시 머뭇거렸다.

"내가 널 얼마나 좋아하는지 알지? 그리고 벨라도 널 다시 만나서 정말 기뻐하는 것 같다. 하지만 네가 다녀가고 나면 또 그 애가 어떤 영향을 받 을지 좀 걱정이 돼."

"저도 걱정이에요, 아저씨. 이런 상황인 줄 알았더라면 오지 않았을 거예요. 죄송해요."

"사과할 필요는 없어. 혹시 아니? 오히려 좋은 쪽으로 영향을 미칠지도 모르지."

"저도 그러길 바라요."

포크가 접시에 부딪히는 소리와, 찰리가 음식을 씹는 소리가 들리면서 오래도록 대화는 이어지지 않았다. 문득 앨리스가 음식을 어디에 숨길지 궁금했다.

"앨리스한테 꼭 물어보고 싶은 게 있어."

찰리가 어색하게 말을 꺼냈다.

앨리스는 침착했다.

"말씀하세요."

"설마 그 녀석도 다녀가진 않겠지?"

찰리의 목소리에서 억눌린 분노가 느껴졌다. 앨리스는 상냥하지만 단호한 말투로 대꾸했다.

"걘 제가 여기 온 줄도 몰라요. 마지막으로 통화했을 때 남미에 있었거든요."

이 새로운 정보를 들은 나는 돌연 긴장해 더욱 귀를 기울였다.

"뭐, 최소한 안심은 되는구나. 아마 그 녀석은 잘 지내고 있겠지."

찰리가 코웃음을 쳤다.

"그건 모르는 일이죠."

처음으로 앨리스의 목소리가 싸늘해졌다. 그녀가 이런 말투를 쓸 때는 늘 눈에서 불꽃이 일었던 것이 떠올랐다.

식탁 의자가 바닥을 끄는 요란한 소리가 들렸다. 앨리스가 그런 소음을 낼 리는 없었으므로 찰리가 일어나는 모양이었다. 이어 수돗물 소리가 들려왔다.

에드워드에 대해서 더는 이야기하지 않을 듯했다. 나는 그만 일어나야 할 시간이라고 생각했다.

나는 일부러 소파 스프링 소리를 내며 몸을 뒤척였다. 그러고는 큰 소리로 하품을 했다.

부엌에서는 아무 소리도 들리지 않았다.

나는 끙 소리를 내며 기지개를 켰다.

"앨리스?"

아무것도 못 들은 것처럼 앨리스를 찾았다. 목이 부어 쉰 목소리가 나왔으므로 더욱 그럴듯했다.

"나 부엌에 있어, 벨라."

앨리스는 내가 엿들었다는 사실을 전혀 의심하지 않는 목소리로 외쳤다. 하지만 그녀는 원래 그런 것을 감추는 데 능한 사람이었다.

찰리는 일찍 집을 나서야했다. 수 클리어워터의 장례 준비를 도와야하기 때문이었다. 앨리스가 없었다면 나에게는 아주 긴 하루가 될 뻔했다. 언제 떠날지에 대해 그녀는 아무 이야기도 하지 않았고 나도 굳이 묻지 않았다. 이별은 피할 수 없음을 알았지만, 나는 애써 생각하지 않기로 했다.

그 대신 우리는 앨리스의 가족에 대한 이야기를 나눴다. 물론 한 사람은 빼놓고.

칼라일은 밤에는 이타카 병원에서 일하고, 낮에는 코넬 대학교로 강의를 나가고 있었다. 에스미는 이타카 북쪽의 숲속에 있는 17세기 양식의 유서 깊은 저택을 복원 중이라고 했다. 에밋과 로잘리는 또다시 유럽으로 몇 달간 신혼여행을 떠났지만 지금은 돌아와 있었다. 재스퍼도 코넬 대학교에 적을 두고 있는데 이번에는 철학을 공부하는 중이었다. 그리고 앨리스는 작년 봄에 내가 우연히 알아낸 자신의 과거사에 대해 조사하고 있는 중이라고 했다. 그녀가 인간으로서의 마지막 몇 해를 보냈던 정신병원을 찾아내는 데도 성공했다. 앨리스로서는 전혀 기억에 없는 삶을 추적하고 있는 셈이었다.

"내 이름은 메리 앨리스 브랜든이었어. 신시아라는 여동생도 있었대. 동생의 딸, 그러니까 내 조카는 아직도 빌럭시에서 살고 있어."

"앨리스를 왜 그런…… 곳에 집어넣었는지 알아냈어요?"

어떤 상황이었기에 부모가 딸을 정신병원에 감금했을까? 아무리 딸이 미래를 예견한다고 해도…….

앨리스는 고개만 저었다. 토파즈 빛깔의 눈동자는 깊은 생각에 잠겨 있는 듯했다.

"부모님에 대해서는 별로 알아낸 게 없어. 마이크로필름에 기록된 옛날 신문을 다 뒤져봤는데, 우리 가족은 거의 언급되지 않았더군. 신문에 오르내릴 만큼 사회적인 영향력이 크지 않았기 때문이겠지. 부모님의 약혼 소식과 신시아의 약혼 정도만 신문에 났을 뿐이야."

앨리스는 동생의 이름을 발음하는 것조차 어색한 듯했다.

"내 출생이랑…… 죽음에 대한 뉴스도 신문에 났더라. 내 무덤도 찾아냈어. 오래 된 병원 기록을 뒤져서 입원 서류도 발견했지. 입원 날짜랑 내 묘비에 새겨진 사망 날짜가 똑같아."

나는 무슨 말을 해야 좋을지 몰라 침묵을 지켰다. 짧은 정적이 흐른 뒤 앨리스가 좀 더 가벼운 이야기를 꺼냈다.

한 사람만 빼고 다시 모인 컬렌 가족들은, 코넬 대학교의 봄방학을 맞아 타냐의 가족들이 살고 있는 데날리를 방문했던 거라고 했다. 나는 아주 사소한 소식까지도 놓치지 않으려고 열심히 귀를 기울였다. 앨리스가 내가 가장 관심을 갖고 있는 사람에 대해서 한마디도 언급하지 않는 것이 고마웠다. 한때 나도 일원이 되기를 꿈꾸었던 가족의 이야기를 듣는 것만으로도 충분했으니까.

찰리는 어두워진 후에야 집에 돌아왔고 전날보다 더 지친 모습이었다. 해리의 장례식에 참석하느라 내일은 새벽같이 인디언 보호구역으로 가야 했으므로, 그는 일찍 잠자리에 들었다. 나는 또다시 앨리스와 함께 소파에서 밤을 보냈다.

해가 뜨기도 전에 계단을 내려온 찰리를 나는 거의 몰라볼 뻔했다. 내가 한 번도 본 적이 없는 낡은 양복을 입고 있어서였다. 양복 윗도리 단추는 열려 있었다. 단추를 잠그기에는 옷이 너무 작기 때문인 듯했다. 넥타이도 요즘 유행하는 것에 비해 폭이 너무 넓었다. 그는 우리를 깨우지 않으려는 듯 까치발로 현관으로 향했다. 나는 자는 척하면서 가만히 그를 보내주었고 안락의자에 기댄 앨리스도 잠든 체했다.

찰리가 나가자마자 앨리스가 일어나 앉았다. 이불을 걷자 그녀는 옷을 다 입은 채였다.

"오늘은 우리, 뭘 하지?"

앨리스가 물었다.

"모르겠어요. 재미있는 일이 뭔가 일어나려나? 혹시 안 보여요?"

앨리스는 미소를 지으며 고개를 저었다.

"아직 너무 일러."

거의 매일 라푸시에서 시간을 보내느라 집안일이 쌓여 있어서, 나는 밀린 집안일을 하기로 결심했다. 찰리를 조금이라도 편하게 해줄 만한 일을 하고 싶었다. 깨끗하게 정돈된 집에 돌아오면 조금이나마 기분이 나아질지도 모르지. 게으름을 부린 티가 제일 많이 나는 목욕탕부터 청소를 시작했다.

내가 청소를 하는 사이, 앨리스는 문설주에 기대서서 둘 다 알고 있는 학교 친구들이 요즘 어떻게 지내는지 무심히 질문을 던졌다. 전혀 관심 없는 듯 무표정한 얼굴을 하고 있기는 했지만, 내가 친구들에 대해 아는 게 없어 거의 할 말이 없다는 걸 눈치채고 나서는 못마땅해하는 것 같았다. 물론 어제 아침 찰리와 앨리스의 대화를 엿들은 것 때문에 괜히 찔려서인지도 모르지만.

내가 거의 팔꿈치까지 비누거품을 묻힌 채 욕조 바닥을 문지르고 있을 때 초인종 소리가 났다.

앨리스를 쳐다보니, 놀람과 걱정이 뒤섞인 기묘한 표정을 하고 있었다. 절대로 놀라는 법이 없는 앨리스가.

"잠깐만요!"

나는 아래층에 대고 고함을 지른 뒤 얼른 일어나 비눗물을 헹궜다.

"벨라. 누가 온 건지 짐작이 간다. 난 이쯤에서 물러나는 게 좋을 것 같아."

앨리스가 살짝 좌절감이 스치는 표정으로 말했다.

"짐작이라고요?"

앨리스가 언제부터 미래의 일을 '짐작' 하게 됐단 말인가?

"어제처럼 내 예지력이 전혀 통하지 않는 상황이라면, 지금 찾아온 건 제이콥 블랙이거나 그의 친구 중 한 명이란 뜻이야."

나는 멍하니 그녀를 쳐다보았다.

"늑대인간의 미래는, 볼 수 없는 거예요?"

앨리스가 이마를 찌푸렸다.

"그런가 봐."

그 사실 때문에 그녀는 '매우' 짜증이 난 듯했다.

초인종이 다시 울렸다. '누군가' 는 초조한 듯 짧게 연이어 두 번이나 초인종을 눌러댔다.

"아무 데도 갈 필요 없어요. 여기 먼저 온 사람은 앨리스니까."

은종을 울리듯 앨리스가 경쾌하게 웃었지만 분위기는 어딘지 음산했다.

"제이콥 블랙과 나를 한 방에 두는 건 절대로 좋은 생각이 아닐걸."

그녀는 재빨리 내 뺨에 입을 맞춘 뒤 찰리의 방문으로 사라졌다. 그 방 창문으로 나갈 참인 것 같았다.

초인종이 또다시 울렸다.

18

장례식

나는 계단을 뛰어 내려가 현관문을 활짝 열었다.

역시 제이콥이었다. 예지력이 작동하지 않아도 앨리스의 재빠른 육감은 여전했던 것이다.

그는 문에서 대여섯 발자국쯤 떨어진 곳에 서서 못마땅한 듯 콧등을 찌푸리고 있었지만, 그 외엔 가면처럼 무표정했다. 그러나 나를 속일 순 없었다. 그의 손이 희미하게 떨리는 것이 보였다.

전신에서 적대감이 뿜어져 나왔다. 나대신 샘을 선택하던 날의 끔찍한 기억이 떠오르면서, 나도 모르게 방어 자세를 취하듯 턱을 치켜올리게 되었다.

제이콥의 폭스바겐 자동차가 집 앞 길가에 서 있고 운전석엔 저레드가, 조수석엔 엠브리가 앉아 있었다. 무슨 뜻인지 알 것 같았다. 제이콥 혼자 이리로 보낼 수 없었던 것이리라. 그걸 알아차린 나는 서글펐고, 좀 화가 났다. 컬렌 집안 사람들은 그렇지 않은데.

"안녕."

그가 아무 말도 하지 않았으므로 결국 내가 먼저 인사를 했다.

제이콥은 여전히 문에서 멀찌감치 떨어져 입을 꾹 다물고 있었다. 그의 시선이 집안을 살폈다.

내가 싸늘하게 물었다.

"앨리스는 지금 여기 없어. 뭐 할 말이라도 있어?"

그는 여전히 망설였다.

"혼자라고?"

"그래."

한숨이 나왔다.

"잠깐 얘기 좀 할 수 있을까?"

"당연하지. 들어와."

제이콥이 차에 있는 친구들을 흘끔 돌아보았다. 엠브리가 고개를 살짝 젓는 게 보였다. 그 모습에 짜증이 와락 치밀었다.

나는 이를 갈며 씹어 뱉었다.

"겁쟁이."

제이콥이 휙 시선을 돌려 나를 노려보았고, 검고 짙은 눈썹이 꿈틀거리며 가운데로 모였다. 그는 이를 악문 굳은 얼굴로, 행진이라도 하는 사람처럼 걸어와 나를 피해 집안으로 들어갔다.

나는 문을 닫기 전에 저레드와 엠브리를 차례로 쏘아보았다. 나를 향한 그들의 싸늘한 시선이 마음에 들지 않았다. 정말로 내가 제이콥이 다치는 일을 그냥 보고만 있을 거라고 생각하는 것일까?

제이콥은 현관 복도에 서서 거실에 어지러이 놓여 있는 담요들을 쳐다보았다.

"잠옷파티라도 했나 보지?"

빈정거리듯 그가 물었다.

"그래. 무슨 일이야?"

나도 똑같이 쏘아붙이듯 대꾸했다. 이런 식으로 행동하는 제이콥은 싫었으므로.

그는 불쾌한 냄새라도 난다는 듯 다시 콧등을 찌푸렸다.

"네 '친구'는 어디 갔어?"

그의 말에서 또렷이 인용부호가 느껴졌다.

"볼 일이 있어서 나갔어. 원하는 게 뭐야?"

거실이 몹시 불편한 듯 그는 눈에 띄게 초조해하고 있었다. 그의 긴 팔이 부들부들 떨렸다. 그는 내 질문에 대답하지 않았다. 그저 초조한 눈빛으로 사방을 둘러보며 부엌으로 자리를 옮겼을 뿐이다.

나도 그를 따라갔다. 그는 좁은 싱크대 앞을 왔다갔다 서성이고 있었다.

"제이콥, 뭐가 문젠데 그래?"

내가 그의 앞길을 막아서며 물었다. 그는 움직임을 멈추고 나를 내려다보았다.

"여기 있는 게 싫어."

그의 말은 비수로 찌르는 듯 아팠다. 내가 상처받은 표정을 하자 제이콥은 돌연 긴장한 눈빛을 했다.

"그거 참 안됐네. 할 말 있으면 어서 털어놓고 빨리 가지 그래?"

"몇 가지 질문할 게 있어. 오래 걸리지 않을 거야. 우리도 장례식에 가봐야 하니까."

"알았어. 그럼 어서 할 말 하고 돌아가."

반항심 때문에 과잉반응을 보이고 있는지도 모르지만 어쨌든 내가 마음 아프다는 걸 들키고 싶지 않았다. 내 태도가 부당하다는 것도 안다. 어쨌든 나는 어젯밤에 제이콥 대신 '흡혈귀'를 선택했다. 그에게 먼저 상처를 준 사람은 나였다.

제이콥이 심호흡을 한 번 하자, 떨리던 손가락이 갑자기 멈추었다. 그의 얼굴도 평온한 표정으로 변했다.

"컬렌 가족의 일원이 여기서 너랑 지내고 있지?"

"맞아. 앨리스 컬렌이야."

그는 진지하게 고개를 끄덕였다.

"여기서 얼마나 오래 있을 예정이지?"

"앨리스가 있고 싶은 만큼. 기한이 정해지진 않았어."

내 말투에서는 아직도 반항기가 묻어났다.

"또 다른 뱀파이어…… 빅토리아에 대해서 그 사람한테 설명할 수 있겠어?"

"벌써 얘기했어."

나도 모르게 얼굴이 창백해졌다.

제이콥은 고개를 끄덕였다.

"컬렌 가족의 일원이 여기 있으면, 우리는 우리 영토밖에 지킬 수가 없다는 걸 알아 둬. 네가 안전한 곳은 이제 라푸시뿐이야. 나도 여기서는 널 더 보호해줄 수가 없으니까."

"알았어."

내가 작은 목소리로 대꾸했다.

제이콥은 창밖을 내다보며 더 말을 잇지 않았다.

"할 말 다 했어?"

그는 창문에서 시선을 떼지 않은 채 대꾸했다.

"한 가지 더 있어."

나는 그의 말을 기다렸지만 그는 쉽사리 말을 잇지 못했다.

"뭔데?"

결국 내가 참지 못하고 재촉했다.

"나머지 식구들도 이제 돌아오는 거니?"

침착하고 낮은 목소리로 제이콥이 물었다. 그 모습을 보니 언제나 침착한 태도를 유지하는 샘이 떠올랐다. 제이콥은 점점 더 샘을 닮아가고 있었다. 그게 왜 이렇게 못마땅한 것일까.

이젠 내가 말문이 막혔다. 그가 탐색하는 눈초리로 내 얼굴을 돌아보았다.

"그래?"

그가 물었다. 그는 침착한 표정 아래 스멀스멀 생겨나는 긴장을 감추려고 애쓰고 있었다.

"아니. 돌아오지 않아."

이윽고 내가 퉁명스럽게 대꾸했다.

그의 표정은 변하지 않았다.

"알겠어. 이제 끝났어."

나는 다시 짜증이 치밀어 올라 그를 노려보았다.

"그럼 이제 어서 가보시지. 어서 가서 무서운 괴물들이 너를 잡으러 오는 일은 없을 거라고 샘한테 보고해."

"그래."

제이콥은 여전히 침착했다.

그걸로 끝이었다. 제이콥은 빠른 걸음으로 부엌에서 걸어 나갔다. 나는 현관문이 열리는 소리를 기다렸지만 아무 소리도 들리지 않았다. 가스레인지 위에서 째깍거리는 시계 소리만 들릴 뿐이었다. 제이콥이 아무 기척도 내지 않고 걸어 다닐 수 있다는 사실이 새삼 놀라웠다.

어떻게 이런 일이. 이렇게 짧은 시간에 나는, 제이콥을 철저히 몰아내버리고 말았다.

앨리스가 떠나고 나면 과연 그는 나를 용서할까? 용서하지 못한다면 어쩌지?

나는 무너지듯 식탁에 앉아 양손에 얼굴을 묻었다. 왜 모든 걸 이렇게 엉망으로 만드는 걸까? 하지만 달리 무슨 방법이 있었을까. 한참을 생각해봐도 완벽한 해결책은커녕 더 나은 방법도 생각나지 않았다.

"벨라……."

제이콥의 고통스런 목소리가 들렸다.

고개를 드니 부엌 입구에서 주춤대고 선 제이콥이 보였다. 가버린 줄 알았었는데. 손바닥에 묻어 있는 투명한 물기를 보고서야 나는 내가 울고 있었음을 깨달았다.

제이콥의 침착한 표정은 사라지고 없었다. 몹시 걱정되고 불안한 얼굴이었다. 그는 재빨리 내 앞으로 돌아와 나와 눈높이가 같아지도록 고개를 숙였다.

"내가 또 그랬지?"

"또 그러다니?"

갈라진 목소리로 내가 물었다.

"약속을 어겼잖아. 미안해."

"괜찮아. 이번엔 내가 시작한 걸 뭐."

제이콥의 눈빛이 흔들렸다.

"네가 그들을 얼마나 애틋하게 생각하는지 나도 알아. 그렇게 놀랄 일도 아닌데 내가 지나치게 반응했어."

그의 얼굴에 자괴감이 스쳤다. 나는 앨리스가 정말로 어떤 사람인지 설명해 그의 생각을 바꿔주고 싶었지만, 어쩐지 지금은 그럴 때가 아니라는 생각이 들었다.

그래서 그냥 이렇게 말했을 뿐이다.

"미안해."

"걱정은 이제 그만 하자. 어차피 그냥 다니러 온 거잖아. 가버리고 나면 모든 건 다시 정상으로 돌아갈 거야."

"두 사람을 동시에 친구로 삼을 순 없는 걸까?"

찢어질 듯 아픈 마음을 숨기지 않은 채 나는 떨리는 목소리로 물었다.

그는 천천히 고개를 저었다.

"응, 그건 안 될 것 같아."

나는 훌쩍거리며 그의 커다란 발을 내려다보았다.

"하지만 기다려줄 거지? 내가 너뿐 아니라 앨리스도 사랑한다고 해도, 계속 내 친구로 있어줄 거지?"

나는 마지막 질문에 대한 그의 생각을 미리 알아차리는 것이 두려워 고개를 들지 않았다. 그가 대답하기까지 잠시 시간이 걸리는 것으로 보아 얼굴을 쳐다보지 않기를 잘한 것 같았다.

"그래, 언제나 네 친구로 있을 거야. 네가 무얼 사랑하든 상관없이."

제이콥이 우울하게 대꾸했다.

"약속하지?"

"약속해."

그가 포근히 나를 감싸 안았으므로 나는 여전히 훌쩍이며 그의 가슴에 얼굴을 기댔다.

"이러는 거 정말 싫다."

"그러게."

이어 그는 내 머리칼 냄새를 맡더니 신음소리를 냈다.

"윽."

"뭐야!"

고개를 드니 그가 또다시 콧등을 찡그리고 있었다.

"왜 모두들 나한테 이러는 거야? 난 아무 냄새도 안 나는데!"

444

제이콥이 희미하게 미소를 지었다.

"냄새 나. 너한테서도 '저들' 냄새가 나. 구역질이 날만큼 달콤하고 역겨운 냄새지. 그리고…… 몹시 싸늘한 냄새. 그 지독한 냄새 때문에 코가 찡할 정도야."

"정말?"

이상했다. 앨리스는 믿어지지 않을 정도로 근사한 체취를 풍겼다. 최소한 인간인 나에게는 그렇게 느껴졌다.

"그런데 왜 앨리스도 나한테 냄새가 난다고 하는 걸까?"

내 말에 그의 미소가 사라졌다.

"흠. 아마 내 체취도 그 여자한테는 좋게 느껴지지 않겠지."

"나한테는 너희 둘 다 냄새가 아주 좋은걸."

나는 다시 그의 가슴에 머리를 기댔다. 그가 현관문으로 걸어 나가고 나면, 나는 그를 몹시 그리워하겠지. 하지만 또 나는 앨리스가 영원히 머물러주길 바라므로, 이건 아주 골치 아픈 딜레마였다. 앨리스가 나를 두고 떠나면, 나는 또 살아있는 시체가 될 것이다. 하지만 제이콥을 오랫동안 보지 않고 어떻게 견딘단 말인가? 뭐 이런 게 다 있지?

"보고 싶을 거야. 매 순간마다 그리울 거야. 그 여자가 빨리 떠나길 빌 거야, 난."

내 생각을 읽기라도 한 듯 제이콥이 속삭였다.

"꼭 그래야 하는 건 아니잖아, 제이콥."

그는 한숨을 쉬었다.

"그럴 수밖에 없어, 벨라. 넌 그 여자를…… 사랑하잖아. 그러니까 내가 그 여자 근처에 얼씬거리지 않는 게 좋아. 그런 상황을 감당할 수 있을 만큼 내가 자제력을 발휘할 수 있을지 자신이 없거든. 평화조약을 어겼다는 걸 알면 샘이 몹시 화를 낼 테고, 내가 네 친구를 죽이는 사태가 벌어진다면 아마 너도 별로 반기지 않을 거야."

그의 목소리가 끝에 가서는 냉소적으로 변했다.

그 말을 듣고 내가 그의 품에서 빠져나오려 했지만 제이콥은 나를 놓아주지 않았다.

"진실을 외면해봤자 무슨 의미가 있겠어. 이제 우리 앞에 놓인 현실을 직시해야지."

"그 현실이라는 게 난, 마음에 들지 않아."

제이콥은 한 팔을 풀고 커다란 손으로 내 턱을 들어올렸다.

"맞아. 우리 둘 다 인간이었으면 훨씬 쉬웠을 텐데, 그렇지?"

나는 한숨을 쉬었다.

우리는 오래도록 서로를 응시했다. 내 턱에 닿은 그의 손은 뜨거웠다. 거울을 보지 않아도 안다. 내 얼굴은 비참한 슬픔으로 얼룩져 있겠지. 아무리 짧은 기간이라 해도 그에게 작별인사 같은 건 하고 싶지 않았다. 처음에는 그의 얼굴도 내 얼굴처럼 서글퍼 보였다. 그러나 둘 다 시선을 돌리지 않고 계속해서 바라보고 있으려니 그의 표정이 바뀌었다.

그는 포옹했던 팔을 완전히 풀고 또 다른 손으로 내 뺨을 쓸어내렸다. 손가락이 바들바들 떨리는 것이 느껴졌다. 이번에는 분노 때문이 아니었다. 그의 손바닥이 내 두 볼을 감싸자 내 얼굴은 뜨겁게 불타는 양손에 사로잡힌 격이 되었다.

"벨라."

그가 속삭였다.

나는 얼어붙고 말았다.

안 돼! 나는 아직 결정을 내리지 못하고 있었다. 이래도 되는 건지 여전히 자신이 없고, 지금은 이성적으로 생각할 수도 없다. 하지만 지금 그를 거부해도 괜찮을 거라고 생각할 만큼 바보는 아니었다.

나는 그를 응시했다. 아직 '나의' 제이콥은 아니었지만 그렇게 될 수도 있는 사람. 그의 얼굴은 친숙하고 사랑스러웠다. 실제로 여러 가지 면에서 나는 그를 사랑하고 있었다. 그는 나의 위안이고 안전한 정박지였다. 지금 내가 선택만 한다면, 제이콥은 내 연인이 되는 것이다.

앨리스가 잠시 돌아오긴 했지만 그것으로 바뀌는 건 아무것도 없다. 진정한 사랑은 영원히 떠나버렸다. 마법의 잠에서 나를 깨워줄 수 있는 입맞춤을 해줄 왕자님은 절대로 돌아오지 않을 테니까. 게다가, 어차피 나는 공주도 아니다. 왕자와 공주가 아닌 다른 이들의 키스에 대해, 수많은 동화들은 어떻게 이야기할까? 평범한 사람들의 입맞춤은 어떤 마법도 풀지 못하는 걸까?

어쩌면 그의 손을 잡거나 품에 안겨 있는 것처럼 사랑하기도 쉬울지 몰라. 기분이 근사할지도 모르지. 배신감이 들지 않을지도 모르고. 어차피 내가 배신하는 건 나 자신 뿐이잖아?

제이콥은 나와 눈을 맞춘 채 고개를 숙여왔다. 아직도 나는 전혀 마음의 결정을 내리지 못한 상태였다.

갑작스런 전화벨 소리에 우리는 둘 다 소스라치게 놀랐지만, 제이콥의 시선은 움직이지 않았다. 그는 내 어깨 너머로 손을 뻗어 수화기를 들면서도 한 손으로는 여전히 내 뺨을 감싸고 있었다. 그의 검은 눈동자는 내 시선을 놓아주지 않았다. 머릿속이 너무 뒤죽박죽이어서, 딴청을 부릴 좋은 기회임에도 아무런 행동도 취하지 못했다.

"스완 씨 댁입니다."

제이콥이 낮고 쉰 목소리로 대답했다.

상대방이 대꾸하는 것 같았다. 그러자 제이콥의 태도가 달라졌다. 그는 퍼뜩 고개를 들고 내 얼굴을 감쌌던 손을 내렸다. 눈빛은 싸늘하고 얼굴도 무표정했다. 얼마 안 되긴 하지만, 대학 갈 자금으로 모아둔 돈을 몽땅 걸고 내기를 해도 좋다. 저건 분명히 앨리스 전화야.

나도 정신을 차리고 수화기로 손을 뻗었지만 제이콥은 나를 무시했다.

"안 계신데요."

제이콥이 위협적인 말투로 말했다.

상대방은 다시 아주 짧게 뭔가를 이야기했는데, 찰리의 행방을 좀 더 자세히 캐물었던 모양이었다. 제이콥이 내키지 않는 듯 다시 대꾸했다.

"장례식에 가셨습니다."

그러고는 제이콥이 전화를 끊었다.

"더러운 흡혈귀 놈."

그가 낮게 중얼거렸다. 나를 다시 돌아보는 그의 얼굴은 또다시 무섭게 일그러진 가면이 되어 있었다.

"누군데 그냥 전화를 끊은 거야? 여긴 '내' 집이고, '내' 전화잖아!"

화가 나서 내가 소리쳤다.

"진정해! 놈이 먼저 전화를 끊은 거니까."

"놈이라니? 누구였는데?"

제이콥은 한껏 비아냥거리며 대꾸했다.

"칼라일 컬렌 선생이시라더군."

"왜 나를 바꿔주지 않았어?"

"널 바꿔달란 말은 하지 않았어."

제이콥은 차갑게 쏘아붙였다. 그의 얼굴은 무표정했지만 손이 떨리고 있었다.

"찰리 아저씨 어디 가셨냐고 묻기에 대답해준 것뿐이야. 예절에 어긋난 일은 하지 않았다고 생각하는데."

"내 말 잘 들어, 제이콥 블랙."

그러나 그는 내 말을 전혀 듣고 있지 않았다. 누군가 다른 방에서 그의 이름을 부르기라도 한 듯 그는 재빨리 어깨 너머를 돌아보았다. 눈을 크게 뜨고 온몸을 뻣뻣하게 굳힌 채로, 그는 부들부들 떨기 시작했다. 반사적으로 나도 귀를 기울였지만 아무 소리도 들리지 않았다.

"잘 있어, 벨라."

그는 내뱉듯이 말하고 현관을 향해 달려갔다.

나도 뒤를 따라갔다.

"무슨 일이야?"

제이콥이 달리다 말고 갑자기 멈춰서는 바람에 나는 그와 부딪치고 말았다. 낮게 욕설을 중얼거리며 휙 돌아선 그는 나를 옆으로 쓰러뜨렸다. 나는 버둥거리다 바닥에 쓰러졌고, 내 다리가 그와 얽혔다.

"아야!"

그가 다급히 다리를 하나씩 들어올렸으므로 내가 소리쳤다.

그가 뒷문으로 다시 뛰어가려는 태세를 취했으므로 나도 얼른 일어서려고 애를 썼다. 그러나 제이콥은 또다시 그 자리에 얼어붙었다.

앨리스가 계단 아래 꼼짝 않고 서 있었다.

"벨라."

그녀는 숨을 헐떡이고 있었다.

나는 가까스로 일어나 앨리스 곁으로 다가갔다. 그녀의 눈빛은 아득했고, 얼굴은 백짓장보다도 창백했다. 가녀린 그녀의 손이 가늘게 떨리고 있었다.

"앨리스, 무슨 일이에요?"

나는 앨리스를 진정시키려고 양손으로 그녀의 얼굴을 감쌌다.

고통 가득한 커다란 눈으로 앨리스가 돌연 나를 쳐다보았다.

"에드워드."

앨리스가 가까스로 속삭였다.

그게 무슨 의미인지 머리로 이해하기도 전에 먼저 내 몸이 반응을 보였다. 갑자기 왜 방이 빙그르르 도는지, 왜 귓속에서 윙 하는 소리가 들리는지 처음에는 이해를 할 수 없었다. 앨리스의 창백한 얼굴이 에드워드와 무슨 관계가 있는지 어떻게든 머리로는 이해해 보려고 애를 썼다. 하지만 내 몸은 현실을 알아보기도 전에 이미 무의식의 위안을 찾아 흔들리고 있었다.

계단이 이상한 방향으로 기울었다.

별안간 제이콥의 화난 목소리가 들려왔다. 심한 욕설을 연거푸 퍼붓고 있었다. 막연하게 기분이 나빠졌다. 새로 사귄 친구들이 제이콥에게 확실히 악영향을 미치고 있는 모양이다.

어떻게 옮겨왔는지도 모르겠지만 나는 소파에 누워 있고, 제이콥은 여전히 욕설을 중얼대고 있었다. 지진이라도 일어난 듯 소파가 흔들렸다.

"당신 대체 무슨 짓을 한 거야?"

제이콥이 물었다.

앨리스는 그의 말을 무시했다.

"벨라? 벨라, 정신 차려. 어서 서둘러야 해."

"당신은 저리 물러나."

제이콥이 경고조로 말했다.

"진정해, 제이콥 블랙. 벨라를 이렇게 가까이 두고서 폭발하고 싶은 건 아니겠지."

"충분히 자제할 수 있으니 쓸데없는 걱정 마시지."

제이콥이 빈정거리듯 대꾸했지만, 앨리스의 말을 들은 뒤 목소리가 조금은 더 침착해진 듯했다.

"앨리스? 무슨 일이에요?"

사실 알고 싶지는 않지만 힘없이 내가 물었다.

"나도 모르겠어. 이 녀석 대체 무슨 생각을 하고 있는 걸까?"

450

갑자기 앨리스가 울먹였다.

아직 현기증이 났지만 나는 일어서 보려 했다. 균형을 잡으려고 옆에 있던 팔을 잡으니 제이콥이었다. 떨고 있던 것은 소파가 아니라 제이콥이었던 것이다.

겨우 초점을 맞춰 앨리스를 찾으니 그녀는 가방에서 은색 휴대폰을 꺼내고 있었다. 앨리스는 손가락이 보이지 않을 만큼 빠르게 번호를 눌렀다.

"로잘리, 당장 칼라일한테 할 얘기가 있어. 그래, 오시는 대로 연락해줘. 아니, 난 비행기를 타야 해. 혹시 에드워드한테 무슨 소식 들은 거 없어?"

앨리스의 목소리에서 섬뜩한 긴장감이 묻어났다. 하지만 상대의 말에 귀를 기울이는 사이 그녀의 표정은 더욱더 창백해졌다. 공포에 사로잡힌 듯 그녀의 입이 벌어지더니 휴대폰을 든 손이 부들부들 떨렸다.

"왜? 왜 그랬어?"

어떤 대답을 들었는지 모르지만 앨리스의 턱이 분노로 굳어졌다. 눈에서 번쩍 불길이 이는 듯했다.

"로잘리, 둘 다 틀렸어. 그러니까 문제라는 거야. 그래, 맞아. 벨라는 무사해. 내가 틀렸던 거야……, 얘기하자면 길어……. 하지만 그 부분도 네 생각이 틀렸어. 그러니까 내가 지금 전화하는 거잖아……. 그래, 내가 본 장면도 바로 그거야."

앨리스의 목소리가 무섭게 싸늘해지더니 이를 드러냈다.

"그러기엔 너무 늦었어, 로잘리. 자책은 다른 데 가서 해. 네 말을 믿어줄 사람한테 말야."

앨리스가 순식간에 전화기를 닫았다.

나를 향하는 그녀의 눈빛은 고통으로 일그러져 있었다.

"앨리스."

재빨리 내가 그녀를 불렀다. 아직은 앨리스의 설명을 듣고 싶지 않았다.

그녀의 말이 남은 내 인생을 완전히 파멸시키기 전에 몇 초라도 여유를 갖고 싶었으므로.

"앨리스, 칼라일은 돌아왔어요. 방금 전에 전화했었는데……."

앨리스는 멍하니 나를 응시하며 허탈한 목소리로 물었다.

"언제?"

"앨리스가 나타나기 30초쯤 전에요."

"뭐라고 했는데?"

앨리스는 이제 완전히 초점을 나에게 맞추고 대답을 기다렸다.

"내가 전화를 받은 게 아니에요."

내 시선이 제이콥에게 향했다.

앨리스가 찌르는 듯한 시선을 그에게 던졌다. 제이콥은 움찔했지만 내 옆자리를 지켰다. 그는 자기 몸을 방패 삼아 나를 보호하려는 듯 어색하게 앉아 있었다.

"찰리를 바꿔달라고 하기에 안 계시다고 했을 뿐이야."

제이콥이 발끈하듯 중얼거렸다.

"그게 다야?"

앨리스가 얼음처럼 싸늘한 목소리로 물었다.

"그러곤 저쪽에서 먼저 전화를 끊었다."

제이콥이 내뱉듯 대꾸했다. 그의 등줄기를 따라 전율이 흐르면서 내 몸도 덩달아 흔들렸다.

"장례식에 갔다는 얘기도 했잖아."

내가 그의 기억을 되살려주었다.

앨리스는 홱 고개를 돌려 다시 나를 쳐다보았다.

"정확하게 뭐라고 말한 거야?"

"'안 계신데요.'라고 하더니, 칼라일이 찰리의 행방을 물으니까 '장례식에 가셨습니다.' 라고 했어요."

앨리스가 신음을 하며 털썩 바닥에 무릎을 꿇었다.

"제발 무슨 일인지 얘기해 줘요, 앨리스."

"전화를 걸었던 건 칼라일이 아니었어."

"내가 거짓말을 했다는 거야?"

제이콥이 내 뒤에서 버럭 화를 냈다.

앨리스는 그를 무시한 채, 어리둥절해 있는 나를 응시했다.

"그건 에드워드였어. 걘 네가 죽었다고 생각하고 있지."

목이 꽉 멘 앨리스의 목소리는 차라리 속삭임에 가까웠다.

내 머리가 다시 돌아가기 시작했다. 내가 두려워하던 말은 아니었으므로, 우선은 안도감에 머리가 맑아졌다.

"로잘리가 얘기했군요? 내가 자살했다고."

나는 긴장을 풀며 한숨을 쉬었다.

앨리스의 눈에선 다시 불꽃이 일었다.

"맞아. 로잘리는 자기도 그렇게 믿었다고 변명했지만……. 걔들은 불완전할 때가 많은 내 예지력에 너무 의존하는 게 탈이지. 게다가 일부러 그 녀석을 찾아내서 그 소식을 전하다니! 생각이 있는 건지 없는 건지…… 걱정도 안 됐나?"

앨리스의 목소리가 공포스럽게 사그라들었다.

"그래서 에드워드가 이리로 전화를 했고, 제이콥 말을 오해한 거군요. 내 장례식인 걸로요."

그의 목소리를 들을 수 있었는데 목전에서 놓쳤다는 사실에 가슴이 쓰렸다. 내 손톱이 제이콥의 팔뚝으로 파고들었지만 그는 꿈쩍도 하지 않았다.

앨리스는 이상하다는 듯이 나를 쳐다보았다.

"별로 놀라지 않네."

"타이밍이 최악이긴 했네요. 그래도 결국엔 해결되겠죠. 다음번에 에드워드가 전화하면 누구든 제대로 얘기해 주면……."

나는 말꼬리를 흐렸다. 앨리스의 눈빛 때문에 목구멍에서 말이 막혔기 때문이었다.

앨리스가 왜 이렇게 공포에 질린 것일까? 그녀의 얼굴이 측은함과 두려움으로 일그러진 이유는 무엇일까? 조금 전 로잘리에게 전화로 했던 말은 무슨 의미일까? 무얼 봤기에…… 그리고 로잘리는 무얼 후회한다는 것일까? 나한테 무슨 일이 일어나든 회한을 느낄 사람이 아닌데. 하지만 만약 가족에게 무슨 일이 생겼다면, 동생의 마음에 상처를 줬다면…….

"벨라, 에드워드는 두 번 다시 전화하지 않을 거야. 로잘리 말을 믿어버렸거든."

앨리스가 속삭였다.

"난 이해가…… 안 돼요."

소리 없이 내가 입모양만으로 말했다. 그녀의 입에서 나올 대답이 두려워 입 밖으로 숨을 내뱉을 수조차 없었다.

"에드워드는 이탈리아로 가고 있어."

심장이 쿵 내려앉는 것을 느끼며 나는 그 말을 이해했다. 에드워드의 목소리가 되살아났다. 하지만 이번에는 완벽하게 그의 목소리를 흉내 낸 환청이 아니었다. 내 기억 속에 간직된 목소리의 희미하고 단조로운 메아리가 들려왔을 뿐. 하지만 그 내용만으로도 내 가슴을 단박에 찢어 환부를 드러내기에는 충분했다. 내가 가진 모든 것을 걸고 맹세해도 좋을 만큼 그가 나를 사랑한다고 믿었던 시절에 들었던 말이었다.

바로 이 방에서 나와 함께 로미오와 줄리엣이 죽는 장면을 보고 난 뒤 그가 말했었다.

'너 없인 나도 살지 않을 생각이니까. 하지만 방법을 알 수가 없었지.

에밋이나 재스퍼는 절대 도와주지 않을 테고……. 그래서 이탈리아로 가서 볼투리 일가와 한판 붙어야겠다고 생각했어. 그들은 함부로 자극해선 안 될 거물들이야. 죽고 싶을 때가 아니고선 말이지.'

'죽고 싶을 때가 아니고선 말이지.'

"안 돼!"

계속해서 속삭이듯 말을 주고받다가 내가 갑자기 비명을 지르자, 우리 셋은 동시에 놀라 움찔댔다. 앨리스가 예견한 장면이 무엇인지 깨달으며 온 얼굴로 피가 몰리는 것이 느껴졌다.

"안 돼! 안 돼, 안 돼, 안 돼요! 그럴 순 없어! 그런 짓을 할 순 없어!"

"너를 구하기엔 너무 늦었다는 걸 네 친구가 확인해 주자마자 갠 마음을 정했어."

"하지만…… 하지만 이미 떠난 사람이잖아요! 나를 버리고 떠났으면서! 이제 와서 왜 그게 문제가 되는 거죠? 어차피 난 인간이고, 언젠가는 죽을 텐데!"

"처음부터 에드워드는 너보다 오래 살 생각이 없었던 것 같아."

앨리스가 조용히 대꾸했다.

"자기가 뭔데!"

나는 버럭 고함을 질렀다. 이제 나는 벌떡 일어나 있었고, 제이콥은 여전히 앨리스와 내 사이를 몸으로 가로막은 채 주춤대며 따라 일어났다.

"저리 비켜, 제이콥!"

나는 부들부들 떨고 있는 그의 몸을 필사적으로 밀어냈다.

"우리가 어떻게 해야 하죠?"

나는 앨리스에게 간청을 했다. 뭐라도 하지 않으면 안 돼.

"걔한테 전화를 걸 순 없나요? 칼라일이 연락하면 안 될까요?"

앨리스가 고개를 저었다.

"제일 먼저 내가 해봤어. 리오에 있는 쓰레기통에 휴대폰을 버렸더군. 다른 사람이 주워서 전화를 받았어……."

"아까 우리가 서둘러야 한다고 했잖아요. 어떻게요? 무슨 일인지 몰라도 어서 해요!"

"벨라, 너한테 그런…… 부탁을 해도 괜찮을지 모르겠어……."

스스로도 확신이 안 서는 듯 앨리스는 말꼬리를 흐렸다.

"어서 말해요!"

명령하듯 내가 외쳤다.

앨리스는 내 어깨를 잡고 중대 발표를 하듯 간간이 나를 흔들었다.

"우리가 가도 이미 늦은 다음일 수도 있어. 나는 에드워드가 볼투리 일가를 찾아가는 광경을 봤어……, 죽게 해달라고 부탁하려고."

갑자기 눈앞이 뿌옇게 흐려왔다. 나는 얼른 눈을 깜박여 눈물을 떨구어냈다.

"결과는, 저들이 어떤 선택을 하느냐에 달렸어. 결정을 내리기까지는 나한테도 보이지 않으니까. 아로가 칼라일을 몹시 아끼기 때문에 칼라일을 생각해서 부탁을 거절할지도 몰라. 하지만 거절당해도 에드워드는 다른 계획을 세울 거야. 그들은 자신들의 근거지인 도시를 보호하는 걸 대단히 중요하게 여기거든. 에드워드는 뭔가 평화를 깨뜨리는 짓을 해서 그들이 자기를 막도록 할 작정이야. 당연히 그들은 저지하려 할 거고."

절망감에 이를 악문 채 나는 앨리스를 응시하고만 있었다. 왜 우리가 아직도 여기 서 있는지 이해할 수가 없었다.

"그러니까 그들이 에드워드의 부탁을 들어주기로 결정하면 우리가 가도 이미 늦다는 뜻이지. 부탁을 거절해도 에드워드가 그들의 화를 돋울 방법을 빨리 찾아내면 역시 너무 늦은 다음일 거야. 하지만 좀 더 극적인 상황을 만든다면…… 우리한테 시간이 있을 수도 있지."

"어서 가요!"

"잘 들어, 벨라! 우리한테 시간이 있든 없든 우리는 볼투리 일가가 지배하는 도시 한복판에 있게 될 거야. 에드워드가 처벌을 받게 되면, 나도 공모자가 되겠지. 너는 우리에 대해 너무 많은 것을 알뿐만 아니라 아주 먹음직한 냄새가 나는 인간이야. 저들이 우리 둘 다 없애버릴 확률이 높다는 뜻이야. 물론 네 경우엔 처벌이라기보다, 그들에게 신나는 식사시간을 제공하는 게 되겠지."

"아직도 우리가 여기서 머뭇거리는 이유가 그거였어요? 앨리스가 겁난다면 나 혼자라도 갈 거예요."

나는 저축해둔 돈이 얼마인지 머릿속으로 계산하며 앨리스가 나머지 경비를 빌려줄 것인지 고민하고 있었다.

"네가 죽게 될까봐 그러는 거야."

나는 코웃음을 쳤다.

"이미 거의 매일같이 죽을 고비를 넘기고 있어요. 어떻게 해야 되는 건지 어서 얘기나 해주세요!"

"찰리한테 남길 쪽지를 쓰도록 해. 난 항공사에 전화를 걸게."

"아, 찰리."

내가 곁에 있다고 해서 보호할 수 있는 건 아니겠지만, 정말 아빠를 여기 혼자 두고 가도 괜찮을까…….

"찰리 아저씨한테 무슨 일이든 일어나는 건 내가 그냥 두지 않겠어. 평화조약 따위 개나 줘버리라고 해."

제이콥이 성난 목소리로 말했다.

올려다보니 그는 인상을 쓴 채 겁에 질린 내 얼굴을 지켜보고 있었다.

"서둘러, 벨라."

앨리스가 다급하게 말했다.

나는 부엌으로 달려갔다. 싱크대 서랍을 열어 볼펜을 찾느라 내용물을 바닥에 다 쏟았다. 커다란 구릿빛 손이 볼펜을 집어 나에게 내밀었다.

"고마워."

나는 볼펜 뚜껑을 이빨로 물어뜯어 열며 중얼거렸다. 제이콥은 묵묵히 전화 메모를 받을 때 쓰는 메모장 묶음을 건네주었다. 나는 맨 윗장을 찢은 뒤 나머지 묶음을 어깨 너머로 던졌다.

'아빠, 전 앨리스랑 같이 있어요. 에드워드한테 문제가 생겼어요. 돌아온 다음에 외출금지령을 내리셔도 좋아요. 시기가 안 좋다는 건 알아요. 그래서 너무 죄송하고요. 사랑해요. 벨라.'

"가지 마."

제이콥이 속삭였다. 앨리스가 시야에서 사라지자 그의 분노도 완전히 사라진 듯했다.

나는 그와 말다툼을 벌이느라 시간을 낭비하고 싶지 않았다.

"제발, 부디 찰리를 지켜 줘. 무사할 수 있도록."

나는 다시 거실로 뛰어가며 말했다. 앨리스는 어깨에 가방을 맨 채 현관에서 기다리고 있었다.

"지갑을 가져와. 신분증도 있어야해. 제발 여권은 갖고 있길 바래. 지금은 위조할 시간이 없으니까."

나는 고개를 끄덕인 뒤 계단을 뛰어올라갔다. 엄마가 멕시코 해변에서 필과 결혼하려고 했었던 사실이 너무 고마워서 무릎이 다 떨릴 지경이었다. 물론 엄마의 계획이 늘 그렇듯 이국적인 결혼식의 꿈은 무산되었다. 계획이 바뀐 것은 내가 실질적인 여행 준비를 마친 다음이었다.

나는 방을 뒤졌다. 배낭에 오래된 지갑과 깨끗한 티셔츠 한 장, 트레이닝복 바지를 쑤셔넣고 맨 위엔 칫솔을 얹었다. 나는 다시 계단을 뛰어 내려갔다. 그러다 보니 묘한 기시감이 나를 엄습했다. 최소한 지난번과 달리 이번에는 찰리에게 직접 모진 작별인사를 할 필요는 없었다. 지난번에는 피에 굶주린 뱀파이어를 피해 포크스를 탈출했었지만, 이번에는 그들을 '찾으러' 간다는 점도 크게 달랐다.

제이콥과 앨리스는 열어 둔 현관 문 밖에서 서로 멀리 떨어져, 대화를 하고 있다고는 누구도 짐작하지 못할 모습으로 이야기를 나누고 있었다. 둘 다 내가 나타난 것도 알아채지 못하는 듯했다.

"당신은 그나마 가끔이라도 자제를 하는 모양이지만, 앞으로 만나게 될 거머리들은 절대로……."

"그래, 네 말이 맞아. 볼투리 일가야말로 우리 종족의 특성이 가장 강하게 드러나는 사람들이지. 네가 내 체취를 맡을 때마다 털이 곤두서는 이유 그 자체랄까. 네가 악몽에 시달릴 만큼 본능적으로 두려워할 만한 존재들이거든. 그건 나도 잘 알고 있는 사실이야."

"그런데도 와인 한 병 사들고 파티에 가는 것처럼 벨라를 데려가겠다는 거냐!"

"빅토리아가 노리고 있어. 그런데도 내가 벨라를 여기 혼자 두고 떠나는 게 낫다고 생각하는 건가?"

"빨간 머리는 우리가 해치울 수 있다."

"그런데 왜 그 여자가 아직도 사냥을 하고 있지?"

제이콥이 으르렁거리며 상체를 부들부들 떨었다.

"그만들 해요! 싸움은 돌아와서 하고, 어서 가요!"

조바심에 내가 버럭 소리를 질렀다.

앨리스가 서둘러 차 쪽으로 사라졌다. 나는 반사적으로 그녀를 따라가다 잠시 멈춰 현관문을 잠갔다.

제이콥이 떨리는 손으로 내 팔을 잡았다.

"부탁이야, 벨라. 내가 이렇게 빌게."

그의 검은 눈동자엔 눈물이 맺혀 있었다. 나도 목구멍에 뜨거운 것이 치밀었다.

"제이콥, 난 가야 해……."

"그렇지 않아. 갈 필요 없어. 여기 나랑 있으면 되잖아. 여기 남으면 살 수 있어. 찰리를 위해서. 나를 위해서."

칼라일의 벤츠 자동차 엔진 소리가 살아났다. 앨리스가 초조한 듯 손가락으로 차체를 두들기는 소리가 들려왔다.

어떻게도 할 수 없는 감정의 폭발로, 나는 눈물을 주르륵 흘리며 고개를 저었다. 나는 팔을 뿌리쳤고 그는 더 이상 잡지 않았다.

"죽지 마, 벨라. 가선 안 돼. 제발."

제이콥이 울먹이며 말했다.

두 번 다시 그를 볼 수 없다면 어쩌지?

소리 없이 눈물을 흘리는 사이 그 생각이 스쳐 지나가자 가슴이 찢어질듯 아파왔다. 나는 그의 허리에 팔을 두르고 아주 잠깐 그의 가슴에 눈물 젖은 얼굴을 묻었다. 그는 나를 계속 붙들고 있으려는 듯 뒷머리를 감쌌다.

"안녕, 제이콥."

나는 그의 손을 잡아당겨 손바닥에 입을 맞추었다. 차마 그의 얼굴을 올려다볼 용기는 나지 않았다.

"미안해."

내가 속삭였다.

나는 이내 돌아서서 차를 향해 달려갔다. 조수석 문이 열려 있었다. 나는 머리받이 위로 배낭을 던진 뒤, 차에 올라타고 문을 닫았다.

"찰리를 부탁해!"

나는 고개를 돌려 창밖으로 고함을 질렀지만 제이콥은 어디에도 보이지 않았다. 앨리스가 가속 페달을 밟자, 비명소리처럼 타이어가 소음을 내며 도로로 튕겨나갔다. 숲 가장자리 근처에 떨어진 하얀 형체가 눈에 들어왔다. 신발 한 짝이었다.

19

질주

될 수 있는 한 서둘러 비행기에 올랐지만, 진짜 고문은 그때부터 시작이었다. 비행기는 활주로에서 좀처럼 움직일 줄을 몰랐고, 승무원들은 한가롭게 통로를 걸어 다니며 머리 위쪽에 붙은 짐칸에 실린 가방이 규격에 맞는지 일일이 확인했다. 조종사들도 조종석에서 고개를 내밀고 승무원들과 잡담을 나누고 있었다. 내가 초조하게 엉덩이를 들썩이자 앨리스는 내 어깨를 계속해서 짓눌렀다.

"달리는 것보다는 그래도 이게 빨라."

낮은 목소리로 그녀가 나에게 주의를 주었다.

나는 들썩거리는 몸의 움직임에 맞춰 고개를 끄덕였다.

드디어 비행기가 천천히 게이트에서 멀어져 점점 속도를 높이자 내 초조함은 극에 달했다. 일단 이륙을 하고 나면 안심이 될 줄 알았는데, 미칠 듯한 조바심은 줄어들 줄을 몰랐다.

비행기가 이륙을 완전히 마치기도 전에 앨리스는, 좌석 앞에 걸려 있던 전화기를 들고 우리를 못마땅한 듯 쳐다보는 승무원에게 등을 돌렸다. 전화를 쓰지 못하게 하려고 일어섰던 승무원은 심상치 않은 내 표정을 보고 걸음을 멈추었다.

나는 재스퍼와 속삭이듯 대화 중인 앨리스의 말을 엿듣지 않으려고 애를 썼다. 끔찍한 이야기를 또다시 반복해서 듣고 싶진 않았지만, 그래도 들리는 이야기가 있었다.

"확실하지가 않아. 계속 다른 모습이 보이는 걸 보면 계속 마음을 바꾸나 봐……. 도시 곳곳을 다니며 살육을 저지르기도 하고, 보초를 공격하기도 하고, 광장 한복판에서 자동차를 머리 위로 들어올리기도 해. 종족의 비밀을 노출시키는 짓이지. 저들이 어쩔 수 없이 반응하리란 걸 잘 알고 있으니까……. 아냐, 안 돼."

앨리스의 목소리는 바로 옆 자리에 앉은 나도 들을 수 없을 만큼 작아졌다. 그럴수록 나는 더 열심히 귀를 기울였다.

"에밋한테도 안 된다고 해…… 당장 가서 에밋하고 로잘리를 데려와. 잘 생각해봐, 재스퍼. 에드워드가 우리들 중에 누구라도 본다면 어떻게 할 것 같아?"

앨리스가 고개를 끄덕였다.

"맞아. 벨라만이 해결책이 될 거야. 물론 기회가 있다면 말이지만……. 나도 최선을 다하겠어. 칼라일한테 대기하라고 해 줘. 가능성이 워낙 희박해."

이어 그녀는 소리 내어 웃더니 문득 목이 메었다.

"나도 그 생각을 했어……. 그래, 약속할게."

앨리스의 목소리가 간청조로 바뀌었다.

"부디 따라오지 마. 약속할게, 재스퍼. 어떻게 되든, 난 꼭 빠져나올 거야……. 사랑해."

그녀는 전화를 끊은 뒤 눈을 감고 등받이에 머리를 기댔다.

"재스퍼한테 거짓말하는 게 너무 싫어."

"나한테도 다 얘기해 줘요. 이해가 안 돼요. 재스퍼한테 왜 에밋을 말리라고 얘기했어요? 왜 두 사람이 우릴 도우러 오면 안 되죠?"

앨리스는 여전히 눈을 감은 채 속삭여 대답했다.

"두 가지 이유가 있어. 첫째는 내가 재스퍼한테 말한 대로야. 우리가 직접 에드워드를 말려보려고 시도할 수는 있겠지. 에밋이 선수를 칠 수 있다면, 어쩌면 네가 살아 있다는 걸 에드워드한테 납득시킬 수 있을 만큼은 시간을 끌 수 있을 거야. 하지만 우리는 에드워드 몰래 다가갈 수가 없어. 우리가 막으러 온 걸 알면 그는 더 빨리 행동하려 할 테니. 담장 너머로 자동차를 던지든 뭐든 해서 볼투리 일행이 당장 자길 해치도록 유도하겠지. 두 번째 이유는 물론 재스퍼한테 말할 수 없는 거였어. 만일 에밋과 재스퍼가 거기 있는데 볼투리 일가가 에드워드를 죽인다면, 그들은 적들과 싸울 거야. 벨라."

앨리스는 눈을 뜨고 간청하듯 나를 바라보았다.

"우리들이 이길 승산이 조금이라도 있다면…… 우리 넷이 그들과 싸워서 에드워드를 구해낼 수 있다면 이야기는 달라지겠지. 하지만 우린 이길 수 없어, 벨라. 난 재스퍼를 그런 식으로 잃을 수 없어."

나는 앨리스의 눈빛이 왜 나에게 이해를 구하고 있었는지 깨달았다. 그녀는 우리가 위험해지고, 에드워드가 죽게 되더라도 재스퍼를 보호하고 싶은 것이다. 나는 그 마음을 이해했으므로 섭섭한 마음은 들지 않았다. 나는 고개를 끄덕였다.

"하지만 에드워드는 앨리스의 생각을 들을 수 있잖아요. 그럼 내가 살아 있다는 걸 곧 알게 되지 않을까요?"

어느 쪽으로든 변명을 원한 건 아니었다. 하지만 나는 에드워드가 이런 식으로 반응을 보였다는 걸 아직도 믿을 수가 없었다. 도저히 말이 되질 않았다! 소파에 앉아 로미오와 줄리엣이 차례로 자살하는 장면을 보던 날 그가 했던 말을 나는 아플 만큼 또렷하게 기억했다. 그는 너무도 당연한 결론이라는 듯, '너 없인 나도 살지 않을 작정이었거든.'이라고 말했다. 하지만 숲에서 나를 버리고 떠나며 했던 말들은 그 모든 사랑의 맹세를 너무도 잔혹하게, 완전히 무효로 되돌렸다.

"만일 에드워드가 내 생각을 듣는다고 해도, 내 생각이란 것도 거짓으로 꾸며낸 것일 수 있으니까. 네가 정말로 죽었다고 해도 나는 여전히 그애를 말리려고 했을 거야. 그러니까 최대한 열심히 '벨라는 살아 있어, 벨라는 살아 있어.'라고 생각하겠지. 에드워드도 그걸 알아."

나는 절망감에 몸을 떨었다.

"너 없이 해결할 방법이 하나라도 있었다면 나도 이런 식으로 너를 위험에 빠뜨리지 않았을 거야, 벨라. 내 잘못이 커."

안타까운 마음에 나는 열심히 고개를 저었다

"바보 같은 소리 말아요. 내 걱정은 절대 하지 말고요. 재스퍼한테 거짓말 하는 게 싫다는 말이나 무슨 의미인지 알려주세요."

앨리스는 씁쓸한 미소를 지었다.

"저들한테 나까지 죽임을 당하기 전에 빠져나오겠다고 약속했거든. 하지만 그렇게 장담해선 안 돼. 불가능하니까."

그녀는 내가 위험한 상황임을 좀 더 진지하게 받아들이길 바라는 듯 눈썹을 치켜올렸다.

"볼투리 일가는 대체 누구죠? 대체 누구기에 에밋과 재스퍼, 로잘리, 앨리스 모두를 합한 것보다 더 강하다는 거예요?"

내가 속삭여 물었다. 나로선 그들보다 더 무서운 상대를 상상하기가 어려웠다.

앨리스는 길게 숨을 들이마시며, 갑자기 내 어깨 쪽으로 무서운 눈빛을 쏘아 보냈다. 고개를 돌려보니 통로 쪽에 앉은 남자가 우리쪽으로 귀를 기울이지 않았다는 듯 얼른 딴청을 피우고 있었다. 짙은 색 양복에 고급 넥타이를 매고 무릎에 노트북 컴퓨터를 올려놓은 것으로 보아 출장 가는 회사원 같았다. 내가 짜증을 담은 눈으로 계속해서 쳐다보자 그는 보란 듯이 컴퓨터를 열고 헤드폰을 꼈다.

나는 앨리스에게 바짝 기댔다. 그녀는 입술을 거의 내 귓가에 대고 속삭이며 이야기를 들려주었다.

"네가 그들의 이름을 단번에 알아들어서 좀 놀랐어. 에드워드가 이탈리아로 간다는 말의 의미를 그렇게나 빨리 이해했으니. 나는 내 입으로 설명해야할 줄 알았거든. 에드워드한테 얼마나 얘길 들은 거니?"

"아주 오래되고, 또 강력한 가문이라 왕족이나 다름없다고 했어요. 죽고…… 싶을 때가 아니고선 함부로 맞설 상대가 아니라고요."

나도 속삭여 대꾸했다. 그런 말을 입에 올리려니 문득 목이 메었다.

"우리 가족은 네가 예상하는 것보다 여러 가지 면에서 독특하다는 걸 너도 잘 알아 둬. 우리 가족처럼 많은 인원이 평화롭게 함께 산다는 건…… '비정상적'인 일이야. 알래스카에서 살고 있는 타냐의 가족도 마찬가지지. 칼라일은 절제하며 사는 방식 때문에 우리가 문명에 더 쉽게 적응했다고 생각하지, 단순히 생존이나 편리함 때문이 아니라, 사랑을 바탕으로 유대감을 형성하며 살 수 있었다는 거지. 제임스가 거느렸던 집단도 셋이면 대단히 드물게 큰 집단이었어. 그리고 로렌트가 얼마나 쉽게 일행을 떠났는지 너도 봐서 알잖아. 우리는 대개 혼자 돌아다니거나 기껏해야 둘씩 움직여. 칼라일의 가족은 딱 한 집단을 제외하면 내가 아는 한 가장 규모가 큰 가족이지. 유일한 예외가 바로 볼투리 일가야. 원래는 아로, 카이우스, 마르쿠스 셋뿐이었던."

"나도 본 적 있어요. 칼라일의 서재 그림에서요."

앨리스가 고개를 끄덕였다.

"세월이 지나면서 두 여자가 합류해서 이젠 다섯이 가족을 이루고 있어. 잘은 모르지만 내가 보기엔 엄청난 연륜 때문에 평화롭게 공존할 수 있었던 것 같아. 그들은 나이가 3천 살도 넘었거든. 어쩌면 그들이 지닌 특별한 능력 때문에 인내심이 더 커졌을 수도 있지. 에드워드나 나처럼 아로와 마르쿠스도 그런 능력이 있거든……."

잠시 말을 멈추었던 앨리스는 내가 묻기도 전에 다시 이야기를 계속했다.

"어쩌면 권력에 대한 욕심 때문에 서로 결속한 것인지도 모르지. 그들에겐 왕족이란 표현이 딱 어울리니까 말이야."

"하지만 겨우 다섯뿐이라면……."

"가족만 다섯이라는 얘기야. 그들이 거느린 호위대는 빼고."

나는 심호흡을 했다.

"꽤…… 심각하네요."

"그래. 가장 최근에 들은 바로는 항상 달고 다니는 호위대만 아홉 명이라고 했어. 나머지는 좀 더…… 유동적인 모양이야. 수가 늘 달라지는 거지. 그리고 그들은 대부분 특별한 재능을 갖고 있어. 상당히 무서운 것이어서 우리들의 능력은 어린애들 장난처럼 느껴질 정도라더군. 볼투리 일가는 호위대를 신체적, 정신적 능력을 검증해 선별하거든."

나는 입을 벌렸다가 그대로 다물었다. 승산이 얼마나 희박한지 알고 싶지 않았으므로.

내가 무슨 생각을 하는지 안다는 듯 앨리스는 고개를 끄덕였다.

"그들에겐 적이 거의 없었어. 그들의 뜻을 거스를 만큼 어리석은 자들은 없을 테니. 그리고 의무적인 행사가 아니고선 좀처럼 본거지인 도시를 떠나지 않아."

"의무적인 행사라뇨?"

"에드워드한테 얘기 못 들었어?"

"네."

멍한 표정으로 내가 대꾸했다.

앨리스는 양복 입은 남자가 앉아 있던 쪽을 한 번 더 돌아본 뒤 다시 내 귀에 싸늘한 입술을 댔다.

"그들을 왕족이라고 부르며 지배계층으로 인정하는 데는 다 이유가 있어. 수천 년 동안 그들은 우리가 지켜야 할 규칙을 만들고 강화해 왔지. 실제로 규칙을 어기는 자들에 대한 처벌 방법도 그들이 정해. 의무를 행하는 데 있어 그들 일가는, 대단히 엄격하지."

충격으로 눈이 튀어나올 것 같았다.

"'규칙'이 있다고요?"

내가 지나치게 큰 소리로 물었다.

"쉿!"

"그랬다면 누군가 나한테도 미리 알려줬어야 하는 거 아니에요? 나도…… 당신들처럼 되고 싶어 했잖아요! 그러니까 나한테도 규칙이 뭔지 설명해 줬어야죠!"

속삭이면서도 나는 화가 났다.

내 반응에 앨리스는 후후 웃었다.

"복잡한 건 아니야, 벨라. 근본적으로 지켜야 할 건 단 한 가지니까, 너도 잘 생각해보면 짐작할 수 있을 거야."

나는 잠시 생각에 잠겼다.

"아뇨, 모르겠어요."

실망한 듯 앨리스는 고개를 저었다.

"그래. 너무 뻔한 거라 모를 수도 있겠지. 우리 존재를 비밀에 부쳐야 한다는 것."

"아."

듣고 보니 정말 너무 당연했다.

"그게 의무이기 때문에, 우리는 경찰에 잡히거나 해선 안 돼. 하지만 수백 년이 지나도록 쥐 죽은 듯이 살게 되면 가끔 우리들 중에 누군가 지루함을 느끼거나 정신이 나가기도 하겠지. 그럴 때 볼투리 가문이 개입하는 거야. 그들이 자신은 물론이고 나머지 종족까지 위험에 빠뜨리기 전에."

"그래서 에드워드가⋯⋯"

"에트루리아 시대부터 3천 년 이상 비밀스럽게 지켜온 도시, 그곳의 질서를 무너뜨릴 계획을 세운 거지. 그들은 자신들의 도시를 너무도 소중히 여기고 보호하기 때문에 성벽 안에선 사냥조차 금지하고 있어. 볼테라는 아마도 뱀파이어의 공격에 관한 한 세계에서 가장 안전한 도시겠지."

"하지만 좀 전에 그들은 본거지를 벗어나지 않는다고 했잖아요. 그럼 어떻게 식사를 하죠?"

"그들은 본거지를 떠나지 않아. 먹을거리를 밖에서 들여오거든. 때로는 아주 먼 곳에서 공수되기도 하지. 볼테라의 실체가 노출되는 것을 막고 이단자들을 없애는 임무 외에 호위대가 맡은 일도 바로 그거야."

"그들은, 에드워드가 벌이려는 일들을 철저히 봉쇄하려 하겠군요."

놀랍게도 이제는 그의 이름을 말하는 것이 어렵지 않았다. 대체 왜 달라진 거지. 아마도 내가 그를 만나보지 않고는 살지 않기로 작정했기 때문일 수도 있었다. 우리가 너무 늦게 도착한다면 그럴 기회는 아예 없을 것이다. 하지만 그를 따라 죽을 수 있다는 사실이 내겐 차라리 위안이었다.

"그들도 이런 상황은 겪어본 적 없을 거야. 자살을 시도하는 뱀파이어는 많지 않을 테니까."

앨리스가 곤혹스러운 표정으로 중얼거렸다.

내 입에서 아주 작은 소리가 새어나왔다. 앨리스는 그것이 고통에 찬 부르짖음임을 알아채고, 가냘프지만 단단한 팔로 내 어깨를 감쌌다.

"최선을 다해보는 거야, 벨라. 아직은 끝나지 않았어."

"아직은 그렇지만, 우리가 실패하게 되면 볼투리 일가가 우릴 가만두지 않겠죠."

가능성이 얼마나 희박한지는 앨리스도 나도 알고 있었다.

앨리스의 몸이 경직됐다.

"그래서 잘 됐다는 것처럼 들리네."

나는 어깨를 으쓱했다.

"허튼 생각 말아, 벨라. 안 그러면 뉴욕에서 내려서 곧장 포크스로 돌아갈 테니까."

"왜요?"

"이유는 너도 알잖아. 너무 늦어져 에드워드를 구하지 못하면 나는 무슨 일이 있어도 널 찰리한테 무사히 데려다줄 거야. 그러니까 너까지 상황을 꼬이게 하진 말아 줘. 알겠니?"

"알겠어요."

앨리스는 약간 뒤로 물러나서 나를 물끄러미 노려보았다.

"문제 일으키면 안 돼."

"걸스카우트의 명예를 걸고 맹세해요."

내 말에 앨리스는 나를 곱게 흘겨보았다.

"이제 난 집중 좀 해야겠어. 에드워드가 무슨 계획을 세웠는지 알아볼 생각이니까."

그녀는 한 팔로 내 어깨를 안은 채 등받이에 머리를 기대며 눈을 감았다. 한 손으로는 관자놀이를 지그시 문질렀다.

나는 오랫동안 홀린 듯 앨리스를 지켜보았다. 마침내 그녀는 완전히 동작을 멈췄고, 얼굴은 석상처럼 굳어졌다. 깊은 잠에 빠지기라도 한 것처럼 그녀는 몇 분간 꼼짝도 하지 않았다. 하지만 나는 무슨 일인지 물어볼 엄두가 나질 않았다.

나도 뭔가 생각할 만한 편안한 것이 있으면 좋을 텐데. 지금 우리가 달려가고 있는 공포의 순간을 떠올리거나, 혹시 실패할지도 모른다는 두려운 가능성에 매달릴 순 없었다. 그랬다간 당장 큰소리로 비명을 지르며 울부짖게 될 것 같으니까.

나로선 뭔가를 '예견' 할 수도 없다. 만일 아주, 아주, 아주 운이 좋으면 어떻게든 에드워드를 구할 수 있을 지도 모른다. 하지만 그를 구한다고 해서 함께 있을 수 있다고 믿을 만큼 바보는 아니었다. 나는 예전과 달라진 게 없고 여전히 조금도 특별하지 않다. 이제 와서 새삼 그가 나를 원할 만한 이유는 없었다. 그를 만났다가 또다시 헤어져야 하다니······.

나는 고통과 싸웠다. 이건, 그의 목숨을 구하기 위한 대가잖아. 그런 대가라면 얼마든지 치를 수 있어.

비행기에선 영화를 보여주었고 내 옆자리에 앉은 승객은 헤드폰을 꼈다. 작은 스크린에 비치는 장면을 지켜보았지만, 로맨스영화인지 공포영화인지 분간도 할 수 없었다.

영원같던 시간이 흐른 뒤 드디어 비행기가 뉴욕 시를 향해 하강하기 시작했다. 앨리스는 여전히 가수면 상태에 빠져 있었다. 초조해진 나는 그녀를 깨우려고 손을 뻗었다가 그냥 접었다. 비행기가 덜컹거리며 활주로에 닿기까지 나는 그것을 열 번도 넘게 반복했다.

마침내 내가 입을 열었다.

"앨리스. 앨리스, 우리 내려야 해요."

내가 그녀의 팔을 잡았다.

앨리스는 천천히 눈을 떴다. 그러더니 문득 고개를 좌우로 저었다.

"새로운 소식 없어요?"

통로 건너편에 앉은 남자가 듣고 있다는 생각에 내가 작은 목소리로 물었다.

"별로 없어. 점점 결심의 순간이 가까워지고 있긴 해. 에드워드는 지금, 어떻게 부탁할지 방법을 정하는 중이야."

우리는 갈아탈 비행기 시간 때문에 공항에서 숨 가쁘게 달려야 했다. 그래도 기다리는 것보다는 나았다. 비행기가 이륙하자마자 앨리스는 또다시 눈을 감고 가수면 상태로 빠져들었다. 나는 최대한 인내심을 발휘하며 기다렸다. 날이 어두워지자 나는 창문을 통해, 덧창을 바라보는 것보다 나을 것 없는 검은 허공을 내다보았다.

여러 달 동안 생각을 절제하는 연습을 해서 다행이었다. 앨리스에게 한 약속과 달리 나는 살아남을 생각이 없었으므로, 공포스런 여러 가능성에 매달리는 대신 남은 문제들을 하나하나 떠올렸다. 만일 내가 무사히 돌아간다면 찰리에게는 뭐라고 설명해야 할까? 몇 시간쯤은 족히 걸릴 만큼 까다로운 문제였다. 그리고 제이콥에겐? 그는 나를 기다리겠다고 약속했지만, 과연 그 약속이 아직도 유효할까? 결국 내 곁에는 아무도 남지 않고 홀로 외로이 포크스에서 지내게 되겠지. 곧 겪게 될 일이 무엇이든, 내가 살고 싶지 않아질 것만은 거의 분명해 보였다.

몇 초쯤 지난 것 같은데 앨리스가 내 어깨를 흔들었다. 나도 모르게 잠이 들었던 모양이다.

"벨라."

잠든 사람들로 가득한 컴컴한 비행기 안에서 그녀의 안타까운 목소리는 좀 너무 크게 들렸다.

순간적으로 어리둥절했다. 언제 시간이 이렇게 흘렀담.

"뭐가 잘못됐어요?"

우리 뒷줄에 앉은 사람이 켜둔 독서등의 빛이 반사되어 앨리스의 눈동자가 반짝거렸다.

"잘못된 건 없어. 내 짐작이 맞았어. 저들은 심사숙고한 끝에 거절하기로 결정했지."

"볼투리 일가 말인가요?"

아직도 잠이 깨지 않은 상태에서 내가 중얼거렸다.

"당연하잖아. 정신 차려, 벨라. 그들이 뭘 하려는지 똑똑히 보여."

"어서 얘기해봐요."

남자 승무원이 발소리를 죽이고 우리에게 다가왔다.

"두 분께도 베개를 갖다드릴까요?"

속삭이듯 제안한 이유는 실은 약간 시끄러웠던 우리의 대화를 비난하기 위함이었다.

"아뇨, 됐어요."

앨리스가 승무원을 올려다보며 넋이 나갈 만큼 매력적인 미소를 지었다. 승무원은 홀린 듯한 표정으로 돌아서서 비틀비틀 자기 자리로 돌아갔다.

"어서요."

내가 거의 입모양만 움직이며 재촉했다.

앨리스는 내 귀에 속삭였다.

"저들은 에드워드한테 관심을 보이고 있어. 그 애의 능력이 유용하다고 생각하거든. 그래서 자기들이랑 같이 지내자고 제안할 작정이로군."

"에드워드는 뭐라고 대답할까요?"

"그건 아직 보이지 않지만, 상당히 의외의 대답이 될 건 분명해. 이렇게 좋은 소식은 처음이야. 처음으로 그 녀석의 계획과 어긋난 거잖아. 그들은 아주 단단히 매혹돼 있어. 그러니 에드워드를 해치울 마음이 없는 거지. 아로는 '낭비'라는 말까지 입에 담게 되는군. 그러니 에드워드도 다른 수를 짜낼 수밖에 없겠는데? 계획을 세우느라 시간이 걸리면 걸릴수록 우리한테 유리해지는 거지."

앨리스는 싱긋 웃었다. 그녀는 안심하는 눈치였지만 나는 그 소식을 듣고도 위안을 느끼거나 희망을 품을 수가 없었다. 우리가 늦게 도착할 가능성이 여전히 너무 컸으므로. 볼투리 일가의 도시에 진입조차 하지 못하게 되면, 앨리스는 그대로 날 집으로 끌고 갈 거다.

"앨리스?"

"왜?"

"이해가 안 돼요. 이번엔 어떻게 그렇게 선명하게 예견할 수가 있죠? 다른 때는 아직 일어나지 않은 먼 미래의 일은 아주 희미하게 볼 뿐이잖아요."

앨리스의 눈빛이 사뭇 긴장되는 것을 보며, 나는 혹시 그녀가 내 생각을 알아차린 걸까 궁금해졌다.

"가까운 미래에 확실히 일어날 일이니까 선명한 거야. 이번엔 특히 정신을 굉장히 집중하기도 했고. 먼 미래의 일은 저절로 나타나기 때문에 섬광처럼 희미하게 보이지. 게다가 같은 종족의 미래는 더 잘 보여. 에드워드는 특히 내가 익숙한 사람이니까 더 쉬운 거고."

"가끔 나도 보인다면서요."

앨리스는 고개를 저었다.

"그리 선명하진 않아."

나는 한숨을 쉬었다.

"앨리스가 내 미래도 선명하게 볼 수 있으면 정말 좋겠어요. 처음엔, 심지어 우리가 만나기 전부터 나에 대한 걸 봤잖아요……."

"그게 무슨 말이야?"

"내가 당신들처럼 되는 걸 봤다면서요."

내가 가까스로 그 말을 내뱉었다.

앨리스는 한숨을 쉬었다.

"그땐 가능성이 있었지."

"때를 놓쳤군요."

"실은 벨라……."

앨리스는 망설이는 듯하더니 이내 결단을 내린 표정을 지었다.

"솔직히 나는 모든 일이 너무 엉뚱하게 어긋나 버렸다고 생각해. 그래서 내가 직접 너를 변신시킬까 고민하고 있어."

나는 충격으로 얼어붙어 멍하니 앨리스를 쳐다보았다. 마음속이 마구 들끓고 있었다. 하지만 앨리스가 또다시 생각을 바꾼다면, 그러면 지금의 이 희망은 어디로 가야 하는 걸까.

"겁먹었니? 난 네가 그걸 원했다고 생각했는데."

"지금도 그래요!"

내가 작게 소리쳤다.

"오, 앨리스, 지금 당장 해줘요! 지금 난 전혀 도움도 못 되잖아요. 그러면 나 때문에 시간을 끌 일도 없을 거예요. 당장 날 물어줘요!"

"쉿."

앨리스가 주의를 주었다. 승무원이 또다시 우리 방향을 쳐다보았다.

"이성적으로 좀 생각해. 우리한텐 그럴 만한 시간이 없어. 우린 내일 당장 볼테라에 들어가야 한단 말이야. 그렇게 되면 너는 며칠 동안이나 고통으로 몸부림쳐야 해. 게다가 다른 승객들도 호의적인 반응을 보일 리 없잖아."

나는 입술을 깨물었다.

"지금 안하면 나중에 또 마음을 바꿀 거잖아요."

"아니. 그럴 일은 없을 것 같아. 물론 에드워드가 길길이 날뛰겠지만,

이미 저지른 뒤에 뭘 어쩌겠어?"

앨리스는 불편한 표정으로 얼굴을 찌푸렸다.

내 심장박동이 더욱 빨라졌다.

"어쩔 수 없겠죠."

앨리스는 힘없이 웃다가 한숨을 쉬었다.

"넌 나를 너무 믿는 게 탈이야, 벨라. 사실 내가 '할 수 있을지' 자신은 없어. 어쩌면 그냥 너를 죽게 만들지도 몰라."

"난 그냥 운에 맡길래요."

"인간치고도 넌 참 이상한 아이야."

"고마워요."

"어쨌든 그 문제는 순전히 가정일 뿐이야. 우선은 내일을 무사히 넘겨야 해."

"좋은 지적이에요."

게다가 내일을 넘기는 것 외에 다른 희망이 생겼다. 앨리스가 약속을 지키고, 또 실수로 나를 죽이지 않는다면 에드워드가 또다시 딴청을 부리며 달아난다 해도 나 역시 그를 따라갈 수 있을 것이다. 그가 나를 피하도록 내버려두지 않을 거다. 내가 아름답고 강해지면, 어쩌면 그의 생각도 바뀔지 모르지.

"다시 잠이나 자둬. 새로운 게 보이면 깨울게."

앨리스가 나를 다독였다.

"알겠어요."

절대로 잠이 올 것 같지 않았지만 나는 순순히 그렇게 대답했다. 앨리스는 두 다리를 의자 위로 올리고 팔로 감싸 안은 다음, 이마를 무릎에 기댔다. 정신을 집중하며 그녀는 몸을 약간 앞뒤로 움직였다.

나는 등받이에 머리를 기댄 채 그녀를 지켜보았다. 어느 틈에 그녀가 일어나 창문 가리개를 낚아채듯 열었다. 동쪽 하늘이 희미하게 밝아오고 있었다.

"무슨 일이에요?"

"그들이 안 된다고 통보했어."

나직이 앨리스가 말했다. 얼마 전까지 그녀의 얼굴에 떠올라 있던 기대감이 사라져 있었다.

돌연한 공포에 목구멍이 콱 막혔다.

"에드워드는 어떻게 할 생각이에요?"

"처음엔 그냥 어지럽기만 하더군. 너무 빨리 계획을 바꾸는 바람에 섬광처럼 스치는 장면밖엔 보이질 않았거든."

"어떤 종류의 계획인데요?"

"가장 끔찍했던 순간은 이거야. 에드워드가 사냥을 할 결심을 했었거든."

앨리스는 나를 쳐다보며 내가 무슨 말인지 이해하지 못했다는 것을 깨달았다.

"도시에서 말이야. 거의 실행 단계까지 갔어. 다행히 마지막 순간에 마음을 바꿨지."

"칼라일을 실망시키고 싶지 않았을 거예요."

마지막 순간에는 더욱 그랬을 거라 여기며 내가 중얼거렸다.

"그럴지도 모르겠다."

"시간이 충분할까요?"

내가 질문을 던진 순간 객실 내 기압이 바뀌는 게 느껴졌다. 비행기가 아래쪽으로 향하고 있었다.

"그러기를 바라고 있어. 마지막에 했던 결심을 그대로 유지한다면 가능성은 있어."

"그게 뭔데요?"

"에드워드는 최대한 간단한 방법을 선택할 작정이야. 햇빛 속으로 걸어 들어가는 거지."

그냥 햇빛 속으로 걸어 들어가는 것. 그뿐이었다.

그것으로 충분할 테니까. 피부가 수백만 개의 다이아몬드 조각으로 이루어진 듯 눈부신 빛을 뿜으며 초원에 서 있던 에드워드의 이미지는 이미 내 뇌리에 각인되어 있었다. 그 모습을 한 번이라도 본 인간이라면 누구도 잊을 수 없을 것이다. 볼투리 일가가 그것을 허락할 리가 없다. 자신들의 정체를 밝히고 싶지 않은 한 에드워드를 막을 게 분명했다.

나는 열린 창문으로 비쳐드는 희미한 회색빛을 응시했다.

"우린 너무 늦게 도착할 거예요."

두려움 때문에 목구멍이 조여드는 것을 느끼며 내가 속삭였다.

앨리스는 고개를 저었다.

"지금 당장은 에드워드가 극적인 상황을 연출하려는 쪽으로 기울고 있어. 최대한 많은 관객 앞에서 저지르려고 중앙 광장 시계탑 아래를 장소로 정하려고 하는 거지. 거긴 성벽이 높기 때문에 태양이 머리 꼭대기까지 솟아오르는 정오까지 기다려야 할 거야."

"그럼 정오까지는 시간이 있겠네요?"

"운이 좋으면 그렇겠지. 에드워드가 그 결심을 유지한다면 말이야."

기장의 안내방송이 흘러나왔다. 처음엔 프랑스어로, 곧이어 영어로. 곧 착륙한다는 내용이었다. 안전벨트를 착용하라는 표시등이 들어왔다.

"피렌체에서 볼테라까지는 얼마나 걸려요?"

"얼마나 차를 빨리 모느냐에 달려 있겠지……. 벨라?"

"네?"

앨리스는 의미심장한 눈빛으로 나를 쳐다보았다.

"자동차 절도에 대해서 어떻게 생각해?"

밝은 노란색의 포르셰 자동차가 내 앞 몇 미터 떨어진 곳에서 끽 소리를 내며 멈춰섰다. 뒤쪽에 흘림체로 '터보'라는 영문 글씨가 크게 적혀 있었다. 복잡한 공항 인도에서 오가던 사람들이 나만 빼고 전부 그 차를 쳐다보았다.

"서둘러, 벨라!"

앨리스가 열린 조수석 창문으로 초조하게 외쳤다.

나는 문 쪽으로 달려가 몸을 날리듯 차에 올랐다. 문득 자신이 머리에 검정색 스타킹을 쓴 강도처럼 느껴졌다.

"맙소사, 앨리스. 좀 더 눈에 안 띄는 차로 훔칠 순 없었어요?"

실내는 검정색 가죽이었고, 창문엔 진하게 선팅이 되어 있었다. 차안은 밤처럼 아늑한 느낌이 들었다.

앨리스는 아주 빠르게, 복잡한 차들 사이를 빠져나가기 시작했고, 틈만 있으면 끼어들었으므로 나는 간신히 몸을 가누며 안전벨트를 맸다.

"중요한 건 빠른 차를 훔쳐야한다는 거잖아. 그래서 모양까진 생각할 겨를이 없었어. 그나마 운이 좋았어."

"도로라도 봉쇄되면 꽤나 유리하겠네요."

앨리스는 유쾌하게 웃었다.

"나만 믿어, 벨라. 도로가 봉쇄되더라도 우리가 지나간 '다음'일 테니까."

그녀는 자기 말을 증명하듯 가속 페달을 밟았다.

처음엔 피렌체의 도시 풍경이, 그리고 곧이어 토스카나의 풍경이 무서운 속도로 지나쳤다. 창밖을 내다보아야 할 것 같았다. 이것은 나의 첫 해외여행이었고, 어쩌면 마지막일 수도 있으니까. 하지만 운전대를 잡은 앨리스가 믿을 만하다는 것을 알면서도, 너무 무서웠다. 게다가 워낙 큰 걱정에 매달려 있었기 때문에 아름다운 언덕이나 저 멀리 성채처럼 보이는 성곽 도시도 눈에 들어오지 않았다.

"더 보이는 건 없었어요?"

"축제 같은 게 벌어지고 있어. 사람들이 굉장히 많고 사방에 빨간색 깃발이 펄럭이고 있군. 오늘이 며칠이지?"

나도 날짜 감각이 없었다.

"아마 19일일걸요?"

"아이러니로군. 하필 성 마르쿠스의 날이라니."

"그게 무슨 날인데요?"

앨리스는 허탈한 웃음소리를 냈다.

"도시에서 매년 열리는 축제야. 전설에 따르면, 기독교 사제였던 마르쿠스 신부가 1500년 전에 볼테라에서 뱀파이어를 모두 몰아냈거든. 실은 볼투리 일가의 마르쿠스를 의미하는 거지만. 전설 속 이야기로는 악한 뱀파이어들을 몰아내는 데 힘쓰다 루마니아에서 순교했다고 전해지지. 물론 그건 말도 안 되는 얘기야. 그는 볼테라를 떠난 적도 없거든. 하지만 십자가니 마늘이니 하는 미신들이 생겨난 곳도 바로 여기야. 마르쿠스 '신부'가 그걸 이용해서 뱀파이어를 물리쳤다고 믿게 했거든. 뱀파이어들이 볼테라만큼은 건드리지 않았으니 효험이 좋았다는 뜻이지. 그래서 도시의 축제일로 자리 잡은 거야. 이 축제는 또 경찰의 치안력을 자랑하는 장이기도 해. 결국 볼테라는 놀랍도록 안전한 도시니까 말이야. 다들 경찰의 공이라 여기거든."

무슨 뜻으로 '아이러니'란 단어를 썼는지 그제야 알 것 같았다.

"에드워드가 성 마르쿠스의 날을 엉망으로 만들면 저들이 난처해지겠네요."

앨리스가 무거운 표정으로 고개를 끄덕였다.

"그래. 그러니 아주 신속하게 행동할 거야."

나는 아랫입술을 찢을 듯 이로 세게 깨물고 있다가, 힘을 빼야 한다고 되뇌며 고개를 돌렸다. 지금 피를 흘리는 건 좋은 생각이 못되니까.

청명한 하늘에는 태양이 끔찍이도 높이 떠 있었다.

"에드워드는 아직도 정오에 일을 저지를 작정이에요?"

"응. 기다릴 생각이야. 그들도 에드워드를 기다리고 있고."

"내가 어떻게 해야 하는지 말해 줘요."

앨리스는 굽은 도로에서 시선을 떼지 않았다. 속도계 바늘이 계기판 오른쪽 끝의 붉은색 부분을 가리키고 있었다.

"할 일은 아무것도 없어. 그냥 에드워드가 햇빛 속으로 나서기 전에 너를 보기만 하면 돼. 반드시 나를 발견하기 전에 너를 봐야겠지."

"어떻게 그럴 수가 있죠?"

앨리스가 추월을 하자 옆 차선을 지나던 빨간 소형 자동차가 뒤로 달려가는 듯했다.

"나는 너를 데리고 최대한 가까이 가기만 할 테니까, 그 다음엔 넌 내가 가리키는 방향으로 달려가면 돼."

나는 고개를 끄덕였다.

"제발 넘어지진 마. 뇌진탕까지 추스를 여유는 없으니."

나도 모르게 신음소리가 흘러나왔다. 결정적인 순간에 바보처럼 전부 망쳐버리고 모든 걸 파멸로 이끄는 일? 내가 제일 잘하는 짓이었다.

앨리스가 차를 몰고 미친 듯이 달려가는 동안에도 태양은 계속해서 솟아올랐다. 햇빛이 너무 밝아 나는 공포에 사로잡혔다. 그가 정오까지 기다릴 필요가 없다고 판단할까 봐서.

"다 왔어."

앨리스가 갑자기 가까운 언덕 위에 성벽으로 둘러싸인 도시를 가리켰다.

희미하게 번져가는 새로운 두려움을 느끼며 나는 성벽을 응시했다. 겨우 어제 아침인데 일주일은 지난 느낌이었지만, 어쨌든 앨리스가 우리 집 계단 밑에서 그의 이름을 읊조린 어제 아침부터 줄곧 나에게는 오직 한 가지 공포뿐이었다. 그런데 지금 고풍스런 황갈색 성벽과 언덕 꼭대기에 모여 있는 석탑들을 바라보고 있으려니 여태 느꼈던 것과는 다른, 좀 더 이기적인 두려움이 엄습했다.

너무나도 아름다운 도시. 하지만 나에겐 소름이 끼칠 만큼 두려울 뿐이었다.

"볼테라야."

앨리스가 싸늘하고 나직한 목소리로 말했다.

20

볼테라

가파른 오르막으로 접어들면서 도로는 막히기 시작했다. 좀 더 올라가자 차끼리의 간격이 너무 좁아서, 앨리스가 미친 듯이 차선 변경을 하는 것도 불가능해졌다. 우리는 낡은 소형 푸조 자동차 뒤에서 꾸물거리며 움직일 수밖에 없었다.

"앨리스."

신음하듯 내가 말했다. 계기판에 달린 시계가 더 빨라진 듯했다.

"진입로는 여기뿐이야."

앨리스가 달래듯 말했지만 나를 위로하기엔 목소리가 너무 긴장돼 있었다.

늘어선 자동차들은 조금씩 앞으로 움직였다. 강렬하게 내리쬐는 태양은 이미 우리 머리 위를 비추는 듯했다.

길게 늘어선 자동차 행렬은, 한 번에 자동차 한 대 빠져나간 거리만큼만 움직이며 거북이처럼 도시 쪽으로 다가가고 있었다. 성문에 가까워지자 사람들이 차를 길옆에 세워두고 내려서 걸어가는 모습이 보였다. 처음에는 단순히 길이 막혀서 그러는 것이라고 생각했다. 나도 운전자들의 조바심을 이해할 수 있을 것 같았으니까. 그러나 굽은 길을 돌아서자 성벽 바깥쪽 주차장에 가득 찬 자동차들이 눈에 들어왔다. 사람들은 전부 걸어서 성문을 지나고 있었다. 자동차로 도심으로 진입하는 것은 불가능했다.

"앨리스."

내가 긴박하게 속삭였다.

"알아."

앨리스의 얼굴이 얼음조각처럼 굳어졌다.

천천히 성문 가까이 다가가며 전방을 살피니 바람이 심하게 부는 듯했다. 성문으로 몰려드는 사람들은 하나같이 모자를 누르거나 머리칼을 움켜쥐고 있었다. 사람들의 옷자락이 심하게 펄럭거렸다. 어딜 봐도 빨간색 천지였다. 사람들은 하나같이 빨간 셔츠나 빨간 모자를 착용했고, 성문 양옆으론 빨간 깃발이 리본처럼 길게 드리워져 바람에 휘날리고 있었다. 어떤 여자의 머리를 묶고 있던 선홍색 스카프가 바람에 풀려 허공으로 날아올랐다. 하늘 높이 올라간 스카프는 살아 있는 생물처럼 몸부림을 쳤다. 여자가 손을 뻗고 펄쩍 뛰었지만, 계속해서 더 높이 날아가는 스카프는, 빛바랜 고대 성벽을 배경으로 섬뜩한 핏빛처럼 보였다.

"벨라."

앨리스가 낮고도 단호한 목소리로 빠르게 말했다.

"이제부터 성문 경비가 어떻게 나올지 모르겠어. 내 방법이 통하지 않으면 너 혼자 들어가야 해. 무조건 뛰어가야 할 거야. 그냥 '팔라조 데이 프리오리'가 어딘지 물어봐서 사람들이 가르쳐주는 방향으로 달려가. 길을 잃으면 안 돼."

"팔라조 데이 프리오리, 팔라조 데이 프리오리."

나는 완전히 외우려고 계속해서 광장 이름을 되풀이했다.

"혹시 영어를 하는 사람이라면 '시계탑'이 어딘지 물어봐. 나는 차를 돌려서 도시 뒤쪽에 성벽을 넘어갈 수 있을 만큼 외진 곳이 있는지 찾아볼 거야."

나는 고개를 끄덕였다.

"팔라조 데이 프리오리."

"에드워드는 광장 북쪽에 있는 시계탑 아래 있을 거야. 시계탑 오른쪽으로 좁은 골목이 있는데 거기 그늘에 있어. 그 녀석이 햇빛 속으로 나서기 전에 꼭 주의를 끌어야만 해."

나는 열심히 고개를 끄덕였다.

차가 맨 앞줄에 가까워졌다. 감청색 제복을 입은 남자가 줄지어 움직이고 있는 자동차들에게 수신호를 보내며, 꽉찬 주차장에서 되돌아 나오는 차들을 안내하고 있었다. 앞선 차들이 유턴을 한 뒤 도로 옆쪽 주차 공간을 찾느라 오던 길을 되돌아갔다. 드디어 앨리스의 차례가 되었다.

제복을 입은 남자는 별다른 관심을 보이지 않은 채 느릿느릿 손짓을 했다. 앨리스가 가속페달을 밟아 남자 옆을 지나친 뒤 성문으로 향했다. 남자가 우리에게 뭐라고 소리를 지르더니, 뒤차까지 우리를 따라가지 못하도록 다급히 제지를 했다.

성문을 지키던 남자도 똑같은 제복을 입고 있었다. 우리가 다가가자 인도를 가득 메우고 몰려가던 관광객들이 번쩍이며 달려온 포르셰 자동차를 호기심 어린 눈초리로 쳐다보았다.

경비가 도로 중앙을 막아섰다. 앨리스는 조심스레 자동차의 각도를 살짝 튼 뒤에야 비로소 멈추었다. 햇빛은 내가 앉은 쪽으로 쏟아져 들어왔고, 앨리스가 앉은 쪽은 그늘이었다. 그녀는 재빨리 뒷좌석으로 손을 뻗어 가방에서 뭔가를 꺼냈다.

경비는 짜증스러운 표정으로 자동차를 돌아온 뒤 신경질적으로 운전석 창문을 두들겼다.

앨리스가 절반쯤 창문을 내리자 남자는 짙은 색 선글라스를 쓴 그녀의 얼굴을 보고 흠칫 놀랐다.

"죄송하지만 오늘은 관광버스만 도시 진입이 가능합니다."

남자가 어색한 억양의 영어로 말했다. 남자는 눈부시게 아름다운 아가씨에게 실망을 안겨줘서 정말로 미안한 기색이었다.

"특별 개인 관광이거든요."

앨리스는 뇌쇄적인 미소를 지으며 말했다. 그녀는 돌연 창밖 햇살 속으로 손을 뻗었다. 순간적으로 얼어붙었던 나는 그녀가 팔꿈치까지 올라오는 가죽 장갑을 끼고 있다는 걸 알아차렸다. 앨리스는 창문을 두들기던 자세로 엉거주춤 굳어 있던 남자의 손을 잡아 차안으로 당겼다. 어느 틈에 남자의 손바닥에 얼른 뭔가를 쥐어주고 있었다.

어리둥절한 얼굴로 손을 빼낸 남자는 자기 손에 잡혀 있는 두툼한 지폐 뭉치를 내려다 보았다. 맨 바깥쪽 지폐는 천 달러짜리였다.

"장난하는 겁니까?"

남자가 중얼거렸다.

앨리스는 또다시 눈부신 미소를 지었다.

"장난일 리가 있나요."

남자는 눈을 휘둥그렇게 뜨고 앨리스를 쳐다보았다. 나는 초조하게 계기판 중앙의 시계를 바라보았다. 에드워드가 원래 계획대로 한다면, 겨우 5분밖에 남지 않았다.

"제가 좀 바쁘거든요."

앨리스가 여전히 미소를 지으며 추파를 던졌다.

경비는 두 번 눈을 껌벅이더니 돈뭉치를 조끼 안쪽에 집어넣었다. 그는 뒤로 한 걸음 물러나 우리에게 손짓을 했다. 지나가는 사람들은 은밀하게 오간 대화를 전혀 눈치 채지 못하는 듯했다. 앨리스는 도심으로 차를 몰았고 우린 둘 다 안도의 한숨을 쉬었다.

빛바랜 계피색 자갈이 깔린 도로는 아주 좁았고, 도로 양옆으로는 같은 갈색의 건물들이 길 쪽으로 차양을 내 그늘을 드리웠다. 도로라기보다는 좁은 골목 같은 느낌. 빨간 깃발이 수 미터 간격으로 외벽에 장식되어 바람에 펄럭이고 있었다.

좁은 길을 가득 메운 도보 여행객들 때문에 우리의 움직임도 자연히 느려졌다.

"조금만 더 가보자."

앨리스가 나를 격려했다. 나는 앨리스가 명령을 내리자마자 도로로 뛰어내릴 작정으로 문 손잡이를 쥐고 있었다.

앨리스가 인파를 밀어붙이듯이 빠르게 차를 몰다 갑자기 멈추자, 사람들이 우리에게 주먹질을 하며 성난 목소리로 욕설을 퍼부었다. 그들의 말을 알아듣지 못해 다행이었다. 앨리스는 자동차가 지날 수 없을 것 같은 좁은 골목으로 차를 진입시켰다. 놀란 사람들이 문 쪽으로 바짝 붙어 우리를 피했다. 우리가 접어든 또 다른 도로는 막다른 길이었다. 그곳의 건물들은 높고 간격이 좁아서 햇빛이 도로까지 비쳐들지 못했다. 건물 외벽에 매달린 붉은 깃발들이 거의 서로 닿을 정도였다. 사람이 더 많아졌다. 앨리스가 차를 멈추었다. 나는 차가 완전히 서기도 전에 문을 열었다.

앨리스는 도로가 넓어지면서 환해지는 쪽을 가리켰다.

"저기야. 우린 지금 광장의 남쪽 끝에 와 있어. 시계탑 오른쪽으로 곧장 달려가. 난 돌아서 가는 길을 찾아볼⋯⋯."

앨리스가 갑자기 말을 멈추고 헉 소리를 내며 숨을 들이켰다.

"저들이 사방에 깔려 있어!"

내가 앉은 채로 얼어붙자 앨리스가 나를 차 밖으로 밀어냈다.

"아니, 잊어버려. 2분밖에 안 남았어. 빨리 가, 벨라!"

차에서 뛰어내리며 그녀가 소리쳤다.

나는 앨리스가 그늘 속으로 숨어드는 것을 지켜볼 새가 없었다. 차에서 내린 뒤 문도 닫지 않았다. 앞을 막아선 뚱뚱한 여자를 밀어내고 달려가며, 나는 울퉁불퉁하게 깔린 자갈길에 정신을 집중하느라 고개를 숙였다.

어두운 골목에서 튀어나와 햇빛이 쏟아지는 중앙광장으로 접어들자 순간적으로 앞이 보이질 않았다. 세찬 바람이 불어와 머리칼이 휘날리는 바람에 더욱 시야가 가려졌다. 때문에 나는 앞을 막아선 인간들의 벽에 부딪친 다음에야 사태를 파악할 수 있었다.

몰려든 인파가 워낙 빽빽하여 사람들의 몸 사이로는 빠져나갈 구멍이 없었다. 나를 다시 뒤로 밀어내려는 사람들의 사나운 손아귀와 싸우며 미친 듯이 사람들 사이를 비집고 들어갔다. 내가 힘겹게 군중을 헤치고 지나가자 짜증스런 불평과 비난이 들려왔지만 다행히 내가 알아들을 수 있는 언어는 아니었다. 하나같이 붉은색에 둘러싸여 흐릿하게 뭉개진 사람들의 얼굴에서 분노와 놀라움을 읽을 수 있었을 뿐. 한 금발 머리 여인이 나를 보며 인상을 쓰자, 목에 두른 빨간색 스카프가 끔찍하게 벌어진 상처처럼 보였다. 남자의 무등을 탄 어린아이는 장난감 뱀파이어 송곳니를 끼고 나를 내려다보며 미소를 지었다.

부산하게 움직이는 군중들은 나를 엉뚱한 방향으로 몰고 갔다. 그나마 시계탑이 잘 보여서 다행이었다. 안 그랬다면 절대로 진로를 제대로 잡지 못했을 테니. 빽빽한 사람들 사이를 그악스럽게 비집고 나아갔지만, 시계 바늘은 무자비하게 내려쪼이는 태양을 향해 맞물리기 직전이었다. 너무 늦었다는 걸 알았다. 아직 광장을 절반도 지나지 못했으니까. 성공하긴 다 틀려버린 것 같았다. 나는 멍청하고 느려빠진 인간이었고, 나 때문에 우리 모두 죽을 운명이었다.

앨리스 혼자만이라도 잘 빠져나가기를 빌었다. 어두운 그늘에서 지켜보다 내가 실패한 걸 알게 되면, 그대로 달아나 재스퍼가 있는 집으로 돌아갈 수 있기를. 제발.

사람들의 성난 외침 속에서 나는 에드워드의 정체가 발각된 기미가 있는지 귀를 기울였다. 에드워드가 햇빛 속으로 걸어 나와 누군가에게 발견되었다면 소스라치게 놀라는 소리나 비명이 들려올 것이다.

그런데 문득 빽빽하게 들어 차 있던 사람들이 옆으로 흩어지며 앞쪽에 공간이 나타났다. 나는 그쪽으로 다급하게 달려가다 정강이를 세게 부딪친 뒤에야 그곳이 광장 중앙에 벽돌을 널찍하게 쌓아 만든 분수대였음을 깨달았다. 나는 안도감에 거의 울부짖듯 분수대로 넘어 들어갔다. 그러곤 무릎 깊이의 물을 가로질렀다. 허겁지겁 달려가느라 사방으로 물이 튀었다. 햇살이 강렬한데도 바람이 워낙 차가워 옷이 젖자 금세 오한이 들었다. 하지만 분수는 꽤 넓었으므로 순식간에 광장 중앙을 꽤 벗어날 수 있었다. 반대편 가장자리에 당도한 나는 낮은 분수대 울타리를 다이빙대 삼아 군중 속으로 뛰어들었다.

물이 뚝뚝 떨어지는 젖은 옷 때문에 이젠 사람들이 전보다 쉽게 길을 터 주었다. 나는 다시 시계를 올려다보았다.

드디어 정오를 알리는 낮고 깊은 종소리가 광장에 울려 퍼졌다. 내 발밑의 돌들까지 진동하는 것이 느껴졌다. 아이들은 귀를 막고 소리를 질러댔다. 나도 달려가며 고함을 질렀다.

"에드워드!"

소용없다는 걸 알면서도 나는 악을 썼다. 주변 사람들은 너무 시끄러웠고, 나는 숨이 차 목소리가 제대로 나오지 않았다. 하지만 고함을 멈출 수가 없었다.

시계가 또 한 번 종을 쳤다. 나는 엄마 품에 안긴 어린아이 곁으로 달려

갔다. 눈부신 햇빛 때문에 아이의 금발 머리는 거의 백발로 보였다. 빨간
색 재킷을 맞춰 입은 키 큰 남자들 사이로 파고들자 그들은 불평을 해냈
다. 시계가 또 한 번 울렸다.

빨간색 재킷을 입은 남자들 반대편 쪽의 관광객들 사이로, 빈 공간이 더
러 보였다. 나는 시계탑 아랫부분을 장식하고 있는 거대한 조형물 오른쪽
의 어두운 골목을 찾았다. 아직도 중간에 사람들이 너무 많아 길 끝이 보
이지 않았다. 시계가 또 한 번 울렸다.

이젠 앞을 보기조차 어려웠다. 바람막이가 되던 사람들이 사라지자 매
서운 바람이 내 얼굴과 눈으로 휘몰아쳤다. 바람 때문에 눈물이 나는 건
지, 또다시 울리는 종소리 때문에 패배감에 젖어 우는 건지 스스로도 잘
알 수 없었다.

골목 입구 근처에 한 가족이 서 있었다. 어린 두 딸은 짙은 빨강 원피스
를 입고, 검은 머리칼에도 똑같은 색깔의 리본을 매고 있었다. 아버지는
키가 작았다. 그의 어깨 너머로 그늘 안쪽에 뭔가 환한 것이 보이는 것 같
았다. 나는 따가운 눈을 깜박이며 그들 쪽으로 달려갔다. 시계가 울리자
동생인 듯한 소녀가 귀를 막았다.

언니인 듯한 소녀도 키가 엄마 허리께를 넘지 못했으므로, 엄마의 다리
를 붙들고 뒤쪽 그늘을 바라보고 있었다. 아이는 엄마의 팔꿈치를 잡아당
기더니 어두운 골목길 안쪽을 가리켰다. 시계가 또 한 번 울렸고, 이젠 나
도 골목에 아주 가까워졌다.

이제 거리는 아이의 카랑카랑한 목소리가 들릴 만큼 가까웠다. 내가 에
드워드의 이름을 계속해서 외치며 그들을 향해 다가가자, 아이들 아버지
가 놀란 눈으로 쳐다보았다.

큰딸이 까르르 웃으며 제 엄마에게 뭐라고 말을 하고는 또다시 골목 안
쪽을 가리켰다.

아이 아버지가 놀라 작은딸을 안아 올리는 사이 나는 그의 옆을 돌아 골목 입구로 달려갔다. 시계 종소리가 내 머리 위에서 또 한 번 울렸다.

"에드워드, 안 돼!"

있는 힘껏 고함을 질렀지만 내 목소리는 종소리에 묻히고 말았다.

이젠 나도 그를 볼 수 있었다. 그러나 그는 나를 보지 못하고 있었다.

환영이 아니라 진짜 에드워드였다. 내 기억이 만들어 낸 환영은 생각보다 형편없었다는 걸 깨달았다. 곱씹고 또 곱씹었던 그의 모습은 실제와는 비교도 되지 않았다.

에드워드는 골목 입구에서 불과 몇 발자국 떨어진 곳에 동상처럼 서 있었다. 짙은 보라색으로 그늘진 퀭한 눈을 감고, 손바닥을 위로 한 채 양팔을 벌리고 있었다. 유쾌한 꿈을 꾸고 있는 듯 그의 표정은 매우 평화로웠다. 상반신을 드러내 대리석 같은 가슴이 노출되었고, 그의 발치에는 하얀 옷더미가 떨어져 있었다. 광장 바닥에 반사된 햇빛이 희미하게 그의 살갗을 비추었다.

그토록 아름다운 광경을 나는 본 적이 없다. 미친 듯이 헐떡이며 달려가면서도, 다시 한 번 그의 아름다움을 절실히 느꼈다. 지난 일곱 달은 아무런 의미가 없었다. 숲에서 그가 했던 잔혹한 말들도 무의미하고. 그가 나를 원치 않는다고 해도 상관없다. 내 삶이 얼마나 지속되든 내가 바라는 사람은 오로지 에드워드뿐이었다.

시계 종소리가 울리자 그가 빛을 향해 성큼 한 걸음 나섰다.

"안 돼! 에드워드, 나를 봐!"

에드워드는 내 외침을 듣지 못했다. 그는 희미하게 미소를 지었다. 한 걸음만 더 나오면 곧장 햇빛 쏟아지는 광장으로 나오게 될 것이다.

그가 발을 떼는 순간 나는 세차게 그와 부딪쳤고, 그가 내 팔을 잡아주지 않았다면 바닥에 나동그라졌을 것이다. 세찬 충격에 컥, 하고 숨이 막히면서 고개가 뒤로 젖혀졌다.

종소리가 또 한 번 울리는 가운데 에드워드가 천천히 눈을 떴다.

그는 고요한 놀라움을 담은 표정으로 나를 내려다보았다.

"놀랍군. 칼라일이 옳았어."

경이에 찬 그의 목소리는 기뻐하고 있는 것처럼 들리기까지 했다.

"에드워드, 그늘로 다시 돌아가야 해. 어서 움직여!"

숨을 헐떡이며 외쳐보았지만 목소리가 나오질 않았다.

에드워드는 재미있다는 표정이었다. 그가 손을 들어 부드럽게 내 뺨을 어루만졌다. 그는 내가 그를 뒤로 밀고 있다는 것을 알아채지 못하는 듯했다. 온 힘을 다해 골목 안으로 밀어보았지만 오히려 나만 담벼락에 부딪치고 말았다. 시계가 또 한 번 울렸지만 그는 꿈쩍도 하지 않았다.

둘 모두의 목숨이 위험한 순간임에도 이상스레 마음이 편안했다. 이제야 비로소 나는 온전해진 것 같았다. 가슴에서는 심장이 고동치고 뜨거운 피가 빠르게 혈관으로 흘러들고 있었다. 폐부 깊숙이 그의 달콤한 체취가 스며들었다. 가슴에 구멍이 난 적 따위 한 번도 없었던 것 같았다. 마치 있던 상처가 치유된 것이 아니라, 원래부터 완전했던 느낌.

"이렇게 빠르다니 믿을 수가 없군. 아무것도 느끼지 못한 사이에! 저들의 능력, 정말 대단한데."

에드워드는 흐뭇한 표정으로 다시 눈을 감고 내 머리칼에 입술을 댔다. 그의 목소리는 벌꿀처럼 달콤하고 벨벳처럼 감미로웠다.

"죽음은 그대의 달콤한 숨결을 앗아갔지만, 그 아름다움까지는 빼앗지 못했군요."

그가 중얼거린 말, 그건 로미오가 무덤에서 읊은 대사였다. 시계가 정오를 알리는 마지막 종을 울렸다.

"네 향기도 예전과 똑같으니, 어쩌면 여기가 지옥인지도 모르겠군. 그래도 상관없어. 난 죽음을 기꺼이 받아들일 테니."

"나 죽지 않았어. 그리고 너도 죽지 않았어! 제발 부탁이야, 에드워드, 어서 여기서 피해야 해. 그들이…… 멀지 않은 곳에 있어!"

내가 그의 팔을 잡고 매달리자 에드워드는 혼란스러운 듯 이마를 찌푸렸다.

"그게 무슨 말이야?"

"우린 죽은 게 아니야, 아직 안 죽었어! 하지만 볼투리 일당이 오기 전에 어서 여길 빠져나가야…… ."

내 말을 듣자 비로소 그의 얼굴에 이해의 빛이 어렸다. 내 말이 끝나기도 전에 에드워드는 갑자기 나를 등 뒤로 감춰 벽에 기대게 하고는 골목 안쪽을 바라보았다. 나를 보호하려는 듯 양팔을 넓게 벌리고 있었다.

그의 팔 아래로 살펴보니 어둠 속에서 검은 형체 둘이 다가오고 있었다.

"반갑습니다. 하지만 여러분의 수고를 빌진 않아도 될 것 같군요. 물론 여러분의 주인님들께 심심한 감사의 마음은 전해 주시고요."

에드워드의 목소리는 표면적이나마 침착하고 유쾌했다.

"얘기는 적당한 장소로 옮겨서 마저 할까요?"

친절하지만 위협적으로 느껴지는 목소리로 상대가 속삭였다.

"그럴 필요는 없을 것 같은데요. 여러분의 권유사항에 대해선 알고 있습니다, 펠릭스. 나는 규칙을 어기지 않았어요."

이제는 에드워드의 목소리도 단호했다.

"펠릭스는 다만 당신이 햇빛에 너무 가까이에 있다는 것을 지적한 것뿐이오. 좀 더 안전한 곳으로 갑시다."

또 다른 사내가 달래듯 말했다. 그들은 둘 다 바닥까지 치렁치렁 내려오는 진한 회색 망토를 두르고 있었는데, 옷감이 얼마나 두터운지 바람에도 휘날리지 않았다.

"곧 뒤따라 가겠습니다. 벨라, 너는 광장으로 돌아가서 축제나 마저 즐겨."

"아니, 여자도 데려갑시다."

첫 번째 남자가 추파를 던지듯 묘한 목소리로 소근댔다.

"그건 안 되겠는데요."

공손한 체하던 에드워드의 태도는 이미 온데간데없었다. 목소리는 싸늘하고 단호했다. 싸울 준비라도 하는 양 그는 보일 듯 말 듯 몸의 중심을 옮겼다.

"안 돼."

내가 입 모양만으로 말했다.

"쉿."

나에게만 들리도록 에드워드가 속삭였다.

"펠릭스. 여기선 곤란해."

좀 더 합리적으로 보이는 두 번째 사내가 동료에게 주의를 주었다. 그가 다시 에드워드를 향했다.

"결국 우리의 수고를 빌지 않기로 결정했다니, 아로 님께선 다시 당신과 이야기를 나누고 싶어 하실 겁니다."

"물론 그러시겠죠. 하지만 여자는 가게 내버려 둬요."

"유감스럽게도 불가능합니다. 우리도 따라야 할 규칙이 있어서요."

공손한 사내가 안타깝다는 듯 말했다.

"그렇다면 나 역시 아로 님의 초청을 받아들일 수 없겠군요. 유감입니다, 드미트리."

"그거 잘 됐군."

펠릭스가 위협하듯 대꾸했다. 어둠에 눈이 익숙해지자 펠릭스란 사내의 덩치가 몹시 크고 어깨도 우람하다는 것을 알 수 있었다. 그는 에밋만큼이

494

나 거구였다.

"아로 님께서 실망하실 텐데요."

드미트리는 한숨을 쉬었다.

"실망하신다고 해도 곧 잊으실 거라 믿습니다."

에드워드가 대꾸했다.

펠릭스와 드미트리는 양쪽에서 에드워드를 덮칠 수 있도록 골목 입구 쪽으로 약간 자리를 옮겼다. 그들은 사람들의 이목을 끌지 않도록, 강제로라도 에드워드를 골목 안쪽으로 데려갈 작정인 듯했다. 광장에서 반사된 빛은 그들의 피부까지는 미치지 못했다. 머리까지 덮어쓴 망토가 안전하게 그들을 지켜주고 있었으므로.

에드워드는 꼼짝도 하지 않았다. 그는 나를 보호하기 위해 목숨을 걸고 있었다.

갑자기 이리저리 굽은 골목 안쪽, 깊숙한 어둠 속에서 뭔가 움직임이나 소리가 감지된 모양이다. 에드워드의 고개가 홱 돌아가더니, 이윽고 드미트리와 펠릭스도 같은 행동을 했다.

"서로 예의는 차리는 게 좋지 않을까요? 숙녀분들도 보고 계신데."

별안간 경쾌한 여자 목소리가 들려왔다.

앨리스가 사뿐사뿐 가벼운 걸음으로 다가와 에드워드 옆에 섰다. 그녀의 행동에선 조금도 긴장감이 느껴지지 않았다. 앨리스는 너무도 왜소하고 연약해 보였다. 가녀린 그녀의 두 팔이 어린아이의 팔처럼 양옆에서 나풀거렸다.

그러자 드미트리와 펠릭스는 둘 다 긴장하는 듯했고, 골목에서 불어온 바람에 망토 자락이 약간 흔들렸다. 펠릭스의 얼굴이 일그러졌다. 적과 같은 머릿수가 된 것이 못마땅한 듯했다.

"여기 우리만 있는 것도 아니잖아요."

앨리스가 그들을 일깨워주었다.

드미트리는 어깨 너머를 흘긋 돌아보았다. 골목 입구에서 두어 발자국 떨어진 광장에는 여전히 빨간 드레스를 입은 두 딸을 거느린 부부가 우릴 지켜보고 있었다. 아이들 엄마는 우리 다섯을 쳐다보며 긴장된 모습으로 남편에게 뭔가 얘기를 하고 있었다. 드미트리와 시선이 마주치자 아이들 엄마는 얼른 눈길을 피했다. 그리고 아버지는 광장으로 몇 걸음 더 나아가, 빨간색 재킷을 입은 일행 한 사람의 어깨를 두들겼다.

드미트리가 고개를 저었다.

"에드워드, 제발 이성적으로 행동합시다."

"알겠습니다. 아무도 모르게 조용히 여기서 빠져나가겠습니다."

에드워드가 선선히 말했다.

드미트리는 난감한 듯 한숨을 쉬었다.

"최소한 좀 더 조용한 곳에서, 일단 의논이라도 합시다."

빨간 재킷을 입은 남자들 여섯이 합류해, 소녀의 가족들과 함께 걱정스런 표정으로 우리를 쳐다보았다. 에드워드가 나를 보호하듯 두 팔을 벌리고 있었기 때문에 더욱 염려하고 있는 듯했다. 나는 그들에게 어서 달아나라고 고함을 지르고 싶었다.

에드워드는 일부러 그들이 들으라는 듯 이를 갈았다.

"싫습니다."

에드워드의 거절에 펠릭스는 잘 됐다는 듯 미소를 지었다.

"그만들 해요."

카랑카랑하고 높은 목소리가 우리들 뒤쪽에서 들려왔다.

에드워드의 반대쪽 팔 밑으로 훔쳐보니 작고 검은 형체가 우리를 향해 다가오고 있었다. 기다란 망토 자락이 펄럭이는 모양만으로도 그들 일당임을 알 수 있었다.

처음에 나는 어린 소년일 거라고 생각했다. 새로운 인물은 앨리스처럼 체구가 왜소했고, 흐릿한 갈색머리를 짧게 자른 모습이었다. 외투 자락 밑으로 드러난 검은 실루엣은 호리호리하고 중성적이었다. 그러나 얼굴은 미소년이라기엔 너무 예뻤다. 커다란 눈과 도톰한 입술이 인상적인 그녀의 얼굴은 보티첼리 그림 속의 천사들을 추하게 보이게 할 정도로 아름다웠다. 눈동자가 섬뜩한 자주색임을 감안해도 역시 마찬가지였다.

하지만 워낙 왜소한 체격이라, 그녀의 출현에 대한 사람들의 반응이 나로선 어리둥절했다. 당장이라도 공격할 것처럼 버티고 섰던 펠릭스와 드미트리는 즉시 긴장을 풀고 건물 외벽의 그림자 속으로 물러났다.

에드워드도 패배를 인정하듯 팔을 내리고 똑바로 섰다.

"제인."

에드워드는 안타까운 한숨을 쉬듯 읊조렸다.

앨리스는 무표정한 얼굴로 팔짱을 꼈다.

"나를 따라와요."

제인이 아이처럼 톤이 높은 목소리로 조용히 말했다. 그녀는 휙 돌아서서 어둠 속으로 소리 없이 멀어져갔다.

펠릭스는 씩 웃으며 우리에게 먼저 가라는 손짓을 보냈다.

앨리스는 즉각 제인의 뒤를 따라 걸어갔다. 에드워드는 한 팔로 내 허리를 감싸고 앨리스와 나란히 보조를 맞추었다. 골목은 내리막이 시작되면서부터 좁아졌다. 나는 수많은 궁금증으로 조바심하며 에드워드를 바라보았지만, 에드워드는 고개를 저었다. 뒤쪽에서는 아무 소리도 들리지 않았으므로 나로선 그들이 따라오는지 알 수가 없었다.

걸어가며 에드워드가 스스럼없이 말문을 열었다.

"앨리스, 우리가 여기서 만나게 된 게 별로 놀라운 일은 아니겠지."

"내 실수 때문이었어. 그러니까 되돌리는 것도 내가 할 일이잖아."

앨리스도 평온한 말투로 대꾸했다.

"어떻게 된 거야?"

에드워드는 거의 관심 없지만 예의상 묻는 것처럼 심드렁한 말투였다. 등 뒤에 귀들이 있기 때문인 듯했다.

"얘기하자면 길어."

앨리스가 내 쪽을 흘끔 쳐다보고는 시선을 돌렸다.

"간단히 말해서, 절벽에서 뛰어내린 건 맞는데 자살을 하려던 건 아니었대. 벨라가 요새 익스트림 스포츠에 심취해 있다는군."

나는 얼굴을 붉히며 아무것도 보이지 않는 어둠을 똑바로 응시했다. 지금 에드워드가 앨리스의 머릿속에서 읽어내고 있을 장면들이 상상되었다. 거의 익사할 뻔한 사고와 뱀파이어들의 미행, 늑대인간 친구들······.

"흠."

에드워드는 그렇게만 답했을 뿐이다. 그러나 여유 있던 모습은 어느 새 사라지고 없었다.

골목길이 계속해서 약간 굽은 채 내리막으로 이어졌으므로 나는 창문 하나 없이 막혀 있는 벽돌 담벼락이 눈 앞에 도사리고 있다는 걸 미처 알지 못했다. 제인이라는 왜소한 체구의 뱀파이어는 어디에도 보이지 않았다.

앨리스는 망설이지도, 보폭을 늦추지도 않은 채 막다른 담벼락으로 다가갔다. 그러더니 우아한 동작으로 길바닥에 난 철제 배수구 덮개를 옆으로 밀어 젖혔다.

자갈로 포장된 도로 제일 낮은 곳에 배수용으로 뚫어놓은 구멍 같았다. 나는 버젓이 눈을 뜨고도 앨리스가 사라지는 장면을 보지 못했다. 그녀가 자취를 감춘 곳에는 배수구 덮개만 놓여 있을 뿐이었다. 구멍은 작고 깜깜했다.

나는 뒷걸음질을 쳤다.

"괜찮아, 벨라. 밑에서 앨리스가 잡아줄 거야."

에드워드가 나직한 목소리로 나를 달랬다.

나는 의심스런 눈초리로 구멍을 쳐다보았다. 드미트리와 펠릭스가 의기 양양한 표정으로 묵묵히 우리 뒤에 서서 기다리고 있지 않았다면, 에드워 드가 먼저 들어갔을 게 분명했다.

나는 다리부터 좁은 구멍에 넣고 나서, 바닥에 걸터앉았다.

"앨리스?"

떨리는 목소리로 내가 속삭였다.

"나 바로 아래 있어, 벨라."

앨리스가 나를 안심시켰다. 하지만 그 목소리는 상당히 먼 아래쪽에서 들려왔으므로 전혀 위안이 되지 못했다.

에드워드가 내 손목을 잡고 나를 어둠 속으로 내려주었다. 그의 손은 겨 울에 꽁꽁 언 돌 같았다.

"준비 됐어?"

에드워드가 물었다.

"손 놔."

앨리스가 외쳤다.

어차피 어두워서 아무것도 보이지 않았지만, 마음 속 공포도 함께 외면 해야 했으므로 눈을 질끈 감고 비명이 새어나오지 않도록 입술을 깨물었 다. 에드워드가 나를 떨어뜨렸다.

추락 과정은 짧고 조용했다. 0.5초쯤 바람이 스치는 듯했고, 허겁지겁 숨을 내쉬자 기다리고 있던 앨리스의 팔이 나를 받아주었다.

앨리스의 팔이 너무 단단해서 몸에 멍이 생길 것 같았다. 앨리스가 나를 똑바로 서도록 내려주었다.

지하는 어두침침했지만, 완전히 칠흑 같지는 않았다. 구멍 위쪽에서 새어 들어온 빛이 희미하게 젖은 발밑을 비추어서다. 빛이 잠시 사라지더니 곧이어 에드워드가 나타나, 내 옆에서 환한 빛을 뿌리고 있었다. 그는 또 다시 나를 바짝 당겨 안고 빠른 걸음으로 앞으로 걸어가기 시작했다. 나는 두 팔로 그의 차가운 허리를 안고서도 울퉁불퉁한 바닥 때문에 여러 번 넘어질 뻔했다. 묵직한 배수구 덮개를 다시 덮는 소리가 뒤쪽에서 들려왔다.

길에서 비쳐들던 희미한 빛이 재빨리 사라졌다. 깜깜한 공간에서 질질 끄는 내 발자국 소리만 공간을 울렸다. 울리는 정도로 보아 지하 공간은 아주 넓은 듯했지만 확실하진 않았다. 미친 듯이 뛰는 내 심장박동 소리와 젖은 돌바닥을 딛는 발자국 소리밖에 들리지 않았다. 딱 한 번 내 등 뒤에서 짜증스러운 듯한 한숨 소리가 들려왔다.

에드워드가 한 팔로 나를 꽉 끌어안았다. 다른 팔로는 내 얼굴을 감싸고 매끄러운 엄지손가락으로 내 입술 선을 어루만졌다. 이따금씩 그의 얼굴이 내 머리칼에 와 닿는 것이 느껴졌다. 그래. 어쩌면 이건 우리가 누릴 수 있는 유일한 재회 시간일 수도 있다. 나는 더욱 그에게 몸을 밀착시켰다.

어쩐지 지금은, 에드워드가 나를 곁에 두길 원하고 있는 것만 같았다. 그래서 토굴 같은 지하 터널에 갇혀 뱀파이어들이 바로 등 뒤에서 우리를 몰아붙이고 있다는 사실마저 잊을 수 있을 만큼 행복했다. 어쩌면 죄책감에서 비롯된 것뿐일지도 모른다. 내가 자살한 게 자기 잘못이라고 믿고 죽음을 맞이하러 이곳으로 찾아들던 때, 그때와 같은 맥락의 죄책감일 것이다. 하지만 그의 서늘한 입술이 가볍게 이마에 스치는 것을 느끼며 나는 동기 따위는 전혀 상관없다고 생각했다. 최소한 죽기 전까지는 그와 함께 있을 수 있으니까. 고독하게 오래 사는 것보다는 그편이 훨씬 나으니까.

나는 어떤 일이 일어나게 될지, 그에게 묻고 싶었다. 미리 알면 좀 나아지기라도 하는 양, 우리가 어떻게 죽게 될 것인지 꼭 알고 싶었다. 하지만 적들에게 둘러싸인 지금, 속삭임으로라도 질문을 던질 순 없었다. 적들이

500

지금도 내 숨소리와 심장박동까지 모든 것을 듣고 있을 테니.

발밑에 느껴지는 길은 줄곧 내리막이었다. 점점 지하 깊숙이 들어간다는 생각에 폐쇄공포증이 심해지기 시작했다. 내 얼굴을 감싼 에드워드의 손길을 위안 삼아 비명을 지르고 싶은 충동을 참을 수밖에 없었다.

어디에서 빛이 새어드는지는 알 수 없었지만, 칠흑 같은 어둠은 서서히 진한 회색으로 변해갔다. 우리는 천장이 낮고 아치형으로 뚫린 지하 터널을 걷고 있었다. 잉크가 샌 것처럼 회색 돌벽에서 검고 축축한 물기가 길게 흘러내리고 있었다.

나는 부들부들 떨리는 이유가 공포 때문이라고 생각했다. 이가 딱딱 부딪치기 시작하자 그제야 춥다는 것을 깨달았다. 내 옷은 아직 젖어 있었고, 지하 도시의 공기는 겨울처럼 싸늘했다. 에드워드의 체온도 마찬가지였다.

에드워드도 동시에 같은 사실을 깨달았는지, 허리를 안았던 팔을 풀고 손만 잡았다.

"시…… 싫어."

나는 덜덜 떨며 그의 허리를 껴안았다. 얼어 죽더라도 상관없었다. 우리에게 남은 시간이 얼마나 될지, 아무도 모르는데.

어떻게든 마찰을 일으켜 온기를 주려는 듯 에드워드가 차가운 손으로 내 팔을 문질렀다.

우리는 서둘러 터널을 지나갔다. 나만 서두른다고 느낀 것인지도 모른다. 누군가 내 느린 걸음 때문에 짜증을 내고 있었다. 아마도 펠릭스인 듯했는데 간혹 그가 내는 한숨 소리가 들렸다.

터널 끝에는 내 팔뚝 굵기의 우람한 창살이 시뻘겋게 녹이 슨 채 촘촘히 박혀 있었다. 그보다 좀 더 얇은 창살을 엮어 만든 작은 격자문은 열려 있었다. 에드워드가 고개를 숙이고 재빨리, 좀 더 크고 환한 실내로 들어섰다. 우리 뒤쪽에서 철문이 쾅 하고 닫히더니 자물쇠를 잠그는 소름 끼치는 소리가 이어졌다. 너무 무서워 뒤도 돌아볼 수 없었다.

길쭉한 지하방 끝에는 작지만 육중한 나무문이 보였다. 그 문 역시 열려 있었으므로, 문의 두께가 얼마나 엄청난지 한눈에 들어왔다.

문으로 들어선 나는 놀란 눈으로 사방을 돌아보며 나도 모르게 긴장을 풀었다. 하지만 내 옆에서 에드워드는 이를 꽉 깨물며 더욱 긴장하는 것 같았다.

21
평결

그곳은 환하게 불이 켜진 특색 없는 복도였다. 벽은 회백색이고 바닥에는 싸구려 회색 카펫이 깔려 있었다. 천장에는 평범한 직사각형 형광등이 일정한 간격으로 켜져 있었다. 다행스럽게도 그곳은 훨씬 따뜻했다. 유령이라도 출몰할 듯한 어두운 지하 터널을 지난 뒤라 거의 온화하게까지 느껴질 정도였다.

에드워드의 생각은 나와 다른 모양이었다. 그는 기다란 복도 끝 엘리베이터 옆에 서 있는 검은 형체를 무섭게 노려보았다.

그는 나를 끌어당겼고, 앨리스도 내 옆에서 걸음을 옮겼다. 우리 등 뒤에서 육중한 나무문이 닫히고, 이어 잠기는 소리가 들렸다.

엘리베이터 옆에는 제인이 열린 문을 잡고 서 있었다. 그녀의 얼굴은 무표정했다.

엘리베이터에 오르자 볼투리 일가 휘하의 뱀파이어 셋은 눈에 띄게 긴장을 풀었다. 그들은 망토에 달린 모자를 벗어 어깨 뒤로 늘어뜨렸다. 펠릭스와 드미트리는 원래 피부가 잘 익은 올리브처럼 약간 황갈색을 띠었던 것 같은데, 소름끼치도록 창백한 혈색과 어우러지자 이상해 보였다. 펠릭스의 검은 머리는 두피가 보일 정도로 짧았지만, 드미트리는 굽실굽실한 머릿결을 어깨까지 늘어뜨렸다. 그들의 눈동자는 가장자리는 진한 자주색이었고 동공에 가까울수록 검정색으로 변했다. 짙은 색 외투 안에는 다들 흐린 색깔의 평범한 옷을 입고 있었다. 나는 에드워드에게 바싹 기댄 채 구석에 웅크리고 있었고, 그는 여전히 내 팔을 문질러 주었다. 그러면서 제인한테서 한시도 눈을 떼지 않았다.

엘리베이터를 탄 시간은 짧았다. 우리가 내린 곳은 호화로운 사무실의 안내 데스크 같았다. 벽에는 촘촘히 나무판자를 덧대었고, 바닥에는 진한 초록색 카펫이 푹신하게 깔려 있었다. 창문은 전혀 없었지만, 그 대신 토스카나의 전원을 그린 대형 풍경화가 군데군데 걸려 환한 조명을 받고 있었다. 한쪽에는 옅은색 가죽 소파가 아늑하게 모여 있고 유리 탁자에는 색색의 꽃들이 화려하게 꽂힌 크리스털 꽃병이 놓여 있었다. 꽃향기를 맡으니 어쩐지 장례식장이 떠올랐다.

방 한가운데는 번쩍이는 마호가니 재질의 높은 안내 카운터가 자리 잡고 있었다. 카운터 뒤에 앉은 여인을 발견한 순간 나는 경악할 수밖에 없었다.

여자는 키가 크고 피부색이 짙은 편이었으며, 눈은 초록색이었다. 다른 곳에서 봤다면 대단한 미인이라고만 여겼겠지만 여기서는 달랐다. 어느 모로 보나 나와 같은 인간이었기 때문이다. 뱀파이어가 득실거리는 소굴에서 인간 여자가 평온한 표정으로 앉아 대체 무얼 하고 있는지 도무지 이해가 되지 않았다.

여자는 공손한 미소로 우리를 맞았다.

"어서 오세요, 제인."

제인과 함께 온 일행을 흘끔 쳐다보면서도 그녀는 놀라는 기색이 없었다. 환한 전등 불빛에 반짝거리는 에드워드의 상반신을 보고도, 흐트러진 차림새와 끔찍한 몰골 때문에 그와 더욱 비교될 내 모습을 보고도 아무렇지 않은 듯했다.

제인이 고개를 끄덕이며 말했다.

"안녕, 지아나."

제인은 안내 데스크 뒤쪽의 여닫이 문 쪽으로 계속해서 걸어갔고 우리도 뒤를 따랐다.

펠릭스가 높은 탁자 앞을 지나며 윙크를 하자 지아나는 까르르 웃었다.

나무문으로 이어진 방은 또 다른 종류의 접견실이었다. 안쪽에 은회색 양복을 입고 서 있던 창백한 소년은 제인의 쌍둥이 형제처럼 보였다. 그의 머리색이 더 진했고 입술도 조금 얇았지만 그래도 대단한 미남이었다. 우리를 맞이하러 다가온 남자는 미소를 지으며 제인에게 손을 뻗었다.

"제인."

"알렉."

제인이 남자를 껴안았다. 그들은 양쪽 뺨에 번갈아 입을 맞추었다. 이어 남자가 우리를 쳐다보았다.

"하나를 잡으러 보냈더니 둘과…… 반을 데리고 왔군. 훌륭해."

알렉이라는 남자가 나를 보며 중얼거렸다.

제인은 아기가 까르륵 웃는 것처럼 유쾌한 웃음소리를 냈다.

"어서 와요, 에드워드. 전보다는 기분이 좀 나아보이는 군요."

알렉이 에드워드에게 인사를 건넸다.

"약간이나마 좋아졌습니다."

에드워드는 단조로운 목소리로 대꾸했다. 나는 에드워드의 굳은 얼굴을 흘끔 쳐다보며, 전에는 얼마나 암담해 했던 걸까 궁금해졌다.

에드워드 옆에 바짝 붙어 있는 나를 살피며 알렉이 웃었다.

"그 모든 소란의 원인이 바로 이 사람인가요?"

알렉은 믿어지지 않는다는 듯 물었다.

에드워드는 경멸 어린 미소만 지을 뿐이었다. 이내 그의 얼굴이 굳어졌다.

"별것도 아닌 걸."

펠릭스가 나른한 목소리로 등 뒤에서 말했다.

에드워드가 가슴 속 깊은 곳에서 울려나오는 으르렁 소리와 함께 휙 돌아섰다. 펠릭스는 미소를 지으며 손바닥을 들어올리더니 에드워드에게 어서 덤비라는 듯 손짓을 보냈다.

앨리스가 에드워드의 팔을 잡았다.

"참아."

두 사람은 오래 시선을 주고받았다. 나도 앨리스가 하는 말을 들을 수 있으면 좋겠다는 생각이 들었다. 펠릭스를 공격하지 말라는 내용이었던 모양인지 에드워드가 심호흡을 한 번 한 뒤 알렉을 향해 돌아섰다.

"아로 님께서 재회를 아주 기뻐하실 겁니다."

아무 일도 없었다는 듯 알렉이 말했다.

"더 기다리시게 하지는 말아요."

제인이 나섰다.

에드워드가 고개를 한 번 끄덕였다.

알렉과 제인은 손을 잡고 또 다시 넓고 화려한 방으로 우릴 안내했다. 이 악몽에, 끝이 있기는 한 걸까?

연회장처럼 넓은 방 끝에는 완전히 금빛으로 칠해진 호화로운 문이 있었다. 하지만 그들은 중간에 멈춰 서서 나무 벽을 옆으로 밀었고, 이내 숨겨져 있던 수수한 나무문이 나타났다. 문은 잠겨 있지 않으므로 알렉이 문을 열고 제인을 먼저 들여보냈다.

에드워드에게 이끌려 문 안으로 들어선 나는 신음소리를 낼뻔했다. 그곳은 광장과 골목, 하수도 같은 지하 터널에서 본 것과 똑같은 낡은 돌로 된 공간이었다. 실내는 또다시 어둡고 추워졌다.

돌로 된 뒷방은 통로일 뿐인 듯 그리 크지 않았고, 곧장 밝고 움푹 들어간 원형 공간으로 이어졌다. 그곳은 거대한 성채의 원형 탑 내부 같았다. 2층 높이쯤 되는 곳에 길고 좁게 난 창문으로 찬란한 햇빛이 새어 들어와 돌바닥을 비추었다. 인공적인 불빛은 전혀 없었다. 그곳에 있는 유일한 가구라고는 둥근 벽을 따라 불규칙하게 놓인 웅장한 나무 의자뿐이었는데, 마치 고풍스런 왕좌 같았다. 약간 우묵하게 패인 원형 공간의 정중앙에는 맨홀 같은 배수구가 있었다. 나는 그게 도로로 곧장 이어지는 비상구일 거라고 추측했다.

방 안에는 소수의 사람들이 모여 편안한 분위기에서 대화를 나누고 있었다. 목소리들은 나직했으며, 다정한 속삭임이 허공을 감돌았다. 여름 원피스를 입은 두 여자가 걸음을 옮기다 창에서 들어온 햇빛을 받았다. 그러자 프리즘을 반사시킨 듯 그들의 피부에서 반사된 무지개 빛깔이 황갈색 벽에 어른거렸다.

우리가 방 안으로 들어서자, 모두들 눈부시게 아름다운 얼굴로 우리를 돌아보았다. 불멸의 존재인 그들은 대부분 평범한 바지와 셔츠를 입고 있었으므로 복장만으론 거리를 돌아다녀도 전혀 두드러지지 않을 것 같았다. 그러나 맨 먼저 입을 연 남자는 긴 가운을 입고 있었다. 새까만 옷자락이 바닥에 끌릴 만큼 길었다. 순간적으로 나는 그의 길고 검은 머리칼을 외투에 달린 모자로 착각했다.

"귀여운 제인, 돌아왔구나!"

몹시 기쁜 듯이 그가 외쳤다. 그의 목소리는 부드러운 속삭임처럼 달콤했다.

허공에 둥둥 떠다니듯 우아하고 가벼운 걸음걸이로 다가오는 그의 모습을 보며 나도 모르게 입이 벌어졌다. 모든 동작이 춤을 추는 것처럼 날렵한 앨리스조차도 그에게는 비교가 되지 않았다.

그의 얼굴을 찬찬히 볼 수 있을 만큼 거리가 가까워지자 나는 더욱 놀랄 수밖에 없었다. 그의 얼굴은 주변에 서 있는 이들처럼 비현실적일 만큼 잘생긴 외모가 아니었다. 그와 함께 있던 일행들이 마치 보디가드처럼 그를 중심으로 버티고 섰으므로 더욱 비교하기 쉬웠다. 나는 그가 잘생긴 얼굴인지 아닌지 판단할 수가 없었다. 이목구비는 완벽했다. 하지만 그는 내가 그들과 다르듯 옆에 서 있는 뱀파이어들과도 달랐다. 그의 피부는 양파 속살처럼 투명한 흰색이어서 연약해 보였다. 그의 얼굴을 감싼 칠흑 같은 머리 때문에 대조적인 피부색이 더욱 두드러졌다. 그의 피부가 에드워드나 앨리스보다 부드러운지 아니면 분필가루처럼 푸석푸석한지, 나는 그의 뺨을 만져보고 싶은 이상한 충동을 느꼈다. 그의 눈도 주변 뱀파이어들처럼 자주색이었지만 색이 훨씬 탁했다. 눈동자가 탁한 것 때문에 그의 시각에 문제가 있을지도 궁금했다.

그는 미끄러지듯 제인에게 다가가 종이처럼 얇팍한 손으로 그녀의 얼굴을 감쌌다. 그리고 도톰한 입술에 가볍게 키스를 한 뒤, 뒤로 한 걸음 물러났다.

"네, 주인님. 주인님께서 바라신 대로 놈을 산 채로 데려왔지요."

제인이 미소를 지었다. 미소를 짓고 있는 그녀의 얼굴은 천사 같은 어린아이로만 보였다.

"아, 제인. 너는 나에게 정말 소중한 존재야."

그도 미소를 지었다. 이어 그는 흐릿한 시선을 우리에게 돌리더니 아예 함박웃음을 지었다.

"게다가 앨리스와 벨라도 데려왔구나! 정말 놀랍고도 행복한 일이 아닐 수 없군! 아주 멋져!"

그가 얇은 손을 부딪쳐 박수를 치며 말했다.

나는 눈을 휘둥그렇게 뜨고, 뜻밖에 찾아온 옛 친구라도 되는 듯 우리 이름을 친숙하게 부르는 그를 응시했다.

그가 우릴 데려온 거구의 부하들을 향해 명했다.

"펠릭스, 어서 가서 내 형제들에게 손님이 왔다고 전해 주겠느냐? 그들도 이 순간을 놓치고 싶어하지 않을 테니."

"예, 주인님."

펠릭스가 고개를 숙여 인사한 뒤 우리가 온 길로 되돌아 나갔다.

그 기묘한 뱀파이어는 다시 에드워드를 향해 돌아서더니, 애정을 담아 꾸짖는 할아버지처럼 미소를 지었다.

"그것 봐라, 에드워드. 내가 뭐랬느냐? 네가 어제 바라던 걸 내가 허락하지 않아 다행이 아니냐. 너도 기쁘겠구나."

"예, 그렇습니다, 아로 님."

에드워드는 내 허리를 더욱 단단히 죄며 대꾸했다.

"나는 해피엔딩을 좋아한다. 요샌 해피엔딩이 워낙 드물거든. 하지만 우선은 전체적인 이야기를 들어야겠다. 어쩌다가 이런 일이 일어난 게냐, 앨리스?"

그가 흐릿한 시선을 앨리스에게 돌리며 호기심 어린 표정을 지었다.

"네 동생은 네 예지력에 절대 오류가 없다고 생각하고 있지만, 실제로는 실수가 있는 모양이구나."

"오류가 없기는커녕 온통 실수투성이입니다. 오늘 보셨듯이, 저는 문제를 해결하는 것만큼이나 자주 문제를 일으킨답니다."

앨리스가 눈부시게 매혹적인 미소를 지었다. 그녀는 주먹만 꽉 움켜쥐고 있을 뿐 대체로 아주 편안해 보였다.

"지나치게 겸손하구나. 네 예지력이 얼마나 놀라운지는 이미 여러 번 보아 왔다. 너만한 재능은 한 번도 본 적이 없다. 대단하기도 하지!"

앨리스가 흘끔 에드워드를 쳐다보았다. 아로는 그것을 놓치지 않았다.

"이런, 아직 서로 정식으로 인사도 나누지 않았구나. 이미 잘 아는 사람 같아서 내가 너무 앞서 간 모양이다. 네 동생이 어제 아주 특별한 방식으로 우리 두 사람을 소개해 주었거든. 나 역시 네 동생과 같은 재능을 미약하게나마 갖추고 있지만, 여러모로 능력에 한계가 있다."

"하지만 힘 자체는 훨씬 더 강력하시지 않습니까."

에드워드가 아로의 설명을 거들었다. 그는 앨리스를 쳐다보며 재빨리 말을 이었다.

"아로 님은 다른 사람의 생각을 읽으려면 신체 접촉이 필요하셔. 그래도 나보다 훨씬 더 많은 생각을 파악하실 수 있지. 알다시피 나는 현재 그 사람의 머리에 스치는 생각만 들을 수 있잖아. 그런데 아로 님은 과거에 했던 생각까지 빠짐없이 알아낼 수 있거든."

앨리스가 섬세한 눈썹을 살짝 들어올리자 에드워드가 고개를 살짝 끄덕였다.

아로는 그것 또한 놓치지 않았다.

"하지만 멀리서도 다른 이의 생각을 들을 수 있다면…… 얼마나 편리하겠느냐."

아로는 두 사람을 손짓하며, 방금 의견을 주고받은 방식이 부럽다는 듯 한숨을 쉬었다.

아로의 시선이 우리 어깨 너머를 향했다. 제인과 알렉, 드미트리를 포함해 방 안에 있던 모든 이들의 고개가 돌아갔다.

내가 제일 나중에 뒤를 돌아보았다. 펠릭스가 검정색 긴 가운을 입고 둥둥 뜬 것처럼 걸어오는 두 남자를 거느리고 돌아와 있었다. 두 남자는 아

로와 생김새가 몹시 흡사했는데, 한 사람은 길게 기른 검은 머리까지 똑같
았다. 다른 한 사람은 피부색만큼이나 충격적인 새하얀 백발을 어깨 너머
까지 기르고 있었다. 쌍둥이처럼 그들의 얼굴 역시 얇은 종잇장 같았다.

칼라일의 그림에서 본 세 사람은 3백 년 전 그림이 그려질 때와 모습이
하나도 변하지 않고 그대로였다.

"마르쿠스, 카이우스, 이것 좀 보세요! 결국 벨라는 살아 있었어요. 게
다가 앨리스도 여기 함께 와 있습니다! 멋지지 않은가요?"

두 사람 다 '멋지다'는 표현에 전혀 동의할 수 없다는 듯한 표정을 짓고
있었다. 검은 머리 남자는 수천 년 동안 아로의 호들갑을 너무 많이 보아
왔다는 양 시큰둥한 얼굴이었다. 반면 머리칼이 눈처럼 흰 남자는 몹시 못
마땅한 표정을 지었다.

형제들의 무관심도 아로의 기쁨에는 영향을 미치지 못했다.

"우리 같이 사연을 들어봅시다."

아로는 깃털처럼 가벼운 목소리로 거의 노래하듯 이야기했다.

백발의 늙은 뱀파이어는 허공을 둥둥 떠가듯 나무 옥좌로 다가갔다. 다
른 사람은 아로 곁에 멈춰 서서 손을 내밀었다. 처음에는 그가 아로의 손
을 잡으려는 모양이라고 생각했다. 그러나 그는 아로의 손바닥을 살짝 건
드린 뒤 이내 손을 내렸다. 아로가 검은 눈썹을 한쪽만 들어올렸다. 지켜
보고 있던 나는 종잇장처럼 얇은 그의 피부에 어째서 전혀 주름이 생기지
않는 걸까 의아했다.

에드워드가 나직하게 콧방귀를 뀌자 앨리스는 궁금한 표정으로 그를 쳐
다보았다.

"고마워요, 마르쿠스. 흥미로운 의견입니다."

아로가 말했다.

나는 그제야 마르쿠스가 아로에게 자기 생각을 알린 거라는 걸 깨달았다.

마르쿠스는 이 상황에 전혀 흥미를 느끼지 않는 듯했다. 그 역시 미끄러지듯 카이우스임이 분명한 이에게 다가가, 벽에 기대 놓은 의자에 앉았다. 먼저 기다리고 있던 뱀파이어 가운데 둘이 소리 없이 그의 뒤를 따랐다. 내가 생각했던 것처럼 그들은 보디가드였다. 여름 원피스를 입고 있던 두 여자도 카이우스의 양 옆을 지키고 서 있었다. 뱀파이어에게 보디가드가 필요하다는 것이 좀 우스꽝스럽기도 했지만, 늙은 뱀파이어들은 얇은 피부만큼이나 방어력도 약한 모양이었다.

아로가 고개를 절레절레 저으며 말했다.

"놀랍구나. 참으로 놀라워."

앨리스는 영문을 몰라 기분이 상한 표정이었다. 에드워드가 또다시 낮고 빠른 말투로 설명해주었다.

"마르쿠스 님은 타인들의 관계를 읽어내실 수 있지. 우리의 긴밀한 유대감에 놀라신 모양이군."

아로가 미소를 지었다.

"참으로 편리한 능력이라니까."

혼잣말을 마친 그가 다시 우리에게 돌아섰다.

"마르쿠스를 놀라게 하는 건 상당히 드문 일이다."

시체 같은 마르쿠스의 얼굴을 쳐다보고 있으니, 나도 아로의 말을 믿을 수 있었다.

"눈으로 보면서도 참 이해하기 힘들단 말이지."

아로는 나를 안고 있는 에드워드의 팔을 응시하며 중얼거렸다. 나로선 정신없이 비약하는 아로의 생각을 따라잡기가 어려웠지만, 어쨌든 최선을 다해 귀를 기울였다.

"어떻게 그 애와 그렇게 가까이 서 있을 수 있는 게냐?"

"전 조금도 힘들지 않습니다."

에드워드가 침착하게 대꾸했다.

"하지만 그래도 '라 투아 칸탄테(여가수를 의미: 옮긴이)'인 것을! 이런 낭비가 어디 있겠느냐."

에드워드는 전혀 우습지 않다는 표정으로 짧게 웃음소리를 냈다.

"저는 오히려 제게 주어진 보상이라 여기고 있습니다."

"그렇다기엔 대가가 너무 크지 않느냐."

"워낙 드문 기회니까요."

아로가 웃음을 터뜨렸다.

"만약 내가 너의 기억을 통해 저 아이의 체취를 경험해 보지 않았다면, 그토록 강렬한 냄새를 풍기는 인간의 피가 존재한다는 것도 믿지 못했을 게다. 이제껏 그런 느낌을 직접 경험한 적이 없으니 말이다. 우리들 대부분은 어떤 막대한 대가를 치르더라도 그런 값진 선물을 손에 넣으려고 할 텐데, 너는 그 기회를……."

"허비했다는 말씀이군요."

아로의 문장을 대신 끝맺는 에드워드의 목소리는 이제 냉소적인 기운을 띠었다.

아로가 또 한 번 웃었다.

"아, 내 친구 칼라일이 너무도 그립구나! 너는 그 친구를 참 많이 닮았다. 물론 그 친구는 너처럼 성을 낸 적이 없지만 말이다."

"칼라일은 여러 가지 면에서 저보다 월등하신 분입니다."

"자제력이라면 칼라일을 따를 자가 아무도 없다고 생각했는데, 너는 그 친구를 무색하게 만들 정도로구나."

"그렇지 않습니다."

에드워드가 조바심을 내듯 대꾸했다. 그는 아로의 서론이 너무 길다고 느끼는 모양이었다. 더럭 겁이 났다. 나 역시 에드워드가 다음에 어떤 일이 벌어질 것으로 예상하는지, 추측해 보지 않을 수 없었다.

"나 또한 그 친구의 성공이 기쁘기 그지없다. 참으로 놀랍긴 했지만 그 친구에 대해 네가 보여준 기억은 나에게는 선물이나 다름없었단다. 그토록 독특한 길을 선택하고도 훌륭히 해낸 그 친구를 보며 어찌나 기쁘던지…… 스스로도 놀라울 정도였지. 나는 그 친구가 날이 갈수록 허약해져 쇠하고 말 거라고 생각했다. 독특한 자기 의견을 공유할 다른 뱀파이어를 찾아보겠다는 그 친구의 계획을 들었을 땐 코웃음까지 쳤었지. 하지만 내 생각이 틀렸다는 게 몹시 기쁘구나."

에드워드는 아무 대꾸도 하지 않았다.

"하지만 너의 자제력은 또 어떻고! 우리들 가운데 그런 강인함을 발휘할 수 있는 이가 있다는 것조차 놀라울 뿐이구나. 그토록 유혹적인 본능의 부름을 참고 견디다니, 한 번도 아니고 거듭 견뎌내고 있으니, 내가 직접 보지 않았다면 믿지 못했을 것이다."

아로의 칭찬을 듣는 동안에도 에드워드의 얼굴은 무표정했다. 하지만 나는 그의 얼굴을 너무 잘 알고 있었다. 세월이 지나도 변한 것은 없었고, 나는 그의 무표정한 얼굴 아래 뭔가 심상치 않은 일이 일어나고 있음을 짐작했다.

"그 아이가 너에게 얼마나 유혹적인지를 떠올리는 것만으로도…… 갈증이 느껴지는구나."

아로가 껄껄 웃어댔다.

에드워드는 흠칫 긴장했다.

"염려할 것 없다. 그 아이를 해칠 생각은 없어. 하지만 궁금해서 참을 수가 없구나. 특별히 한 가지는 꼭 알아보고 싶은데."

아로는 나를 흥미롭다는 눈빛으로 쳐다보았다.

"괜찮을까?"

그가 한 손을 들어올리며 물었다.

"직접 물어보시죠."

에드워드가 싸늘한 목소리로 말했다.

"당연한 일이다! 내가 너무 무례했던 모양이구나."

아로는 과장스레 외치더니 나에게 직접 말을 걸었다.

"벨라, 에드워드의 놀라운 재능에 너는 유일하게 제외된다는 말을 듣고 퍽 흥미로웠다. 그렇게 놀라운 일이 있을 수 있다니! 한데, 여러 가지 면에서 우리의 재능이 흡사하다 보니 혹시 내 능력도 네게는 통하지 않는지 알아보고 싶어지더구나. 괜찮겠느냐?"

나는 공포에 사로잡혀 에드워드를 올려다보았다. 아로의 과장된 공손함에도 불구하고 나에게 선택의 여지가 있다고는 생각되지 않았다. 그가 나를 만진다는 사실이 소름 끼치도록 무서웠지만 동시에 저 이상한 피부를 만져 볼 기회가 생긴다는 생각에 묘하게 이끌렸다.

에드워드는 용기를 북돋아 주듯 고개를 끄덕였다. 아로가 나를 해치지 않을 것이라 확신하기 때문인지, 선택의 여지가 없기 때문인지는 알 수 없었다.

나는 다시 아로를 쳐다보며 천천히 손을 들어올렸다. 손이 덜덜 떨리고 있었다.

아로는 나를 안심시키려는 듯 다정한 표정으로 미끄러지듯 다가왔다. 그러나 종잇장 같은 그의 얼굴은 너무도 기묘하고 이질적이고, 또한 끔찍해 보였으므로 안심할 수 없었다. 혹시 모르니 자신의 능력도 확인해보고 싶다던 말과 달리 그의 표정은 매우 자신만만했다.

악수를 하려는 사람처럼 아로가 손을 뻗어 내 손을 잡았다. 그의 손은 단단했지만 화강암 같은 느낌은 아니었고, 까칠까칠한 느낌에다 예상보다 훨씬 더 차가웠다.

흐릿한 막을 덧씌운 듯한 그의 눈이 나를 향해 미소를 짓고 있었다. 시선을 돌리는 것은 불가능했다. 그는 기묘하고도 불쾌한 방식으로 나에게 최면을 거는 듯했다.

내 눈앞에서 아로의 표정이 변해갔다. 자신감이 조금씩 흔들리더니 처음에는 의심스럽다는 표정이었다가, 곧 경악에 가까운 불신감으로 바뀌었다. 그러나 그의 얼굴은 이내 침착함을 되찾고 다정한 가면으로 돌변했다.

"참으로 신기하군."

아로는 내 손을 놓고 뒤로 물러나며 말했다.

나는 얼른 에드워드를 쳐다보았다. 그의 얼굴은 침착했지만 약간 득의양양한 느낌이 전해졌다.

아로는 생각에 잠긴 얼굴로 원래 서 있던 곳까지 미끄러지듯 옮겨갔다. 잠시 침묵을 지키던 그가 다시 우리 셋을 쳐다보았다. 그러다 갑자기 머리를 절레절레 흔들었다.

"이런 건 처음이다. 다른 재능에도 면역성을 보일지 궁금하군……."

그는 혼잣말을 하다가 문득 제인을 불렀다.

"제인, 거기 있느냐?"

"안됩니다!"

에드워드가 이를 갈며 소리쳤다. 앨리스가 그의 팔을 잡았지만 에드워드는 손을 뿌리쳤다.

체구가 작은 제인이 행복한 미소를 지으며 아로를 올려다보았다.

"예, 주인님."

에드워드는 반항기 가득한 눈빛으로 아로를 노려보며 신음소리에 가까운 숨소리를 내뱉었다. 순식간에 방 안에 정적이 흘렀다. 마치 에드워드가 중대한 과실을 범하기라도 한 듯 모두들 믿어지지 않는다는 눈빛으로 그를 지켜보고 있었다. 펠릭스는 기대 어린 표정으로 씩 웃으며 한 걸음 앞

으로 다가섰다가, 아로의 엄한 표정에 그대로 얼어붙어 시무룩한 표정을
지었다.

이어 아로가 제인에게 말했다.

"벨라가 네 능력에도 면역력을 보일지 궁금하구나."

에드워드의 성난 으르렁거림 때문에 나에게는 아로의 목소리가 똑똑히
들리지 않았다. 에드워드는 내 앞으로 나서 몸으로 나를 가려주었다. 카이
우스가 경호원들을 이끌고, 좀 더 잘 보려는 듯 우리 쪽으로 다가왔다.

제인은 기쁨에 겨운 미소를 지으며 우리를 향해 돌아섰다.

"안 돼!"

에드워드가 제인을 향해 달려들자 앨리스가 외쳤다.

내가 반응을 보이기도 전에, 그리고 아로의 경호원들이 긴장을 하거나
누군가 말리려고 뛰어들기도 전에 에드워드는 땅바닥에 쓰러져 있었다.

아무도 건드리지 않았는데 돌바닥에 쓰러진 채로 고통스럽게 몸부림을
치고 있었다.

에드워드를 향해 미소를 짓고 있는 제인을 보고서야 모든 것을 알아차
릴 수 있었다. 이들이 무시무시한 재능을 갖추고 있다고 했던 앨리스의 말
이 무슨 뜻인지, 왜 모두들 어린 제인을 깍듯이 존중하는지, 그리고 왜 에
드워드가 중간에 끼어들어 제인이 나에게 '재능'을 발휘하는 것을 막았는
지 전부 알 수 있었다.

"그만해요!"

정적을 깨뜨리고 내가 소리치며 둘 사이로 뛰어들었다. 그러나 앨리스
가 먼저 내 팔을 잡고 놓아주지 않았다. 돌바닥에 쓰러져 버둥거리는 에드
워드의 입에서는 아무 소리도 새어나오지 않았다. 그것을 지켜보는 고통
만으로도 내 머리는 터질 것 같았다.

"제인."

아로가 침착한 목소리로 다시 그녀를 불렀다. 여전히 기쁨에 찬 미소를 지으며 제인이 재빨리 고개를 들었다. 제인이 시선을 거두자마자 에드워드의 몸부림이 그쳤다.

아로는 나에게 고갯짓을 했다.

제인이 미소를 지으며 나를 향해 돌아섰다.

나는 그녀를 마주보지 않았다. 앨리스의 팔에 붙들린 채, 수인처럼 버둥거리며 에드워드를 바라보았을 뿐이었다.

"에드워드는 괜찮아."

앨리스가 작은 목소리로 속삭였다. 그녀의 말을 듣기라도 한 듯 에드워드가 일어나 앉았다가 가볍게 몸을 일으켰다. 내 눈과 마주친 그의 눈빛은 공포로 일그러져 있었다. 처음에는 그가 방금 겪은 고통 때문에 떠오른 공포감이라고 생각했다. 그러나 재빨리 제인을 돌아보았다가 나를 바라본 그의 표정은 안도감으로 누그러져 있었다.

나도 제인을 쳐다보았다. 그녀는 더 이상 미소를 짓고 있지 않았다. 제인은 정신 집중을 위해 이를 악문 채 나를 노려보았다. 나는 고통이 시작되기를 기다리며 몸을 움츠렸다.

아무 일도 일어나지 않았다.

에드워드가 다시 내 옆으로 다가왔다. 그가 앨리스의 팔을 살짝 만지자 앨리스가 나를 에드워드에게 넘겨주었다.

아로가 껄껄 웃기 시작했다.

"걸작이로군, 정말 멋져!"

제인이 씩씩거리며 금방이라도 앞으로 튀어나올 듯 자세를 낮췄다.

"그럴 것까진 없다. 저 아이야말로 우리 모두를 좌절시킬 상대인 모양이구나."

아로는 종이처럼 가벼운 손을 제인의 어깨에 얹으며 달래듯 말했다.

제인은 윗입술을 말아 올려 이빨을 드러낸 채 계속해서 나를 노려보았다.

"하하! 묵묵히 고통을 견디다니 정말 용감하구나, 에드워드. 나도 순전히 호기심에서 제인에게 실험을 해 보자고 청한 적이 있었지."

아로가 또 한 번 유쾌하고 웃고 나서, 놀랍다는 듯 고개를 절레절레 흔들었다.

에드워드는 못마땅한 얼굴로 그를 노려볼 뿐이었다.

"이제 어떻게 한다?"

아로가 한숨을 쉬었다.

에드워드와 앨리스가 동시에 긴장했다. 기다려온 바로 그 순간. 내 몸도 덜덜 떨리기 시작했다.

"다시 마음을 바꿔 볼 생각은 없느냐? 너의 능력은 우리에게 참으로 훌륭한 선물이 될 게다."

아로는 에드워드를 은근히 바라보며 물었다.

에드워드는 대답을 망설였다. 펠릭스와 제인의 표정이 동시에 일그러지는 것이 눈에 들어왔다.

에드워드는 입을 열기에 앞서 말에 무게를 싣느라 몹시 뜸을 들이는 눈치였다.

"저는…… 그러고…… 싶지 않습니다."

"앨리스, 혹시 너는 우리와 합류할 생각이 없느냐?"

아로가 여전히 기대를 버리지 않은 표정으로 물었다.

"감사하지만 사양하겠습니다."

"그럼 벨라 너는 어떠냐?"

아로가 눈썹을 들어올리며 나에게 물었다.

에드워드가 거친 숨소리를 냈다. 나는 멍하니 아로를 응시했다. 농담을 하는 걸까? 아니면 진심으로 내가 그들 곁에 남아 저녁거리가 되고 싶은지 묻는 것일까?

백발의 카이우스가 정적을 깨뜨렸다.

"무슨 소릴 하는 건가."

카이우스는 속삭임에 가까운 작고 힘없는 목소리로 아로에게 물었다.

"카이우스, 확실히 잠재성이 대단한 아이잖습니까. 제인과 알렉을 찾아낸 뒤로는 이토록 장래가 유망한 아이를 만난 적이 없어요. 저 아이가 우리와 같은 존재가 됐을 때 어떤 가능성을 보일지 상상해 보세요."

카이우스는 신랄한 표정으로 시선을 외면했다. 제인은 비교를 당했다는 사실에 발끈해 눈에서 불을 뿜었다.

"저도 사양하겠습니다."

두려움에 목소리가 갈라져, 내 목소리 역시 속삭임이 되어 있었다.

아로는 한숨을 쉬었다.

"그것 참 안타깝군. 아까운 일이야."

에드워드가 발끈했다.

"합류하거나 죽거나, 둘 중 하나입니까? 저희를 이 방으로 데려올 때부터 이미 짐작했습니다. 여기는 바로 당신들이, 법을 집행하는 곳이니까요."

말의 내용보다 에드워드의 말투가 나에게는 더 놀라웠다. 화난 목소리는 확실했지만, 대단히 조심스럽게 말을 고른 듯한 느낌이 들었다.

"물론 그건 아니다. 우리가 여기 모여 있었던 것은 하이디가 돌아오기를 기다리기 위해서지 너희 때문이 아니란다, 에드워드."

아로는 놀랍다는 듯 눈을 껌벅였다.

"아로, 법에 따라 저들을 처벌하는 게 마땅하다."

카이우스가 노여움을 표했다.

이번에는 에드워드가 카이우스를 노려보았다.

"어떤 법 말씀입니까?"

에드워드가 당돌하게 물었다. 에드워드는 카이우스의 생각을 이미 알고 있는 것 같았다. 그런데도 그에게 생각을 털어놓도록 할 작정인 듯했다.

카이우스는 해골 같은 손가락으로 나를 가리켰다.

"저 아이는 너무 많은 것을 알고 있다. 넌 우리의 비밀을 누설했어."

그의 목소리는 종잇장 같은 피부만큼이나 나약했다.

"이 안에도 인간들이 더러 같이 지내고 있는 것으로 알고 있습니다."

에드워드의 말에 나는 로비에 있던 미모의 여직원을 떠올렸다.

카이우스의 얼굴이 이상스레 일그러졌다. 미소를 짓고 있는 것일까?

"그렇긴 하지. 하지만 그들은 더 쓸모가 없어지면 기꺼이 우리의 먹이가 될 것이다. 그런데 너는 그럴 마음이 없지 않느냐. 그 아이가 우릴 배신하고 비밀을 누설하면, 과연 네가 그 아이를 없앨 수 있을까? 못하겠지. 안 그런가?"

카이우스는 코웃음을 쳤다.

"저는 절대로······."

여전히 속삭이듯 입을 열었던 나는 카이우스의 얼음장 같은 눈초리에 기가 죽어 얼른 입을 다물었다.

"그렇다고 해서 그 아이를 우리와 같은 존재로 만들 생각도 없겠지. 그러니 그 아이는 우리 모두의 약점이나 다름없어. 이번 일은 '그 아이'의 목숨만 희생시키면 깨끗하게 해결될 것이다. 너희 둘은 얼마든지 가도 좋다. 내 생각은 그렇다."

카이우스가 흐뭇한 듯 말을 끝내자 에드워드는 무섭게 이를 드러냈다. 펠릭스가 기다렸다는 듯 앞으로 다가왔다.

"한 가지 예외가 있다면······."

아로가 얼른 나섰다. 그는 대화의 진행 방향이 못마땅한 듯한 표정이었다.

"예외가 있다면 네가 그 아이를 불멸의 존재로 만드는 거겠지."

에드워드는 잠시 망설이다 대꾸했다.

"제가 그러겠다면 어떻게 되죠?"

아로는 다시 행복한 미소를 지었다.

"너희는 무사히 집으로 돌아가 내 친구 칼라일에게 내 안부를 전하게 될 것이다."

약간 망설이는 듯 아로의 표정이 흐려졌다.

"하지만 허튼 약속이어선 안 되지. 진심으로 지키겠다고 약속해야 한다."

아로가 한 손을 들어올리자 발끈해서 인상을 쓰기 시작했던 카이우스도 긴장을 누그러뜨렸다.

꾹 다문 에드워드의 입매는 몹시 단호해 보였다. 그는 내 눈을 응시했고, 나도 그를 쳐다보았다.

"어서 약속해, 부탁이야."

내가 속삭였다.

그게 그토록 혐오스러운 일이니? 나를 변신시키느니 차라리 죽는 쪽을 택하겠다는 거야? 마치 배를 세게 걷어차인 느낌이었다.

에드워드는 고통스러운 표정으로 나를 내려다보았다.

그러자 이제껏 우리 곁에 있던 앨리스가 아로 곁으로 다가갔다. 의아해진 우리는 그녀를 돌아보았다. 앨리스 역시 아로처럼 손을 들어올리고 있었다.

그녀는 아무 말도 하지 않았고, 아로는 걱정스레 앞을 막아선 경호원들을 손짓으로 물리쳤다. 그리고 중간에서 앨리스와 만나 탐욕스런 눈빛으로 그녀를 바라보며 손을 잡았다.

그는 눈을 감고 고개를 숙인 채 정신을 집중했다. 앨리스는 무표정한 얼굴로 꼼짝도 하지 않았다. 에드워드가 이를 부딪치는 소리가 들렸다.

아무도 움직이지 않았다. 아로는 앨리스의 손을 잡은 채 굳어버린 것 같았다. 시간이 흐를수록 나는 점점 더 초조해졌다. 너무 시간이 많이 지나면, 지금보다 더 일이 틀어지게 된다는 의미가 아닐까.

숨 막히는 순간이 좀 더 흐른 뒤 아로의 목소리가 정적을 깨뜨렸다.

"하하하!"

그는 아직도 고개를 숙인 채 호탕하게 웃었다. 천천히 고개를 들어올린 아로의 눈빛에는 흥분이 감돌았다.

"참으로 훌륭하군!"

앨리스는 냉담한 표정으로 미소를 지었다.

"마음에 드셨다니 다행입니다."

"아직 일어나지도 않은 일을 예견하고, 또 그걸 나까지 볼 수 있다니!"

아로는 경이롭다는 듯 고개를 절레절레 흔들었다.

"하지만 미래에 꼭 일어날 일이지요."

앨리스는 침착한 목소리로 대꾸했다.

"그래, 그래, 확실히 결정된 일이겠지. 아무 문제도 없겠구나."

카이우스는 대단히 실망한 표정이었다. 그리고 펠릭스와 제인도 같은 심정인 듯했다.

"아로."

"친애하는 카이우스, 초조해할 것 없습니다. 무한한 가능성을 한 번 생각해 보세요! 오늘 저들이 당장 우리와 합류하진 않겠지만, 앞날을 고대해 볼 수 있잖습니까. 젊고 파릇파릇한 앨리스가 우리 가문에 가져다 줄 기쁨을 상상해 보시지요……. 게다가 벨라가 어떤 모습으로 변모하게 될지 나는 참으로 궁금합니다!"

아로는 확신에 차 있는 듯했다. 앨리스의 예지력이 얼마나 주관적인지 미처 깨닫지 못한 것일까? 오늘은 나를 변신시키겠다고 결심할 수도 있지만 내일 당장 마음을 바꿔먹을 수도 있는 것을. 앨리스의 변심에 따라, 또 다른 이들, 특히 에드워드가 마음먹기에 따라 앨리스가 본 미래는 얼마든지 바뀔 수 있었다.

게다가 앨리스가 정말로 나를 변신시킬 생각이 있다 하더라도 그렇다. 에드워드가 이다지도 혐오스러워 하는데, 대체 뭐가 나아진단 말인가. 내가 불멸의 존재가 되어 그의 주변에서 영원히 괴롭히는 것보다는 차라리 죽음이 더 나은 선택이라고 여기는 건가. 공포감에 우울함까지 더해져 숨이 막히는 것 같았다.

"그럼 저희는 이제 가도 됩니까?"

에드워드가 평온한 목소리로 물었다.

"물론이지. 하지만 꼭 다시 와주기 바란다. 참으로 신나는 경험이었으니까."

아로가 유쾌하게 대답했다.

"그리고 우리 또한 너희를 만나러 갈 것이다. 너희가 약속을 지켰는지 우리 눈으로 확인하기 위해서. 하지만 내가 너라면 오래 끌지는 않을 게다. 우리는 두 번이나 기회를 주는 사람들이 아니다."

갑자기 카이우스가 눈꺼풀이 두툼한 도마뱀처럼 눈을 게슴츠레하게 뜨고 단언했다.

에드워드의 턱이 잠시 불끈거리기는 했지만, 그는 고개를 끄덕였다.

카이우스는 회심의 미소를 지으며, 마르쿠스가 무관심한 표정으로 꼼짝않고 앉아 있던 옥좌로 돌아갔다.

펠릭스는 신음소리를 냈다.

"아, 펠릭스. 하이디가 곧 도착할 것이니 조금만 참도록 해라."

아로는 흐뭇한 듯 미소를 지었다.

"흠, 그렇다면 저희는 늦지 않게 이곳을 나가는 것이 좋겠습니다."

에드워드가 약간 긴장한 목소리로 말했다.

"그래. 좋은 생각이다. 사고는 늘 일어나기 마련이지. 하지만 어두워질 때까지 아래층에서 기다려야 하느니라."

"물론입니다."

온종일 이 소굴에서 기다려야 한다는 생각에 나는 소름이 돋았지만 에드워드는 순순히 대답했다.

"그리고 잠깐."

아로는 손가락 하나로 펠릭스를 불렀다. 펠릭스가 즉각 앞으로 나서자 아로는 거구의 뱀파이어가 입고 있던 진회색 망토의 끈을 풀어 옷을 벗긴 뒤 에드워드에게 던졌다.

"이걸 입어라. 지금 네 모습은 사람들 눈에 너무 잘 띌 테니."

에드워드는 모자를 내린 채 긴 외투를 걸쳤다.

아로가 한숨을 쉬었다.

"잘 어울리는구나."

에드워드는 후후 웃다가, 갑자기 웃음을 멈추고 어깨 너머를 돌아보았다.

"감사합니다, 아로 님. 저희는 아래층에서 기다리겠습니다."

"잘들 가거라. 젊은 친구들."

아로가 반색하는 눈빛이 되어, 에드워드와 같은 방향을 보다 말했다.

"갑시다."

에드워드가 몹시 다급하게 말했다.

드미트리는 자기를 따라오라는 손짓을 보낸 뒤, 유일한 출입구인 듯 우리가 들어왔던 방향으로 앞장을 섰다.

에드워드는 나를 꼭 끌어안고 빠르게 걸음을 옮겼다. 앨리스도 굳은 표정으로 내 옆에 바짝 붙어 걷고 있었다.

"이미 늦었어."

앨리스가 중얼거렸다.

나는 겁에 질려 그녀를 쳐다보았지만 앨리스는 그저 분한 듯한 표정이었다. 그제야 통로 쪽에서 여러 사람들이 시끄럽게 떠드는 소리가 내 귀에도 들려왔다.

"오, 여긴 정말 독특하군."

어느 남자의 거친 목소리가 실내를 울렸다.

"정말 중세 느낌이네."

여자의 듣기 싫은, 새된 목소리가 이어졌다.

많은 사람들이 비좁은 문으로 들어와 그리 넓지 않은 통로를 가득 채우고 있었다. 드미트리는 비켜서라는 시늉을 했다. 우리는 그들이 지나갈 수 있도록 차가운 돌 벽에 바짝 기대섰다.

맨 앞에 들어선 커플은 미국인인 듯했는데 유심히 사방을 둘러보았다.

"어서들 오십시오! 볼테라에 오신 것을 환영합니다!"

원형 탑루 쪽에서 아로가 외치는 소리가 들렸다.

뒤이어 40명 남짓한 사람들이 앞장선 커플을 따라 꾸역꾸역 들어오고 있었다. 일부는 관광객처럼 실내를 구경했다. 몇몇은 사진을 찍기도 했다. 그들을 이곳까지 오게 만든 그 전설을 더는 믿을 수 없다는 듯, 혼란스러운 모습들이었다. 피부색이 가무잡잡한 자그마한 여인 한 명이 내 눈에 들어왔다. 목에 묵주를 건 그녀는 한 손으로 십자가를 꼭 움켜쥐고 있었다. 다른 이들보다 천천히 걷고 있던 여인은 이따금씩 주변 사람들을 붙들고 낯선 언어로 질문을 던졌다. 아무도 그녀의 말을 알아듣지 못하는 듯하자 여인의 목소리가 공포에 질려가기 시작했다.

에드워드는 내 얼굴을 자기 가슴에 묻었지만 소용없었다. 이미 어떤 상황인지 알아차린 후였으므로.

사람들이 거의 다 지나가 빈틈이 나자마자 에드워드는 재빨리 나를 문 쪽으로 밀었다. 내 얼굴은 공포로 일그러졌고 하염없이 눈물이 흐르기 시작했다.

금빛으로 장식된 복도에는 빼어난 미모의 키 큰 여인만 조각상처럼 홀로 서 있을 뿐 아무도 없었다. 여자는 호기심 어린 눈초리로 우리를 지켜보며, 특히 나를 유심히 살폈다.

"어서 와요, 하이디."

우리 뒤쪽에서 드미트리가 인사를 건넸다.

하이디라고 불린 여자가 멍하니 미소를 지었다. 서로 닮은 점도 없는데 나는 로잘리를 떠올렸다. 이 여자의 아름다움 역시 결코 잊지 못할 정도로 빼어났기 때문이었다. 시선을 돌릴 수가 없었다.

그녀는 자신의 미모를 한층 돋보이게 하는 옷을 입고 있었다. 초미니 스커트 아래로 드러난 다리는 감탄을 금할 수 없을 정도로 늘씬했다. 긴 팔의 상의는 목선이 높았고, 몸매가 완전히 드러날 만큼 꼭 끼는 빨간색 비닐 재질이었다. 마호가니 빛깔의 긴 머리는 매우 탐스러웠고 눈동자에는 기묘한 보랏빛이 감돌았다. 아무래도 푸른색이 감도는 컬러렌즈로 빨간색 눈동자를 가린 탓인 듯했다.

"드미트리."

그녀는 내 얼굴과 에드워드의 회색 외투를 번갈아 쳐다보며 실크처럼 감미로운 목소리로 대꾸했다.

"낚시 성적이 훌륭한데요."

드미트리의 칭찬을 들은 순간 나는 그녀가 그토록 시선을 끄는 요란한 옷차림을 한 이유를 알아차렸다. 그 여자는 낚시꾼일 뿐만 아니라 동시에 미끼이기도 했던 것이다.

"고마워요. 안 들어가요?"

여자는 눈부신 미소를 지어 보였다.

"곧 들어갈 게요. 내 몫으로 몇 명만 남겨둬요."

하이디는 고개를 끄덕이고는 마지막으로 한 번 더 나를 유심히 쳐다본 뒤 문으로 향했다.

에드워드는 내가 거의 달려야할 만큼 걷는 속도를 높였다. 그러나 우리가 복도 끝에 있는 화려한 문을 나서기도 전에 비명이 시작되었다.

22

탈출

드미트리는 우리를 호화로운 접견실로 데려갔다. 이름이 지아나라고 했던 여자는 여전히 번쩍이는 안내 데스크 뒤에 자리를 잡고 있었다. 어디 있는지 보이지 않는 스피커에서 밝은 음악이 흘러나왔다.

"어두워질 때까지 이곳을 뜰 생각 말아요."

드미트리가 경고하듯 말했다.

에드워드가 고개를 끄덕이자, 드미트리는 쏜살같이 사라졌다.

지아나는 에드워드가 빌려 입은 외투를 예리한 눈초리로 쳐다보았지만, 둘의 대화 내용에 그리 놀라지 않는 눈치였다.

"괜찮아?"

인간인 여자에겐 들리지 않을 만큼 작게 목소리를 낮춰 에드워드가 물었다. 그래도 매력적이긴 했지만, 그의 목소리는 걱정으로 거칠어져 있었다. 역시 이 상황에 부담을 느끼고 있는 거다.

"좀 앉히는 게 좋겠어. 당장이라도 쓰러질 것 같아."

앨리스가 말했다.

그제야 나는 내가 온몸을 덜덜 떨고 있음을 깨달았다. 이가 딱딱 부딪쳐 소리를 낼 만큼 전신이 떨리면서 갑자기 방안이 아득하게 일렁였다. 순간적으로 나는, 제이콥이 폭발하듯 늑대인간으로 변신하기 직전에 이런 기분이 되지 않을까 생각했다.

그리고 나는 이상한 소리를 들었다. 경쾌한 음악의 일부라고 하기엔 전혀 어울리지 않는, 뭔가가 찢어지는 듯한 소리. 정신없이 몸을 떠느라 어디에서 들려오는 소리인지 짐작할 수도 없었다.

"쉿, 벨라. 진정해."

에드워드는 호기심 많은 인간 여자의 시선에서 가장 멀리 떨어진 소파로 나를 데려갔다.

"발작을 하려는 것 같아. 뺨을 한 대 때려봐."

앨리스가 말했다.

에드워드는 성난 얼굴로 그녀를 흘겨보았다.

그제야 나도 알 수 있었다. 소리를 내는 건 바로 나였다. 찢어지는 듯한 소리는 내 가슴에서 새어나오는 흐느낌 소리였다. 그때문에 몸도 같이 떨리고 있었다.

"괜찮아, 넌 안전해. 괜찮아."

에드워드는 계속해서 같은 말로 나를 위로했다. 그는 나를 무릎에 앉히고, 그의 차가운 체온 때문에 내가 더 떨지 않도록 두툼한 외투자락으로 감싸주었다.

이런 반응을 보이는 게 어리석다는 건 나도 알았다. 그의 얼굴을 얼마나 더 볼 수 있을지 모르는 이 상황에서! 이제 그도 나도 구출되었으니, 자유를 되찾자마자 에드워드는 나를 떠날지도 모른다. 그러니 눈물 때문에 시야가 흐려져 그를 볼 수 없게 되는 건, 터무니없는 낭비다. 미친 짓이지.

하지만 끊임없이 흐르는 눈물로도 내 뇌리에 새겨진 무서운 영상은 지워지지 않았고, 묵주를 쥐고 있던 자그마한 여인의 공포에 사로잡힌 얼굴이 자꾸만 눈앞에 아른거렸다.

"그럼 그 사람들 다……"

나는 참지 못하고 소리 내어 흐느꼈다.

"알아."

에드워드가 속삭였다.

"너무 끔찍해."

"그래. 네가 듣지 않았으면 좋았을 텐데."

나는 그의 가슴에 머리를 기대고 두툼한 외투로 눈물을 닦았다. 그리고 심호흡을 하며 진정하려고 애를 썼다.

"뭐라도 좀 가져다드릴까요?"

공손하게 묻는 여자의 목소리가 들려왔다. 지아나는 걱정스럽지만 동시에 사무적인 표정을 하고, 에드워드의 어깨 너머로 우리를 내려다보고 있었다. 무시무시한 뱀파이어가 코앞에 있는데도 전혀 아랑곳하지 않는 얼굴. 전혀 사정을 모르거나, 직업정신이 아주 뛰어난 모양이다.

"아뇨."

에드워드가 차갑게 대꾸했다.

여자는 고개를 끄덕인 뒤 나에게 미소를 짓고는 자기 자리로 돌아갔다.

나는 그녀가 우리 말을 들을 수 없을 만큼 멀리 갈 때까지 기다렸다.

"여기서 무슨 일이 일어나는지 저 여자도 알고 있어?"

내 귀에도 낯선, 쉬고 낮은 목소리가 새어 나왔다. 나는 자제력을 되찾아 호흡도 어느 정도 안정되고 있었다.

"응. 다 알아."

"저들이 언젠가 자기를 죽일 거라는 것도 알아?"

"그럴 가능성도 있다는 건 알아."

놀라운 대답이었다.

에드워드의 표정을 읽어내기 어려웠다.

"하지만 계속 자신을 데리고 있어 주길 바라지."

내 얼굴에서 핏기가 가셨다.

"저들의 일원이 되고 싶어 한단 말이야?"

에드워드는 고개를 한번 끄덕인 뒤 내 얼굴에 시선을 고정시킨 채 반응을 지켜보았다.

나는 몸서리를 쳤다.

"어떻게 그럴 수가 있지? 사람들이 그 끔찍한 방으로 끌려들어가는 걸 보고도 어떻게 '그들'의 일원이 되고 싶다고 생각할 수 있어?"

나는 딱히 대답을 바라고 던진 질문이라기보다 혼잣말에 가깝게 속삭였다.

에드워드는 대답하지 않았다. 표정이 약간 일그러졌을 뿐이었다.

나는 지나치게 아름다운 그 얼굴을 바라보며 표정의 의미를 해석해 보려 했다. 그때 나를 강렬하게 사로잡은 생각은 그것이었다. 내가, 정말 여기 있구나. 에드워드의 팔 안에. 우린 죽지 않을 거야. 어쨌든 지금 이 순간만큼은.

"아, 에드워드."

나는 다시 흐느끼기 시작했다. 바보 같은 짓이란 걸 알면서도. 눈물 때문에 그의 얼굴을 볼 수 없게 된다면 스스로를 용서할 수 없을 것 같은데. 주어진 시간은 겨우 해질녘까지다. 마치 마법이 풀리는 시간이 시시각각 다가오는, 그런 동화처럼.

"왜 그래?"

여전히 걱정스럽게 내 등을 토닥이며 그가 물었다.

나는 그의 목에 팔을 둘렀다. 최악의 경우래 봤자, 날 밀어내기 밖에 더

하겠어. 나는 그를 더욱 세게 껴안았다.

"지금 행복하다고 느끼면, 난 정신이 나간 걸까?"

목이 메어 두 번이나 말을 멈춰야 했다.

에드워드는 나를 밀어내지 않았다. 대신 멀쩡한 폐로도 숨을 쉴 수 없을 만큼 세게 끌어안았다.

"무슨 뜻인지 알아. 하지만 행복해야 할 이유가 더 많잖아. 우선 우리 다 이렇게 살아 있으니까."

"맞아. 그건 충분히 이유가 되지."

"게다가 또 이렇게 같이 있고."

에드워드는 내 귓가에 숨결을 불어넣듯 속삭였다. 그의 숨결이 너무 달콤해서 머리가 어질어질했다.

우리가 함께 있다는 사실을 에드워드가 나만큼 중요하게 생각하진 않겠지만, 나는 그저 고개를 끄덕였다.

"그리고 운이 좋으면 내일까지도 살아 있을 거야."

"나도 그랬으면 좋겠어."

"전망은 꽤 밝아."

앨리스가 나를 안심시켰다. 워낙 기척이 없어서 나는 그녀의 존재를 까맣게 잊고 있었다.

"난 24시간 안에 재스퍼를 보게 되거든."

그녀가 덧붙였다. 목소리에서 만족감이 묻어났다.

앨리스는 운도 좋다. 자기 미래를 확신할 수 있다니.

나는 에드워드의 얼굴에서 시선을 뗄 수가 없었다. 미래가 아예 다가오지 않기를 바라며 그를 보고 또 쳐다보았다. 이 순간이 영원히 지속되거나, 그게 불가능하다면 그 미래가 왔을 땐 내가 이 세상에 존재하지 않게 되기를 빌었다.

에드워드도 나를 마주보았다. 눈빛은 너무 부드러워서, 그도 나와 같은 마음이라고 믿어버릴 수도 있을 것 같았다. 그래서 나는 정말로 그런 척하기로 했다. 이 순간의 달콤함을 더 즐길 수 있도록.

그가 손끝으로 내 눈 밑을 어루만졌다.

"굉장히 피곤해 보여."

"넌 목말라 보여."

그의 검은 눈동자 아래로 짙게 자리한 그림자를 주시하며 나도 속삭였다. 에드워드는 어깨를 으쓱했다.

"괜찮아."

"정말? 나 앨리스 옆에 앉아 있어도 돼."

속으로는 전혀 내키지 않았지만, 나는 옮겨 앉겠다고 자청했다. 실은 그로부터 조금이라도 떨어지느니, 차라리 그의 손에 죽고 싶다고 생각하면서도.

"바보 같은 소리 마. '그 부분'에 대한 본능을 지금보다 잘 억제한 적은 없을 정도니까."

에드워드가 한숨을 쉬자 달콤한 숨결이 애무하듯 내 얼굴을 간질였다.

그에게 묻고 싶은 게 수백만 가지도 넘었다. 금방이라도 입에서 질문이 튀어나올 것 같았지만 입술을 깨물며 참았다. 불안전하나마 행복한 이 순간을 망가뜨리고 싶지 않았다. 이 역겨운 곳에서, 괴물이 되고 싶어하는 인간의 시선을 받고 있다고 해도.

그의 품에 안겨 있으니, 그도 나를 원하는 것 같았다. 아직 위험에서 벗어나지 못했기 때문에 나를 진정시키느라 안고 있는 것인지, 이런 곳까지 나를 오게 한 죄책감과, 죽음에 이르는 것만은 막았다는 안도감을 느끼고 있을 뿐인지……, 지금은 그의 진심이 어느 쪽인지 생각하고 싶지 않았다. 어쩌면 떨어져 있었던 시간이 길었던 탓에 잠시 동안은 내가 지루하지 않은 건지도 모른다. 하지만 상관없었다. 나는 그도 나를 원한다는 착각 속에서 행복하고 싶었다.

나는 말없이 그의 품에 안겨 또다시 그의 얼굴을 마음에 새기고 있었다. 우리가 서로 사랑했던, 그 과거처럼.

그는 집으로 돌아갈 방법을 앨리스와 의논하면서, 나와 같은 생각을 하는 듯 줄곧 내 얼굴을 응시하고 있었다. 두 사람의 목소리가 너무 빠르고 낮아서 지나나는 조금도 알아듣지 못할 듯했다. 나 역시 절반도 알아듣기 힘들었으니까. 문득 노란색 포르셰 자동차가 지금쯤 주인에게 돌아갔을지 궁금했다.

"그런데 '가수' 운운하는 얘기는 뭐야?"

갑자기 앨리스가 물었다.

"'라 투아 칸탄테'라는 말?"

에드워드의 목소리로 들으니 그 말은 정말로 노래처럼 들렸다.

"그래, 그거."

앨리스의 대꾸에 나도 바짝 정신을 집중했다. 나 역시 궁금해 하고 있었으니까.

에드워드가 어깨를 으쓱 하는 것이 느껴졌다.

"나한테 벨라가 그런 것처럼, 특별히 유혹적인 체취를 풍기는 사람을 지칭하는 말이야. 상대의 피가 나를 향해 노래를 부르고 있다고 해서, 그 상대를 '가수'라고 부른다더군."

그의 설명에 앨리스가 웃음을 터뜨렸다.

나는 극도로 피곤해 잠이 쏟아졌지만 애써 피로와 싸우고 있었다. 에드워드와 함께 있는 시간을 단 1초라도 낭비하고 싶지 않았으므로. 앨리스와 이야기를 나누며 그는 가끔 느닷없이 고개를 숙여 나에게 입을 맞추었다. 유리처럼 매끄러운 그의 입술이 내 머리칼과 이마, 콧등을 몇 번이고 스쳤다. 그때마다 오래 휴면기에 들어갔던 심장이 전기충격을 받은 것처럼 팔딱거렸다. 내 심장 박동 소리가 온 방 안을 울리는 듯했다.

그곳은 천국이었다. 지옥 한가운데 작은 점처럼 박혀 있는 천국.

시간 감각을 완전히 잃었던 것 같다. 그래서 나를 안고 있던 팔에 바짝 힘이 들어가고, 에드워드와 앨리스가 동시에 걱정스러운 눈빛으로 뒤를 돌아보자 나는 순간적으로 공포에 사로잡혔다. 알렉이 문을 열고 나와 우리를 향해 걸어오는 모습을 보자 나는 에드워드의 가슴으로 더욱 파고들었다. 오후의 식사를 즐겼음에도 그의 은회색 양복은 얼룩 하나 없이 깨끗했고, 눈동자는 이제 선명한 루비 빛깔이었다.

그가 가져온 것은, 좋은 소식이었다.

"이제 가도 좋습니다. 부탁드릴 것은, 시내에서 공연히 시간을 지체하지 마시라는 겁니다."

알렉은 평생 알고 지낸 친구를 대하듯 아주 다정한 목소리로 말했다.

에드워드는 친한 척하는 태도 없이 싸늘하게 대꾸했다.

"그런 일은 없을 겁니다."

알렉은 미소를 지으며 고개를 끄덕인 뒤 다시 사라졌다.

에드워드가 나를 부축해 일으키는 사이, 안내 데스크를 지키던 여자가 경쾌하게 말했다.

"저 모퉁이에서 오른쪽 복도를 따라가다 보면 엘리베이터가 나올 거예요. 로비는 두 층만 내려가면 되고, 곧장 거리로 연결되어 있습니다. 그럼 안녕히 가세요."

나는 과연 그녀에게 목숨을 구할 자질이 있을 것인지 궁금했다.

앨리스는 지아나에게 찌르는 듯한 시선을 보냈다.

나는 밖으로 나가는 또 다른 출구가 있다는 사실에 안도했다. 지하 통로를 또 지나갈 자신은 없었으므로.

우리는 고급스러운 취향의 호화로운 로비를 빠져나왔다. 정교한 사무실 건물처럼 외관을 꾸민 중세풍의 성을 뒤돌아본 사람은 나뿐이었다. 거리에서는 원형 탑루가 보이지 않아서 내심 감사했다.

거리마다 아직도 축제 인파로 붐비고 있었다. 자갈이 깔린 좁은 포장도로를 빠르게 걷고 있으려니 가로등이 켜지기 시작했다. 하늘은 우리 머리 위에 흐릿한 회색으로 드리워 있었지만, 좁은 골목 사이로 빽빽하게 들어선 건물들 때문에 더욱 어두운 느낌이었다.

사람들의 옷차림도 어두웠다. 볼테라에서는 저녁마다 흔히들 입는 옷인 듯, 에드워드의 치렁치렁한 외투도 눈에 잘 띄지 않았다. 아예 검정색 새틴 망토를 길게 늘어뜨린 사람들도 많았다. 오늘 광장에서 아이가 끼고 있던 플라스틱 송곳니는 알고 보니 어른들 사이에서도 유행인 듯했다.

"우습군."

에드워드가 중얼거렸다.

나는 옆에 있던 앨리스가 사라진 것도 모르고 있었다. 그러나 질문을 던지려고 옆을 돌아보니 그녀가 보이지 않았다.

"앨리스는 어디 갔어?"

내가 겁에 질려 속삭였다.

"오늘 아침에 숨겨 놓은 네 가방을 가지러 갔어."

나는 오늘 온종일 칫솔을 써본 적이 없다는 것도 잊고 있었다. 그 생각을 하자 내 앞날이 훨씬 밝아지는 것도 같았다.

"차도 훔쳐 오겠지?"

내 물음에 에드워드는 싱긋 웃었다.

"성 밖에 나갈 때까진 안 그럴 거야."

성문까지는 꽤 먼 길인 듯했다. 에드워드는 내가 몹시 지쳐있다는 것을 알아채고 나를 꼭 안아 부축했다.

성벽에 뚫린 어두컴컴한 아치 아래를 지나가며 나는 몸서리를 쳤다. 위로 보이는 거대한 고대의 격자문이, 금방이라도 머리 위로 떨어져 다시 우리를 가둘 것만 같았다.

에드워드는 성문 오른쪽 으슥한 곳에 엔진을 켠 채 서 있던 검은 차로 나를 이끌었다. 놀랍게도 그는 운전을 하겠다고 고집하지 않고 나와 함께 뒷좌석에 올랐다.

앨리스가 미안한 표정을 지었다.

"미안해. 별로 선택의 여지가 없었어."

그녀는 계기판 쪽을 어렴풋이 가리켰다.

"이것도 괜찮은데 뭐. 포르셰 911 터보 모델이 흔하지는 않으니까."

그렇게 말하며 에드워드가 씩 웃었다.

앨리스는 한숨을 쉬었다.

"나도 그 차 한 대 구해야겠어. 물론 '합법적으로'. 아주 멋지던데."

"크리스마스 선물로 한 대 사줄게."

앨리스는 활짝 웃으며 에드워드를 돌아보았다. 나는 갑자기 걱정이 되기 시작했다. 우리가 탄 차가 구불구불하고 어두운 언덕길을 빠른 속도로 내려가고 있었으므로.

"이왕이면 노란색으로 부탁해."

앨리스가 말했다.

에드워드는 나를 계속해서 꼭 안고 있었다. 두툼한 회색 외투 덕분에 따뜻하고 편안했다. 사실, 편안한 것 이상이지.

"이젠 자도 돼, 벨라. 다 끝났어."

에드워드가 중얼거렸다.

그가 말한 '끝'은 고대 도시에서 겪어야 했던 악몽을 의미하는 것이리라. 그걸 알면서도 목에 뜨거운 것이 치밀어 나는 마른침을 삼켜야 했다.

"자고 싶지 않아. 안 피곤해."

뒤에 한 말은 거짓말이었다. 그래도 눈은 절대 감지 않을 작정이었다. 계기판에만 불이 들어와 있을 뿐이었지만, 실내는 그의 얼굴이 보일 만큼 밝았다.

에드워드는 내 귓불 아래에 가만히 입술을 눌렀다.

"노력해 봐."

나는 고개를 저었다.

그가 한숨을 쉬었다.

"그 고집은 여전하구나."

그래. 내 생각에도 대단하다. 나는 무거운 눈꺼풀과 싸웠고 결국 싸움에서 이겼으니까. 어두운 도로를 지날 때가 제일 힘들었다. 하지만 피렌체 공항의 밝은 조명 아래선 훨씬 견디기 쉬웠고, 이를 닦고 깨끗한 옷으로 갈아입고 나자 더욱 정신이 맑아졌다. 앨리스는 에드워드에게도 새 옷을 사주었다. 그는 골목 쓰레기통에 짙은색 외투를 버렸다. 로마까지의 비행은 워낙 짧아서 피로가 나를 괴롭힐 겨를이 없었다. 하지만 로마에서 애틀랜타까지는 꽤나 힘겨운 여정이 될 것 같아서, 나는 비행기에 오르자마자 승무원에게 콜라를 부탁했다.

"벨라."

에드워드는 나를 나무라듯 쳐다보았다. 그는 내가 카페인에 약하다는 걸 잘 알고 있었다.

앨리스는 우리 뒷자리에 앉았다. 그녀가 낮게 중얼거리며 재스퍼와 통화하는 소리가 들려왔다.

"자고 싶지 않다니까."

나는 좀 더 신빙성 있는 이유를 대기로 했다.

"지금 눈을 감으면 분명 보고 싶지 않은 것들을 보게 될 거야. 악몽을 꿀 거란 말이야."

그 말을 듣고 나서는 에드워드도 더 만류하지 않았다.

오랜 비행은 내가 필요한 대답을 들을 수 있는 좋은 기회일 것이다. 필요하지만, 실은 듣고 싶지 않은 대답을. 이미 나는 그가 어떤 대답을 할 것인지 고민하며 절망감에 빠져드는 중이었으니까. 비행기에서 날 피해 달아날 순 없을 테니, 지금 우리에겐 모처럼의 방해받지 않는 시간이 주어진 셈이다. 최소한 쉽게는 도망 못 치겠지. 앨리스 말고는 우리 이야기를 들을 사람도 없었다. 늦은 시간이라 승객들은 대부분 불을 끄고, 속삭이는 목소리로 승무원들에게 베개를 부탁하고 있었다. 게다가 대화를 하면 졸음을 쫓는 데도 도움이 될 것이다.

하지만 나는 홍수처럼 쏟아져 나오려는 질문을 애써 참았다. 피로 때문에 논리력이 떨어지기도 했겠지만, 대화를 유예해서라도 어떻게든 그와 함께 있는 시간을 연장하고 싶었다. 매일 밤 조금씩 이야기를 풀어나갔던 『아라비안나이트』의 세헤라자데처럼.

그래서 나는 계속 콜라를 마시며 고집스레 눈을 붙이지 않았다. 에드워드는 만족스러운 듯 내 얼굴을 계속해서 쓰다듬었다. 나 역시 그의 얼굴을 어루만졌다. 나중에 다시 홀로 남게 되면 마음이 아플까 봐 염려되기는 했지만 자꾸 어루만지고 싶은 내 손을 자제할 수는 없었다. 그는 내 머리와 이마, 손목에 계속해서 입을 맞추었지만, 입술만은 피하고 있었다. 차라리 다행이었다. 난도질 당해 갈가리 찢긴 심장을 다시 뛰게 만들려면 어떤 방법이 있을까? 지난 며칠 새 내 인생이 끝날지도 모를 위기를 수없이 겪었지만, 그렇다고 강해진 느낌은 들지 않았다. 오히려 말 한마디에 산산이 부서져버릴 것처럼 나약해진 느낌이었다.

에드워드는 내게 말을 걸지 않았다. 어쩌면 내가 잠들기를 바란 것인지도 모른다. 할 말이 아예 없는 건지도 모르고.

묵직한 눈꺼풀과의 싸움에선 결국 승리를 거두었다. 애틀랜타 공항에 당도할 때까지 나는 깨어 있었고, 에드워드가 창문을 닫기 전까지 시애틀의 구름 위로 떠오르기 시작하는 태양을 지켜보고 있었다. 스스로가 자랑스러웠다. 한순간도 허비하지 않았으므로.

앨리스나 에드워드는 시택 공항으로 우릴 마중 나온 사람들을 보고도 전혀 놀라지 않았지만, 나는 너무 놀라 넋이 나갔다. 제일 먼저 재스퍼가 눈에 들어왔다. 물론 그는 나를 쳐다보고 있지 않았다. 그의 시선은 오로지 앨리스에게 고정되어 있었다. 앨리스는 재빨리 그의 곁으로 다가갔다. 하지만 그들은 공항에서 만나는 다른 커플들처럼 포옹을 하진 않았다. 그저 서로의 얼굴만 물끄러미 바라볼 뿐이었는데, 그럼에도 그 순간이 너무도 은밀하게 느껴져 시선을 돌려야할 것만 같았다.

칼라일과 에스미는 금속 탐지기 앞에 길게 늘어선 줄을 피해, 구석에 있는 넓은 기둥 그늘에서 우릴 기다리고 있었다. 에스미는 두 팔을 뻗어 나를 와락 껴안았지만 에드워드가 계속 내 허리를 감고 있어서 자세가 어색할 수밖에 없었다.

"정말 고맙구나."

에스미가 내 귓가에 속삭였다.

이어 그녀는 에드워드를 껴안았다. 에스미는 울 수만 있다면, 금방이라도 눈물을 쏟을 것 같은 표정이었다.

"다신 이런 일 겪게 하지 마."

거의 협박하듯 에스미가 말했다.

에드워드는 반성하는 표정으로 씩 웃었다.

"죄송해요, 엄마."

"고맙다, 벨라. 너한테 큰 빚을 졌구나."

칼라일이 말했다.

"별 말씀을요."

내가 중얼거렸다. 별안간 걷잡을 수 없이 잠이 쏟아졌다. 머리가 몸에서 떨어져나간 것 같은 느낌이었다.

"이러다 쓰러지겠다. 어서 집에 데려다 줘라."

에스미가 에드워드를 나무랐다.

집에 가는 게 정말 내가 바라는 일인지 확신할 순 없었지만 나는 몽롱한 상태로 질질 끌려가다시피 공항을 빠져나갔다. 에드워드가 한쪽에서 나를 안아 부축하고, 다른 쪽에서는 에스미가 내 손을 잡아주었다. 앨리스와 재스퍼도 우리 뒤에 따라오는지 궁금했지만 너무 피곤해서 뒤를 돌아볼 수가 없었다.

내가 걸으면서 동시에 자고 있는 건 아닐까 생각하는데, 어느 새 자동차에 다다랐다. 희미한 조명이 켜진 주차장에서 검정색 세단에 기대 서 있는 건 에밋과 로잘리였다. 나는 놀라 다시 잠에서 깨어났다. 에드워드의 몸이 굳어졌다.

"그러지 마라. 안 그래도 괴로워하고 있더라."

에스미가 속삭였다.

"당연히 그래야죠."

에드워드는 목소리를 낮출 생각도 하지 않으며 대꾸했다.

"로잘리 잘못이 아니잖아."

너무 지쳐 혀가 꼬이면서도 내가 중얼거렸다.

"사과할 기회를 좀 주렴. 우리는 앨리스와 재스퍼 차를 타고 갈 테니."

에스미가 간청하듯 아들에게 말했다.

에드워드는 믿어지지 않을 정도로 아름다운 자태로 우릴 기다리고 있던 금발 미녀 뱀파이어를 무섭게 노려보았다.

"부탁이야, 에드워드."

내가 말했다. 나 역시 로잘리와 같은 차를 타고 가고 싶은 마음은 없었지만, 더 이상의 가정 불화를 일으키는 것만은 싫었다.

에드워드는 한숨을 쉬며 나를 자동차로 이끌었다.

에밋과 로잘리는 말없이 앞좌석에 올랐고, 에드워드는 또다시 나를 뒷좌석에 태웠다. 더는 졸음과 싸울 수 없다고 생각하고, 에드워드의 가슴에 머리를 기대 눈을 감았다. 시동 걸리는 소리와 함께 차체에 미세한 자체 진동이 느껴졌다.

"에드워드."

로잘리가 입을 열었다.

"알아."

에드워드는 퉁명스럽게 대꾸했다.

"벨라?"

로잘리가 상냥한 말투로 나를 불렀다.

나는 깜짝 놀라 번쩍 눈을 떴다. 로잘리가 나에게 직접 말을 건 것은 이게 처음이었다.

"네, 로잘리."

망설이며 내가 대꾸했다.

"정말 미안해, 벨라. 전부 내 잘못으로 일어난 일이고, 그래서 너무 속상했어. 그리고 내가 그렇게 모질게 대했는데도 용감하게 동생을 구하러 떠나줘서 얼마나 고마운지 몰라. 나를 용서하겠다고 말해 줘."

말하는 본인도 당혹스러운 듯 좀 어색했지만, 그래도 진심에서 나온 말인 듯했다.

나에 대한 로잘리의 증오심을 조금이나마 줄일 기회를 놓칠 수 없었으므로 나는 얼른 웅얼웅얼 대답했다.

"그럼요. 원래 로잘리 잘못도 아니었어요. 그 빌어먹을 절벽에서 뛰어

내린 건 나였으니까요. 당연히 용서하죠."

말이 죄다 엉킨 듯 발음이 엉망이었다.

"벨라가 제정신이 들 때까지는 용서받은 거라고 할 수 없겠다, 로잘리."

에밋이 키득키득 웃으며 말했다.

"나 제정신이에요."

내가 대꾸했지만, 한숨에 섞여 웅얼대는 소리만 흘러나왔다.

"잠 좀 자게 내버려 두자."

에드워드는 전보다 누그러진 목소리로 우리의 말문을 막았다.

그 뒤론 부드러운 자동차 엔진 소리 밖에 들리지 않았다. 깊이 잠들었던 것 같았다. 한 1초 지난 것 같은데 어느새 문이 열리고 에드워드가 나를 안고 차에서 내렸다. 눈이 떠지질 않았다. 처음에 나는 우리가 아직도 공항에 있는 거라고 생각했다.

그런데 찰리 목소리가 들려왔다.

"벨라!"

멀리서 찰리가 외치고 있었다.

"찰리."

나는 잠을 떨치려고 애쓰며 중얼거렸다.

"쉿. 괜찮아. 집에 무사히 도착했어. 그냥 자도 돼."

에드워드가 속삭였다.

"다시 얼굴을 들이밀다니 참 뻔뻔스럽기도 하구나."

찰리가 에드워드에게 호통을 치는 소리가 좀 전보다 훨씬 가까이서 들려왔다.

"그만하세요, 아빠."

내가 투덜거렸지만 그는 내 말을 듣지 않았다.

"벨라가 어떻게 된 거냐?"

찰리가 물었다.

"그냥 피곤해서 그래요. 그냥 쉽게 해 주세요."

에드워드가 안심시키듯 찰리에게 말했다.

"나한테 이래라저래라 하지 마라! 그리고 내 딸에게서 손 떼고."

찰리가 고함을 질렀다.

에드워드는 찰리에게 나를 넘겨주려 했지만, 나는 두 손을 깍지 긴 채 그의 목을 잡고 떨어지지 않았다. 그러자 아버지가 내 팔 하나를 억지로 잡아뗐다.

"그만 좀 하세요, 아빠. 화를 내시려거든 저를 혼내시고요."

내가 목소리를 좀 더 크게 냈다. 억지로 눈을 뜨니 충혈된 찰리의 눈이 보였다.

우리는 모두 집 앞에 서 있었고, 현관문은 열려 있었다. 잿빛 하늘은 너무 낮게 내려앉아 몇 시쯤이나 됐는지 추측하기 힘들었다.

"아, 당연히 그래야지. 두고 봐라. 일단 들어가자."

"알겠어요. 나 좀 내려 줘."

나는 한숨을 쉬었다.

에드워드가 바닥에 나를 내려놓았다. 서 있는 건 확실한데 다리에 감각이 없었다. 어쨌든 앞으로 걸어가려고 몸을 움직이니 보도블록이 휘청하며 내 얼굴을 향해 다가왔다. 내가 콘크리트 바닥에 얼굴을 부딪기 전에 에드워드가 붙들어 주었다.

"2층까지만 제가 데리고 올라갈게요. 곧 나올 겁니다."

에드워드가 말했다.

"안 돼!"

공포에 사로잡혀 내가 소리쳤다. 아직 그의 대답을 듣지도 못했는데. 적어도 서로 이야기를 나눌 때까지는 곁에 있어 주어야 하는 게 아닐까?

"멀리 가지 않을 테니 염려 마."

에드워드는 찰리가 듣지 못하도록 아주 작은 소리로 내 귓가에 속삭였다.

찰리의 허락을 듣지는 못했지만 에드워드는 집안으로 향했다. 나는 계단을 오를 때까지만 겨우 깨어 있을 수 있었다. 마지막으로 내가 느낀 것은, 그의 셔츠를 움켜잡고 있던 내 손가락을 푸는 에드워드의 서늘한 손의 감촉이었다.

23

진실

―――――◆―――――

아주 오래 잠들어 있었던 것 같다. 자는 동안 몸을 한번도 뒤척이지 않은 듯 사지가 뻣뻣했다. 정신이 몽롱하고 생각이 빨리 돌아가지 않았다. 꿈과 악몽이 뒤섞인 기묘한 총천연색 흔적들이 어지럽게 머릿속을 떠돌았다. 꿈은 하나같이 너무도 선명했다. 끔찍하기도 하고 천국처럼 아름답기도 한 그것들은 이상스레 뒤섞여 있었다. 나는 섬뜩한 초조함과 공포를, 그리고 달아나야 하는데 다리가 빨리 움직이질 않아 느껴지는 좌절감을 맛보았다. 비록 태도는 우아했지만, 너무도 흉측한 빨간 눈의 악귀들과 괴물들도 넘쳐났다. 너무도 생생한 꿈이어서, 그들의 이름까지 기억났다. 그러나 가장 선명하고 현실감 넘쳤던 꿈은 악몽이 아니었다. 꿈속에서 가장 선명한 기억은 바로 천사의 모습이었다.

그의 모습이 사라질까 봐 눈을 뜨기가 힘들었다. 이번 꿈만은 평소처럼 꿈의 저장고로 애써 밀어넣고 외면하고 싶지 않았다. 정신이 점점 또렷해져 차츰 현실로 돌아오게 되었으므로, 나는 꿈의 기억을 놓치지 않기 위해 매달렸다. 오늘이 무슨 요일인지는 알 수 없지만, 제이콥이든, 학교든, 일이든, 메마른 현실이 나를 기다리고 있을 게 뻔하니까. 또 어떤 하루와 맞닥뜨리게 될지 궁금해하며, 나는 깊이 숨을 들이마셨다.

뭔가 차가운 것이 살며시 내 이마를 스쳤다.

나는 눈을 더욱 힘주어 감았다. 아직 꿈을 꾸고 있는 듯한데, 이상하게도 완전히 현실 같았다. 곧 잠에서 깨어날 테니, 꿈도 사라져버리겠지.

하지만 지나치게 사실 같은걸. 상상 속에서 나를 껴안고 있는 강인한 팔의 감촉은, 너무나도 현실적이었다. 이 느낌을 놓치고 나면 두고두고 후회하게 되겠지. 그럼에도 나는 한숨을 쉬며, 환상을 물리치려고 어렵사리 눈을 떴다.

"앗!"

나는 깜짝 놀라 양 주먹으로 눈을 가렸다.

아무래도 이젠 인정해야 할 것 같다. 내가 정상이 아니라는 걸. 망상이 마음대로 자라게 내버려둔 게 잘못이었을까. 아니, 내버려뒀다는 말에는 어폐가 있다. 내 의지였으니까. 환청에 집착해, 내 의지로 통제력을 잃은 것이다. 그리고 그 대가로, 이제 내 마음은 완전히 잠식당한 모양이었다.

하지만 이미 미쳐버린 이상, 행복한 착각이라면 얼마든지 즐길 수 있는 사람이 바로 나였다. 그걸 깨닫는 데는 0.5초도 걸리지 않았다.

나는 다시 눈을 떴다. 에드워드의 완벽한 얼굴은, 손을 뻗으면 바로 닿을 곳에 그대로 있었다.

"내가 무섭게 했어?"

그의 낮은 목소리에는 걱정이 잔뜩 스며들어 있었다.

아, 이런 환상이라면 언제든 환영이지. 그의 얼굴, 목소리, 체취를 꿈꾸는 게 물에 빠져 죽는 것보다는 훨씬 나으니까. 내 상상력이 불러온 아름다운 가공의 인물은 몹시 염려하는 표정으로 나를 지켜보았다. 그의 눈동자는 새까만 색이었고, 눈 밑엔 멍이 든 것처럼 그늘이 드리워 있었다. 그

거 참 놀랍네. 내 상상 속의 에드워드는 언제나 금빛 눈동자를 빛내고 있었는데.

나는 마지막으로 기억하는 또렷한 현실이 무엇인지를 필사적으로 떠올리며 두 번 눈을 깜박였다. 앨리스도 꿈에 나타났었지. 하지만 그녀가 정말로 돌아온 건지, 아니면 단순히 전조를 알리는 꿈이었는지는 잘 모르겠다. 앨리스는 내가 물에 빠져 죽을 뻔 했던 날 돌아왔었던 것 같은데…….

"오, 젠장."

오래 잔 뒤끝이라 목이 잠겨 거친 소리가 새어나왔다.

"무슨 일이야, 벨라?"

나는 얼굴을 찡그리며 에드워드를 쳐다보았다. 그의 얼굴은 전보다 더 걱정스럽게 변했다.

"나 죽은 거 맞지? 물에 빠져 죽은 거야, 맞아. 젠장, 젠장, 젠장! 찰리는 어쩌라고!"

내가 신음소리를 내자 에드워드도 얼굴을 찡그렸다.

"넌 죽지 않았어."

"그런데 왜 잠에서 안 깨어나지?"

"지금 깨어났잖아, 벨라."

나는 고개를 저었다.

"그래, 그래. 넌 내가 그렇게 생각하기를 바라겠지. 내가 정말로 깨면 더 심각해질 테니까. 죽은 사람이 어떻게 깨어나겠어. 이건 정말 끔찍한 일이야. 가엾은 찰리. 엄마랑 제이콥도 가엾고…….

내가 얼마나 끔찍한 짓을 저질렀는지에 생각이 미치자 말끝을 흐릴 수밖에 없었다.

"아무래도 지금 현실과 악몽을 혼동하는 것 같은데, 나로선 네가 지옥에 떨어질 만한 일을 저질렀다는 걸 상상할 수가 없어. 내가 떠나 있던 사이에 살인이라도 여러 차례 저지른 거야?"

에드워드는 살짝 미소를 지었지만, 아주 진지해 보였다.

나는 또다시 얼굴을 찌푸렸다.

"지옥에 간 건 아니지. 만일 지옥이라면, 네가 나랑 같이 있을 리가 없잖아."

에드워드는 한숨을 쉬었다.

머리가 점점 맑아졌다. 나는 내키지 않았지만 1초쯤 그의 얼굴에서 시선을 떼고, 열려 있는 어두운 창문을 쳐다보았다. 그러곤 다시 그를 응시했다. 그러자 그간의 일들이 하나하나 떠오르기 시작하면서 참으로 오랜만에, 희미하게 얼굴에 홍조가 피어오르는 것이 느껴졌다. 서서히 나는 에드워드가 정말로 내 곁에 있으며, 지금껏 내가 바보처럼 시간을 낭비하고 있었음을 깨달았다.

"그럼 전부, 진짜 있었던 일이라고?"

모두 현실이었다는 게 도저히 믿어지지 않았다. 좀처럼 머리가 받아들이려 하지 않았다.

"글쎄. 우리가 이탈리아에서 몰살당할 뻔한 일을 말하는 거라면 맞아."

에드워드의 미소는 여전히 조심스러웠다.

"너무 이상해. 내가 정말로 이탈리아에 갔었다니. 이제껏 내가 동쪽으로 제일 멀리 갔던 게 앨버커키(미국 뉴멕시코 주에 있는 도시: 옮긴이)였다는 거 알아?"

"아무래도 너 좀 더 자야겠다. 계속 헛소리를 하네."

"하나도 안 피곤해. 지금 몇 시야? 내가 얼마나 잔 거야?"

이제 모든 것이 선명하게 기억났다.

"새벽 한 시. 그러니까 열네 시간쯤 잤나봐."

"찰리는?"

"주무시는 중. 지금 내가 규칙을 어기고 있다는 것만 알아 둬. 두 번 다시 이 집 문으로 들어올 생각도 하지 말랬잖아. 뭐 창문으로 들어왔으니 엄밀히 말하면 어겼다고 할 수 없지만, 어쨌든 아저씨 말씀의 의도는 확실하니까."

에드워드는 얼굴을 찌푸렸다.

"찰리가 너를 집에 못 오게 했다고?"

처음엔 믿어지지 않더니 이내 화가 났다.

에드워드는 슬퍼 보였다.

"그럼 안 그럴 줄 알았어?"

화가 나서 눈에서 불길이 솟는 것 같았다. 아무래도 아빠와 몇 마디 얘기를 할 필요가 있을 것 같다. 이제 내가 법적으로 성인이라는 사실을 상기시켜 줄 좋은 기회이기도 하니까. 물론 그렇게 하는 건 어디까지나 원칙상으로만 의미 있는 일이다. 곧 그는 떠날 거고, 그럼 금지 조항 같은 건 아무 소용도 없어질 테니까. 그래서 나는 덜 고통스러운 주제로 생각을 옮겨야겠다고 결심했다.

"그럼 이야기가 어떻게 되는 거지?"

정말로 궁금하기는 했지만, 가능한 한 가벼운 대화를 하려고 필사적으로 노력한 끝에 생각한 질문이기도 했다. 내 안에서 미친 듯이 들끓고 있는 그에 대한 집착 때문에 에드워드가 겁을 먹고 달아날까 봐, 나는 최대한 자제력을 발휘했다.

"무슨 말이야?"

"찰리한테 어떻게 둘러대야 되냐고. 내가 사라졌다가 돌아온 이유 말야. 그나저나 나 며칠이나 실종됐던 거야?"

나는 머릿속으로 날짜를 셈해 보았다.

"딱 3일이야. 실은 나도 네가 좋은 핑계를 생각해내길 바라고 있어. 난 전혀 안 떠오르니까."

눈빛은 초조해 보였지만, 이번 미소는 훨씬 자연스러웠다.

"미치겠군."

"어쩌면 앨리스가 좋은 생각을 해낼지도 모르지."

위안을 담아 그가 말했다.

정말로 금세 위로가 되었다. 나중에 닥칠 일을 지금 걱정할 필요는 없잖아? 에드워드가 이렇게 가까이 있는데, 침대 머리맡 알람시계의 야광 불빛만으로도 완벽한 얼굴을 환히 빛내고 있는데, 소중한 시간을 1초라도 낭비할 수는 없으니까.

나는 대화를 시도하기 위해, 별로 중요하지는 않지만 몹시 궁금한 것을 첫질문으로 골랐다. 내가 무사히 집으로 돌아왔으니, 그는 이제 언제라도 그가 떠나겠다고 결심할 수 있는 상황이었다. 나는 계속 그에게 말을 걸어야 했다. 임시로 누리게 된 이 천국 같은 순간은 그의 목소리 없이는 온전히 완성될 수 없었다.

"3일 전까지는 어떻게 지냈어?"

에드워드의 얼굴이 이내 조심스럽게 굳어졌다.

"특별히 재미있는 일은 없었어."

"물론 그렇겠지."

"왜 그런 얼굴을 해?"

나는 입술을 꾹 다물고 생각에 잠겼다.

"글쎄……, 결국 이 모든 게 내 꿈이라면 딱 네가 대답할 만한 말이라서 그랬어. 내 상상력이 고갈된 모양이지."

에드워드는 한숨을 쉬었다.

"내가 사실대로 얘기해 주면, 정말로 악몽을 꾸고 있는 게 아니란 걸 믿겠어?"

"악몽이라니?"

내가 어이 없어 하며 외치자, 그는 내 진지한 대답을 원하는 듯 계속 기다렸다. 나는 아주 잠깐 생각한 뒤 다시 대꾸했다.

"네가 얘길 해 준다면 또 모르지."

"난…… 사냥을 다녔어."

"할 얘기가 겨우 그거야? 그런 얘기로는 내가 깨어 있다는 걸 확실히 증명할 수가 없잖아."

에드워드는 망설이다 조심스레 말을 골라가며 다시 입을 열었다.

"먹으려고 사냥한 게 아니었어…… 그냥 할 일을 만드느라…… 사냥감을 추적한 것뿐. 내 실력은 형편없었지."

"뭘 추적했는데?"

호기심이 동한 내가 물었다.

"그건 중요하지 않아."

그의 말은 표정과는 어울리지 않았다. 에드워드는 몹시 불편하고 화난 얼굴이었다.

"무슨 말인지 모르겠어."

탁상시계의 초록색 야광 불빛에 비친 그의 얼굴이 고통스럽게 일그러졌다. 그는 분명 망설이고 있었다.

"너한테……."

그는 말문을 연 뒤에도 심호흡을 했다.

"사과할 게 있어. 아니, 사과조차 못할 만큼 죄를 지었지. 하지만 이건 알아 둬. 난 정말 몰랐어. 내가 떠나고, 모든 게 그렇게 엉망이 될 거라곤 생각해 본 적이 없었어. 난 네가 여기 있으면 안전할 거라고 믿었다. 정말 안전할 거라고. 설마 빅토리아가 돌아올 거라고는……."

빅토리아의 이름을 입 밖에 내는 순간 그는 무섭게 이를 드러냈다. 가끔 에드워드가 초조할 때 그러하듯, 말을 너무 빠르게 쏟아내서, 나는 정신을 바짝 차려 집중해야 했다.

"그 여자를 본 건 한 번뿐이었지. 그땐 제임스의 생각에만 정신을 집중하고 있었고. 그래서 그 여자가 이렇게 나올 거라곤 짐작도 못했어. 제임스와 그 여자 사이의 유대가 그 정도로 깊다는 것도. 이젠 이유를 알 것 같다. 빅토리아는 제임스가 실패할 거라는 생각은 애초에 해 본 적이 없었던 거야. 지나치게 믿었고, 그래서 걱정도 하지 않았겠지. 그래서 난 그 둘이 얼마나 끈끈하게 얽혀 있는지 읽어낼 수 없었던 거고. 하지만 이게 널 위험에 빠뜨린 데 대한 변명은 될 수 없겠지. 결국 네가 미성숙하고, 언제 돌변할지 모르는 위험한 늑대인간들에게 목숨을 맡겨야 했다는 이야기를 앨리스한테 들었을 땐 정말이지……."

에드워드는 몸서리를 치며 잠시 말을 멈추었다.

"네가 빅토리아 다음으로 위험한 자들과 어울리게 한 건 다 내 잘못이야. 하지만 내가 몰랐다는 것만 알아줘. 스스로가 견딜 수 없이 역겨워. 네가 내 품에 이렇게 안겨 있는 지금까지도. 널 위해서라는 핑계로 난 가장 멍청한……."

"그만!"

나는 그의 말문을 막았다. 에드워드는 고통스러운 눈빛으로 나를 응시하고 있었다. 나는 그를 이토록 고통스럽게 하는 쓸데없는 의무감에서 해방시켜 줄 말을 찾아 고심했다. 하지만 정작 말하기가 쉽지 않았다. 이성을 잃고 무너지는 일 없이 내가 그 이야기를 할 수 있을까? 하지만 모든 걸 바로잡기 위해서라도 노력해 봐야 했다. 나는 그의 인생을 죄책감과 분노로 얼룩지게 하는 원흉이 되고 싶지 않았다. 나에게 돌아오는 대가가 어떻든, 에드워드는 행복해야만 하니까.

나는 이런 이야기를 가능한 한 대화의 맨 마지막까지 미뤄두고 싶었었다. 이 이야기를 하고 나면, '끝'이 더 빨리 찾아올 것만 같아서.

몇 달 간 찰리 앞에서 연습하며 키운 연기력을 최대한 동원하여, 나는 평온한 표정을 유지했다.

"에드워드."

그의 이름을 발음하는 것만으로 목구멍에 뜨거운 것이 걸리는 듯했다. 그가 사라지자마자 다시 너덜너덜 찢어지려고 대기 중인, 유령 같은 구멍의 흔적이 가슴에 느껴졌다. 이번엔 또 어떻게 살아남아야 하지?

"그런 생각, 당장 그만둬. 제발 그런 식으로 생각하지 말란 말야. 죄책감 같은 것에 휘둘리지도 말고. 여기서 나한테 벌어진 일들은, 너한테 전혀 책임이 없어. 네 잘못이 아니라고. 그냥 내 인생이 그렇게 생겨먹었기 때문이야. 그러니 내가 또 달려오는 버스 앞에서 넘어지거나 해도 널 탓해선 안 돼. 나를 구하지 못했다는 자책감 때문에 이탈리아로 달려가면 안 된다는 뜻이야. 설령 내가 정말로 죽으려고 절벽에서 뛰어내렸다고 해도 그건 내 선택일 뿐, 네 잘못은 아니야. 모든 비난을 감수하고, 죄책감을 어깨에 짊어지려고 하는 게 네 성격인 줄은 알지만, 제발 그런 극단적인 짓은 하지 마! 무책임한 짓이잖아. 에스미랑 칼라일을 생각해야지……."

이성을 잃기 직전이었다. 나는 다시 침착해지기 위해 심호흡을 했다. 그를 자유롭게 놓아 주어야 해. 두 번 다시 이런 일이 일어나지 않도록.

"이사벨라 마리 스완."

기묘한 표정으로, 그가 내 이름을 속삭였다. 거의 화난 사람 같았다.

"내가 '죄책감 때문에' 볼투리 일가를 찾아가서 죽여 달라고 했을 거라고 생각하는 거야?"

나는 어리둥절해 얼굴이 멍해졌다.

"그런 거 아니었어?"

"죄책감을 느꼈느냐고? 아, 그래. 처절했지. 넌 이해할 수 없을 만큼."

"그게…… 무슨 말이야? 난 모르겠어."

"벨라, 내가 이탈리아에 갔던 건 네가 죽었다고 생각했기 때문이었어. 내가 직접 네 죽음에 가담한 건 아니지만……."

그는 '죽음'이라는 낱말을 속삭이며 몸서리를 쳤다.

"내 잘못이 아니었다고 해도 나는 이탈리아로 갔을 거야. 로잘리한테 얘기를 듣고, 앨리스한테 직접 확인해보지 않았던 건 물론 내가 성급했어. 하지만 찰리가 장례식장에 갔다는 그 남자애 말을 듣고 내가 무슨 생각을 했겠어? 오해일 가능성도 있다고, 그렇게 생각했을까?"

에드워드의 목소리는 다정했지만 눈빛은 강렬했다.

"오해할 수 있다는 가능성……."

그가 딴 생각을 하듯 중얼거렸다. 그의 목소리는 너무 작아져 내가 제대로 알아들을 수 없을 정도였다.

"그 가능성은 늘 우리 뒤통수를 쳤어. 그래서 실수는 거듭됐지. 난 이제 두 번 다시 로미오를 비난하지 않을 거야."

"그래도 난 모르겠어. 내가 하려는 말도 결국 그거잖아. 그래서 어쨌다는 건데?"

"뭐라고?"

"내가 죽은 줄 알았다고 했지. 그런데 그게 뭐?"

에드워드는 믿어지지 않는 듯 나를 한참이나 응시했다.

"내가 전에 했던 말을 전혀 기억하지 못하는군."

"네가 했던 말은 하나도 빠짐 없이 '전부' 기억해."

네가 했던 약속들을 전부 부정해버린 잔인한 말까지 포함해서.

그는 차가운 손가락으로 내 아랫입술을 살짝 어루만졌다.

"벨라, 너 단단히 착각하고 있어."

에드워드는 눈을 감고, 아름다운 얼굴에 희미한 미소를 머금은 채 고개를 흔들었다. 행복한 미소는 아니었다.

"전에 다 확실하게 설명했다고 생각했는데 그게 아니었나. 벨라, 난 네가 존재하지 않는 세상에선 살 수가 없어."

"무슨 말인지…… 혼란스러워."

말 그대로다. 나는 정말로 그의 말을 알아들을 수가 없었다.

에드워드는 진심이 담긴 눈빛으로 나를 물끄러미 응시했다.

"난 거짓말을 아주 잘해, 벨라. 그럴 수밖에 없었으니까."

어딘가에 세게 부딪친 듯 온몸의 근육이 얼어붙었다. 가슴에 새겨졌던 고통의 흉터가 다시 찢기고 있었다. 극심한 통증이 내 호흡을 앗아갔다.

그는 굳어버린 내 몸을 되돌리려는 듯 어깨를 잡고 흔들었다.

"끝까지 들어! 네가 빨리 받아들일 수 있도록 하기 위해서였어. 나도…… 고통스러웠어."

나는 여전히 얼어붙은 채 에드워드가 말을 잇기를 기다렸다.

"그날 숲에서 너에게 작별을 고했을 때……."

그때만은 도저히…… 떠올릴 수 없었다. 나는 어떻게든 현재에 매달리려고 안간힘을 썼다.

"넌 날 보내주려 하지 않았어. 그게 눈에 보였지. 그러고 싶지 않았어. 죽을 것처럼 괴로웠어. 하지만 너를 더 이상 사랑하지 않는다는 걸 납득시키지 못하면, 네가 상처를 극복하고 살아가기까지 너무 오랜 시간이 걸릴 것 같았어. 내가 그렇게 떠나고 나면 너도 마음을 정리할 수 있을 거라 생각했던 거야."

"깨끗하게 헤어지는 게 낫다고 했지."

굳어버린 입술을 가까스로 움직여 내가 속삭였다.

"그래. 하지만 널 속이는 게 그렇게 쉬울 줄은 몰랐지. 난 거의 불가능한 일이라고 생각했는데 말야. 네 머리에 의심의 씨앗을 심으려면 이를 악물고 몇 시간은 거짓말을 해야할 거라고 생각했으니까. 어쨌든 거짓말을 해서 정말 미안해. 너한테 상처를 준 것도. 그게 다 쓸모없는 짓이었던 것도 미안하고, 널 보호해 주지 못한 것도 미안해. 난 너를 구하려고 거짓말을 했지만 아무짝에도 쓸모가 없었어. 정말 미안하다. 하지만 어떻게 넌, 내 말을 믿을 수가 있었어? 너를 사랑한다고 수천 번이나 말했는데, 어떻게 단 한 마디 말로 신뢰가 사라질 수 있지?"

나는 대답하지 않았다. 너무 큰 충격을 받아 논리적으로 생각할 수 없었으므로.

"너는 너를 사랑하지 않는다는 내 말을 듣자마자, 네가 곧이곧대로 믿는다는 게 내 눈에도 보였어. 그 형편없는 거짓말에 속아서, 내가 너 없이 존재하는 게 가능한 일이라고 생각하더군!"

나는 아직도 온몸이 얼어붙어 있었다. 도저히 있을 수 없는 이야기를 에드워드는 하고 있었다. 내가 이해할 수 없는 내용을.

그는 다시 내 어깨를 흔들었다. 거친 손길은 아니었지만 그래도 내 이가 살짝 부딪쳐 소리를 냈다.

"벨라, 너 대체 무슨 생각을 하고 있는 거야!"

에드워드는 한숨을 쉬었다.

그제야 나는 울기 시작했다. 뜨거운 눈물이 차올라 하염없이 뺨 위로 흘러내렸다.

"역시 그럴 줄 알았어. 이게 다 꿈인 거, 알고 있었단 말야."

내가 흐느끼며 속삭였다.

"정말 못 말리겠군."

에드워드는 기가 막힌 듯 한 번 소리 내어 웃고는 절망적인 표정을 지었다.

"어떻게 설명을 해야 믿겠어? 넌 꿈을 꾸고 있는 것도 아니고, 죽지도 않았어. 난 여기 네 옆에 있고, 널 사랑해. 줄곧 그랬고, 앞으로도 언제나 사랑할 거야. 헤어져 있을 때도 난 매순간 네 얼굴을 떠올리며, 널 생각했어. 너를 싫어한다고 했던 말은 이 세상에서 가장 더러운 모독 행위였지."

나는 하염없이 눈물을 흘리며 고개를 저었다.

"아직도 내 말 못 믿는구나? 왜 진실을 못 믿고 거짓말에만 매달리는 거야?"

그는 평소보다 더 창백한 얼굴로 속삭였다. 희미한 빛 속에서도 나는 창백해진 그의 얼굴을 알아볼 수 있었다.

"네가 나를 사랑한다는 게 원래 말이 안 되는 얘기였어. 난 그걸 옛날부터 알고 있었고."

에드워드는 눈을 가늘게 뜨며 이를 악물었다.

"네가 깨어 있다는 걸 증명해 줄까?"

그는 내 얼굴을 양손으로 단단히 붙들었고, 나는 고개를 돌리려고 몸부림 쳤다. 하지만 소용 없었다.

"제발 그러지 마."

내가 속삭이자 그는 입술이 닿기 직전에 멈추었다.

"왜 하지 말라는 거야?"

그의 숨결이 내 얼굴에 번지자 현기증이 일었다.

"잠에서 깨고 나면……."

에드워드가 즉각 반박하려는 듯 입을 열었다. 그래서 나는 얼른 말을 바꾸었다.

"알았어, 다른 말로 설명하지. 네가 다시 나를 떠나면, 이런 것까지 하지 않아도 난 충분히 괴로울 거란 말이야."

그는 약간 고개를 뒤로 빼고 내 얼굴을 쳐다보았다.

"어제 내가 너를 만졌을 때도 넌…… 아주 조심스러웠지. 주저하는 것 같았고, 아직도 그러는군. 난 이유를 알아야겠어. 내가 너무 늦게 돌아왔기 때문이니? 아니면 너한테 상처를 너무 많이 줘서? 처음 내가 바란 것처럼 나를 잊고 새 삶을 찾았기 때문에? 그렇다면…… 좋아. 네 결정에 난 반대하지 않아. 그러니까 내 기분 같은 건 걱정하지 말고, 네가 아직도 나를 사랑할 수 있는지 그것만 말해줘. 내가 한 짓이 뭔지 나도 잘 알아. 그래도 날 사랑할 수 있겠니?"

"그렇게 바보 같은 질문이 어디 있어?"

"부탁이야. 그냥 대답만 해줘."

나는 오래도록 에드워드를 응시했다.

"내 마음은 절대로 변하지 않아. 물론 너를 사랑해. 그리고 내 마음은, 너도 어떻게 할 수 없는 거야!"

"내가 듣고 싶은 말은 그것뿐이야."

이내 그의 입술이 나를 덮쳤으므로, 나도 더는 그와 싸울 수가 없었다. 그가 나보다 수천 배쯤 힘이 세기 때문이 아니라, 우리 입술이 만난 순간 내 의지력이 먼지처럼 사라져버렸기 때문이다. 우리의 입맞춤은 내 기억 속에 새겨진 것 같은 그런 조심스러운 탐색이 아니었다. 하지만 괜찮아. 어차피 가슴이 찢어질 수밖에 없다면, 좀 더 보상을 바라도 좋겠지.

그래서 나는 열렬히 그의 입맞춤에 답했고, 심장 박동은 미칠 듯 고조되었다. 숨을 헐떡일 정도로. 동시에 나는 탐욕스럽게 손으로 그의 얼굴을 쓰다듬었다. 대리석처럼 단단한 그의 몸을 온몸으로 느끼며, 그가 내 부탁을 듣지 않은 데 대해 다시 한 번 감사했다. 앞으로 어떤 고통이 닥친다 해도, 지금 이 순간의 희열을 놓칠 순 없었다. 그는 손의 감각으로 내 얼굴을 기억하려는 듯 얼굴을 쓰다듬었고 나 역시 그의 얼굴 구석구석을 어루만졌다. 잠깐이라도 입술이 떨어질 때면 그는 내 이름을 속삭였다.

내가 현기증을 느끼기 시작하자 그는 입술을 떼고, 내 심장에 귀를 댔다.

나는 거친 호흡이 잦아들기를 기다리면서 현기증 속에 가만히 누워 있었다.

"어쨌든 난 널 떠나지 않을 거야."

에드워드가 가벼운 말투로 말했다.

나는 아무 대꾸도 하지 않았지만, 그는 내 침묵 속에서 의구심을 감지한 모양이었다.

에드워드가 고개를 들고 나와 시선을 마주쳤다. 그는 좀 더 진지한 말투로 설명했다.

"어디에도 안 가. 너 없인 아무 데도 안 갈 거라고. 처음에 내가 너를 떠났던 건, 네가 평범하고 행복한 인간으로 살 기회를 주고 싶었기 때문이야. 내가 곁에 있으면 널 끊임없이 위험에 빠뜨리게 되니까. 네가 속해 있는 행복한 세상과 멀어지게 하고, 매 순간 네 목숨을 위협하게 되니까. 그래서 떠나기로 했던 거야. 뭔가 하긴 해야겠는데, 그땐 그것밖에 길이 없는 것 같았다. 내가 곁에 없어야 네가 잘 살 수 있다고 생각하지 않았다면, 절대로 널 못 떠났겠지. 내가 너무 이기적이었어. 하지만 내가 원하는 것, 나에게 필요한 것보다 네 존재가 훨씬 더 중요하다고 생각했지. 내가 원하고 나에게 필요한 것? 물론 너와 함께 있는 거지. 이젠 내가 널 떠나 살 수 있을 만큼 강한 놈이 못 된다는 걸 알아버렸어. 감사할 일은, 내가 네 옆에 붙어 있어야 할 구실이 너무 많다는 거지. 아무리 멀리 헤어져 있어도, 넌 결코 안전할 수 없다는 걸 알았으니까."

"아무 약속도 하지 마."

대책 없이 희망을 키웠다가 또 모두 부서져버리면…… 그건 곧 내게 죽음을 의미했다. 무자비한 뱀파이어들도 나를 끝장내진 못했지만, 깨어진 희망은 언제라도 나를 죽음에 이르게 할 테니까.

그의 검은 눈동자가 분노로 타올랐다.

"지금도 내가 거짓말을 한다고 생각하는 거야?"

"아니, 거짓말은 아니겠지."

나는 논리적으로 생각하려고 애를 쓰며 고개를 흔들었다. 객관적이고 비판적인 태도를 유지하자. 그리고 그가 나를 '사랑했었다'는 전제를 면밀히 따져보면 희망의 덫에 빠져들지 않을지도 모른다.

"지금은…… 진심이겠지. 하지만 처음에 네가 나를 떠났던 이유를 내일 다시 떠올리게 된다면 어떻게 될까? 혹은 한달 쯤 뒤에, 재스퍼가 또 한 번 나에게 달려들게 된다면?"

에드워드가 몸을 움찔했다.

나는 에드워드가 떠나기 직전, 마지막 날들을 떠올렸다. 지금 그가 했던 말을 전제로 다시 그때를 돌이켜보았다. 그가 여전히 나를 사랑하면서 '나를 위해' 떠날 결심을 했다고 상상하자, 생각에 잠겨 싸늘하게 침묵을 지켰던 그의 태도가 남다른 의미로 다가왔다.

"처음에 네가 그런 결정을 내렸을 때도 넌 많이 고민했었지. 결국엔 또 네가 옳다고 생각한 대로 행동하게 될 거야."

"난 네가 믿는 것처럼 그렇게 강하지 않아. 옳고 그름을 따지는 건 나에게 아무런 의미도 없었어. 어차피 난 네게 돌아올 수밖에 없었을 거다. 로잘리한테 그 소식을 듣기 전에도 난 이미 일주일을 견디기가, 아니 하루하루를 넘기기조차 힘겨웠으니까. 단 한 시간을 살면서도 나 자신과 싸워야 했지. 어차피 시간 문제였고, 머지않아 네 창가에 나타나 나를 다시 받아달라고 빌었을 거야. 네가 원한다면 지금이라도 기꺼이 무릎 꿇고 빌 수 있으니까."

나는 얼굴을 찌푸렸다.

"제발 진지하게 말해 줄래?"

에드워드는 나를 노려보았다.

"난 지금 그 어느 때보다 진지해. 너야말로 좀 귀담아들어 줄 순 없겠니? 네가 나한테 어떤 의미인지, 설명할 기회를 달란 말이야."

그는 내가 정말로 귀를 기울이고 있는지 확신이 설 때까지 기다리는 듯 내 얼굴을 살폈다.

"너를 만나기 전 내 인생은, 달빛 없는 밤 같았어. 드물게 별은 있었지만 세상은 아주 어두웠고, 별빛도 아무 의미 없었지. 그런데 네가 유성처럼 내 하늘을 가로지른 거야. 갑자기 내 세계에 불이 붙은 것 같았어. 모든게 아름답게 빛났지. 네가 사라지고, 유성이 수평선 너머로 떨어진 뒤에는 온 세상이 다시 깜깜해졌어. 달라진 건 아무것도 없었지만, 네 빛 때문에 내 눈이 멀어버렸거든. 이제 더는 별도 보이지 않았어. 살아갈 의미도 없어졌지."

나는 그의 말을 믿고 싶었다. 하지만 에드워드의 설명은, 그가 사라진 뒤 내 인생을 그대로 묘사하고 있었다.

"네 눈도 결국 적응하게 될 거야."

"바로 그게 문제야. 적응이 불가능하다는 거."

"딴 데 정신을 팔기 쉽다더니?"

에드워드는 전혀 즐겁지 않은 웃음소리를 냈다.

"그것도 거짓말이었어, 바보. 고통을 외면하고 딴청을 부릴 방법 같은 건 없었다. 거의 90년 가까이 뛴 적 없는 심장인데도 이번엔 달랐어. 심장이 아예 없어진 것처럼 속이 텅 빈 느낌이었으니까. 마치 내 몸 안에 있는 모든 걸 여기, 네 옆에 두고 떠난 것 같았어."

"웃기네."

내가 중얼거리자 그림 같은 그의 눈썹 하나가 꿈틀 올라갔다.

"웃기다고?"

"이상하다는 뜻이야. 내 마음이 꼭 그랬거든. 나도 몸이 산산조각 나서,

그 조각들 대부분이 없어진 것 같았어. 꽤 오랫동안 제대로 숨을 쉬지도 못했고."

나는 폐부 가득 들어차는 공기를 느껴보았다.

"심장이, 사라져버린 것 같았어."

에드워드는 눈을 감고 다시 내 심장에 귀를 갖다댔다. 나는 그의 머리칼에 뺨을 대고 그의 머릿결을 피부로 느끼며, 달콤한 머리 냄새를 맡았다.

"그럼 추적을 한 것도, 딴 데 정신을 팔기 위해서가 아니었어?"

질문을 한 건 호기심이 일어서기도 했지만, 나 역시 딴 데 정신을 팔 필요가 있기 때문이기도 했다. 위험한 희망을 품기 직전이었으니까. 이런 상태라면 절대 오래가지 못할 거다. 내 심장은 이미 가슴 속에서 노래를 부르듯 콩닥거렸다.

"그래. 그건 그러려고 시작한 게 아니었어. 해야 할 의무였거든."

에드워드는 한숨을 쉬었다.

"그게 무슨 뜻이야?"

"빅토리아가 위험할 거라고 예상하진 못했지만, 그렇다고 그냥 놓칠 생각은 없었다는 뜻이야. 그런데, 아까도 말했듯이 내 실력은 형편없었어. 텍사스까지 추적하긴 했는데, 그 다음에는 거짓으로 흘려 놓은 단서에 속아 브라질로 가고 만 거야. 하지만 그 여잔 이곳으로 돌아와 있었지. 난 전혀 엉뚱한 대륙에 가 있었고! 내가 두려워하던 일보다 더 끔찍한 일이 벌어지고 있는 줄도 모르고……."

"빅토리아를 사냥했단 말이야?"

처음에는 말문이 막혔다가 겨우 목이 트이자, 내 목소리는 두 옥타브쯤 높게 새어나왔다.

멀리서 들리던 찰리의 코고는 소리는 잦아들었다가, 다시 규칙적으로 이어졌다.

"실패한 셈이지."

에드워드는 좀 놀란 듯 화난 내 얼굴을 살피며 대꾸했다.

"하지만 이번에는 더 잘할 거야. 그 여자가 그 더러운 숨결로 이 세상 공기를 오염시키는 일은 그리 오래 지속되지 않을걸."

"그 문제는…… 생각하고 싶지 않아."

목소리가 겨우 새어 나왔다. 그건 미친 짓이다. 에밋이나 재스퍼가 그를 돕는다 해도 마찬가지였다. 아니, 에밋과 재스퍼가 '함께' 그를 돕는다고 해도 싫다. 제이콥 블랙이 사악한 빅토리아와 좁은 공간에서 맞서고 있는 것을 상상하는 것보다 더 끔찍했다. 에드워드는 내 반인반수 친구보다 훨씬 더 믿음직했지만, 그래도 에드워드와 빅토리아가 대면한 광경은 상상할 수조차 없었다.

"지금 해치운다 해도 너무 늦었어. 지난번에는 빠져나가게 내버려두었지만 이번에는 절대로……."

나는 침착하려 애쓰며 또 한 번 그의 말을 막았다.

"날 떠나지 않겠다고 방금 약속했잖아. 그렇다면 사냥감을 추적하느라 멀리 떠나는 것도 안 되는 거 아냐?"

나는 그 말을 가슴에 새겨두어선 안 된다고 다짐하며 질문을 던졌다.

에드워드는 얼굴을 찡그렸다. 그의 가슴 속에서 낮은 으르렁거림이 시작되었다.

"난 약속을 지킬 거야, 벨라. 하지만 빅토리아는 죽어야만 해. 가능한 한 빠른 시일 내에."

그의 가슴에서 울리던 으르렁거림이 점점 더 또렷해졌다.

"서두르진 말자. 어쩌면 그 여자는 돌아오지 않을지도 몰라. 제이콥이랑 친구들한테 겁먹고 도망쳤을지도 모르거든. 그런데 굳이 그 여자를 찾아다닐 이유가 없잖아. 게다가 빅토리아보다 더 큰 문제가 있어."

에드워드는 못마땅한 듯 눈을 가늘게 뜨면서도 고개를 끄덕였다.

"맞는 말이야. 늑대인간들도 문제이긴 하지."

나는 코웃음을 쳤다.

"제이콥 얘기를 하려는 게 아니야. 아직 미숙한 늑대인간 몇이 자신을 궁지에 몰아넣는 것보다 심각한 문제라면 얼마든지 많으니까."

에드워드는 뭔가 할 말이 있는 듯한 표정이더니 이내 포기를 했다. 그리고 이를 악문 채로 다시 물어왔다.

"그래? 제일 큰 문제가 뭔데? 빅토리아가 너를 잡으러 돌아온 것보다 중대한 문제가 과연 뭘까?"

"그럼 두 번째로 중요한 문제라고 해 두자."

내가 한 수 뒤로 물러났다.

"좋아."

나는 잠시 머뭇거렸다. 그들의 이름을 입 밖에 낼 수 있을지 자신이 없었다.

"나를 찾아오겠다는 사람들이 또 있잖아."

나는 에드워드가 알아들을 거라 여기며 속삭이듯 말했다.

에드워드는 한숨을 쉬었지만, 빅토리아 얘기에 대한 반응처럼 강렬하진 않았다.

"너한테는 볼투리 일가와의 약속이 두 번째로 큰 문제라는 거야?"

"별로 걱정 안하는 말투네?"

"그거라면 생각할 시간은 충분해. 그들의 세월 감각은 너나 나의 것과는 완전히 다르거든. 그들은 우리가 날을 세듯 햇수를 계산해. 그들이 널 다시 떠올리게 되는 게 네가 서른 살이 되고 난 후라고 해도 놀라울 게 없을걸."

에드워드는 가벼운 말투로 설명했다.

공포가 내 전신을 휩쓸고 지나갔다.

서른 살이라니.

결국 그 약속은, 아무 의미도 없다는 뜻이 아닌가. 언젠가 내가 서른 살이 돼야 한다면 그는 내 곁에 그리 오래 머물 계획이 없다는 이야기였다. 그 사실에 격렬한 고통을 느끼며, 나는 스스로 허락하지 않았지만 이미 희망을 품기 시작했음을 깨달았다.

"겁낼 필요 없어. 그들이 널 해치지 못하도록 내가 지킬 거니까."

내 눈가에 다시 눈물이 맺힌 걸 보며 에드워드는 걱정스러운 표정을 지었다.

"네가 곁에 있는 동안에는 그렇겠지."

그건, 그가 떠난 후를 걱정하고 있다는 뜻으로 한 말이 아니었다.

에드워드는 내 얼굴을 단단히 잡고 밤처럼 까만 눈동자로 나를 뚫어져라 바라보았다. 블랙홀의 중력에 걷잡을 수 없이 빨려들어가듯, 그의 눈동자에 빠져들 것 같았다.

"나는 절대로 널 떠나지 않을 거야."

"하지만 '서른 살'이라고 말했잖아. 그게 무슨 뜻이겠어. 내 곁엔 있어 주겠지만, 내가 그렇게 나이 들도록 내버려두겠다는 거지? 이젠 다 알아 버렸는걸."

눈물이 주르륵 흘러내렸다.

그의 눈빛은 부드럽게 변했지만 입매는 여전히 단호했다.

"맞아. 그렇게 할 거야. 달리 내가 어떻게 할 수 있겠니? 난 너 없이 살 수 없지만, 네 영혼을 파멸로 몰아가지는 않을 거야."

"정말로 꼭 그렇게……."

침착한 목소리를 내려 했지만 질문을 끝맺기가 너무 어려웠다. 아로가 거의 간청하듯 나를 불멸의 존재로 만들라고 말했을 때의 에드워드의 표정이 떠올랐다. 구역질 난다는 표정이었다. 나를 인간으로 지켜주겠다는 그의 고집은, 정말로 내 영혼 때문일까, 아니면 그저 나를 그렇게 오래 곁에 두기 싫기 때문일까?

"그렇게 뭐?"

에드워드는 내 질문을 기다리며 되물었다.

나는 다른 질문을 던졌다. 어렵긴 마찬가지였지만 첫 번째 질문만큼은 아니었다.

"그러다 내가 너무 나이 들면? 그래서 사람들이 나를 네 엄마나 할머니라고 생각하게 되면 어떡할 거야?"

섬뜩한 생각을 하니 목소리가 떨려왔다. 꿈에서 봤던, 거울에 비친 할머니의 얼굴이 또다시 떠올랐다.

이제 그는 완연히 부드러운 얼굴을 하고 있었다. 그는 내 뺨으로 흘러내린 눈물을 입술로 닦아주었다. 그의 숨결이 부드럽게 뺨에 닿았다.

"그건 나한테 아무런 의미도 없어. 넌 언제나 나에게 세상에서 가장 아름다운 존재일 테니. 물론⋯⋯."

에드워드는 약간 몸을 움찔하며 망설였다.

"네가 나보다 성장해서, 더 발전적인 관계를 원하게 된다면 난 얼마든지 이해할 거야, 벨라. 네가 나를 떠나고 싶어질 땐, 절대로 막지 않겠다고 약속할게."

그의 눈동자는 마노를 녹인 듯 영롱했으며 매우 진지했다. 절대로 바꿀 수 없는 계획에 관해 이미 철저하게 심사숙고를 마친 사람처럼 이야기하고 있었다.

"결국 내가 죽을 거라는 건 알고 있는 거야?"

에드워드는 그 부분에 대해서도 이미 생각해 둔 모양이었다.

"나도 최대한 빨리 따라갈 거야."

"이건 정말…… 정신 나간 생각이야."

나는 마땅한 표현을 찾아 고심했지만 결과는 별로 신통치 않았다.

"벨라, 그게 유일하게 옳은 방법이야……."

"잠깐 뒤로 물러나서 생각하자."

화가 나니까 오히려 훨씬 더 생각이 또렷해지고 결정하기도 쉬워지는 것 같았다.

"볼투리 일가를 잊은 건 아니겠지? 난 영원히 인간으로 남을 수 없어. 그들이 나를 죽일 테니까. 내가 '서른 살'이 될 때까지는 그들이 나를 떠올리지 않는다고 해도, 어쨌든 그들이 그 약속을 잊을 거라고 생각해?"

나는 '서른 살'이라는 말을 할 때는 일부러 씨근거렸다.

그는 천천히 고개를 저으며 대꾸했다.

"아니. 잊지는 않을 거야. 하지만……."

"하지만 뭐?"

나는 그를 조심스레 쳐다보았지만 에드워드는 씩 웃고 있었다. 미친 건 나 혼자만이 아닌 것 같다.

"몇 가지 계획이 있긴 해."

"그 계획이라는 건 전부 나를 '인간'으로 두는 걸 기본으로 하겠지."

내 목소리가 점점 더 표독스러워졌다.

"당연하지."

에드워드의 말투는 퉁명스러웠고, 그의 아름다운 얼굴은 내게 거만하게 보였다.

우리는 오랫동안 서로를 노려보았다.

얼마 후 나는 심호흡을 한 뒤, 어깨를 펴고 일어나 앉을 수 있도록 그의 팔을 물리쳤다.

"가라는 뜻이야?"

그는 내색하지 않으려 했지만 크게 상처를 받은 듯한 표정이어서, 나도 모르게 가슴이 쓰리고 아팠다.

"아니. 내가 나갈 거야."

내가 침대에서 빠져나와 어두운 방안에서 신발을 찾아 신느라 부산을 떨자, 에드워드는 수상쩍다는 표정으로 나를 지켜보았다.

"어디 가려는 건지 물어봐도 되나?"

"너희 집에 갈 거야."

여전히 시각 장애인처럼 사방을 더듬거리며 내가 말했다.

에드워드가 일어나 내 옆으로 다가왔다.

"네 신발 여기 있어. 우리 집에는 어떻게 갈 작정인데?"

"내 트럭 타고."

"그럼 아마 찰리가 깨게 될 텐데."

그는 어떻게든 나를 막을 작정인 듯했다.

나는 한숨을 쉬었다.

"나도 알아. 하지만 지금 저질러 놓은 것만으로도 몇 주일은 외출 금지령이 떨어질걸. 그러니 더 난감해질 것도 없잖아?"

"너야 그렇겠지. 아저씨는 널 탓하는 게 아니라 날 비난할 테니까."

"더 좋은 생각이 있으면 말해봐. 얼마든지 들어줄게."

"그냥 집에 있어."

에드워드는 간절히 부탁하듯 말했지만 별로 희망을 품는 것 같지는 않았다.

"싫어. 뭐, 하지만 넌 집에 가서 편히 쉬어도 좋아."

내가 해 놓고도 너무 천연덕스러운 농담이라 약간 놀라며, 나는 문으로 향했다.

그가 내 앞을 가로막았다.

나는 얼굴을 찌푸리며 창문으로 돌아섰다. 2층이면 땅에서 그리 멀지도 않고, 어차피 바닥에는 잔디가 깔려 있으니까…….

"알았어. 내가 데려다 줄게."

마침내 그가 한숨을 쉬었다.

나는 어깨를 으쓱했다.

"어느 쪽이든 좋아. 하지만 너도 거기 같이 있어야 할 거야."

"이유는?"

"네가 워낙 독특한 의견을 갖고 있기 때문에, 네 생각을 모두에게 전할 기회를 주려는 거야."

"내 생각을 누구한테 어떻게 전하라는 건데?"

에드워드가 이를 악문 채 물었다.

"이 문제는 더 이상 너에게만 해당되는 일이 아니야. 네가 이 우주의 중심은 아니란 뜻이지."

네가 내 우주의 중심이라는 것과는 별개로 말이야.

"넌 죽을 때까지 나를 인간으로 남겨 두겠다는 어리석은 생각에 매달려서, 볼투리 일가를 우리 모두의 적으로 만들 작정이야. 그러니 네 가족들도 뭔가 할 말이 있을 거 아니겠어?"

"무슨 할 말?"

에드워드는 한마디 한마디 협박이라도 하듯 되물었다.

"나를 불멸의 존재로 만드는 일에 대해서지. 난 그걸 표결에 붙여 볼 생각이야."

24

표결

❖

에드워드가 얼마나 못마땅해 하는지는 그의 얼굴만 봐도 알 수 있었다. 하지만 그는 더 말다툼을 시도하지 않고 나를 안아 올리더니 고양이처럼 날렵하게 창문에서 뛰어내렸다. 내가 상상했던 것보다는 바닥까지 꽤나 거리가 멀었다.

"좋아. 이제 일어나."

하기 싫은 일을 억지로 한다는 듯, 그의 숨소리는 거칠었다.

에드워드는 나를 등에 업고 달리기 시작했다. 그렇게 많은 시간이 지났는데도 늘 하던 일처럼 익숙하게 느껴졌다. 자전거를 타는 법이 그렇듯, 그것 역시 절대 잊혀지지 않는 경험인 걸까.

에드워드의 등에 업혀 숲을 지나려니 사방이 아주 조용하고 어두웠다. 그의 호흡은 고르고 느렸으며, 시야는 날아가듯 내 옆을 스치고 있을 나무들이 거의 보이지 않을 만큼 캄캄했다. 내 얼굴을 스치는 바람의 느낌만이 속도를 추측할 수 있게 해 주었다. 대기는 축축했다. 볼테라의 거대한 광장에서 내 눈을 찌를 듯 불어왔던 메마른 바람과 달리, 지금의 밤바람은 아늑했다. 마치 낮 동안 섬뜩한 빛에 시달리다 겨우 밤의 안온함 속에 안긴 듯했다. 어렸을 때 두툼한 이불 속에서 놀았던 기억처럼, 나를 보호하는 그런 익숙한 어둠.

전에는 이렇게 숲을 가로질러 달리면 겁이 나 눈을 꼭 감아야 했었다. 지금 생각하니 바보 같은 짓이었다. 나는 눈을 뜬 채 그의 어깨에 턱을 올리고, 목덜미에 뺨을 기댔다. 지금 느껴지는 속도감은 너무도 상쾌했다. 오토바이를 타는 것보다 백배는 상쾌한 느낌이었다.

나는 고개를 돌려 차가운 돌 같은 그의 목덜미에 입을 맞췄다.

"고마워. 깨어 있기로 결심했다는 의미의 입맞춤인가?"

나무의 검은 형체가 희미하게, 계속해서 우리 뒤로 사라졌다.

나는 쿡쿡 소리 내어 웃었다. 아주 자연스럽고 스스럼없이 흘러나온 그것은, '제대로' 된 웃음소리였다.

"그건 아니야. 난 절대 잠에서 깨어나지 않을 생각이거든. 오늘밤엔 안 깰 거야."

"무슨 수를 써서라도, 나에 대한 네 믿음부터 되찾아야겠다. 거짓 연기는 이제 끝이야. 두 번 다시 안 할 거야."

에드워드는 거의 혼잣말을 하듯 중얼거렸다.

"'너'는 확실히 믿어. 나를 못 믿을 뿐."

"그게 무슨 말인지 설명 좀 부탁해도 될까?"

그는 속도를 늦추고 걷기 시작했다. 바람이 잦아들었기 때문에 에드워드가 걷고 있을 거라 짐작한 것뿐이지만. 이제 그의 집에서 그리 멀지 않은 모양이다. 어둠 속이라 감각이 또렷해졌는지, 멀지 않은 곳에서 흐르는 강물 소리도 들을 수 있었다.

"글쎄……."

나는 내 생각을 제대로 표현할 말을 찾으려 고심했다.

"나는 내가…… 자격이 있는지를 모르겠어. 너를 가질 수 있는 자격 말이야. 나한테는 너를 붙잡을 만한 게 아무것도 없으니까."

에드워드는 걸음을 멈추고 등에 업었던 나를 내려놓았다. 그의 부드러운 손길은 줄곧 나를 떠나지 않았다. 그는 나를 가슴에 꼭 껴안았다.

"나를 붙잡는 힘? 영원히 너뿐일걸. 그것만은 의심하지 마."

에드워드가 속삭였다. 하지만 어떻게 의심하지 않을 수가 있겠니.

"그 얘긴 절대로 안 해줄 모양이네……."

그가 중얼거렸다.

"뭐?"

"네가 걱정하는 가장 큰 문제 말이야."

"단서를 하나 줄 테니 한번 짐작해 봐."

나는 한숨을 쉬며 검지로 그의 코끝을 가볍게 어루만졌다.

에드워드가 고개를 끄덕였다.

"볼투리 일가보다 내가 더 나쁘다는 거겠지. 하긴 그런 말 들을만 했으니까."

나는 기가 막혀 하늘을 올려다 보았다.

"볼투리 일가가 저지를 수 있는 최악의 짓은, 날 죽이는 것뿐이야."

에드워드는 긴장된 눈빛으로 내 다음 말을 기다렸다.

"그런데 넌 날 버리고 떠날 수 있잖아. 볼투리 일가도, 빅토리아도…… 거기에 비한다면 아무것도 아니야."

어둠 속에서도 나는 그의 얼굴이 고통으로 일그러지는 것을 느낄 수 있었다. 제인의 고문 같은 시선에 몸부림치던 그때의 모습을 떠올리게 할 만큼 처절했다. 그래서 나는 이내 진실을 털어놓은 것을 후회했다.

"그러지 마. 슬퍼해선 안 돼."

나는 그의 얼굴을 어루만지며 속삭였다.

에드워드는 무심히 한쪽 입 꼬리를 당겨 올렸지만 눈빛은 여전히 고통스러워 보였다.

"앞으로 내가 너를 버리고 떠나는 일은 '있을 수도 없다'는 사실을 납득시킬 방법이 있으면 좋겠다. 하지만 널 설득하려면 시간밖엔 방법이 없을 것 같군."

나는 시간을 두고 진심을 증명해 보이겠다는 그의 생각이 마음에 들었다.

"좋아."

에드워드의 얼굴은 여전히 고통스럽게 일그러져 있었다. 나는 다른 얘기로 그의 주의를 돌려보려 했다.

"내 곁에 있겠다고 했으니 말인데, 내 물건들도 돌려받을 수 있을까?"

나는 최대한 가벼운 말투로 물었다.

내 노력이 어느 정도 효과가 있었는지 에드워드가 웃음을 터뜨렸다. 눈빛 속 고뇌는 사라지지 않았지만.

"그것들 모두 실은 사라진 적도 없어. 쓸데없는 기억을 떠올리게 할 물건들을 없애서라도 너에게 마음의 평화를 주고 싶었지. 잘못된 행동이었다는 건 알아. 그렇게 어리석고 유치한 짓이었지만, 그래도 내 일부분을 너와 함께 남겨두고 싶었나 봐. CD, 사진, 비행기표, 전부 다 네 방바닥 마루 밑에 들어 있어."

"정말?"

사소한 일에 크게 기뻐하는 내 모습을 보고 약간 기운이 난 듯 그가 고개를 끄덕였다. 하지만 얼굴에 깊이 새겨진 고통을 완전히 치유하기에는 턱없이 부족해 보였다.

"아무래도, 확실하진 않지만…… 어쩌면 난 처음부터 줄곧 알고 있었는지도 몰라."

"뭘 알고 있었다는 거야?"

나는 그의 눈빛에서 괴로움을 없애고 싶었을 뿐이지만, 막상 고백을 하고 나자 스스로 생각했던 것보다 진심임을 알았다.

"내 마음의 일부는, 아마도 무의식이겠지만 내가 죽거나 사는 문제를 네가 아직도 염려한다고 믿고 있었어. 그래서 그런 목소리를 들을 수 있었던 건가 봐."

잠시 아주 고요한 정적이 흘렀다.

"목소리라니?"

"언제나 같은 목소리였어. 바로 네 목소리. 얘기하자면 사연이 꽤 길지만."

조심스러운 그의 표정을 보며 나는 또 괜히 얘기를 꺼낸 것 같다고 생각했다. 다른 사람들처럼 에드워드도 내가 미쳤다고 생각할까? 다른 사람들 생각이 옳은 걸까? 하지만 최소한, 그의 얼굴에 새겨졌던 괴로운 표정이 옅어졌으니 상관없어.

"나 시간 많아."

그의 목소리는 이상스러울 정도로 평온했다.

"꽤 처량맞은 얘긴데."

에드워드는 묵묵히 내 말을 기다리는 눈치였다. 하지만 어떻게 설명을 해야 할지 자신이 없었다.

"앨리스가 익스트림 스포츠 얘기를 꺼냈던 거 기억나?"

"재미 삼아 절벽에서 뛰어내렸다고 했지."

에드워드는 대수롭지 않은 이야기를 하듯 덤덤히 대꾸했다.

"응, 맞아. 그 전에는 오토바이를 탔는데……."

"오토바이?"

나는 그의 목소리를 너무 잘 알고 있어서, 얼핏 침착하게 들리는 말투 뒤에 뭔가 부글부글 끓고 있음을 감지할 수 있었다.

"아, 그건 아직 앨리스한테도 얘기 안 한 것 같아."

"그래."

"암튼 그러다가 알게 됐는데…… 그게 뭐냐 하면…… 내가 뭔가 위험하고 어리석은 짓을 저지를 때면…… 너를 좀 더 똑똑히 기억할 수 있다는 사실이었어."

자신이 꼭 정신병자 같다는 생각을 하면서, 말을 이어갔다.

"네가 화났을 때의 목소리를 선명하게 떠올려 낼 수 있었거든. 바로 옆에 서 있는 것처럼 목소리가 들리는 거야. 대부분의 시간은 네 생각을 하지 않으려고 애썼지만, 네 목소리를 듣는 건 그렇게 가슴이 아프지 않았어. 마치 네가 나를 다시 보호해 주는 것 같았거든. 내가 다치는 걸 넌 바라지 않는다는, 그런 생각. 그런데 지금 생각해 보니까 네 목소리를 그렇게 선명하게 들을 수 있었던 이유는, 네가 여전히 날 사랑한다는 걸 어렴풋이 알고 있었기 때문인가 봐."

말을 해놓고 보니 또 한 번 스스로 납득이 갔다. 내 마음 아주 깊은 곳에서는 진실을 알고 있었던 거야.

에드워드는 절반쯤 목이 졸린 사람처럼 말을 더듬거렸다.

"그러니까…… 내 목소리를 들으려고…… 일부러 네 목숨을 걸었다는……."

"쉿. 잠깐 기다려 봐. 아무래도 나도, 통찰력 같은 게 있나봐."

나는 포트앤젤레스에서 처음 환청을 들었던 밤을 떠올렸다. 그때 나는 두 가지 가능성을 떠올렸었다. 내가 미쳤거나, 간절히 바라다 못해 환상을 만들어냈다는 것. 세 번째 가능성은 내겐 없었다.

하지만 만일…….

만약 진실이라고 간절히 믿었던 생각이 실은 완전히 틀렸다면? 자기가 옳다는 아집에 빠져서 진실을 볼 생각조차 하지 않았다면? 그랬다면 진실은 계속 침묵을 지킬까, 아니면 벽을 뚫고 나오려 할까?

세 번째 가능성은 결국, 에드워드가 나를 사랑한다는 것이었다. 우리 사이에 생겨난 유대감은 그가 부재한다는 사실이나 거리감, 시간으로 깨뜨릴 수 있는 성질의 것이 아니었다. 나에 비해 에드워드가 너무도 특별하고 아름답고 똑똑하고, 또 완벽하다고 해도 마찬가지다. 그도 나와 마찬가지로 사랑 때문에 돌이킬 수 없을 만큼의 변화를 겪었다. 내가 언제까지나 네 것이듯, 너 역시 그랬던 거야.

내가 환청을 통해서라도 스스로에게 들려 주고 싶던 이야기는 결국 그거였나?

"아!"

"벨라?"

"이제야 알겠어."

"통찰력이라니?"

그의 목소리는 불안한 듯 떨리고 있었다.

"너, 나를 사랑하는구나."

나는 놀라움에 겨워 중얼거렸다. 틀림없는 진실이라는 확신이 또 한 번 전신을 훑고 지나갔다.

에드워드의 눈빛은 아직도 조심스러웠지만, 얼굴엔 내가 가장 좋아하는 비딱한 미소가 번지고 있었다.

"그래, 진심으로."

늑골이 부서져 터질 것처럼 내 심장이 부풀어 올랐다. 목이 막힐 만큼 가슴이 벅차 말을 할 수가 없었다.

에드워드는 내가 바라는 것과 똑같은 마음으로 나를 원하고 있었다. 언제까지나. 그가 필사적으로 나를 인간으로 살게 하려는 것도, 나한테서 인간의 특성을 빼앗지 않으려고 하는 이유도 내 영혼을 염려해서인 거다. 하지만 그가 나를 원하지 않을 거라는 두려움에 비하면, 그의 진심 어린 격정조차 하찮은 장애물로 느껴졌다.

에드워드는 내 얼굴을 단단히 잡고, 내가 현기증으로 숲이 빙글빙글 도는 것처럼 느낄 때까지 입을 맞추었다. 이어 그가 내게 이마를 마주 댔다. 호흡이 평소보다 거칠어진 사람은 나 혼자만이 아니었다.

"나보다는 네가 훨씬 나았어."

에드워드가 말했다.

"낫다니, 뭐가?"

"넌 최소한 노력은 했잖아. 찰리를 위해서라곤 해도, 매일 아무렇지 않은 척 행동하며 일상을 유지할 수 있었잖아. 하지만 나는 그 여자를 추적하지 않을 땐 완전히…… 쓸모없는 존재였어. 가족 주변에도 갈 수 없었고, 누구도 곁에 둘 수 없었지. 인정하기에도 당황스럽지만, 공처럼 단단히 뭉친 채로 절망에 몸을 맡긴 거나 다름없었다. 환청으로 '목소리들'을 듣는 것보다는 그게 훨씬 더 처량 맞은 일 아닐까. 게다가 환청은 나도 들었고."

에드워드가 내 상황을 이해하고 인정해 준다는 걸 깨닫자 깊은 안도감이 밀려왔다. 어쨌든 그는 나를 미친 사람처럼 쳐다보지 않았다. 나를 바라보는 그의 표정은…… 나를 사랑하는 사람 같았다.

"목소리들이 아냐. 한 사람뿐이었어."

내 말에 그는 듣기 좋은 소리를 내며 웃은 뒤 오른팔로 나를 껴안고 걷기 시작했다.

"여기까지 데려온 건 그냥 널 즐겁게 하기 위해서야. 식구들이 무슨 말을 하든 아무 상관도 없으니까."

나란히 걸어가며 그는 한 손으로 어둠 속을 휘휘 젓는 시늉을 해 보였다. 어느덧 우리 눈앞에 희미하고 거대한 형체가, 그의 집이 나타났다.

"너희 가족들한테도 영향을 미치는 문제잖아."

에드워드는 무심히 어깨를 으쓱했다.

그는 어두운 현관으로 나를 데리고 들어가 전등 스위치를 올렸다. 집안은 내가 기억하고 있는 그대로였다. 피아노와 하얀 소파, 거대한 흰색 계단에 이르기까지 변한 게 없었다. 먼지 한 톨도, 가구를 덮은 하얀 천도 보이지 않았다.

에드워드는 나와 대화를 나눌 때와 다름없는 조용한 목소리로 가족들의 이름을 불렀다.

"칼라일, 에스미, 로잘리, 에밋, 재스퍼, 앨리스!"

그래도 그들에겐 어려움 없이 들렸을 것이다.

계속 거실에 있었던 것처럼 갑자기 칼라일이 내 옆에 서 있었다. 그는 미소를 지었다.

"어서 와라, 벨라. 이렇게 일찍 어쩐 일이니? 시간으로 보아 단순히 인사를 하러 들른 것 같지는 않고."

나는 고개를 끄덕였다.

"괜찮으시다면 가족 모두와 이야기를 나누고 싶어요. 아주 중요한 일이에요."

나도 모르게 흘끔 에드워드를 훔쳐보았다. 그의 표정은 여전히 못마땅했지만 이미 체념한 듯했다. 칼라일을 돌아보니 그도 에드워드를 바라보고 있었다.

"우리야 괜찮고말고. 이야기는 다른 방으로 가서 할까?"

칼라일은 환한 거실을 지나 모퉁이를 돌더니, 식당 방으로 들어가 스위치를 올렸다. 식당은 거실처럼 벽이 하얗고 천장이 높았다. 방 한가운데에 낮게 매달린 샹들리에가 있고, 그 아래 타원형의 거대한 대리석 식탁과 의자 여덟 개가 놓여 있었다. 칼라일은 상석 쪽 의자를 내게 뽑아 주었다.

컬렌 가족들이 식당 방을 이용하는 걸 본 적은 없었다. 어디까지나 소품이었다. 그들은 집에서 식사를 하지 않으니까.

의자에 앉으려고 몸을 트니, 우리 셋만 있는 게 아니었다. 어느새 에스미가 에드워드 뒤를 따라오고 있었고, 그 뒤로 온 가족이 걸어오는 게 보였다.

칼라일이 내 오른쪽에 앉았고, 에드워드는 왼쪽 의자에 앉았다. 모두들 묵묵히 자리를 잡았다. 앨리스는 이미 음모를 알아차린 듯 나를 보며 싱긋 웃어주었다. 에밋과 재스퍼는 호기심이 동한 얼굴이었고, 로잘리는 날 보며 조금 자신 없어 보이는 미소를 지었다. 나도 머뭇머뭇 마주 웃어 주었다. 로잘리와 서로 허물없어지려면 시간이 꽤 걸릴 것 같았다.

칼라일이 나를 향해 고개를 끄덕였다.

"시작해 보렴."

나는 마른침을 삼켰다. 모두의 시선을 한 몸에 받으려니 초조했다. 에드워드가 식탁 밑으로 내 손을 잡아주었다. 에드워드를 돌아보았지만, 그는 갑자기 굳어진 얼굴로 다른 가족들을 지켜보고 있었다.

"볼테라에서 있었던 일은 이미 앨리스한테 들으셨겠죠?"

"빠짐없이 다 얘기했어."

앨리스가 나를 안심시켰다.

나는 앨리스에게 의미심장한 눈빛을 보냈다.

"가는 길에 했던 얘기도요?"

"그 얘기도 했어."

앨리스가 고개를 끄덕였다. 나는 안도의 한숨을 쉬었다.

"좋아요. 그럼 우리 모두 제대로 알고 있다는 뜻이네요."

그들은 내가 생각을 정리하려고 애쓰는 사이 인내심을 갖고 기다려주었다.

"그래서, 저한테 문제가 생겼어요. 앨리스는 볼투리 일가에게 제가 여러분과 같은 존재가 될 거라는 약속을 했죠. 그들은 분명 누군가를 보내 확인할 거고, 그러니 무작정 회피할 순 없어요. 그러니 결국 여러분 모두가 이 문제에 얽혀들고 말았네요. 정말 죄송하게 생각합니다."

나는 가장 매혹적인 얼굴은 제일 마지막으로 남겨둔 채, 그들의 아름다운 얼굴을 하나하나 쳐다보며 눈을 맞추었다. 에드워드는 입 꼬리를 내리고 인상을 찌푸렸다.

"하지만 여러분이 저를 원하지 않으신다면, 강요할 생각은 없어요. 앨리스가 기꺼이 도와준다고 해도요."

에스미가 할 말이 있는 듯 입을 열었지만 내가 손가락을 들어 그녀의 말문을 막았다.

"제발 제 얘기를 먼저 들어주세요. 제가 무얼 원하는지는 여러분 모두 알고 계실 거예요. 에드워드의 생각이 어떤지도 잘 알고 계실 테고요. 저는 투표를 통해서 모두의 의견을 듣고, 그 후에 결정하는 것만이 공평한 방법이라고 생각해요. 만일 여러분들이 저를 원하지 않는다고 결정하신다면…… 저는 혼자서 이탈리아로 돌아갈 작정이에요. 그들을 이리로 불러들일 순 없으니까요. 절대로요."

그 생각을 하니 나도 모르게 이맛살이 찌푸려졌다.

에드워드의 가슴 속에서 희미하게 으르렁거리는 소리가 들려왔지만 나는 그 소리를 무시했다.

"어느 쪽이든 여러분을 위험에 처하게 할 생각은 없다는 점을 감안하시고 투표해 주세요. 제가 뱀파이어가 되는 문제에 대해서 찬성하는지, 아니면 반대하는지 말예요."

나는 희미하게 미소를 지으며 칼라일에게 먼저 시작하도록 손짓을 했다.

"잠깐. 시작하기 전에 나도 할 말이 있어요."

에드워드가 끼어들었다.

나는 눈을 가늘게 뜨고 그를 노려보았다. 에드워드는 내 손을 꼭 잡고 나를 보며 눈썹을 들어올렸다.

나는 한숨을 쉬었다.

"벨라가 이야기하는 위험에 대해서는 크게 걱정하지 않아도 된다고 생각해요."

에드워드의 표정이 약간 활기를 띠었다. 그는 자유로운 왼손을 대리석 식탁 위로 올리고 앞으로 몸을 기대며 가족들을 둘러보았다.

"이탈리아에서 내가 아로와 헤어지며 악수를 하지 않은 데는 이유가 있었어요. 그들이 생각하지 못한 부분이 있다는 걸 알려주고 싶지 않았던 겁니다."

그는 싱긋 웃었다.

"그게 뭔데?"

앨리스가 물었다. 나 역시 의아스러웠다.

"볼투리 일가의 태도가 그렇게 자신만만했던 이유는 믿는 구석이 있기 때문이었어. 누구를 찾아내야겠다고 마음만 먹으면 그들에겐 문제될 게 없거든. 드미트리 기억해?"

에드워드가 나를 돌아보며 물었다.

나는 몸서리를 쳤다. 그는 내 몸짓을 긍정으로 받아들였다.

"그자는 사람을 찾아내는 재능을 갖고 있지. 그들이 그자를 데리고 있는 이유도 그때문이고. 거기 있는 동안 내내 나는 그들의 생각을 일일이 파악했어. 우릴 구할 수 있는 방법을 찾아 최대한 정보를 모았지. 그러다 드미트리의 재능이 어떻게 발휘되는지 알아낼 수 있었지. 그자는 타고난 추적자야. 제임스보다 수천 배 뛰어난 재능을 갖춘 추적자라고 할 수 있지. 그의 재능은 나나 아로의 능력과도 어느 정도 관련이 있어. 이를테면 그자는…… 상대의 특징적인 자취를 추적한다고나 할까? 딱히 꼬집어서 설명할 수는 없지만 상대의 생각이 남긴 흔적 같은 것을 귀신같이 찾아내 따라갈 수 있어. 게다가 상당히 먼 거리에서도 목표를 찾아낸다더군. 그런데 아로가 실험을 거쳐 알아낸 바에 의하면……."

에드워드가 어깨를 으쓱했다.

"넌 그 사람이 나를 찾아내지 못할 거라고 생각하는구나."

내가 맥없이 중얼거렸다.

에드워드는 의기양양한 표정이었다.

"그렇게 생각만 하는 게 아니라 이건 확실한 거야. 그자는 자신의 감각에만 의존하고 있거든. 그런데 너한테는 그게 전혀 통하지 않으니까 그들이 찾아낼 방법도 없는 셈이야."

"그렇다고 문제가 해결되는 건 아니잖아?"

"그들이 우리를 찾아올 계획이라면 앨리스가 먼저 예견할 테고, 그럼 내가 널 숨기면 되니까 문제는 해결된 거나 다름없어. 모래밭에서 바늘 찾는 격이 될 테니까!"

에드워드는 그게 신나는 일이라도 되는 양 말하고 있었다.

그러곤 에밋과 은근한 눈빛을 주고받았다.

내가 보기에는 말도 안 되는 생각이었다.

"그래도 저들이 너를 찾아낼 순 있잖아."

"내 앞가림은 내가 알아서 할 수 있어."

에밋은 껄껄 웃으며 식탁 너머로 손을 뻗어 동생에게 주먹을 갖다 댔다.

"훌륭한 계획이다, 아우야."

에밋 역시 신이 난 말투였다. 에드워드는 팔을 뻗어 에밋과 주먹을 부딪쳤다.

"그렇지 않아."

로잘리가 발끈해서 말했다.

"말도 안 돼."

나도 로잘리 의견에 동감했다.

"괜찮은 생각인데 뭐."

재스퍼도 느긋하게 남자 형제들 편을 들었다.

"멍청이들."

앨리스가 중얼거렸다.

에스미는 말없이 에드워드를 노려볼 뿐이었다.

나는 정신을 집중해야 한다고 생각하며 자세를 고쳐 앉았다. 이건 어디까지나 내가 주도하는 회의니까.

"그렇다면 좋습니다. 에드워드는 여러분께 선택의 폭을 넓혀드릴 한 가지 대안을 내놓았어요. 이제 투표를 시작하죠."

이번에는 내가 제일 먼저 에드워드를 쳐다보았다. 그의 의견부터 듣고 치워버리는 게 나을 테니까.

"내가 너희 가족의 일원이 되길 바라니?"

에드워드의 눈동자가 흑요석처럼 검게 반짝였다.

"그런 방법으로는 싫어. 넌 인간으로 남아야 해."

나는 사무적인 표정을 유지하며 고개를 한 번 끄덕인 뒤, 다음 사람으로 넘어갔다.

"앨리스?"

"찬성이야."

"재스퍼?"

"찬성이야."

그의 목소리는 엄숙했다. 재스퍼가 찬성표를 줄 것이라고는 전혀 생각하지 않았기 때문에 약간 놀랐지만, 나는 반응을 자제했다.

"로잘리?"

로잘리는 머뭇거리며 도톰한 아랫입술을 깨물었다.

"난 반대야."

나는 무표정한 얼굴로 다음 사람에게 시선을 돌리려 했지만, 로잘리가 먼저 양손을 들어올렸다.

"이유를 설명하고 싶어. 너를 동생으로 받아들이는 데 반감이 있다는 뜻은 아니야. 다만…… 이런 삶이, 내가 나를 위해 스스로 선택하고 싶은 인생은 아니란 얘기야. 나를 위해서도 누군가 반대표를 던져 막아 주었더라면 좋았겠다는 생각이 드니까."

나는 천천히 고개를 끄덕인 뒤 에밋을 돌아보았다.

"나야 당연히 찬성이지! 그 드미트리라는 자식하고는 다른 방식으로 싸울 빌미를 찾아보면 되니까."

에밋은 씩 웃었지만 나는 그의 생각이 못마땅했다. 그래서 얼굴을 찌푸린 채 에스미를 돌아보았다.

"난 물론 찬성이란다, 벨라. 이미 너를 가족이라고 생각하고 있어."

"고맙습니다, 에스미."

나는 그렇게 중얼거리며 칼라일을 향했다.

칼라일의 의견부터 들었어야 한다는 생각을 하자, 별안간 나는 초조해졌다. 그의 의견은 분명 가장 중요할 뿐만 아니라, 혼자의 생각이라 해도 다수의 의견보다 무게가 실릴 듯했다.

칼라일은 나를 쳐다보고 있지 않았다.

"에드워드."

칼라일이 아들의 이름을 불렀다.

"안 돼요."

에드워드가 협박하듯 말했다. 그는 턱을 불끈거리며 이를 드러냈다.

"이치에 닿는 방법은 그것뿐이잖니. 넌 벨라 없이는 살지 않을 거라고 했지. 그러니 나에게도 선택의 여지가 없구나."

칼라일이 설명했다.

에드워드는 내 손을 놓고 벌떡 일어났다. 그는 숨죽여 으르렁거리는 소리를 참으며 방에서 나가버렸다.

칼라일은 한숨을 쉬었다.

"내 의견이 어떤지는 너도 알 거라고 생각한다."

나는 여전히 에드워드의 뒷모습을 쫓고 있었다.

"고맙습니다."

옆방에서 뭔가 깨지는 소리가 요란하게 들려왔다.

나는 움찔 놀라며 재빨리 말을 이었다.

"필요한 절차는 다 끝났네요. 감사합니다. 저를 받아 주기로 결정해 주셔서요. 여러분에 대한 제 마음도 똑같아요."

감정이 격해져서 마지막에는 목소리가 떨렸다.

에스미가 재빨리 다가와 어느 틈에 내 옆에서 차가운 팔로 나를 안아주었다.

나도 에스미를 꼭 껴안았다. 로잘리가 고개를 푹 숙인 모습이 눈에 들어왔다. 그제야 내가 한 말이 두 가지 의미를 내포할 수도 있다는 생각이 들었다.

에스미가 포옹을 풀자 나는 곧장 앨리스를 쳐다보았다.

"앨리스, 그럼 어디에서 하는 게 좋겠어요?"

앨리스는 겁에 질려 눈을 휘둥그렇게 뜨고 나를 쳐다보았다.

"안 돼! 안 돼! 안 돼!"

에드워드가 고함을 지르며 다시 식당으로 뛰어 들어왔다. 그는 눈 깜짝할 사이에 내 옆으로 다가와, 분노로 일그러진 얼굴을 나에게 들이밀었다.

"너 미쳤어? 완전히 정신 나간 거니?"

나는 양손으로 귀를 막으며 뒤로 물러났다.

앨리스가 난처한 얼굴로 머뭇머뭇 말을 꺼냈다.

"있잖아, 벨라. 난 아직 마음의 준비가 안 됐어. 아무래도 준비할 시간이 필요할 것……."

"약속했었잖아요!"

나는 에드워드의 팔 밑으로 앨리스를 노려보며 다그쳤다.

"나도 알아, 하지만…… 진지하게 생각 좀 해 봐, 벨라! 솔직히 난 널 죽이지 '않을' 자신이 없단 말이야."

"할 수 있을 거예요. 난 앨리스를 믿어요."

내 말에 에드워드가 무섭게 씨근거렸다.

앨리스는 당혹스러운 표정으로 재빨리 고개를 흔들었다.

"칼라일은요?"

나는 칼라일을 돌아보았다.

에드워드는 한 손으로 내 얼굴을 잡은 채 자기 쪽으로 돌리며, 칼라일의 말문을 막으려는 듯 다른 한 손을 뻗었다.

칼라일은 그의 행동을 무시한 채 내 질문에 대답을 해주었다.

"할 수 있지. 내가 자제력을 잃을 걱정은 하지 않아도 될 거다."

나는 칼라일의 표정이 어떤지 보고 싶었다.

"다행이네요."

나는 칼라일이 내 말을 알아들었기를 바랐다. 에드워드가 내 턱을 쥐고 있는 바람에 발음이 부정확했다.

"제발 진정 좀 해. 당장 해치울 필요는 없잖아."

에드워드가 이를 악문 채 말했다.

"지금 당장 못할 이유도 없어."

내 입에선 여전히 말이 어눌하게 나왔다.

"내 생각엔 이유가 한둘이 아니야."

"물론 너야 그렇겠지. 어서 이거 놓기나 해."

에드워드는 내 얼굴을 놓아주고 팔짱을 꼈다.

"앞으로 두 시간 뒤면 찰리가 일어나겠지. 그리고 너를 찾아 이리로 오실 거야. 네가 사라진 걸 알면 경찰도 개입할 거라고."

"이곳 경찰이라야 전부 세 명밖에 안 되는데 뭐."

대답은 그렇게 했지만 나는 얼굴을 찌푸렸다.

언제나 그 부분이 가장 어려웠다. 찰리와 르네. 이젠 제이콥도 생각해야겠지. 내가 잃게 될 사람들, 그리고 나 때문에 상처 받을 사람들. 나 혼자만 고통스러워할 수 있는 길이 있으면 좋겠지만, 그건 불가능한 일이었다.

하지만 나는 인간으로 지내면서, 그들에게 더 큰 피해를 주고 있었다. 찰리는 내 곁에 있으면 끊임없이 위험에 노출될 수밖에 없다. 제이콥은 나 때문에 지켜야 할 영역 너머까지 넘나들며, 적들과 맞서느라 위험을 겪고 있었다. 엄마의 경우도 그렇다. 내가 가진 문제들, 목숨을 위협하는 그것들이 엄마한테까지 영향을 미칠까 두려워 만나러 가지도 못하고 있는 상황이 아닌가.

나는 자석처럼 위험을 끌어들이는 인간이다. 나 혼자서는 그 사실을 받아들일 수 있었다.

그걸 알기에 나 자신뿐 아니라 내가 사랑하는 이들도 보호해야 했다. 그러기 위해서 그들과 영영 '헤어져야' 한다고 해도 나는 강해져야만 한다.

"사람들의 이목을 더 끌지 않기 위해서라도 오늘 대화는 이것으로 끝내는 게 좋겠어요. 최소한 벨라가 고등학교를 졸업하고 찰리의 집에서 독립할 때까지는 최종 논의를 미루도록 하죠."

에드워드는 아직 이를 갈면서도, 칼라일을 간절히 쳐다보며 말했다.

"내가 듣기에도 그게 합리적인 의견인 것 같구나, 벨라."

칼라일이 대꾸했다.

나는 오늘 아침에 일어나 내 침대가 텅 비어 있는 것을 발견하면 찰리가 어떤 반응을 보일지 생각해 보았다. 아빠는 바로 지난주에 가장 친한 친구 해리를 잃었다. 그런데 내가 갑자기 가출했고, 덕택에 피말리는 며칠을 보내야 했겠지. 찰리에게 그런 짓을 할 수는 없다. 그래, 시간 여유를 좀 더 두는 것뿐이다. 졸업까지라면 그리 멀지 않으니까……

나는 입술을 꾹 깨물었다.

"생각해 볼게요."

내 대답에 비로소 에드워드도 긴장을 풀었다.

"어서 집에 가는 게 좋겠다. 찰리가 오늘따라 일찍 일어나실지도 모르잖아."

에드워드의 태도는 이제 훨씬 침착해진 듯했지만, 한시 바삐 자기 집에서 나를 내보내려는 티가 역력했다.

나는 칼라일을 돌아보았다.

"졸업한 뒤라고 하셨죠?"

"약속하마."

나는 심호흡을 한 뒤 미소를 지으며 에드워드를 향했다.

"좋아. 그만 집에 가자."

에드워드는 칼라일이 나에게 뭔가 또다른 약속을 하는 걸 막으려는 듯, 서둘러 나를 집 밖으로 내몰았다. 그가 뒷문으로 나를 이끌었기 때문에, 거실에서 무엇이 깨졌는지는 확인할 길이 없었다.

집으로 돌아오는 길은 조용했다. 나는 승리감을 느끼며 약간 우쭐해 있었다. 물론 겁을 먹은 탓에 온몸이 뻣뻣해져 있기는 했지만, 그 부분에 대해서는 생각하지 않으려고 애썼다. 육체적이든 정신적이든 변신의 고통을 미리 걱정하는 건 전혀 도움이 되지 않을 게 뻔하다. 그러니 나는 앞서 생각하지 않기로 했다. 어쩔 수 없이 고민해야 할 때가 되기 전까지는.

집 앞에 당도해서도 에드워드는 멈출 생각을 하지 않았다. 그는 곧장 벽을 뛰어올라 0.5초 만에 창문을 넘어 들어갔다. 이어 그는 자기 목을 감고 있던 내 팔을 풀고 침대에 나를 내려놓았다.

에드워드가 무슨 생각을 하고 있을지 알 만하다고 여기고 있던 나는 그의 표정을 보고 약간 놀랐다. 잔뜩 화를 내고 있을 줄 알았는데, 뭔가를 곰곰이 생각하는 표정이었기 때문이다. 어두운 방 안을 소리 없이 서성거리는 그의 모습을 보고 있으니 점점 의구심이 커졌다.

"무슨 꿍꿍이인지 몰라도 어림없어."

내가 말했다.

"쉿. 생각 중이란 말이야."

"으."

나는 신음소리를 내며 침대에 누워 머리끝까지 이불을 뒤집어썼다.

기척도 없이 어느새 에드워드가 침대 곁에 와 있었다. 그는 내 얼굴이 드러나도록 이불을 걷었다. 곧이어 내 옆에 자리를 잡고 눕더니 손을 뻗어 내 얼굴을 가린 머리칼을 쓸어 넘겨주었다.

"괜찮다면 앞으로 얼굴은 좀 가리지 말아 줬으면 해. 너무 오래 못보고 살았으니까. 내가 견딜 수 있는 것보다 훨씬 오래. 그리고 묻고 싶은 게 있는데."

"뭔데?"

내키지 않는 말투로 내가 물었다.

"뭐든 가질 수 있다면, 그게 뭐든 상관없이 네 마음대로 이룰 수 있다면 뭘 바랄 거야?"

정말로 궁금해서 묻는 것 같았다.

"너."

그는 얼른 고개를 저었다.

"이미 네가 갖고 있는 것 말고."

그가 무슨 대답을 이끌어내려는 것인지 짐작조차 되지 않아서 대답하기 전에 조심스레 생각에 잠겼다. 결국 나는 가장 원하고 있지만 불가능한 어떤 것을 떠올렸다.

"난 말야……, 칼라일에게 부탁하고 싶진 않아. 나는 '네가' 나를 변신시켜 주면 좋겠어."

나는 조심스레 그의 반응을 살피며, 아까 그의 집에서 그랬던 것처럼 분노가 폭발할 것을 기대했다. 놀랍게도 그의 표정은 변하지 않았다. 그는 여전히 생각에 잠겨 뭔가를 곰곰이 따져 보고 있었다.

"그걸 얻는 대신 넌, 뭐든 기꺼이 내 조건을 받아들일 수 있겠어?"

나는 내 귀를 믿을 수 없었다. 침착한 그의 얼굴을 보며 너무 놀란 나머지, 생각해 볼 겨를도 없이 대답을 하고 말았다.

"뭐든 상관없어."

에드워드는 희미하게 미소를 짓다가 이내 입술을 굳게 다물었다.

"5년은 어때?"

내 얼굴은 분통과 공포의 중간쯤 되는 표정으로 일그러졌다.

"네가 뭐든 상관없다고 했잖아."

"그렇기는 하지만…… 넌 시간을 벌어놓곤 또 빠져나갈 구실을 찾을 거잖아. 쇠뿔도 단김에 빼라고 했어. 난 그렇게 오래 기다릴 수 없어. 게다가 인간으로 지내는 게 너무 위험한 상황이기도 하잖아. 그러니까 '그 조건'은 곤란해."

에드워드는 이맛살을 찌푸렸다.

"그럼 3년?"

"싫어!"

"너한테 그것보다 중요한 일은 정말 없는 거야?"

그 얼마나 뱀파이어가 되고 싶은지에 대해선 이미 충분히 생각해 왔다. 하지만 내가 얼마나 간절히 그것을 원하는지 에드워드에게는 들키지 않는 게 나을 듯했기 때문에, 애써 무표정한 얼굴을 유지했다. 그래야 협상에서 내가 더 유리해질 것 같았으므로.

"6개월 어때?"

"너무 짧아."

"그럼 1년. 그게 내가 줄 수 있는 최대 한계야."

"최소 2년은 줘야지."

"어림없어. 19살까지는 참아 줄 수 있어. 하지만 스무 살 '근처'엔 얼씬도 하지 않을 거야. 네가 영원히 십대로 머물러 있을 거라면 나도 그래야 해."

에드워드는 잠시 생각해보는 눈치였다.

"좋아. 기한을 정하는 건 그만두자. 하지만 나한테 그걸 꼭 부탁하고 싶다면, 너도 한 가지 조건을 들어줘야 해."

"조건? 무슨 조건?"

엄습하는 불길한 예감에 내 목소리가 싸늘해졌다.

그는 조심스러운 눈빛으로 천천히 말문을 열었다.

"우선, 나와 결혼해 줘."

나는 에드워드를 응시하며 다음 말을 기다렸지만…… 그는 침묵을 지켰다.

"알았어. 진짜 속셈이 뭐야?"

내 질문에 에드워드는 한숨을 쉬었다.

"내 자존심을 마구 짓밟는구나, 벨라. 난 방금 너한테 청혼했는데, 넌 그걸 농담으로 받아들이는군."

"농담 그만하고 좀 진지해져 보라니까. 난 겨우 열여덟 살이야!"

"그리고 난 100살하고도 10년쯤 더 살았지. 정착할 때잖아."

패닉 상태가 되지 않으려 애쓰며 어두운 창밖으로 시선을 돌렸다.

"저, 난 아직 할 게 많아. 알잖아. 결혼보다 먼저 해야 할 중요한 일들이 많다고. 게다가 내가 결혼한다고 선언하면 아마 르네랑 찰리는 '자살 행위'라고 할걸."

"흥미로운 단어 선택인데."

"무슨 뜻인지 너도 알잖아."

에드워드는 숨을 깊이 들이마셨다.

"무서워서 그러는 건 아니라고 말해 줘."

그 목소리는 의혹으로 가득 차 있었다. 그가 무슨 말을 하고 싶은 것인지, 나도 마침내 이해했다.

"그런 거 아냐. 단지…… 엄마가 어떻게 나올지 정말 생각만 해도…….. 엄마는 서른 살 이전에 결혼하는 건 무조건 반대라고 하신단 말이야."

"너희 어머니도 딸이 결혼하는 것보다는 차라리 영원히 저주받은 존재가 되기를 바라시는 모양이지."

에드워드는 한껏 비아냥거리며 웃었다.

"그걸 농담이라고 하는 거야?"

"벨라, 네 영혼을 팔아 영원히 뱀파이어가 되는 것보다 결혼 약속을 하는 게 더 꺼려진다면……."

그는 고개를 흔들었다.

"네가 나랑 결혼할 용기도 없다면 당연히……."

"있잖아……."

내가 그의 말문을 막고 끼어들었다.

594

"내가 그러겠다면? 지금 당장 라스베이거스로 데려가 달라고 부탁한다면 어쩔래? 그럼 사흘 뒤에라도 뱀파이어가 될 수 있는 거야?"

에드워드는 어둠 속에서 하얀 이를 빛내며 미소를 지었다.

"물론이지. 당장 나가서 차를 대기시킬게."

그의 말은 단박에 내 허풍을 무너뜨렸다.

"젠장! 그럼 1년 반 여유를 줄게."

"받아들일 수 없어. 난 이 조건이 맘에 드니까."

에드워드가 씩 웃으며 말했다.

"좋아. 졸업하고 나서 칼라일한테 부탁하면 돼."

"정말로 그러고 싶으면 그러든지."

짓궂게 웃던 에드워드는 어깨를 으쓱하더니, 그야말로 천사 같은 황홀한 미소를 지었다.

"넌 정말 구제불능이야. 괴물이라고."

내 말에 에드워드는 킥킥거렸고, 나는 신음소리를 흘렸다.

"그래서 나랑 결혼하기 싫다고?"

나는 또 한 번 신음했다.

에드워드가 나에게 바싹 얼굴을 가져다 댔다. 밤하늘 같은 검은 눈동자로 녹일 듯 강렬하게 쳐다보자 나는 정신이 혼란스러워졌다.

"부탁이야, 벨라."

그가 감미로운 숨결을 불어넣듯 속삭였다.

순간적으로 또 숨쉬는 걸 잊고 말았다. 정신을 차린 나는 재빨리 머리를 흔들며 흐려진 정신을 또렷하게 하려고 애썼다.

"미리 반지를 준비했더라면 네가 받아들이기 더 쉬웠을까?"

"아니야! 반지는 안 돼!"

내가 거의 고함을 지르듯 대꾸했다.

"확실한 거절이로군."

에드워드가 속삭였다.

"쳇."

"찰리 일어나셨어. 난 가봐야겠다."

에드워드가 아쉬운 표정으로 말했다.

내 심장이 박동을 멈추었다.

그는 잠시 내 표정을 살폈다.

"옷장에 숨는 건 너무 유치하겠지."

"아니. 제발 가지 마."

나는 얼른 속삭여 대답했다.

에드워드는 미소를 지어보인 뒤 곧 사라졌다.

찰리가 내 방을 들여다보기를 기다리며 나는 어둠 속에서 분을 참지 못
해 씨근거렸다. 에드워드는 내 반응이 어떨지 뻔히 알고 이런 깜짝쇼를 꾸
며낸 게 틀림없다. 물론 칼라일에게 부탁할 수는 있지만, 에드워드가 직접
나를 변신시켜줄 수도 있다는 가능성을 확인하자 꼭 그렇게 하고 싶어졌
다. 치사한 사기꾼 같으니.

방문이 삐걱 소리를 내며 열렸다.

"안녕히 주무셨어요, 아빠."

"어, 그래, 벨라. 깨어 있는 줄 몰랐구나."

찰리는 몰래 딸 방을 들여다보다 들켜서 민망한 모양이었다.

"네. 방금 깼는데 샤워하려고 아빠가 일어나시길 기다리고 있었어요."

나는 침대에서 엉거주춤 몸을 일으켰다.

"잠깐만. 먼저 잠깐 얘기 좀 하자."

찰리가 전등 스위치를 올렸다. 갑자기 눈이 부셔 앞이 보이지 않았지만
나는 옷장 쪽을 애써 외면했다.

불빛 때문이기도 했지만 찡그린 얼굴을 좀처럼 펼 수 없었다. 앨리스한 테 그럴듯한 핑계를 물어 두지 못했기 때문이다.

"아주 크게 혼나야 한다는 건 알고 있겠지."

"네, 알아요."

"지난 사흘간 아빠는 그야말로 미칠 뻔했다. 해리의 장례식을 끝내고 집에 왔더니, 네가 사라지고 없더구나. 제이콥은 네가 앨리스 컬렌과 달아 났다는 말만 전하면서 무슨 문제가 생긴 것 같다고 하고. 넌 전화번호도 안 남기고, 전화도 걸지 않았지. 그래서 난 네가 어디 간 건지, 언제 올지, 아니 과연 돌아올 것인지도 모르는 채로 기다려야 했다. 네가 조금이라도 생각이 있는 아이라면 내가 얼마나……."

찰리는 차마 말을 맺지 못했다. 그는 짧게 숨을 들이쉬고는 다음 얘기로 넘어갔다.

"지금 당장 널 잭슨빌로 쫓아 보낼 생각이다. 그게 싫다면 납득할 수 있 는 이유를 대 봐."

나는 눈살을 찌푸렸다. 협박할 생각인가? 협박이라면 나도 맞받아칠 수 있다. 나는 침대에 앉아 이불을 걸었다.

"전 안 갈 거예요. 그게 '이유'고요."

"잔소리 말고 너 지금 당장……."

"아빠, 이번 일에 대한 책임은 전적으로 제가 질게요. 외출금지 명령을 내릴 생각이면 얼마든지 그렇게 하시고요. 아빠가 용서하실 때까지 집안 일이랑 빨래, 설거지는 전부 제가 할게요. 물론 저를 여기서 내쫓는 것도 아빠 권리겠죠. 하지만 제가 나가게 된다고 해서 플로리다에 가진 않을 거 예요."

찰리의 얼굴이 새빨갛게 달아올랐다. 그는 몇 번 심호흡을 한 뒤 입을 열었다.

"어디 갔었는지 설명은 안 할 작정이냐?"

오. 젠장.

"비상…… 사태가 있었어요."

뜬금없는 내 설명에 찰리는 눈썹을 치켜올렸다.

나는 뺨에 잔뜩 공기를 머금었다가 소리를 내어 내뿜었다.

"어떻게 설명해야 할지 모르겠어요. 모든 게 다 오해에서 비롯됐으니까요. 이야기가 여러 사람을 통해 전달되면서 상황이 걷잡을 수 없이 커졌고요."

찰리는 못미더운 표정으로 묵묵히 기다렸다.

"그게요, 제가 절벽에서 뛰어내린 얘기를 앨리스가 로잘리한테 전했나봐요……."

워낙 거짓말을 하는 게 서툴다는 걸 알고 있었으므로 나는 최대한 진실에 가깝게 이야기를 만들어내려고 정신없이 머리를 굴렸다. 확 돌변하는 찰리의 표정을 본 순간, 나는 뒤늦게 그가 절벽 사건을 전혀 모르고 있다는 사실을 깨달았다.

크나큰 실수였다. 이미 저질러놓은 일도 한가득인데!

"맞다, 그 얘기도 아빠한테는 한 적이 없었군요. 별 거 아니에요. 제이콥이랑 수영하다가 약간 일이 틀어져서……. 어쨌든 로잘리가 그 사실을 에드워드한테 전했고, 에드워드는 몹시 화가 났어요. 어쩌다 보니 제가 자살을 하려 했다는 식으로 얘기가 전해졌더라고요. 에드워드가 전화도 안 받고 소식을 끊는 바람에 앨리스가 저를 데리고 로스앤젤레스까지 직접 가서 설명하도록 한 거예요."

나는 어깨를 으쓱했다. 찰리가 절벽 얘기에 정신이 팔려 이 멋진 변명을 흘려듣는 일만큼은 제발 없어야 할 텐데.

찰리의 얼굴이 굳어졌다.

"너 정말로 자살하려고 했었니?"

"당연히 아니죠! 제이콥이랑 재미로 그런 것뿐이에요. 절벽 다이빙이라는 게 있거든요. 라푸시 아이들은 재미 삼아 늘 하는 거예요. 정말 아무 것도 아니라니까요."

순간적으로 얼어붙었던 찰리의 얼굴이 다시 분노로 달아올랐다.

"그런데 그게 에드워드 컬렌하고 무슨 상관이란 말이냐? 그렇게 오랫동안 말 한 마디 없이 떠나 있던 놈이야!"

"그것도 오해였어요."

내가 그의 말허리를 자르고 끼어들었다.

찰리의 얼굴이 다시 시뻘겋게 변했다.

"그래서 그 자식도 돌아온 거냐?"

"정확한 계획은 저도 잘 몰라요. 식구들 전부 돌아온 것 '같기는' 해요."

찰리는 이마에 핏줄을 세운 채 절레절레 고개를 흔들었다.

"어쨌거나 그 자식하곤 어울릴 생각도 하지 마라, 벨라. 난 그 녀석을 믿을 수가 없어. 너한테 어울리지 않는 형편없는 놈이니까. 또다시 놈이 그런 식으로 너를 휘두르는 꼴은 난 못 본다."

"좋아요."

내가 발끈해서 대꾸했다.

찰리는 초조한 듯 발을 앞뒤로 움직이며 체중을 옮겼다. 그는 잠시 할 말을 잃은 듯 침묵을 지키다 놀란 듯 한숨을 내쉬었다.

"난 좀 더 반항할 거라고 생각했는데 뜻밖이구나."

"네, 사실 제가 '좋아요.'라고 말씀드린 건, 그럼 제가 이 집을 나가겠다는 뜻이었어요."

나는 아버지의 눈을 똑바로 쳐다보았다.

찰리는 눈을 껌벅였다. 그의 얼굴이 시커멓게 변해갔다. 별안간 아버지의 건강이 걱정되면서 내 결심이 흔들리기 시작했다. 찰리는 해리와 나이가 비슷한데……..

"아빠, 저도 집을 나가기 싫어요. 아빠를 사랑하니까요. 걱정하시는 건 알지만, 이번만은 저를 믿어주세요. 그리고 제가 여기서 같이 살기를 바라신다면, 에드워드한테도 너그럽게 대해주셔야 해요. 제가 여기 있길 바라세요, 나가기를 바라세요?"

나는 좀 더 부드러워진 목소리로 간청했다.

"공정한 질문이 아니구나, 벨라. 당연히 여기 있기를 바란다는 건 너도 잘 알잖아."

"그럼 에드워드한테 잘해 주세요. 제가 있는 곳엔 에드워드도 당연히 올 수 있어야 하니까요."

스스로의 생각에 확신이 있었으므로, 나는 제법 단호하게 말했다.

"거기서 내 집은 빼라. 어림도 없으니까."

찰리가 버럭 소리를 질렀다.

나는 길게 한숨을 쉬었다.

"있죠, 당장 오늘 아침까지 결정해 달라고 부탁하는 건 아니에요. 시간을 두고 생각 좀 해 봐 주세요, 네? 하지만 에드워드랑 저는 언제나 함께라는 것만 잊지 마시고요."

"벨라……."

"생각 좀 해 보시라니까요. 그리고 자리 좀 비켜주세요. 저 이젠 '정말로' 샤워해야 돼요."

비록 낯빛은 기묘한 보라색으로 변해 있었지만, 찰리는 더 말하지 않고 방을 나섰다. 그러곤 쾅 소리 나게 문을 닫았다. 쿵쾅쿵쾅 성난 걸음으로 계단을 내려가는 그의 발소리가 들려왔다.

내가 이불을 완전히 젖히고 침대에서 돌아앉았을 때, 에드워드는 계속 대화에 참여했던 사람처럼 이미 안락의자에 앉아 있었다.

"미안해."

"내가 생각했던 것보다 심하진 않은데 뭐. 나 때문에 또 찰리와 싸워선 안 돼. 부탁이니까."

"걱정하지 마. 꼭 필요할 때가 아니면 굳이 싸움을 걸진 않을게. 설마 내가 쫓겨나도 갈 곳이 없다는 얘기를 하려는 건 아니겠지?"

나는 욕실용품과 새 옷을 챙기며 속삭이듯 말하고는, 진짜 걱정스럽다는 듯 눈을 크게 떴다.

"설마 뱀파이어들이 우글우글한 우리 집으로 들어오겠다는 거야?"

"나 같은 사람한테는 거기가 아마 제일 안전한 곳일걸. 게다가……."

나는 씩 웃었다.

"찰리가 나를 쫓아내면 굳이 졸업할 때까지 기한을 둘 필요도 없잖아. 안 그래?"

에드워드는 이를 꽉 깨물었다.

"영원히 저주받고 싶어서 안달이 나셨군."

"너도 정말로 그렇게 믿는 건 아니잖아."

"내가?"

"그래."

그는 발끈해서 나를 노려보며 반박을 하려 했지만, 내가 먼저 입을 열었다.

"네가 정말로 영혼을 잃었다고 믿고 있었다면, 볼테라에서 나를 만났을 때 어떻게 된 일인지 바로 알아차렸겠지. 우리가 둘 다 죽었다고 생각하는 대신 말이야. 그런데 넌 '놀랍군. 칼라일이 옳았어.' 라고 말했어. 그러니까 결국 너도 내심 희망을 갖고 있었단 얘기가 되는 거지."

나는 승리감에 젖어 설명했다.

이번에는 에드워드도 할 말을 잃었다.

"그러니 우리 둘 다 희망을 가져 보면 어떨까. 어차피 어느 쪽이든 난 상관없어. 너만 내 곁에 있어 준다면 천국도 필요 없으니까."

에드워드는 천천히 일어나 양손으로 내 얼굴을 감싸고, 내 눈을 지그시 들여다보았다.

"영원히 곁에 있을게."

그는 아직도 조금 동요하고 있는 듯 떨리는 목소리로 맹세했다.

"내가 바라는 건 그것뿐이야."

나는 발돋움을 해, 그의 입술에 입을 맞추었다.

평화조약

믿어지지 않을 만큼 빠른 시간 안에 거의 모든 것이 평범한 일상으로 되돌아갔다. 아, 물론 좀비처럼 살던 때가 아니라 그 전에 누렸던 '멋진 평범함' 말이다. 병원은 칼라일의 복귀를 열렬히 환영했고, LA 생활이 영 마음에 들지 않았다는 에스미의 말에 모두들 기쁨을 감추지 않았다.

하필 내가 이탈리아에 있었던 사이 치른 삼각함수 시험 때문에, 졸업에 전혀 문제가 없는 앨리스나 에드워드와 달리 나는 졸업 자체에 차질이 생길 수도 있는 상황이었다. 갑자기 대학 진학 문제가 시급해졌다. 물론 대학은 여전히 내게 있어 차선책이긴 했다. 졸업 후 칼라일의 도움을 받는 대신, 에드워드가 직접 해 줄 수도 있다는 제안에 내 마음이 흔들렸기 때문이다. 많은 대학의 입학 신청 기한이 지나 있었지만, 에드워드는 매일같이 내 입학 원서를 가져다 놓고 서류를 작성했다. 그는 이미 하버드 대학교 과정을 마친 후였으므로 사실 어느 대학을 가든 상관이 없었다. 내 입시 준비가 늦어진 덕에, 우린 아마 내년에 함께 페닌슐라 전문대학에 다니게 될 가능성이 컸다.

찰리는 여전히 나를 못마땅하게 여겼고, 에드워드와는 말도 하려 들지 않았다. 하지만 시간을 정해 놓고 우리 집을 방문하는 것만은 허락되었다. 물론 나는 아직 외출금지 상태였다.

유일하게 갈 수 있는 곳이라곤 학교와 아르바이트뿐이어서, 황량하고 초라한 교실 건물의 노란 벽들이 최근에는 유난히 반갑고 정겹게 느껴졌다. 교실에선 바로 옆 책상에 앉은 사람과 할 수 있는 일이 무궁무진하기 때문이다.

에드워드는 새 학기부터 수업을 다시 들었으므로, 수업시간이 대부분 나와 겹쳤다. 컬렌 집안 사람들이 'LA로 떠난 뒤' 나는 폐인과 다름 없었기 때문에, 그간 내 옆자리에는 아무도 앉는 사람이 없었다. 언제나 빈 틈을 이용하려 들던 마이크조차 안전하게 거리를 유지했을 정도였다. 에드워드가 제자리로 돌아오자, 지난 여덟 달의 고통이 그냥 악몽에 지나지 않는 것처럼 느껴졌다.

거의 그랬다는 뜻일 뿐, 완전히 옛날로 돌아간 것은 아니었다. 우선은 내가 감옥처럼 집에 갇혀 살아야 한다는 점. 그리고 두 번째 문제는 내가 충격의 늪에 빠져 허우적거리기 전까지만 해도 제이콥 블랙과 둘도 없는 친구 사이가 아니었다는 점이다. 그러니 8개월 전이라면 그를 그리워할 일도 없었겠지.

나는 라푸시에 자유로이 출입할 만한 상황이 아니었고, 제이콥은 나를 보러오지 않았다. 심지어 그는 내가 전화를 해도 받지 않았다.

전화는 주로 밤에 걸었다. 정확히 9시가 되면 찰리가 잔뜩 신이 난 표정으로 에드워드를 쫓아내기 때문이다. 물론 에드워드는 찰리가 잠든 뒤 다시 내 방 창문으로 숨어들었다. 수확도 없으면서 꼭 그 시간에 전화를 건 이유는 내가 제이콥의 이름을 언급할 때마다 에드워드가 몹시 인상을 쓰기 때문이었다. 못마땅해하거나 경계하는 표정인 것 같기도 하고…… 어

604

쩔 때는 화를 내는 것도 같았다. 에드워드는 제이콥이 쓰던 '흡혈귀 놈들' 따위 험한 말은 입에 담지 않았지만, 늑대인간에 대해 못지않게 반감을 갖고 있는 듯했다.

그래서 나는 될 수 있는 한 제이콥 이야기를 꺼내지 않았다.

에드워드와 함께 있을 때면 비참해지는 것 자체가 힘들긴 했다. 얼마 전까지 둘도 없는 친구였던 제이콥이, 나 때문에 지금 몹시 불행할 것임을 알면서도 어쩔 수가 없었다. 제이콥을 떠올릴 때마다 나는 좀 더 자주 그를 생각하지 않는 것에 죄책감을 느꼈다.

동화는 다시 시작됐다. 왕자님은 돌아왔고 사악한 마법 주문도 풀렸다. 하지만 문제가 해결되지 않은 나머지 등장인물에 대해서는 어떻게 해야 할지 알 수가 없었다. 제이콥은 어떻게 해야 동화 속 주인공처럼 '오래오래 행복하게 살았습니다' 라는 결론을 얻게 되는 것일까?

몇 주일이 흘렀지만, 제이콥은 아직도 내 전화를 따돌리고 있었다. 이제 그에 대한 생각은 쉴 새 없이 나를 괴롭히는 걱정으로 자리 잡기 시작했다. 내 머리 뒤쪽에 달린 수도꼭지가 새는 것처럼, 나는 제이콥 생각을 한쪽으로 치워버리거나 무시할 수가 없었다. 수도꼭지에서 물방울이 똑똑똑 떨어지며 제이콥, 제이콥, 제이콥이라고 외치는 것 같았다.

될 수 있는 한 에드워드의 앞에서 제이콥을 많이 언급하진 않았지만 가끔은 절망감과 걱정을 견디기 힘든 순간들이 있었다.

"이건 정말 너무 무례한 짓이야! 나를 완전히 모욕하는 처사라고!"

어느 토요일 오후 아르바이트가 끝나고 에드워드가 차로 데리러 왔을 무렵, 나는 그만 폭발하고 말았다. 어떤 일이든 죄책감을 느끼는 것보다는 화를 내는 게 더 쉬운 법이다.

나는 혹시나 하는 마음으로 접근 방식을 바꾸기로 했다. 그래서 이번에는 가게에서 일을 하다가 제이콥에게 전화를 걸었는데, 또다시 전혀 도움이 안 되는 빌리와 통화를 했을 뿐이었다.

"빌리 아저씨 말씀으론 걔가 나랑 말도 하기 싫어한대. 집에 버젓이 있으면서 전화 받으러 단 세 발자국도 걷기를 싫어한다는 거야! 보통 때는 아저씨가 그냥 집에 없다거나 바쁘다거나 잔다거나 하는 핑계를 대셨단 말이야. 아저씨가 나한테 거짓말을 하는 게 좋다는 뜻이 아니라, 최소한 그게 예의잖아. 이젠 빌리도 나를 싫어하는 것 같아. 이게 말이 된다고 생각해?"

나는 창밖으로 흘러내리는 빗줄기를 노려보며 버럭버럭 소리를 질렀다.

"너 때문이 아니야, 벨라. 너를 싫어하는 사람은 아무도 없어."

에드워드가 나직하게 말했다.

"그래도 그런 느낌이 드는걸."

나는 팔짱을 끼며 중얼거렸다. 팔짱을 끼는 건 그냥 고집스러움을 의미하는 몸짓에 불과했다. 이제는 가슴에 뚫린 구멍 따위 없었으니까. 그토록 공허했던 감각들이 이제 기억조차 나지 않을 정도였다.

"제이콥은 우리가 돌아왔다는 걸 알고 있어. 내가 너랑 같이 있다는 것도 짐작할 거고. 그 녀석은 내 근처엔 절대로 안 와. 서로 골이 너무 깊으니까."

"그건 바보 같은 생각이야. 너희 가족이…… 다른 뱀파이어들과 다르다는 건 그 애도 알고 있단 말이야."

"그래도 안전하게 거리를 유지할 이유는 충분해."

내가 몹시 싫어하는 씁쓸한 표정의 제이콥을 떠올리며, 나는 창밖을 응시했다.

"벨라, 우린 타고난 존재에서 탈피할 수 없어. 나는 스스로 자제할 수 있지만, 그 녀석은 못하겠지. 너무 어리니까. 서로 부딪치면 우린 분명 싸우게 될 테고, 그러다 내가 혹시 그 녀석을 죽……."

606

에드워드는 말을 멈추었다 재빨리 다시 이었다.

"해치기 전에 멈출 수 있을지 알 수 없는 일이야. 그럼 넌 몹시 속상해 하겠지. 나도 그런 일이 일어나는 건 바라지 않아."

나는 앨리스와 떠나기 전에 제이콥이 부엌에서 했던 말을 똑똑히 기억했다. 그의 쉰 목소리가 지금도 귓가에 선연했다. '그런 상황을 감당할 수 있을 만큼 내가 자제력을 발휘할 수 있을지 자신이 없거든. 내가 네 친구를 죽이는 사태가 벌어진다면 아마 너도 별로 반기지 않을 거야.' 하지만 그때는 제이콥도 앨리스와 맞닥뜨린 상황을 냉정하게 감당해냈었다.

"에드워드 컬렌, 좀 전에 개를 '죽인다'는 말을 하려고 했었어? 진짜 그래?"

그는 내 시선을 피해 앞창을 때리는 빗줄기를 응시했다. 언제 신호에 걸렸는지 알 수 없지만, 우리 앞쪽에 켜졌던 빨간 신호등이 초록색으로 바뀌었다. 그는 다시 천천히 차를 몰았다. 평소에 그가 운전하는 태도와는 전혀 달랐다.

"그러진…… 않으려고 몹시……, 굉장히 노력은 할 거야."

마침내 에드워드가 대꾸했다.

나는 입을 벌린 채 그를 쳐다보았지만 에드워드는 전방만 주시할 뿐이었다. 우리는 모퉁이 정지 신호등 앞에서 다시 차를 멈췄다.

별안간 로미오가 돌아왔을 때 파리스에게 무슨 일이 일어났는지가 생각났다. 희곡의 지문은 간단했다. '두 사람은 싸운다. 파리스가 쓰러진다.'

하지만 그건 말도 안 되는 비약이다. 있을 수도 없는 일이야.

나는 머릿속에 떠오른 그 불길한 문장들을 잊으려고 머리를 흔들며 심호흡을 했다.

"어쨌든 그런 일은 절대로 일어나지 않을 테니 걱정할 필요 없어. 지금 찰리가 시계를 보며 시간을 재고 있을 거라는 건 너도 잘 알거야. 그러니 더 골치 아픈 일 생기기 전에 어서 집에 데려다 주는 게 좋을걸."

나는 억지로 미소를 지으며 그의 얼굴을 돌아보았다.

믿어지지 않을 정도로 완벽한 그의 얼굴을 쳐다볼 때마다 내 심장은 마치 자신의 존재를 소리쳐 알리듯 가슴 속에서 크게 고동쳤다. 그런데 이번에는 평소보다 더욱 빠른 속도로 심장이 두근거리기 시작했다. 조각상 같은 그의 얼굴에 떠오른 표정을 나는 단숨에 알아차렸다.

"너한텐 이미 더 큰일이 생겼어, 벨라."

에드워드가 입술을 거의 움직이지 않은 채 속삭였다.

나는 와락 그의 팔을 잡으며 그의 시선이 머무는 곳으로 눈길을 돌렸다. 무엇이 나를 기다리고 있을지 알 수가 없었다. 바람결에 빨간 머리를 불꽃처럼 흩날리며, 빅토리아가 길 한복판에 서 있는 건 아닐까. 아니면 성난 늑대인간 무리가 버티고 있을지도 모르고. 하지만 내 눈에는 아무것도 보이지 않았다.

"뭔데? 뭔데 그래?"

에드워드는 심호흡을 했다.

"찰리가……."

"우리 아빠가 뭐?"

그제야 나를 돌아보는 그의 표정은 다행히 침착했으므로, 어느 정도 공포감이 줄어들었다.

"찰리가 설마 너를 죽이지는 않겠지. 하지만 지금 거의 그럴 작정인 것 같아."

그는 다시 차를 몰기 시작했지만, 우리 집을 지나쳐 도로 끝까지 간 뒤 숲 가장자리에 차를 세웠다.

"내가 무슨 잘못을 했는데?"

나도 모르게 호흡이 빨라져 숨을 헐떡거렸다.

에드워드는 집쪽을 돌아보았다. 그의 시선을 따라 가다가 그제야 찰리의 순찰차 옆 진입로에 서 있는 물체를 발견했다. 광택이 번쩍이는 선명한 빨간색이라 눈에 띄지 않을 수가 없었다. 진입로에 버젓이 서 있는 것은 바로, 내 오토바이였다.

찰리가 나를 거의 죽일 작정이라고 귀띔한 이상 에드워드도 그게 내 거라는 걸 알고 있는 게 분명했다. 이런 음모를 꾸밀 수 있는 사람은 오로지 단 한 사람뿐이었다.

"말도 안 돼! 왜? 제이콥이 어떻게 나한테 이런 짓을?"

배신감에 치가 떨렸다. 나는 제이콥을 전적으로 신뢰하고, 사소한 비밀까지도 남김없이 털어놓았었다. 그는 내가 언제든 기댈 수 있는 안전한 항구 같은 친구였으니까. 물론 지금은 상황이 좀 달라졌지만, 그래도 근본적인 신뢰만큼은 변함 없다고 여기고 있었다. 우정의 신뢰 기반 자체가 흔들릴 수 있다는 것은 생각조차하지 못했다.

내가 왜 이런 일을 당해야 하지? 뭘 잘못했기에. 찰리가 미친 듯 화를 낼 게 분명하다. 그리고 더 나쁜 건, 아빠가 크게 상처받으리라는 점이었다. 지금까지도 충분히 괴로워했을 텐데 또 이런 일이 생기다니. 제이콥이 이 정도로 비열하게 나올 거라곤 상상도 못했다. 돌연 눈물이 솟았지만 슬픔의 눈물은 아니었다. 난 철저히 배신당했으니까. 갑자기 너무도 화가 나서 머리가 폭발할 것처럼 욱신거렸다.

"그 자식 아직 여기 있어?"

"응. 저기서 우릴 기다리고 있군."

에드워드가 숲 사이로 좁게 난 오솔길을 가리키며 말했다.

나는 차에서 뛰어내려 숲으로 달려가며, 그를 보자마자 한 방 날리려는 양 두 주먹을 단단히 움켜쥐었다.

에드워드는 왜 언제나 나보다 빠른 것일까?

그는 내가 숲길에 접어들기도 전에 허리를 안아 붙잡았다.

"이거 놔! 내가 죽여버릴 거야! 이 배신자!"

나는 숲을 향해 고함을 질렀다.

"이러다 찰리가 듣겠어. 그리고 일단 네가 집에 들어가면 아저씬 현관 문을 부숴 놓을지도 모르고."

나는 본능적으로 집 쪽을 돌아보았지만, 눈에 들어오는 건 번쩍거리는 빨간색 오토바이뿐이었다. 눈앞이 온통 빨갛게 보였다. 머리가 또다시 욱 신거렸다.

"일단 제이콥이랑 한 판 붙고, 찰리 문제는 차차 해결할 거야."

나는 에드워드의 팔에서 풀려나려고 몸부림을 쳤다. 성과는 없었지만.

"제이콥 블랙은 '나'를 만나러 온 거야. 그래서 아직 여기서 기다리는 거지."

에드워드의 말에 나는 싸늘하게 얼어붙고 말았다. 결국 내 눈앞에서 싸 움이 벌어지고 마는 건가? 손에서 힘이 쭉 빠졌다. '두 사람은 싸운다. 파 리스가 쓰러진다.'

난, 그런 걸 바랄 정도로 화가 나지는 않았단 말야.

"얘기로 풀 거지?"

"뭐, 대충은."

"대충이라니?"

내 목소리가 부들부들 떨렸다.

에드워드는 내 얼굴에 흘러내린 머리카락을 손가락으로 쓸어넘겨 주 었다.

"싸우러 온 거 아니니까 걱정하지 마. 녀석은 일종의…… 대변인 자격 으로 온 거야."

"아."

에드워드가 집 쪽을 다시 한 번 돌아보더니 내 허리를 바짝 끌어당겨 안고 숲을 향해 걷기 시작했다.

"서둘러야겠다. 아저씨, 폭발하기 일보 직전이군."

그리 멀리까지 갈 필요도 없었다. 제이콥은 오솔길 초입에서 우릴 기다리고 있었다. 이끼 덮인 나무에 기대고 있던 그의 얼굴은 내가 짐작했던 대로 씁쓸하게 굳어 있었다. 그는 나를 먼저 쳐다본 뒤, 에드워드를 보았다. 제이콥은 냉소를 머금고, 나무에 기댔던 몸을 일으켰다. 그리고 약간 앞으로 몸을 숙인 채 맨발로 서서 떨리는 주먹을 움켜쥐었다. 키가 지난번에 마지막으로 봤을 때보다 더 자란 듯했다. 불가능한 일이라고 생각했었는데, 그는 아직도 자라고 있었다. 가까이 다가서면 에드워드를 한참이나 굽어볼 것 같았다.

그러나 에드워드는 제이콥을 보자마자 걸음을 멈추었고 계속 거리를 유지했다. 에드워드는 몸의 방향을 틀어 나를 뒤에 세웠다. 나는 눈빛으로라도 제이콥을 비난하려고 그의 몸통 옆으로 고개를 내밀었다.

화를 내는 차가운 얼굴을 보면 나도 더욱 화가 치밀 것이라고 생각했지만, 뜻밖에도 그를 보니 눈물을 글썽였던 마지막 모습이 떠올랐다. 제이콥을 바라보는 동안 차츰 내 분노는 힘을 잃어갔다. 얼마나 오랜만에 만났는데, 하필 이런 식으로 재회해야 한다는 게 너무 싫었다.

"벨라."

제이콥은 에드워드에게서 한시도 눈을 떼지 않은 채, 내 쪽을 향해 고개를 한 번 끄덕했다.

"왜 그랬어? 어떻게 네가 나한테 이럴 수 있니?"

나는 목구멍에 차오르는 뜨거운 덩어리를 들키지 않으려 애쓰며 속삭였다.

비웃음은 사라졌지만 제이콥의 얼굴은 여전히 차갑게 굳어 있었다.

"이게 최선이니까."

"그게 무슨 뜻이야? 내가 아빠에게 목이라도 졸리기를 바라는 거야? 아니면 해리처럼 찰리도 심장마비에 걸리길 바라는 거야? 나한테 얼마나 화가 났든, 어떻게 우리 아버지한테 이런 짓을 할 수가 있지?"

제이콥은 미간에 주름을 잡으며 움찔하는 눈치였지만 아무 대답도 하지 않았다.

"누굴 다치게 할 생각은 없었어. 저 녀석은 그냥, 네가 외출금지 명령을 받아서 나랑 어울리지 못하게 하려는 것뿐이었지."

에드워드는 말하지 않으려는 제이콥의 생각을 대신 읽어주듯 설명했다.

다시 에드워드를 바라보는 제이콥의 눈빛에 증오심이 이글거렸다.

"제이콥! 외출금지 명령은 벌써 받았어! 그렇지 않았다면 내가 왜 당장 라푸시로 달려가지 않았겠어? 내 전화를 피하는 네 엉덩이를 걷어 차 주려고 말야."

제이콥은 처음으로 어리둥절한 표정을 지으며 나를 다시 쳐다보았다.

"그런 거였어?"

그러곤 그 말을 뱉은 것을 후회하는 것처럼 이를 악물었다.

"저 녀석은 찰리가 아니라 내가 너를 못 가게 막고 있는 줄 알았어."

에드워드가 다시 설명했다.

"그쯤 해 둬."

제이콥이 쏘아붙였다.

에드워드는 대꾸하지 않았다.

제이콥은 몸을 한 번 부르르 떨더니, 주먹을 움켜쥐고 이를 갈았다.

"너희에게 특별한 재능이 있다던 벨라의 말이 과장은 아니었군. 그렇다면 내가 왜 여기 왔는지도 이미 알겠지."

제이콥이 이를 악문 채 말했다.

"그래. 하지만 네가 말하기 전에 나도 할 얘기가 있다."

제이콥은 부들부들 떨리는 팔을 진정시켜 보려는 듯 거듭 주먹을 폈다 쥐었다 하며 묵묵히 기다렸다.

"고맙다. 진심으로. 말로 표현할 수 없을 정도로. 너에게 진 빚은 내가 존재하는 한은 절대로 잊지 않겠다."

에드워드의 목소리에선 구구절절 진심이 묻어났다.

너무 놀라 떨림조차 멈춘 것 같았다. 제이콥은 멍하니 에드워드를 바라보았다. 그는 나를 흘끔 쳐다보았지만, 영문을 모르기는 나도 마찬가지였다.

"넌 벨라의 목숨을 지켜줬어. 내가…… 그렇게 하지 못한 사이에."

진심이 깃든 에드워드의 목소리는 뒤로 갈수록 약간 갈라졌다.

"에드워드……."

내가 입을 열었지만, 그는 여전히 제이콥을 향한 채, 한 손을 들어 내 말문을 막았다.

다시 가면 같은 얼굴로 돌아가기 전, 제이콥의 얼굴엔 잠시 이해한다는 표정이 떠올랐다 사라졌다.

"너를 위해 한 일이 아니었어."

"나도 안다. 하지만 그렇다고 내가 느끼는 감사의 마음이 덜해지진 않아. 너를 위해 나도 해 줄 수 있는 일이 있으면 좋겠지만……."

제이콥이 한쪽 눈썹을 들어올렸다.

에드워드는 고개를 가로저었다.

"그건 내가 할 수 있는 일이 아니니까."

"그럼 누가 한다는 거지?"

제이콥이 으르렁거리듯 말했다.

에드워드는 나를 내려다보았다.

"벨라만이 할 수 있는 일이지. 하지만 나는 빨리 배우는 사람이다, 제이콥 블랙. 같은 실수를 두 번 저지르진 않아. 그렇기 때문에 벨라가 떠나라고 하지 않는 한 난 여기 있을 거다."

그 순간 에드워드의 금빛 눈이 나를 꼼짝 못하게 했다. 두 사람의 대화에서 말로 오가지 않은, 그러나 너무도 명백한 사실이 무엇인지 이해하는 것은 그리 어렵지 않았다. 제이콥이 에드워드에게 원하는 유일한 것이 있다면 바로 내 곁을 떠나는 것일 테니.

"그런 일은 절대 없어."

나는 여전히 홀린 듯 에드워드의 눈을 바라보며 속삭였다.

제이콥이 구역질하는 소리를 냈다.

내키지는 않았지만 나는 에드워드한테서 시선을 거두어 제이콥을 보며 인상을 찌푸렸다.

"아직 할 말이 남았니? 나를 곤경에 빠뜨리려는 의도라면, 이미 성공했잖아. 찰리는 어쩌면 이번 일로 나를 사관학교에 보내버릴지도 몰라. 하지만 그렇다고 해도 나와 에드워드는 헤어지지 않아. 있을 수도 없는 일이니까. 원하는 게 더 남았어?"

제이콥은 계속 에드워드만 쳐다볼 뿐이었다.

"나는 네 흡혈귀 친구들에게 오래전에 맺은 평화조약의 주요 사항들을 상기시켜주러 왔을 뿐이야. 내가 지금 당장 저 자식의 숨통을 끊지 못하는 것도 그 조약 때문이니까."

"조약이라면 우리도 잊지 않고 있다. 그런데 주요 사항이라니?"

에드워드와 내가 거의 동시에 질문을 던졌다.

제이콥은 여전히 에드워드를 노려보며 나에게 대답했다.

"조약 안에 뚜렷하게 명시돼 있지. 너희가 인간을 한 번이라도 깨물면 평화는 끝이라고. 죽이는 것이 아니라 '깨무는' 거라는 걸 명심하라는 뜻이야."

마지막 말을 힘주어 말하며 마침내 제이콥이 나를 쳐다보았다. 그의 눈빛은 싸늘했다.

늘 그렇듯 좀 늦게 그 차이를 깨닫고, 나도 그처럼 얼굴이 굳어졌다. 나는 단호하게 대꾸했다.

"그건 네가 상관할 일이 아니잖아."

"뭐? 이런 빌어먹을……."

발끈한 제이콥은 말문이 막혀 더 말을 잇지 못했다.

내 성급한 대답이 그토록 격렬한 반응을 일으킬 줄은 예상하지 못했다. 물론 제이콥은 아무것도 모른 채로 경고를 전하러 왔을 것이다. 단순히 사전경고 차원에서 말해 두는 거라고 생각했겠지. 내가 정말로 컬렌 가족의 일원이 되기로 마음을 정했으리라고는 생각조차 해 본 적 없으리라.

내 대답에 제이콥은 거의 경련을 일으켰다. 그리고 발작을 자제하려는 듯 두 눈을 꼭 감고 주먹으로 관자놀이를 문질렀다. 그의 구릿빛 얼굴은 거의 사색이 되어 있었다.

"제이콥, 괜찮아?"

내가 걱정스레 물었다.

그를 향해 반걸음쯤 내딛었을 때 에드워드가 와락 나를 붙들어 자기 등 뒤로 숨겼다.

"조심해! 저 녀석은 자제력을 잃고 있어."

그러나 제이콥은 이미 침착함을 어느 정도 되찾고 있었다. 이제는 팔만 좀 떨릴 뿐이었다. 그는 적나라한 증오심을 드러낸 채 에드워드를 노려보았다.

"말 함부로 하지 마라. '나'라면 절대로 벨라를 해치지 않아."

에드워드도 나도 그의 말이 함축하고 있는 명백한 비난을 놓치지 않았다. 에드워드의 입에서 낮은 으르렁거림이 새어나왔다. 제이콥이 빠르게 주먹을 폈다 쥐었다 했다.

"벨라! 당장 집으로 들어오지 못하겠니?"

집 쪽에서 찰리의 고함소리가 울려 퍼졌다.

그리고 뒤에 이어지는 정적. 우리 셋은 모두 그 자리에 얼어붙고 말았다. 내가 먼저 입을 열었다. 목소리가 덜덜 떨렸다.

"젠장."

제이콥의 화난 표정이 약간 풀렸다.

"미안해. 나로선 뭐든 해야 할 것 같아서, 어쩔 수 없이……."

제이콥이 중얼거렸다.

"아, 그래. 정말 고맙다."

목소리가 떨리는 바람에 빈정거림은 제대로 전달되지 못했다. 금방이라도 찰리가 뛰어나와, 성난 황소처럼 축축한 이끼 사이로 달려오는 모습을 상상하며 나는 오솔길을 올려다보았다. 그 장면에서 나는 아마 투우사가 휘두르는 빨간 깃발쯤 되겠지.

"할 얘기가 한 가지 더 있어."

에드워드는 나에게 말한 뒤 얼른 제이콥을 쳐다보았다.

"우리 쪽에선 빅토리아의 흔적을 찾지 못했는데, 너희는 어때?"

에드워드는 제이콥이 생각을 떠올리자마자 답을 알았겠지만, 제이콥은 어쨌든 이렇게 대답했다.

"마지막으로 그 여자를 본 건 벨라가…… 떠나 있을 때였다. 우리는 그 여자가 틈새를 뚫고 우리 영역으로 진입하게 한 다음, 포위망을 좁혀 매복했다 습격할 계획이었는데……."

내 등허리에 싸늘한 전율이 흘렀다.

"갑자기 그 여자가 달아나더군. 아무래도 너희 가족의 냄새를 맡고 달

아닌 것 같다. 그 뒤로는 우리 구역 근처에 얼씬도 하지 않았어."

에드워드는 고개를 끄덕였다.

"그 여자가 다시 나타나더라도 더는 너희를 괴롭히지 못할 거다. 우리
가……."

"그 여자는 우리 영역에서 살인을 저질렀다. 그러니 우리 몫이야!"

제이콥이 씨근덕거렸다.

"제발……."

내가 두 사람을 말리려고 입을 열었다.

"벨라! 그 녀석 차 봤다. 너도 이미 와 있는 거 다 알아! '1분' 안에 집에
들어오지 않으면 어떻게 될지 어디……!"

찰리는 분노로 숨을 몰아쉬느라 협박을 마무리 지을 생각도 하지 않
았다.

"가자."

에드워드가 말했다.

나는 가슴이 찢어질 듯한 심정으로 제이콥을 돌아보았다. 다시 그를 만
날 수 있을까?

"안녕, 벨라. 미안해."

제이콥의 목소리는 너무 작아서 입술이 움직이는 모양으로만 내용을 짐
작할 수 있었을 뿐이다.

"네가 약속했었잖아. 우리 아직 친구 맞지?"

내가 간절히 물었다.

제이콥이 천천히 고개를 가로저었다. 때문에 나는 목에서 뜨거운 것이
치밀어 올라 숨이 막힐 것 같았다.

"내가 그 약속을 지키려고 얼마나 노력했는지 너도 알잖아. 하지만……
이젠 방법이 없어. 불가능해……."

제이콥은 가면 같은 얼굴을 유지하려고 몹시 애를 썼지만 점점 표정이 흐트러지다 이내 사라지고 말았다.

"네가 그리워."

그가 입 모양만으로 말했다. 그리고 한 손을 나에게 뻗었다. 우리 둘 사이의 먼 거리를 이을 수 있을 만큼 팔이 길어지길 바라듯 그는 손가락을 끝까지 뻗고 있었다.

"나도 그래."

울음을 참으며 가까스로 내가 말했다. 나 역시 멀리 있는 그를 향해 손을 뻗었다.

그러자 우리 두 사람의 손이 정말로 연결된 듯 그의 고통의 메아리가 내 안으로 밀려들어왔다. 그의 고통은 곧 나의 고통이었다.

"제이콥……."

나는 그를 향해 한 발 다가섰다. 나는 그의 허리를 껴안고 그의 얼굴에 떠오른 괴로운 표정을 지워주고 싶었다.

에드워드가 또다시 나를 잡아당겼다. 이번에는 나를 보호하려는 게 아니라 막으려는 뜻에서.

"괜찮아."

나는 장담하듯 그의 얼굴을 올려다보았다. 에드워드는 나를 이해해 줄 것 같았으니까.

에드워드의 얼굴은 무표정했고 눈빛도 의미를 알 수가 없었다. 다만 차가울 뿐이었다.

"아니야, 괜찮지 않아."

"놔 줘. 벨라가 원하잖아!"

제이콥이 다시 성난 얼굴로 외쳤다. 그가 앞으로 성큼 두 걸음 다가왔다. 그의 눈빛에 섬광처럼 기대감이 스쳤다. 전율하듯 그의 가슴이 부풀어

올랐다.

에드워드는 나를 등 뒤로 감추며 제이콥과 마주섰다.

"안 돼! 에드워드!"

"이사벨라 스완!"

"어서 가자! 네 아빠 화 많이 나셨잖아. 서둘러!"

내 목소리는 겁에 질렸지만, 이번에는 찰리 때문이 아니었다.

내가 팔을 잡아당기자 에드워드는 약간 긴장을 풀었다. 그는 제이콥에게서 시선을 떼지 않은 채, 천천히 나를 뒤로 잡아당겼다.

제이콥은 어둡고 쓸쓸한 표정으로 인상을 쓴 채 우리를 지켜보았다. 그의 눈빛에서 기대감이 사라지더니, 우리가 숲을 빠져나오기 직전엔 지독한 고통으로 일그러졌다.

제이콥의 미소를 다시 보지 않는다면, 마지막으로 본 그의 얼굴이 죽을 때까지 나를 따라다닐 것 같았다.

바로 그 순간 나는, 그의 미소를 꼭 다시 보러가겠다고 맹세했다. 멀지 않은 언젠가. 우정을 지킬 수 있는 방법을 반드시 찾아내겠어.

에드워드는 내 허리에 팔을 두르고 가까이 끌어당겼다. 그의 팔이 전하는 든든함 때문에 나도 간신히 눈물을 참을 수 있었다.

나는 이제 심각한 곤경에 처해 있었다.

제일 친한 친구는 나를 원수로 생각하고 있다.

빅토리아는 아직도 어딘가에 숨어, 내가 사랑하는 모든 이들을 위험에 빠뜨릴 준비를 하고 있고.

내가 뱀파이어가 되지 않으면 볼투리 일가는 나를 죽이겠지.

그런가 하면 뱀파이어가 되고 나서는, 퀼렛 부족의 늑대들이 달려들 거다. 나와 내 미래의 가족들을 죽이기 위해. 물론 그들이 이길 수 있다고는 생각하지 않지만, 그러다 내 소중한 친구가 죽게 된다면?

하나같이 더없이 심각한 문제들이었다. 그런데도 숲에서 벗어나 거의 보라색으로 변한 찰리의 얼굴을 본 순간, 그 모든 문제들이 모두 하찮게만 느껴지는 이유는 뭘까?

에드워드가 나를 다정히 껴안아 주었다.

"내가 있잖아."

나는 심호흡을 했다.

그래. 그것만이 진실인 거다. 에드워드는 여전히 곁에서 나를 꼭 껴안고 있었다.

그게 사실인 한, 나는 어떠한 난관에도 맞설 수 있다.

나는 어깨를 펴고 운명을 맞이하기 위해 당당히 걸어갔다. 내 운명의 상대를 든든히 옆에 거느리고서.